AF560355

मध्यकालीन भारत

प्रशासन, समाज एवं संस्कृति

दूसरा संस्करण

नीरज श्रीवास्तव
इतिहास बोध संस्थान
इलाहाबाद

प्राक्कथन
ललित जोशी
प्रोफेसर
मध्यकालीन तथा आधुनिक इतिहास विभाग
इलाहाबाद विश्वविद्यालय

ओरियंट ब्लैकस्वॉन

मध्यकालीन भारत : प्रशासन, समाज एवं संस्कृति (दूसरा संस्करण)

ओरियंट ब्लैकस्वॉन प्राइवेट लिमिटेड

मुख्य कार्यालय
3-6-752 हिमायत नगर, हैदराबाद 500 029 (तेलंगाना), भारत
ई-मेल: centraloffice@orientblackswan.com

शाखाएँ
बंग्लूरू, भोपाल, कोलकाता, चेन्नई, गुवाहाटी, हैदराबाद,
जयपुर, लखनऊ, मुंबई, नई दिल्ली, नोएडा, पटना, विजयवाड़ा

© ओरियंट ब्लैकस्वॉन प्राइवेट लिमिटेड, 2010
पहला संस्करण: विज़डम बुक्स 2009
दूसरा संस्करण: ओरियंट ब्लैकस्वॉन प्राइवेट लिमिटेड 2010
पुनर्मुद्रित 2016, 2018

ISBN : 978 81 250 4067 5

लेज़रटाइपसेटर
A & D. Co., नई दिल्ली द्वारा वॉकमैन चाणक्य 13/15 में टंकणांकित

मुद्रक
बी.बी. प्रैस. नोएडा

प्रकाशक
ओरियंट ब्लैकस्वॉन प्राइवेट लिमिटेड
3-6-752 हिमायत नगर, हैदराबाद 500 029 (तेलंगाना), भारत
ई-मेल: info@orientblackswan.com

पुस्तक में संकलित लेखों में दिए गए विचार लेखकों के हैं। उनसे प्रकाशक की सहमति होनी आवश्यक नहीं है।

स्वर्गीय पूज्य दादी श्रीमती कमला देवी
एवं
बाबा श्री बृजलाल की पावन स्मृति में

विषय-क्रम

भूमिका

मध्यकालीन भारत के इतिहास लेखन में पूर्वाग्रह, अतीत ग्रस्तता और किसी विशेष धर्म, सम्प्रदाय, जाति अथवा क्षेत्र के प्रति विशेष आग्रह प्राप्त होता है। इससे इतिहास की सम्यक् दृष्टि प्रभावित होती है। इतिहास, मानव संस्कृति की अनवरत प्रगतिशीलता का दस्तावेज है जिसमें विकास का सातत्य प्राप्त होता है। ऐसे में प्राचीन एवं पूर्व मध्यकालीन भारत के अध्ययन के बिना मध्यकालीन इतिहास का विश्लेषण कर पाना संभव नहीं होगा। इतिहास लेखन वस्तुतः विभिन्न विचारों की प्रस्तुति है, जिसे संबंधित इतिहासकार ज्ञान व बोध के परिप्रेक्ष्य में प्रस्तुत करता है। ऐसे में अनुसंधान की व्यापकता एवं दृष्टिकोण की नवीनता से इतिहास प्रस्तुति में भी परिवर्तन हो जाता है। मध्यकालीन इतिहास में साम्राज्यवादी लेखकों व उनके भारतीय अनुयायियों के द्वारा दो पक्षों पर विशेष जोर दिया गया। पहला यह है कि, यह कालावधि हिन्दू-मुस्लिम शासकों का संघर्ष काल थी, दूसरा यह कि, मुस्लिम शासकों के प्रशासन, समाज व संस्कृति की श्रेष्ठ परम्पराओं को ही उद्घाटित किया गया। इन विचारों की व्यापकता से भारत की साझा-संस्कृति प्रभावित हुई। मध्यकाल में शासक वर्ग के स्तर पर संघर्ष विद्यमान था, किंतु धर्म के आधार पर जनसंघर्ष होने की आर्थिक-सामाजिक पृष्ठभूमि नहीं थी। तुर्की राज्य की स्थापना से सामंतवाद, जातिवाद एवं इस पर आधारित संस्थाएं नष्ट नहीं हुईं बल्कि भारतीय सामंतवादी संस्थाओं का तुर्क सामंती संस्थाओं के रूप में रूपांतरण हुआ। ऐसे में मध्यकालीन इतिहास का निरपेक्ष लेखन वर्तमान पृथकतावाद को भी समाप्त करने का सामाजिक आधार निर्मित कर सकता है। वस्तुतः मनुष्य के व्यक्तित्व निर्माण में परिवार, समाज और शिक्षक की भूमिका होती है। ऐसे में यदि ये संस्थाएं धर्म व जाति की संकीर्णता से युक्त होकर मानव प्रकृति का निर्माण करती रहेंगी, तो समाज को संघर्ष से मुक्त नहीं किया जा सकता।

यूरोप में द्वितीय विश्व युद्ध के उपरांत शिक्षा पद्धति, समाज व प्रशासन से घृणा का राष्ट्रवाद समाप्त करके सामाजिक एकीकरण का मार्ग निर्मित्त किया गया, जिसका परिणाम 'यूरो' के रूप में सामने आया। ऐसे में मध्यकालीन इतिहास में कुलीनता एवं धर्म सिद्धांतों से अनुप्रेरित लेखन के तथ्यों के स्थान पर जन इतिहास की समन्वित धारा को महत्त्व देने की आवश्यकता है। महत्त्वपूर्ण यह है कि पूर्व

मध्यकाल के इतिहास लेखन की चारक परम्परा को एकपक्षीय मानकर इतिहास का स्रोत मानने से इंकार किया जाता है जबकि उसी परम्परा के मध्यकालीन उलेमाई इतिहासकारों के संकीर्ण लेखन के प्रत्येक तथ्य इतिहास के मूल प्रमाण बन जाते हैं। हमें इन प्रवृत्तियों को भी समझने की आवश्यकता है।

इस पुस्तक में मेरा प्रयत्न मध्यकालीन इतिहास को धर्म व कुलीन विशेष की श्रेष्ठता अथवा पूर्व मध्यकालीन शासक वर्गों को अपमानित करने की विचारधारा से पृथक् करके इतिहास की मूल प्रवृत्ति का उद्घाटन करना है। इस कार्य में प्राप्त की गई सफलता के आकलन का अधिकार आप पाठकों व जागरूक छात्रों को है जिनकी वजह से मैं यह कार्य करने में थोड़ा-बहुत सफल हुआ हूँ। शिक्षक का सबसे बड़ा प्रेरणास्रोत उसका जागरूक छात्र होता है क्योंकि छात्र ही शिक्षक को बेहतर बनने के लिए प्रेरित करता है। मैं 'इतिहास बोध संस्थान' में पढ़ने वाले जागरूक छात्रों को हृदय से धन्यवाद देना चाहूँगा, जिनका सहयोग व प्रोत्साहन इस पुस्तक को लिखने की स्थायी प्रेरणा बना। प्रोफेसर लाल बहादुर वर्मा के स्नेह व प्रोत्साहन का मैं सदैव ऋणी रहूँगा जिनके मार्गदर्शन से इतिहास के तथ्यों व विचारों को समझने की दृष्टि परिपक्व हुई। माता-पिता व परिवार के स्नेह और पत्नी रुचिता के सहयोग से यह कार्य सुगम हुआ। प्रिय मित्र अजय अनुराग का भी आभार व्यक्त करना चाहूँगा। ऋषि और पंकज को भी धन्यवाद देता हूँ।

जून 2009

नीरज श्रीवास्तव
इतिहास बोध संस्थान
इलाहाबाद

प्राक्कथन

डॉ. नीरज श्रीवास्तव की पुस्तक *मध्यकालीन भारतः प्रशासन समाज और संस्कृति* के बारे में अपने विचार प्रकट करने में मुझे अत्यंत प्रसन्नता का आभास हो रहा है। छरहरी काठी की यह पुस्तक एक विशाल काल खंड - पूर्व मध्यकाल से लेकर पूर्व आधुनिक/औपनिवेशिक काल को चिन्हित करती है। लगभग आठ सौ वर्षों में फैली यात्रा के तथ्यों और व्याख्याओं को सावधानी से संजोते हुए तथा सामान्य और विशिष्ट के मध्य आवश्यक संतुलन बनाते हुए लेखक अपनी मंजिल तक पहुँचने में कामयाब रहे हैं।

आज अकादमिक बाजार में मध्यकालीन भारत के प्रशासन, समाज तथा संस्कृति को लक्षित करने वाली कई पुस्तकें उपलब्ध हैं किंतु डॉ. श्रीवास्तव की रचना एक स्वतंत्र और विशिष्ट पहचान की दावेदार बच चुकी है। इसका प्रमुख कारण पुस्तक की सहज शैली, पठनीयता तथा अंतर्वस्तु के चयन और कुशल प्रबंधन में है। आज जब वैचारिक जगत में यहाँ तक घोषित हो चुका है कि पाठ इतना जटिल होना चाहिए कि पाठक का प्रत्येक स्तर पर भाषा और विचारों के साथ संघर्ष हो (फ्रेडरिक जेमसन)–एक ऐसी पुस्तक जिसमें न तो दुरुह शैली और न ही जटिल विचारों का प्रयोग किया गया हो–न केवल पाठकों को प्रगाढ़ता के साथ जोड़ने में सफल होगी बल्कि उनमें स्वतंत्र सोच के लिए जमीन तैयार करेगी।

जाहिर है कि यह पुस्तक पाठकों के हित को केंद्र में रख कर लिखी गई है। पुस्तक के पाठक हिंदी-भाषी क्षेत्रों में फैले वे लाखों छात्र-छात्राएं हैं जो स्नातक/परास्नातक स्तरों पर भारत के इतिहास के विभिन्न पहलुओं का अध्ययन कर रहे हैं। इसके अलावा यह पुस्तक उन विद्यार्थियों के लिए भी अत्यंत उपयोगी साबित होगी जो सिविल सेवाओं की प्रतियोगी परीक्षाओं के लिए प्रयासरत हैं। यही कारण है कि लेखक ने विषयों के चयन और उनकी व्याख्या में खास सावधानी बरती है। भारत के आठ सौ बरस के लंबे इतिहास का शायद ही कोई ऐसा पहलू है जिसे पुस्तक में सम्मिलित न किया गया हो। यहाँ तक कि लेखक ने मध्यकाल की साहित्य, संगीत, दर्शन तथा कला-संबंधी गतिविधियों को यथोचित स्थान देने का प्रयास किया है। यह कार्य पेचीदा है क्योंकि सामाजिक और सांस्कृतिक इतिहास

को किसी सुनिश्चित कालानुक्रम के अधीन बनाना नए विवादों का जनक हो सकता है।

वर्तमान अकादमिक पुस्तकों के साथ सबसे बड़ी दिक्कत यह रही है कि लेखक पाद-टिप्पणियों के निर्बाध प्रयोग की मनोवृत्ति से ग्रसित होते जा रहे हैं। कुछ पुस्तकों में तो पाद-टिप्पणियों की संख्या मुख्य पाठ से बराबरी करने लग गई है। यह चिंता का विषय है। डॉ. श्रीवास्तव ने इस प्रवृत्ति से बचते हुए स्वतंत्र और स्पष्ट सोच की अभिव्यक्ति के लिए वांछनीय 'स्पेस' भी तैयार किया है। इस पुस्तक में पाठकों को पाद-टिप्पणियों तथा उद्धरणों के अनावश्यक भार से बोझिल नहीं होना पड़ेगा।

डॉ. नीरज श्रीवास्तव की पुस्तक की अन्य विशेषता है कि वह भारत के निकटस्थ इतिहास के दो स्थूल संक्रमणों–प्राचीन से मध्य तथा मध्य से आधुनिक काल–को संबोधित करती है। किंतु जहाँ अन्य पुस्तकों में काल-विभाजन कृत्रिम रूप से आरोपित किया गया है वहीं इस पुस्तक में संस्थाओं, आंदोलनों, विचारों तथा विमर्शों के इतिहास को स्वाभाविक रूप से उजागर किया गया है। इस उपलब्धि का मूल कारण है लेखक द्वारा समकालीन स्त्रोत सामग्री तथा इतिहास-लेखन पर लगातार पैनी दृष्टि बनाए रखना।

निस्संदेह डॉ. श्रीवास्तव की रचना जुझारू विद्यार्थियों के अलावा उन पाठकों के लिए उपयोगी है, जो प्रशासनिक, सामाजिक तथा सांस्कृतिक अतीत में दिलचस्पी रखते हों तथा जो वर्तमान भारत के अनेकानेक संदर्भों को अतीत में तलाश रहे हों।

जून 2010

ललित जोशी
प्रोफेसर
मध्यकालीन तथा आधुनिक इतिहास विभाग
इलाहाबाद विश्वविद्यालय

1

परवर्ती गुप्त, गुप्तोत्तर कालीन आर्थिक-सामाजिक स्थिति

प्राचीन काल में मौर्योत्तर काल से रोमन एवं दक्षिण-पूर्व एशिया के साथ उन्नत व्यापार की परंपरा आरंभ हुई और यह लगभग चौथी शताब्दी ई. तक अनवरत गतिशील रहा। आर्थिक संपन्नता ने सामाजिक-सांस्कृतिक गतिविधियों को भी उन्नत किया; शिल्प, श्रेणियों व निगमों द्वारा संचालित उत्पादन प्रक्रिया ने समाज को अधिक सम्पन्न किया। इस कालावधि में धर्म, दर्शन, चिकित्सा, कला एवं साहित्य जैसे क्षेत्र भी उन्नत हुए किंतु अंतर्राष्ट्रीय व्यापार के अवसान ने भूमि पर निर्भरता को बढ़ाया, इससे चतुर्वर्ण व्यवस्था को कठोर किया गया, भूमि अधिकारों के लिए शास्त्रीय नियम बनाए गए, पौराणिक कर्मकाण्ड का विकास हुआ और महिलाओं की स्थिति में गिरावट आई। हालांकि भारत के दक्षिणी व पश्चिमी क्षेत्रों में आर्थिक-सामाजिक संपन्नता बनी रही।

कृषि, भारतीय अर्थव्यवस्था का मूलाधार सदैव रही, किंतु परवर्ती गुप्त व गुप्तोत्तर काल में अन्तर्राष्ट्रीय व्यापार के अवसान से उत्तर व मध्य भारत में कृषि की महत्ता अधिक हो गई थी। *अमरकोश* में भूमि के बारह प्रकार का उल्लेख है - उर्वरा, ऊसर, मरु, अप्रहत(बंजर), शाद्‌वल(गोचर), पंकिल(जलयुक्त), कच्छ(कछारी), शर्कस(कंकणयुक्त), शर्कावती(रेतीली), नदी मातृक(नदी द्वारा सिचिंत) तथा देव मातृक। कुमारगुप्त प्रथम के दामोदरपुर ताम्र अभिलेख में अप्रहत, अप्रदा व खिल भूमियों का उल्लेख है। कलचुरि अभिलेख में भी गोचर, लवणाकर, दलदली आदि भूमियों का वर्णन है। बाण ने *हर्षचरित* में कन्नौज में उत्पादित होने वाली फसलों का ऋतु के अनुसार वर्णन किया है। मेघातिथि ने भी सत्रह प्रकार

की फसलों की बोआई का उल्लेख किया है। *हर्षचरित* में सर्वप्रथम गाय के गोबर को खाद के रूप में प्रयुक्त किए जाने का उल्लेख किया गया। कृषि पराशय ग्रंथ में खाद के निर्माण व प्रयोग की विस्तृत जानकारी दी गई है। बारहवीं शताब्दी में पश्चिमी चालुक्य के शासक सोमेश्वर द्वारा रचित *मान सोल्लास* और *अभिलषितार्थ चिन्तामणि* तथा सारंगधर की रचना *उपवन विनोद* में भी कृषि उत्पादन, खाद के प्रकारों, सिंचाई, ऋतु, उपकरण आदि का विस्तृत उल्लेख हुआ है। गुप्तोत्तर काल में सिंचाई के साधनों के विकास में राजकीय प्रयत्नशीलता पुनः आरंभ हुई, स्कन्दगुप्त के जूनागढ़ अभिलेख में सुदर्शन झील की मरम्मत में राजकीय प्रयत्नों का दृष्टान्त प्राप्त होता है। तालाब खुदवाना, पुण्य का कार्य माना गया। शूद्रों के लिए "पूर्त धर्म" का विधान किया गया। इसका तात्पर्य है–सामाजिक कल्याण से जुड़े कार्य करना। चन्देल व परमार शासकों ने सिंचाई के लिए विशाल झीलों का निर्माण कराया। *अपराजिता पृच्छा* ग्रंथ में कुएं खुदवाना, तालाब खुदवाना और पर्वतों से निकलने वाले जल को बाँध में एकत्र करना, को "दान" की श्रेणी में रखा गया है। वराहमिहिर ने वर्षा जल की माप के लिए द्रोण इकाई का उल्लेख किया है।

अमरकोश में कृषि उपकरणों के विविध प्रकारों एवं खाद्यान्न उत्पादन का वृहद वर्णन है, जिनमें चावल की कई किस्में, गेहूँ, जौ, मटर, तिलहन, दलहन, मसाला, गन्ना व जड़ी–बूटियाँ सम्मिलित हैं। *वृहदसंहिता* में गर्मी–सर्दी एवं बसन्त ऋतुओं में उत्पादन की जाने वाली फसलों का वर्णन किया गया है। रघुवंश में सिन्धु नदी के तटवर्ती प्रदेशों व कश्मीर में केसर की पैदावार का वर्णन है। मलय क्षेत्र (कावेरी नदी का तटवर्ती इलाका) में चन्दन, कालीमिर्च व इलायची का उत्पादन होता था। गुप्तोत्तर के आधार पर भूमि वर्गीकरण एवं सर्वेक्षण से जुड़े हुए अधिकारी प्राप्त होते हैं। महत्वपूर्ण यह है कि कुलीन वर्गों के द्वारा अपने भू–अधिकारों की रक्षा के लिए शास्त्रसम्मत मान्यताओं को प्रोत्साहित किया गया। इस कालावधि में शासक, पुरोहित, व्यापारी एवं कृषक समुदाय के द्वारा भू–स्वामित्व प्राप्त करने का प्रयत्न किया गया, इससे परस्पर संघर्षों की पृष्ठभूमि निर्मित्त हुई। गुप्तोत्तर काल में व्यक्तिगत भू–स्वामित्व के अनेक उदाहरण अभिलेखों में प्राप्त होते हैं। इन्हें "कौटुम्ब क्षेत्र" कहा गया है। लक्ष्मीधर की रचना *कृत्यकल्पतरु* में भूमि में राज्य के स्वामित्व का सिद्धांत वर्णित है। शबर स्वामी के अनुसार राज्य तथा व्यक्तिगत भूमि में अन्तर था। राजा को प्रजा की रक्षा करने के कर्त्तव्य का मानदेय, भू–राजस्व के रूप में प्राप्त होता था। गुप्तोत्तर काल की स्मृतियों में भूमि सम्बन्धी विवादों, क्रय–विक्रय की प्रक्रियाओं, भूमि–दान आदि सभी का वैधानिक हल प्रस्तुत किया गया है। पूर्व मध्यकाल में भी कर के

लिए भाग, भोग, हिरण्य, उद्रंग आदि शब्दों का प्रयोग किया गया। इसके अतिरिक्त ग्रामवासियों के द्वारा अपराध करने पर ''दशापराध कर'' वसूला जाता था। यह कर सामूहिक था। शुक्र नीति के अनुसार राजा को 1/3, 1/4 और 1/2 भाग भू-राजस्व उन क्षेत्रों से लेना चाहिए जहां वर्षा, नदी, नहर अथवा कूप से सिंचाई की जाती हो। अग्रहार भू-स्वामियों से किसी भी प्रकार का कर नहीं वसूला जाता था।

गुप्तकाल के आरंम्भिक चरणों में उत्तर भारत का अन्तर्राष्ट्रीय व्यापार कमजोर हो गया था, हालांकि चन्द्रगुप्त द्वितीय ने गुजरात विजय के बाद खाड़ी के देशों से व्यापारिक कार्यों को बढ़ावा दिया, इसके लिए चाँदी का सिक्का चलाया किंतु यह प्रयत्न सम्पूर्ण मध्य एवं उत्तर भारत के व्यापार को उन्नत नहीं कर सका। गुप्तोत्तर साहित्यिक कृतियों में व्यापारिक उत्पादन का व्यापक वर्णन है। *अमरकोश* में रूई, रेशम, ऊन एवं वृक्षों की छालों के रेशों से बने कपड़ों का उल्लेख मिलता है। *हर्षचरित* में विवाह के अवसर पर राज्यश्री द्वारा धारण किए गए वस्त्रों की सूची दी गई है जिनमें सौम्य(वृक्ष के रेशे से बने), बदर(सूती कपड़ा), दुश्च(मलमल) एवं नेत्र(धारीदार रेशम) प्रमुख हैं। शांतिदेव कृत *शिक्षा समुच्चय* ग्रंथ में वर्णित है कि सर्वोत्कृष्ट रेशमी कपड़ा बनारस में बुना जाता था। बंगाल में मलमल, नमक, सुपारी; मालवा में गन्ना, नील व अफीम; गुजरात में सूती कपड़ा व चमड़ा; तथा दक्षिण भारत में मसालों, मोती व चन्दन का उत्पादन होता था। पूर्वी तट पर सक्रिय बन्दरगाहों में ताम्रलिप्ति, सप्तगाँव, पुरी व कलिंग तथा पश्चिमी तट पर देवल, खम्भात, भड़ौंच व सोमनाथ प्रमुख बन्दरगाह थे। पूर्व-मध्य काल में उत्तर भारत की राजनीतिक सत्ता का केन्द्र कन्नौज विभिन्न मार्गों से जुड़ा था। गुप्तोत्तर आन्तरिक व्यापार में भी अनेक समस्याएँ थी। रोमन व्यापार के अवसान से सोने व चाँदी की आपूर्ति बाधित हुई, इससे मौद्रिक अर्थव्यवस्था कमजोर हो गई। इसका प्रभाव आर्थिक के साथ-साथ राजनीतिक व सामाजिक भी रहा। प्रशासनिक अधिकारियों को वेतन के रूप में भूमि प्रदान की जाने लगी, इस प्रक्रिया से सामंती संस्थाएँ मजबूत हो गईं। पूर्व मध्यकाल में पाल, राष्ट्रकूट तथा सेन राज्यवंशों के द्वारा नवीन मुद्राओं को नहीं चलाया गया। इनके राज्य में पूर्व के शासकों के द्वारा चलाए गए सिक्के, कौड़ियों और वस्तु विनिमय के माध्यम से व्यापारिक कार्य व प्रशासनिक भुगतान किया जाता था। धर्मपाल के दानपत्र में ''द्रम्म'' का वर्णन मिलता है। किंतु कोई भी मुद्रा अभी तक प्राप्त नहीं हुई है। राष्ट्रकूट गोविन्द तृतीय के केम्बे दानपत्र में सात लाख स्वर्ण मुद्राओं के वार्षिक कर उल्लेख प्राप्त होता है। रामशरण शर्मा का मानना है कि राष्ट्रकूट शासक करों का निर्धारण मुद्रा के रूप में करते थे किंतु

कर वसूली वस्तु अथवा अनाज के आधार पर की जाती थी। हालांकि उत्तर भारत में कलचुरि, गहड़वाल, चन्देल व चौहान राजवंशों में विभिन्न मुद्राओं का प्रचलन किया गया। कलचुरि शासक गांगेयदेव ने ''लक्ष्मी'' प्रकार की मुद्रा का प्रचलन किया। चन्देलों ने भी कलचुरियों का अनुकरण किया। चौहानों ने वृषभ व अश्वारोही प्रकार के स्वर्ण सिक्के चलाए। चालुक्य स्वर्ण मुद्राओं पर वराह का चिह्न अंकित किया गया। पश्चिमी चालुक्यों के सिक्कों में सिंह व देवालय बनाया गया। पूर्व मध्यकालीन मुद्राओं की मानक-तौल यूनानी सिद्धांत पर आधारित थी जिसे ''ड्रेकमा'' कहते हैं। (एक ड्रेकमा =k 67.5 ग्रेन)। गुप्तोत्तर काल में दक्षिण व पश्चिम भारत में व्यापारिक क्रियाकलाप उन्नत थे। इनका चीन, इण्डोनेशिया एवं श्रीलंका के साथ व्यापारिक संबंध बना रहा। पश्चिमी तटों से ईरान, अरब व इथियोपिया के साथ व्यापारिक आदान-प्रदान हो रहा था। कासमास के अनुसार भारत में मसालों का मुख्य निर्यात मालाबार के बन्दरगाहों से हो रहा था। भारत का कोरोमण्डल क्षेत्र दक्षिण-पूर्व एशियाई देशों के साथ व्यापारिक कार्यों से सम्पन्न बना रहा। यहाँ से सूती कपड़ा, चन्दन एवं अनाजों की आपूर्ति की जाती थी।

प्राचीन व मध्ययुगीन भारत में उत्पादन प्रणाली परिवार एवं जाति आधारित व्यवस्था पर निर्भर थी, ऐसे में आर्थिक उन्नत्ता के प्रभावित होने से सामाजिक ढाँचे में भी परिवर्तन अवश्यंभावी हो गया। ई.पू. छठी शताब्दी से आरंभ होने वाले द्वितीय नगरीकरण को बहुमुखी रूप देने के लिए अनुलोम-प्रतिलोम विवाह सिद्धांतों को मान्यता दी गई थी। इसका आशय यह था कि जो जातियाँ विभिन्न उत्पादक वर्गों में संगठित हैं उनके मध्य परस्पर वैवाहिक संबंधों को मान्यता दी जाए। इससे व्यावसायिक प्रशिक्षण की आवश्यकता नहीं रहेगी और परिवार तथा उपजाति केंद्रित श्रम का विकास होगा। इन्हीं विचारों एवं मान्यताओं के द्वारा आर्थिक विकास को मूर्त्त किया गया किंतु यह प्रक्रिया समाज का उपजातिकरण करने में भी सक्षम हुई। गुप्तोत्तर काल में व्यापारिक अवसान ने इस सिद्धांत के औचित्य को समाप्त कर दिया। शासक वर्गों के द्वारा नवीन आवश्यकताओं के परिप्रेक्ष्य में चतुर्वर्ण व्यवस्था को पुन: स्थापित किया गया। इसका अन्तर्निहित सन्दर्भ यह था-उपजातियों को कृषि अधिकारों से वंचित करना। अलबरुनी का कहना है कि अन्त्यज वर्ग किसी भी जाति में नहीं आता है, इनमें अन्तर्जातीय विवाह होते हैं। किंतु इसका नकारात्मक प्रभाव भी हुआ। यह जातियाँ सामाजिक व्यवस्था से पृथक होने के उपरान्त आक्रोशित हुईं। भूमि पर निर्भरता से कृषक भू-दास की स्थिति में पहुँच गया, इससे उसमें भी आक्रोश उत्पन्न हुआ। पुराणों में वर्णित है कि कलियुग में

निर्दिष्ट नियमों का अनुपालन नहीं किया जाएगा। इस प्रक्रिया ने समाज पर सामंतों एवं पुराहितों के नियन्त्रण को बढ़ा दिया। धर्म क्षेत्र में पुरोहितों का वर्चस्व बढ़ा, मन्दिर कर्मकाण्ड का विकास, दान, फलित ज्योतिष, तीर्थयात्री जैसी मान्यताएँ इसका उदाहरण है। इससे कर्मकाण्ड का वर्चस्व तो बढ़ा ही, साथ ही साथ धर्म भी जीवनयापन का साधन बन गया। आर्थिक-सामाजिक अवनति ने महिलाओं की स्थिति को सर्वाधिक दयनीय किया। इससे सामंतवाद मजबूत हुआ और अत्यन्त निम्न जातियाँ समाज की मुख्यधारा से पृथक कर दी गईं।

सामन्ती संस्थाएँ विकेन्द्रीकरण की प्रकृति एवं अन्तर्राष्ट्रीय व्यापार के अवसान से परिपक्व होती हैं। गुप्तोत्तर काल सामंती सत्ताओं के वर्चस्व के रूप में जाना जाता है। सामंत अथवा महासामंत शब्द का प्रयोग शक्तिशाली एवं वंशानुगत सत्ता के रूप में मौखरी शासक अनन्त वर्मा के अभिलेखों में किया गया है। हमें इस तथ्य का स्मरण रखना चाहिए कि प्राचीन व मध्ययुगीन परिप्रेक्ष्य में शासक वर्ग अपने हितों से जुड़ी संस्थाओं का निर्माण करता था और यदि उससे जनमानस का भला हो जाता था तो उन्हें आपत्ति नहीं थी। कुछ उदाहरणों को छोड़कर शासकों की नीतियाँ सामान्यतया जनहितों से पृथक होती थी। सामन्ती संस्थाओं के उन्नत होने का कारण विकेन्द्रीकरण एवं व्यापारिक अवसान था किंतु इन संस्थाओं को मिलने वाले अधिकारों के अनेक कारण थे। वास्तव में व्यापारिक गतिविधियों में कमी से सामाजिक ढाँचा भी अव्यवस्थित हुआ क्योंकि भारतीय उत्पादन प्रणाली जातियों पर निर्भर थी। ऐसे में उत्पादक वर्गों की निर्भरता भी कृषि पर बढ़ी। मौद्रिक व्यवस्था कमजोर हो जाने से वेतन के एवज में भूमि दी जाने लगी, इससे भुक्ति संस्था मजबूत हुई और सामंतवाद व्यावहारिक होने लगा। समाज में विद्यमान व्यापक आक्रोश के कारण सामन्तों को अधिकार आवंटित किए जाने लगे। ग्रामीण क्षेत्र में अग्रहार एवं ब्रह्मदेह प्राप्त दान भोगियों के द्वारा भी सामाजिक वर्चस्व व्यापक किया गया। तत्कालीन ग्रंथों में ब्राह्मणों, पुरोहितों व राज्य कार्य में संलग्न वर्गों की सामाजिक श्रेष्ठता का वर्णन मिलता है। नवीन कृषि निर्भर अर्थव्यवस्था ने ब्राह्मणों को अग्रहार एवं ब्रह्मदेव प्राप्त करने के साथ-साथ अन्य कार्यों के लिए भी प्रेरित किया। इस काल में ब्राह्मणों के द्वारा प्रशासनिक अधिकारी, सेनापति, व्यापारी एवं कृषक के रूप में भी जीविकोपार्जन किया गया। *शुक्रनीति सार* में वर्णित है कि आपदा काल में ब्राह्मणों को क्रमशः क्षत्रिय व वैश्य के व्यवसायों को ग्रहण करने की अनुमति है। ऐसे में अनेक राजपूत जातियों के आदि पुरुष ब्राह्मण जाति के रहे। परमार राजवंश के प्रथम शासक वशिष्ठ गोत्रिय ब्राह्मण थे। ऐसे ही चौहान को वत्स

गोत्रिय ब्राह्मण माना गया। गुहिल राजवंश के पूर्वज बप्पा रावल विप्र कहा जाता था। पूर्व मध्यकाल में ब्राह्मणों को उच्च स्थान प्राप्त था और इनके अधिकारों का संरक्षण शासक द्वारा भी किया जाता था। *पृथ्वीराज विजय* महाकाव्य में वर्णित है कि पृथ्वीराज प्रथम ने पुष्कर में ब्राह्मणों को लूटने वाले सात सौ चालुक्यों की हत्या करवा दी थी। गुप्तोत्तर काल में ब्राह्मण खान-पान सम्बन्धी नियमों में कठोर हो गए थे। इस काल में ब्राह्मणों में अनेकानेक उपजातियां उत्पन्न हो गई थीं जिन्हें "पंचगौड़" के आधार पर विभाजित किया गया। इनमें सारस्वत, उत्कल(उड़ीसा में रहने वाले) मैथिल, कान्यकुंज और गौड़ सम्मिलित थे। इनके अतिरिक्त नागर, श्रीमाली, सरयूपारी तथा दाहिमा ब्राह्मण विभिन्न क्षेत्रों के आधार पर स्थापित हुए। ईरान से कुलीन जाति समूह को "भोजक ब्राह्मण" का दर्जा दिया गया। इनका निवास पूर्वी भारत में था। भोजक ब्राह्मण सूर्य उपासक थे। गुप्तोत्तर काल में क्षत्रियों को राजपूत के रूप में मान्यता दी जाने लगी। सत्ता के विकेंद्रीकरण के मध्य से अधीनस्थ सत्ताओं का विकास हुआ जिन्हें योद्धा वर्ग के रूप में मान्यता दी गई। नवीं शताब्दी ईसवी में क्षत्रिय वर्ग से जाति एवं गोत्र के आधार पर परिचय देने की परम्परा देने के स्थान पर कुल अथवा परिवार को महत्त्व दिया जाने लगा। राजपूतों के उदय को महत्त्वपूर्ण ऐतिहासिक घटना माना जाता है। वस्तुतः राजपूत, योद्धा वर्ग का समूह था जिसमें क्षत्रियों के साथ-साथ अन्य जातियां व उपजातियां भी सम्मिलित थीं, जिनका सम्बन्ध सैन्य वर्ग से था। राजपूतों से सम्बन्धित विभिन्न कुलों ने दैवी उत्पत्ति के सिद्धांतों पर विशेष जोर दिया, यह परस्पर रक्त शुद्धता को व्यापक करने और संघर्ष का आधार निर्मित्त करने का कारक भी बना। *राजतरंगिणी*, *पृथ्वीराज रासो*, *वीसलदेव रासो* जैसे ग्रंथों में राजपूतों के छत्तीस कुलों का वर्णन मिलता है।

गुप्तोत्तर समाज में वैश्य वर्ग पूर्व में अर्जित आर्थिक सम्पन्नता के कारण राजनैतिक प्रतिस्पर्धा करने लगा था, क्योंकि राजनैतिक अधिकारों के बिना भूमि अधिकार संभव नहीं था। ब्राह्मण ग्रंथों में वैश्य वर्ग के लिए कृषि, पशु-पालन व व्यापार से जुड़े कार्य करने की व्यवस्था की गई। किंतु धीरे-धीरे कृषि व पशु-पालन शूद्रों का कार्य बन गया और अहिंसक वृत्ति का परिपालन करने से वैश्यों ने व्यापार, वाणिज्य, बैंकिंग, ब्याज पर धन देना आदि व्यवसायों को अपना लिया। पूर्व मध्यकाल में गंगा घाटी के किनारे बसने वाले नगरों के वैश्य वर्ग, गुजरात व मालवा के वैश्य आन्तरिक व अन्तर्राष्ट्रीय व्यापार के कारण सम्पन्न बने हुए थे। इससे ये राजनीतिक पद प्राप्ति के लिए भी प्रयत्नशील हो गए क्योंकि इसके बिना भूमि अधिकार अथवा सामाजिक प्रतिष्ठा मिल पाना संभव नहीं था। व्यापार व वाणिज्य

के विकास में महत्त्वपूर्ण होने के बाद भी वैश्य वर्ग शूद्रों के अधिक समीप था। वैसे भी व्यापारिक उत्पादन में श्रमिक जातियों की अनिवार्य सहभागिता थी जिससे वैश्य व शूद्र वर्ग परस्पर जुड़ गए थे। हालांकि प्राचीन भारत में धर्म के विकास में वैश्यों ने अनिवार्य भूमिका निभाई। धर्म-दान के माध्यम से मठों व मन्दिरों की व्यवस्था की देख-रेख होती थी। इस दान में वैश्य वर्ग अग्रणी था। वैश्यों ने अन्तर्राष्ट्रीय व्यापार के विकास में सर्वाधिक योगदान दिया, इनके व्यापारिक कारवों के साथ धर्म प्रचारकों ने भी विभिन्न देशों में धर्म व संस्कृति का विस्तार किया। गुजरात में जयसिंह सिद्धराज के द्वारा अनेक व्यापारियों को सामंत की उपाधि एवं भूमि अधिकार दिया गया।

शूद्र वर्ग कृषि, पशुपालन, शिल्पकारी व दस्तकारी के कार्यों में संलग्न था जिससे उसकी आर्थिक स्थिति पर्याप्त उन्नत थी किंतु सामाजिक प्रतिष्ठा से शूद्र को वंचित किया गया था। पूर्व मध्यकाल में व्यापारिक गतिविधियों के अवसान से शूद्रों का मुख्य व्यवसाय कृषि हो गया था। *व्यासस्मृति* में कृषक समूह को "कुटुम्बी" के रूप में वर्णित किया गया है। इसका तात्पर्य—पारिवारिक श्रम के माध्यम से कृषि कार्य करना था। कुटुम्बी को भू-स्वामित्व प्राप्त था और ये राज्य को विभिन्न प्रकार के कर दिया करते थे। मेघातिथि ने शूद्रों की निजी सम्पत्ति को मान्यता दी है। *नारद स्मृति* में शूद्रों को वैश्य व क्षत्रियों के व्यवसाय अपनाने की स्वतन्त्रता दी गई है। बाणभट्ट ने *हर्षचरित* में आदिवासी कृषकों का भी उल्लेख किया है। गुप्तोत्तर काल में नगरों के अवसान से कृषि भूमि पर दबाव पड़ा जिससे जंगलों को काटकर कृषि भूमि का विस्तार किया गया और आदिवासियों को भी कृषक का दर्जा प्राप्त हुआ। शूद्रों की सामाजिक स्थिति अधिक दयनीय हुई। अलबरुनी का मानना है कि वैश्य व शूद्र को वेदाध्ययन एवं श्रवण की अनुमति नहीं थी। रक्तशुद्धि की भावना से अनुप्रेरित सामाजिक विधानों ने विवाह एवं खानपान के नियमों को कठोर किया। स्मृतियों में अन्तर्जातीय विवाहों की आलोचना की गई है। चतुर्वर्ण व्यवस्था की कठोरता से बहुतायत उपजातियां सामाजिक प्रतिष्ठा एवं भूमि अधिकारों से वंचित कर दी गईं, इससे अत्यज्य वर्गों की संख्या बढ़ी। इस काल में चाण्डालों के साथ-साथ धोबी, चर्मकार, नट, वरुण, केवर्त, धीवर, भेद(गुप्तचर) एवं भील को अछूत घोषित किया गया। पूर्व मध्यकाल में सामन्ती ढाँचे के परिपक्व होने से शोषणात्मक वर्ग का महत्त्व बढ़ा और कुलीनता के सिद्धांतों के कारण बाह्य आडम्बर के साथ-साथ दास व्यवस्था का भी विकास हुआ। *लेख पद्धति* ग्रंथ में दास प्रथा और इससे सम्बन्धित कानूनी प्रावधानों का

विस्तृत उल्लेख किया गया है। इसमें यह भी वर्णित है कि दासों का निर्यात समुद्री मार्ग से अरब व पश्चिमी देशों को होता था। धनाढ्य व कुलीन वर्ग मन्दिरों व मठों में सेवा कार्य करने के लिए दासों का दान करते थे। विज्ञानेश्वर ने मिताक्षरा ग्रंथ में ऋण न चुकाने पर दास बना लेने के सिद्धांत का समर्थन किया है।

गुप्तोत्तर काल में एक संगठित जाति के रूप में कायस्थ वर्ग का उत्थान हुआ। कायस्थों का सर्वप्रथम उल्लेख *याज्ञवल्क्य स्मृति* में किया गया और *व्यास स्मृति* व *ओशनस स्मृति* में कायस्थों को जातिरूप में वर्णित किया गया है। इस वर्ग का उत्थान लेखक, गणक, पुस्तपाल व अन्य दस्तावेजों से जुड़े कार्यों को करने वाले वर्गों के मध्य से हुआ। इसलिए कायस्थों में विभिन्न जातियों का सम्मिश्रण प्राप्त होता है। भूमि आधारित पूर्व मध्यकालीन व्यवस्था में इस वर्ग का महत्त्व बढ़ गया था जिससे इन्हें सामाजिक अशांति का कारक भी माना गया। कल्हण का कहना है कि इनके अत्याचारों से प्रजा पीड़ित थी। कायस्थ वर्ग शासकों को नवीन कर लगाने का सुझाव देते थे। कायस्थों ने ब्राह्मणों को प्राप्त अग्रहार व ब्रह्मदेय भूमि अनुदानों में भी हेरा-फेरी की जिससे गुप्तोत्तर काल में ब्राह्मणों व कायस्थों का संघर्ष द्वन्द्व भी दिखाई देता है। बारहवीं शताब्दी के मध्य कायस्थों की अनेकानेक सहायक उपजातियां बन गई थीं जिनमें गौड़, वल्लभी, माथुर, श्रीवास्तव, वर्मा, सक्सेना, निगम आदि सम्मिलित हैं। हालांकि इनके मध्य परस्पर वैवाहिक सम्बन्ध स्थापित किए जाते थे। पूर्व मध्यकाल में उत्तर भारत से पूर्वी भारत तक इस जाति का विस्तार हुआ। चन्देल शासकों ने श्रीवास्तव कायस्थ को सामंत की उपाधि प्रदान की थी। ऐसे ही चौहान राजवंश ने माथुर कायस्थ को सम्मानित पद प्रदान किया।

2

गुप्तोत्तर नारी की स्थिति एवं धार्मिक अधिकार

गुप्तोत्तर काल, प्राचीन भारत के आर्थिक-सांस्कृतिक पराभव का काल माना जाता है। सामंतवाद का विकास, आर्थिक सम्पन्नता में कमी एवं सांस्कृतिक अवनति ने महिलाओं की स्थिति को गहरे रूप में प्रभावित किया, हालाँकि सामंती युग में महिलाओं की स्थिति पुरुषों की अपेक्षा सदैव निम्न रही है। शैक्षणिक स्थिति में गिरावट, बाल-विवाह को मान्यता, विधवाओं की शोचनीय स्थिति एवं पर्दा प्रथा की व्यापकता गुप्तोत्तर महिलाओं की स्थिति की स्पष्ट व्याख्या करती है।

गुप्तोत्तर आर्थिक अवनति ने सांस्कृतिक परंपराओं को प्रभावित किया। इससे व्यावसायिक शिक्षा में गिरावट आई और महिला शिक्षा का प्रचलन कुलीन परिवारों तक ही सीमित था। वात्स्यायन का मानना है कि स्त्री को इतना शिक्षित अवश्य होना चाहिए कि वह घर का बजट बना सके। राजघराने की महिलाओं में उच्च शिक्षा का प्रचलन था। *कादम्बरी* महाकाव्य में वर्णित है कि राजकुमारी कादम्बरी एवं देवी महाश्वेता ने पुरुषों के साथ संगीत एवं ललित कलाओं की शिक्षा ग्रहण की। *अमरकोश* में महिला गुरु(उपाध्याय) एवं वैदिक मंत्रों की शिक्षिका(आचार्या) का उल्लेख प्राप्त होता है। महिला शिक्षा के पाठ्यक्रमों में धार्मिक साहित्य, संगीत, नृत्य एवं चित्रकला से संबंधित विषय शामिल थे। संस्कृत साहित्य के ग्रन्थों के अवलोकन से इस काल की विदुषी महिलाओं की जानकारी मिलती है। मण्डन मिश्र तथा शंकराचार्य के मध्य शास्त्रार्थ में मण्डन मिश्र की पत्नी ही एकमात्र निर्णयकर्ता थीं। राजशेखर ने *काव्यमीमांसा* ग्रंथ में कवियित्रियों का उल्लेख किया गया है जिनमें उनकी पत्नी अवन्ति सुन्दरी, अलंकार शास्त्र में भी प्रवीण थी।

राजशेखर ने विजयांका की काव्य प्रतिभा को कालिदास के समकक्ष माना है। गुप्तोत्तर काल में महिलाएं राजनीति व प्रशासन में भी सक्रिय थीं। चचनामा के अनुसार सिन्ध के शासक दाहिर की बहन रानीबाई ने 712ई. में मुहम्मद बिन कासिम के साथ हुए युद्ध में सिंध सेना की एक टुकड़ी का नेतृत्व किया था। चालुक्य, कदम्ब व उड़ीसा के राजवंशों में महिलाओं को प्रशासनिक पद दिए जाते थे।

बाल-विवाह के कारण आर्थिक सम्पन्नता के बाद भी महिलाओं की स्थिति दयनीय थी। गुप्तोत्तर सामाजिक व्यवस्थाकारों ने यौवनारंभ के पूर्व के विवाह को आदर्श माना है। स्मृतिकार वृहद्म के अनुसार जो पिता अपनी पुत्री का विवाह दस वर्ष की आयु के पूर्व नहीं करता, वह घोर पाप करता है। मेघातिथि ने कन्या के विवाह की आयु आठ वर्ष और अधिकतम बारह वर्ष मानी है। किंतु मनुस्मृति के इस विधान का भी अनुमोदन किया है कि यदि पिता कन्या का विवाह बारह वर्ष की आयु तक नहीं करता है तो कन्या को स्वयं अपना पति चुनने का अधिकार है। बाल-विवाह के होने के अनेक कारण माने जाते हैं। वस्तुतः कठोर जातिवादी व्यवस्था के पुनः मान्य होने से अनुलोम/प्रतिलोम विवाह सिद्धांत का औचित्य स्वतः समाप्त हो गया जिससे योग्य वर की प्राप्ति सीमित होकर जातिगत व्यवस्था में सिमट गई। इससे बाल-विवाह को प्रोत्साहन मिला। महत्त्वपूर्ण यह भी है कि संयुक्त परिवार की एकीकृत आर्थिक-सामाजिक व्यवस्था में सामूहिकता के सिद्धांत के द्वारा जीवनयापन किया जाता था जिससे बाल-विवाह होने के बाद भी पति अथवा पत्नी पर गृहस्थ जीवन का एकाकी दबाव नहीं पड़ता था। वैसे भी सामंती समाज में अशिक्षित बालिका को परिवार जैसे ढाँचे और विवाह जैसी व्यवस्था में ही सुरक्षित माना जाता है। हालाँकि यह विधान उत्तर एवं मध्य भारत के सामंती क्षेत्रों में ही मान्य था, समकालीन दक्षिण भारत में बाल विवाह का प्रचलन अपेक्षाकृत कम था। आर्थिक क्रियाकलापों में कमी के कारण अनुलोम-प्रतिलोम विवाह सिद्धांतों की प्रासंगिकता समाप्त हो गई थी। अलबरुनी के अनुसार ब्राह्मण अपनी जाति में विवाह करते थे और अन्तर्जातीय विवाह केवल अन्त्यजों में होते थे, जिनकी कोई जाति नहीं थी। गुप्तोत्तर काल में ब्रह्म, देव, प्रजापत्य एवं आर्ष विवाह मान्य थे। कात्यायन व बौद्धायन ने गान्धर्व विवाह को श्रेष्ठ माना है। गुप्तोत्तर व्यवस्थाकारों ने महिलाओं पर नियन्त्रण के प्रावधान बनाए। मेधातिथि कहते हैं कि पत्नी के अपराध करने के बाद भी पति को संयम रखना चाहिए। पुरुष केंद्रित आर्थिक-सामाजिक ढाँचे में महिलाओं की स्थिति स्वतः दयनीय हो जाती है।

गुप्तोत्तर विधवाओं की स्थिति में भी गिरावट आई। बाल विवाह ने बाल विधवाओं को जन्म दिया जिससे स्मृतिकारों ने पहली बार इनके आचारविषयक नियमों को उद्घाटित किया। महत्त्वपूर्ण यह है कि अशिक्षित बाल विधवा, सामाजिक कुरीति के विकास में भी सहायक हो सकती है। ऐसे में *हारीत स्मृति* में कहा गया है कि विधवा को बाल संवारना छोड़ देना चाहिए, इन्हें पान, सुगन्धित वस्तुओं, फूल, आभूषणों एवं रंगीन वस्त्रों का प्रयोग नहीं करना चाहिए। मेघातिथि का मानना है कि राजा को विधवा की स्थिति की देखरेख करनी चाहिए। इस काल में सती प्रथा की वैधता को लेकर स्मृतिकार एकमत नहीं थे फिर भी अन्य कालों की अपेक्षा सती प्रथा को अधिक वैधानिकता दी गई थी। 700ई. में लिखी गई *हारीत* एवं *अंगीरस स्मृति* में सती प्रथा की प्रशंसा की गई है। अरबी लेखक सुलेमान का मानना है कि विधवाएँ अपनी इच्छा से सती होती थीं। पूर्व मध्य काल में सती प्रथा का प्रचलन मुख्यतः सामन्त वर्ग में था। व्यापारी एवं निम्न वर्ग की महिलाओं के सती होने का प्रमाण नहीं मिलता है। *नैषध चरित* में वर्णित है कि पति के वियोग को सहने की अपेक्षा विधवा को सती हो जाना चाहिए। अरबी यात्री अबुजैद ने भारत में पुरुषों के भी सती होने का उल्लेख किया है। हालांकि मेघातिथि ने सती प्रथा का विरोध करते हुए इसे आत्म-हत्या का अपराध माना है। जैन धर्म के अनुयायियों ने सती प्रथा को अधिक हतोत्साहित किया। पूर्व मध्यकाल के व्यवस्थाकारों ने विधवा पुनर्विवाह को मान्यता नहीं दीं। मेघातिथि के अनुसार विधवा पुर्नविवाह नहीं कर सकती है। दसवीं शताब्दी तक "बाल-विधवा" शब्द साहित्य में प्रयुक्त किया जाने लगा था। हालांकि शूद्रों व जनजातियों में विधवा पुनर्विवाह की प्रथा विद्यमान थी। स्मृतिकार देवल ने व्यभिचार के लिए कठोर दण्ड की व्यवस्था की है।

पर्दा प्रथा का प्रचलन भी मुख्यतः राजघरानों एवं कुलीन वर्गों में ही था, कामकाजी एवं श्रमिक महिलाओं में इसका प्रभाव नहीं मिलता। वैसे भी पर्दा प्रथा सम्पूर्ण भारत में मान्य नहीं थी। अरबी लेखक अबुजैद का कहना है कि भारतीय राजाओं की राजसभा में स्त्रियाँ बिना पर्दे के उपस्थित होती थीं। कश्मीर के राजा अनन्त की पत्नी सूर्यमती एवं कालान्तर में रानी दिद्दा ने सम्पूर्ण शासन का संचालन किया था। उड़ीसा एवं कल्याणी के चालुक्य राजवंशों में भी प्रशासनिक पदों पर महिलाओं की नियुक्ति की जाती थी। सामंती विलासिता एवं अशिक्षा के कारण स्त्रियों की सतीत्व की रक्षा के लिए स्मृतिकारों ने पर्दा प्रथा को मान्यता दी। इस कालावधि में धार्मिक संस्थाएँ भी भ्रष्ट व अनैतिक हुईं, देवदासी प्रथा इसका उदाहरण है। पूर्व मध्य काल में महिलाओं के सम्पत्ति संबंधी अधिकारों का विस्तृत

उल्लेख किया गया। *देवल स्मृति* में स्त्री धन के अन्तर्गत दहेज एवं दहेज धन पर मिलने वाला लाभांश सम्मिलित किया गया है। विज्ञानेश्वर ने स्त्री धन के अन्तर्गत दहेज, पारिवारिक बँटवारे का धन एवं लम्बे समय तक नियन्त्रण में रही सम्पत्ति को रखा है। स्मृतिकार जीमूत वाहन ने संयुक्त परिवार में भी विधवाओं को सम्पत्ति अधिकार देने की वकालत की है।

पूर्व–मध्यकाल में पौराणिक धर्म की लोकप्रियता के कारण महिलाओं को धर्म क्षेत्र में नवीन अधिकार प्रदान किए गए। मन्दिर उपासना पद्धति के परिप्रेक्ष्य में तीर्थयात्रा नदी स्नान, व्रत एवं दान जैसी नई स्थापनाएँ व्यावहारिक हुईं। इन कार्यों के संचालन का दायित्व पारिवारिक कल्याण से जोड़कर महिलाओं को दिया गया और इनके द्वारा इन धार्मिक कृत्यों का उत्साह से संपादन किया गया। वैसे भी इस उपासना पद्धति में प्रार्थना में समर्पण की आवश्यकता थी। वैदिक मंत्रों के उच्चारण का अधिकार पुरोहितों के ही पास था। गुप्तोत्तर काल की आराधना पद्धति में तंत्रवाद एवं शक्तिपूजा का विशेष प्रचलन हुआ। इस कालावधि में पुरोहितों को अग्रहार और ब्रह्मदेह प्रदान किए गए जिससे ग्रामीण क्षेत्रों में ब्राह्मण संस्कृति का विस्तार हुआ। परिणामस्वरूप जनजातीय व ग्रामीण उपासना पद्धति का ब्राह्मण कर्मकाण्डीय विचारधारा से समायोजन हुआ। गुप्तकाल के उपरान्त रोमन क्षेत्रों से व्यापार की कमजोरी से नगरों का पतन होने लगा इससे शहरी जनसमुदाय का पलायन हुआ। तत्कालीन भूमिदान के दस्तावेजों से इसकी जानकारी मिलती है। इसके अन्तर्गत अहिच्छत्र, श्रावस्ती एवं तीरभुक्ति नगरों के ब्राह्मण उड़ीसा के ग्रामीण क्षेत्रों में बसे। मालवा, गुजरात व कर्नाटक के विभिन्न नगरों में ऐसा ही पलायन दिखाई देता है। ह्वेनसांग ने भी वर्णित किया है कि पाटलिपुत्र नगर ग्राम सदृश हो गया था। ऐसे में स्वाभाविक था कि शूद्रों व जनजातियों के रीति–रिवाजों के साथ सामंजस्य किया जाए। परिणामस्वरूप इनकी आराधना पद्धति को ब्राह्मणों ने मान्यता दी। भारतीय उपमहाद्वीप में मातृदेवी की पूजा सैन्धव काल के पूर्व से ही प्रचलित थी किंतु छठी शताब्दी में बौद्ध व ब्राह्मण धर्मों के साहित्य में इन्हें प्रमुख स्थान दिया जाने लगा। ब्राह्मण धर्म में सम्मिलित होने वाली देवियों में शबरी, चाण्डाली, डोम्बिनी, बेताली, चामुण्डा, वगला, त्रिपुटा, रक्त चंडिका, विन्ध्यवासिनी, शारदा व अन्य थीं। तंत्र साहित्य में शिव को सबर कहा गया है। बंगाल में सबरोत्सव नामक पर्व मनाया जाता था। हरिवंशपुराण में वर्गित है कि इस देवी की पूजा बर्बर लोग करते थे। *कादम्बरी* में वर्णित है कि चण्डिका देवी का पुजारी द्रविड़ होता था। पूर्व मध्यकाल में कुल सत्ताइस शक्ति देवियों के नाम प्राप्त होते हैं जिनका संबंध

जनजातियों से था। पुराणों के अवलोकन से यह स्पष्ट होता है कि बिहार, नेपाल, उड़ीसा, बंगाल व असम शक्तिपूजा के सबसे बड़े केन्द्र थे।

सातवीं शताब्दी के धार्मिक ग्रंथों में शक्तिपूजा को महत्त्वपूर्ण स्थान दिया जाने लगा था। कुंजिका तंत्र ग्रंथ में पांच शक्तिपीठों का उल्लेख है। ये उड़ीसा, जालन्धर, श्रीशैल, महाराष्ट्र व असम में स्थित थे। ग्यारहवीं शताब्दी की रचना *रुद्रयमल* में वाराणसी, मथुरा व अयोध्या शक्तिपीठों का उल्लेख है। इसी कालावधि में विन्ध्यवासिनी की पूजा का भी व्यापक प्रचलन हुआ। इस ग्रंथ में ज्वालामुखी पीठ, हरिद्वार के पास स्थित मायावती पीठ व कांचीपीठ का भी वर्णन है। कहने का तात्पर्य यह है कि गुप्तोत्तर आराधना पद्धति में महिलाओं को धार्मिक अधिकार प्रदान किए गए। इससे इनकी सामाजिक प्रतिष्ठा में वृद्धि हुई। महत्त्वपूर्ण यह है कि ब्राह्मण व्यवस्थाकारों ने सनातन धर्म के कर्मकाण्ड व यज्ञवाद से महिलाओं को पृथक रखा था किंतु इस नवीन आराधना पद्धति में महिलाओं की शक्तिपूजा को ही कर्मकाण्ड का मुख्य विषय बना दिया गया। इस धार्मिक व्यवस्था में महिलाओं को पुरुषों से अधिक अधिकार दिया गया।

3

गुप्त–गुप्तोत्तर शिक्षा पद्धति

प्राचीन काल में भारतीय शिक्षा पद्धति दो आधारों पर संगठित थी – व्यावसायिक शिक्षा का संचालन शिल्पश्रेणी व निगमों के द्वारा किया जाता था और विश्वविद्यालय शिक्षा के माध्यम से समाज में विद्यमान विभिन्न मतभेदों के निराकरण के साथ–साथ विकास का नेतृत्व किया जाता था। विश्वविद्यालयों के पाठ्यक्रमों में धर्म, दर्शन, इतिहास, ज्योतिष, विज्ञान, गणित, चिकित्साशास्त्र, धातु विज्ञान, ललितकला, तंत्रवाद जैसे विषय सम्मिलित थे। इसके अतिरिक्त विभिन्न नगरों में भी उच्च शिक्षा के केन्द्र विद्यमान थे जिनमें काशी, प्रयाग, उज्जैन, प्रतिष्ठान, नासिक व कांचीपुरम् प्रमुख हैं। पूर्व मध्यकाल में नालन्दा, विक्रमशिला व वल्लभी शिक्षा के प्रसिद्ध केन्द्र थे।

प्राचीन भारतीय शिक्षा पद्धति में व्यावसायिक शिक्षा निजी प्रयत्नों के द्वारा समृद्ध की जाती थी। शिल्प–श्रेणी व निगम व्यावसायिक क्षेत्र में अनुसंधान, व्यापार, प्रबन्धन व उत्पादनों के प्रचार जैसे कार्यों में संलग्न थे। इनके प्रयत्नों से ही दस्तकारी, शिल्पकारी, मणिमुक्ता व अन्य विलासिता की वस्तुओं के उत्पादन में गुणात्मक विकास हुआ। इनके उत्पादों का सम्बन्ध प्रत्यक्षत: बाजार से था। इसलिए जब उत्तर व मध्य भारत के अन्तर्राष्ट्रीय व्यापार में अवनति आई तो इसका प्रभाव नगरीय व्यवस्था में पतन के साथ–साथ शिल्प श्रेणी व निगमों की स्थिति पर भी पड़ा। इसलिए गुप्तोत्तर काल में व्यावसायिक शिक्षा के क्षेत्र में अवनति प्राप्त होती है। किंतु विश्वविद्यालय शिक्षा, राजकीय संरक्षण व दान के द्वारा संचालित होती रही।

नालन्दा का सम्बन्ध प्राचीन काल से जैन एवं बौद्ध धर्म से था। दीर्घनिकाय के ब्रह्म जाल सूक्त में महात्मा बुद्ध के नालन्दा में प्रवास का वर्णन है। *जैन भगवती सूत्र* में वर्णित है कि महावीर स्वामी ने नालन्दा में गोसाल से भेंट की और चौदह वर्षावास निवास किया। अशोक के काल में भी नालन्दा बिहार समृद्ध हो चुका था। ह्वेनसांग के अनुसार शकादित्य या कुमारगुप्त प्रथम ने दान देकर नालन्दा विश्वविद्यालय की नींव रखी जिसके उत्थान में बुधगुप्त, तथागतगुप्त और बालादित्य ने भी योगदान दिया। बालादित्य ने नालन्दा में तीन मंजिला मण्डप निर्मित्त करवाया जिसमें कई विहार भी थे। पाल अभिलेखों में इसे महाविहार अर्थात् 'नालन्दा महाविहाराय आर्य भिक्षुधस्य' कहा गया है। हर्ष के काल में नालन्दा का महत्त्व बढ़ गया था। ह्वेनसांग के अनुसार हर्ष द्वारा नालन्दा में शैक्षणिक व अन्य व्यय के लिए सौ ग्रामों का राजस्व दिया गया और पीतल का विहार बनवाया गया। पाल शासकों के काल में नालन्दा में बौद्ध तंत्रवाद का विकास हुआ। देवपाल के शासन काल में नालन्दा को अन्तर्राष्ट्रीय पहचान मिली। देवपाल (810 से 850ई.) के मुद्दगिरि ताम्रपत्र में वर्णित है कि सुमात्रा के महाराज बेलपुत्र देव के आग्रह करने पर इनके द्वारा निर्मित्त करवाए गए बिहार की व्यवस्था के लिए देवपाल ने पांच गांव दान में दिए। विश्वविद्यालय का नेतृत्व विशेषज्ञ कुलपति को दिया जाता था। इसका चुनाव चरित्र, विद्वता व कार्य अनुभव को ध्यान में रखकर किया जाता था। कुलपति की सहायता के लिए शिक्षा समिति व प्रबन्ध समिति गठित की गई थी। शिक्षा समिति का कार्य छात्रों के प्रवेश, पाठ्यक्रम का निर्धारण और अध्यापकों के पाठ्य विषय का विभाजन सम्बन्धित कार्य करना था। प्रबंध समिति के द्वारा सामान्य प्रशासन, भवन-निर्माण, आवास, भोजन, चिकित्सा एवं आय-व्यय से सम्बन्धित कार्य किए जाते थे। नालन्दा विश्वविद्यालय की प्रवेश परीक्षा अत्यन्त कठिन थी। इसमें व्याकरण, अभिधम्म कोश व न्याय से सम्बन्धित प्रश्न पूछे जाते थे। ह्वेनसांग के अनुसार केवल बीस प्रतिशत छात्र ही प्रवेश परीक्षा में सफल हो पाते थे। विश्वविद्यालय में न्यूनतम बीस वर्ष की आयु के विद्यार्थी ही सम्मिलित किए जाते थे। प्राथमिक शिक्षा के लिए भी प्रबन्ध किया गया था जिसमें ब्रह्मचारी ही प्रविष्ट किए जाते थे। नालन्दा में एक विशाल पुस्तकालय निर्मित्त किया गया था। ह्वेनसांग के अनुसार दीवारों से ही बनाई गई पत्थर की आलमारियों पर पुस्तकों को रखा जाता था। संबंधित विषय के विद्वान अध्यापक को पुस्तकालय के देख-रेख की जिम्मेदारी दी जाती थी। पुस्तकालय में पुस्तकों को संरक्षण के साथ-साथ उनका लेखन भी किया जाता था। इत्सिंग ने नालन्दा से चार सौ संस्कृत ग्रंथों की प्रतियां लीं थीं। इस

पुस्तकालय के तीन भवनों का उल्लेख प्राप्त होता है – रत्नादधि, रत्नसागर तथा रत्नरजंक। ह्वेनसांग के अनुसार नालन्दा में पांच विद्याएं पढ़ाई जाती थीं – शब्द विद्या, चिकित्सा विद्या, हेतु विद्या, शिल्प स्थान विद्या और अध्यात्म विद्या। प्रत्येक विषय में सौ व्याख्यान होते थे। इसके अतिरिक्त वाद-विवाद के द्वारा भी ज्ञान का प्रतिस्पर्धी विकास किया जाता था। नालन्दा से शिक्षा ग्रहण करने वाले देश-विदेश के विद्यार्थियों की लम्बी सूची हैं। नालन्दा विश्वविद्यालय में विभिन्न ग्रंथों का अनुवाद भी किया जाता था। इससे सांस्कृतिक समन्वय व ज्ञानार्जन में सहायता मिली। शीलभद्र ने *आर्य बुद्ध भूमि व्याख्यान* ग्रंथ की रचना की। धर्मपाल ने *वर्ण सूत्र वृत्तिनाम* नामक संस्कृत व्याकरण की टीका लिखी। इसके अतिरिक्त शांतरक्षित ने *तत्त्व संग्रह*, पद्मसंभव ने समय *पज्यशिका* ग्रथों की रचना की। यहां पर रहने वाले शिक्षक, विद्वता व उच्च चरित्र के लिए प्रसिद्ध थे। ह्वेनसांग के अनुसार इन्हें समाज में अत्यन्त सम्मानित स्थान प्राप्त था।

सातवीं शताब्दी में काठियावाड़ का वल्लभी शिक्षा का प्रसिद्ध केन्द्र था। ये केन्द्र, पूर्व मध्यकाल में उच्च शिक्षा के अधययन के लिए चीन, अरब, मध्य एशिया एवं दक्षिण पूर्व एशियाई क्षेत्रों के विद्यार्थियों को आकर्षित करते थे। वल्लभी मैत्रक राजाओं की राजधानी थी जिन्होंने 475ई. से 775ई. के मध्य राज्य किया। वल्लभी विश्वविद्यालय भी राजकीय संरक्षण व दान से संचालित होता था। वल्लभी में सर्वप्रथम विशाल विहार का निर्माण मैत्रक राजकुमारों दिद्दा ने करवाया था। वल्लभी से शिक्षित विद्यार्थियों को मुख्यत: राजकीय सेवाओं में नियुक्त किया जाता था क्योंकि यहां प्रशासनिक संचालन से जुड़े विषयों की शिक्षा का उत्तम विधान किया गया था। इसके अतिरिक्त यहां धर्मदर्शन, नीतिशास्त्र और चिकित्सा से संबंधित विषय भी पढ़ाए जाते थे।

विक्रमशिला विश्वविद्यालय की स्थापना धर्मपाल ने नवीं शताब्दी में की थी। धर्मपाल ने अध्यापन के लिए विशाल महाविहार निर्मित्त करवाया और विभिन्न विषयों में पारंगत 108 आचार्यों की नियुक्तियाँ की। विक्रमशिला से उत्तीर्ण होने वाले विद्यार्थियों को पाल शासकों के द्वारा दीक्षांत समारोह में पंडित की उपाधि प्रदान की जाती थी। विक्रमशिला से सम्बन्धित छ: महाविद्यालय भी बनाए गए थे। यहां विशिष्ट विषयों की शिक्षा दी जाती थी। विक्रमशिला आवासीय विश्वविद्यालय था, इसे रक्षा प्राचीरों से सुरक्षित किया गया था। यह बज्रयान सम्प्रदाय से सम्बन्धित साहित्य व तंत्रवाद के अध्ययन का सबसे बड़ा केन्द्र था। सामान्य पाठ्यक्रमों के अतिरिक्त विक्रमशिला में न्याय, मीमांसा, धनुर्वेद, गांधर्ववेद और अर्थशास्त्र की

शिक्षा भी दी जाती थी। विक्रमशिला के विद्वानों की जीवनी तिब्बत में संरक्षित है। यहां के अनेक विद्वानों ने तिब्बत में शिक्षा व धर्म का विस्तार किया जिनमें प्रमुख हैं – वैरोचन, ज्ञानपाद, प्रज्ञाकर मती, रत्नाकर, वागीश्वर व दीपांकर। पूर्व मध्यकाल में जगद्दल विश्वविद्यालय भी शिक्षा के लिए प्रसिद्ध था। इसकी स्थापना पाल शासक रामपाल ने गंगा नदी के तट पर रामवती नगर में की थी।

प्राचीन काल में तक्षशिला भी एक प्रमुख शिक्षण केन्द्र था। ईसापूर्व छठी शताब्दी में ही इसे प्रमुख शिक्षा केन्द्र के रूप में मान्यता मिल चुकी थी। यह धर्मदर्शन की शिक्षा का सबसे प्राचीनतम केन्द्र था। यहाँ ज्योतिष, शल्य चिकित्सा, धनुर्विद्या, व्याकरण, दर्शन, ललितकला आदि की शिक्षा दी जाती थी। हालांकि तीसरी शताब्दी ईसवी तक इसका महत्त्व कम हो गया था। काशी में तीन वेद व अठ्ठारह शिल्पों का अध्ययन किया जाता था। भविष्यपुराण में वर्णित है कि यह स्थान विद्वता का बड़ा केन्द्र होगा। काशी में संगीत की शिक्षा का भी प्रचलन था। मिथिला भी प्राचीन काल से शिक्षा के केन्द्र के रूप में मान्य रहा। उपनिषद काल में राजा जनक को दार्शनिक माना गया। बारहवीं शताब्दी में मिथिला की ख्याति न्यायशास्त्र के विकास के केन्द्र के रूप में हुई, इसके विस्तारक गंगेश माने गए। इन्होंने नव्यन्याय के ग्रंथ *तत्त्व चिंतामणि* का लेखन किया। इसी परम्परा का विकास लक्ष्मणसेन के काल में नादिरा में हुआ। इसके प्रधानमंत्री हलायुध ने *न्याय सर्वस्य* का लेखन किया। इसके अतिरिक्त शूलपाणि ने न्यायिक ग्रंथ *स्मृति विवेक* की रचना की। जयदेव ने *गीतगोविन्द* और धोयी ने *पवनदूत* ग्रंथ का लेखन किया। मध्यकाल में भी नादिया का शैक्षणिक महत्त्व बना रहा। नादिया शिक्षा केन्द्र में पुस्तकों एवं व्याख्यान लेखों को अन्य क्षेत्रों में ले जाने की स्पष्ट मनाही थी। मैसूर क्षेत्र में बेलगांव भी शिक्षा केन्द्र के रूप में मान्य था। यहां मठ, अग्रहार व मन्दिर निर्मित्त किए गए थे। इसे कदम्ब राजवंश का संरक्षण प्राप्त था। बेलगांव में वेद, वेदांत, मीमांसा, आगम व काव्य की शिक्षा दी जाती थी। मालवा के राजा भोज परमार के द्वारा भी धमरा में महाविद्यालय स्थापित किया गया था। महाविद्यालय के शिक्षण भवनों की दीवारों पर भोज की रचना *कूर्म शतक* को लिखा गया था। ब्राह्मण विद्वानों के द्वारा भी मन्दिरों, मठों व अग्रहारों में शिक्षा का प्रबन्ध किया जाता था। मंदिरों में शिक्षा का प्रबन्ध ग्राम सभा करती थी। यहां मुख्यतः दर्शन, तर्क, व्याकरण, राजनीति व धर्मशास्त्र से सम्बन्धित विषय पढ़ाए जाते थे। शंकराचार्य के द्वारा मठ शिक्षण संस्थाओं को लोकप्रिय बनाया गया। इनकी स्थापना बौद्ध परम्परा से प्रेरणा लेकर बनाई गई थी। शंकराचार्य ने वेदांत की शिक्षा के लिए बद्रीनाथ में जोशीमठ,

द्वारावती में शारदापीठ, पुरी में गोवर्धनमठ और मैसूर में श्रृंगेरी मठ की स्थापना की। अग्रहार मुख्यत: ग्रामीण क्षेत्रों में निर्मित्त किए जाते थे। यहां ब्राह्मणों को करमुक्त भूमि देकर शिक्षा, नैतिक शिक्षा व धर्म के विकास का दायित्व दिया जाता था।

4

गुप्त-गुप्तोत्तर कालीन विज्ञान

प्राचीन काल से ही भारतीयों ने विज्ञान के क्षेत्र में उल्लेखनीय योगदान दिया है। सैन्धव सभ्यता के नगरीय निर्माणों को देखकर वास्तुकला के ज्ञान का स्पष्ट आभास होता है। सैन्धव जन अन्य विभिन्न वैज्ञानिक क्षेत्रों में भी उन्नत थे जिसमें कृषि उपकरण, धातु-प्रौद्योगिकी, गणित, बाट व माप सम्मिलित हैं। ये प्रक्रिया द्वितीय नगरीकरण के दौरान और अधिक परिपक्व हुई, जब ढलवा लोहा, धान रोपाई, मौद्रिक अर्थव्यवस्था और सैन्य प्रौद्योगिकी में गंभीर सुधार हुआ। ऐतिहासिक काल में गणित व ज्योतिष के क्षेत्र में भी प्रगतिशीलता आई हालांकि सैन्धव उत्खनन में नक्षत्रों से जुड़ी आकृतियां और ज्यामितीय आधार पर बने अग्निकुण्ड प्राप्त हुए हैं। गुप्तकाल में इस क्षेत्र में गंभीर अनुसंधान हुए।

475ई. से 675ई. के मध्य भारत में तीन महान वैज्ञानिकों का जन्म हुआ। इनमें आर्यभट्ट, वराहमिहिर और ब्रह्मगुप्त सम्मिलित थे। इनके द्वारा खगोल, गणित व ज्योतिष के क्षेत्र में कार्य किया गया। आर्यभट्ट की सबसे बड़ी विशेषता यह है कि इन्होंने सर्वप्रथम भू-भ्रमण का सिद्धांत प्रस्तुत किया। इन्होंने अपने ग्रंथ *आर्यभट्टीयम्* में स्पष्टत: लिखा है कि 'नक्षत्र लोक स्थिर है और पृथ्वी अपने अक्ष पर पश्चिम से पूर्व की ओर भ्रमण करती है।' आर्यभट्ट ने सूर्यग्रहण व चन्द्रग्रहण के वैज्ञानिक कारण, वृत्त की परिधि व व्यास का अनुपात निर्धारण एवं दशमलव सिद्धांत का अनुसंधान करके प्राचीन विश्व के विज्ञान व गणित को एक नई दिशा दी। भारतीय चिन्तन परम्परा में आर्यभट्ट का भू-भ्रमणवाद का सिद्धांत एक क्रान्तिकारी विचार था इसलिए धर्मवादियों ने इसका विरोध भी किया। वैसे भी वैज्ञानिक मान्यताएं और धर्म सिद्धांतों के मध्य सदैव वैचारिक संघर्ष विद्यमान रहा है, ऐसा आर्यभट्ट के साथ भी हुआ। आर्यभट्ट के अनुसार जब सूर्य को चन्द्रमा ढक लेता है तो सूर्यग्रहण

होता है और जब पृथ्वी की बड़ी छाया चन्द्रमा को ढक लेती है तो चन्द्रग्रहण होता है। भारत में दार्शनिकों ने सृष्टि निर्माण में पांच महाभूतों की परिकल्पना की है जिनमें पृथ्वी, अग्नि, वायु, जल व आकाश सम्मिलित हैं किंतु आर्यभट्ट ने इसमें आकाश को स्वीकार नहीं किया है। वे लिखते हैं कि 'पृथ्वी चारों ओर से गोल है और यह मिट्टी जल, अग्नि व वायु से निर्मित्त है।' आर्यभट्ट के भू-भ्रमण सिद्धांतों को यूरोप में पुर्नजागरण युग के वैज्ञानिक कोपरनिकस, ब्राहु, ब्रूनो, केपलर व गैलीलियो ने आगे बढ़ाया था। आर्यभट्ट ने अपनी पुस्तक *दस गीतिका* में गणित-ज्योतिष की आधारभूत बातों का संकलन किया है। इस ग्रंथ का दूसरा भाग गणित से सम्बन्धित है जिसमें त्रिकोणमिति का वर्णन किया गया है जिसका आज भी अध्ययन में उपयोग होता है।

वराहमिहिर का गणित-ज्योतिष से सम्बन्धित *पंच सिद्धांतिका* ग्रंथ ऐतिहासिक महत्त्व का है। *पंच सिद्धांतिका* में पांच सिद्धांतों का संकलन किया गया है। यह वराह की प्रथम रचना है। इस ग्रंथ में पूर्व में प्रचलित पांच ज्योतिष सिद्धांतों को लिखा गया है। सिद्धांतों में वशिष्ठ, रोमक, पुलिश, सूर्य और पितामह सिद्धांत सम्मिलित हैं किंतु इनके फलित ज्योतिष के ग्रंथ को पुरोहितों ने अधिक महत्त्व दिया है जिसका मूल कारण है—ज्योतिष के द्वारा जीवनयापन का साधन प्राप्त होना। वराहमिहिर के समय तक परंपरागत भारतीय ज्योतिष तीन शाखाओं में विभाजित हो चुका था। पहला, ज्योतिष सिद्धांत—इसके अन्तर्गत गणित-ज्योतिष से सम्बन्धित वैज्ञानिक सिद्धांतों का संकलन किया जाता था। दूसरा, होरा—इसका सम्बन्ध जन्म कुण्डली से था जिसे फलित ज्योतिष के रूप में व्याख्यायित किया जाता है। तीसरा, संहिता—इसका सम्बन्ध प्राकृतिक फलित ज्योतिष से है अर्थात् ग्रहों का प्रत्यक्ष प्रभाव सांसारिक जीवन को किस प्रकार प्रभावित करता है। वराहमिहिर के वर्तमान में निम्न ग्रंथ प्राप्त होते हैं—*वृहज्जातक, लघुजातक, विवाहपटल, बृहद्संहिता, पंच सिद्धांतिका* और *योग यात्रा*। वराह ने वृहज्जातक ग्रंथ में जन्म कुण्डली निर्माण की प्रक्रिया का संकलन किया है। *योग यात्रा* का संबंध शुभ व अशुभ अवसरों पर यात्राओं के प्रभाव व कुप्रभाव से जुड़ा हुआ है। *बृहद्संहिता* अपने समय का ज्ञानकोश है। इस विशाल ग्रंथ में एक सौ पांच अध्याय व चार हजार श्लोक हैं, ग्रंथ में फलित ज्योतिष से सम्बन्धित विभिन्न विश्वास व अंधविश्वास का संकलन है। *वृहद्संहिता* में तत्कालीन भूगोल, कृषि व्यवस्था, नगरों की स्थिति, वास्तुशास्त्र, देवमूर्ति निर्माण का प्रतिमाशास्त्र, रत्न के प्रकार व उनका महत्त्व तथा सुगंधित द्रव्यों के बारे में भी विस्तृत चर्चा की गई है। इन विवरणों में वैज्ञानिकता व अनुसंधानपरक

दृष्टिकोण है। वराहमिहिर को मुख्यत: पुरोहिती कर्मकाण्ड को प्रोत्साहित करने वाला ज्योतिषाचार्य माना जाता है किंतु इनके विवरणों में वैज्ञानिकता भी है। इन्होंने चन्द्रग्रहण व सूर्यग्रहण के वैज्ञानिक कारण बताए और यह भी सिद्ध किया कि ऋतुओं का क्रम परिवर्तित होता रहता है इसलिए समय-समय पर पंचांग में भी सुधार होना चाहिए। वराहमिहिर के पूर्वजों को मूलत: फारस का निवासी माना जाता है इसलिए वराह को फारसी व यूनानी भाषा का भी ज्ञान था। *वृहद्संहिता* में संस्कृत के साथ यूनानी भाषा के शब्दों का भी व्यापक प्रयोग किया गया है।

ब्रह्मगुप्त भी एक प्रतिभाशाली गणितज्ञ थे। इनका बीजगणित के क्षेत्र में किया गया कार्य स्थायी महत्त्व का है। हालांकि इन्होंने आर्यभट्ट के सिद्धांतों की आलोचना की है। ब्रह्मगुप्त के दो ग्रंथ उपलब्ध हैं - *ब्राह्मस्फुट सिद्धांत* व *खण्डखाद्यक*। *ब्राह्मस्फुट सिद्धांत* में गणित व ज्योतिष की वृहद चर्चा की गई है। ग्रंथ में कुल चौबीस अध्याय एवं एक हजार आठ श्लोकों का संकलन है जिनमें बारहवां अध्याय अंकगणित व ज्यामिति से सम्बन्धित है। अठारहवें अध्याय में बीजगणित के सिद्धांतों का वर्णन किया गया है। ब्राह्मण के ग्रंथों को अरबी विद्धानों ने भी महत्त्व दिया था। यह प्रथम भारतीय ज्योतिष व गणित की कृति थी जिसका अरबी भाषा में अनुवाद हुआ। यह कार्य मुहम्मद व याकूब-इब्न-तारिक ने किया था। इन्होंने *ब्राह्मस्फुट सिद्धांत* का सिंदहिंद और *खण्डखाद्यक* का अल्-अरकंद के नाम से अनुवाद किया। *खण्डखाद्यक* का अर्थ है—गुड़ से बना हुआ खाद्य पदार्थ। हालांकि यह ग्रंथ पंचांग बनाने में सर्वाधिक उपयोगी है। इसमें कुल दो सौ छप्पन श्लोक हैं। इस पर वरुणाचार्य ने भिल्लमालकाचार्य नाम से टीका लिखी। ब्रह्मगुप्त पहले भारतीय गणितज्ञ थे जिन्होंने गणित को दो भागों में विभाजित किया - पहला, पाटी गणित - इसके अन्तर्गत अंकगणित व ज्यामिति को रखा गया। दूसरा - कुऋक गणित (बीजगणित)। बीजगणित शब्द का प्रथम प्रयोग टीकाकार पृथूदकस्वामी ने किया। गणित के क्षेत्र में ब्रह्मगुप्त का सबसे उल्लेखनीय कार्य समीकरणों के हल करने से जुड़ा है जिसे इन्होंने 'अनिर्णीत वर्ग' समीकरण कहा है। ब्रह्मगुप्त ने खगोल के क्षेत्र में भी कार्य किया है। इनके द्वारा अनेक यन्त्रों की जानकारी भी दी गई है जिनमें तुरीय यन्त्र सर्वप्रमुख है। ब्रह्मगुप्त ने अपने ग्रंथ *ब्राह्मस्फुट* सिद्धांत के तेरह श्लोकों में सूर्यग्रहण व चन्द्रग्रहण का कारण राहु को बताया है।

ब्रह्मगुप्त के समकालीन वल्लभी में भास्कर प्रथम भी प्रख्यात गणितज्ञ थे। इन्होंने गणित-ज्योतिष पर तीन ग्रंथ लिखे हैं जिसमें *महाभास्करीय, लघुभास्करीय* व *आर्यभटीय-भाष्य* सम्मिलित हैं। बारहवीं शताब्दी में भास्कराचार्य द्वितीय के द्वारा

इस क्षेत्र में उल्लेखनीय कार्य किया गया। इनका प्रमुख ग्रंथ *सिद्धांतशिरोमणि* है जो चार भागों में विभाजित है – लीलावती, बीजगणित, ग्रह गणित व गोलाध्याय। लीलावती का संबंध अंकगणित व ज्यामिति से है। ग्रह गणित का संबंध ग्रहों की गणितीय व्याख्या से है और गोलाध्याय, खगोल विद्या से संबंधित है। यह ग्रंथ संस्कृत पद्य में लिखा गया है जिसमें मूलतः गणित से संबंधित सूत्र वर्णित हैं। भास्कराचार्य को कलन गणित (कैलकुलस) का आविष्कारक माना जाता है। इन्होंने मुद्रा के प्रकारों व माप-तौल का भी वर्णन किया है।

प्राचीन काल में चिकित्सा विज्ञान के क्षेत्र में उल्लेखनीय प्रगति हुई। *ऋग्वेद* में रुद्र एवं अश्विनी कुमार को दिव्यचिकित्सक कहा गया है। *अथर्ववेद* के पार्ष्णी सूक्त अथवा केन सूक्त में सिर से लेकर पैर तक की मुख्य हड्डियों, रक्त वाहिनियों एवं अंगों का संक्षिप्त वर्णन है। *अथर्ववेद* के द्वितीय काण्ड के तैंतीसवें सूक्त में हृदय, यकृत एवं आँत से सम्बन्धित रोगों का उल्लेख किया गया है। इसके अतिरिक्त छठे काण्ड में शल्य चिकित्सा का वर्णन है जहां हृदय व अन्य अंगों से बाण निकालने की क्रिया उल्लिखित है–

यां ते रुद्र इषुमास्यदंगेभ्यो हृदयाय च ।
इदं तामद्य त्वद्धयं विषूची वि वृहाभसि ॥

अथर्ववेद में वर्णित है कि चिकित्सक रोगी का मन दृढ़ बनाता है, उसमें रोग से लड़ने का आत्म विश्वास जागृत करता है वह कहता है तुम डरो नहीं, तुम मरोगे नहीं, मैं तुम्हें कष्टरहित बनाता हूँ, मैं तुम्हारे अंगों से ज्वर रोग को बाहर कर रहा हूँ–

मा बिभेर्न मरिष्यसि जरदष्टिं कृणोमि त्वा ।
निरवोचमहं यक्ष्ममंगेभ्यो अंगज्वरं तव ॥

महात्मा बुद्ध के समकालीन जीवक को ख्याति प्राप्त चिकित्सक माना गया है। चरक ने अपने ग्रंथ में जीवक का उल्लेख किया है। इन्हें सिर की शल्य चिकित्सा का विशेषज्ञ माना जाता था। इन्हें चरक ने कौमारभृत्य भी कहा है अर्थात् बाल चिकित्सा का विशेषज्ञ। *आर्युवेद शास्त्र* पर स्वतन्त्र रूप से लिखा गया प्रथम ग्रंथ *चरक संहिता* है। यह काय-चिकित्सा का सबसे प्रसिद्ध ग्रंथ है। इसे एक सौ बीस अध्यायों में बांटा गया है। इसका लेखन संस्कृत भाषा में है, इसके कुल आठ भाग हैं जिनमें सूत्र-स्थान, निदान-स्थान, विमान-स्थान, शरीर-स्थान, इन्द्रिय-स्थान, चिकित्सा-स्थान, कल्प-स्थान व सिद्ध-स्थान। *चरक संहिता* में शल्य चिकित्सा का वर्णन नहीं है, ग्रंथ में हृदय व मस्तिष्क रोगों के बारे में भी विशेष जानकारी

नहीं दी गई है। इसमें मूलत: माँ के गर्भ में भ्रूण के विकास की प्रक्रिया, वायु, पित्त व कफ के असंतुलन से होने वाले रोगों व आँख से सम्बन्धित छियानबे प्रकार के रोगों का वर्णन है। प्राचीन भारत के चिकित्सकों ने सफाई पर विशेष जोर दिया है। इसे रोग मुक्ति का एक बड़ा कारण माना है। चरक के उपरांत प्रसिद्ध चिकित्सक सुश्रुत माने गए हैं, इन्हें शल्य चिकित्सक माना जाता है। सुश्रुत ने शल्य चिकित्सा को छ: भागों में विभाजित किया है। इसमें मृत शरीर के शल्य कर्म की सर्वप्रथम जानकारी दी गई है, अध्ययन की प्रक्रिया का वर्णन है और शव को सुरक्षित रखने के बारे में बताया गया है। सुश्रुत के अनुसार शिष्य जब सब शास्त्रों में पारंगत हो जाएं तो उसे 'छेद्यकर्म' का उपदेश देना चाहिए। इसी तरह जख्मों में पट्टियां बांधना, उनकी सिलाई करना, कान की प्लास्टिक सर्जरी करना आदि का भी वर्णन है। सुश्रुत ने शल्यकर्म से सम्बन्धित विभिन्न यन्त्रों का उल्लेख किया है। धन्वन्तरि को भी शल्य चिकित्सक माना गया है।

प्राचीन काल में धातुकर्म व रसायनशास्त्र के क्षेत्र में भी उल्लेखनीय कार्य किए गए। सैन्धव उत्खनन में तांबे व कांसे की वस्तुएं प्राप्त हुई हैं। सैन्धव क्षेत्रों से प्राप्त तांबे के उपकरणों में सीसा, टिन व आर्सेनिक का सम्मिश्रण किया गया है। हालांकि उपकरण व औजार सामान्य हैं किंतु उन्हें विभिन्न तरीकों से गढ़ा गया है। धातु का उपयोग मानव इतिहास में एक बड़ी घटना माना जाता है। इससे मानव सृजनशीलता परिपक्व हुई जिससे आर्थिक व सामाजिक विकास को गतिशीलता मिली, धातुकर्म से सम्बन्धित शिल्प व्यवसाय उन्नत हुए और रसायन के क्षेत्र में भी अनुसंधान की परम्परा आरम्भ हुई। ऐसा माना जाता है कि सैन्धव काल में ही धातुकर्म एक स्वतन्त्र व्यवसाय के रूप में स्थापित हो चुका था। हड़प्पा के उत्खनन में सोलह ताम्र भट्टियां प्राप्त हुई हैं। लोथल व मोहन जोदड़ों से ताम्र आक्साइड के अयस्क मिले हैं। सैन्धव नगरीय अवस्था के उपरान्त उन्नत होने वाली जोरवे, कयथा, आहाड़, गिलुन्द व महापाषाण संस्कृतियों में भी तांबे व लोहे का स्पष्ट प्रमाण मिलता है। ऐतिहासिक काल में इस दिशा में प्रयत्नशीलता बढ़ी। ईसा पूर्व छठी शताब्दी में ढलवा लोहे की तकनीक के विकास से धातुकर्म क्षेत्र में युगान्तकारी परिवर्तन आरम्भ हुआ। इससे कृषि व सैन्य उपकरण की उत्पादकता व तकनीक में सुधार हुआ। अर्थशास्त्र में धातुकर्म से सम्बन्धित विभिन्न अध्यक्षों का उल्लेख किया गया है जिनका संबंध धातु खनन व संवर्द्धन से था। मौर्योत्तर काल में नागार्जुन ने *रसरत्नाकर* की रचना करके धातुकर्म विज्ञान को एक नई दिशा दी, यह ग्रंथ वार्तालाप शैली पर लिखा गया है जिसमें नागार्जुन का रत्नघोष और शालिवाहन का

मांडव्य के बीच संवाद होता है। इस ग्रंथ में वटवृक्ष के रसायनों, जस्ता, तांबा, सोना व पीतल के औषधि गुणों, नींबू के रस, सोंठ आदि का रासायनिक प्रभाव तथा पारे के महत्त्व का वर्णन किया गया है।

5

वैदिक धार्मिक एवं दार्शनिक साहित्य

वेद का सामान्य अर्थ ज्ञान है। सायण के अनुसार वेद एक शब्द राशि हैं जिसमें अभीष्ट प्राप्ति व अनिष्ट को दूर रखने का अलौकिक व दिव्य उपाय बताया गया है। *ऋग्वेद* का देव मंडल सृष्टि को संचालित करने से जुड़ा हुआ है। 33 देवताओं के कार्य इनकी स्पष्ट व्याख्या करते हैं। *ऋग्वेद* ऋृत की अवधारणा का ग्रंथ है। जिसका तात्पर्य है—नैतिकता के मूल्यों को जनमानस में व्यापक करना। ऋृत का संरक्षक वरुण, द्वितीय से सप्तम मंडल का प्रमुख देवता माना गया है। उसकी व्यवस्था को मनुष्य, अग्नि, सूर्य व नदियाँ सभी स्वीकार करती हैं। *ऋग्वेद* के सातवें मंडल के वरुण सूक्त में वरुण की उपासना के अन्तर्गत भक्ति मार्ग एवं कर्म मार्ग के सिद्धांतों की व्याख्या की गई है। सातवें मंडल में वरुण को सर्वोपरि सम्राट के रूप में वर्णित किया गया है हालाँकि इसमें निरंकुशता के तत्त्व नहीं थे। वरुण को नागरिक जीवन मूल्यों का स्थापक माना जाता है जिन्हें शासन नहीं करना पड़ता लोग स्वयं शासित हो जाते हैं। ऋग्वेद में इन्द्र को वर्षा का देवता स्वीकार किया गया है किंतु इसके कार्यों में प्रशासन से जुड़ी गतिविधियाँ भी प्राप्त होती हैं। सातवें मंडल के 82वें 85वें सूक्तों में इन्द्र और वरुण को साथ-साथ वर्णित किया गया है जिनके द्वारा सृष्टि को नियोजित व नियन्त्रित किया गया है। इन्द्र को बादलों के गढ़ को तोड़कर आप:(जल) मुक्त करने वाला देवता माना गया है। *ऋग्वेद* में सविता को प्रकाश का देवता कहा गया है। सातवें मंडल में वर्णित है कि सविता, सूर्य को किरणों से प्रकाशित करे। सविता को देवताओं का चक्षु कहा गया है। *ऋग्वेद* का प्रसिद्ध गायत्री मंत्र सविता के लिए रचित है। इसमें उनसे बुद्धिदान की याचना

की गई है। ऋग्वेद के चौथे मंडल में कहा गया है–'हे सविते! अपनी दुर्बुद्धि, दुर्बलता अथवा मानवीय प्रकृति के कारण हमने देवों के प्रति जो अपराध किए हों, इन पापों से हमारा उद्धार कर।' *ऋग्वेद* के सातवें मंडल में विष्णु को संसार का संरक्षक देव कहा गया है जो उपासकों की अर्चना पर शीघ्र द्रवित होकर सहायतार्थ उपस्थित हो जाते हैं। *ऋग्वेद* में इनके तीन पदों का उल्लेख है जिनसे वे समस्त ब्रह्माण्ड में भ्रमण करते हैं। *ऋग्वेद* में इन्द्र के बाद अग्नि का ही महत्त्व है। *ऋग्वेद* का प्रत्येक मंत्र अग्नि उपासना से ही आरंभ होता है। द्वितीय मंडल में सूर्य को अग्नि को एक स्वरूप कहा गया है। प्रथम मंडल में अग्नि के दैवीय उत्पत्ति तथा भौतिक उत्पत्ति के सिद्धांत का वर्णन है। सोम को उल्लास व आह्लाद का देवता माना गया है। इन्हें प्रकाश से अंधकार को भगाने वाला और अमरत्व प्रदान करने वाला कहा गया है। पर्जन्य को जल देवता के रूप में वर्णित किया गया है। इनकी कृपा से प्राणिमात्र में जीवन का संचार होता है। कहने का आशय यह है कि वैदिक देवमंडल सृष्टि को नियन्त्रण करने के कार्यों से जुड़ा हुआ है। इनमें कुछ देवता पृथ्वी, अंतरिक्ष अथवा द्यु–स्थानीय है। इन विविध देवताओं में देवत्व के कुछ विशिष्ट लक्षणों की परिकल्पना है किंतु सभी देवताओं का सामान्य संबंध ऋत की स्थापना से है। ऐसे में इनका दायित्व नैतिक विधान का संरक्षण भी है। इसी हेतु वे अच्छे लोगों के प्रति बन्धुता का भाव रखते हैं और दुष्ट जनों को दण्ड देते हैं। इन देवताओं में कोई छोटा अथवा बड़ा नहीं है। ये एक ही देवत्व के विविध पक्षों का निरूपण करते हैं। प्रथम मंडल में वर्णित है कि सत् एक है जिसे ज्ञानी लोग अनेक नामों से पुकारते हैं। कोई उसे इन्द्र कहता है, कोई मित्र, कोई वरुण, कोई अग्नि, कोई यम और मातरिश्वन्।

देवताओं को प्रसन्न करने के लिए आर्य जन यज्ञ किया करते थे। प्रथम मंडल में कहा गया है कि यज्ञ देवता की प्रशस्ति है। यज्ञ से देवता बलवान होता है। *ऋग्वेद* में यज्ञों का स्वरूप अत्यन्त सरल था और दिन में तीन बार अग्नि को अनाज की आहुति दी जाती थी। हालांकि देवताओं की परिकल्पना ऐसी शक्तियों के रूप में नहीं की गई थी जिन्हें यज्ञ के द्वारा अपने वश में किया जा सके किंतु मंत्रों में उच्चतर सत्ता की परिकल्पना अवश्य मिलती है। यज्ञ की आहुति को देवताओं को पहुंचाने के लिए अग्नि की भूमिका की परिकल्पना में यह रहस्य स्पष्ट भी होता है। *ऋग्वेद* में ऋषि अथवा मुनि की भी चर्चा की गई है। दसवें मंडल के एक पूरे सूक्त जिसमें सात मंत्र हैं, को ''मुनि सूक्त'' कहा गया है। इसके अनुसार ये लम्बी जटाओं वाले हैं, मलिन वस्त्र धारण करते हैं, ये

विचरणशील हैं, ये देवताओं के मित्र हैं और रुद्र के साथ एक ही पात्र में विषपान करते हैं।

यजुर्वेद का आविर्भाव वायु से माना जाता है इसलिए *यजुर्वेद* को गति अथवा कर्म का वेद मानते है। इसके मंत्रों की रचना पत्र संचालन की शास्त्रीय विधि के संदर्भ में की गई। *यजुर्वेद* में कुल 40 अध्याय हैं इनमें से एक से 25 तक के अध्याय मौलिक हैं। शेष अध्यायों को क्षेपक माना गया है। सम्पूर्ण *यजुर्वेद* में गद्य, पद्य मिश्रित मंत्र विद्यमान है। *यजुर्वेद* के सम्पूर्ण 40 अध्याय विभिन्न यज्ञों से जुड़े हुए हैं इसलिए भी आधुनिक विद्वान इसे *यजुर्वेद* कहते हैं। शुक्ल *यजुर्वेद* अथवा *वाजस्नेही संहिता* की वर्तमान में दो शाखाएं उपलब्ध हैं– माध्यान्दिन एवं काण्व। *सामवेद* का जन्म गीत अथवा गायन के मध्य से हुआ। यज्ञों में उद्‌गाता पुरोहित सामगान करता है। *सामवेद* के दो मुख्य भाग हैं–अर्चित व गान। इसके मंत्र उपासनापरक हैं। उपर्युक्त के प्रथम मंत्र में भक्त बहुत विनम्रतापूर्वक अग्नि अथवा सबके अग्रणी परमेश्वर से निवेदन करता है कि हम आपकी स्तुति कर रहे हैं। आप हमारी प्रेरणा के लिए, हमें शान्ति प्रदान करने के लिए हमारे निकट आइए, अर्थात सब कुछ देने वाले आप हमारे हृदय में आसीन होइए, हम निरन्तर आपका ध्यान करते रहें, इस प्रकार साम ईश्वर भक्ति एवं उपासना के वे गान हैं जो ईश्वर के ध्यान के द्वारा उसके सान्निध्य में पहुंचते हैं और मन को शान्ति प्रदान करते हैं। अथर्ववेद में धर्म और विश्वास का लोकपक्ष अधिक प्रबलता के साथ प्रस्तुत हुआ है इसलिए यह अन्य वेदों से भिन्न है। इसमें यज्ञवाद को अधिक महत्त्व नहीं दिया गया है। इसमें भौतिकता की प्राप्ति के लिए चमत्कारिक मंत्र एवं विधि–विधानों का संकलन है। अथर्ववेद में आसुरी सत्ताओं के अस्तित्व और उनके प्रभावों का व्यापक वर्णन किया गया है। इसके अनुसार अप्सराओं और राक्षसों के प्रभाव से पागलपन उत्पन्न होता है। एक स्थान पर पिशाचिनी के विनाश के लिए इन्द्र का आह्वान किया गया है। इसमें मंत्र शक्ति से युक्त पुराहितों का उल्लेख है जो आसुरी शक्तियों को नष्ट करते हैं। *अथर्ववेद* में कहा गया है कि मृत्यु के बाद लोग अपने कर्म के अनुसार स्वर्ग या नरक में जाते हैं। स्वर्ग का जीवन सुखप्रद रहता है जबकि नरकलोक में विविध प्रकार की यातनाएं दी जाती हैं। *अथर्ववेद* में दाह–संस्कार का व्यापक वर्णन किया गया है। *अथर्ववेद* में ब्रह्मचर्य व गृहस्थ आश्रम का वर्णन है, कहा गया है कि आचार्य, ब्रह्मचारी का उपनयन संस्कार करके उसे अपने पास रखता है, विद्याध्ययन के पश्चात बालक का पुर्नजन्म होता है। एक मंत्र में यह कामना व्यक्त की गई है कि पति के घर में जाकर वधू गृह स्वामिनी की पदवी

प्राप्त करे। 'हे वधू! तू पति के घर जाकर परिवार पर सुखों की वर्षा कर।' अथर्ववेद में एकेश्वरवाद के दार्शनिक विचार प्राप्त होते हैं। इनका वर्णन ब्रह्म सूक्त, काल सूक्त, व स्तम्भ सूक्त में किया गया है। स्तम्भ सूक्त में परमेश्वर को एक ऐसे स्तम्भ के रूप में वर्णित किया गया है जिसपर सम्पूर्ण विश्वरूपी भवन टिका हुआ है। *अथर्ववेद* में जीवात्मा, परमात्मा और प्रकृति का रहस्यमय वर्णन करते हुए कहा गया है कि यहां बाल से सूक्ष्म जीवात्मा है, दिखायी न देने वाला परमात्मा है और समस्त जगत् का आलिंगन करने वाली प्रकृति है।

वैदिक वाङ्मय का दूसरा महत्त्वपूर्ण अंग ब्राह्मण ग्रंथ है। ब्राह्मण शब्द 'ब्रह्म' से बना है। ब्रह्म का अर्थ–वेद और यज्ञ के रूप में व्याख्यायित किया गया है। ऐसे में ब्राह्मण ग्रंथ वेद की कर्मकाण्डीय व्याख्या भी प्रस्तुत करते हैं और यज्ञ की उपादेयता भी स्थापित करते हैं। ब्राह्मण ग्रंथों में यज्ञ से सृष्टि की उत्पत्ति से संबंधित अनेकानेक आख्यान हैं। इनमें देवासुर संग्राम, प्रजापति व उसकी पुत्री के आख्यान विशेष रूप से उल्लेखनीय हैं। वस्तुतः ब्राह्मण ग्रंथों में कर्मकाण्ड के सभी पक्षों को समाहित करके यज्ञ को प्रमाणित रूप में प्रस्तुत किया गया है। बड़े यज्ञों को चार प्रमुख पुरोहितों (होत्, उद्गात, अध्वर्यु एवं ब्राह्मन्) की अध्यक्षता में अन्य पुरोहितों के साथ निष्पादित किया जाता था। यज्ञों को सर्वथा दोषरहित संपादन पर विशेष जोर दिए जाने से पुरोहित वर्ग का महत्त्व बढ़ गया था। ब्राह्मण पुरोहित का मुख्य दायित्व ही यही था कि वह यज्ञ का सर्वथा त्रुटिविहीन संपादन करवाए। किसी प्रकार की त्रुटि होने पर प्रायश्चित अनुष्ठान का विधान किया गया था और गंभीर त्रुटि होने पर भारी विपदा उठानी पड़ सकती थी। ऐसे में यज्ञ को ही उपास्य देवता माना जाने लगा। *शतपथ ब्राह्मण* में वर्णित है कि यज्ञ ही विष्णु है और देवताओं का देवत्व ही यज्ञाश्रित है। इस नवीन अवधारणा के परिप्रेक्ष्य में वैदिक देवताओं की गरिमा का पतन हुआ। *तैत्तिरीय ब्राह्मण* में कहा गया है कि *ऋग्वेद* के पुरुष सूक्त में 'पुरुष' यजमान भी है और स्वयं यज्ञ की आहुति भी, इस यज्ञ में आहुति रूप में डाले गए उसके विभिन्न अंगों से सृष्टि के विभिन्न विषयों की उत्पत्ति हुई। कहने का आशय यह है कि ब्राह्मण काल में कर्मकाण्डीय व्यवस्था के विस्तार से वैदिक देवमंडल के ऋृत की स्थापना में योगदान को कमतर करके यज्ञवाद को अधिक महत्त्व दे दिया गया हालाँकि यज्ञ का संबंध जादू-टोना से नहीं था। इसमें धार्मिक श्रद्धा विद्यमान थी और यज्ञ के माध्यम से यजमान व देवता के बीच संबंध की कामना की गई थी। यज्ञ पुरोहितों पर यजमान का विश्वास था कि वे उन्हें ऐहिक व पारलौकिक सुख प्रदान करेंगे।

याज्ञिक कर्मकाण्ड व लोकधर्म के साथ-साथ वैदिक काल से ही दार्शनिक विचारधारा भी गतिशील थी। इसका मूल ध्येय सृष्टि के आध्यात्मिक रहस्य में जाकर सत्य की खोज करना था। आरण्यकों की विचारधारा उपनिषदों में और अधिक परिपक्व हुई। वैदिक साहित्य का अन्तिम चरण अथवा उत्कर्ष होने के कारण उपनिषदों को **वेदांत** भी कहा जाता है। वस्तुतः उपनिषदों में वेदों के गूढ़ रहस्य को व्याख्यायित किया गया है इसलिए इन्हें वेदों की आध्यात्मिक व्याख्या का ग्रंथ माना जाता है। उपनिषदों में अनेक स्थलों पर अनेक मंत्रों को यथावत प्रस्तुत किया गया है। मूल वैदिक उपनिषदों की संख्या केवल तेरह मानी जाती है। *ऋग्वेद* से *ऐतरेय* और *कौषीतकी* उपनिषदों का, *कृष्ण यजुर्वेद* से *तैत्तिरीय*, *कठ* व *श्वेताश्वतर* उपनिषदों का संबंध है। *सामवेद* से *छान्दोग्य* व *बृहदारण्यक* तथा *अथर्ववेद* से *मुण्डक*, *प्रश्न* एवं *माण्डूक्य* उपनिषद जुड़े हुए हैं। *तैत्तिरीय संहिता* में ब्रह्म को सभी देवताओं का सृष्टा कहा गया है और *शतपथ ब्राह्मण* में इसे आकाश व पृथ्वी का आधार बताया गया है किंतु इस चिंतन का प्रमुख रूप उपनिषदों में प्राप्त होता है। उपनिषदों में वर्णित है कि आत्मा ही ब्रह्म है। *कठोपनिषद* में कहा गया है कि सूर्य प्रकाश नहीं करता व चन्द्रमा व तारे प्रकाशित होते हैं और न ही विद्युत, सभी उसके (ब्रह्म के) प्रकाश से ही प्रकाशित हैं। *तैत्तिरीय उपनिषद* में ब्रह्म द्वारा सृष्टि का विकास वर्णित किया गया है। शंकराचार्य के अनुसार ब्रह्म के सगुण व निर्गुण दोनों ही पक्ष होते हैं। *बृहदारण्यक उपनिषद* में कहा गया है कि जैसे पहिए की सभी तीलियां धुरी में एक साथ जुड़ी होती हैं वैसे ही सभी प्राणी परमात्मा से जुड़े होते हैं। *मुण्डक उपनिषद* में कहा गया है कि जो ब्रह्म को जान लेता है, वह ब्रह्ममय हो जाता है। वैसे ही जैसे नदियां अपने नाम-रूप को छोड़कर समुद्र में विलीन हो जाती हैं। *श्वेताश्वतर उपनिषद* में वर्णित है कि जिस प्रकार अग्नि अपने आधार के अनुसार रूप ग्रहण कर लेती है उसी प्रकार सर्वभूत अंतरात्मा अपने विशेष आधारभूत प्राणी के कर्मों के आधार पर पुर्नजन्म में वैसा ही शरीर धारण करती है। मनुष्य अपने कर्मों से ही नाना योनियों में जन्म लेता है। *कठोपनिषद* में यम, नचिकेता को समझाते हैं कि ऐसे लोग यह समझते हैं कि वर्तमान संसार ही सत्य है, कोई परलोक या पुर्नजन्म नहीं है, ऐसे में वे बार-बार जन्म-मरण के चक्र में पड़े रहते हैं। जीवात्मा का अन्तिम लक्ष्य स्वर्ग नहीं है, वहां भी कर्मफल की समाप्ति पर पुर्नजन्म होता है। इसमें यज्ञ को नश्वर नौकाओं का रूप बताया गया है जो कभी मनुष्य को मोक्षरूपी लक्ष्य तक नहीं पहुंचा सकतीं। *तैत्तिरीय उपनिषद* में वर्णित है कि ब्रह्म स्वयं आनन्दमय है अतः उसकी प्राप्ति ही आनन्द का मुख्य स्रोत है। इन्द्रियाँ उसके

पास जाकर अनजाने ही लौट आती हैं। वह तो केवल आत्मानुभव का विषय है। मोक्ष में सबसे बड़ी बाधा मनुष्य की विषय वासना है। *कठोपनिषद* में वर्णित है कि भौतिक मार्ग पर चलने वाले की इन्द्रियाँ बिगड़े घोड़े के समान उसे पथभ्रष्ट कर देती हैं जबकि ब्रह्म मार्ग में इन्द्रियाँ उत्तम घोड़ों के समान नियन्त्रित होकर चलती हैं। *कठोपनिषद* में ''ओ३म्'' को ब्रह्म का प्रतिरूप माना गया है। इसके अनुसार जिसे समझने के लिए सभी तपस्याएँ की जाती हैं जिसकी इच्छा करते हुए 'ब्रह्मचर्य का पालन किया जाता है वह पद ''ओ३म्'' ही है।' ऐसे में ''ओ३म्'' को ब्रह्म प्राप्ति का परम साधन बताया गया है।

6

सनातन धर्म
वैष्णव व शैव संप्रदाय

धार्मिक रीति-रिवाज स्थायी रूप से मान्य नहीं होते, तत्कालीन समाज की आवश्यकता से इनका गहरा सम्बन्ध होता है। उत्तर वैदिक कर्मकाण्ड व जातिवाद के विस्तार से धर्म व समाज का परस्पर नैतिकपूर्ण संबंध प्रभावित हुआ था। इसकी प्रतिक्रिया महात्मा बुद्ध के विचारों में दिखाई देती है। बुद्ध ने समानता व तर्क-विवेक के विचारों को महत्त्व दिया। बौद्ध धर्म में कुछ नई स्थापनाएँ उन्नत की गईं जिनमें धर्म का संस्थागत विस्तार, भिक्षु व भिक्षुणियों को नैतिक व सामाजिक दायित्व से युक्त करना और ग्रंथीय धर्म का आधार निर्मित्त करना। मौर्योत्तर काल में पुनर्व्याख्यायित सनातन धर्म के मूल्यों को आत्मसात् करके समाज में विस्तारित होता है।

मौर्य काल तक बौद्ध धर्म को राजकीय प्रश्रय प्राप्त रहा किंतु मठों में धर्म की व्यापकता से बौद्ध भिक्षु एवं भिक्षुणियों में अनैतिक प्रवृत्तियाँ बढ़ीं। उसका प्रभाव धर्म की लोकप्रियता पर पड़ा। बुद्ध ने जनमानस के सम्मुख उपस्थित होकर उनके दु:खों को दूर करने का प्रयत्न किया था। इन्हें जनमानस में अत्यन्त आदर प्राप्त था। शुंग काल में सनातन धर्म ने इन्हीं मूल्यों का सहारा लिया और कृष्ण, शिव व संकर्षण को उपास्य देव के रूप में प्रस्तुत किया। इनका स्थान बोधिसत्व के समतुल्य था, इनमें देवत्व की परिकल्पना करके मन्दिरों में स्थापित किया गया। इससे यज्ञवाद के स्थान पर अवतारवाद प्रतिष्ठित हुआ। अवतारवाद एक वैष्णवी सिद्धांत है, इसके मूल में नारायण को कृष्ण के रूप में प्रस्तुत किया गया है। *भगवद्गीता* में अवतारवाद की उपादेयता वर्णित है। *गीता* में किसी एक दार्शनिक दृष्टिकोण को मुक्तिमार्ग के रूप में मान्यता न देकर व्यक्ति को कर्म, ज्ञान अथवा

भक्तिमार्ग से मोक्ष प्राप्त करने का आदर्श प्रस्तुत किया गया है। *गीता* में वैष्णव धर्म की एक दार्शनिक पृष्ठभूमि प्राप्त होती है। कृष्ण ने वैदिक प्रवृत्ति मार्ग, उपनिषद के आत्म ब्रह्म, सांख्य के पुरुष व योग की व्याख्या करके मनुष्य को जीने का एक नया मार्ग दिया। *गीता* में पुरुषोत्तम की कल्पना वैयक्तिक है, जो भक्त से प्रत्यक्षत: जुड़ा रहता है। ईश्वर सभी कर्मों को यज्ञ मानकर कर्म की व्यापक व्याख्या को स्वीकार करता है। *गीता* में अवतारवाद की अत्यन्त उत्कृष्ट व्याख्या की गई है। यह मानव दु:ख को दूर करने के लिए बार-बार पृथ्वी पर जन्म लेता है। किंतु *गीता* में यह भी स्पष्ट किया गया है कि मनुष्य को कष्ट को सहते हुए, बिना विचलित हुए सत्य और धर्म के मार्ग पर चलते रहना चाहिए। *गीता* में भक्तों के चार प्रकार वर्णित किए गए हैं–आर्त्त(दु:खी), जिज्ञासु, अर्थार्थी(भौतिक सुखों की इच्छा रखने वाला) तथा ज्ञानी। ज्ञानी भक्त को श्रेष्ठ माना गया है। *गीता* में भक्ति का तात्पर्य परमात्मा के प्रति विशुद्ध प्रेम से है जो अपने भीतर सम्पूर्ण ब्रह्माण्ड धारण किए हुए हैं। हालांकि *गीता* में केवल भक्ति को विनयपूर्वक उपासना ही नहीं माना गया है अपितु इसे बौद्धिक विश्वास एवं श्रद्धा से भी जोड़ा गया है। *गीता* में वर्णित है कि चाहे जिस धर्म में विश्वास करें, जब तक उसमें श्रद्धा विद्यमान रहती है, नारायण उसे सच्ची भक्ति प्रदान करता है। गीता में भक्ति के सिद्धांत का विस्तृत रूप में वर्णन तथा धार्मिक नियम व जीवन शैली का निर्देशन है।

वैष्णव धर्म के अन्तर्गत कृष्ण की उपासना को केन्द्र में बताया गया है। प्राचीनकाल में कृष्ण सूरसेन जनपद के योद्धा थे। इन्हें दार्शनिक व उपदेशक के रूप में स्वीकार किया गया था। धीरे-धीरे इन्हें वैदिक विष्णु का अवतार मान लिया गया। महाभारत में वैष्णव धर्म की अनेक शाखाओं का वर्णन है जिनमें पंचरात्र महत्त्वपूर्ण है, जो मनुष्य के जीवन में चार पुरुषार्थों की प्राप्ति को अनिवार्य मानता है। मथुरा क्षेत्र में ईसा पूर्व चौथी शताब्दी में वृष्णिवीरों के व्यूहवाद का जन्म हुआ। ये वृष्णिवीर संकर्षण, वासुदेव, प्रद्युम्न, अनिरुद्ध एवं शाम्ब थे। ईसा पूर्व द्वितीय शताब्दी के बेसनगर अभिलेख, ईसा पूर्व प्रथम शताब्दी के धोसुंडी अभिलेख और प्रथम शताब्दी ईसवी के भोरा अभिलेख से इन देवताओं के प्रभाव व कर्मफलों का उल्लेख प्राप्त होता है। धीरे-धीरे इन्हें पंचरात्र सम्प्रदाय का संगठित देवसमूह मान लिया गया। प्रारम्भिक पंचरात्र संहिताओं की रचना गुप्त काल में मानी जाती है। इसमें वासुदेव के छ: गुण प्रकट किए गए हैं जिनमें ज्ञान, ऐश्वर्य, शक्ति, बल, वीर्य व तेजस सम्मिलित हैं। अन्य पंचरात्र देवताओं में दो गुण ही प्रकट रूप में दिखते हैं जैसे कि संकर्षण में ज्ञान व बल,

प्रद्युम्न में ऐश्वर्य व वीर्य, अनिरुद्ध में शक्ति एवं तेजस। शंकराचार्य ने पंचरात्र समूह के देवताओं को भिन्न-भिन्न क्षेत्रों का प्रतिधिनित्व माना हैं जैसे कि वासुदेव-पराप्रकृति अर्थात् ईश्वरलोक, संकर्षण-आत्मा, प्रद्युम्न-मनस और अनिरुद्ध-अहंकार। पंचरात्र दर्शन शरणागति को अत्यधिक महत्त्व दिया गया है। इसके अन्तर्गत सत्कर्म करना, अनुचित कार्यों से पृथक रहना, ईश्वर द्वारा की जाने वाली रक्षा पर विश्वास करना, ईश्वर को जन्म-मृत्यु के चक्र से मुक्त करने वाला मानना और स्वयं को ईश्वर के प्रति समर्पित कर देना सम्मिलित है। पंचरात्र का आरंभिक उल्लेख *यजुर्वेद* की कण्व शाखा में किया गया है। *महाभारत* में वैखानस आगम का उल्लेख है इसमें वैदिक परम्परा एवं पंचरात्र पूजा विधि का समन्वय किया गया है। इसके अनुसार भक्त को चाहिए कि वह अग्नि में नित्य हवन करके भक्तिपूर्वक विष्णु भगवान की आराधना करें।

महाभारत में सातत्य सम्प्रदाय का वर्णन है, इनके अनुयायी नरसिंह एवं वराह की महाविष्णु के रूप की आराधना करते हैं। सनातन धर्म का यह चरित्र अवतारवाद की स्थापना से जुड़ा था। इसके अन्तर्गत भारत के विभिन्न क्षेत्रों में पूर्व में प्रतिष्ठित स्थानीय देवताओं को विष्णु के अवतारों में सम्मिलित किया। *ऋग्वेद* में वराह को आर्य विरोधी देवता के रूप में वर्णित किया गया है, इन्हें इन्द्र ने मारा था किंतु *शतपथ ब्राह्मण* में वराह को ब्रह्म का मूर्त्त रूप माना गया है। विन्ध्य पर्वत क्षेत्र वराह की पूजा के लिए जाना जाता है। इन्हें पुराणों में श्राद्ध-संस्कार का प्रमुख पूज्य देवता माना गया है। पौराणिक ग्रंथों में वराह, मत्स्य और कूर्म को प्रजापति ब्रह्मा के स्थान पर विष्णु का अवतार घोषित किया गया है। नरसिंह का सर्वप्रथम उल्लेख *तैत्तिरीय आरण्यक* में किया गया है। इनका आह्वान गायत्री मंत्र के द्वारा किया जाता है। कूर्मपुराण में नरसिंह को विष्णु का अवतार घोषित किया गया है। आन्ध्र क्षेत्र के हिन्दूकरण में नरसिंह अवतार की प्रमुख भूमिका रही। *शतपथ ब्राह्मण* में देवताओं और असुरों के बीच यज्ञ-स्थान के चुनाव को लेकर संघर्ष की कथा दी गई है। इस कथा के अनुसार असुरों ने वामन के आकार की भूमि देना स्वीकार किया। विष्णु रूपी वामन ने पृथ्वी पर लेटकर अपना आकार इतना बढ़ा लिया कि समस्त पृथ्वी देवताओं को प्राप्त हो गई। विष्णु ने वामन अवतार इन्द्र की सहायता के लिए धारण किया था। स्कन्दगुप्त का जूनागढ़ अभिलेख वामन अवतार की स्तुति से आरम्भ होता है। राम का प्राचीनतम साहित्यिक उल्लेख बौद्ध ग्रंथ *दशरथ जातक* में मिलता है। इसमें इन्हें बोधिसत्व के रूप में दर्शाया गया है। भारतीय मुद्रा में परिषद ने महाजनपदयुगीन

कोशल की आहत मुद्राओं में सीता, राम, लक्ष्मण की अनुकृति होने का साक्ष्य प्रस्तुत किया है। यह राम की प्राचीनता का पुरातात्विक प्रमाण है। *महाभारत* के नारायणीय पर्व में मूलरूप से केवल चार अवतारों यथा—वराह, वामन, नरसिंह और वासुदेव कृष्ण का उल्लेख है। इसी पर्व में यह भी उल्लिखित है कि राम भार्गव व राम दाशरथी को देवत्व प्रदान करके अवतार की श्रेणी में सम्मिलित किया गया और अन्त में हंस, कूर्म, मत्स्य व कल्कि को मिलाकर अवतारों की संख्या दस कर दी गई। *मत्स्य पुराण* के अनुसार तीन अलौकिक व दैवी अवतार हैं—नारायण, नरसिंह व वामन। अन्य सात जो मानव-अवतार माने गए हैं, वे हैं—दत्तात्रेय, मान्धातृ, जमदग्निपुत्र परशुराम, दशरथ पुत्र राम, वेदव्यास, बुद्ध और कल्कि।

मौर्योत्तर काल में शैव मत का भी अवतारवादी चरित्र उभरा। शैवमत के प्रवर्तक लकुलीश को शिव का अवतार माना गया और इनका ग्रंथ *पंचार्थ विद्या* को शैवमत का प्रमुख ग्रंथ माना गया। इस कालावधि में शिव की मानव एवं लिंग रूपों की पूजा मान्य हो चुकी थी। *महाभारत* में पाशुपत सम्प्रदाय का उल्लेख है इनके अनुयायी स्वयं को शैव भागवत शिव कहते थे। *महाभारत* के नारायणीय पर्व में कहा गया है कि शिव श्रीकंठ जो उमापति और भूतों के स्वामी हैं, पाशुपत ज्ञान को प्रस्तुत किया। शैवपुराणों (*वायुपुराण, लिंगपुराण, कर्मपुराण* तथा *शिवपुराण*) के अनुसार शिव ने ब्रह्म को बताया कि वासुदेव के ही जन्मकाल के समय वे पश्चिमी भारत में कायारोहण नामक स्थान में एक मृत शरीर में प्रविष्ट होकर लकुलीश नामक ब्रह्मचारी के रूप में उत्पन्न होंगे। लकुलीश के चार शिष्य होंगे—कुशिक, गर्ग, मित्र तथा कौरुष्य। इनके द्वारा पाशुपत सम्प्रदाय के उप सम्प्रदायों की स्थापना की जाएगी। अन्त में ये सभी पाशुपत रुद्रलोक को प्रस्थान करेंगे। चन्द्रगुप्त द्वितीय के मथुरा अभिलेख में भी पाशुपत के उप सम्प्रदायों का उल्लेख किया गया है। पाशुपत सम्प्रदाय के दर्शन के बारे में जानकारी पाशुपत सूत्र हरदत्त की 'गणकारिका', माधव के 'सर्वदर्शन संग्रह', कौन्डिन्य के 'पंचार्थभाष्य' आदि से मिलती है। *पाशुपतसूत्र* में शिव आराधना के लिए 'ओंकार' के ध्यान को आवश्यक माना गया है। कापालिक संप्रदाय को *वायु ब्रह्माण्ड* व *कूर्मपुराण* में हेयदृष्टि से वर्णित किया गया है। इनके अनुयायी दण्ड के ऊपर नरमुण्ड रखकर चलते थे, इन्हें महाव्रतधारी कहा जाता है। इनका लक्ष्य अनेक प्रकार की सिद्धियों को प्राप्त करना है। कालामुख संप्रदाय का मुख्य क्षेत्र कर्नाटक माना जाता है। इनके अनुयायी भी दण्ड तथा नरमुण्ड लेकर चलते थे। शैव संप्रदायों

का दार्शनिक आधार मूलतः 'शैव-आगम' के सिद्धांतों से प्रभावित है। इनके अनुसार शिव के सृष्टि, स्थिति, विनाश, तिरोधान तथा अनुकम्पा ही मुख्य कार्य हैं। शिव की शक्ति ज्ञान व क्रिया का मूर्त रूप है। जीव, अविद्या, कर्मफल और माया से ग्रस्त है। इनसे मुक्त होने के बाद ही मोक्ष प्राप्ति संभव है और इसके लिए शिव की कृपा आवश्यक है।

7

गुप्त-गुप्तोत्तर संस्कृत साहित्य

गुप्तकाल कलात्मक अभिरुचियों एवं साहित्यिक विधाओं के उत्कर्ष के रूप में भी जाना जाता है। जिनमें पुराण, स्मृति साहित्य, महाकाव्य, गणित, ज्योतिष और विशेष रूप से लौकिक साहित्य के क्षेत्र में महत्त्वपूर्ण प्रगति हुई। नाटककारों में कालिदास, भारवि व माघ; गद्य लेखकों में सुबन्धु, दण्डी व बाणभट्ट; अलंकार शास्त्री में भामह; कोशकार में अमर सिंह; दार्शनिकों में कुमारिल भट्ट, गौड़पाद, रामानुजाचार्य व शंकराचार्य; तथा ज्योतिषाचार्य में वराहमिहिर, आर्यभट्ट व ब्रह्मगुप्त सम्मिलित हैं। संस्कृत, राजकीय कार्य एवं साहित्य सृजन की मुख्य भाषा थी। ऐसे में ऋग्वेद से लेकर गुप्तोत्तर काल तक भारत में साहित्य की सर्वश्रेष्ठ कृतियां मुख्यत: संस्कृत भाषा में ही लिखी गईं।

गुप्त व गुप्तोत्तर साहित्य में सर्वाधिक महत्त्व पुराणों को दिया जाता है। पुराणों के मुख्यत: पांच लक्षण माने जाते हैं जिनके द्वारा इन्हें पुराण के रूप में मान्यता दी जाती है। हालांकि मौलिक पुराण वर्तमान में बहुत कम ही उपलब्ध हैं। उनमें पुरोहिती कर्मकाण्ड और उससे जुड़े हुए संस्कारों को ही अधिक महत्त्व दे दिया गया है। पुराणों के पांच लक्षण हैं—सृष्टि की उत्पत्ति की कथा, प्रलय के उपरान्त पुन: सृष्टि निर्माण की कथा, वंशावली अन्वेषण, युग व महायुग का क्रमानुसार वर्णन; सूर्यवंश तथा चन्द्रवंश का इतिहास। सामान्यत: पुराणों की संख्या अठारह मानी जाती है—ब्रह्म, पद्म, विष्णु, शिव, भागवत, नारद, मार्कण्डेय, लिंग, वराह, अग्नि, भविष्य, ब्रह्मवैवर्त, स्कन्ध, वामन, कूर्म, मत्स्य, गरुड़ और ब्रह्माण्ड। *पद्मपुराण* में सम्पूर्ण पुराणों को तीन गुणधर्म के आधार पर विभक्त किया गया है। इसके अन्तर्गत :-

1. **मोक्षदाता पुराण:** इस समूह में नारद, विष्णु, भागवत, गरुड़, पद्म व वराह को रखा गया है। इनका पाठ वैष्णव धर्मी उपासक करते हैं। इन्हें सात्विक कहा जाता है। इन पुराणों के अनुशीलन से मोक्षप्राप्ति सुनिश्चित होती है।

2. **स्वर्गदाता पुराण:** इस श्रेणी में मार्कण्डेय, भविष्य, वामन, ब्रह्म, ब्रह्माण्ड एवं ब्रह्मावैवर्त्त पुराणों को रखा गया है। इन्हें राजसी पुराण कहा जाता है जिनका पाठ करने से केवल स्वर्ग की प्राप्ति होती है ऐसा माना जाता है। ये मोक्षदायिनी पुराण नहीं हैं।

3. **नरकदाता पुराण:** इसमें कूर्म, लिंग, शिव, स्कन्ध, अग्नि व मत्स्य को रखा गया है। इन्हें तामसी पुराण कहा जाता है। जिनके पाठ से ऐसा माना जाता है कि भौतिक जीवन की आवश्यकताओं की पूर्ति तो होती है किंतु इनसे स्वर्ग व मोक्ष प्राप्त करना संभव नहीं है।

ब्रह्म पुराण को आदि पुराण के रूप में मान्यता दी जाती हैं। इसमें मुख्यत: तीर्थ स्थानों की महिमा व कर्मफल तथा कृष्णावतार की कथा का वर्णन है। इसके अतिरिक्त राजवंशों की वंशावली, पृथ्वी की उत्पत्ति, सृष्टि, आश्रम, जाति व्यवस्था, श्राद्धकर्म, स्वर्ग व नरक से सम्बन्धित आख्यान दिए गए हैं। *पद्म पुराण* में सृष्टि की उत्पत्ति, वंशावली, राजवंश महिमा और मिथक कथाओं का संग्रह है। मिथक कथाओं में शकुन्तला, पुरुरवा, राम और श्रृंगीय ऋषि के जीवनवृत्त सम्मिलित हैं। *विष्णु पुराण* का मूलपाठ सर्वाधिक सुरक्षित रूप से प्राप्त हुआ है इसलिए इसके वर्णन पौराणिक पंच सिद्धांतों के अनुरूप हैं। इसमें विष्णु को सृष्टिकर्त्ता, पालक व सर्वोच्च देवता के रूप में वर्णित किया गया है। इसके अतिरिक्त इसमें कलियुग की भविष्यवाणी, कृष्णलीला, देवता व दानव संग्राम, समुद्र मंथन, ध्रुव व प्रह्लाद की कथा का भी उल्लेख है। यह छ: खण्डों में विभाजित है, जिनमें द्वितीय खण्ड में भारतीय भूगोल, ज्योतिष, सूर्य सिद्धांत, नवग्रह, पाताल लोक आदि का वर्णन है।

वायु पुराण को *शिव पुराण* के नाम से भी जाना जाता है। यह कुल तेरह खण्डों में विभाजित है। इनमें शिव महिमा का माहात्म्य, शिव के अनेकानेक रूप, शिव-पार्वती विवाह आदि से संबंधित पौराणिक कथाएं हैं। पुराणों में *भागवत पुराण* सर्वाधिक लोकप्रिय है। इसमें कपिल व बुद्ध को विष्णु का अवतार माना गया है। *विष्णु पुराण* में ब्रह्म की उत्पत्ति, चतुर्वर्ण व्यवस्था, दुर्वासा के श्राप, ध्रुव की तपस्या, नरसिंह अवतार, हिरण्य कश्यप व प्रह्लाद की कथा, स्वर्ग व नरक, वैवस्वत मनु, इक्ष्वाकु वंश, सोमवंश, यदुवंश, सूर्यवंश आदि राजवंशों की कथा

का संकलन है। *मार्कण्डेय पुराण* वर्णनात्मक शैली में लिखा गया ग्रंथ है। इसमें पौराणिक देवताओं के स्थान पर वैदिक देवता यथा–इन्द्र, अग्नि व सूर्य महिमा का वर्णन किया गया है। अग्नि पुराण का सम्बन्ध शैव धर्म के सिद्धांतों से है जिनमें शिव के मानव व लिंग रूप, देवी दुर्गा की शक्तियों व इनके अवतारों तथा गणेश-पूजा का उल्लेख है। *अग्नि पुराण* को विश्वकोश का दर्जा दिया जाता है क्योंकि इसमें धर्म, कर्मकाण्ड व अवतारवादी माहात्म्य के साथ-साथ ज्योतिष, खगोल, भूगोल, राजनीति, प्रशासन, कानून, चिकित्सा, व्याकरण, सामाजिक रीति-रिवाजों, अन्त्येष्टि क्रिया, श्राद्ध परंपरा आदि का वर्णन किया गया है।

भविष्य पुराण में पुरोहिती कर्मकाण्ड विधियां, उपासना पद्धति, ब्राह्मण, क्षत्रिय, वैश्य व शूद्र के कर्त्तव्यों और सामाजिक दायित्वों की गंभीर चर्चा की गई है। इस पुराण में फारसी, सूर्य आराधना पद्धति, अग्नि-पूजा और भोजक ब्राह्मणों की चर्चा की गई है जिन्हें फारस के कुलीन वर्ग से जोड़कर देखा जाता है। *ब्रह्मावैवर्त्त पुराण* में ब्रह्मा को सृष्टि का सृजनकर्ता बताया गया है इसमें कृष्णभक्ति, कृष्ण के बाल्यजीवन और पंच महादेवी यथा–दुर्गा, लक्ष्मी, सरस्वती व राधा की महिमाओं को अभिव्यक्त किया गया है। *ब्रह्मावैवर्त्त पुराण* में गणेश को कृष्णावतार माना गया है। *लिंग पुराण* में तांत्रिक-पूजा, शिव माहात्म्य और शिव उपासना के फलों का वर्णन है। *वराह पुराण* में विष्णु के अवतार, उपासना विधियों, पंचरात्र, भागवत व सातत्य सम्प्रदायों की चर्चा है। *गरुड़ पुराण* को भी विश्वकोश का दर्जा दिया जाता है। इसका सर्वाधिक महत्त्व अन्त्येष्टि क्रिया विधि, पितर-पूजा, स्वर्ग व नरक के जीवन तथा सती-प्रथा से जुड़े अध्यायों के कारण हैं।

गुप्त-गुप्तोत्तर काल में दर्शन के क्षेत्र में भी स्थायी कार्य किया गया और संस्कृत भाषा में अनेकानेक ग्रंथ लिखे गए। सांख्य दर्शन का प्राचीनतम उपलब्ध ग्रंथ ईश्वर कृष्ण की रचना *सांख्य कारिका* है। ईश्वर कृष्ण का समय छठी शताब्दी ई. माना जाता है। *सांख्य कारिका* पर शंकराचार्य व वाचस्पति ने टीका लिखी। पतंजलि के *योग सूत्र* पर नवीं शताब्दी में वाचस्पति ने *तत्व-वैशारदी* भाष्य लिखा। इस ग्रंथ में योग सिद्धांत पर लिखी गई व्यास की टीका को भी सम्मिलित किया गया। चौथी शताब्दी ई. में प्रसिद्ध व्याख्याकार पक्षिल स्वामिन वात्स्यायन ने *न्याय सूत्र* पर भाष्य लिखा। इनके विचारों की आलोचना बौद्ध दिंगनाथ ने की। उद्योतकर ने *न्याय वार्त्तिक* की रचना करके वात्स्यायन का समर्थन किया। न्यायशास्त्र से संबंधित अन्य ग्रंथों में धर्म कीर्ति कृत *न्यायबिन्दु* व माणिक्य नंदी कृत *परीक्षा मुख सूत्र* सम्मिलित हैं। गुप्तोत्तर काल में वेदान्त दर्शन के क्षेत्र में महत्त्वपूर्ण विकास हुआ।

इसके प्रथम सुव्यवस्थित विस्तारक गौड़पाद थे। इनके विचारों का विस्तार शंकराचार्य ने किया।

गुप्तकाल, लौकिक साहित्य के विकास का सर्वोत्कृष्ट काल था। कालिदास उसके प्रतिनिधित्व रचनाकार हैं जिन्हें भारत का सर्वश्रेष्ठ कवि व नाटककार माना जाता है। कालिदास की कृतियों के अवलोकन से उनके समग्र दृष्टि व ज्ञान की गंभीरता का एहसास होता है। इन्होंने वैदिक साहित्य, दर्शन, व्याकरण, संगीत, चित्रकला आदि का अध्ययन किया था। कालिदास की प्रशंसा ऐहोल अभिलेख में महान कवि के रूप में की गई है। कालिदास की सबसे प्रसिद्ध रचना *शाकुन्तलम्* नाटक है, इसे विश्व साहित्य में अग्रणी नाटकों की श्रेणी में रखा जाता है। *शाकुन्तलम्* नाटक की मूल विषय वस्तु *महाभारत* से ली गई है किंतु इसमें कवि प्रतिभा से मौलिकता का भी समावेश किया गया है। नाटक में पात्र, जीवतंता के साथ प्रस्तुत होते हैं। दुर्वासा का श्राप, शकुन्तला की अँगूठी का खो जाना, दरबार में राजा दुष्यन्त द्वारा शकुन्तला को न पहचानना, मछली के पेट से अँगूठी का मिलना आदि घटनाओं में नाटकशास्त्र की सूक्ष्मता, चरित्र चित्रण, कथानक की संयोजना और भावनाओं की अंत: अभिव्यक्ति प्राप्त होती है। *शाकुन्तलम्* नाटक के पूर्व कालिदास ने *मालविकाग्निमित्र* व *विक्रमोर्वशीय* की रचना की थी। *मालविकाग्निमित्र* एक सुखान्त प्रेम कथा है। जिसमें राजा अग्निमित्र और दासी मालविका के मध्य प्रेम सम्बन्धों का वर्णन है। इस नाटक में प्राचीन भारतीय संस्कृति की मर्यादा व शिष्टाचार की ध्वनि प्राप्त होती है। राजा अपने अनुचर के माध्यम से प्रेम में सफल होता है।

विक्रर्मोवशीयम् में राजा पुरुरवा व अप्सरा उर्वशी की प्रणय कथा प्रस्तुत की गई है। इसकी विषय-वस्तु *ऋग्वेद* व *शतपथ ब्राह्मण* में वर्णित आख्यान से ली गई है। इस कथा का वर्णन पुराणों में भी प्राप्त होता है। कालिदास की सबसे बड़ी विशेषता यह रही, इन्होंने इन कथानकों को काव्य प्रतिभा से जीवंत कर दिया। इस नाटक में पुरुरवा विरह गीतों के माध्यम से नायिका को खोजता है। यह नाटकों में गीत की परम्परा की प्रथम अभिव्यक्ति थी। कालिदास ने नाटकों के साथ-साथ महाकाव्य, गीत काव्य व खण्डकाव्य की भी कुशल सर्जना की। उनके दो महाकाव्यों *रघुवंश* व *कुमारसंभव* तथा गीतकाव्य *मेघदूत* को संस्कृत भाषा का श्रेष्ठ "काव्य रत्न" माना जाता है। *कुमारसंभव*, में शिव-पार्वती के पुत्र कार्तिकेय के जन्म, जीवन व आलौकिक कार्यों से संबंधित घटनाओं का वर्णन किया गया है। *रघुवंश* में सूर्यवंश के तीस राजाओं का उल्लेख है। इसमें राजा रघु की कथा का अधिक विस्तार किया

है। खण्ड काव्य *ऋतुसंहार* में कुल छह सर्ग हैं जिसमें ऋतुओं के परिवर्तन और प्रकृति की मनोहर प्रस्तुति की गई है। *मेघदूत* को संस्कृत साहित्य का सुन्दर व मार्मिक लघुकाव्य माना जाता है। यह रचना केवल 121 पद्यों में लिपिबद्ध की गई है किंतु इसमें कालिदास ने अपनी काव्य-प्रतिभा व विद्वता की वास्तविक प्रस्तुति की है। इसमें एक निर्वासित प्रेमी कथा वर्णित है जो सावन के महीने में वर्षा मेघ को देखकर प्रेमिका के विरह में व्याकुल होकर मेघ से निवेदन करता है कि वह उसका संदेश अलकापुरी में प्रेमिका तक पहुँचा दे। *मेघदूत* में रामगिरि से अलकापुरी के मध्य विद्यमान वनों, उपवनों, नगरों, पर्वतों, नदियों का सुंदर वर्णन किया गया है। कालिदास ने सम्पूर्ण काव्य में घटनाओं को चित्रात्मक तरीके से व्यक्त किया है। इनमें लिपिबद्ध किए गए गीत प्रसन्नता, शोक व स्थिरता के भाव को अभिव्यक्त करने में सक्षम हैं।

भवभूति को भी कालिदास के समकक्ष का नाटककार माना जाता है। इन्हें कन्नौज के शासक यशोवर्मन् का राजाश्रय प्राप्त था। भवभूति, न्याय, मीमांसा-दर्शन व व्याकरण के विद्वान थे। इनके तीन नाटक उपलब्ध हैं–*महावीरचरित्र, उत्तररामचरित्र* और *मालती माधव*। प्रथम दो रामायण की कथावस्तु पर आधारित हैं और *मालती माधव* एक सामाजिक नाटक हैं। इसमें माधव व मालती का सुखान्त प्रेम वर्णित है। भवभूति के नाटक में भाषाई उच्चता के साथ-साथ रसात्मकता व उत्कृष्ट काव्य-कौशल की प्रस्तुति होती है। भवभूति की दो अन्य नाट्य विशेषताएं भी प्राप्त होती हैं–1. नाट्य पात्रों में विदूषक का अभाव, 2. नाटकों में गद्यलेखन को प्रमुखता देकर इसे रंगमंच से पृथक करना। इस कालावधि में शासकों के द्वारा भी नाट्य लेखन किया गया। जिसमें यशोवर्मन् का *रामाध्याय* और पल्लव शासक महेन्द्रवर्मन का *मत्तविलास प्रहसन* प्रमुख हैं। हर्ष को भी *रत्नावली, प्रियदर्शिका* और *नागानन्द* नाटकों को लिखने का श्रेय दिया जाता है। नागानन्द नाटक बोधिसत्व जीमूतवाहन की जीवन कथा पर आधारित धर्मनिरपेक्ष नाटक है। इसका उद्देश्य ब्राह्मण व बौद्ध धर्म के परस्पर सौहार्द को स्थापित करना था। *रत्नावली* को संस्कृत भाषा का पूर्ण नाटक माना जाता है। जिसमें नाट्य कथानक, पात्रों की जीवंत्ता, भाषाई उत्कृष्टता और सुखांत दर्शन प्राप्त होता है। *प्रियदर्शिका* नाटक से नाट्य लेखन में नवीन परम्परा स्थापित होती है–नाटक के अर्न्तनिहित संवाद में लघु नाटक की उपस्थिति। सातवीं शताब्दी में नागभट्ट के द्वारा *वेणीसंहार* नाटक लिखा गया। इसकी विषयवस्तु महाभारत के पात्र भीम की कथा पर आधारित है यह वीर रस का नाटक है।

गुप्तोत्तर काल में दो प्रसिद्ध महाकाव्यों *किरातार्जुनीय* और *शिशुपालवध* की रचना हुई। *किरातार्जुनीय* की रचना भारवि ने की। इसमें अठारह सर्ग हैं। इसे *महाभारत* की कहानी के आधार पर विस्तार दिया गया है जिसमें शिव के किरात रूप से अर्जुन का युद्ध होता है। *शिशुपालवध* का लेखन माघ ने किया। माघ की लेखकीय शैली व्याकरणनिष्ठ एवं कृत्रिमता से परिपूर्ण है। बुद्धघोष ने *पद्यचूड़ामणि* का लेखन किया जिसमें महात्मा बुद्ध के जीवन, व्यक्तित्व एवं उपदेशों का वर्णन है। आठवीं शताब्दी के लेखक कुमारदास ने *जानकी-हरण* लिखा जिसमें रावण के द्वारा सीता के हरण से जुड़ी कथा को मार्मिक रूप से प्रस्तुत किया गया है। वल्लभी के शासक श्रीधरसेन के राजाश्रय में भट्टि ने *भट्टि काव्य* का लेखन किया, यह व्याकरण ग्रंथ है जिसे पणिनि की अष्टाध्यायी के आधार पर लिखा गया है। कश्मीरी कवि भौमक ने रावणार्जुनीय लिखा। पूर्वमध्यकाल में 'शतक' काव्य लेखन की परम्परा आरम्भ हुई। भर्तृहरि ने *शृंगार शतक, नीति शतक* और *वैराग्य शतक* का लेखन किया–प्रथम शतक की विषयवस्तु प्रेम, द्वितीय की विवेकपूर्ण आचरण और तृतीय का सांसारिक सुखों के प्रति उदासीनता है। अमरु की रचना *अमरु-शतक* प्रेमकथा पर आधारित ग्रंथ है। हर्ष के दरबारी कवि मयूर ने *मयूर-शतक* की रचना की। बाण ने *देवी-शतक* का लेखन किया। प्राचीन भारतीय संस्कृत साहित्य में कहानी लेखन की समृद्ध परम्परा थी जिनमें नैतिक शिक्षा, सामाजिक ज्ञान व सकारात्मक प्रेरणा से जुड़ी कहानियों को विशेष महत्त्व दिया गया, इनमें पंचतंत्र का संकलन सर्वाधिक महत्त्वपूर्ण है। वर्तमान में इसके तीन संकलन उपलब्ध हैं – 1. *वृहत्कथामंजरी* व *कथासरित्सागर*, 2. *तंत्राख्यायिका*, 3. *हितोपदेश*।

पूर्व मध्यकाल में कहानियों के अतिरिक्त लघुकथाओं का भी लेखन किया गया। इनकी विषयवस्तु प्रेमकथा अथवा ऐतिहासिक घटनाओं जिनमें वीरता, उदारता, दानशीलता आदि से संबंधित कथाएं हैं, को आधार बनाया गया है। इनमें विश्वनाथ का *साहित्य-दर्पण*, बाणभट्ट का *हर्षचरित*, दण्डी का *काव्यादर्श*, *दशकुमारचरित* काव्य प्रमुख हैं। सुबन्धु ने *वासवदत्ता* में प्रेम-कथाओं का संकलन किया है। अलंकार, रस व छन्द आधारित काव्यों की भी रचना की गई जिनमें भट्टि की रचना *रावणवध*, भामह की रचना *काव्यालंकार*, दण्डी का *काव्यादर्श* में अलंकार व रस का सुन्दर प्रयोग प्राप्त होता है, जबकि वराहमिहिर की *वृहत्संहिता* व *वृहज्जातक* में छन्द का कुशलता से उपयोग किया गया है। गुप्तकाल में कोश साहित्य की भी रचना की गई। इसमें विभिन्न विषयों को एक साथ संकलित किया गया जिनमें सर्वाधिक महत्त्वपूर्ण अमरसिंह की रचना *नामलिंगानुशासन* अर्थात्

अमरकोश को माना जाता है। प्राचीन भारतीय ग्रंथों में सर्वाधिक टीका *अमरकोश* पर ही लिखी गई है। चिकित्सा से सम्बन्धित ग्रंथों में बाणभट्ट का *अष्ट्रांग-संग्रह* व अष्ट्रांग हृदय संग्रह सम्मिलित है। सामाजिक कहावतों के आधार कहा जाता है कि बाणभट्ट, कलियुग के सर्वाधिक उपयोगी चिकित्सक थे। इसके अतिरिक्त हाथियों की चिकित्सा के लिए *हस्ति-आयुर्वेद* और अश्व चिकित्सा के लिए *अश्वशास्त्र* का लेखन किया गया।

8

भारतीय: धर्म दर्शन

1. शंकराचार्य का अद्वैत वेदांत

भारत में शैव धर्म व इसके दार्शनिक मतों के विकास में शंकराचार्य की प्रमुख भूमिका थी। शंकराचार्य शैव धर्म के अनुयायी थे। फिर भी इनके शिष्य इन्हें शिव का अवतार मानते थे। इनके द्वारा शैव मत के विस्तार का संस्थागत प्रयत्न किया गया और विभिन्न मठों की स्थापना की गई। शंकर के विचारों में उपनिषद काल की अद्वैत परम्परा का विस्तार दिखता है जिसके मूल में आत्मा एवं ब्रह्म के अद्वैत चरित्र की व्याख्याएँ हैं। प्राचीन भारतीय दार्शनिक विचारों का मूल विस्तार उपनिषदों में दिखाई देता है। इस परम्परा को *ब्रह्मसूत्र* के माध्यम से नियोजित किया गया जिसे शंकराचार्य ने संगठित किया। वेदांत दर्शन को बादरायण ने सूत्रों में साररूप से प्रस्तुत किया है। वैदिक साहित्य में उपनिषदों के दर्शन को *उत्तर मीमांसा* के नाम से भी जाना जाता है। *ब्रह्मसूत्र* की अनेक प्रकार से व्याख्या की गई है। किंतु शंकर के भाष्य को अधिक प्रामाणिक माना जाता है। जब भी वेदांत दर्शन की चर्चा होती है, तो उसे शंकर वेदांत के अर्थ में लिया जाता है। आचार्य शंकर ने *ब्रह्मसूत्र* और उपनिषदों पर भाष्य लिखे। इनके शिष्यों ने भी इसी परम्परा को आगे बढ़ाया जिनमें शंकर के मतों को ही पुष्ट किया गया।

वेदांत दर्शन का मूलाधार वेद व उपनिषद को माना जाता है। बादरायण का *ब्रह्मसूत्र* तो केवल इन ग्रंथों का सारांश या संक्षेपण मात्र है। आचार्य शंकर ने इन सूत्रों को नियोजित व सरल रूप से व्याख्यायित किया तथा इनका मूल मन्तव्य प्रस्तुत करने का सार्थक प्रयत्न किया। इन्होंने कभी भी किसी विशेष का प्रणेता होने का दावा नहीं किया बल्कि यह व्याख्यायित किया कि वेद व उपनिषदों में वर्णित ज्ञान दर्शन को बादरायण ने ब्रह्मसूत्रों में सूक्ष्म रूप से वर्णित किया है। अनेक विद्वान

यह मानते हैं कि वैदिक साहित्य में दर्शन न होकर धार्मिक आचरण और अनुष्ठान का निर्देशन है जिसमें आस्था व विश्वास का महत्त्व है और तार्किकता को कोई स्थान नहीं दिया गया है। शंकराचार्य का मानना है कि यह व्यवस्था सम्पूर्ण वैदिक साहित्य के लिए सत्य नहीं है। वस्तुत: *ऋग्वेद* की कर्मकाण्ड की व्याख्या ब्राह्मण ग्रंथों में की गई है जिसमें यज्ञ को मोक्षदायिनी एवं भौतिक फलदायिनी माना गया है। इसे *पूर्व मीमांसा* के अन्तर्गत रखा गया है। इसकी दार्शनिक व्याख्या कुमारिल भट्ट व मण्डन मिश्र जैसे दार्शनिकों ने की। किंतु उपनिषद में अद्वैत दर्शन को *उत्तर मीमांसा* माना गया है। जिसमें आत्मा, ब्रह्म, माया, जगत्, जीव आदि की दार्शनिक व्याख्या की गई है, इसे बादरायण और शंकराचार्य ने व्यवस्थित किया। शंकराचार्य ने यह कहा कि उपनिषद के अद्वैत परमात्मा के महान् स्वरूप को अभिव्यक्त किया गया है जिन लोगों ने अध्ययन के द्वारा परम तत्त्व की अनुभूति प्राप्त कर ली है, इन्द्रियों को नियन्त्रित कर लिया है, ब्रह्म के शाश्वत स्वरूप का ज्ञान प्राप्त कर लिया है। उनके लिए वेदों और उपनिषदों का अध्ययन श्रेयस्कर है। शंकराचार्य ने तर्क का आधार लेकर अपने दार्शनिक मतों को अभी भी व्याख्यायित नहीं किया। इनका ध्येय उपनिषदीय ज्ञान व दर्शन की युक्तिसंगत प्रतिस्थापना करना था। विद्वानों से विचार-विमर्श के दौरान ब्रह्मज्ञान को लेकर जो भी संदेह उत्पन्न हुआ उसे उपनिषद के आधार पर दूर करने का प्रयत्न किया। शंकर का मानना था कि उपनिषदों में ही एकमात्र आस्तिक दर्शन प्राप्त होता है जिसमें ब्रह्मप्राप्ति का निर्देशन है। 'संसार में केवल ब्रह्म की ही स्थिति है' - शंकर ने गौड़पाद के इन्हीं विचारों को आगे बढ़ाया।

बादरायण द्वारा रचित *ब्रह्मसूत्र* को उपनिषदों का सार स्वीकार किया जाता है। *ब्रह्मसूत्र* को चार भागों में विभक्त किया गया है - प्रत्येक भाग को चार उपभागों तथा इन्हें अधिकरणों में विभाजित किया गया है। शंकर ने अद्वैत वेदांत दर्शन में यह सिद्ध किया कि आत्मा और ब्रह्म एक ही हैं। एक ब्रह्म की एक मात्र शाश्वत तत्त्व है। इसके अतिरिक्त इन्होंने सांख्य, योग, बौद्ध, जैन, न्याय व अन्य के दार्शनिक मतों का खंडन किया। शंकर का मानना है कि दर्शन में तर्क का महत्त्व शास्त्रों के अध्ययन और उसके अर्थ को समझने में महत्त्वपूर्ण है। किंतु इनके द्वारा सत्य का ज्ञान संभव नहीं हैं क्योंकि तर्क के द्वारा विद्वान किसी एक मत का समर्थन अथवा खण्डन कर देता है। ऐसे में सत्य ज्ञान के लिए उपनिषदों के सिद्धांत ही एकमात्र मार्ग हैं। शंकर का मानना है कि भ्रमवश हम इंद्रिय, शरीर एवं विषयभोग को परस्पर इतना एकजुट कर लेते हैं कि हमें आत्मा व माया भिन्न स्वरूप की जानकारी नहीं

हो पाती है। आत्मा, शुद्ध चित्तरूप और सर्वदा आनन्दमय है। माया के आवरण के कारण हम आत्मा के वास्तविक रूप का ज्ञान नहीं कर पाते हैं। शंकर का कहना है कि उपनिषदों में अन्तिम सत्य के रूप में ब्रह्म को मान्य किया गया है जिसने सत्य को समग्र रूप से समझ लिया है उसे किसी भी प्रकार की शारीरिक क्रिया अथवा कर्मकाण्ड की आवश्यकता नहीं है। कर्मकाण्ड आदि अनेकानेक नियमों की आवश्यकता उन्हें होती है जिन्हें सत्य का पूर्ण ज्ञान नहीं हुआ है और वे जिज्ञासु अथवा व्याकुल होकर ज्ञान प्राप्ति के लिए विभिन्न मार्गों का अनुसरण करते हुए भटक रहे हैं। किंतु जिन्हें भौतिक सुख की तृष्णा नहीं है ऐसे व्यक्तियों के लिए उपनिषद का ज्ञान सर्वोपरि है। जैसे ही मनुष्य भौतिक कर्ममार्ग का त्याग करके अपने जीवन मूल्यों से ऊपर उठता है, वह ज्ञानमार्ग की ओर अग्रसर हो जाता है। शंकर वेदांत और आचार्य गौड़पाद के दर्शन में मौलिक अन्तर यही है कि शंकर ने गौड़पाद के दर्शन से बौद्ध विचारों को पृथक करके उपनिषदों में वर्णित अद्वैत दर्शन को उसके वास्तविक रूप में सुस्थापित किया। शंकर ने सम्पूर्ण सृष्टि की उत्पत्ति और विनाश का कारक ब्रह्म को ही माना। इनका कहना है कि सम्पूर्ण विश्व ब्रह्म से उत्पन्न हुआ है और ब्रह्म शाश्वत है। शंकर ने ब्रह्म को सत्, चित्, आनन्द रूप में वर्णित किया है। सम्पूर्ण सृष्टि माया है जिसे ईश्वर ने क्रीड़ारूपेण आनन्द के लिए निर्मित्त किया है। शंकर ने आत्मा के स्वरूप का ज्ञान ही सत्य ज्ञान माना और यह कहा कि जैसे ही यह ज्ञान होगा, व्यक्ति के माया का समापन हो जाएगा। इससे व्यक्ति कर्म के बंधनों से पृथक होकर एक ऐसी अवस्था में पहुँच जाता है जहाँ सांसारिक जीवन के सुख का महत्त्व समाप्त हो जाता है। सारांश रूप में यह कहा जा सकता है कि शंकर ने ब्रह्म को यथार्थ माना और इसके अतिरिक्त अन्य सभी को मिथ्या स्वीकार किया। शैवमत के अनेक उपसंप्रदाय भी थे, जिनमें लिंगायत, शैव सिद्धांत एवं शिवाद्वैत प्रमुख हैं। शैव सिद्धांत का प्रचार तमिल प्रदेश में था। इसके अनुयायी जगत व जीव की पृथक-पृथक सत्ता स्वीकार करते हैं। शिवाद्वैत सम्प्रदाय का मानना है कि शिव व ब्रह्म एक ही सर्वोपरि सत्ता के सूचक हैं।

2. रामानुज का विशिष्टाद्वैतवाद

रामानुजाचार्य के विशिष्टाद्वैतवाद में भागवत मत का गंभीर प्रभाव है। इन्होंने ईश्वर का स्वरूप पंचविध अर्थात् पराविभूति, व्यूह, विभ्व, अवतार एवं अर्चावतार में विभक्त माना है। रामानुज का सगुण ब्रह्म करुणामय है। इस सृष्टि का निर्माण जीव

के कल्याण के लिए हुआ है। ईश्वर जीवों को आध्यात्मिक रूप से उन्नत करने के लिए प्रेरित करता है ताकि वे कर्म एवं पुनर्जन्म के चक्र से मुक्ति पा सकें। रामानुज के अनुसार ईश्वर मुक्ति प्रदाता नहीं है। ऐसे में जीव को जीवन चक्र से मुक्त होने के लिए सद् प्रयत्न करने होते हैं। ईश्वर इन प्रयत्नों में सहायक हो सकता है। यह उसकी कृपा है कि हमें सद्मार्ग में चलने के लिए प्रेरित करता है। विशिष्टाद्वैत में रामानुज ने परमब्रह्म नारायण को माना है। सृष्टि और जीव दोनों ही उनके रूप हैं। इस सिद्धांत का मूल कारण भक्तिधारा को जनसमूह में व्यापक करना था क्योंकि यदि ईश्वर का जुड़ाव व्यक्ति और जगत् से नहीं होगा तो उसके लिए अनुराग उत्पन्न करना संभव नहीं है। रामानुज के अनुसार ज्ञान जीवात्मा का गुणमात्र नहीं है, बल्कि उसका धर्म भी है। आत्मा को यह ज्ञान रहता है कि ''मैं हूँ''। इन्होंने ''विदेह मुक्ति'' के सिद्धांत को वरीयता दी और इसके लिए यथार्थ ज्ञान को अपरिहार्य माना। इनका कहना था कि–ईश्वर के प्रति समर्पित चित्त सांसारिक प्रलोभनों से विरक्त हो जाता है।

रामानुज के दर्शन के तीन केन्द्रीय तत्त्व हैं –

1. सगुण ब्रह्म ही ईश्वर है। जीव और जड़सृष्टि ब्रह्म, शरीर में ही विद्यमान है।
2. जीवात्मा – नित्य अजन्मा और अविनाशी है।
3. सृष्टि भी जीवात्मा की भाँति शाश्वत है।

रामानुज ने ब्रह्मसूत्र–भाष्य की भूमिका में लिखा है कि उनके पूर्व अनेक विद्वानों ने आचार्य बोधायन के ब्रह्मसूत्र–भाष्य की संक्षिप्त टीका प्रस्तुत की है, इसी परम्परा को मैं भी आगे बढ़ा रहा हूँ जिसके मूल में बोधायन द्वारा स्पष्ट की गई सगुण भक्ति को व्यावहारिक तरीके से प्रस्तुत करना है। ''वेदार्थ संग्रह'' ग्रंथ में रामानुज ने विशिष्टाद्वैत की सगुण मान्यता को परिभाषित किया गया है। रामानुज ने जीव की तीन अवस्थाओं को अभिव्यक्त किया है–नित्य, मुक्त और बद्ध। नित्य जीव–जन्म व मरण से रहित है और स्वभाव से आनन्द स्वरूप हैं ये जीव ईश्वर की तरह स्वेच्छा से अवतार ग्रहण करते हैं। मुक्त जीव–ज्ञान, कर्म अथवा भक्तिमार्ग से मोक्ष प्राप्त कर चुके होते हैं। ये परमेश्वर की आराधना में लीन रहकर बैकुण्ठ धाम में निवास करते हैं। बद्ध जीव–सांसारिक जीवन में लिप्त रहकर जन्म व मरण के चक्र में आबद्ध रहता है। यह जीवन के दु:खों से व्याकुल रहता है। रामानुज मानते हैं कि ईश्वरोपासना से जीव, अनन्त आनन्द की अनुभूति प्राप्त करता है और इससे उसमें विद्यमान अविद्या का भी क्षरण होता है। अविद्या के नष्ट होने से जीव अपने वास्तविक उद्देश्य अर्थात् मोक्ष की प्राप्ति कर लेता है। रामानुज का कहना है कि

सृष्टि एवं प्रलय दोनों में आत्मा की अवस्था सर्वथा पृथक रहती है। सृष्टिकाल में आत्मा कर्मानुसार शरीर ग्रहण करती है, जन्म व पुनर्जन्म के चक्र में संलग्न रहती है अथवा मोक्ष मार्ग का अनुसरण करती है किंतु प्रलय काल में आत्मा कर्मरंजित होकर भावी जन्म का आधार निर्मित्त करती है। विशिष्टाद्वैतवाद की दार्शनिक व्याख्या में अभिव्यक्त किया गया है कि अविद्या के कारण आत्मा अपने वास्तविक स्वरूप को समझ नहीं पाती है। ऐसे में वह शरीर मात्र को ही सर्वज्ञ मान लेती है जबकि मुक्ति की स्थिति में जीव अपने अंतःप्रकाश से आत्मस्वरूप में अवस्थित हो जाता था। रामानुज का कहना है कि ब्रह्म-प्रकाश स्वरूप तथा माया-अंधकार स्वरूप है। ऐसे में जीव, ईश्वर की ओर उन्मुख होकर मुक्तिपथ का अनुगामी बन सकता है। रामानुज ने ज्ञान का अभिप्राय-ईश्वर की एकाग्र स्मृति से माना है। विशिष्टाद्वैत में मोक्ष को भावात्मक व अभावात्मक में विभाजित किया गया है। रामानुज ने ज्ञानात्मक भक्ति को महत्त्व दिया। इनका मानना है कि आत्मा-अनात्मा आदि का भेद अथवा सम्बन्ध, ज्ञान के द्वारा ही निर्धारित करना सम्भव है। ज्ञान की प्राप्ति के लिए सद्गुरु, भगवत्कृपा और सत्संगत आवश्यक है। ज्ञान की अन्तिम सीमा प्रभु के प्रति पूर्ण समर्पण में होनी चाहिए। इसे रामानुज ने प्रेमाभक्ति कहा है। रामानुज ने अन्तज्यों के लिए मोक्ष के लिए शरणागति का विधान प्रस्तुत किया है। इसमें ईश्वर के प्रति भक्तिमय समर्पण पर जोर दिया गया।

3. मीमांसा-दर्शन

वैदिक साहित्य, मानव समुदाय को नैतिकता के मूल्यों के साथ-साथ व्यावहारिक जीवन में नियमबद्ध रूप से रहने का निर्देशन भी होते हैं। ऋग्वेद के मूलाभावों को समाज की आवश्यकता के अनुरूप अनेकानेक प्रकारों से व्याख्यायित किया गया है, जिनमें ब्राह्मण ग्रंथों में कर्मकाण्ड एवं इनके विधिसम्मत् संपादन, कर्मफल, मोक्ष आदि के संबंध में निदर्शन मिलता है, इसे पूर्व मीमांसा कहते हैं। मीमांसा-दर्शन में इस पर अधिक जोर दिया गया कि व्यक्ति को जाति और आश्रम के अनुसार अपने धर्म का परिपालन निष्ठा के साथ मृत्युपर्यंत करना चाहिए। पूर्व मीमांसा की उपलब्धि यह है कि विभिन्न वैदिक सिद्धांतों की व्याख्या करके इसमें साहित्य के लेखन, कानून एवं न्याय के विधानों के निर्माण का मार्ग प्रशस्त किया।

उत्तर वैदिक काल में ब्राह्मण ग्रंथों के कर्मकाण्डीय विधानों का व्यापक व तीव्र गति से विकास हुआ, इसके मूल में यज्ञ की सर्वोच्चता को स्थापित करने का प्रयत्न

था। यज्ञ से यथोचित् फल प्राप्त करना, विधि-विधान के अनुसार यज्ञ संपादन पर निर्भर था। किंतु आरम्भ यज्ञ-कर्मकाण्ड मौखिक रूप से परम्पराओं के आधार पर किए जाते थे। इससे परस्पर वैचारिक द्वंद्व उत्पन्न हुआ क्योंकि याज्ञिक पुरोहित विद्या-बुद्धि एवं भौतिक स्वार्थ के आधार पर कर्मकाण्ड की व्याख्या करने लगे थे। ऐसे में यह आवश्यक हो गया कि यज्ञ कर्मकाण्ड की विधि युक्त मीमांसा की जाए। इससे मीमांसा साहित्य का सूत्रपात हुआ। मीमांसा का शाब्दिक अर्थ है-यज्ञ विधियों का युक्ति युक्त बौद्धिक विश्लेषण।

उत्तरवैदिक ब्राह्मण संहिताओं की अनेकानेक व्याख्याएं की गई थीं किंतु वे अब उपलब्ध नहीं हैं। वर्तमान में मीमांसा-दर्शन का मूलाधार *जैमिनी कृत-मीमांसा सूत्र* है। इसमें एक शाखा विशेष के विचारों का संकलन है किंतु इसे ही मीमांसा दर्शन का प्रमाणित आधार माना जाता है। अनेक विद्वानों ने जैमिनी के *मीमांसा सूत्र* पर भाष्य लिखे हैं जिनमें भवदास का 'प्रतिज्ञा सूत्र', हरि व उपवर्ष का 'शास्त्र दीपिका' तथा शबर का 'शबर-भाष्य' प्रमुख हैं। इनमें सर्वाधिक लोकप्रिय व मान्य शबर-भाष्य है। उत्तरकालीन मीमांसा-दर्शन का मूलाधार शबर भाष्य को ही माना जाता है। कुमारिल भट्ट ने स्वतंत्र रूप से इसपर टीका लिखी जिन्हें *श्लोक वार्तिक*, *तर्क वार्तिक* तथा *टुप टीका* के नाम से जाना जाता है। इनके शिष्य मण्डन मिश्र ने भी *विधि विवेक* एवं *मीमांसा अनुक्रमणीय* ग्रंथों की रचना की।

हिंदू जनमानस के जीवन में मीमांसा-दर्शन का विशेष महत्त्व है। इसमें नित्य प्रति के धार्मिक कर्मकाण्ड, अनुष्ठान, आराधना पद्धति आदि का निर्देशन किया गया है। स्मृतियों में संकलित सामाजिक नियम, विधि व धार्मिक परम्परा का आधार भी मीमांसा-दर्शन है। आधुनिक हिन्दू दीवानी-विधि भी मीमांसा-दर्शन की ग्रहण की गई है। मीमांसा का मत है कि वेद स्वत: एक प्रमाण हैं। इनकी प्रामाणिकता के लिए परमात्मा के संरक्षण की भी आवश्यकता नहीं है। वेदों में निर्दिष्ट आज्ञाओं के अनुसार कर्मकाण्ड करने से धर्म की वास्तविक उत्पत्ति होती है। ऐसे में धर्म अथवा अधर्म के ज्ञान के लिए "शब्द ही" एक मात्र आधार हैं। किंतु वेदमंत्रों को समझने के लिए उनकी व्याख्या की जा सकती है।

मीमांसा-दर्शन में ब्राह्मण ग्रंथों की विधि अर्थात् वैदिक आदेश भी वहां हैं-इनके तीन प्रकार हैं: 1. अपूर्व विधि, 2. नियम विधि, 3. परिसंख्या विधि। अपूर्व विधि का तात्पर्य है - जिसका हमें पूर्व ज्ञान न हो। इसका ज्ञान आदेश के उपरान्त ही हो सकता है। नियम विधि के अन्तर्गत-अनेक कार्य विकल्पों में से एक को निश्चित किया जाता है। परिसंख्या विधि का आशय-किसी कार्य को करने के

अनेक प्रकारों से है। वैदिक विधि विधान से किए जाने वाले मंत्रों के द्वारा अलौकिक शक्ति उत्पन्न होती है जो कर्त्ता को अभीष्ट फल प्रदान करती है। मीमांसा-दर्शन वेद मंत्रों को करणीय विधि मानकर उनकी आदेशात्मक व्याख्या को स्वीकार करता है। वेदों का महत्त्व भी यही है कि मंत्रों के निदर्शन के अनुरूप आचरण करते हुए जीवनयापन करें। मीमांसा-दर्शन संसार का रचयिता परमात्मा को नहीं मानता। यह संसार आदि और अनंत है। प्राणियों की उत्पत्ति में भी ईश्वर की कोई भूमिका नहीं है क्योंकि जीवों की उत्पत्ति जनन क्रिया के नियमों के द्वारा होती है। कुमारिल भट्ट का मानना है कि-हम आत्मा को अपने मन में देखते हैं। आत्मा, स्वयं प्रकाश नहीं है। मीमांसा-दर्शन में आत्मा को स्वयं शक्ति माना गया है जो गतिहीन होने के बाद भी शरीर को गति देती है। मोक्ष के उपरान्त आत्मा विशुद्ध ज्ञान शक्ति के रूप में अवस्थित हो जाती है।

4. महायान धर्म-दर्शन

ई. पू. छठी शताब्दी में महात्मा बुद्ध के द्वारा कर्मकाण्ड व जातिवादी व्यवस्था के विरुद्ध समानता व तर्क-विवेक के विचारों से अनुप्रेरित बौद्ध धर्म के सिद्धांत उद्‌घाटित किए गए। इस विचारधारा में तत्कालीन विषमता से युक्त जनमानस की मुक्ति का प्रयत्न था। बुद्ध ने संस्थागत रूप से धर्म के विस्तार का प्रयत्न किया। वस्तुतः धर्म की मूल अवधारणाएं सामाजिक कल्याण को मान्य करती थीं। इसलिए संसार के दुःख के निराकरण को लेकर समयानुसार विचारों में परिवर्तन किया गया। मानव रूप में प्रस्तुत होने वाले बुद्ध धीरे-धीरे बोधिसत्व व मैत्रेय के अलौकिक रूपों के साथ व्याख्यायित किए जाने लगे। इसे महायान धर्म दर्शन के रूप में जाना जाता है।

महात्मा बुद्ध ने संसार दुःखों को चार आर्यसमाज में विभाजित करके व्याख्यायित किया था, इनमें दुःख, दुःख समुदाय, दुःख निरोध एवं दुःख निरोध-गामिनी प्रतिपदा का वर्णन है। महात्मा बुद्ध ने समस्त संसार को दुःखमय माना है और दुःख का मूल तृष्णा को घोषित किया। तृष्णा के उन्मूलन के लिए आष्टांगिक मार्ग पर चलने का उपदेश दिया, इनमें सम्यक् दृष्टि, संकल्प, वाणी, कर्म, आजीव, व्यायाम, चिंतन व समाधि सम्मिलित है। इस मार्ग के परिपालन में मध्यम प्रतिपदा पर जोर दिया गया। महात्मा बुद्ध के महापरिनिर्वाण के उपरान्त उनके उपदेशों को आनन्द व उपालि ने प्रमाणित रूप से संकलित किया क्योंकि बुद्ध ने यह कहा था कि जो मैंने उपदेश दिए हैं वही तुम्हारे शास्ता होंगे। द्वितीय बौद्ध संगीति में दुःखों की प्रकृति

को लेकर बौद्ध भिक्षुओं में मतभेद हो गया। स्थविरवादी भिक्षुओं को मानना था कि बुद्ध ने मानव जीवन को जन्म व पुर्नजन्म से मुक्त करने को दु:ख के निराकरण का मूलाधार माना किंतु महासांधिक भिक्षुओं का मानना था कि इसका संबंध सांसारिक दुखों के निराकरण से है। ऐसे में स्थविरवाद से हीनयान और महासांधिक से महायान का जन्म हुआ। हालांकि दोनों सम्प्रदाय सामाजिक रूप से उपादेही थे, अंतर केवल व्यक्तिगत मुक्ति एवं सामाजिक मुक्ति से था।

महायान सिद्धांत के अनुसार कोई भी व्यक्ति जो अपने अन्दर बोधिचित्त का विकास कर लेता है उसी का बोधिसत्व में रूपान्तरण होता है। महायान के आचार्यशास्त्र का मूल सिद्धांत उसका अतिपरार्थवाद (दूसरों के लिए जीवन समर्पण) है जिसे बोधिचित्त और पारमिता (सद्‌गुणों की पूर्णता) के द्वारा प्राप्त किया जा सकता है। महायानियों का मानना है कि अपने अहंकार को मिटाना तभी संभव है जब व्यक्ति कई जन्मों का जीवन समाज की सेवा में उत्सर्ग करता रहे। महायानी बोधिसत्व की प्राप्ति के उपरान्त बोधिप्रस्थान करता है। इसका प्रयोजन महायान ग्रंथों में वर्णित छः प्रकार की पारमिता को प्राप्त करना था। महायान ग्रंथों में वर्णित छः पारमिता निम्न हैं—उदारता, नैतिक विचार (शील), सहिष्णुता, मन:शक्ति, मन की एकाग्रता एवं प्रज्ञा (सत्य का ज्ञान)। इन सद्‌गुणों में एक का भी विकास करना आसान नहीं है। महात्मा बुद्ध ने भी पारमिता की प्राप्ति के लिए अनेकों बार जन्म लिया था। महायान सम्प्रदाय का मत है कि पारमिता को पूर्ण करने के उपरान्त बोधिसत्व से अध्ययन व मनन की अपेक्षा की जाती है इससे जो भी गुण प्राप्त होगा उसका विश्व के दु:खी प्राणियों के उत्थान में उपयोग होगा।

महायान के अन्य ग्रंथों में भिक्षु जीवन का नियमन करने वाली *विनयपिटक* जैसी आचारसंहिता नहीं है किंतु यह स्पष्ट था कि भिक्षु व भिक्षुणियाँ कठोर जीवन पर विश्वास नहीं करते थे। जनमानस से प्रत्यक्षतः जुड़े होने के कारण इसकी लोकप्रियता अधिक थी। धीरे-धीरे यह सम्प्रदाय एशियाई धर्म के रूप में व्याख्यायित किया जाने लगा। बोधिसत्वों को देवताओं की कोटि में रखा गया है, जिनमें अवलोकेश्वर, मंजुश्री, सामंतभद्र, बज्रपाणि, आकाशगर्ग, महास्थान प्राप्त, भेषज्य राज्य और मैत्रेय सम्मिलित हैं। इनका सर्वमान्य सिद्धांत था कि - बुद्ध सब गुणों से युक्त है इसलिए वे जीवित व्यक्तियों की सेवा करने में असमर्थ होते हैं। जबकि बोधिसत्व के रूप में मनुष्य होने के कारण वे प्राणियों के दु:ख को दूर करने उन्हें सुख देने अथवा निर्वाण प्राप्त करने में सहायक होते हैं। कालांतर में इन बोधिसत्वों के व्यक्तित्व के साथ मिथक कथाएं जोड़ दी गई हैं। चीनी यात्री ह्वेनसांग के अनुसार, भारत में

अवलोकेश्वर और मंजुश्री की पूजा जनमानस में लोकप्रिय थी। मंजुश्री को भावी बुद्ध मैत्रेय का शिक्षक माना गया है। महायान धर्म में देवी तारा की भी आराधना की जाती थी इन्हें ज्ञान की देवी माना गया है जिनकी सहायता से भक्त सांसारिक दु:खों से पृथक हो सकता है।

महायान संप्रदाय के अन्तर्गत दार्शनिक विचारों का भी विकास हुआ जिनमें शून्यवाद और विज्ञानवाद हैं। शून्यवाद को महायान दर्शन में भौतिक पदार्थ को व्यक्त करने की प्रणाली के रूप में प्रस्तुत किया गया है। शून्यवाद के व्याख्याता नागार्जुन का कहना था कि यह सम्पूर्ण सत्ता का निषेध न होकर केवल भौतिक पदार्थों की क्षण-भंगुरता की ओर इंगित करता है। शून्यवाद का उद्देश्य वस्तुओं को भ्रम के कारण सत्य मानने वाले लोगों की धारणा का खण्डन करना है। विद्वान व्यक्ति किसी भी वस्तु को सत्य अथवा मिथ्या नहीं मानते। रत्नकूट सूत्र में वर्णित है कि चाहे कितनी गहरी खोज करो, चित्त को नहीं खोजा जा सकता। महायानी विद्वान चन्द्रकीर्ति का कहना है कि शून्यवादी भिक्षु, सामान्य जनों को सद्मार्ग पर लाने के लिए अस्थाई रूप से उनके तर्कों को भी स्वीकार कर लेता है जिससे उनके विचारों को समझकर सही दिशा दी जा सके। बौद्ध दर्शन में निर्वाण को – (सब घटनाओं का समापन घोषित किया गया है।) ऐसे में निर्वाण की कोई वस्तु सत्ता नहीं हो सकती। महायान दर्शन में विज्ञानवाद को परमतत्त्व के रूप में मान्यता दी गई है। विज्ञानवादी दर्शन के अनुसार–समस्त धर्म, अज्ञानी मस्तिष्क की उपज हैं। बाह्य जगत् में कोई जीवन नहीं है। जैसा कि हम समझते हैं। मनुष्य को 'यह है' का अज्ञानी मोह हो जाता है। मनुष्य के मस्तिष्क में अनवरत दो क्रियाएँ गतिशील रहती हैं: 1. ख्याति विज्ञान, यह प्रत्यक्ष कार्य करता है। 2. वस्तु प्रतिविकल्प विज्ञान, यह काल्पनिक बिम्ब का निर्माण करता है। विज्ञानवाद के प्रथम आचार्य असंग थे। इनके गुरु मैत्रेयनाथ इस सिद्धांत के प्रतिपादक थे। विज्ञानवाद का प्रमुख ग्रंथ *महायान शुक्रालंकार* है इसके प्रमुख लेखक मैत्रेयनाथ ने विज्ञानवाद को योगाचार्य भी कहा है। बौद्ध धर्म के विशुद्ध विज्ञानवादी आचार्य वसुबंध थे। उन्होंने ज्ञान के स्थान पर विज्ञान शब्द का प्रयोग किया है। इसके अतिरिक्त आचार्य दिगनाथ और धर्मकीर्ति ने भी विज्ञानवाद के विकास में योगदान दिया। धर्मकीर्ति ने विज्ञानवाद में स्वसंवेदना अर्थात् अन्तर्ज्ञान को सर्वाधिक महत्त्व दिया।

9

तमिल भक्ति आंदोलन: आलवार और नयनार

दक्षिण भारत में भक्ति की वास्तविक धारा नयनार और आलवार सन्तों के गीतों में प्राप्त होती है। इन गीतों में प्रभु के प्रति मार्मिक वेदना व समर्पण का भाव प्राप्त होता है। नयनार व आलवार भक्ति गीतों के संकलन व सुरक्षा में नम्बि–आंडार तथा श्री नाथमुनि की महत्त्वपूर्ण भूमिका है। नयनार प्रार्थना गीतों को ग्यारह तिरुमुड्यों में संकलित किया गया है। एक से सात संकलनों को *तेवारम्* कहा जाता है जिनमें सबन्दर, अप्पर व सुंदरम् के गीत हैं। आठवें संग्रह को *तिरुवाचकम्* कहते हैं, इसमें केवल मणिक्कवाचकर के गीत हैं। नवें संग्रह को *तिरुइशैप्पा* कहते हैं। इसमें छोटे गीत हैं। दसवें संग्रह में शैव योगी 'तिरुमूलक' के शिव भक्ति से सम्बन्धित रहस्यवादी गीत हैं। ग्यारहवें संग्रह में नक्कीरर से नम्बि आंडार तक के सभी नयनारों के गीत संकलित हैं। आलवार के वैष्णव प्रार्थना गीतों का संग्रह श्री नाथमुनि ने किया जिसे *नालायिर प्रबंधम्* के नाम से जाना जाता है। इसे बारह आलवारों ने लिखा और इसमें कुल चार हजार गीत हैं। आलवारों के गीतों को मुख्यत: तिरुमंगय, नम्मालवार, पेरियालवार, तिरुमलिशइ और श्री आण्डाल ने लिखा। नयनार और आलवार को सरल हृदय भक्त माना गया है। जिनका दार्शनिक मान्यताओं और कर्मकाण्डीय व्यवस्था से कोई सरोकार नहीं था। परमात्मा, दम्भपूर्ण तर्क बुद्धि के सम्मुख प्रकट नहीं होता है। वस्तुत: परमात्मा, विरह से व्याकुल जीव के सम्मुख ही उपस्थित होता है जो यह अनुभव करता है कि परमात्मा के बिना सम्पूर्ण जीवन व्यर्थ है। ऐसे में दक्षिण की भक्तिधारा में जीव एवं परमेश्वर दोनों एक दूसरे को खोजने की कोशिश करते

हैं। परमात्मा को प्राप्त करने का यह भक्ति मार्ग जाति, सम्प्रदाय व धर्म की सामाजिक रूढ़ियों से पूर्णतः पृथक था।

दक्षिण भारत में शैव भक्ति आन्दोलन को नयनार संतों ने व्यापक किया। जनमानस में विस्तारित होने में भक्ति काव्य ने महत्त्वपूर्ण भूमिका निभाई, यह काव्य प्रभु की लीलाओं और उनपर भक्ति की निष्ठा की अभिवृत्ति से जुड़े हुए हैं। तिरुमूलर की रचना तिरुमन्दिरम् में शैव-सिद्धांत की रहस्यात्मक व्याख्या प्रस्तुत की गई है। इस रचना का उद्देश्य–आगमों को वेदों के अनुकूल करना था। तिरुमूलर के अनुसार वेदों की तरह आगम भी ईश्वर की वाणी है। शिव और वेदांत सिद्धांत एक समान है। तिरुमूलर ने शैव धर्म के चार रूपों को वर्णित किया है - शुद्ध, अशुद्ध, मार्ग एवं कडुम शुद्ध। शुद्ध का तात्पर्य शिव के मूल रूप को समझना है। अशुद्ध का अभिप्राय, वेदांत के ज्ञान से अनभिज्ञ होना है। मार्ग का सम्बन्ध सद्मार्ग पर चलना है, यह ज्ञान मार्ग है। कडुमशुद्ध में बाह्य कर्मकाण्ड का निषेध किया गया है। ईश्वर भक्ति प्राप्त करने के लिए नयनार आचार्यो ने चार मार्गों का निर्माण किया–

1. अप्पर-दास मार्ग
2. तिरु ज्ञान सम्बन्दर–सत्पुत्र मार्ग
3. सुंदरमूर्ति–सखामार्ग
4. मणिक्कावाचकर–सन्मार्ग

मणिक्कावाचकर ने मदुरा के निकट वादबूर में ब्राह्मण परिवार में जन्म लिया। इन्होंने किशोरावस्था में सम्पूर्ण वैदिक शास्त्र का ज्ञान प्राप्त कर लिया। इन्हें पाण्ड्य राजाओं का संरक्षण मिला। किंतु ये धीरे-धीरे सांसारिक वैभव से विरक्त होने लगे और शिव रहस्य को समझने तथा 'शिवाय: नम:' के विराट अर्थ को जानने के लिए गुरु की तलाश में लग गए। अनुश्रुति के अनुसार मणिक्कवाचकर को शिव के रूप में ही गुरु प्राप्त हुए। शिव के दर्शन करते ही इन्हें सांसारिक जीवन की नश्वरता और भक्ति के आनन्दलोक की अनुभूति प्राप्त हुई। इन घटनाओं की जानकारी इनके भक्ति गीतों से मिलती है। सांसारिक संबंधों से पृथक होने के उपरान्त मणिक्कवाचकर आध्यात्मिक उपदेश देने और शिव की आराधना में लीन हो गए। इनके ग्रंथ *तिरुवाचकम्* को तमिल धार्मिक साहित्य में उपनिषदों जैसा स्थान प्राप्त है। *तिरुवाचकम्* ग्रंथ में मनुष्य को अज्ञानता के अन्धकार से निकलकर आत्मा को दैवी ज्ञान के प्रकाश में पहुँचने में आने वाली कठिनाइयों का वर्णन है। मणिक्कवाचकर, शिव को सर्वोपरि देवता मानते हैं। जिनका निवास प्रत्येक प्राणी

के हृदय में है। शिव, मनुष्य की रक्षा के लिए गुरु के रूप में भी यथासमय प्रकट करते हैं।

नयनार संत अप्पर पल्लव शासक राजा महेन्द्रवर्मन प्रथम के समकालीन थे। पहले ये जैन धर्मावलम्बी थे किंतु बाद में इन्होंने शैव मत को स्वीकार किया। अप्पर हाथ में फावड़ा लेकर तीर्थयात्रा करते थे और मंदिरों के पास जमा कूड़ा साफ करते थे। यह धर्म में व्याप्त मलिनता को हटाने का एक नैतिक प्रयोजन भी माना जाता है। अप्पर, तीर्थयात्रा के दौरान जनमानस को शिवभक्ति का उपदेश भी दिया करते थे। इनका वास्तविक नाम 'तिरुनाबुक्करशु' था। इन्हें अप्पर नाम सम्बन्दर ने दिया। दोनों सन्तों ने भक्ति के मार्मिक गीतों से शिव की उपासना की। अप्पर के गीत ज्ञान और भक्ति से युक्त हैं। इन्होंने शिव को सर्वव्यापी माना और शिव के तीन रूपों को स्वीकार किया – संहारक, पराभव व स्तम्भ। स्तम्भ रूप को निरपेक्ष चेतना कहा जाता है। इसकी प्राप्ति को आध्यात्मिक जीवन की सर्वोच्चता कहा गया है। इसके लिए शिव भक्ति व अटूट श्रद्धा को आवश्यक माना गया। अप्पर कहते हैं कि ब्राह्मण के लिए सबसे अद्वितीय हीरा 'वेद' है और हमारे पास 'शिवाय: नम:' (पंचाक्षर) है।

सम्बन्दर, अप्पर के समकालीन थे। अनुश्रुति के अनुसार इन्हें तीन वर्ष की अवस्था में शिव व पार्वती ने दूध पिलाया। तभी से इन्हें "ज्ञान सम्बन्ध" अर्थात् जो ज्ञान के द्वारा ईश्वर से संबंधित है, कहा गया। पुराणों में इनके जीवन के अनेक चमत्कारों का वर्णन किया गया हैं। सम्बन्दर के भक्ति गीतों में जैन धर्म के प्रति आक्रोश भी अभिव्यक्त होता है। इनके प्रयत्नों से तमिल देश में जैन धर्म कमजोर हुआ। सम्बन्दर ने शिव को सर्वोच्च दैव शक्ति माना और कहा कि शिव, चेतना व ज्योति हैं। शिवत्व प्राप्ति ही मोक्ष है। आत्मा को मलिनता से मुक्त करने के लिए शिव–कृपा अनिवार्य है, यह कृपा "पंचाक्षर" के जाप से ही संभव है। नयनार संतों में अन्तिम सुन्दर मूर्ति, दक्षिण आरकाट के शैव पुरोहितों के परिवार से सम्बन्धित थे। इनकी चेर शासक पेरुमाल से मित्रता थी। सुंदर के गीतों में सखा मार्ग की भक्ति मिलती है जिसके मूल में शिव के प्रति मार्मिक संवेदना है।

आलवार का अर्थ है–ज्ञानी व्यक्ति, जो अपने आध्यात्मिक ज्ञान से जनमानस को मार्गदर्शन देकर उन्हें मुक्ति मार्ग की ओर अग्रसर करे तथा जनमानस के हृदय में सम्मानित स्थान प्राप्त करे। आलवार, तमिल देश के विभिन्न भागों में उत्पन्न हुए। प्राचीनतम् आलवार–पोयकर, भूतकार, पेयालवार और तिरुमलिकर, पल्लव राज्य में पैदा हुए। तोण्डर दिप्पोडि, तिरुप्पान और तिरुमंगइ का सम्बन्ध चोल राज्य से था।

कुलशेखर, चेर राज्य तथा नम्माल, मधुर कवि, पेरियालवार तथा आण्डाल पाण्ड्य राज्य से सम्बन्धित थे। इन बारह आलवारों का सम्बन्ध विभिन्न जातियों और व्यवसायों से था किंतु इन्हें ईश्वर भक्ति परस्पर अभिन्न करती थी। *नालायिर प्रबन्धम्* में कुल चार हजार पद हैं इन्हें चार भागों में विभक्त किया गया है –

1. **तिरुमोलि**–इसमें एक हजार पदों का संकलन है। इनके पद पेरियालवार, आण्डाल, कुलशेखर, तिरुमलि लिशइ, दिप्पोडि, तिरुप्यान व मधुर कवि ने लिखे।
2. **पेरियति रुमोलि**–इसमें केवल तिरुमंगइ के पद लिपिबद्ध हैं।
3. **इयाल्पा**–इसमें पोयकई, भूतलार, पेयालवार, तिरुमलिशइ, नम्मालवार और तिरुमंगइ के पद हैं।
4. **तिरु वायमोलि**–इसमें केवल नम्मालवार के पद हैं।

ये कविताएं विष्णु के विभिन्न अवतारों से सम्बन्धित हैं। इनके मूल में प्रेमाभक्ति का मार्मिक स्वर विद्यमान है। तिरुमलिशइ को कट्टर आलवार माना जाता है। इन्होंने विष्णु को सर्वोपरि देवता मानते हुए अन्य किसी भी देवता की उच्च स्थिति को स्वीकार नहीं किया। इनका मानना है कि विष्णु रूप से आत्मसात् होने के लिए आत्मानुशासन का अत्यन्त महत्त्व है। नम्मालवार भी उच्चकोटि के रहस्यवादी थे। इन्होंने भगवत्प्रेम को पराकाष्ठा के स्तर तक पहुँचाया। नम्मालवार ने विष्णुभक्ति के मार्मिक गीतों को सृजित किया जिसे मधुरकवि ने संकलित किया था। इनके गीतों में मधुरता के साथ-साथ भावनात्मक गहराई प्राप्त होती है, गीतों में जीव की अत्यन्त तुच्छ एवं विष्णु की विराटता का बार-बार उल्लेख है। नम्मालवार के गीतों को रहस्यवाद का विश्वकोश माना गया। मधुर कवि को नम्मालवार का शिष्य व अनुयायी माना जाता है। इन्होंने गुरु की प्रशंसा में मार्मिक गीतों का लेखन किया, जो तमिल क्षेत्र में आज भी वैष्णव भक्त गाते हैं।

पेरियालवार को विष्णुचित्त के नाम से भी जाना जाता है। इनका सबसे प्रसिद्ध गीत 'तिरुपल्लांडु' है जिसे भगवान् विष्णु की गरिमा में लिखा गया। इन्होंने लगभग पांच सौ भक्ति गीतों का लेखन किया, जिनमें इनकी विद्वता, व्याकरण निष्ठता और विष्णुभक्ति प्राप्त होती है। इन्होंने विष्णु के अवतार रूप श्रीकृष्ण की लीलाओं का भी वर्णन किया है। अनुश्रुतियों के अनुसार पेरियालवार को बाग में भूमि खोदते समय पेड़ के नीचे शिशु आण्डाल की प्राप्ति हुई। आण्डाल को तमिल भाषा के सर्वश्रेष्ठ गीत काव्य का रचयिता माना जाता हैं जिसमें प्रेम की वेदना की अन्त:ध्वनि प्राप्त होती है। आण्डाल ने स्वयं को कृष्ण की गोपी के रूप में अभिव्यक्त किया

और विरह में व्याकुल होकर कृष्ण की तलाश की। इनकी दो काव्यकृतियाँ उपलब्ध हैं–*नाच्चियार* और *तिरुप्पावइ*। *तिरुप्पावइ* रचना के गीत उसे मीराबाई के समकक्ष कर देते हैं। कुलशेखर, तिरुबांकुर के शासक थे, जिन्होंने भगवत् भक्ति में लीन होकर सांसारिक जीवन को त्याग दिया था। इन्होंने कुल 103 पदों की रचना की। अन्तिम समूह के तीन आलवारों में तिरुप्पान ने दस पद लिखे। इन्हें अछूत जाति का माना गया। किंतु भगवत् भक्ति ने इन्हें विष्णु की कृपा से युक्त कर दिया था। तोण्डरडिप्पोडि ने 55 पदों की रचना की। इनका मूल नाम विप्र नारायण था। इन्होंने *तिरुमलइ* और *तिरुप्पल्लि* भक्ति काव्य लिखे। अन्तिम आलवार तिरुमंगइ ने 1351 पद लिखे। हालांकि इन्हें रहस्यवादी भक्तिगीतों के लेखकों मे उच्च स्थान नहीं दिया जाता फिर भी कुशल पद्यकार व कवि का रूप प्राप्त होता है।

10

अरबों की सिंध विजय व उसका प्रभाव

प्राचीन एवं मध्ययुगीन भारत की भौगोलिक सीमाओं का राज्य के संदर्भ में निश्चित रूप से निर्देशन नहीं किया जा सकता क्योंकि शक्ति प्रदर्शन व राज्य विस्तार के आधार पर सीमाएं परिवर्तित होती रहती थीं। साहित्यिक स्रोतों में सिंध का नाम ''सिंधु-सौवीर'' मिलता है। सिंध का सर्वाधिक उल्लेख अल-विलाधुनी (किताब-उल-कुतुहुल बुलदान) ने किया है इसके अनुसार सिंध राज्य की सीमाएं विस्तृत थीं जिसमें पूर्व के रेगिस्तानी प्रदेश से लेकर बलूचिस्तान एवं मकरान तक का क्षेत्र सम्मिलित था।

सिंध के क्षेत्रों में गुप्तकाल में छोटे-छोटे राज वंशों का शासन था। महत्त्वपूर्ण यह है कि मौर्यवंश से गुप्तवंश के पूर्व तक भारत की पश्चिमोत्तर मानक भौगोलिक सीमा हिन्दुकुश पर्वत को स्वीकार किया गया। इस कालावधि में स्थलमार्गीय अंतर्राष्ट्रीय व्यापार उन्नत था जिससे इन क्षेत्रों की आर्थिक उपादेयता थी और यहां व्यापक नगरीकरण भी हुआ किंतु रोमन साम्राज्य के विघटन, चीन के व्यापारियों का फारस व अन्य क्षेत्रों से सम्बन्ध एवं भारतीय शासकों का अंतर्राष्ट्रीय व्यापारिक मार्ग पर नियन्त्रण के अभाव से भारतीय उत्पादों का वितरण प्रभावित हुआ। ऐसे में सिन्धु नदी से लेकर हिन्दुकुश पर्वत तक के क्षेत्र आर्थिक रूप से उपादेयी नहीं रहे जिससे इन क्षेत्रों से गुजरने वाले मार्गों के किनारे अवस्थित नगर भी धीरे-धीरे नष्ट होने लगे इसलिए गुप्त शासकों के द्वारा सिंधु नदी को पार करने का प्रयत्न नहीं किया गया, केवल चन्द्रगुप्त द्वितीय ने बहलीक प्रदेश पर आक्रमण करके यहां के धातु क्षेत्रों और बंदरगाहों पर नियन्त्रण स्थापित किया था। गुप्तोत्तर काल में

कन्नौज के शासकों ने भी इसी नीति को जारी रखा। वस्तुतः कृषि उत्पादन पर आधारित प्रशासनिक व आर्थिक व्यवस्था में सिंधु के पठारी व रेगिस्तानी क्षेत्र उपर्युक्त नहीं थे क्योंकि यहां से अपेक्षित भू-राजस्व प्राप्त नहीं हो सकता था। सिंधु-सौवीर के शासकों के द्वारा मकरान के समुद्री तटों के बंदरगाहों के माध्यम से फारस की खाड़ी व अरब क्षेत्रों के साथ व्यापारिक संबंध बनाकर धनार्जन किया जाता था। इस व्यापारिक आय के कारण इनकी आर्थिक संपन्नता बनी रही। मकरान का क्षेत्र तांबा, लोहा व अन्य धातुओं से समृद्ध है। चचनामा के अनुसार 8वीं शताब्दी के पूर्व सिंध में राय वंश के शासकों राय दीवाजी, राय सिंहरस एवं राय साहसी का शासन था। तारीख-ए-मासूमी के अनुसार रायवंश के शासक राय साहसी द्वितीय के मंत्री चच ने नए राजवंश की स्थापना की। इसने सिंधु साम्राज्य को कश्मीर तक व्यापक किया। चच के द्वारा कन्नौज से बड़ी संख्या में ब्राह्मणों को बुलाकर सिंध में बसाया गया। इसका मूल कारण मकरान क्षेत्र में प्रतिष्ठित बौद्धों को कमजोर करना एवं प्रशासन में सजातीय वर्गों की नियुक्ति करके समर्थकों की संख्या को बढ़ाना था। हालांकि इसका परिणाम भविष्योन्मुखी नहीं रहा क्योंकि सिंध के बौद्धों ने मीर कासिम के आक्रमण का समर्थन किया था। कन्नौज से आए ब्राह्मणों को अग्रहार भूमि प्रदान करके इन्हें शिक्षा, धर्म व नैतिकता के विकास का दायित्त्व दिया गया। चालीस वर्षों तक राज्य करने के बाद चच के भाई चंदर ने शासन किया। चच के पुत्र दाहिर के काल में सिंध पर अरबों का राज्य विस्तार के लिए अभियान आरम्भ हुआ। पूर्व मध्यकाल में अरब व भारतीय क्षेत्रों के साथ विद्यमान पुरातन व्यापारिक-सांस्कृतिक संबंधों की प्रकृति में गम्भीर बदलाव आया, अब परस्पर राजनीतिक व धार्मिक संबंधों का चरण भी आरम्भ हुआ। इसके अन्तर्गत अरब में उत्पन्न इस्लाम धर्म का भारत में प्रवेश हुआ, इससे स्थानीय शासक वर्गों के साथ एक दीर्घकालीन द्वन्द्व की आधारशिला निर्मित्त हो गई जिसकी प्रतिध्वनि सम्पूर्ण सल्तनत काल में दिखाई देती रही। हालाँकि सूफी व निर्गुण भक्ति के संतों के द्वारा सनातन व इस्लाम धर्म की मूल विशेषताओं का एकीकरण करके इसे साझा संस्कृति में परिवर्तित करने का सार्थक प्रयत्न भी किया गया।

अरब के राजनीतिक एकीकरण ने खलीफाओं के काल में राज्य विस्तार की प्रक्रिया को भी प्रोत्साहित किया। 636 ई. में अरबों ने ईरान पर अधिकार कर लिया। ईरान में शक्ति को सदृढ़ करने के उपरान्त अरबों ने खम्भात की खाड़ी के बंदरगाहों पर नियंत्रण के लिए अभियान किया। हालाँकि इनका आरम्भ में उद्देश्य बंदरगाह नगर को लूटकर धन प्राप्त करना था। चचनामा के अनुसार 646 ई. में अरबों ने सिंध

पर अधिकार करने के लिए आक्रमण किया किंतु वे सिंध की सेना से पराजित हो गए। हालाँकि यह पराजय हतोत्साहित करने वाली थी क्योंकि अधिकांश अरब सैनिक रेगिस्तान की विषम जलवायु में मारे गए थे। ईराकी गवर्नर हज्जाम ने भी अपने दो सेनापतियों ओबेदुल्लाह एवं वुदैल-इब्न-तहफा को सिंध अभियान पर भेजा किंतु ये दोनों भी दाहिर के साथ युद्ध में मारे गए। अंत में मुहम्मद बिन कासिम को भेजा गया। कासिम ने सिंध पर विजय प्राप्त करने की नियोजित योजना बनाई। इसके अन्तर्गत दाहिर के विरोधियों को अपनी ओर मिलाना और दूरदर्शी अभियान नीति निर्मित्त करना था। इसके अन्तर्गत कासिम ने मकरान के समुद्री मार्ग से सिंध पर आक्रमण किया। यह सिंध के धनार्जन के मार्ग को अवरुद्ध करने का सफल प्रयत्न था। कासिम ने दाहिर से असंतुष्ट जाटों व मेहर जाति के लोगों को अपनी सेना में भर्ती किया जिससे स्थानीय समर्थन भी मिला और इन भौगोलिक क्षेत्रों में युद्ध करने के अनुकूल सैनिक भी प्राप्त हुए। सिंध के बौद्धों ने भी अरबों का समर्थन किया। दाहिर ने सबसे बड़ी भूल यह की कि उसने पश्चिमी व दक्षिणी प्रदेशों को छोड़कर पूर्वी किनारों पर मोर्चाबंदी कर ली। इसका परिणाम यह हुआ कि कासिम ने बड़ी सुगमता से सिंध के विशाल क्षेत्र पर अधिकार कर लिया। इससे उसे दाहिर के विरोधियों को अपने पक्ष में करने का अवसर मिल गया।

अरबों की सिंध विजय को व्यापक परिप्रेक्ष्य में मूल्यांकित किया जाना चाहिए। सबसे महत्त्वपूर्ण यह है कि इस विषय में लेखन केवल समसामयिक अरबी इतिहासकारों के द्वारा ही किया गया है। इन विषयों पर भारतीय साक्ष्य प्राप्त नहीं होते। इससे केवल अरबों का सकारात्मक पक्ष ही उद्घाटित हो सका है और सिंध के शासकों के संघर्ष को अत्यन्त कमतर आकलित किया गया है। एक अन्य तथ्य विचारणीय है कि साम्राज्यवादी इतिहासकारों ने मध्यकाल को हिन्दू-मुस्लिम संघर्ष की गाथा के रूप में प्रस्तुत किया है। इससे इतिहास की घटनाओं को समझने का नजरिया धार्मिक विचारों के परिप्रेक्ष्य से संचालित होने लगता है। इस्लाम में धर्म एवं राजनीति को परस्पर पृथक नहीं किया जा सकता इसलिए राजनीतिक संघर्ष में धर्म तत्त्व के भी निदर्शन होने लगते हैं। साम्राज्यवादी चिन्तकों ने सत्ता संघर्ष की अवधारणा को जन संघर्ष में व्याख्यायित किया जबकि भारत की उत्पादन प्रणाली में तुर्कों ने कोई परिवर्तन नहीं किया। इससे इसपर निर्भर समाज व्यवस्था यथावत बनी रही जिसके मूल में सौहार्द्र व ग्राम गणतन्त्र की अवधारणा थी। ऐसे में जनसंघर्ष की सामाजिक पृष्ठभूमि नहीं थी। वैसे भी प्राचीन व मध्ययुगीन व्यवस्था में प्रजा को प्रत्येक विद्यमान शासक के अत्याचार को सहना पड़ता था, अत्याचार के स्तर

पर धार्मिक या धर्म पृथक शासक जैसे शब्दों का कोई महत्त्व नहीं था। अरबों के साथ भारतीयों का गहन आर्थिक-सांस्कृतिक सम्बन्ध सैन्धव काल से ही निर्मित्त होने लगा था, अरब सांस्कृतिक मूल्यों में इसका स्पष्ट प्रभाव भी दृष्टिगोचर होता है। बहरीन द्वीप के शिलालेखों में वर्णित है कि यहां सभ्यता के मूल तत्त्व पूर्वी क्षेत्रों (सैंधव) से आए। इसी प्रकार सुमेरी सभ्यता के केन्द्र सूसा में भी सैन्धव संस्कृति का प्रभाव प्राप्त होता है। मिश्र के क्षेत्रों में उन्नति हुई, हित्ती सभ्यता के उन्नायकों को भी सैन्धव निवासी माना जाता है। यह परंपरा रोमन शासकों के लाल सागर के क्षेत्रों तक अधिकार के उपरांत और अधिक परिपक्व हुई। यह सही है कि पूर्व मध्यकाल में इस सम्पर्क के आयाम बदले किंतु यह केवल धर्म आधारित अथवा केंद्रित हो गया था, कहना उचित नहीं है। अरबों के सिंध पर अधिकार के उपरांत राजनीतिक संघर्ष का चरण भी आरम्भ हुआ किंतु आर्थिक-सांस्कृतिक समन्वय में अधिक परिवर्तन नहीं आया। अरबों ने सिंध-सौवीर में लगभग दसवीं शताब्दी तक राज्य किया। इस कालावधि में इन क्षेत्रों का राजनीतिक व धार्मिक एकीकरण किया गया किंतु सिंध क्षेत्र में विद्यमान गैर-मुस्लिम जनमानस को धार्मिक स्वतन्त्रता प्राप्त रही। इन्हें जिम्मी का दर्जा दिया गया। जिसका आशय था–गैर-मुस्लिम जनमानस अपने मुस्लिम शासक की अधीनता स्वीकार करके उन्हें जज़िया देने के लिए सहमत है। जज़िया, वस्तुतः एक संपत्ति कर था। इसी प्रकार का संपत्ति कर अर्थात् जकात समृद्ध मुस्लिमों को देना होता था जिससे गरीबों के लिए भोजन, शिक्षा आदि की व्यवस्था की जा सके। अरबों के द्वारा सिंध क्षेत्र में विभिन्न मंदिरों को बनाए रखा गया था। स्थानीय प्रशासन के संचालन में ब्राह्मणों व बौद्धों की भूमिकाएं भी यथावत् बनी रहीं।

सिंध में अरबों की राजनीतिक विजय को भारतीय उपमहाद्वीप के साथ-साथ अन्य क्षेत्रों में इनके द्वारा विस्तारित किए गए साम्राज्य के परिप्रेक्ष्य में मूल्यांकित किया जाना चाहिए। आठवीं शताब्दी तक अरबों की सैन्य विजय यूरोप, एशिया व अफ्रीका के विशाल क्षेत्रों पर हो चुकी थी किंतु भारतीय उपमहाद्वीप में यह विस्तार अत्यंत सीमित था। इसका सबसे बड़ा कारण एलफिस्टन ने प्रतिहारों की श्रेष्ठ सैनिक शक्ति एवं राज्य संगठन को माना है। चालुक्यों ने भी अरबों के आक्रमण को गुजरात में विस्तारित होने से रोक दिया था। प्रतिहारों की शक्ति एवं आक्रमण से स्वयं को सुरक्षित करने के लिए अरबों ने सिंधु नदी के तट पर ''अल महफूजा'' नगर बसाया था। अलमसूदी ने 915 ई. में सिंधुघाटी की यात्रा की थी। इसने लिखा है कि – अपनी शक्ति के केंद्र मुल्तान में अरबों ने सूर्य मंदिर को बनाए रखा था,

जब भी प्रतिहारों के आक्रमण का भय होता तो वे उस मंदिर में जाकर अपनी रक्षा करते थे। मुल्तान में सूर्य मन्दिर होने के कारण बड़ी संख्या में तीर्थयात्री भी आते थे, इससे व्यापार में बढ़ोतरी होती थी, जो अतिरिक्त आय प्राप्त करने का साधन था। इसलिए सिंध के अरब शासकों ने हिंदुओं को मुल्तान में मन्दिर बनाने की भी आज्ञा दे दी थी। जहां तक अरबों के आक्रमण के राजनीतिक प्रभाव का प्रश्न है, यह प्रतिहारों की सत्ता के अवसान के बाद ही व्यापक हुआ। इस लम्बे चरण में अरबों ने सिंध क्षेत्र में इस्लामिक मूल्यों का संस्थागत विकास किया जिससे यह क्षेत्र एक शक्तिशाली राजनीतिक-धार्मिक इकाई बनकर उभरा। प्रतिहारों की सत्ता के विघटन के बाद हुए महमूद गजनवी व मुईजुद्दीन मोहम्मद गौरी के आक्रमण इसी संगठित शक्ति के विस्तार थे। भारतीय क्षेत्र में अरब आक्रमण को धर्म विशेष की श्रेष्ठता की विजय के परिप्रेक्ष्य में भी मूल्यांकित किया जाता है। यह सही है कि धार्मिक निष्ठा विजय के उत्साह को बढ़ा सकती है किंतु साम्राज्य विस्तार के संघर्ष में केवल कुशल रणनीति से ही विजय प्राप्त होती है, इसी मार्ग का अनुसरण महमूद गजनवी व बाद के तुर्की आक्रमणकारियों ने किया।

11

मुहम्मद गोरी के भारतीय अभियान : सफलता के कारण

भारतीय उपमहाद्वीप में तुर्क सत्ता की स्थापना एक दीर्घकालीन राजनीतिक विस्तार की प्रक्रिया का परिणाम थी जिसका चरण आठवीं शताब्दी से अरबों की सिंध में सत्ता स्थापना से आरम्भ हुआ। हालाँकि इसमें प्रतिहारों की श्रेष्ठ शक्ति बाधा भी बनी जिससे लगभग तीन सौ वर्षों तक तुर्कों में सिंधु नदी को पार करने का साहस नहीं हुआ किंतु उनके द्वारा अपने विजित राज्य क्षेत्र में राजनीतिक-धार्मिक एकीकरण का सार्थक प्रयत्न अवश्य किया गया। इस नीति ने सिंधु-सौवीर क्षेत्र में विद्यमान विभिन्न कबीलों को परस्पर एकीकृत ऊर्जा में परिवर्तित कर दिया। यह गजनी व गोर साम्राज्य के उद्भव एवं विकास का मूल कारक सिद्ध हुई। प्रतिहार सत्ता के अवसान के बाद पश्चिमोत्तर भारत में छोटी सत्ताओं का प्रादुर्भाव हुआ। इन्हीं को पराजित करके गजनवी और गोरी के आक्रमण पंजाब से होते हुए दिल्ली सल्तनत की स्थापना के कारक बने।

महमूद गजनवी ने मुल्तान से पंजाब तक के क्षेत्रों पर 1020-22ई. में प्रत्यक्ष नियंत्रण स्थापित किया एवं अन्य भारतीय क्षेत्रों में धन प्राप्ति के अभियान किए। महमूद गजनवी, गोर से उत्तर व मध्य भारत पर प्रभुत्व बनाए रखने में स्वयं को सक्षम नहीं मान रहा था इसलिए वह इन क्षेत्रों पर बार-बार आक्रमण करने के बाद भी गजनी वापस लौट जाता था। संभवतः महमूद के पास भारतीय साम्राज्य पर अधिकार बनाए रखने का कोई दृष्टिकोण नहीं था, किंतु मुइज्जुद्दीन मुहम्मद गोरी एक स्पष्ट योजना के साथ भारत आया था जिसमें धन प्राप्ति के साथ साम्राज्य पर नियन्त्रण का विचार भी अन्तनिर्हित था। मुइज्जुद्दीन ने अपना प्रथम अभियान 1175ई.

में मुल्तान में करामाथी शासकों के विरुद्ध किया। करामाथी बौद्ध धर्म को मानने वाला वंश था जिसने इस्लाम को स्वीकार कर लिया था हालाँकि इसमें रहस्यवाद व धर्म-दर्शन के प्रति रुझान बना रहा। इनका रहस्यवादी सम्प्रदाय भुलाहिन्दा के नाम से जाना जाता था। इसके बाद 1176ई. में उच्च पर अधिकार कर लिया गया। 1178ई. में धन प्राप्ति के लिए नहरवाला का अभियान किया गया किंतु "कायद्रा" नामक स्थान पर मूलराज द्वितीय ने मुइजुद्दीन को पराजित कर दिया। इस पराजय के बाद मुइजुद्दीन ने सामरिक नीति को परिवर्तित किया और भारतीय क्षेत्रों पर अधिकार करने के उद्देश्य से आक्रमण की नीति बनाई। 1179ई. में उसने पेशावर एवं 1186ई. में गजनी सत्ता के अंतिम अवशेष लाहौर पर खुसरो मलिक को पराजित करके इन क्षेत्रों पर प्रभुत्व स्थापित कर लिया। इस प्रकार मुइजुद्दीन ने देवल से सियालकोट एवं पेशावर से लाहौर तक सैन्य चौकियां स्थापित कर लीं, रसद आपूर्ति को नियोजित किया, सुरक्षा के लिए किलेबंदी की एवं इन क्षेत्रों में राजस्व प्राप्ति के लिए इक्तादारी संगठन भी निर्मित्त किया गया। यह राजपूतों से युद्ध के पूर्व अत्यन्त महत्त्वपूर्ण सैन्य सुरक्षा कवच का निर्माण था। तराईन के प्रथम युद्ध का तत्कालीन कारण भटिंडा (ताबरहिंदा) पर मुइजुद्दीन का अधिकार था। इस युद्ध में चौहानों ने मुइजुद्दीन को पराजित करके भटिंडा पर अधिकार कर लिया था। हालाँकि इनके द्वारा गोरियों को पंजाब से बाहर करने का प्रयत्न नहीं किया गया। वस्तुतः तुर्कों के द्वारा भारतीय क्षेत्रों पर किए जाने वाले अनवरत आक्रमणों और उनकी अनेकों बार की पराजयों से राजपूतों में तुर्को का विशेष भय नहीं रह गया था। वैसे भी सामंती चिन्तन प्रणाली में राष्ट्रीय दूरदर्शिता के तत्त्व खोजना तार्किक नहीं है।

मुइजुद्दीन ने गोर वापस जाने के बाद एक वर्ष तक जो युद्ध की तैयारियां की, उसका मिनहास ने संक्षिप्त वर्णन किया है। मिनहास कहता है कि—मुइजुद्दीन ने पराजय के लिए जिम्मेदार गोरी, खिल्जी एवं खुरासानी अमीरों को कठोर दण्ड दिया। उसने राजपूतों की व्यूह रचना, आक्रमण के तरीकों, सैन्य संसाधनों एवं हाथी सेना की आक्रामक शैली का गंभीर अध्ययन करके इसी के समानान्तर अपनी युद्ध नीति बनाई। हसन निजामी के अनुसार मुइजुद्दीन ने लाहौर से कवामुलमुल्क रुक्नुद्दीन हमजा को राय पिथ्थौरा के पास इस उद्देश्य से भेजा कि वह उसकी अधीनता स्वीकार कर ले किंतु राय ने युद्ध करने का निश्चय किया। तराईन के द्वितीय युद्ध की व्यूह रचना को मुइजुद्दीन ने सावधानी से नियोजित किया था। इस बार राजपूतों से प्रत्यक्ष युद्ध करने की नीति त्याग दी गई। उसने अपनी शक्तिशाली सेना को 4-5

मील पहले रोक दिया। इसका प्रयोग अंतिम निर्णय के समय किया जाना था। राजपूतों पर आक्रमण करने के लिए दस हजार घुड़सवार तीरंदाजों का दस्ता अग्रिम पंक्ति में रखा गया। इसे सैनिकों के साथ-साथ महावतों एवं हाथियों पर आक्रमण करने के लिए भी निर्देशित किया गया था। राजपूत सेना अपने परंपरागत तरीके से ही युद्ध के लिए उपस्थित हुई। सेनापति गोविंद राय-अग्रिम दस्ते का, राय पिथ्थौरा-केंद्रीय दस्ते का, भोला-बायें दस्ते का एवं पद्मशाह रावल-दायें दस्ते का नेतृत्व कर रहे थे। तराईन के प्रथम युद्ध का मुख्य सेनानी राणा स्कन्ध, गंगा-यमुना के दोआब में गहड़वालों के विरुद्ध अभियान करने गया था, गोरी के त्वरित आक्रमण के कारण स्कंध को वापस आने का अवसर नहीं मिला। मुइजुद्दीन की व्यूह रचना सफल हुई, तुर्की तीरंदाजों ने राजपूत सेना को तितर-बितर कर दिया। राय पिथ्थौरा युद्ध भूमि से भाग गया किंतु वह सिरसा के निकट पकड़ा गया। हसन निजामी के अनुसार उसे अजमेर ले जाया गया, जहां कुछ वर्षों तक अधीनस्थ शासक के रूप में उसे राज्य करने दिया गया। इसकी पुष्टि समकालीन ग्रंथ *विरुद्ध विधि विध्वंस* एवं राय पिथ्थौरा के सिक्कों से होती है। इन सिक्कों में "श्री मुहम्मद सामः" लिखा है। कालांतर में विश्वासघात का आरोप लगाकर राय पिथ्थौरा की हत्या कर दी गई।

तराईन के युद्ध में राजपूतों की पराजय ने उनकी प्रतिष्ठा को गहरी क्षति पहुंचाई। 1192ई. से 1206 ई. के मध्य मुइजुद्दीन एवं उसके दास अधिकारियों ने मध्य व पूर्वी भारत के क्षेत्रों में साम्राज्य का विस्तार किया। अजमेर में पृथ्वीराज चौहान की हत्या के उपरांत उसके भाई हरिराय ने तुर्कों के विरुद्ध संघर्ष जारी रखा था। सेनापति फतराय के नेतृत्व में दिल्ली पर राजपूतों ने पुनः आक्रमण किया था किंतु ऐबक ने उन्हें पराजित किया। अजमेर के मूढ़ राजपूतों ने भी गुजरात के चालुक्यों की सहायता से दिल्ली पर आक्रमण किया किंतु गोरी की सक्रिय मदद से ऐबक इन्हें पीछे हटाने में सक्षम हो गया था। ऐबक ने अजमेर का प्रशासनिक पुनर्गठन किया व पृथ्वीराज चौहान के पुत्र को रणथम्भौर किले का दायित्व देकर अजमेर के राजवंश की पुनःस्थापना की और दिल्ली में भी सांकेतिक रूप से तोमर राजवंश को बनाए रखा गया। ऐसा राजपूतों के विद्रोह को रोकने के लिए किया गया था क्योंकि सत्ता पर एकाएक काबिज़ होने से समस्याएं बढ़ सकती थीं। ऐबक के द्वारा दिल्ली के सीमावर्ती क्षेत्रों पर अधिकार की योजना बनाई गई। इसके लिए उसने कुहराम को अपना मुख्यालय बनाया एवं मेरठ, अलीगढ़ व बुलंदशहर पर नियन्त्रण स्थापित कर लिया। इन विजयों की सामरिक उपयोगिता थी, गहड़वाल राज्य के

विरुद्ध संगठित आक्रमण करने के लिए रसद आपूर्ति सुनिश्चित करना एवं गंगा-यमुना के नदी परिवहन पर अधिकार करना, इससे संभव हो गया था। गहड़वाल शासक के विरुद्ध अभियान का संचालन मुइजुद्दीन गोरी के द्वारा किया गया, इसमें ऐबक भी सम्मिलित था। चंदावर के युद्ध में जयचंद्र पराजित हुआ हालाँकि सम्पूर्ण गहड़वाल साम्राज्य पर तुर्कों का अधिकार नहीं हो सका था। कन्नौज 1199ई. तक स्वतंत्र बना रहा किंतु गंगा-यमुना दोआब के बड़े क्षेत्र पर नियन्त्रण करने से बिहार व बंगाल पर प्रभुत्त्व स्थापित करने की आधारशिला अवश्य निर्मित्त हो गईं थी। 1195-96ई. में मुइजुद्दीन पुनः भारत आकर बयाना पर अधिकार करके यहां बहाउद्दीन तुगरिक को इक्तादार नियुक्त करता है। तदुपरान्त गोरी ने परिहार वंश के शासक सललखन पाल को ग्वालियर में पराजित किया। ऐबक के द्वारा अन्हिडवाड़ के विरुद्ध अभियान किया गया जहां पहले मुइजुद्दीन पराजित हुआ था। हालाँकि चालुक्य सत्ता पर पूर्ण नियन्त्रण नहीं हो सका था। ऐबक ने 1197ई. में बदायूँ पर विजय प्राप्त की। 1202ई. में बुन्देलखण्ड के चंदेल राज्य के विरुद्ध अभियान किया यहाँ के शासक परमार्दिदेव ने ऐबक का दृढ़ता से मुकाबला किया। वैसे भी बारुद के आविष्कार से पूर्व कालिंजर जैसे दुर्ग को जीतना आसान नहीं था। कालिंजर के किले की सबसे बड़ी विशेषता जल-आपूर्ति का प्रबंध था। यमुना नदी का जल किले के मध्य तक सुगमता से पहुंच जाता था, इसे अवरुद्ध करके ऐबक ने कालिंजर के शासक को संधि करने के लिए बाध्य कर दिया था। मुइजुद्दीन के अन्य तुर्क दासों जिन्होंने भारत के विभिन्न क्षेत्रों को विजित करने में भूमिका निभाई, उनमें मलिक वहाउद्दीन तुगरिक एवं इख्तियार उद्दीन बख्तियार खिलजी प्रमुख थे। वहाउद्दीन तुगरिक को मुइजुद्दीन का सर्वश्रेष्ठ व योग्यतम दास अधिकारी माना जाता है। इसने बयाना इक्ता में सुल्तानकोट नगर की स्थापना की, प्रशासनिक प्रबन्धन किया और लोकहितकारी कार्य किए। तुगरिक ने ग्वालियर को सल्तनत का अंग बनाया। पूर्वी भारत में तुर्की सत्ता को व्यापक करने में बख्तियार खिलजी की महत्त्वपूर्ण भूमिका रही। इसे मध्यकालीन साहित्य में दंतकथा नायक की तरह वर्णित किया गया है। इसने बिहार व बंगाल पर अधिकार करके आसाम पर प्रथम तुर्क अभियान का नेतृत्व किया था। बख्तियार के कृत्यों का सबसे भयावह परिणाम उच्च शिक्षा के विकास पर पड़ा। इसके द्वारा विक्रमशिला, नालंदा और उदयंतपुर विश्वविद्यालयों को नष्ट कर दिया गया था इससे मध्य व पूर्वी भारत में उच्च शिक्षा का विकास अवरुद्ध हो गया जिसने मध्यकालीन सांस्कृतिक जड़ता के विकास में महती भूमिका निभाई।

एक सेनानायक की दृष्टि से मुइजुद्दीन अपने समकालीन शासकों से उत्कृष्ट था किंतु दृढ़ता, धैर्य व सामरिक नीति निर्माण में उसका किसी से कोई मुकाबला नहीं था। तीन भयावह पराजयों, (अंधकुंद, नहरवाला व तराईन प्रथम) के बाद भी उद्देश्य के प्रति पूर्ण समर्पण उसकी दृढ़ता का परिचायक है। वह अपने पराजय के कारणों को निष्पक्ष भाव से विश्लेषित करता था और परिस्थितियों के अंतर्गत नीतियों में परिवर्तन करना, उसकी विशेषता थी। मुइजुद्दीन की सेना की सबसे बड़ी शक्ति अश्वारोही तीरंदाज थे जिसका उसने तराईन द्वितीय के युद्ध में कुशल उपयोग किया। सामरिक नीति के निष्पक्ष मूल्यांकन के कारण तराईन के प्रथम युद्ध की पराजय, विजय की पूर्वपीठिका सिद्ध हुई। ऐसे में मुइजुद्दीन की विजय का सबसे बड़ा कारण 'सामरिक नीति की समझ एवं उसके अनुरूप नीतियों में परिवर्तन करना' माना जाना चाहिए क्योंकि अगर ऐसा नहीं था तो मुइजुद्दीन तराईन के प्रथम युद्ध में पराजित क्यों हुआ? राजपूतों की पराजय को उनके जातिवादी व्यवस्था व परंपरागत सैन्य संगठन के परिप्रेक्ष्य में मूल्यांकित किया जाता है। राजपूतों की सेना का चरित्र जाति-कुल के आधार पर संगठित था किंतु उनमें कोल, भील और अन्य जनजातियों का स्पष्ट समायोजन किया गया था, तराईन द्वितीय का सेनापति भोला इन्हीं वर्गों से सम्बन्धित था। राजपूतों की हाथी सेना का भय सदैव तुर्कों में रहा इसलिए प्रत्येक भारतीय अभियान में तुर्कों के द्वारा हाथी प्राप्त करने का प्रयत्न किया गया। भारतीय तीर एवं तलवारें उस युग में सर्वश्रेष्ठ थीं। ऐसे में युद्ध विजयों को सैद्धान्तिक सद्‌गुणों अथवा दुर्गुणों के नजरिए से नहीं देखना चाहिए। यदुनाथ सरकार का कहना है कि तुर्कों के तीन सद्‌गुण थे- मद्यनिषेध, एकेश्वरवाद एवं समानता के सिद्धांत पर आस्था। हालाँकि इन सिद्धांतों की व्यावहारिक पृष्ठभूमि मजबूत नहीं थी। सांमती जीवन में मद्यपान सामाजिक प्रतिष्ठा का आधार होता है और इसे धर्म की वर्जनाएं अवरुद्ध नहीं कर सकतीं, ऐसा सल्तनत काल में भी था इसलिए अलाउद्दीन ने मद्यपान गोष्ठियों पर प्रतिबन्ध लगा दिया था हालाँकि यह प्रयोजन धार्मिक न होकर राजनीतिक षडयन्त्र को अवरुद्ध करने से जुड़ा था। सामन्ती समाज की मूल मान्यता विषमता को भी संरक्षित करती है। यह सही है कि तुर्क धार्मिक समानता को भारत आने के पूर्व कमोबेश बनाए रखने में सक्षम हुए थे किंतु भारत में विद्यमान जातिवादी उत्पादन प्रक्रिया को तुर्कों ने यथावत स्वीकार कर लिया जिससे सामाजिक स्तर पर तुर्क व्यवस्था में भी जातिवाद व्यापक हो गया। वैसे भी राजनीतिक स्तर पर समानता के सिद्धांतों का अस्तित्व खोजना मध्ययुगीन

व्यवस्था में संभव नहीं था। बलबन का यह कथन कि निम्न कुल के व्यक्तियों को देखकर मेरी नसें फड़फड़ाने लगती हैं, इसका उदाहरण है। राजपूत सेनाओं में कुल देवता के प्रति गम्भीर आस्था उन्हें धार्मिक रूप से एकजुट करती थी।

12

दिल्ली सल्तनत की स्थापना: इल्तुतमिश का योगदान

दिल्ली सल्तनत की स्थापना एक सतत राजनीतिक क्रियाशीलता का परिणाम थी, मुइजुद्दीन के द्वारा भारत के विभिन्न क्षेत्रों को विजित करने की योजना बनायी गई, ऐबक ने इसे संगठित किया एवं इल्तुतमिश ने प्रशासनिक ढांचे का निर्माण करके सल्तनत के स्थायित्व की दृढ़ आधारशिला रख दी। सल्तनत की स्थापना के लिए इल्तुतमिश ने इक्ता एवं चालीसा का गठन, मुद्रा व्यवस्था में सुधार, सफल विदेश-नीति, राजत्व की प्रतिष्ठा एवं गजनी से संबंध-विच्छेद जैसे कार्य किए। इल्तुतमिश के कार्यों ने महत्त्वाकांक्षी तुर्क अमीरों के मध्य यह स्थापित कर दिया था कि अयोग्य होने के बाद भी सल्तनत का उत्तराधिकारी केवल उसके ही राजवंश का होगा।

मुइजुद्दीन मुहम्मद गोरी की 1206ई. में करामाथियों ने हत्या कर दी थी, इस समय भारतीय साम्राज्य की स्थिति पूर्णत: स्पष्ट नहीं थी। गोर पर मुइजुद्दीन के भतीजे गयासुद्दीन का अधिकार था किंतु समस्या यह थी कि ख्वारिज्मशाह का दबाव गोर, गजनी व सिंध पर तेजी से बढ़ रहा था। पश्चिमोत्तर क्षेत्रों में मुइजुद्दीन के तीन गुलाम अधिकारी सर्वाधिक शक्तिशाली थे। प्रथम, ताजुद्दीन यल्दौज का सिंध में स्थित कमरान एवं संकुरन पर नियन्त्रण था। ये क्षेत्र श्रेष्ठ तलवारों व योग्य सैनिकों के लिए जाने जाते थे। महत्त्वपूर्ण यह था कि यल्दौज ने गोर पर अधिकार करके दिल्ली सल्तनत पर अपना वैधानिक दावा भी प्रस्तुत किया था क्योंकि सल्तनत गोर साम्राज्य का एक अंग थी। द्वितीय, नासिरद्दीन कुबाचा का अधिकार मुल्तान व उच्च पर था, ये क्षेत्र व्यापारिक समृद्धि के लिए जाने जाते थे किंतु ख्वारिज्मशाह के दबाव के कारण कुबाचा भी पंजाब व दिल्ली पर अधिकार का

इच्छुक था। तृतीय, कुतबुद्दीन ऐबक था, जिसने मुइजुद्दीन के काल में दिल्ली से बिहार तक के क्षेत्रों में साम्राज्य का विस्तार व संगठन किया था। ऐबक को 1206ई. में मुइजुद्दीन ने "मलिक" की पदवी देकर भारतीय क्षेत्रों का वायसराय बना दिया गया था। 1206ई. से 1210ई. की कालावधि इन तीन शक्तिशाली दास अधिकारियों के परस्पर संघर्ष एवं वर्चस्व स्थापित करने के रूप में जानी जाती है। इस कार्य में कुतुबद्दीन ऐबक को अपेक्षाकृत अधिक सफलता मिली। ऐबक की उपलब्धि यह थी कि उसने दिल्ली की सार्वभौमिकता को बनाए रखने का सार्थक प्रयत्न किया एवं लाहौर को केंद्र बनाकर यल्दौज व कुबाचा को दिल्ली की ओर बढ़ने से रोका। यल्दौज का गजनी पर नियंत्रण था किंतु वह ख्वारिज्मशाह के सैन्य आक्रमणों के दबाव के कारण सुरक्षित नहीं था। ऐसे में वह दिल्ली सल्तनत पर अधिकार करने के लिए प्रयत्नशील था। यल्दौज ने कुबाचा को पराजित करके पंजाब पर नियंत्रण कर लिया था। लखनौती की स्थिति भी चिंताजनक थी, अलीमर्दान ने बख्तियार खिलजी की हत्या करके लखनौती पर अधिकार कर लिया था किंतु खिलजी अमीरों ने अलीमर्दान को लखनौती से भगा दिया था। ऐबक के द्वारा केमरान रूमी को लखनौती भेजा गया, जिसने यहां शान्ति-व्यवस्था स्थापित की। ऐबक का शासन मुइजुद्दीन एवं इल्तुतमिश के बीच एक कड़ी के रूप में जाना जाता है। जिसके कार्यों में अव्यवस्था से युक्त दिल्ली सल्तनत को राजनीतिक स्थिरता देने का सार्थक प्रयत्न प्राप्त होता है। ऐबक ने इल्तुतमिश को बदायूँ का इक्तादार बनाकर उसके सुल्तान बनने का मार्ग प्रशस्त कर दिया था। बदायूँ को दिल्ली के बाद सबसे महत्त्वपूर्ण इक्ता माना जाता था। इल्तुतमिश के राज्यारोहण के उपरान्त सबसे बड़ी समस्या विरोधी शक्तियों यथा स्थानीय शासकों, गजनी में यल्दौज, मुल्तान में कुबाचा एवं लखनौती में अलीमर्दान का दमन करने की थी। ऐबक की मृत्यु के उपरान्त जालौर, रणथम्भौर व अन्य राजपूत रियासतें स्वतंत्र हो गई थीं। कुबाचा ने मुल्तान के साथ-साथ भटिंडा, कुहराम, सरसुती व लाहौर पर अधिकार कर लिया था। यल्दौज का गोर, गजनी व पंजाब पर नियन्त्रण था जिसने दिल्ली सल्तनत पर अपना वैधानिक दावा प्रस्तुत किया 1215-16ई. में तराईन के मैदान में हुए युद्ध में यल्दौज पराजित हुआ, बदायूं ले जाकर उसकी हत्या कर दी गई। इल्तुतमिश के लिए यह दोहरी विजय थी–उसकी सत्ता को चुनौती देने वाले सबसे शक्तिशाली शत्रु का अन्त हो गया एवं गजनी से भी पूर्णतः राजनीतिक सम्बन्धों का विच्छेद हो गया। इसके फलस्वरूप दिल्ली का स्वतन्त्र अस्तित्व उभरा। इल्तुतमिश के लिए कुबाचा कोई बड़ी समस्या नहीं था क्योंकि ख्वारिज्म

शासक मंगबरनी के आक्रमण ने उसे अव्यवस्थित कर दिया था। 1211ई. में लखनौती में अलीमर्दान की भी हत्या हो गई थी।

तेरहवीं शताब्दी के पूर्वार्द्ध में चंगेजखाँ के द्वारा मंगोल साम्राज्य की आधारशिला निर्मित्त की जा रही थी। चंगेजखाँ ने ख्वारिज्मशाह के साम्राज्य को नष्ट कर दिया था। ख्वारिज्मशाह का बड़ा पुत्र जलालुद्दीन मंगबरनी मंगोलों के भय से सिंधु घाटी की ओर चला आया था, यहां उसने खोखर सरदार राय शेखर की पुत्री से विवाह करके अपनी राजनीतिक स्थिति को मजबूत कर लिया था। मंगबरनी का विचार था कि वह खोखरों के साथ-साथ दिल्ली के सुल्तान के साथ मित्रता करके चंगेजखां का सामना करे। इसके लिए उसने अपने दूत आइनुलमुल्क को इल्तुतमिश के पास पत्र देकर भेजा जिसमें चंगेज के विरुद्ध एकजुटता के लिए धार्मिक एवं भावनात्मक अपील की गई थी। इस मित्रता संदेश का इल्तुतमिश ने गम्भीर मनन किया। वह जानता था कि मंगबरनी को दी जाने वाली कोई भी मदद, चंगेजखाँ को दिल्ली सल्तनत पर आक्रमण के आमंत्रण देने के समान थी। वैसे भी नवस्थापित सल्तनत, चंगेजखाँ जैसे योद्धा का मुकाबला कर पाने में असमर्थ थी, साथ ही साथ दिल्ली सल्तनत का स्थलमार्गीय व्यापार मंगोल साम्राज्य के मार्गों से होता था। ऐसे में मंगबरनी को दी गई कोई भी मदद दिल्ली सल्तनत की सत्ता को नष्ट एवं व्यापार के विकास को अवरुद्ध कर सकती थी। इल्तुतमिश ने मंगबरनी के दूत आइनुलमुल्क की हत्या करवा दी और मंगबरनी को पंजाब से बाहर कर दिया। हालाँकि मगबरनी, कुबाचा एवं चंगेजखां के मध्य अनवरत युद्ध होते रहे किंतु इल्तुतमिश ने चंगेजखां की मृत्यु (1227ई.) के उपरान्त ही पंजाब व बंगाल की ओर राज्य विस्तार किया।

दिल्ली सल्तनत की स्थापना से ही लखनौती, सुल्तानों के लिए एक गम्भीर समस्या बन गई थी। दिल्ली से लखनौती की दूरी, मध्ययुगीन यातायात के अव्यवस्थित साधन व बंगाल की आर्थिक सम्पन्नता, यहाँ के इक्तादारों को विद्रोह के लिए प्रोत्साहित करती थी। 1211ई. में हुमासुद्दीन एवज खिलजी, अलीमर्दान की हत्या करके सुल्तान गयासुद्दीन की उपाधि के साथ बंगाल का शासक बना। इसने बिहार तक राज्य सीमा का विस्तार कर लिया था। मंगोल समस्या में व्यस्त रहने के कारण इल्तुतमिश ने लखनौती की ओर ध्यान नहीं दिया किंतु उसने अवध के इक्तादार नासिरुद्दीन महमूद को सतर्क कर दिया कि वह लखनौती पर नजर रखे। 1328ई. में लखनौती पर दिल्ली की सेना का अधिकार हो गया। हुमासुद्दीन एवज ने लगभग 17 वर्षों तक राज्य किया, इस दौरान उसने अनेकानेक लोकहितकारी कार्य किए। इसलिए इल्तुतमिश ने हुमासुद्दीन को सदैव सुल्तान के नाम से सम्बोधित किया।

लखनौती की समस्या का समाधान करने के उपरान्त इल्तुतमिश ने पंजाब की ओर ध्यान दिया। मार्च 1228ई. में उसने कुबाचा को पराजित करके पंजाब व सिंध पर प्रत्यक्ष नियंत्रण स्थापित किया। इन क्षेत्रों में शक्तिशाली दुर्गों का निर्माण करके दिल्ली को सुरक्षित करने के सार्थक प्रयत्न किए गए। वैसे भी इस क्षेत्र की शांति, दिल्ली की राजनीतिक स्थिरता के साथ-साथ व्यापार के विकास के लिए सर्वाधिक उपयोगी थी। राजवंशीय-राजतन्त्र की स्थापना इल्तुतमिश की प्राथमिकता थी। राजत्व, खलीफा का मानपत्र, चालीसा एवं इक्ता व्यवस्था, प्रशासनिक स्थिरता के आधार थे। राजत्व सिद्धांत फारस की परम्पराओं से ग्रहण किए गए थे क्योंकि फारस में निरंकुश राजतन्त्र को मान्यता दी गई थी। इल्तुतमिश के राजस्व का मूलाधार सैन्य व प्रशासनिक निरंकुशता एवं तुर्क विदेशियों की नियुक्ति थी। दिल्ली सल्तनत की स्वतंत्र सत्ता की स्थापना के उपरान्त इल्तुतमिश ने सुल्तान एवं राजतंत्र की वैधानिकता को व्यावहारिक किया जिसका आशय यह था कि सुल्तान, सर्वशक्तिमान सत्ता का केन्द्र है एवं अमीर वर्ग की उच्च पदास्थिति सुल्तान की कृपा पर निर्भर करती है। सल्तनत की स्थापना के दौरान स्थानीय सामंतों से अनवरत संघर्ष हुआ। ऐसे में प्रशासनिक ढांचें के साथ इनका समायोजन संभव नहीं था। इल्तुतमिश ने स्थानीय सामंतों पर नियन्त्रण व प्रशासन के संचालन के लिए इक्ता व्यवस्था को मान्य किया। वस्तुतः चंगेज के मध्य एशियाई क्षेत्रों में साम्राज्य स्थापना करने, नगरों को नष्ट करने और व्यापक रक्तपात से बड़ी संख्या में योग्य अमीरों व उलेमाओं का पलायन दिल्ली की ओर हुआ। इन वर्गों को सुल्तान के संरक्षण की आवश्यकता थी और इल्तुतमिश भी इनके द्वारा प्रशासनिक कार्यों को सुगम कर सकता था। ऐसे में इल्तुतमिश के राजत्व में आदर्श-चरित्र एवं अमीरों के अपेक्षित सहयोग का समन्वय प्राप्त होता है। इल्तुतमिश ने राजत्व सिद्धांतों में फारसी परम्पराओं को आत्मसात् किया। फारस की उच्च सांस्कृतिक विचारधारा ने अरबों को गहरे रूप में प्रभावित किया था। फारस में निरंकुश राजतंत्र को मान्यता दी गई थी इसलिए दिल्ली के सुल्तानों ने सार्वभौमिकता की स्थापना के लिए फारसी सिद्धांतों को ग्रहण किया। हालांकि इल्तुतमिश के सम्मुख स्वयं की मर्यादाओं को सर्वमान्य करवाने का प्रश्न नहीं था क्योंकि नव-आगन्तुक तुर्कों ने सुल्तान की गरिमा को स्वतः स्वीकार कर लिया था, फिर भी इल्तुतमिश ने राजत्व सिद्धांत निर्मित्त किया। जिसके मूल में उच्च कुलीनता और तुर्क जातीयता के अन्तर्निहित विचार थे। इल्तुतमिश ने केंन्द्रीय एवं इक्तादारी प्रशासन में तुर्क-अभिजात नौकरशाही को मान्य किया किंतु राजस्व प्रशासन में उसे स्थानीय भारतीय कुलीन वर्गों का सहयोग लेना

अपरिहार्य हो गया था इसलिए प्रशासनिक ढांचें में दोहरा चरित्र प्राप्त होता है–केंद्र व इक्ता के स्तर पर नौकरशाही एवं स्थानीय प्रशासन में वंशानुगत पद व्यवस्था। स्थानीय कुलीनों अर्थात खूत, मुकद्दम व चौधरी को राजस्व प्रशासन का मूलाधार माना गया।

दिल्ली सल्तनत की वैधानिक एवं स्वतंत्र सत्ता के लिए व्यावहारिक प्रयत्नों के साथ-साथ सैद्धांतिक कार्य भी आवश्यक थे। 1215-16ई. में दिल्ली का गजनी से स्पष्ट सम्बन्ध विच्छेद हुआ था, फिर भी खलीफा की ओर से इसे औपचारिक मान्यता नहीं दी गई थी। खलीफा से मानपत्र की प्राप्ति के दो महत्त्वपूर्ण आधार थे। प्रथम यह कि खलीफा को पैगम्बर का उत्तराधिकारी माना गया। ऐसे में ये सम्पूर्ण इस्लामिक विश्व के एकमात्र सर्वोच्च राजनीतिक-धार्मिक नेतृत्वकर्ता थे। दूसरा यह कि दिल्ली सल्तनत का प्रशासनिक ढांचा तुर्क अमीरों व उलेमाओं के सहयोग से निर्मित्त हुआ था, यह वर्ग इस्लामिक सिद्धांतों के आधार पर सुल्तान की वैधानिकता को चुनौती दे सकता था। महत्त्वपूर्ण यह था कि इस्लाम में राजनीतिक प्रभुसत्ता खिलाफत में ही अंतर्निहित है इससे सुल्तान को स्वतंत्र मान्यता प्राप्त नहीं हो सकती थी, किंतु खलीफा का मानपत्र सुल्तान को उसका प्रतिनिधि घोषित कर सकता था। 18 फरवरी 1229ई. को बगदाद के खलीफा के राजदूत इल्तुतमिश की वैधता का प्रमाणपत्र लेकर दिल्ली आए।

दिल्ली सल्तनत की प्रशासनिक आवश्यकता की परिपूर्ति के लिए चालीसा एवं इक्ता का गठन किया गया। चालीसा का तात्पर्य-योग्य तुर्कदास अधिकारियों के समूह से था, जिन्हें विभिन्न प्रशासनिक दायित्व दिए जाते थे। इसका गठन नवस्थापित तुर्की राज्य की आवश्यकता के परिप्रेक्ष्य में किया गया था। भारतीय सामन्तों की सैन्य चुनौती का सामना करने के लिए मध्य एशियाई-अरब क्षेत्रों से आने वाले तुर्क अमीरों के मध्य से आस्थावान लोगों का चयन करके चालीसा प्रशासनिक संवर्ग बनाया गया था। यह न तो कोई संस्था थी और न ही इससे किसी संस्था का ही बोध होता है। हालाँकि इस वर्ग में सम्मिलित होने वाला प्रत्येक अमीर सुल्तान का गुलाम था। अमीरों को गुलाम वर्ग से न चयनित किए जाने से इनके विद्रोह करने व स्वतंत्र सत्ता स्थापना की प्रयत्नशीलता को सैद्धांतिक विराम मिल जाता था, क्योंकि इस्लाम में गुलामों को सुल्तान बनने का अधिकार प्राप्त नहीं है। सल्तनत का प्रशासनिक ढांचा दो पृथक प्रवृत्तियों के आधार पर गठित किया गया था। केन्द्र व इक्ता के स्तर पर चालीसा संवर्ग का वर्चस्व था और स्थानीय राजस्व प्रशासन में परम्परागत व वंशानुगत भारतीय कुलीन वर्गों को महत्त्वपूर्ण भूमिका दी गई थी।

इन्हें खूत, मुकद्दम व चौधरी के नाम से सम्बोधित किया गया। तुर्कों के द्वारा उच्च प्रशासन में फारसी भाषा, रीति-रिवाज एवं मान्यताओं को स्वीकार किया गया। इस स्तर पर भारतीय भाषाओं एवं राजनीतिक सिद्धांतों को आत्मसात नहीं किया गया किंतु स्थानीय प्रशासन में ऐसा कर पाना संभव नहीं था क्योंकि इस स्तर पर राजस्व देने वाले लोगों की भाषा पृथक थी इसलिए स्थानीय प्रशासन में शासकों का दृष्टिकोण निश्चित ही समझौतावादी था। ऐसे में जनभाषा के रूप में हिंदवी के विकास का मार्ग प्रशस्त हुआ जिसमें लिपि अरबी थी किंतु भाषा में फारसी व भारतीय का समन्वय था। केन्द्र व इक्ता के प्रशासन में बल्बन के काल तक तुर्कों का वर्चस्व बना रहा हालाँकि रेहान जैसे भारतीय मुसलमान भी सुल्तान नासिरुद्दीन महमूद के काल में वकील-ए-दर के पद तक पहुँच गए थे।

इल्तुतमिश ने प्रशासनिक व्यवस्था के संचालन व राजस्व प्रबन्धन के लिए इक्तादारी व्यवस्था का सहारा लिया। इक्तादारी का प्रचलन मुइज़ुद्दीन मुहम्मद गोरी के द्वारा किया गया था। साहित्यिक दृष्टि से इक्ता का तात्पर्य, भू-भाग से है किंतु प्रशासनिक रूप से यह सेवा शर्तों के एवज में अमीरों को प्रदत्त भूमि मानी गई है। सल्तनत काल में दो प्रकार की इक्ताएं थीं। प्रथम, इक्ता-ए-हस्तिकलाल- इसका सम्बन्ध धार्मिक एवं शैक्षणिक कार्यों में संलग्न वर्गों को दिए गए अनुदान से था। ऐसा करके राज्य, प्रशासनिक कार्यों के लिए योग्य व्यक्तियों की आमद बनाए रख सकता था और सजातीय लोगों की शृंखला भी उत्पन्न कर सकता था। द्वितीय, इक्ता-ए-तमलीक-यह इक्ता प्रशासनिक एवं राजस्व संग्रहण से जुड़े वर्गों को प्रदान की जाती थी। इक्ता-ए-तमलीक के अंतर्गत दो प्रकार की इक्ताएं थीं-बड़ी व छोटी। बड़ी इक्ता में इक्तादार को क्षेत्र विशेष का प्रशासनिक, सैन्य व राजस्व संग्रहण का दायित्व दिया जाता था। छोटी इक्ता के अन्तर्गत इक्तादार को केवल राजस्व संग्रहण का अधिकार प्राप्त था और इन्हें राजस्व का एक बड़ा हिस्सा केन्द्र को भेजना होता था। इल्तुतमिश के द्वारा दोआब क्षेत्र में दो हजार तुर्क सैनिकों को छोटी इक्ताएं प्रदान की गई थीं, जिसका दोहरा प्रयोजन था-तुर्क सैनिकों को राज्य स्थापना में सहयोग का पुरस्कार देना और स्थानीय कुलीन भू-स्वामियों की भूमि पर अधिकार करके राजस्व प्राप्ति सुनिश्चित करना। यह इल्तुतमिश के दोआब के आर्थिक महत्त्व की समझ का भी परिचायक है। इक्तादारी, तुर्की राज्य की प्रशासनिक आवश्यकता की परिपूर्ति का सक्षम माध्यम थी। इसमें सैन्य कार्यों से सम्बन्धित अमीरों को नागरिक प्रशासन का दायित्व सौंपा गया। यह कुषाणों द्वारा निर्मित्त क्षेत्रीय-प्रणाली के समकक्ष थी किंतु ऐसा कहना तर्कसंगत नहीं है कि इक्तादारी

व्यवस्था से सामंतवाद का उन्मूलन हो गया। वस्तुत: यह भारतीय सामंतों को हटाकर तुर्क अमीरों की स्थापना का प्रयत्न था जिनमें कुलीनता एवं निरंकुशता के तत्त्व विद्यमान थे। इक्तादार को अपने क्षेत्र विशेष में राजस्व संग्रहण, सैन्य भर्ती व प्रशासनिक निर्णय लेने का अधिकार था। इनका स्थानान्तरण करके इनमें नौकरशाही प्रवृत्ति उत्पन्न की गई थी किंतु इक्तादारों की विद्रोही मन:स्थिति पर अंकुश लगाना सम्भव नहीं हो सका। सल्तनत काल में इनके द्वारा स्वतंत्र सत्ताएं स्थापित की गई। लखनौती (बंगाल) को तो विद्रोह की इक्ता की मान्यता दी गईं थी।

दिल्ली सल्तनत की स्थापना से तृतीय नगरीकरण के विकास की संभावनाएँ मूर्त्त होने लगीं। ऐसे में विनिमय के लिए मानक मुद्रा की आवश्यकता थी, साथ ही साथ नौकरशाही ढांचे के संवर्द्धन व सामंती महत्त्वाकाक्षांओं को कमजोर करने के लिए अमीरों को राजकोष पर निर्भर करना भी आवश्यक था। इसके लिए वेतन के रूप में भूमि के स्थान पर मुद्रा देने की नीति बनाई गई। तुर्कों के आगमन से अरब से लेकर भारत तक के क्षेत्र आर्थिक व सांस्कृतिक रूप से एकजुट होने लगे थे। व्यापारिक विकास व उत्पादन को बेहतर बाजार मिलने से परस्पर यातायात के साधन, नगरों की स्थापनाएं और नव तुर्की व्यापारिक वर्गों का संकेन्द्रण भारतीय क्षेत्रों में होने लगा था। इसके लिए मुद्रा व्यवस्था का समृद्ध रहना आवश्यक था। ऐसे में तिजारत के विकास के लिए चाँदी का टंका व ताँबे का जीतल निर्मित्त किया गया। इल्तुतमिश को सल्तनत का मुद्रा–विशेषज्ञ शासक माना जाता है। इसके द्वारा जारी करवाए गए सिक्कों में सुल्तान व टकसाल का नाम अंकित किया गया। चाँदी का टंका सल्तनत काल का मानक सिक्का था। मानकता का अभिप्राय धातुगत शुद्धता व समान तौल से था। चाँदी के टंके का वजन 176 ग्रेन (एक ग्राम व 13.2 ग्रेन) था। मुद्रा के प्रचलन से व्यापारिक गतिविधियों में वृद्धि हुई। चाँदी के टंके को चलाने का विशेष प्रयोजन था। वस्तुत: अरब मध्य एशियाई क्षेत्र के साथ व्यापार में मुख्यत: चाँदी के सिक्कों का ही विनिमय होता था, दिल्ली सल्तनत, गुजरात व दक्षिण भारतीय क्षेत्रों का मध्यकालीन व्यापार मुख्यत: इन्हीं क्षेत्रों से था। मुद्रा पद्धति के उन्नत होने से प्रशासनिक संस्थाओं में नौकरशाही विचारधारा परिपक्व हुई। गुप्तोत्तर काल में मुद्रा व्यवस्था की कमजोरी ही सामंती संस्थाओं के विस्तार का एक प्रबल कारक बन गई थी क्योंकि वेतन के एवज में भूमि प्रदान करने से सामंतों को अपनी शक्ति के संकेन्द्रण में मदद मिली और जैसे ही केंद्रीय सत्ता कमजोर होती, इन्हें स्वतंत्र होने का अवसर मिल जाता था।

13

रुक्नुद्दीन फिरोजशाह से नासिरुद्दीन महमूद सन् 1236 से 1266ई. तक

इल्तुतमिश ने दिल्ली सल्तनत के प्रशासनिक ढांचे को मजबूती दी। उसकी सबसे बड़ी राजनीतिक उपलब्धि यह थी कि उसने यह सुनिश्चित कर दिया कि दिल्ली की सत्ता पर किसी भी अमीर का प्रभाव क्यों न हो किंतु सुल्तान उसी के राजवंश से चुना जाएगा। किसी भी शासक के मूल्यांकन का आधार यह भी होता है कि उसने राजवंश के उत्तराधिकार की परंपरा को किस प्रकार मजबूती दी। इल्तुतमिश इस कार्य में पूर्णतः सफल रहा, किंतु यह भी सत्य है कि शक्तिशाली सुल्तानों की राजत्व नीतियां राजवंश के सदस्यों को पद का अधिकारी तो बना सकती हैं किंतु सुल्तान बने रहने के लिए योग्यता ही सर्वोच्च मापदण्ड थी, बिना इसके मध्ययुगीन परिस्थितियां शासक के जीवन व सत्ता का संरक्षण नहीं कर सकती थी। रजिया को छोड़कर इल्तुतमिश के वंशजों में सुल्तान बनने की योग्यता नहीं थी। सन् 1236ई. से 1266ई. तक का इतिहास सुल्तानों की अयोग्यता एवं तुर्क अमीरों की विद्रोही प्रवृत्तियों व महत्त्वाकांक्षा के रूप में मूल्यांकित किया जाता है। इल्तुतमिश के संरक्षण में तुर्क दास अधिकारियों ने केन्द्र व इक्ता के प्रशासन में अपनी जड़ों को मजबूत कर लिया था, सैन्य व राजस्व अधिकारों से युक्त इन अमीरों को किसी विशेष अनुकम्पा की आवश्यकता नहीं थी। जैसा कि इल्तुतमिश के शासन के दौरान अरब-मध्य एशियाई देशों से आगमन के दौरान अपेक्षित था। इल्तुतमिश के उत्तराधिकारियों के सम्मुख समस्या यह थी कि वे केन्द्र व इक्ता के प्रशासन के संचालन में पूर्णतः दास अधिकारियों पर निर्भर थे। इन्हें नियन्त्रित करने के लिए भारतीय वर्गों को प्रशासन में सम्मिलित किया जा सकता था किंतु तुर्क अमीरों के

संगठन की मजबूती और प्रशासन के कुलीन चरित्र के कारण ऐसा कर पाना भी संभव नहीं था।

इल्तुतमिश, शहजादा नासिरुद्दीन की मृत्यु (1229ई.) के उपरान्त रजिया को अपना उत्तराधिकारी मनोनीत किया था क्योंकि वह उसके सभी पुत्रों से योग्य थी किंतु यह माना जाता है कि अन्तिम समय में इल्तुतमिश ने अपना निर्णय बदल दिया था और रुक्नुद्दीन फिरोजशाह को सुल्तान बनाने का निश्चय किया। मिनहास के अनुसार रुक्नुद्दीन में तीन सद्‌गुण थे – स्वभाव सरल था, उदारता व दानप्रियता अधिक थी एवं शारीरिक सुन्दरता भी विलक्षण थी। किंतु इस प्रकार के सद्‌गुणों से युक्त होकर मध्ययुगीन परिप्रेक्ष्य में शासक बनना सम्भव नहीं था। ऐसे में अयोग्य सुल्तान, प्रतिक्रियावादी एवं राज्य विरोधी शक्तियों को सक्रिय होने का अवसर प्रदान कर देता है। रुक्नुद्दीन के साथ ऐसा ही हुआ। उसकी माँ शाहतुर्कान सत्ता को नियन्त्रित करने में प्रयत्नशील हो गई, उसने इल्तुतमिश के योग्य पुत्र कुतबद्दीन को अन्धा बना दिया, रजिया को मारने का प्रयत्न किया एवं अमीरों के एक वर्ग को अपने पक्ष में करके प्रशासन पर नियन्त्रण स्थापित कर लिया। हालाँकि रजिया के प्रति दिल्ली की जनता की सहानुभूति थी। इसका फायदा उठाते हुए वह शाहतुर्कान की निर्मम नीतियों के विरोध में दिल्ली की जनता के सम्मुख प्रस्तुत हुई एवं उनकी सहायता से वह सुल्तान बन गई। साम्राज्यवादी विचारकों का मानना है कि दिल्ली सल्तनत की स्थापना इस्लामिक व्यवस्था से जुड़ी हुई थी और शासक केवल मुस्लिमों का ही मददगार था। वस्तुतः सामंती युग में शासन प्रक्रिया शक्ति के बल पर स्थापित होती थी और सत्ता पर प्रभावी नियन्त्रण के लिए धर्म भी एक माध्यम था। जहां तक धर्मयुद्ध जैसी मान्यताओं का प्रश्न है यह केवल शासक वर्गों तक ही सीमित था, जनमानस से इसका कोई विशेष जुड़ाव नहीं था। रजिया का समर्थन करने वाली दिल्ली की जनता में हिन्दू व मुस्लिम दोनों सम्मिलित थे। रजिया की शक्ति के स्रोत भी दिल्ली के अधिकारी व जनता थी। सल्तनत के इतिहास में पहली बार जनता ने उत्तराधिकार के प्रश्न पर प्रत्यक्ष निर्णय लिया था किंतु समस्या यह थी कि तुर्क उलेमा, रजिया को शासक मानने के लिए तैयार नहीं थे। हालाँकि रजिया ने सम्पूर्ण शासन पर प्रत्यक्ष नियंत्रण स्थापित करते हुए सम्पूर्ण सत्ता अपने हाथों में केन्द्रित की, पुरुष पोशाक में बिना किसी पर्दा, दरबार में उपस्थित होने लगी और विद्रोहियों का दमन करने के लिए स्वयं सेना का नेतृत्व करते हुए यमुना नदी के किनारे सैन्य शिविर लगाया। रजिया ने तुर्क अमीरों को यह स्पष्ट कर दिया कि वह वास्तविक शासिका है और शासक के चयन व सत्ता के निर्देशन में अमीरों

की कोई भूमिका नहीं है। शासन का पुनर्गठन करते हुए रजिया ने आस्थावान अमीरों को केन्द्र व इक्ता में नियुक्त किया और अतुर्क विदेशियों को भी अमीर वर्ग में सम्मिलित किया। ऐसा तुर्की अमीरों के सत्ता में वर्चस्व को कम करने के लिए किया जा रहा था किंतु रजिया के इस कार्य से तुर्क अमीरों में एकजुटता आ गई जिससे दिल्ली दरबार दो गुटों में विभाजित हो गया। तुर्क अमीरों का यह मानना था कि रजिया को हटाने के लिए किसी एक इक्तादार या अमीर का विद्रोह कारगर नहीं होगा, बल्कि आवश्यक यह है कि उसके विश्वासपात्र अमीर एकजुट होकर रजिया के विरुद्ध संघर्ष करें। ऐसे में तुर्क अमीरों ने रजिया के सबसे विश्वासपात्र अमीर एगेतीन व अल्तुनिया को उसके विरुद्ध सक्रिय किया। अप्रैल 1240ई. में अल्तुनिया ने विद्रोह कर दिया, रजिया ने उसके विरुद्ध ताबरहिन्दा की ओर कूच किया इससे दिल्ली में रजिया के विरोधी अमीरों ने याकूत की हत्या कर दी। ताबरहिन्दा में रजिया को बन्दी बना लिया गया और बहरामशाह को दिल्ली का सुल्तान घोषित कर दिया गया। रजिया को अल्तुनिया के नियन्त्रण में रखा गया था। बहरामशाह के शासक बनने के उपरान्त एगेतीन को नायब-ए-ममलकत का पद दिया गया था। इस पद की विशेषता यह थी कि सुल्तान इसे नियुक्त तो कर सकता था लेकिन इसे हटा नहीं सकता था और इसके अनुमोदन के बिना सुल्तान का कोई भी प्रशासनिक आदेश क्रियान्वित नहीं हो सकता था। तुर्क अमीरों ने इस पद का सृजन इसलिए किया था कि कोई भी सुल्तान तुर्कों के अतिरिक्त किसी अन्य वर्ग की नियुक्तियां उच्च पदों पर न कर सके। ऐसे में सत्ता का संकेन्द्रण तीन पदों मे बंट गया – सुल्तान, वजीर एवं नायब-ए-ममलकत।

बहरामशाह, सुल्तान बनने के उपरान्त एगेतीन के कृत्यों को स्वीकारने के लिए तैयार नहीं हो पा रहा था। उसने दरबार में एगेतीन की हत्या करवा दी। इससे अल्तुनिया को भी अपना भविष्य अंधकारमय दिख रहा था। रजिया ने इसका फायदा उठाया और अल्तुनिया से विवाह कर लिया। इससे वह पुन: शासक बनने का प्रयास कर सकती थी। अल्तुनिया और रजिया के द्वारा खोखरों, जाटों और राजपूतों की मदद से एक सेना एकत्र की गई जिसकी सहायता से दिल्ली पर आक्रमण किया गया किंतु वे पराजित हुए। हरियाणा के कैथल के पास भागते हुए डाकुओं ने उनकी हत्या कर दी। रजिया, इल्तुतमिश के उत्तराकारियों में सबसे योग्य थी। मिनहास के अनुसार, 'स्त्री होना उसकी सबसे बड़ी अयोग्यता थी।' बहरामशाह के द्वारा सम्पूर्ण सत्ता अपने हाथ में लेने और तुर्क अमीरों की हत्या करवाने से अमीर परस्पर एकजुट हो गए। इनके द्वारा 10 मई 1242ई. को

दिल्ली पर अधिकार कर लिया गया और बहरामशाह को बंदी बनाकर उसकी हत्या कर दी गई। तुर्क अमीर रजिया के काल में दिल्ली की जनता का इल्तुतमिश के वंशजों के प्रति सम्मान को देख चुके थे। ऐसे में उन्हें यह भय था कि जनता फिर से शासक की नियुक्ति में विद्रोही होकर सम्मिलित न हो जाय। ऐसे में मसूदशाह को सुल्तान बनाने के उपरांत जनता के सम्मुख अनुमोदन के लिए प्रस्तुत किया गया। मसूदशाह को भी 1246ई. में सत्ता से हटाकर कैद कर दिया गया और सुल्तान नासिरुद्दीन महमूद को शासक बनाया गया। यह सत्रह वर्ष का नवयुवक था। इसे सामान्यत: सन्त शासक के रूप में मान्यता दी जाती है जिसकी राजनीतिक व प्रशासनिक कार्यों में अधिक रुचि नहीं थी। हमें यह स्मरण रखना होगा कि शासक परिस्थितियों के अन्तर्गत अपनी नीतियों का निर्धारण करता है। ऐसे में कभी-कभी अर्न्तदृष्टि और बाह्य अभिव्यक्ति में अन्तर आ जाता है। नासिरुद्दीन यह जानता था कि रुक्नुद्दीन से मसूदशाह तक के शासकों को उनके पदों से इसलिए हटाया गया क्योंकि उन्होंने तुर्क अमीरों की शासकीय नीतियों का सम्मान नहीं किया। ऐसे में नासिरुद्दीन ने तुर्क अमीरों का समर्थन एवं आज्ञा पालन की नीति का अनुसरण किया। इसके अन्तर्गत 1249ई. में बल्बन को नायब-ए-ममलकत का पद दिया गया। बल्बन ने अपनी पुत्री का विवाह सुल्तान से करके प्रशासन में अपनी पकड़ को मजबूत कर लिया था। इससे तुर्क अमीरों में भी आक्रोश था और वे बल्बन को उसके पद से हटाने के लिए क्रियाशील हो गए। सुल्तान ने भी इसका फायदा उठाया और बल्बन को नायब के पद से हटाकर हाँसी व उसके उपरान्त अजोधन का इक्तादार बना दिया, इसका प्रयोजन यह था कि इससे बल्बन विद्रोह करेगा और यह उसका दमन करने का आधार बन जाएगा किंतु बल्बन ने ऐसा नहीं किया, वह इक्तादार बनने के लिए तैयार हो गया। बल्बन जानता था कि वकील-ए-दर के पद पर नियुक्त होने वाले भारतीय मुसलमान रिहान को तुर्क अमीर अधिक दिनों तक स्वीकार नहीं कर पाएंगे। ऐसे में दिल्ली की राजनीति में उसे पुन: सक्रिय होने का अवसर मिल जाएगा, 1253-54ई. में ऐसा ही हुआ। रिहान को उसके पद से हटाकर पुन: बल्बन को दिल्ली बुलाया गया। बल्बन ने आगामी दस वर्षों तक विरोधी अमीरों का दमन किया, जो उसके सुल्तान बनने में बाधक सिद्ध हो सकते थे। इस कालावधि में बल्बन विशेषाधिकार से युक्त था। प्रशासन व सेना पर नियन्त्रण के उपरांत बल्बन ने सुल्तान बनने के प्रयत्न आरंभ किए। इसके अन्तर्गत उसने नासिरुद्दीन महमूद को विष दे दिया। यह मध्ययुगीन शासकीय

जीवन शैली का उदाहरण था जिसमें सत्ता प्राप्ति के लिए रिश्तों व नातों की कोई अहमियत नहीं थी, सत्ता में वर्चस्व के लिए जो भी बाधक बनेगा उसे मरना होगा। इसामी का कथन है कि बल्बन ने सुल्तान बनने के लिए नासिरुद्दीन महमूद की हत्या करवाई।

14

बल्बन: प्रशासनिक कार्य व राजत्व सिद्धांत

गयासुद्दीन बल्बन आरम्भिक तुर्क सत्ता का अन्तिम शक्तिशाली सुल्तान था जिसने एक गुलाम अधिकारी के रूप में राजनीतिक जीवन आरम्भ किया था। बल्बन, प्रशासनिक अव्यवस्था की उपज था एवं इसने अपने उत्थान में इल्तुतमिश के उत्तराधिकारियों की अयोग्यता व दरबारी गुटबंदी का सहारा लिया था। नायब-ए-ममलकत के पद पर रहते हुए उसने कठोर दण्डनीति से सत्ता पर नियन्त्रण किया था किंतु शासक के रूप में प्रशासनिक संगठन के निर्माण व शांति स्थापना के स्थायी प्रयत्नों की आवश्यकता थी। इसके लिए शाही सेना, पुलिस व गुप्तचर व्यवस्था को मजबूत किया गया। केन्द्र व इक्ता के प्रशासन में विद्यमान विद्रोही अमीरों को नियन्त्रित किया गया। इसके अन्तर्गत वजीर के अधिकार न्यूनतम कर दिए गए, इक्ता के स्तर पर ख्वाजा की नियुक्ति की गई एवं नायब के पद को समाप्त कर दिया गया किंतु इन कार्यों को करने में तुर्क-जातीयता व अमीरों की निर्मम हत्याओं का सहारा लिया गया जिससे राज्य को स्थायित्व देने वाला ढाँचा कमजोर हो गया, खिलजियों का उत्थान इसी का परिणाम था।

बल्बन ने शासक बनने के उपरान्त दिल्ली में विद्यमान प्रशासनिक अव्यवस्था को समाप्त करने का सार्थक प्रयत्न किया। बल्बन ने तुर्क अमीरों की परस्पर गुटबंदी एवं षडयंत्र के मध्य से सत्ता प्राप्त की थी, शासक बनने के उपरान्त वह इन वर्गों को समाप्त करने के लिए तत्पर हुआ। इसके अन्तर्गत उसने नायब-ए-ममलकत के पद को समाप्त कर दिया, वजीर के राजस्व संकलन, सैन्य संचालन व धन सम्बन्धी अधिकारों को हस्तगत करके उसे लेखा-जोखा विभाग का प्रमुख बना

दिया। इन विशेषाधिकार सम्पन्न अमीरों ने सुल्तान की गरिमा को सर्वाधिक क्षति पहुंचाई थी। एक अन्य समस्या इक्तादारों पर नियन्त्रण को लेकर थी। इल्तुतमिश ने इक्ता-ए-तमलीक के अन्तर्गत दो वर्ग सृजित किए थे, इनमें बड़ी इक्ता के स्वामी को क्षेत्र विशेष में प्रशासनिक व सैन्य संचालन का दायित्व सौंपा गया था। इसे सैनिकों की भर्ती करने व वेतन भुगतान का अधिकार था। इक्तादारों के सैनिकों का आरिज-ए-ममालिक के द्वारा निरीक्षण मात्र किया जाता था। ऐसे में इक्तादारों के सैनिक सुल्तान से अधिक अपने स्वामी के प्रति आस्थावान थे। इक्तादारों को क्षेत्र विशेष के राजस्व संकलन का भी अधिकार था किंतु सुल्तान के पास ऐसा कोई प्रशासनिक ढांचा नहीं था, जिससे वह यह जानकारी प्राप्त कर सके कि इक्तादार ने कितना राजस्व वसूल किया है और कितना प्रशासनिक व सैन्य मदों में खर्च करके केन्द्र को अधिशेष धन भेजा है। बल्बन ने इस समस्या के समाधान के लिए ख्वाजा के नेतृत्व में अत्यन्त दक्ष लेखा परीक्षा प्रणाली का गठन किया। इसका कार्य इक्तादार के द्वारा राजस्व के रूप में प्राप्त की गई आय और प्रशासनिक कार्यों में किए गए व्यय की जाँच करना था। इन प्रयत्नों से इक्तादारों की अनियंत्रित महत्वाकांक्षाओं पर अंकुश लगाया गया। इल्तुतमिश के द्वारा गंगा-यमुना के दोआब क्षेत्र में दो हजार तुर्क सैनिकों को छोटी इक्ताएं प्रदान की गई थीं। बल्बन के काल तक आते-आते इनका मूल औचित्य समाप्त हो गया था। बल्बन ने इन इक्ताओं की जांच का आदेश दिया। बल्बन का यह मानना था कि ये इक्ताएं सैनिक सेवाओं के बदले दी गई थीं किंतु अब या तो अनुदान प्राप्त सैनिक मर चुके हैं अथवा इतने वृद्ध हो गए हैं कि वे सैन्य दायित्व का निर्वहन नहीं कर सकते। बल्बन ने वृद्ध सैनिकों के लिए तीस टंका वार्षिक पेंशन का निर्धारण किया। जिन सैनिकों की मृत्यु हो गई थी उनकी इक्ताओं का अधिग्रहण कर लिया गया और यदि उनके परिवारों में युवा सदस्य थे तो उन्हें सेना में सम्मिलित कर लिया गया। हालाँकि दिल्ली के कोतवाल मलिक फखरुद्दीन की सलाह पर वृद्ध सैनिकों को इक्ताएं वापस कर दी गईं। बल्बन ने निरकुंश सत्ता की दृढ़ता के लिए निष्ठावान गुप्तचर प्रणाली का गठन किया। उसने गुप्तचरों को आदेश दिया कि वे राजवंश के सदस्यों, प्रांतीय अधिकारियों, सैनिकों, कर्मचारियों एवं प्रजा की प्रत्येक गतिविधि पर दृष्टि रखें और सुल्तान को इनकी सूचना दें। बल्बन ने बरीद की नियुक्ति में ईमानदारी, वंशावली एवं चरित्र की जांच-पड़ताल पर विशेष जोर दिया। उसका मानना था कि सद्गुणों से पृथक व्यक्ति इस पद के लिए योग्य नहीं हो सकता। बल्बन की यह

भी आज्ञा थी कि किसी भी गुप्तचर को दरबार में न आने दिया जाए। यह सुनिश्चित किया जाए कि उनकी मित्रता किसी अमीर अथवा कर्मचारी से न होने पाए क्योंकि ऐसा होने पर सुल्तान को अमीरों की मन:स्थिति व कृत्यों की वास्तविक जानकारी नहीं मिल सकेगी। बल्बन ने केंद्रीकृत प्रशासन के संचालन में सैनिकों की भूमिका को अत्यन्त महत्त्वपूर्ण माना। वह सैनिकों को शासन का मूलाधार मानता था इसलिए बल्बन ने सैन्य संगठन को बेहतर करने पर विशेष ध्यान दिया। इसके अन्तर्गत आरिज-ए-ममालिक के पद को अत्यन्त महत्त्वपूर्ण बनाया गया, सैन्य भर्ती के लिए अनुभवी अधिकारियों की नियुक्तियां की गई, सैनिकों के वेतन को बढ़ाया गया एवं सैनिकों के प्रशिक्षण पर विशेष ध्यान दिया गया। सैनिकों की कार्य क्षमता को बनाए रखने के लिए जंगलों में शिकार एवं कृत्रिम अभियानों के माध्यम से सैन्य अभ्यास करवाया जाता था। बल्बन, साम्राज्य के संगठन के लिए किए जाने वाले प्रत्येक अभियान को गुप्त रखता था किंतु उसके सैनिक अभियान के लिए सदैव तैयार रहते थे।

प्रशासनिक एवं सैन्य संगठन को मजबूत करने के उपरान्त बल्बन ने कानून व्यवस्था की मजबूती की ओर ध्यान दिया। इसे लेकर चार समस्या युक्त क्षेत्र थे– दिल्ली का निकटवर्ती प्रदेश, गंगा-यमुना का दोआब, अवध का व्यापारिक मार्ग एवं रूहेलखण्ड के विद्रोही। बरनी के अनुसार बल्बन ने राज्यारोहण के प्रथम वर्ष में दिल्ली के निकटवर्ती जंगलों को कटवाकर मेवों का दमन किया और उनकी गतिविधियों पर नियन्त्रण के लिए गोपालगीर में दुर्ग का निर्माण करके अफगान सैनिकों की नियुक्तियां की। दोआब के क्षेत्र में स्थानीय जमींदार विद्रोह करके कृषि व्यवस्था व राजस्व संकलन में बाधा उत्पन्न करते थे। ये क्षेत्र खाद्यान्न उत्पादन व व्यापार के लिए अत्यन्त महत्त्वपूर्ण थे। बल्बन ने कड़ा व अवध के इक्तादारों को इनका दमन करने का आदेश दिया। इनके द्वारा सैन्य अभियान करके इन्हें नियंत्रित किया गया। दिल्ली व अवध के समृद्ध व्यापारिक मार्ग पर डाकुओं का आतंक था। इनके द्वारा इस मार्ग के व्यापार को अवरुद्ध कर दिया गया था। इससे सल्तनत की आय प्रभावित हो गई थी। बल्बन ने काम्पिल, पटियाली एवं भोजपुर के डाकू बाहुल्य क्षेत्रों को नष्ट कर इन क्षेत्रों में आंतरिक सुरक्षा दुर्गों का निर्माण किया और इनमें अफगानों की सैन्य टुकड़ियां रखीं। वस्तुत: बल्बन ने नायब के पद पर रहते हुए पश्चिमोत्तर भारत में मंगोलों के आक्रमण को रोकने में अफगान सैनिकों की सेवाएं प्राप्त की थी। उसे अफगान सैनिकों की योग्यता पर पूर्ण विश्वास था इसलिए उसने सल्तनत में भी आंतरिक सुरक्षा के लिए इनकी नियुक्तियां की।

रूहेलखण्ड में भी राजपूत अनवरत विद्रोह करते थे। इनके दमन के लिए शाही सेना का इस्तेमाल किया गया जिसका नेतृत्व स्वयं बल्बन ने किया था। बल्बन ने साम्राज्य-विस्तार की अपेक्षा संगठन पर अधिक बल दिया। इसके दो कारण बताए–पहला, स्थानीय शासकों की शक्ति से सल्तनत को भय था, ऐसे में इनकी गतिविधियों पर नियन्त्रण रखना आवश्यक था। दूसरा, झेलम नदी के तट पर मंगोलों की उपस्थिति दिल्ली सल्तनत की सुरक्षा के लिए गंभीर समस्या उत्पन्न कर सकती थी।

बल्बन, वैधानिक शासक की महत्त्वपूर्ण योग्यता अर्थात् दासता से मुक्त नहीं था, उसके ऊपर सुल्तान नासिरुद्दीन महमूद की हत्या का भी आरोप था। ऐसे में अपने सुल्तान होने के औचित्य को वैधानिक करने के लिए बल्बन ने राजत्व सिद्धांतों का सहारा लिया। इल्तुतमिश के उत्तराधिकारियों के शासन काल में सुल्तान की गरिमा निम्न स्तर पर पहुंच गई थी। ऐसे में बल्बन के लिए आवश्यक था कि वह अमीरों के मध्य अपने औचित्य को सिद्ध करे, सुल्तान की प्रतिष्ठा को पुर्नस्थापित करे एवं सुल्तान की चयन प्रक्रिया को अमीरों की गुटबंदी से पृथक करे। बल्बन इन कार्यों को करने में सफल रहा। महत्त्वपूर्ण यह है कि बल्बन एक निम्न अधिकारी के रूप में सल्तनत के प्रशासन में सम्मिलित हुआ था। वह अनेक ऐसे अमीरों को सुल्तान के रूप में निर्देशित करता था, जिनके अधीन उसने स्वयं कार्य किया था। ऐसे में उसे अपनी पद गरिमा को बनाए रखने में अन्य सुल्तानों की अपेक्षा कठिनाइयां अधिक थी। शासक बनने के उपरान्त उसने दिखावटी मान-मर्यादा, पद-प्रतिष्ठा एवं नियतिवादी विचारधारा को अधिक महत्त्व दिया। इन मान्यताओं को स्थापित करके बल्बन यह स्पष्ट करना चाहता था कि उसने सुल्तान बनने के लिए न तो हत्या का सहारा लिया और न ही किसी षडयन्त्र में भाग लिया, सुल्तान का पद दैव इच्छा से प्राप्त हुआ है। बल्बन ने स्वयं को पृथ्वी पर ईश्वर का प्रतिनिधि (नियाबत-ए-खुदाई) माना, जो मान-मर्यादा की दृष्टि से केवल पैगम्बर के बाद है। सुल्तान, ईश्वर का प्रतिनिधि है और उसका हृदय दैवी प्रेरणा का भण्डार है। पूर्व मध्यकाल में भारतीय शासकों के द्वारा भी अलौकिक दैवी उपाधियां धारण की गईं। इसके अन्तर्गत वे स्वयं को देवता घोषित करते थे किंतु इस्लामिक सिद्धांतों में व्यक्ति को दैवत्व रूप देने की वर्जना थी। ऐसे में पद को दैवी शक्तियों से युक्त करने का सिद्धांत बनाया गया। बल्बन ने दिखावटी मान-मर्यादा एवं प्रतिष्ठा को राजत्व के लिए अत्यन्त महत्त्वपूर्ण माना। इन बाह्य आडम्बरों के द्वारा वह सुल्तान की अलौकिकता को अमीरों के मध्य स्थापित कर सकता था। ऐसे में वह सम्पूर्ण

शासन काल में जनमानस से पृथक रहा एवं निम्न कुल के योग्य व्यक्तियों को भी उच्च प्रशासन में नियोजित नहीं किया। बल्बन, दरबार में सम्पूर्ण राजसी वैभव के साथ उपस्थित होता था। ऐसा कहा जाता था कि उसके निजी अंगरक्षकों व सेवकों ने भी उसे कभी भी सामान्य वस्त्रों में नहीं देखा था। बल्बन, दासता से मुक्त नहीं था। ऐसे में इस्लामिक सिद्धांतों के अन्तर्गत उसे शासक नहीं माना जा सकता था। समस्या यह भी थी कि उसे अपनी नौकरशाही के संगठन के लिए तुर्क अमीरों पर निर्भर रहना अनिवार्य था। इससे अमीर वर्ग इस्लामिक कानूनों का सहारा लेकर सुल्तान पर दबाव बनाते थे। ऐसे में बल्बन ने स्वयं को अफरासियाब वंश से जोड़ते हुए कुलीन घोषित किया और सम्पूर्ण शासनकाल में वह कुलीनता के सिद्धांतों के परिपालन पर जोर देता रहा। वह अकुलीन व्यक्तियों से किसी भी प्रकार के सम्पर्क को शासकीय मान-मर्यादा के प्रतिकूल मानता था। बल्बन, फारसी रीति-रिवाजों व परम्पराओं को अपने दैनिक जीवन के साथ समायोजित करता है। उसका मानना था कि फारस की मान्यताओं को स्वीकार किए बिना राजत्व की गरिमा व्यवहारिक नहीं हो सकती। वह अपने निजी जीवन में इन सिद्धांतों का अक्षरशः पालन करता था। उसने अपने पौत्रों का नामकरण भी फारस के महान शासकों केकुबाद, केमूर्स व केकुसरो के नाम पर किया। बल्बन ने सुल्तान बनने के उपरान्त दरबार में अमीरों के लिए सिजदा और पैबोस (सुल्तान का पद-चुम्बन) जैसी फारसी परम्पराओं को अनिवार्य कर दिया था। फारस की परम्पराओं को स्वीकार करने के पीछे एक गंभीर कारण था। वस्तुतः फारस में निरकुंश राजतंत्र को मान्यता दी गई थी और फारसी परम्पराओं ने इस्लामिक सिद्धांतों को गंभीर रूप से प्रभावित किया था क्योंकि अरबों ने फारस पर राजनीतिक विजय की थी किंतु फारसियों ने अरबों पर सांस्कृतिक वर्चस्व स्थापित किया था। ऐसे में राजतंत्र की परंपराओं में फारसी सिद्धांतों को अधिक महत्त्व दिया गया। बल्बन ने राज्य की गरिमा को बनाए रखने में कभी कोई कमी नहीं की और यथा अवसर इसके प्रदर्शन के लिए भी प्रयत्नशील रहा। 1259ई. में हलाकू के दूत दिल्ली आए तो बल्बन ने दरबारी शान-ए-शौकत को प्रस्तुत किया। बल्बन ने सुल्तान के सबसे प्रमुख दायित्वों में न्यायिक कार्यों को भी स्थान दिया। वह मानता था कि इससे प्रजा की सुल्तान के प्रति आस्था बढ़ेगी। हालाँकि इसके द्वारा उसने प्रजा को न्याय देने की अपेक्षा अमीरों की महत्त्वाकांक्षाओं को नियन्त्रित किया। प्रजा के ऊपर अत्याचार करने पर अमीरों को कठोर दण्ड दिया गया। बल्बन ने वैधानिक सत्ता की स्थापना के लिए बगदाद के खलीफा से मान्यता प्राप्त की थी। उसके सिक्कों पर खलीफा का नाम अंकित किया जाता था। सुल्तान

के ये प्रयोजन सल्तनत में स्वयं की वैधानिकता को मान्य करने से जुड़े हुए थे। बल्बन ने दरबार में किसी भी प्रकार के अमर्यादित व्यवहार को कभी भी स्वीकार नहीं किया, उसके दरबार में किसी भी अमीर को बैठने की इजाजत नहीं थी। दरबार में होने वाले भव्य समारोह की शानो-शौकत की चर्चाएं जनसामान्य के विषय बने रहते थे। सोलहवीं शताब्दी के लेखक फितूरअस्तराबादी का कहना है कि उसके लम्बे चेहरे की दाढ़ी व मुकुट के मध्य एक गज की लम्बाई होती थी।

बल्बन की मृत्यु के बाद उसका राजवंश तीन वर्ष से अधिक नहीं रह सका और तुर्क जातीयता पर विश्वास करने वाले बल्बन के उत्तराधिकारियों को निम्नवर्गीय तुर्क अर्थात् खिलजियों ने हटाकर सत्ता पर अधिकार कर लिया इसलिए बल्बन के कार्यों का सामरिक मूल्यांकन आवश्यक है। बल्बन, कानून एवं व्यवस्था की स्थापना की दृष्टि से अनुकरण का पात्र हो सकता है किंतु अन्य सभी विषयों में उसकी प्रतिक्रियावादी प्रवृत्ति ने साम्राज्य के प्रशासनिक ढांचे को कमजोर किया। बल्बन ने राज्य विस्तार के स्थान पर संगठन पर विशेष जोर दिया किंतु इसके लिए बताए गए कारण विश्वसनीय प्रतीत नहीं होते, क्योंकि बल्बन के समकालीन मंगोलों की शक्ति उनके इतिहास में सबसे कम रही। हलाकू की मृत्यु के बाद मंगोल राज्य का बँटवारा हो गया था और इलूखानी वंश की सत्ता अत्यन्त कमजोर थी। इनके द्वारा आसपास के क्षेत्रों में लूट करके जीवन-यापन किया जा रहा था। इसी अभियान में सुल्तान महमूद की मृत्यु हुई थी। राजपूतों ने तेरहवीं शताब्दी के उपरान्त और पंद्रहवीं शताब्दी के पूर्व दिल्ली की सत्ता को चुनौती नहीं दी, इसलिए उनके आक्रमण के भय को व्याख्यायित करना तार्किक नहीं है। बल्बन ने अपने समय में उभर रहे दो परिवर्तनों को अनदेखा किया–पहला, भारतीय मुसलमानों की एक बड़ी संख्या शासन तन्त्र में हिस्सेदारी के लिए तैयार थी। दूसरा, हिन्दू भी बड़ी संख्या में फारसी भाषा सीख रहे थे, इन्हें भू-राजस्व मन्त्रालय में नियुक्त किया जा सकता था। किंतु बल्बन की तुर्क "तुर्क-शासकीय जातिवाद" की विचारधारा तत्कालीन परिवर्तनों को स्वीकार नहीं कर पा रही थी। बल्बन भारतीय मुसलमानों एवं हिंदुओं के सहयोग के द्वारा तुर्क अमीरों की अनियन्त्रित महत्वाकांक्षाओं को, बिना उनकी हत्या किए समाप्त कर सकता था, किंतु ऐसा नहीं हो सका क्योंकि भारतीयों को सत्ता में शामिल करने से बल्बन की वंशावली के प्रति विद्यमान घोर नस्लवादी विचारधारा प्रभावित होती। ऐसे में उसे यह सिद्ध करने में समस्या आ जाती कि उसका सम्बन्ध उच्चकुलीन वर्ग से है। इसलिए बल्बन ने कुलीनता के मूल्यों का आत्मसात करते हुए कठोर दण्डनीति से तुर्क अमीरों को नियंत्रित किया

जिसके अंतर्गत उनकी निर्मम हत्याएं भी की गईं। इससे बल्बन काल में शान्ति बनी रही किंतु सल्तनत को स्थिरता देने वाले अनुभवी तुर्क अधिकारियों की शृंखला (कड़ी) समाप्त हो गई। वस्तुतः व्यक्ति के दमन से प्रवृत्तियों का उन्मूलन संभव नहीं है। तुर्क अमीरों के विरोध का एक बड़ा कारण उनके अधिकार थे, जो उन्हें इक्ताओं में प्राप्त थे। इनका समापन किए बिना विद्रोह के मूल कारणों को नष्ट नहीं किया जा सकता था। यह भी विचारणीय है कि राज्य एक संस्था है जिसके कुशल संचालन के लिए सुल्तान से लेकर निम्न वर्ग के कर्मचारियों तक की सक्रिय सहभागिता आवश्यक होती है किंतु बल्बन की नीतियों ने सल्तनत को स्थायित्व देने वाले आधारभूत ढांचे को नष्ट कर दिया। परिणामस्वरूप उसकी मृत्यु के उपरान्त सत्ता, खिल्जियों के हाथ में आ गई।

15

खिलजी क्रांति, अलाउद्दीन की प्रशासनिक एवं बाजार संबंधी नीतियां

आरंभिक तुर्क सत्ता के उपरान्त दिल्ली सल्तनत की प्रशासनिक प्रकृति में गंभीर बदलाव आता है, तुर्क जातीयता व कुलीनता के प्रति विशेष आग्रह एवं राजतंत्र में धर्म की हस्तक्षेप की संभावनाएं न्यूनतम हो जाती हैं। अलाउद्दीन खिलजी ने सल्तनत के प्रशासनिक ढांचे का भारतीयकरण किया। इसके अन्तर्गत नियुक्तियों में योग्यता, कार्य क्षमता व निपरेक्षता के सिद्धांतों को मान्य किया गया। ऐसे में किसी विशेष कुलीन वर्ग से संबंधित होने से राजपद सुरक्षित रहेगा, की संभावना पूर्णतः समाप्त हो गई। खिलजियों ने शक्ति के बल पर सत्ता प्राप्त की थी, इससे यह भी स्थापित हुआ कि जिसके पास शक्ति है वह सत्ता पर काबिज़ हो सकता है। इसके लिए कुलीन होने की आवश्यकता नहीं है। अलाउद्दीन खिलजी ने नौकरशाही का गठन किया, इक्ता, ईनाम व अन्य अनुदान प्राप्त वर्गों के अधिकारों को समाप्त करके प्रशासनिक तन्त्र में समायोजित होने वाले वर्गों को नकद वेतन देने की परम्परा आरम्भ की। खिलजी राजतन्त्र की प्रकृति केन्द्रीकृत थी जिसके संचालन के लिए अमीर संवर्ग, स्थायी सेना व विशाल कर्मचारी वर्ग संगठित किया गया था। इन्हें वेतन आदि की सुविधाएं देने के लिए राजकोष का समृद्ध रहना आवश्यक था। ऐसे में प्रशासनिक सुगमता के लिए आर्थिक केन्द्रीकरण की नीति भी बनाई गई अर्थात् राज्य के द्वारा कृषि कार्यों एवं बाजार में प्रत्यक्ष हस्तक्षेप किया गया।

इल्तुतमिश से लेकर बल्बन के काल तक प्रशासनिक प्रकृति कमोबेश एक समान रही। भारतीय वर्गों को केन्द्रीय व प्रान्तीय सत्ता से दूर रखा गया और तुर्क जातीयता, कुलीनता व धर्म के सिद्धांतों पर विशेष आग्रह किया गया। हालाँकि

इल्तुतमिश को नवस्थापित सत्ता में मध्य एशिया से पलायन करके आने वाले तुर्कों का समर्थन प्राप्त हुआ। इससे इल्तुतमिश का शासन काल सुल्तान व अमीर के सम्बन्धों को लेकर एक आदर्श के रूप में प्रस्तुत किया जाता है। किंतु इसके उत्तराधिकारियों के काल में तुर्क अमीरों का सत्ता में वर्चस्व स्थापित हुआ जिससे बल्बन को सुल्तान की गरिमा में पुनर्स्थापित करने के लिए राजत्व व कठोर दण्डनीति का सहारा लेना पड़ा। बल्बन ने राजनीतिक नियुक्तियों में वंशावली अन्वेषण को सर्वाधिक महत्त्व दिया। इसके द्वारा वह अपनी वंशीय कुलीनता को अमीरों के मध्य स्थापित करवाना चाहता था जिससे वह दासता से मुक्ति व सुल्तान की हत्या के आरोप से स्वयं को मुक्त कर सके और यह स्थापित कर सके कि वह षडयन्त्र अथवा हत्या से शासक नहीं बना है, बल्कि यह ईश्वर की इच्छा थी। इन नीतियों के माध्यम से उसने अमीरों की आवाज तो बन्द कर दी किंतु कठोर दण्डनीति व निर्मम हत्या से योग्य अमीरों का अभाव हो गया। इससे आरम्भिक तुर्क सत्ता निश्चित रूप से कमजोर हुई। जियाउद्दीन बरनी ने बल्बन को ''खुफिया कातिल'' और ''बड़े पैमाने पर रक्तपात करवाने वाला शासक'' कहा है। बल्बन की मृत्यु के उपरान्त तीन वर्ष के भीतर ही सल्तनत की सत्ता खिलजियों के हाथ में आ गई। इस परिवर्तन को शासकीय प्रकृति के बदलाव के रूप में मूल्यांकित किया जाता है जिसे खिलजी क्रांति कहते हैं। क्रांति का तात्पर्य है–पूर्व की व्यवस्था में आमूल–चूल परिवर्तन। खिलजी सत्ता परिवर्तन में अनेक नवीन तत्त्व थे–जैसे कि प्रशासनिक नियुक्तियों में योग्यता, कार्यक्षमता व निरपेक्षता को सर्वोपरि महत्त्व दिया गया और एक ऐसे प्रशासनिक ढांचे की नींव रखी गई जिसमें समायोजित होने वाला वर्ग स्वत: व्यवस्था के प्रति आस्थावान बना रहे, उसे राजत्व उपदेश देने की आवश्यकता न पड़े। अलाउद्दीन ने नौकरशाही को केन्द्रीय राजकोष पर निर्भर करके उनके विद्रोही होने की मूल प्रवृत्तियों को नष्ट कर दिया। प्रशासनिक नियुक्तियों में योग्यता को सर्वोपरि महत्त्व देने से अमीरों में शक्ति अर्जित करके सुल्तान का पद प्राप्त करने की व्यावहारिक पृष्ठभूमि समाप्त हो गई। अमीर वर्गों के चयन में इन नवीन मूल्यों की स्थापना से सल्तनत में निरपेक्षता का स्थायी आधार निर्मित्त हुआ जिसे बाद के कालों में और अधिक संवर्द्धित किया गया।

अलाउद्दीन खिलजी ने दिल्ली की सत्ता कड़ा में सुल्तान जलालुद्दीन की हत्या करके प्राप्त की थी। ऐसे में उसके सामने सबसे बड़ी समस्या यह थी कि सुल्तान के परिवार के अन्य सदस्यों का किस प्रकार दमन करके दिल्ली पर अधिकार करे।

ऐसे में उसने देवगिरि से प्राप्त धन का बेहतर उपयोग किया और इससे एक बड़ी सेना गठित की। इसका उद्देश्य–शक्ति प्रदर्शन था। जिससे वह दिल्ली के अमीरों को यह दिखा सके कि वह सुल्तान बनने के योग्य है और उसके पास प्रजा का भी समर्थन है। इसके लिए उसने प्रचुर मात्रा में धन–दान दिया। जलालुद्दीन खिलजी की हत्या के उपरांत दिल्ली में मलिका–ए–जहां ने कद्र खान को रुक्नुद्दीन इब्राहिम के नाम से सुल्तान बना दिया था। उस समय जलालुद्दीन का सबसे योग्य पुत्र अर्कली खान मुल्तान का इक्तादार था। अलाउद्दीन के दिल्ली पहुंचने के उपरान्त मलिका–ए–जहां, रुक्नुद्दीन इब्राहिम और उनके कुछ समर्थकों ने दिल्ली को छोड़कर मुल्तान की राह पकड़ी। दिल्ली के अमीर जो अपने पदों पर बने रहना चाहते थे उन्होंने अलाउद्दीन की अधीनता स्वीकार कर ली। 21 अक्टूबर 1296ई. को अलाउद्दीन दिल्ली का सुल्तान बना। इसके अधिकारी वर्ग में बल्बनी अमीर, जलालुद्दीन से पृथक होकर आए अमीर एवं अलाउद्दीन के सहयोगियों का समन्वय था। इस तत्कालीन नीति का मूल प्रयोजन था–बिना किसी अतिरिक्त विवाद के अपनी स्थिति को मजबूत करना। अलाउद्दीन ने शक्ति को संगठित करने के उपरान्त आस्थावान अमीरों के माध्यम से प्रशासनिक ढांचे को मजबूत किया। इसके अन्तर्गत जलालुद्दीन से पृथक होकर आए गद्दार अमीरों को दरबार में मरवा दिया गया। अलाउद्दीन का कहना था– जो अमीर अपने स्वामी के प्रति आस्थावान नहीं है वह मेरे प्रति भी नहीं हो सकता है। जलालुद्दीन के परिवार को नष्ट करने के लिए उलुग खान व जफर खान को चालीस हजार घुड़सवार सेना के साथ मुल्तान भेजा गया। इनके द्वारा मुल्तान पर अधिकार करके पूर्व सुल्तान के पारिवारिक सदस्यों को बन्दी बनाकर दिल्ली लाया गया, जिनमें अर्कली खान व रुक्नुद्दीन इब्राहिम को अन्धा बना दिया गया और महिलाओं को शाही हरम में सम्मिलित कर लिया गया।

अलाउद्दीन खिलजी ने प्रशासनिक ढांचे को नियोजित करने एवं सत्ता को चुनौती देने वाले वर्गों का दमन करके राज्य विस्तार की योजना बनाई, जिसका प्रथम चरण गुजरात से आरम्भ हुआ। ऐसा माना जाता है कि इस अभियान के लिए गुजरात के शासक रायकर्ण बघेला के मंत्री माधव ने अलाउद्दीन को आमंत्रित किया था। हालाँकि गुजरात का आर्थिक एवं राजनीतिक महत्त्व था। इस पर अधिकार करने के उपरान्त अरब–अफ्रीकी देशों से समुद्री मार्ग से होने वाले व्यापार में लाभांश प्राप्त किया जा सकता था तथा गुजरात पर अधिकार दक्षिणी अभियानों के अत्यन्त अनुकूल था। शाही सेना ने 24 फरवरी 1299ई. को उलुग खान व नुसरत खान के सयुंक्त कमान में गुजरात की ओर प्रस्थान किया, इनका

राजधानी अन्हिलवाड़ पर अधिकार हो गया। यहां से धन व सम्पदा के साथ-साथ मलिक काफूर नामक अत्यन्त योग्य दास भी प्राप्त हुआ जिसने अलाउद्दीन के शासन में अन्तिम दशक के राजनीतिक अभियानों एवं प्रशासनिक निर्णयों में महत्त्वपूर्ण भूमिका निभाई। 1299ई. के अन्त में रणथम्भौर पर आक्रमण किया गया। इस अभियान का मूल कारण यह था कि गुजरात पर आक्रमण के दौरान अलाउद्दीन के अमीर मुहम्मदशाह और कमरू ने विद्रोह किया था। ये दोनों रणथम्भौर के शासक हमीर के शरण में थे, आक्रमण के पूर्व उलुग खान ने हमीर से इन्हें वापस देने के लिए कहा था किंतु ऐसा न होने पर अभियान की योजना बनाई गई। रणथम्भौर को विजित कर लिया गया किंतु इसमें नुसरत खान की मृत्यु हो गई। अलाउद्दीन ने इसके उपरान्त किसी भी राजपूत राज्य के विरुद्ध अभियान का संचालन नहीं किया। मध्ययुगीन परिस्थितियों में तोप व बारूद के बिना इस प्रकार के किलों का जीत पाना संभव नहीं था। वैसे भी राजपूत राज्यों ने दिल्ली सल्तनत के लिए पृथ्वीराज चौहान के उपरान्त कोई खतरा उत्पन्न नहीं किया था और न ही उनका कोई आक्रमण दिल्ली पर हुआ। राजपूतों का मध्ययुगीन राजनीतिक उत्कर्ष 15वीं शताब्दी में विकेन्द्रीकृत शासन व्यवस्था के उपरान्त ही संभव हुआ। ऐसे में जब कोई राजपूत शासक नजराना अथवा भेंट लेकर दिल्ली दरबार में उपस्थित होता था तो अलाउद्दीन उसे स्वीकार कर लेता था किंतु उसने अपनी ओर से संबंधों को बनाने की कोई पहल नहीं की, हालाँकि चित्तौड़ के शासक रत्न सिंह से उसके सौहार्द्रपूर्ण सम्बन्ध थे।

अलाउद्दीन के शासन का प्रथम दशक, सल्तनत में अपनी स्थिति को मजबूत करने एवं सीमावर्त्ती क्षेत्रों पर नियन्त्रण स्थापना के रूप में जाना जाता है। द्वितीय दशक, सल्तनत में उत्पन्न होने वाले विद्रोहों के उन्मूलन के उपाय खोजने एवं गंभीर प्रशासनिक-आर्थिक सुधारों को क्रियान्वित करने के रूप में मूल्यांकित किया जाता है। अलाउद्दीन खिलजी की प्रशासनिक सफलता एवं दूरदर्शी नीति निर्माण का सबसे बड़ा कारण यह था कि उसने सल्तनत को एक संस्था के रूप में स्थापित किया जिसमें अमीरों की सलाह का सर्वाधिक महत्त्व था। अकत खान के विद्रोह के उपरान्त इस समस्या पर विचार के लिए मजलिस-ए-खास (गुप्त परिषद) की बैठक बुलाई गई। परिषद के सदस्यों को यह स्वतन्त्रता दी गई कि वे सुल्तान से भयाक्रांत हुए बिना अपने विचारों को व्यक्त करें कि राज्य में होने वाले विद्रोह के क्या कारण हैं? मजलिस के मुख्य सदस्य काजी मुगीसुद्दीन ने विद्रोह के चार कारण बताए–प्रथम, अमीरों के पास धन का संग्रह होना। द्वितीय,

अमीरों के द्वारा परस्पर मद्यपान गोष्ठियों का आयोजन करना। तृतीय, अमीरों के मध्य परस्पर वैवाहिक सम्बन्धों की स्थापना और चतुर्थ, सुल्तान को जनता की मनोवृत्ति की जानकारी न होना। अमीरों के पास धन संकेन्द्रण का सबसे बड़ा कारण यह था कि उन्हें इक्ताओं में प्रशासनिक, सैन्य एवं राजस्व संग्रहण का दायित्व दिया गया था। विधान यह भी था कि इक्तादार अपनी सेना का गठन करे, उन्हें वेतन दे एवं समय-समय पर इस सेना का निरीक्षण केन्द्रीय विभाग के द्वारा करवाता रहे। इक्तादारों के ये अधिकार उन्हें विद्रोह एवं स्वतन्त्र सत्ता की स्थापना के लिए प्रोत्साहित करते थे। अलाउद्दीन ने इस समस्या का समाधान करते हुए समस्त इक्ताओं को खालसा में सम्मिलित करके अमीरों के विशेषाधिकारों को समाप्त कर दिया। प्रशासन के संचालन के लिए नौकरशाही पर आधारित अमीर वर्ग का निर्माण किया जिनकी पद-प्रतिष्ठा एवं वेतन पूर्णतः सुल्तान की कृपा पर निर्भर थे। ऐसे में अमीरों द्वारा विद्रोह करने की संभावनाएं स्वतः समाप्त हो गईं। अलाउद्दीन ने अमीरों के मध्य परस्पर वैवाहिक संबंधों की स्थापना पर पूर्णतः रोक लगा दी, बिना सुल्तान की अनुमति के ऐसा करने वाले अमीरों को दण्डित किया गया। अलाउद्दीन के द्वारा मद्यपान गोष्ठियों के आयोजन पर प्रतिबन्ध लगा दिया गया था। हालाँकि इसका कारण पूर्णतः राजनीतिक था, इसमें धार्मिक कारणों की कोई भूमिका नहीं थी। वस्तुतः मद्यपान गोष्ठी का आयोजन, सुल्तान के प्रति विद्रोही गतिविधियों को प्रोत्साहित करता था। अलाउद्दीन ने घर में मद्यपान करने पर कोई रोक नहीं लगाई थी, किंतु सार्वजनिक रूप से शराब बेचना निषिद्ध कर दिया। उसने प्रशासनिक मध्यस्थ अर्थात् इक्तादार व स्थानीय कुलीन वर्गों को सत्ता से पृथक करके अमीर संवर्ग के माध्यम से प्रजा से सम्पर्क स्थापित किया। अलाउद्दीन ने अमीरों की प्रत्येक गतिविधियों पर नजर रखने के लिए संगठित गुप्तचर प्रणाली बनाई। गुप्तचरों के द्वारा जनता की मनोवृत्ति की सूचना सुल्तान तक पहुंचाई जाती थी। अलाउद्दीन के द्वारा बाजार गुप्तचर मुनही का भी गठन किया गया। इनके माध्यम से वह बाजार की प्रत्येक गतिविधि की जानकारी प्राप्त करके आवश्यकतानुसार नीति निर्मित्त करता था। बरनी के अनुसार गुप्तचरों की क्रियाशीलता से अमीर वर्ग सदैव भयाक्रांत रहता था और ये सांकेतिक भाषा में ही एक दूसरे से संवाद करते थे।

अलाउद्दीन खिलजी ने व्यापक आर्थिक सुधार किए। इसके अन्तर्गत कृषकों से प्रत्यक्ष सम्बन्ध जोड़ा गया, आर्थिक बिचौलियों का दमन किया गया और बाजार सम्बन्धी गंभीर सुधार किए गए। हमें यह स्मरण रखना चाहिए कि किसी

भी शासक की नीतियां उसकी प्रशासनिक आवश्यकता से अनुप्रेरित होती हैं। अलाउद्दीन खिलजी के द्वारा केन्द्रीकृत प्रशासनिक व्यवस्था का निर्माण किया गया था। इसके अन्तर्गत अधिकार सम्पन्न इक्ता प्रणाली को समाप्त कर दिया गया और नौकरशाही के द्वारा प्रशासनिक ढांचे को मजबूती दी गई। इससे स्थायी सेना एवं कर्मचारियों का विशाल संवर्ग निर्मित्त हुआ। जिन्हें वेतन आदि सुविधाएं देने के लिए राजकोष का सम्पन्न रहना भी आवश्यक था। महत्त्वपूर्ण यह भी है कि इक्तादारों व स्थानीय कुलीनों को राजस्व संकलन का अधिकार प्राप्त था और सुल्तान के पास इनके आय स्रोतों की जानकारी का प्रशासनिक आधार नहीं था। इससे केवल दण्ड के द्वारा ही नियन्त्रण स्थापित करना संभव नहीं था। इसलिए अलाउद्दीन के द्वारा सल्तनत की प्रशासनिक प्रकृति में बदलाव किया गया जिसके मूल में अधिकार सम्पन्न कुलीनों के स्थान पर निर्देश व वेतन पर निर्भर नौकरशाही अन्तर्निहित थी। अलाउद्दीन ने आर्थिक सुधारों के द्वारा इन वर्गों के धन संग्रह के अधिकारों को समाप्त किया, राजस्व व व्यापार में विद्यमान बिचौलिया वर्ग का दमन किया और राज्य के आय स्रोतों में संवर्द्धन किया। ऐसा करके अलाउद्दीन ने न केवल विद्रोह को रोका बल्कि भावी शासकों के लिए कृषि सुधार की मजबूत आधारशिला भी रख दी।

अलाउद्दीन के आर्थिक सुधारों का सबसे विस्तृत वर्णन जियाउद्दीन बरनी ने किया है। बरनी के अनुसार स्थानीय कुलीन वर्गों को राजस्व सम्बन्धी विशेषाधिकार प्राप्त था। इनके द्वारा कृषक से राजस्व वसूल किया जाता था। इसके एवज में इन्हें "खती शुल्क" प्राप्त होता था किंतु इन वर्गों ने कृषकों का शोषण किया। खूत मुकद्दम एवं चौधरी के नियन्त्रण में रहने वाली पुश्तैनी कृषि भूमि का राजस्व भी इनके द्वारा कृषकों से ही वसूल लिया जाता था। इससे इनके पास धन का संकेन्द्रण भी हो गया था। अलाउद्दीन खिलजी ने इन वर्गों के अधिकारों को समाप्त करके आमिल के द्वारा राजस्व वसूल करने की नीति बनाई। इसके सम्बन्ध में दो नियम बनाए गए–पहला, राज्य में रहने वाला प्रत्येक व्यक्ति जो कृषि करता है, उसे प्रति विस्वा भूमि के आधार पर उत्पादन का 1/2 राजस्व देना होगा। दूसरा, प्रत्येक किसान के लिए मवेशियों की संख्या भी स्पष्टतः निर्धारित कर दी गई। फरिश्ता ने कृषकों के लिए निर्धारित पशुओं की संख्या का उल्लेख किया है, जिसके अन्तर्गत–चार बैल, दो गाएं, दो भैंसें, बारह बकरियां एवं बारह भेड़ें सम्मिलित थीं। पशुओं की संख्या निर्धारित मानक से अधिक होने पर पशुपालक को "चारागाह कर" देना होता था। इसके अतिरिक्त 'घरही' एवं 'घोड़ही' कर भी निर्धारित किया

गया था। घोड़ही कर घोड़ा पालकों से लिया जाता है क्योंकि घोड़े को व्यावसायिक पशु माना जाता था। इन सुधारों से सुल्तान का प्रजा से प्रत्यक्ष संबंध बना। राजस्व प्रशासन को नियोजित करने के लिए बड़ी संख्या में कर्मचारियों की नियुक्तियां की गई जिनमें आमिल के अतिरिक्त ''मुहस्सिल'' (राजस्व वसूल करने वाला) ''गुमाश्ता'' (केन्द्रीय प्रतिनिधि), ''मुतसर्रिफ'' (राजस्व दस्तावेज रखने वाला), 'नवीसिन्दा' (क्लर्क) और कार्यालय अधयक्ष सम्मिलित थे। सल्तनत के स्थानीय प्रशासन की सबसे बड़ी संमस्या यह थी कि शासक वर्ग की भाषा फारसी थी और कृषक हिन्दवी भाषा के जानकार थे। ऐसे में परस्पर विचारों का सम्प्रेषण नहीं हो पा रहा था। इस समस्या के निदान के लिए एक ऐसे वर्ग की आवश्यकता थी जो राजकीय एवं स्थानीय दोनों भाषाओं का जानकार हो। इसलिए बड़ी संख्या में राजस्व प्रशासन में फारसी व स्थानीय भाषा के जानकार वर्गों की नियुक्तियां की गई। वस्तुतः अलाउद्दीन के काल में प्रशासन के भारतीयकरण की वास्तविक प्रक्रिया आरम्भ हुई। अलाउद्दीन ने राजस्व प्रशासन में पारदर्शिता लाने एवं भ्रष्टाचार पर नियन्त्रण स्थापित करने के लिए गंभीर प्रयत्न किए। इसके अन्तर्गत भूमि मापन की नीति बनाई गई। अलाउद्दीन ने राजस्व मंत्री सर्फकयानी को निर्देशित किया कि वह साम्राज्य में स्थित भूमि की माप करवाए। इसके अन्तर्गत दिल्ली के निकटवर्ती क्षेत्रों, गंगा-यमुना के दोआब, बयाना व झायन की कृषि योग्य भूमि की माप करवाई गई। भूमि मापन का सकारात्मक पक्ष यह था कि इससे राज्य के लिए राजस्व से प्राप्त होने वाली आय का वास्तविक आकलन करना संभव हो गया, किंतु नौकरशाही व्यवस्था से भ्रष्टाचार की संभावनाएं भी बढ़ गई थीं। इसे नियंत्रित करने के लिए अलाउद्दीन ने कठोर दण्ड का निर्धारण किया और राजस्व कर्मचारियों के भ्रष्टाचार में लिप्त पाए जाने पर उन्हें सूखे कुओं में फेंक दिया जाता था।

अलाउद्दीन ने बाजार व्यवस्था में गंभीर सुधार किए और केन्द्रीकृत बाजार नीति लागू की। इसके अन्तर्गत खाद्यान्न एवं विलासिता की वस्तुओं पर राजकीय नियन्त्रण लगाया गया। हालाँकि यह सिद्धांत प्रशासनिक आवश्यकता से अनुप्रेरित था क्योंकि वह जानता था कि बाजार पर प्रभावी नियंत्रण के बिना विशाल नौकरशाही एवं स्थायी सेना के खर्च को वहन कर पाना संभव नहीं है। अलाउद्दीन ने सभी प्रकार के खाद्यान्नों का मूल्य निर्धारण किया। अमीर खुसरो और बरनी के अनुसार खाद्यान्न के मूल्यों में वृद्धि की अनुमति किसी को नहीं दी गई थी। यहां तक की अकाल पड़ने और खाद्यान्न के उत्पादन कम होने पर भी मूल्य नहीं बढ़ाए गए। मलिक कबूल को यह निर्देशित किया गया कि वह दिल्ली की खाद्यान्न आवश्यकता की

परिपूर्ति करें। मलिक कबूल के द्वारा अनाज का व्यापार करने वाले बंजारों को यमुना नदी के किनारे बसाया गया। इनके द्वारा दिल्ली के आसपास व दोआब क्षेत्रों से अनाज लाकर बाजारों में एकत्र किया जाता था। बंजारों के कार्यों की निगरानी के लिए शहना की नियुक्ति की गई थी। अलाउद्दीन का यह भी निर्देश था कि दिल्ली के सरकारी गोदामों में दोआब से राजस्व के रूप में अनाज एकत्र किया जाए और इसे संकट के समय ही उपयोग में लाया जाए।

अलाउद्दीन ने बाजार व्यवस्था पर नियंत्रण के लिए "सराय-ए-अदल" की स्थापना की थी। इसका शाब्दिक अर्थ है–न्याय का स्थान। किंतु व्यवहारतः यहां व्यापारिक वस्तुओं को एकत्र करके उनका मूल्य व मुनाफे की दर का निर्धारण किया जाता था। इस बाजार में बिचौलिए वर्ग की कोई भूमिका नहीं थी। सराय-ए-अदल को दीवान-ए-विज़ारत (वाणिज्य मंत्रालय) के अधीन रखा गया था। इसके द्वारा व्यापार पर पहली बार केन्द्रीय नियन्त्रण स्थापित किया गया। इसका दोहरा लाभ था–आर्थिक गतिविधियों पर नियन्त्रण लगाकर अनैतिक रूप से धनार्जन प्रवृत्ति को रोका गया एवं इसके माधयम से राज्य की आय में वृद्धि हुई। अलाउद्दीन के द्वारा सराय-ए-अदल से संचालित होने वाली व्यापारिक गतिविधियों के सामान्य नियम बनाए गए थे और इनका शक्ति से पालन किया जाता था। सुल्तान का आदेश था कि सरकारी अथवा निजी धन से खरीदी जाने वाली प्रत्येक वस्तु सराय-ए-अदल में लायी जाए। जो व्यापारी इस आदेश का पालन नहीं करता था उसकी समस्त वस्तुएं जब्त कर ली जाती थीं। यहां एकत्र की जाने वाली प्रमुख वस्तुओं में रेशमी कपड़ा, जड़ी-बूटियां, मेवा-मसाले व दीपक जलाने का तेल सम्मिलित था। प्रत्येक व्यापारी को "दीवान-ए-रियासत" में पंजीकरण करवाना अनिवार्य था और उन्हें एक दस्तावेज भी लिखना होता था जिसमें यह वर्णित होता था कि व्यापारी नियमित रूप से राज्य द्वारा निर्धारित की गई वस्तुओं को लाता रहेगा। सराय-ए-अदल का व्यापारिक प्रबन्धन व प्रशासन, मुल्तानी व्यापारियों के नियन्त्रण में था। इनमें मुख्यतः कपड़े के व्यापार करने वाले अनुभवी हिन्दू व्यापारी व बैंकर थे। इन्हें अलाउद्दीन ने अनेक व्यापारिक सुविधाएं प्रदान की थी। इसके अन्तर्गत अग्रिम धन का भुगतान, मुनाफे का आश्वासन एवं वस्तुओं के सुगम परिवहन के लिए भारवाही पशुओं की सुविधा उपलब्ध कराना सम्मिलित था। अलाउद्दीन का आदेश था कि सरांय-ए-अदल में एकत्र करने वाली कीमती वस्तुएं सामान्य जनता के लिए उपयोगी नहीं है इसलिए इन वस्तुओं को खरीदने वाले व्यक्ति को "परवाना नवीस" से आय का

प्रमाण-पत्र लेना होगा तथा सराय-ए-अदल का अधिकारी वस्तु को बेचने के बाद उसकी रसीद व्यक्ति को प्रदान करेगा। अलाउद्दीन के द्वारा ऐसा नियम बनाकर कालाबाजारी और मुनाफाखोरी पर प्रभावी अंकुश लगाया गया। अलाउद्दीन के द्वारा घोड़ों, दासों व मवेशियों के व्यापार पर भी नियन्त्रण लगाया गया। इस व्यापार से सम्बन्धित चार सामान्य नियम लागू किए गए–किस्म के आधार पर मूल्य का निर्धारण, धनपतियों का बहिष्कार, दलालों पर कठोर नियन्त्रण और अधिकारियों के द्वारा व्यापारियों की शक्ति से जांच पड़ताल। घोड़ों के व्यापार में मजबूरी को देखते हुए दलालों को स्वीकार कर लिया गया था क्योंकि घोड़े मध्य-एशियाई एवं अरब क्षेत्रों में पाले जाते थे। ऐसे में घोड़ों को केवल दलालों के द्वारा ही प्राप्त किया जा सकता था।

अलाउद्दीन के आर्थिक सुधारों को लेकर अनेक प्रकार के प्रश्न उठाए गए हैं। यह माना गया है कि उसका कार्यकाल इतना बड़ा नहीं था कि वह सम्पूर्ण साम्राज्य में कृषि व बाजार सुधार को लागू करने में सफल रहा हो। यह सत्य है कि कृषि भूमि की माप करवाना, कृषि-बिचौलियों का दमन करना और नौकरशाही के माध्यम से भू-राजस्व प्रशासन को संगठित करना अत्यन्त कठिन काम था। वस्तुतः अलाउद्दीन के द्वारा कृषि क्षेत्र में गंभीर सुधार की प्रक्रिया आरंभ की गई थी। जिसके मूल में कृषकों से राज्य के प्रत्यक्ष संबंध को बनाना, बिचौलिओं का दमन करना और भूमि-मापन के आधार पर राजस्व निर्धारित करना सम्मिलित था, इसे बाद के सुल्तानों ने विस्तारित किया। इसके अन्तर्गत मुहम्मद बिन तुगलक के तकाबी वितरण, ऊसर भूमि सुधार कार्यक्रम व सिंचाई की सुविधाओं का विस्तार तथा शेरशाह के स्थानीय राजस्व प्रशासन का प्रंबधन सम्मिलित है। इन्हीं आधारशिलाओं पर अकबर के द्वारा राजस्व व्यवस्था को परिपक्व किया गया। इसलिए जहां तक कृषि सुधारों का प्रश्न है यह माना जा सकता है कि ये दिल्ली व दोआब क्षेत्र में लागू किए गए होंगे। किंतु जहां तक बाजार से सम्बन्धित सुधारों का प्रश्न है, ये सुधार प्रशासनिक आवश्यकता से अनुप्रेरित थे। महत्त्वपूर्ण यह है कि अलाउद्दीन के आर्थिक सुधारों की सबसे बड़ी विशेषता खाद्यान्न के मूल्य की स्थिरता थी। ऐसा करके वह कम वेतन में सैनिकों व कर्मचारियों को संतुष्ट कर सकता था। इसलिए यह सुधार सम्पूर्ण साम्राज्य में विस्तारित रहा होगा। वैसे भी इसकी सफलता के लिए केवल नौकरशाही की सक्रियता व कठोर दण्डनीति अपेक्षित थी। अलाउद्दीन के आर्थिक सुधारों का मुख्य प्रयोजक प्रशासनिक नीतियों से जुड़ा हुआ है। सामंती युग में शासकों की नीतियां उनकी प्रशासनिक आवश्यकता से जुड़ी होती थीं। उन्हें लागू

करने में कभी-कभी जनमानस को भी लाभ हो जाया करता था। अलाउद्दीन के भू-राजस्व एवं बाजार सुधारों से जनता भी लाभान्वित हुई, कठोर बाजार नियन्त्रण से जनमानस को मिलावट के बिना एवं राज्य द्वारा निर्धारित मूल्य पर वस्तुएं प्राप्त हुईं। भू-राजस्व संकलन से वंशानुगत वर्गों को हटा देने से जनता को अनैतिक कर भारों से मुक्ति भी प्राप्त हुई।

16

मुहम्मद बिन तुगलक: धार्मिक-राजनीतिक विचार व महत्त्वाकांक्षी योजनाएं

अलाउद्दीन खिलजी की नीतियों एवं विचारों ने सल्तनत के प्रशासन की प्रकृति को परिवर्तित कर दिया था। इसके मूल में योग्यता व निरपेक्षता के सिद्धांत समाहित थे। कालान्तर में मुहम्मद बिन तुगलक ने इन विचारों को और अधिक परिपक्वता दी, इसे अलाउद्दीन के सिद्धांतों का वास्तविक विस्तारक भी माना जा सकता है। मुहम्मद बिन तुगलक के राजनीतिक व धार्मिक विचारों में दूरदर्शिता एवं भारतीयों का शासक बनने की व्यापक अनुभूति प्राप्त होती है। उसकी योजनाएं भविष्योन्मुखी थी किंतु क्रियान्वयन के तरीकों में परिपक्वता न होने के कारण वे सफल नहीं हो सकी। अलाउद्दीन खिलजी ने दिल्ली सल्तनत के प्रशासन को एक संस्था के रूप में संचालित किया था। जिसके अन्तर्गत अनुभवी अमीरों की सलाह को सर्वोच्च वरीयता दी गई, जबकि मुहम्मद बिन तुगलक की बौद्धिकता प्रशासन के संचालन का मूलाधार रही इसमें अमीरों की सलाह को महत्त्व नहीं दिया गया।

मुहम्मद बिन तुगलक की नीतियों व विचारों को जानने से पूर्व समसामयिक इतिहासकारों के दृष्टिकोणों का भी अध्ययन आवश्यक है। सल्तनत काल के इतिहास लेखन की दो परम्पराएं प्राप्त होती हैं—प्रथम, सामाजिक सांस्कृतिक विषयों को लेखन का आधार बनाया गया, इसमें अलबरुनी व अमीर खुसरो जैसे इतिहासकार सम्मिलित थे। द्वितीय—राजनीतिक एवं आर्थिक विषयों पर गंभीर दृष्टिकोण प्रस्तुत किया गया, इनमें उलेमा वर्ग से सम्बन्धित बरनी, इसामी, इब्नबतूता व अफीक जैसे इतिहासकार सम्मिलित थे। ऐसे में इनका अन्तर्निहित उद्देश्य उलेमा एवं कुलीन उमरा वर्ग के हितों का संरक्षण व इस्लाम के सिद्धांतों के माध्यम से सुल्तान को

राजनीतिक निर्देशन करना था। किंतु मुहम्मद बिन तुगलक के विचार इनके सिद्धांतों के पूर्णत: प्रतिकूल थे। सुल्तान का यह मानना था कि उलेमा वर्ग अपने हितों के संदर्भ में सिद्धांतों का निर्माण अथवा व्याख्या करता है, अन्यथा वह अलाउद्दीन के निरंकुश शासन का समर्थन न करता। मुहम्मद बिन तुगलक की नीतियां, धर्म-निरपेक्षता एवं सार्वभौमिक बुद्धिवाद के सिद्धांतों से अनुप्रेरित थी। इसमें प्रशासन में पद व प्रतिष्ठा प्राप्त करने में केवल कार्य योग्यता को ही विशेष महत्त्व दिया गया। किसी कुलीन वर्ग से सम्बन्धित होने पर राजपद सुरक्षित रहेगा, इस विचारधारा का कोई महत्त्व नहीं था। सुल्तान के ये सिद्धांत उलेमाओं के हितों के साथ-साथ परम्परागत कुलीन अमीरों के लिए भी अनुकूल नहीं थे। ऐसे में उलेमा वर्ग से सम्बन्धित इतिहासकारों ने मुहम्मद बिन तुगलक की कटु आलोचना की। इनके द्वारा सुल्तान को 'विरोधाभासों का सम्मिश्रण', 'बड़े पैमाने पर रक्त बहाने वाला' एवं 'अत्याचारी शासक' कहा गया है। महत्त्वपूर्ण यह है कि वर्तमान में सल्तनत के शासकों के बारे में जो कुछ भी सामग्री उपलब्ध है वह समसामयिक लेखकों का दृष्टिकोण है। ऐसे में यह नहीं माना जा सकता कि इनके वर्णन पूर्ण रूप से किसी भी सुल्तान के व्यक्तित्व को प्रस्तुत कर सकते हैं। वस्तुत: विचारों की अभिव्यक्ति में सामाजिक-सांस्कृतिक मान्यताओं एवं व्यक्तिगत आवश्यकताओं का गंभीर पूर्वाग्रह होता है। इससे किसी भी लेखक के द्वारा व्यक्त की गई भावनाएं उसके व्यक्तिगत उद्‌गार को अधिक स्पष्ट करती हैं। ऐसे में मुहम्मद बिन तुगलक की नीतियों व कार्यों का मूल्यांकन करते समय समसामयिक इतिहासकारों के पूर्वाग्रहों का भी ध्यान रखना आवश्यक है।

मुहम्मद बिन तुगलक की राजनीतिक एवं धार्मिक मान्यताएं निरपेक्षता के मूल्यों से अनुप्रेरित थी। उसके द्वारा तत्कालीन प्रशासनिक आवश्यकता के अन्तर्गत नीतियां निर्मित्त व क्रियान्वित की गईं। उसने किसी भी समस्या के समाधान के लिए परम्पराओं एवं प्रचलित रूढ़िवाद का निर्देशन नहीं लिया, बल्कि बुद्धिवाद व तर्क को महत्त्व दिया। सुल्तान समस्त भारत को एकता के सूत्र में आबद्ध करना चाहता था जिसमें राजनीतिक-प्रशासनिक एकीकरण के साथ-साथ सांस्कृतिक एकरूपता के तत्त्व भी अन्तर्निहित थे। मौर्य शासक अशोक के उपरान्त इस प्रकार के विचारों की परिकल्पना किसी अन्य भारतीय शासक के द्वारा नहीं की गई थी। मुहम्मद बिन तुगलक ने अपने समसामयिक धार्मिक विद्वानों का यथोचित सम्मान किया, इसमें इस्लामिक विद्वानों के साथ-साथ जैन व हिन्दू धर्म के विद्वान सम्मिलित थे। मुहम्मद बिन तुगलक ने शेख निजामुद्दीन औलिया के विचारों का सदैव सम्मान

किया, उनके प्रवचन को सुनने के लिए व नियमित रूप से खानकाह जाया करता था। ऐसे ही जैन विद्वान राजशेखर व जिन प्रभा सूरी से उसके भावनात्मक सम्बन्ध थे। इनसे धार्मिक-दार्शनिक विषयों पर गंभीर चर्चा करता था। फिरोज तुगलक ने अपनी जीवनी में लिखा है कि सुल्तान मुहम्मद बिन तुगलक मंदिरों में जाकर धार्मिक समारोह में भाग लिया करता था, जिनमें पतलीना का शत्रुजन्य मंदिर प्रमुख है। सुल्तान, होली त्योहार का सबसे बड़ा प्रशंसक था। इसने हिन्दू धार्मिक मान्यताओं, त्योहारों व दार्शनिक मूल्यों का सम्मान किया। सुल्तान ने दिल्ली में गौशालाओं का भी निर्माण करवाया। अजमेर के शेख मुइनुद्दीन चिश्ती और बहराइच के सलार मसूद गाजी की दरगाह पर जाने वाला मुहम्मद बिन तुगलक दिल्ली का पहला सुल्तान था। इन स्थानों पर जाकर उसने प्रचुर मात्रा में चांदी के टंके दान में दिए। मुहम्मद बिन तुगलक के राज्य में सभी को अपने धार्मिक विचारों के अनुरूप जीवनयापन की स्वतन्त्रता थी। सुल्तान के राजनीतिक विचारों का मूलाधार "सार्वभौमिक बुद्धिवाद" था। उसके धर्म निरपेक्ष, बुद्धिवादी और योग्यता को प्रश्रय देने वाले विचारों ने परम्परागत योग्य अमीरों के साथ-साथ भारतीय वर्गों को भी सत्ता के उच्च शिखर पर पहुंचने का अवसर दिया। इसके काल में अनेक योग्य भारतीयों को उच्च पद दिए गए, दीवाने-ए-विजारत का प्रमुख पीरा माली को बनाया गया, अवध का इक्तादार कृष्ण नारायण बना। इसके अतिरिक्त दक्षिण में हरिहर व बुक्का को कम्पिल का शासन सौंपा गया।

मुहम्मद बिन तुगलक सल्तनत का एक मात्र अन्तर्राष्ट्रीय मान्यता प्राप्त शासक था। इसने द्विपक्षीय व्यापार के विकास में राजनयिक सम्बन्धों के महत्त्व को भली-भांति समझ लिया था, इसलिए इसने दिल्ली सल्तनत का पश्चिमोत्तर क्षेत्र में सीमा विस्तार किया और यह उद्देश्य रखा कि चीन, ईरान एवं मध्य एशियाई व्यापार में भारत का वर्चस्व किस प्रकार बढ़ाया जाए। इसी परिप्रेक्ष्य में खुरासान अभियान की योजना बनाई गई, जिससे प्राचीन सिल्क मार्ग पर वर्चस्व स्थापित किया जा सके। इस योजना को कार्यरूप देने के लिए सुल्तान ने पड़ोसी देशों के साथ घनिष्ठ राजनयिक संबंध बनाए, राजदूतों का आदान-प्रदान किया एवं व्यापार को आकर्षित करने के लिए आयात-निर्यात करों में कमी की। मध्ययुगीन परिस्थितियों में भी राजदूतों की भूमिकाएं देश के राजनयिक हितों से जुड़ी होती थीं। इनके द्वारा राज्य की गरिमा की स्थापना के साथ-साथ अनुकूल व्यापारिक संभावनाओं की तलाश भी की जाती थी। अन्तर्राष्ट्रीय व्यापार को प्रोत्साहन देने के लिए मुहम्मद बिन तुगलक ने 1340ई. में आयात-निर्यात के दौरान लिए जाने वाले तट कर में

कमी की, ऐसा करने वाला वह सल्तनत का पहला सुल्तान था। मुहम्मद बिन तुगलक ने विभिन्न देशों में अपने राजनयिकों की नियुक्तियां कीं और दिल्ली में भी अनेक राजनयिक प्रतिनिधि आए जिनमें सुल्तान मूसा के द्वारा भेजा गया ईराकी प्रतिनिधि मण्डल, चीन के शासक तोगान तैमूर का भेजा गया प्रतिनिधि मण्डल एवं ख्वारिज्म शासक का प्रतिनिधि मण्डल प्रमुख है। ईरान के शासक अबू सईद खान ने भी यज्द-बिन-यज्द को राजदूत बनाकर दिल्ली भेजा।

मुहम्मद-बिन-तुगलक की विभिन्न योजनाएं किंवदंतियों का अंग बन चुकी हैं। इन योजनाओं से उसकी सनक को दर्शाने का प्रयत्न किया जाता है। हालांकि उसकी योजनाओं में वर्तमान व भविष्योन्मुखी जीवन दर्शन था, किंतु क्रियान्वयन के ठीक न होने से उन्हें अपेक्षित सफलता नहीं मिल सकी। सुल्तान की एक कमजोरी यह थी कि उसने योजनाओं के निर्माण के पूर्व विशेषज्ञ अमीरों की सलाह नहीं ली। मुहम्मद बिन तुगलक ने देवगिरि में अपनी द्वितीय राजधानी का निर्माण किया जिसका प्रयोजन दक्षिणी साम्राज्य पर नियंत्रण करना था। अलउमरी कहता है कि सल्तनत की दो राजधानियां हैं—दिल्ली एवं देवगिरि (कुब्बत-उल-इस्लाम)। मुहम्मद बिन तुगलक ऐसा करने वाला पहला सुल्तान नहीं था। प्राचीन काल में कुषाणों ने पेशावर व मथुरा तथा गुप्तों ने पाटिलपुत्र व प्रयाग को राजधानी बनाया था। इसका मूल प्रयोजन तत्कालीन सीमित यातायात के साधनों के मध्य विशाल साम्राज्य पर नियन्त्रण स्थापित करना होता था। दिल्ली के सुल्तानों की दक्षिण नीति का आरंभ अलाउद्दीन से होता है। अलाउद्दीन के द्वारा दक्षिणी रियासतों के धन दोहन की नीति बनाई गई और इसके लिए रियासतों से संघर्ष के उपरान्त मित्रवत संबंध बनाए गए, दक्षिण राज्यों के परस्पर वैमनस्य ने इसमें मदद की। अलाउद्दीन यह जानता था कि तत्कालीन संसाधनों के मध्य दिल्ली से सुदूर दक्षिण पर नियंत्रण कर पाना संभव नहीं है। मुबारक खिलजी पहला सुल्तान था जिसने दक्षिण में साम्राज्य विस्तार की नीति बनाई और देवगिरि को सल्तनत का अंग बना लिया। गयासुद्दीन तुगलक ने वारंगल पर विजय प्राप्त की और मुहम्मद बिन तुगलक के द्वारा दक्षिण विजय पूर्ण की गई। दक्षिण साम्राज्य पर नियंत्रण को प्रभावी करने के लिए देवगिरि को प्रशासनिक केन्द्र बनाया गया। साथ ही साथ उलेमाओं व सूफियों को धर्म प्रचार के लिए दक्षिण में सक्रिय किया गया। यह प्रयोजन सहधर्मियों की संख्या को बढ़ाकर उन्हें प्रशासनिक कार्यों में नियोजित करने से जुड़ा हुआ था। दिल्ली से देवगिरि के मध्य सड़क का निर्माण किया गया और परस्पर व्यापार को गतिशीलता दी गई। इससे दक्कन क्षेत्र में सामाजिक-धार्मिक आन्दोलन की सामाजिक

पृष्ठभूमि भी उत्पन्न हुई जिसमें सूफीवाद एवं मराठवाड़ा संतों के आन्दोलन सम्मिलित थे जिनके द्वारा मानव-प्रेम, समानता एवं एकेश्वरवाद का उपदेश दिया गया। उसकी प्रतिक्रिया राजनीतिक क्षेत्र में भी उभरकर सामने आई। दक्षिण में बहमनी, माबर व विजयनगर रियासतों का जन्म हुआ। हालांकि द्वितीय राजधानी स्थापना का तत्कालीन प्रभाव ठीक नहीं रहा। सुल्तान के द्वारा दक्षिणी साम्राज्य को पांच प्रान्तों में विभाजित करके कम्पिल को छोड़कर अन्य प्रान्तों में अमीर-ए-सादा की नियुक्तियां की गईं। इन्हें अपने क्षेत्र में सैन्य संचालन व राजस्व संग्रहण का अधिकार था। महत्त्वपूर्ण यह है कि अमीर-ए-सादा, मंगोल अमीर थे। इनकी आस्था भी सुल्तान के प्रति कम थी। सुल्तान ने विभिन्न वर्गों के अमीरों को केंद्रीय व प्रान्तीय सेवाओं में सम्मिलित किया था। इससे परस्पर हितों को लेकर गुटबंदी व द्वन्द्व उत्पन्न हो गया था। मुहम्मद बिन तुगलक की कठोर दण्डनीति के विरुद्ध अमीरों ने व्यापक विद्रोह किया। इसका फायदा उठाकर मंगोल अमीरों ने भी स्वयं को संगठित कर लिया और धीरे-धीरे स्वतंत्र रियासतें स्थापित कर लीं। 1334ई. में एहसानशाह ने माबर राज्य एवं 1347ई. में अलाउद्दीन बहमनशाह ने बहमनी राज्य की स्थापना की।

प्रतीक मुद्रा के प्रचलन का प्रयोजन भी यथार्थवादी चिंतन का मूर्त पक्ष था, उन दिनों चांदी की विश्वव्यापी कमी हो गई थी जबकि मध्य एशियाई व अरब क्षेत्रों के साथ व्यापार में चांदी का ही विनिमय होता था। भारत में चांदी की आपूर्ति का एकमात्र क्षेत्र बंगाल था। इसके यहां से मांग के अनुसार आपूर्ति नहीं हो पा रही थी। सुल्तान ने इस संकट से निपटने के लिए चांदी के सिक्के के मानक मूल्य के आधार पर कांसे का सिक्का जारी किया। वस्तुतः इस सिक्के का आधार, उपादेयता व मूल्य सुल्तान पर किए जाने वाले विश्वास पर आधारित था। इसके सफल होने की मूल शर्त यह थी कि जनता व व्यापारी इसे भुगतान में स्वीकार करें। किंतु इस प्रकार के प्रयोग किए जाने के पूर्व यह जानना आवश्यक था कि सिक्के की मानकता को बनाए रखने के कौन-कौन से मुख्य आधार हैं। किंतु ऐसा कोई भी कार्य नहीं किया जा सका। टकसाल पर शासकीय नियन्त्रण के अभाव, गुप्तचर व्यवस्था की कमजोरी एवं प्रशासनिक नियन्त्रण व कठोर दण्डनीति के अभाव के कारण जनमानस के द्वारा स्वयं कांसे के बर्तनों को गलाकर सिक्के बनाए जाने लगे। इससे प्रभूत मात्रा में कांसे के सिक्के बाजार में पहुंच गए। व्यापारियों ने इन सिक्कों से भुगतान लेने से मना कर दिया, इससे इस योजना को स्थगित करना पड़ा।

मुहम्मद बिन तुगलक की खुरासान अभियान की योजना तमगासरीन के साथ मैत्रीपूर्ण संबंधों का परिणाम थी। सुल्तान के सम्मुख सबसे बड़ी समस्या यह थी

कि बिना पड़ोसी देशों की मित्रता के खुरासान अभियान संचालित नहीं हो सकता था। भारत से खुरासान का सैन्य अभियान करने में विषम जलवायु सबसे बड़ी बाधा थी। अफगानिस्तान के क्षेत्रों में विद्यमान बोलन व खैबर दर्रों में अक्टूबर से मार्च तक व्यापक बर्फबारी होने के कारण मार्ग बंद हो जाते हैं। ऐसे में दिल्ली से अभियान संचालित करने में समस्याएं थीं। क्योंकि ऐसा होने पर सेनाओं को मार्च से अक्टूबर के मध्य खुरासान विजय करके वापस लौटना अनिवार्य था, यह संभव नहीं हो सकता था। इसके लिए मुहम्मद बिन तुगलक ने त्रिमैत्री संगठन का निर्माण किया। इसमें ईरान व ट्रांसआक्सियाना के शासक सम्मिलित थे। सुल्तान का मानना था कि दिल्ली की सेनाएं इन क्षेत्रों में जाकर लम्बे समय तक रुककर अभियान की सफलता को सुनिश्चित कर सकती हैं। योजना में एक स्पष्ट दूरदर्शिता थी। किंतु ईरान का अबु सईद इस योजना को अन्तर्मन से स्वीकार नहीं कर पा रहा था। उसे भय था कि खुरासान में दिल्ली सल्तनत का वर्चस्व ईरान के लिए भी खतरा उत्पन्न कर सकता है। ऐसे में उसने ट्रांसआक्सियाना में विद्रोह उत्पन्न करवा के तमगासरीन की हत्या करा दी और योजना से पीछे हट गया। इस अभियान की सफलता का अर्थ–चीन, मध्य एशिया, फारस व यूरोप के साथ होने वाले स्थलमार्गीय व्यापार में सल्तनत का वर्चस्व था। किंतु ऐसा नहीं हो सका। खुरासान अभियान स्थगित किया गया, यह असफल योजना नहीं थी।

सुल्तान ने दोआब में राजस्व कर में वृद्धि की। यह वृद्धि राजस्व का 1/10 से 1/20 भाग के बराबर थी जिसे अनुचित नहीं माना जा सकता है, लेकिन राजस्व कर में वृद्धि का वर्ष अकाल युक्त था। अधिकारियों के द्वारा राजस्व वसूलने में की गई कठोरता से कृषकों ने राजस्व देने से मना कर दिया। सुल्तान ने दोआब के कृषक विद्रोह को दबाने के लिए सेना का उपयोग किया किंतु जब उसे अकाल की जानकारी हुई तो उसने कृषकों के भू-राजस्व को माफ कर दिया, उन्हें तकाबी (कृषि ऋण) दी और ऊसर व जंगली भूमि को कृषि योग्य बनाने का व्यापक कार्यक्रम बनाया। ''दीवान-ए-अमीरेकोही'' विभाग के द्वारा कृषि-भूमि का विस्तार करवाया गया एवं अधिक धन देने वाली फसलों के उत्पादन को प्रोत्साहन दिया गया। कृषि भूमि की देख-रेख के लिए शिकदारों की नियुक्तियां की गईं। बंजर भूमि को कृषि योग्य बनाने वाले ग्रामीण समूहों को पुरस्कृत किया गया। बरनी के अनुसार 1340 से 1343ई. की अवधि में सुल्तान का मुख्य प्रयास कृषि उत्पादन को बढ़ाना था। इब्नबतूता ने भी वर्णित किया है कि सुल्तान ने सरकारी धन से कुएं खुदवाए और कृषकों को बीज व कृषि उपकरण उपलब्ध करवाए। मुहम्मद बिन

तुगलक ने सल्तनत में "राजकीय-कृषि नीति" का निर्माण किया और ग्रामीण क्षेत्रों में "साझा-कृषि" को प्रोत्साहित किया।

इस प्रकार यथार्थवादी एवं निरपेक्ष विचारों से युक्त मुहम्मद बिन तुगलक को सल्तनत का प्रबुद्ध सुल्तान माना जा सकता है जिसने निरपेक्षता को सर्वाधिक महत्त्व दिया, व्यापारिक गतिविधियों के विस्तार में राजनयिक संबंधों की महत्ता को भली-भांति समझा। सुल्तान के विचारों व कार्यों में अकबर की सुलह-ए-कुल की नीति का आरम्भिक चरित्र प्राप्त होता है किंतु उलेमाओं के राजनीति में हस्तक्षेप एवं तुर्क अमीरों की महत्वाकांक्षाओं ने सुल्तान के निरपेक्ष विचारों को महत्त्वहीन करने का प्रयत्न किया। वैसे भी बरनी व इसामी जैसे समकालीन इतिहासकारों के कुलीनता एवं धार्मिक संकीर्णता से युक्त विचार मुहम्मद-बिन-तुगलक का मूल्यांकन करने में असमर्थ थे।

17

फिरोज तुगलक: राजनीतिक-प्रशासनिक नीतियां व लोकहित कार्य

मुहम्मद बिन तुगलक के प्रति तुर्की अमीरों व उलेमाओं के परस्पर अविश्वास एवं विद्रोही प्रवृत्ति के मध्य फिरोज तुगलक का राज्यारोहण हुआ। फिरोज के मनोनयन में इन वर्गों की प्रमुख भूमिका थी। ऐसे में फिरोज के राजनीतिक सिद्धांतों में इस्लामिक विचारधारा का प्रभाव प्राप्त होता है। फिरोज ने मुहम्मद बिन तुगलक के राजनीतिक दृष्टिकोण से पृथक नीतियों का निर्माण किया। जिसके अंतर्गत अमीरों व उलेमाओं को अनेक विशेषाधिकार दिए गए जिनमें पद को वंशानुगत करना, भूमि अधिन्यास व्यवस्था, उलेमाओं को भूमि अनुदान प्रदान करना और प्रान्तीय राज्यपालों को विशेषाधिकारों के साथ वंशानुगत करना सम्मिलित था। इन नीतियों के क्रियान्वयन से अमीर व उलेमा तो संतुष्ट हुए किंतु सल्तनत के प्रशासन को स्थायित्व देने वाला केंद्रीयकृत ढांचा नष्ट हो गया और विकेंद्रीकरण की प्रवृत्तियां मजबूत हुईं, जिसका परिणाम 15वीं शताब्दी के राजनीतिक विघटन के रूप में सामने आया।

फिरोज तुगलक 45 वर्ष की परिपक्व आयु में दिल्ली का सुल्तान बना था। यह सभी जानते थे कि सुल्तान मुहम्मद बिन तुगलक का कोई पुत्र नहीं है और न ही उसने अपना उत्तराधिकारी ही नियुक्त किया है। फिरोज तुगलक उसका सबसे नजदीकी था। सल्तनत की राजनीतिक अव्यवस्था के मध्य उलेमाओं व उमराओं के सहयोग से फिरोज सुल्तान बना, शासक बनने के उपरान्त उसने इनके हितों का संरक्षण किया। फिरोज के सामने सबसे बड़ी समस्या अमीरों के विद्रोह को नियन्त्रित करना था, इसके लिए उसने शासन के दूसरे वर्ष ही बंगाल का भी अभियान किया। बंगाल में हाजी इलियास ने स्वयं को स्वतन्त्र शासक

बना लिया था। इसने सल्तनत के आक्रमण से सुरक्षा की दृष्टि से राजधानी को लखनौती से पाण्डुआ में हस्तांतरित कर दिया था। दिल्ली में सत्ता परिवर्तन के उपरान्त उत्पन्न हुई अव्यवस्था के कारण इलियास ने बिहार के एक बड़े भू-भाग पर अधिकार कर लिया था, इससे वह दिल्ली सल्तनत पर भी आक्रमण कर सकता था क्योंकि उसके अधिकार में गंगा घाटी का एक बड़ा क्षेत्र आ गया था और यह सैन्य अभियानों में परिवहन का एक सुगम माध्यम था। इन परिस्थितियों में फिरोज ने नवम्बर 1353 ई. में बंगाल की ओर कूच किया। इसके साथ पूर्वी उत्तर प्रदेश एवं बिहार के बड़े हिन्दू सरदार भी सेना सहित सम्मिलित थे। कोसी नदी पार करके फिरोज ने इलियास को पराजित किया। हालांकि ऐसा माना जाता है कि इलियास के साथ फिरोज की मित्रता-संधि हो गई थी, बाद के कालों में दोनों के मध्य अनवरत उपहारों का आदान-प्रदान होता रहा। इलियास के मृत्यु के उपरान्त सुल्तान सिकन्दर ने दिल्ली से संबंध विच्छेद कर लिया था। इससे फिरोज ने 1359ई. में बंगाल पर आक्रमण करके सिकन्दर को पराजित किया। इस युद्ध में उड़ीसा के गणपति शासक बीरनभानुदेव ने सिकन्दर की सैन्य सहायता की थी इससे फिरोज ने जाजनगर पर आक्रमण किया। फिरोज ने गणपति शासक को पराजित करके उसे राजस्व का एक हिस्सा देने के लिए बाध्य किया। 1365ई. के सर्दी के दिनों में फिरोज ने कांगड़ा का अभियान किया। ऐसा माना जाता है कि फिरोज ने मार्ग में पड़ने वाले ज्वालामुखी मंदिर में देवताओं के दर्शन किए एवं यहां से फिरोज के द्वारा संस्कृत भाषा की पुस्तकों का संग्रह करके उन्हें दिल्ली लाया गया। लगभग सात माह की घेराबंदी के बाद कांगड़ा के शासक ने फिरोज की अधीनता स्वीकार कर ली। 1365ई. में फिरोज ने निचले सिंध क्षेत्र में स्थित थट्टा का अभियान किया। यह सल्तनत का सबसे अव्यवस्थित अभियान माना जाता है। यहां की विषम जलवायु एवं प्रदूषित जल के कारण फिरोज की सेना के लगभग तीन चौथाई घोड़े मर गए थे। थट्टा में जन विद्रोह के कारण दिल्ली की सेना पराजित हो गई थी।

फिरोज तुगलक के द्वारा दिल्ली सल्तनत में कुछ नवीन परम्पराओं का प्रचलन किया गया। उसने यह नियम बनाया कि शुक्रवार के खुत्बे में केवल उसका ही नाम नहीं बल्कि दिल्ली के समस्त सुल्तानों का नाम पढ़ा जाए जिनमें शिहाबुद्दीन बिन साम, इल्तुतमिश, नासिरुद्दीन महमूद, बल्बन, जलालुद्दीन खिलजी, अलाउद्दीन खिलजी, मुबारक खिलजी, गयासुद्दीन तुगलक एवं मुहम्मद बिन तुगलक के नाम

सम्मिलित होंगे। फिरोज ने ऐसा करके पूर्व सुल्तानों के प्रति सम्मान व्यक्त किया। फिरोज के राजत्व सिद्धांतों में धर्म के प्रति आदर एवं धार्मिक व्यक्तियों के प्रति उदारता के विचार प्राप्त होते हैं। वैसे भी मुहम्मद बिन तुगलक की कठोर दण्डनीति से अमीर वर्ग भयाक्रांत होकर विद्रोही हो गए थे। फिरोज की यह उदारता सल्तनत की स्थिरता का आधार बन सकती थी। फिरोज ने जनता की सहानुभूति प्राप्त करने के लिए मुहम्मद बिन तुगलक के द्वारा दिए गए दो करोड़ टंका की तकाबी को माफ कर दिया, ऋण पंजिकाएँ दरबार में जलवा दी गईं।

जियाउद्दीन बरनी कहता है कि फिरोजशाह के शासन की स्थिरता का सबसे बड़ा कारण मृत्युदण्ड का निषेध था। मध्ययुग में विद्रोही मन:स्थिति पर नियन्त्रण के लिए कठोर दण्ड देना राजत्व नीतियों का मूलाधार था किंतु फिरोज ने राजनीतिक अपराधों के लिए मृत्युदंड का निषेध कर दिया। उसका मानना था कि शरीयत में राजतन्त्र को मान्यता नहीं दी गई है। ऐसे में राजद्रोह या सुल्तान के विरुद्ध अपराध करने पर कोई भी दण्ड निर्धारित नहीं हो सकता है। हालांकि हत्या, चोरी व लूट के अपराधों में दण्डनीति में कोई परिवर्तन नहीं किया गया था। इसके लिए शरीयत में वर्णित नियमों का अक्षरश: पालन किया जाता था। फिरोज की नीतियों के कारण अमीर वर्ग भयमुक्त होकर अपनी राजनीतिक स्थिति को मजबूत करने में प्रयत्नशील हो गया। बरनी के अनुसार फिरोजशाह के राज्य के स्थायी होने का एक कारण यह आदेश भी था कि खराज व जजिया, उत्पादन के अनुसार ही लगाए जाएं। फिरोज ने शरीयत के कर-सिद्धांतों के अनुकूल न होने वाले 28 करों को समाप्त कर दिया और केवल चार कर - खराज, जकात, खुम्स व जजिया ही जनमानस से प्राप्त किए गए।

फिरोज तुगलक ने केन्द्रीय पदाधिकारियों, प्रान्तीय राज्यपालों एवं सैनिकों के पद वंशानुगत कर दिए एवं अधिकांश सैनिकों को वेतन के एवज में भूमि प्रदान की जाने लगी, यह विलक्षण प्रशासनिक प्रणाली थी। दिल्ली के पूर्ववर्ती किसी भी सुल्तान ने इस व्यवस्था को मान्य नहीं किया था। इल्तुतमिश से लेकर मुहम्मद बिन तुगलक तक के योग्य शासकों ने नौकरशाही व्यवस्था को मजबूत करने का प्रयत्न किया और अमीरों व सैनिकों को कार्य के एवज में नकद वेतन देने पर जोर दिया। फिरोज ने यह नियम बनाया था कि जिस अधिकारी व सैनिक को सेवा के एवज में भूमि अनुदान प्राप्त होता था उसे सुल्तान के द्वारा एक आज्ञापत्र (इत्लाक) दिया जाता था, जिसमें सम्बन्धित व्यक्ति की वंशावली, पद एवं क्षेत्र विशेष का उल्लेख रहता था। अनुदान प्राप्त व्यक्ति आज्ञापत्र को लेकर सम्बन्धित क्षेत्र में जाकर वहां

के अधिकारी से उल्लिखित धन प्राप्त करता था। भूमि अधिन्यास प्राप्त व्यक्ति को इसे बेचने का भी अधिकार था। फिरोज के इस नवीन प्रशासनिक ढांचे के निर्माण ने स्थानीय प्रशासन में पुनः वंशानुगत एवं विशेषाधिकार प्राप्त कुलीन वर्ग को स्थापित कर दिया, जिसका अलाउद्दीन के काल में समापन हुआ था। फिरोज तुगलक के द्वारा इस प्रक्रिया से बड़ी संख्या में जमींदारों का सृजन किया गया। फिरोज का यह सिद्धांत था कि जब कोई केन्द्रीय अमीर, राज्यपाल अथवा सैनिक दिवंगत हो जाता था, तो उसका पद उसके पुत्र को स्थायी रूप से दे दिया जाता था। यदि पुत्र न हो तो पद क्रमशः- जमाता, दास व अन्ततः महिलाओं को मिल जाया करता था।

फिरोज की प्रतिभा वास्तविक रूप से भवन निर्माण, नहर खुदवाने, नगर स्थापना, बाग लगवाने एवं सामाजिक कार्यों में दिखाई देती है। वह अपनी फूतुहात में लिखता है कि–'मैं पूर्व के सुल्तानों एवं महान अमीरों की इमारतों का जीर्णोद्धार करवाने में सामर्थ्यवान हुआ हूँ।' इसके अन्तर्गत दिल्ली की जामा मस्जिद, कुतुबमीनार की क्षतिग्रस्त ऊपरी मंजिल, शम्सी तालाब, अलाई तालाब, इल्तुतमिश का मदरसा और मुहम्मद बिन तुगलक के द्वारा स्थापित किए गए जहाँपनाहनगर को पुनः निर्मित्त करवाया गया। इसके अतिरिक्त अनेक अमीरों व सूफियों के मकबरों का जीर्णोद्धार करवाया गया। फिरोज ने हिसार, फिरोजाबाद, जौनपुर, तुगलकाबाद, हिरनीखेत एवं सपदम नगरों को बसाया। सबसे महत्त्वपूर्ण कार्य हाँसी एवं सिरसा के क्षेत्र में पानी की कमी को दूर करने हेतु नहरों की खुदवाई करवाना था। इससे पेयजल की समस्या का समाधान तो हुआ ही फसलों का उत्पादन भी बढ़ा। फिरोजशाह की नहर प्रणाली का विस्तृत वर्णन *तारीखे मुबारकशाही* में किया गया है। इसमें वर्णित है कि नहरों का निर्माण केन्द्रीय राजकोष के धन से किया गया था किंतु इससे निकलने वाली सहायक नहरें प्रान्तीय राज्यपालों के द्वारा बनवाई गई थी। किंतु नहरों के रख-रखाव का खर्च इससे सिंचाई करने वाले कृषकों को वहन करना होता था। महत्त्वपूर्ण यह है कि फिरोज के द्वारा उन्हीं किसानों से सिंचाई कर वसूला गया जो नहरों से सिंचाई करते थे। यह उपज के दसवें भाग के बराबर था। हालांकि तालाब व कुओं से सिंचाई करने वाले कृषक सिंचाई कर से मुक्त रखे गए थे। फिरोज को सिंचाई कर से लगभग दो लाख टंका की आमदनी होती थी। यह उसकी व्यक्तिगत आय मानी गई। इसे राजकोष में नहीं जमा किया जाता था। फिरोज तुगलक के पास दिल्ली के सभी सुल्तानों से ज्यादा व्यक्तिगत आय के स्रोत थे जिनमें बाग, कारखाना व सिंचाई कर सम्मिलित था।

फिरोज के द्वारा सर्वाधिक कारखानों की स्थापना की गई थी और फल के बगीचे लगवाए गए थे। इन कारखानों में मुख्यत: विलासिता की वस्तुओं, ऊनी कपड़ों व फारसी सदृश्य कालीनों का निर्माण होता था। इन कारखानों का प्रधान अधिकारी 'मूतसरिफ' था। कारखानों की आय-व्यय के परीक्षण के लिए 'अहले मुहासिबा' की नियुक्ति की गई थी। फिरोज के द्वारा स्थापित किए गए कारखानों की आय इतनी अधिक थी कि अमीर भूमि अनुदानों की अपेक्षा इसका स्वामित्व प्राप्त करना उचित समझते थे। फिरोज ने दिल्ली के निकटवर्ती क्षेत्रों में लगभग बारह सौ बगीचे लगवाए थे, इनमें मुख्यत: अंगूर व आम के बगीचे थे जिनसे एक लाख अस्सी हजार टंका वार्षिक की आय होती थी। फिरोज के द्वारा कारखानों व बगीचों में निजी दासों को लगाया गया था। दास, श्रम आपूर्ति के नियमित व सस्ते स्रोत थे। इन्हें इनके मालिक की अचल सम्पत्ति माना जाता था। ऐसे में सुल्तान के द्वारा अमीरों से उपहार में दासों की ही मांग की जाती थी। फिरोज के पास दासों की कुल संख्या एक लाख अस्सी हजार थी। फिरोज ने योग्य व प्रशिक्षित दासों के निर्यात पर प्रतिबन्ध लगा दिया था। फिरोज ने प्रजा की कठिनाइयों को दूर करने के लिए रोजगार दफ़्तर, चिकित्सालय एवं विवाह कार्यालय स्थापित किया। दिल्ली के कोतवाल मालिक-नेक-आम्दी को निर्देशित किया गया कि जो कार्य कुशल व्यक्ति रोजगार चाहते हैं उन्हें सुल्तान के सम्मुख लाया जाए और उसके आदेशानुसार व्यक्ति को कारखानों में नियोजित किया जाए। प्रजा को मुफ्त चिकित्सा उपलब्ध कराने लिए चिकित्सालय स्थापित किए गए जहां पर यूनानी व भारतीय चिकित्सा के जानकार चिकित्सकों की नियुक्तियां की गईं। इन्हें राज्य द्वारा नकद वेतन दिया जाता था। फिरोजशाह ने गरीब अभिभावकों को जो अपनी कन्याओं का विवाह करने में असमर्थ थे, के लिए धन की व्यवस्था की।

फिरोज तुगलक की नीतियों एवं कार्यों का मूल्यांकन करना आवश्यक है। यह सही है कि उलेमा परस्त नीतियों के कारण अफीक ने तारीखे-ए-फिरोजशाही में फिरोज की प्रशंसा की है। किंतु किसी भी सुल्तान को उसकी प्रशासनिक नीतियों की दूरदर्शिता, राज्य को मजबूत नौकरशाही संगठन देने एवं राजवंश के सदस्यों के लिए सुरक्षित उत्तराधिकार के संदर्भ में मूल्यांकित किया जाना चाहिए। हालांकि फिरोज ने सामंती युग में जनकल्याण से जुड़े कार्यों को प्राथमिकता दी। इसके लिए वह प्रशंसा का पात्र है। किंतु एक सुल्तान के रूप में अपेक्षित कर्त्तव्य का निर्वहन करने में वह सफल नहीं हुआ। फिरोज ने केन्द्रीय वं प्रान्तीय अमीरों के पदों को वंशानुगत किया एवं इन्हें वेतन के एवज में भूमि प्रदान की। इससे केन्द्रीय प्रशासनिक

ढांचा नष्ट हो गया और पृथकतावादी विकेंद्रीकृत व्यवस्था स्थापित हो गई। महत्त्वपूर्ण यह है कि फिरोज की नीतियों से पूर्व के सुल्तानों द्वारा स्थापित नौकरशाही व्यवस्था क्षतिग्रस्त हो गई। इसका परिणाम न केवल दिल्ली सल्तनत के स्थायित्व पर पड़ा बल्कि फिरोज के उपरान्त तैमूर लंग के आक्रमण ने दिल्ली सल्तनत के अस्तित्व पर ही गंभीर चोट कर दी। इसके बाद के सैयद व लोदी शासकों को अपनी अस्मिता की पहचान का संघर्ष करना पड़ा था। इससे क्षेत्रीय शक्तियों की महत्त्वाकांक्षाएँ भी बढ़ने लगी थीं। इनमें जौनपुर के शर्की, मालवा के खिलजी एवं मेवाड़ के राजपूत प्रमुख थे, जिनके द्वारा दिल्ली पर अधिकार करने के अभियान किए गए। पंद्रहवीं शताब्दी के इस विकेंद्रीकृत प्रशासनिक व्यवस्था ने मुगलों के आक्रमण की पृष्ठभूमि भी निर्मित्त कर दी थी। फिरोज की भूमि अधिन्यास व्यवस्था के द्वारा लाहौर से लेकर बंगाल तक जमीदारों कीशृंखला उत्पन्न हो गई जिनके द्वारा राजस्व में अनिवार्य हिस्सेदारी का दावा प्रस्तुत किया गया, इनके उपद्रवों का सामना न केवल पंद्रहवीं शताब्दी के शासकों बल्कि मुगलों को भी करना पड़ा था।

18

लोदी वंश: स्वरूप व राजनीतिक उत्कर्ष

दिल्ली सल्तनत के तीन चरण प्राप्त होते हैं – इल्तुतमिश से बल्बन तक तुर्क जातीयता व कुलीनता के परिपालन पर विशेष जोर दिया गया, अलाउद्दीन व मुहम्मद बिन तुगलक ने निरपेक्षता, योग्यता, कठोर दण्डनीति एवं सार्वभौमिक बुद्धिवाद को प्रशासनिक नीतियों का आधार बनाया। फिरोज तुगलक की नीतियों से विकेंद्रीकृत व्यवस्था प्रभावी हुई। इसने सैयद व लोदी शासकों के राजत्व सिद्धांतों को गंभीरता से प्रभावित किया, जिसके मूल में केंद्रीय सत्ता की दुर्बलता एवं प्रान्त–पतियों की शक्ति सम्पन्नता का संघर्ष था। ऐसे में लोदियों का इतिहास अनवरत संघर्ष की पृष्ठभूमि उत्पन्न करता है। इनके द्वारा दिल्ली सल्तनत की गरिमा को पुन:स्थापित करने का प्रयत्न किया गया किंतु क्षेत्रीय स्वतंत्र रियासतों ने प्रबल चुनौती दी।

लोदियों के सम्मुख दिल्ली के अन्य राजवंशों की अपेक्षा कुछ पृथक् समस्याएं थीं। फिरोज तुगलक की नीतियों से दिल्ली सल्तनत की केन्द्रीकृत व्यवस्था कमजोर हो चुकी थी, प्रान्तीय व स्थानीय शक्तियां संगठित होकर राजस्व संसाधनों का अधिग्रहण करके दिल्ली को चुनौती देने लगी थीं। सैयद राजवंश को सुल्तान की सार्वभौमिकता को स्थापित करने के लिए ही संघर्ष करना पड़ा था। बहलोल को भी प्रथम अफगान राज्य की स्थापना के लिए अफगान अमीरों पर निर्भर रहना पड़ा और बहलोल को अफगानों के काबिलीयाई लोकतंत्र के सिद्धांत मान्य करने पड़े। इन सिद्धांतों में निरंकुश सत्ता का स्पष्ट निषेध था एवं वंशानुगत पद सिद्धांत के विचार अन्तर्निहित थे। वस्तुत: अफगानों की भौगोलिक परिस्थितियां भी उन्हें

स्वायत्तता की "जीवन-वृत्ति" प्रदान करती हैं, यह मन:स्थिति उन्हें निरंकुश राजतंत्र स्वीकारने से पृथक कर देती है। बहलोल ने अफगान राज्य की स्थापना के लिए इन सिद्धांतों को राजनीतिक विचारों का आधार बनाया। वैसे भी मध्ययुगीन परिस्थितियों में राजतंत्र की स्थिरता में सजातीय वर्गों का अपेक्षिक सहयोग लगभग अनिवार्य होता था, बिना इसके प्रशासनिक ढांचे को स्थायित्व दे पाना संभव नहीं था। दिल्ली में अन्य कुलीन वर्गों की अपेक्षा अफगानों की संख्या कम थी। ऐसे में बहलोल ने अफगानों को राज्य निर्माण में सहायक होने के लिए दिल्ली आमंत्रित किया। बहलोल के राजत्व सिद्धांतों में अफगान मान्यता व तत्कालीन आवश्यकता के विचार अन्तर्निहित थे। इसके अन्तर्गत-मनसद-स-आली की साधारण उपाधि धारण करना व स्वयं को सम्मानों में श्रेष्ठ मानना, प्रान्तीय अमीरों के पदों को वंशानुगत करना, कबीले की सेना को मान्यता देना एवं अमीरों को हाथी रखने का अधिकार देना सम्मिलित था। इन प्रयत्नों से बहलोल ने लगभग सैंतीस वर्षों से कुशलतापूर्वक राज्य किया। सिकन्दर लोदी ने सुल्तान की गरिमा को पुन:स्थापित करने के लिए तुर्क सिद्धांतों को आत्मसात किया। हालांकि प्रशासनिक ढांचे में बहलोल की व्यवस्था को ही बनाए रखा। सिकन्दर ने अमीरों को सुल्तान के समकक्ष मानने की विचारधारा को अमान्य करते हुए यह घोषित किया कि सुल्तान व अमीर के मध्य मालिक व नौकर का संबंध होता है। शक्तिशाली गुप्तचर व्यवस्था, प्रशासनिक योग्यता व सेना के माध्यम से सिकंदर इन सिद्धांतों को व्यावहारिक करने में सफल रहा। किंतु इसमें निश्चित रूप से केंद्रीयकरण के तत्त्व नहीं थे। ऐसे में सिद्धांत व व्यवहार की दो परस्पर विरोधी मान्यताएँ उभरीं – सिकन्दर ने सुल्तान की उपाधि धारण करके यह स्पष्ट किया कि वह वास्तविक शासक है और सत्ता के संचालन व नीति निर्माण में उसकी सर्वोपरि भूमिका है। किंतु प्रान्तपतियों के पद वंशानुगत होने व उनके द्वारा स्वयं सेना के गठन करने से तुर्क राजत्व की व्यावहारिक पृष्ठभूमि नहीं थी। ऐसे में सिकन्दर की मृत्यु के उपरान्त अफगान अमीरों ने विशेषाधिकार को बनाए रखने के लिए लोदी साम्राज्य को आगरा व जौनपुर राज्य में विभाजित किया। इसके अन्तर्गत आगरा का क्षेत्र इब्राहीम एवं जौनपुर का राज्य जलाल खान लोदी को दिया गया। हालांकि इब्राहीम ने जलाल की हत्या करके जौनपुर पर भी अधिकार कर लिया था। इब्राहीम की दण्डनीति अत्यन्त कठोर व वृद्ध अमीरों के प्रति अपमानजनक थी। इससे शक्तिशाली प्रान्तीय अमीरों ने संगठित विरोध करना आरंभ किया वैसे भी केन्द्रीय सत्ता, आर्थिक व सैन्य रूप से कमजोर थी। ऐसे में सत्ता संचालन के लिए प्रान्तीय अमीरों

का आपेक्षिक सहयोग अनिवार्य था किंतु इब्राहीम के साथ ऐसा नहीं हो सका जिसका परिणाम लोदी सत्ता के पतन व मुगलों में भारत के वर्चस्व के रूप में सामने आया।

17 अप्रैल, 1451 को बहलोल लोदी दिल्ली के राज सिंहासन पर बैठा। उसके सम्मुख दो मुख्य प्रमुख समस्याएं थीं–दिल्ली के शाही राजकोष पर नियन्त्रण एवं राजधानी में शान्ति की स्थापना करना। बहलोल ने अफगान सैनिकों की सहायता से दिल्ली पर सुगमता से अधिकार किया और दिल्ली को सुरक्षित करने के लिए महत्त्वपूर्ण किलों में अफगान सैनिकों की नियुक्तियां की गईं। इसके उपरान्त बहलोल ने राजकोष को समृद्ध करने के लिए पंजाब के क्षेत्र सरहिन्द पर आक्रमण किया किंतु इसी समय उसे दिल्ली पर महमूद शर्की के अभियान का समाचार मिला, वह वापस दिल्ली की ओर चल पड़ा। महमूद शर्की ने दरिया खान लोदी व फतेह खान को बहलोल को रोकने के लिए भेजा, अफगान सेना इन्हें पराजित करने में सक्षम नहीं थी। ऐसे में बहलोल ने दरिया खान लोदी को अफगान जातीयता के नाम पर भड़का दिया, दरिया खान सेना सहित शर्कियों से अलग हो गया। बहलोल ने विभाजित शर्की सेना को पराजित कर दिया। इससे महमूद शर्की वापस जौनपुर चला गया। बहलोल के शासन काल में शर्कियों का आक्रमण एक बड़ा संकट था, जिससे दिल्ली में सदैव भय का माहौल रहा। हुसैनशाह शर्की ने 1459ई. में एक लाख घुड़सवार एवं एक हजार हाथी सेना के साथ दिल्ली पर आक्रमण किया। इस भयावह अभियान का सामना करने में बहलोल असमर्थ था। ऐसे में उसने राजधानी छोड़ दी और अपने विश्वासपात्र अमीर खाने जहाँ को हुसैन शर्की के पास संधि व समझौते के लिए भेजा। बहलोल ने यह भी कहा कि यदि दिल्ली नगर व इसके भीतर का अठ्ठारह कोस का इलाका लोदी राज्य के लिए छोड़ दिया जाए तो वह सम्पूर्ण साम्राज्य शर्कियों को सौंप देगा। किंतु पूर्व में महमूद शर्की के साथ किए गए छद्म व्यवहार से हुसैन आक्रोशित था। उसने बहलोल के इस प्रस्ताव को भी अस्वीकार कर दिया। इससे एक रणनीति के तहत बहलोल लोदी सेना को लेकर पंजाब की ओर चला गया क्योंकि वह प्रत्यक्ष युद्ध करने में सक्षम नहीं था। हुसैन ने दिल्ली को वीरान पाकर उसपर अधिकार कर लिया और सैनिकों को खुम्स प्राप्त करने के लिए दिल्ली लूटने की आज्ञा दी। शर्की सुल्तान के इसी अविवेकपूर्ण आदेश का इंतजार बहलोल कर रहा था। उसने शर्की शिविर पर धावा बोल दिया, अव्यवस्थित शर्की सेना पराजित हो गई। इससे बहलोल की प्रतिष्ठा बढ़ गई। हालांकि यह प्रत्यक्ष संघर्ष से प्राप्त की गई विजय नहीं थी, इसमें युद्ध का छद्म

रूप विद्यमान था। इतिहासकारों ने इसके लिए बहलोल की आलोचना भी की है। किंतु यह भी विचारणीय है कि बहलोल के सम्मुख इसके अतिरिक्त कोई विकल्प नहीं था। वैसे भी मध्ययुगीन परिस्थितियों में सैद्वान्तिक व मर्यादित युद्धों की कोई परम्परा नहीं थी। युद्ध में विजय प्राप्त करना आवश्यक था। इसके लिए किसी भी मार्ग को अपनाया जा सकता था।

1474ई. में हुसैन शर्की ने दिल्ली पर पुनः आक्रमण किया। इस समय भी बहलोल की स्थिति प्रत्यक्ष संघर्ष करने की नहीं थी। कहा जाता है कि बहलोल लोदी दु:खी होकर शेख कुतुबद्दीन बख्तियार काकी के मकबरे में रात भर प्रार्थना करता रहा, सुबह अतिविश्वास के साथ उसने हुसैन शर्की को पराजित कर दिया। इस विजय ने बहलोल व अफगान अमीरों को ऊर्जावान बना दिया, बहलोल सेना सहित जौनपुर राज्य को समाप्त करने के लिए चल पड़ा। उसने हुसैन शर्की को जौनपुर से बाहर कर दिया। जौनपुर में बारबकशाह को राज्यपाल बना दिया गया। हालांकि हुसैन शर्की ने बिहार पर अधिकार बनाए रखा था किंतु शर्कियों के द्वारा दिल्ली पर शक्तिशाली आक्रमण इसके बाद नहीं किया गया, जो भी अभियान हुआ वह आगरा के क्षेत्र तक ही सीमित रहा। बहलोल ने दिल्ली के दक्षिणी क्षेत्रों में मजबूत किलेबंदी करके शर्कियों के आक्रमण को गंगा घाटी तक ही सीमित कर दिया था। 1494ई. में हुसैन ने सिकन्दर के शासन काल में पुनः आक्रमण किया किंतु सिकन्दर ने बनारस के पास उसे पराजित किया। सिकन्दर बिहार पर अधिकार करके महावत खान लोदी को राज्यपाल बनाकर बंगाल अभियान पर चल पड़ा। बंगाल में हुसैन ने शरण ली थी। पटना के निकट बंगाल के सुल्तान अलाउद्दीन की सेना पराजित हो गई, अन्त में परस्पर संधि हुई। इसके अनुसार—सुल्तान अलाउद्दीन ने आश्वासन दिया कि वह सिकन्दर के शत्रुओं को शरण नहीं देगा, दोनों शासक एक दूसरे के राज्य पर आक्रमण नहीं करेंगे, बिहार व सिकन्दर के विजित क्षेत्र लोदी साम्राज्य के अंग बन जाएंगे। सिकन्दर ने जौनपुर वापस आकर शर्की सत्ता केन्द्र को नष्ट कर दिया था। इसमें स्मारक, महल, उद्यान के साथ-साथ अनेक धार्मिक स्थल भी थे। यह इस विचारधारा को स्पष्ट करता है कि विजेता शासक पराजित शत्रु से केवल राजनीतिक विद्वेष ही नहीं रखता बल्कि उसके सत्ता केन्द्र में विद्यमान राजमहल एवं धार्मिक स्मारक को नष्ट करने में भी पीछे नहीं हटता है। ऐसे में वह स्वधर्म अथवा विधर्म जैसे विचारों पर भी विशेष ध्यान नहीं देता।

अफगान लोकतांत्रिक राजतन्त्र में शासकों के चयन में कबीलों के सरदारों की अनिवार्य भूमिका होती थी। यह सिद्धांत वंशानुगत राजतन्त्र के विकास में एक बाधा

था। हालांकि सरदारों की शक्ति पर कोई प्रभाव नहीं पड़ता था। बहलोल की मृत्यु के उपरान्त लोदी सत्ता के तीन दावेदार थे–निजाम खान, बारबकशाह और हूमायूँशाह। किंतु इनमें निजाम खान अर्थात् सिकन्दर लोदी सर्वाधिक योग्य था, जिससे वह शासक बनने में सफल रहा। सिकन्दर लोदी को मुहम्मद बिन तुगलक के बाद का सर्वाधिक प्रतिभा सम्पन्न शासक माना जाता है। सिकन्दर में प्रशासनिक दूरदर्शिता के साथ-साथ साहित्यिक प्रतिभा भी थी जिससे वह विकेन्द्रीकृत प्रशासनिक ढांचे में सुल्तान की गरिमा व प्रभुत्व को स्थापित करने में सक्षम हुआ। सिकन्दर ने तुर्की सुल्तान की उपाधि धारण की, केन्द्र में अमीरों की नियुक्तियां कीं, शाही सेना का गठन किया एवं सर्वश्रेष्ठ गुप्तचर प्रणाली का संगठन किया। इसकी गुप्तचर व्यवस्था सल्तनत में सर्वश्रेष्ठ थी। ऐसा कहा जाता था कि इसमें गुप्तचर के रूप में अलौकिक शक्ति सम्पन्न रूहानी शक्तियां कार्यरत हैं, जिनके द्वारा अमीर व प्रजा की प्रत्येक सूचना सुल्तान तक पहुंच जाती थी। वस्तुतः यह कुशल गुप्तचर संगठन था जिसमें ईमानदार, कर्मठ व योग्य व्य.क्तियों की नियुक्तियां की गई थीं। सिकन्दर ने अमीरों की महत्त्वाकांक्षाओं पर प्रभावी नियन्त्रण लगाया। जिन अमीरों को कार्य के एवज में जागीरें प्रदान की गई थीं, उन्हें नियमित रूप से दीवान-ए-विजारत में हिसाब देना होता था, भ्रष्टाचार करने पर अमीरों को कठोर दण्ड दिया जाता था। सिकन्दर स्वयं सम्पूर्ण प्रशासन की देख-रेख करता था। सिकन्दर के द्वारा कृषि सुधार व खाद्यान्नों के मूल्य के निर्धारण से संबंधित कार्यों को भी प्राथमिकता दी गई। इसने मुस्लिमों से लिया जाने वाला आयकर(जकात) समाप्त कर दिया। कृषि सुधारों के अन्तर्गत भूमि मापन के लिए सिकन्दरी गज बनाया गया। इसका प्रयोग शेरशाह के काल में भी होता रहा। इस गज से भूमि की वास्तविक माप करके उसे दस्तावेजों में दर्ज करना सुगम हो गया, जिससे राजस्व निर्धारण में सुगमता आई। सिकन्दर के द्वारा निर्मित्त करवाई गई राजस्व पंजिकाएं शेरशाह व मुगलों के द्वारा भी प्रयुक्त की गईं। सिकन्दर ने अलाउद्दीन खिलजी की तरह खाद्यान्नों का मूल्य निर्धारित किया। वह प्रतिदिन प्रातःकाल में बाजार की मूल्य सूची को देखता था। सिकन्दर के काल में अनाज के मूल्य स्थिर व सस्ते थे, इसमें मूल्य वृद्धि की अनुमति नहीं दी गई थी। सिकन्दर ने दिल्ली की गरीब जनता को जीवनयापन के लिए नियमित भत्ते की व्यवस्था की। इसे प्रतिदिन, प्रति सप्ताह अथवा प्रतिमाह के हिसाब से वितरित किया जाता था। ऐसा करने वाला वह दिल्ली का पहला सुल्तान था। राज्य की ओर से राजधानी में प्रतिदिन निर्धन व्यक्तियों को भोजन भी उपलब्ध कराया जाता था। ऐसा कहा जाता है कि सुल्तान जब भी अपने वस्त्र बदलता था तो उसे बेचकर प्राप्त

धन गरीब बच्चियों के विवाह में खर्च किया जाता था। सिकन्दर के काल तक सूफी सन्तों की दरगाहों पर उर्स (मेल-मिलाप) का आयोजन होने लगा था। किंतु इस अवसर पर अनैतिक कार्यों को बढ़ावा भी मिलने लगा था। इससे सिकन्दर ने जुलूस में महिलाओं के प्रवेश को निषिद्ध कर दिया। सिकन्दर स्वयं कला व साहित्य का प्रशंसक था। इसने गुलरुख के उपनाम से कविताएं लिखीं। सिकंदर के द्वारा फारसी व अरब विद्वानों का संरक्षण किया गया। इनमें शेख अब्दुल्ला व शेख अजीजुल्ला प्रमुख थे। इन विद्वानों ने मदरसों में प्रचलित शैक्षणिक पाठ्यक्रमों में परिवर्तन करते हुए विवेकपूर्ण विषयों को अधिक महत्त्व दिया। सिकन्दर के काल में हिन्दुओं के द्वारा भी फारसी भाषा का ज्ञान प्राप्त कर लिया गया था और इन्हें राजस्व प्रशासन में नियोजित किया गया। वस्तुतः कृषक की भाषा स्थानीय होने के कारण फारसी जानने वाले हिन्दू, राजस्व कर्मचारी के रूप में अधिक सफल हो सकते थे।

सिकन्दर लोदी ने प्रान्तीय शक्तियों व जमींदारों पर प्रभावी नियन्त्रण के उपाय किए। दिल्ली की सत्ता को चुनौती देने वाले केन्द्र अब उत्तर पश्चिमी क्षेत्रों से होने वाले प्रबल मंगोल आक्रमण नहीं रह गए थे, पंद्रहवीं शताब्दी में दिल्ली की सुरक्षा का सबसे बड़ा खतरा जौनपुर के शर्की, दोआब क्षेत्र के शक्तिशाली जमींदार, मालवा के खिलजी एवं राजपूताना की मेवाड़ रियासत हो गई थी। ऐसे में इनपर नियन्त्रण के लिए सिकन्दर ने 1504ई. में आगरा को राजधानी बनाया। इससे दिल्ली की सुरक्षा के लिए आगे बढ़कर आक्रमण को रोकने की विचारधारा को बल मिला। आगरा की भौगोलिक स्थिति इन कार्यों के लिए उपर्युक्त थी। यमुना के घुमावदार मोड़ के कारण जल का संकेन्द्रण अधिक था। इससे राजधानी की सुरक्षा में मदद मिल रही थी। यमुना नदी पर नियन्त्रण के कारण शत्रु सेनाओं के आक्रमण को अवरुद्ध किया जा सकता था। इससे व्यापारिक नदी परिवहन तन्त्र भी नियन्त्रण में आए। वस्तुतः आगरा नगर की स्थापना करके अग्रगामी सुरक्षा तन्त्र का संचालन करना सुगम हो गया था। सिकन्दर ने आगरा को केन्द्र बनाकर जौनपुर, कालपी, बयाना, ग्वालियर, धौलपुर व अन्य क्षेत्रों पर नियन्त्रण स्थापित किया।

इब्राहीम लोदी का अफगान अमीरों से संबंध ठीक नहीं था। इसने अमीरों के साथ अपमानजनक व्यवहार किया। अत्यन्त सम्मानित लोदी अमीर व न्यायमंत्री मियां भुवा को वृद्धावस्था के कारण बंदीगृह में डाल दिया गया, इससे इनकी मृत्यु हो गई। लोदी अमीरों में इसे लेकर असंतोष उत्पन्न हो गया। इसी प्रकार आजम हुमायूँ के साथ भी अपमानजनक व्यवहार किया गया, जिससे इसके पुत्र इस्लाम खान ने

कड़ा मानिकपुर में विद्रोह कर दिया। सुल्तान की नीतियों से अमीरों ने यह समझ लिया था कि आत्मरक्षा के लिए संघर्ष के अतिरिक्त कोई विकल्प नहीं है। इसके लिए पंजाब के अमीरों ने मुगल शासक बाबर को भारत पर आक्रमण करने का आमंत्रण दिया। बाबर की सेना जब लाहौर पहुंची तो उसके साथ दिलावर खान लोदी भी मिल गया। अफगानों व मुगलों के संयुक्त अभियान से इब्राहीम की शक्ति कमजोर हो गई थी। वैसे भी प्रांतीय शासकों के वंशानुगत होने से आर्थिक व सैनिक संसाधनों से इब्राहीम कमजोर था। फिर भी उसने बाबर का डटकर मुकाबला किया। पानीपत के प्रथम युद्ध में इब्राहीम पराजित हुआ। *तारीख-ए-खानेजहानी* का लेखक नियामत उल्ला कहता है कि सुल्तान इब्राहीम के अतिरिक्त भारत का कोई भी सुल्तान रणभूमि में नहीं मारा गया।

19

दिल्ली सल्तनत की दक्षिण नीति

दिल्ली सल्तनत की स्थापना से बल्बन के काल तक के शासकों के सम्मुख प्रशासन के स्थायित्व, विद्रोहों के दमन एवं आस्थावान अमीरों की नियुक्ति के प्रश्न किसी भी बड़े अभियान में बाधक थे। आरम्भिक तुर्क शासकों के द्वारा उत्तर-पश्चिमी व मध्य भारत के क्षेत्रों में सत्ता को दृढ़ता दी गई। अलाउद्दीन खिलजी ने दक्षिणी अभियानों का नियोजन किया। हालांकि उसका उद्देश्य राज्य विस्तार न होकर धन-सम्पदा का ही अधिग्रहण करना था। अलाउद्दीन ने कड़ा का इक्तादार रहते हुए भिलसा, चन्देरी व देवगिरि का अभियान किया था। इससे प्राप्त धन ने उसे सुल्तान बनने में सहायता दी थी। सुल्तान बनने के उपरान्त आरम्भिक दस वर्ष नौकरशाही आधारित नवीन प्रशासनिक ढांचे का निर्माण एवं विद्रोहों के दमन में लग गए। इसके उपरान्त दक्षिण नीति बनाई गई। अलाउद्दीन के दक्षिण अभियानों का उद्देश्य-राज्यकोष पर अधिकार करना था। किंतु मुबारक खिलजी ने दक्षिण में प्रत्यक्ष अधिकार की नीति आरम्भ की जिसे मुहम्मद बिन तुगलक ने पूर्ण किया।

अलाउद्दीन खिलजी ने प्रशासन के संचालन के लिए योग्यता पर आधारित नौकर शाही का निर्माण किया और इक्तादारी व्यवस्था को पूर्णतः अस्वीकार कर दिया। विशाल नौकरशाही को वेतन देने के लिए राजकोष का सम्पन्न रहना आवश्यक था। महत्त्वपूर्ण यह भी था कि मंगोल आक्रमण एवं अमीरों के विद्रोह के कारण दिल्ली की समस्त सेना को सुदूर अभियानों में भेजना उचित नहीं था। ऐसे में बिना अधिक संघर्ष के दक्षिणी राज्यों के धन को प्राप्त करने की नीति बनाई गई, इसमें संघर्ष के बाद मित्रता का भी उद्देश्य अंतर्निहित था। 1306-07ई. में दो अभियानों का

नियोजन किया गया–पहला, अलप खाँ को गुजरात के शासक राय कर्ण की गतिविधियों को नियंत्रित करने के लिए भेजा गया। दूसरा, मलिक काफूर को देवगिरि राज्य के विरुद्ध अभियान करने की आज्ञा दी गई। अमीर खुसरो ने *खजाइनुल फुतूह* में लिखा है कि 'सुल्तान ने यह आज्ञा दी कि राय व उसके परिवार के किसी भी सदस्य को हानि न पहुंचाई जाएं।' यह अलाउद्दीन की गम्भीर राजनैतिक दूरदर्शिता थी। उसे दक्षिणी अभियानों के लिए मित्र शासक की तलाश थी, जो विषम भौगोलिक परिस्थितियों में उसका मार्गदर्शन कर सके। इस कार्य में दक्षिणी राज्यों की परस्पर शत्रुता की महत्त्वपूर्ण भूमिका रही। फरिश्ता का कथन है कि 'रामचन्द्र देव ने युद्ध करना व्यर्थ समझा और वह स्वयं काफूर से मिलने आया। (काफूर, रामचन्द्र देव को अपने साथ दिल्ली लेकर आया, उसे सम्मानित अतिथि की तरह रखा गया। अलाउद्दीन ने रामचन्द्रदेव की पुत्री झल्यपाली से विवाह किया। यह विवाह कूटनीति मित्रता को मजबूत करने का कारक बना।

दक्षिण अभियानों का द्वितीय चरण 1309ई. में वारंगल राज्य के विरुद्ध किया गया। इस अभियान की जानकारी दिल्ली तक पहुंचती रही, इसके लिए डाक चौकियां स्थापित की गईं। बरनी ने तारीख-ए-फिरोजशाही में इस डाक व्यवस्था को विस्तृत वर्णन किया है। दक्षिण के प्रथम अभियान के दौरान उपद्रवी तत्त्वों ने दिल्ली में यह अफवाह फैला दी थी कि सुल्तान की सेना दक्षिण में पराजित हो गई है। इसे रोकने के लिए सूचनाओं का सम्प्रेषण आवश्यक था, डाक चौकियां इन्हीं आवश्यकताओं की परिपूर्ति करती थीं। वस्तुत: अलाउद्दीन मध्यकाल का प्रथम युद्ध संवाददाता था जिसने अपनी सफलता के कार्यों को प्रचारित करके अमीरों व प्रजा की विद्रोही प्रवृत्ति को नियंत्रित किया। वारंगल के शासक रायप्रताप रुद्रदेव ने मलिक काफूर का "छापामार पद्धति" से सामना किया किंतु 1310ई. में आंशिक प्रतिरोध के बाद रायप्रताप रुद्रदेव ने अपना सम्पूर्ण राजकोष काफूर को सौंप दिया और मित्रता स्वीकार कर ली। इस प्रकार अलाउद्दीन को दक्षिण अभियानों में सहायता देने हेतु दो मित्र प्राप्त हो गए। महत्त्वपूर्ण यह है कि यदि दो परस्पर शत्रु किसी एक के मित्र हो जाएं तो दोनों में नए मित्र को सहायता देने की प्रतिस्पर्धा उत्पन्न हो जाती है, अलाउद्दीन के साथ ऐसा ही हुआ। होयसला राज्य के विरुद्ध अभियान में देवगिरि का सेनापति परशुराम दलावे और राय प्रताप रूद्रदेव की सेना ने भी मनोयोग से काफूर का साथ दिया। इसलिए देवगिरि के शासक रामचन्द्र देव को मित्र बनाने के उपरान्त भी वारंगल अभियान सीधे दिल्ली से किया गया जिससे रामचन्द्र देव को यह एहसास न हो कि अलाउद्दीन दक्षिण अभियानों के लिए उसपर

निर्भर है। होयसला अभियान के समय यहां का शासक बल्लाल तृतीय, पाण्ड्य राज्य के उत्तराधिकार संघर्ष को निपटाने में व्यस्त था, आक्रमण की सूचना पाकर वह राजधानी वापस लौटा किंतु पराजित होने के बाद उसने राजकोष का समर्पण एवं वार्षिक कर देना स्वीकार किया। बल्लाल तृतीय से की गई मित्रता, पाण्ड्य राज्य के विरुद्ध अभियान में अहम थी। इस अभियान में बल्लाल भी काफूर के साथ था। बल्लाल तृतीय दक्षिण का एक मात्र शासक था जिसने काफूर के साथ अभियान में स्वयं भाग लिया था। पाण्ड्य राज्य के विरुद्ध यह अभियान, धन प्राप्ति की दृष्टि से सर्वाधिक सफल था। अलाउद्दीन की दक्षिण नीति दूरदर्शिता एवं सामरिक परिस्थितियों की उपज थी। वह जानता था कि दक्षिणी राज्यों पर किया जाने वाला अधिकार दीर्घजीवी नहीं हो सकता क्योंकि दक्षिण में भौगोलिक स्थिति अत्यन्त विषम थी और दिल्ली से रहकर बिना प्रशासनिक ढांचे के साम्राज्य में शांति स्थापना, राजस्व संग्रहण अथवा संचालन संभव नहीं था। ऐसे में न्यूनतम प्रयास से अधिकतम लाभ की नीति बनाई गई। अलाउद्दीन ने बड़ी सुगमता से दक्षिणी रियासतों के आपसी विभेद का फायदा उठाया और उनके राजकोष पर अधिकार करके वार्षिक कर प्राप्ति भी सुनिश्चित की। इससे वह नौकरशाही संचालन, मंगोलों के आकस्मिक आक्रमण व अन्य विपदाओं से निपटने में सक्षम हुआ।

देवगिरि के शासक रामचन्द्र देव की 1312ई. में मृत्यु हो गई और राजकुमार सिंहल ने अलाउद्दीन की अधीनता स्वीकार नहीं की। ऐसा होने पर भी देवगिरि को सल्तनत में सम्मिलित नहीं किया गया। रामचन्द्र देव के दामाद हरपाल देव को देवगिरि का शासक बना दिया गया। महत्त्वपूर्ण यह है कि अलाउद्दीन के दक्षिण अभियानों ने रियासतों के प्रशासनिक व आर्थिक ढांचे को कमजोर कर दिया था इससे अधीनस्थ सामन्त विद्रोही होने लगे थे। अलाउद्दीन की मृत्यु का फायदा उठाकर हरपाल देव ने भी वार्षिक कर नहीं दिया और स्वतन्त्र सत्ता स्थापित कर ली, इससे मुबारक खिलजी ने दक्षिण में साम्राज्य विस्तार की योजना को स्वीकृति दी। अप्रैल 1317ई. में खुसरो खान के नेतृत्व में देवगिरि पर अधिकार करके उसे सल्तनत का अंग बना लिया गया। खिलजी सत्ता के अवसान के उपरान्त गयासुउद्दीन तुगलक दिल्ली का सुल्तान बना। इसके द्वारा साम्राज्य विस्तार की नीति को आगे बढ़ाया गया। वारंगल के शासक राय प्रताप रुद्रदेव ने पुनः स्वतन्त्रता की घोषणा कर दी थी। 1321ई. में उलुग खान को एक विशाल सेना देकर वारंगल भेजा गया। उलुग खान ने वारंगल किले की घेराबंदी की किंतु प्रथम अभियान में रसद की कमी व सैनिकों की बीमारी के कारण वह सफल नहीं हो सका। किंतु द्वितीय अभियान

(1323ई.) में वारंगल पर अधिकार कर लिया गया। इसके उपरांत सितम्बर 1324ई. में उड़ीसा पर अधिकार किया गया। मुहम्मद बिन तुगलक ने द्वारसमुद्र व पाण्ड्य राज्य पर अधिकार करके दक्षिणी विजय को पूर्ण किया। मुहम्मद बिन तुगलक ने दक्षिणी साम्राज्य को पाँच प्रान्तों यथा देवगिरि, तेलंगाना, कम्पिल्य, द्वारसमुद्र व वारंगल में विभाजित करके देवगिरि को दक्षिणी साम्राज्य की राजधानी बनाया। अल उमरी के अनुसार - दिल्ली सल्तनत की दो राजधानियां थीं, तख्तबहे दिल्ली एवं तख्तबहे देवगिरि (कुब्वत उल इस्लाम)। मुहम्मद बिन तुगलक ने दक्षिणी साम्राज्य पर नियंत्रण के प्रभावी उपकरण किए किंतु कठोर दण्डनीति व अमीर-ए-सादा को दक्षिण में नियुक्त किए जाने से दक्षिणी साम्राज्य पर नियन्त्रण कमजोर हुआ इससे स्वतन्त्र रियासतें उत्पन्न होने लगीं। महत्त्वपूर्ण यह है कि अमीर-ए-सादा मंगोल थे और इनकी आस्था भी सुल्तान के प्रति कम थी जबकि इन्हें अपने क्षेत्रों में प्रशासनिक, सैनिक एवं राजस्व संग्रहण के दायित्व सौंपे गए थे। देशी अमीरों से प्रतिस्पर्धा के कारण इन्होंने स्वयं को संगठित किया। मुहम्मद बिन तुगलक की कठोर दण्डनीति से उत्पन्न होने वाले विद्रोह का फायदा उठाकर इनके द्वारा स्वतन्त्र रियासतें स्थापित कर ली गईं, 1334ई. माबर में एहसानशाह और 1347ई. में बहमनी राज्य की स्थापना करने वाले अलाउद्दीन बहमनशाह, अमीर-ए-सादा थे।

20

सल्तनत का राजस्व सिद्धांत एवं प्रशासन

दिल्ली सल्तनत की वैधानिक सत्ता एवं शक्तिशाली सुल्तान, नव स्थापित राज्य की आवश्यकता थे लेकिन इस्लाम के समानता के सिद्धांतों के कारण राजतन्त्र एवं इस्लामिक मूल्यों को लेकर द्वन्द्व भी विद्यमान था। राजस्व सिद्धांत, सुल्तान की गरिमा, प्रभाव एवं शक्ति को स्थापित करने का सार्थक प्रयत्न था। सल्तनत के शासकों ने स्वयं की अलौकिक सत्ता की स्थापना एवं प्रशासनिक आवश्यकता के अन्तर्गत ईरानी, अफगानी एवं अन्य राजस्व परम्पराओं का सहारा लिया।

दिल्ली सल्तनत के अधिकांश शासकों ने अपनी राजनीतिक विचारधारा ईरानी सिद्धांतों से ग्रहण की क्योंकि ईरानी सांस्कृतिक परम्पराओं ने गहरे रूप में अरब जगत को प्रभावित किया था। ईरान में निरंकुश एवं सर्वशक्तिमान शासकों को मान्यता दी गई थी। इल्तुतमिश के शासन काल से ही राजत्व सिद्धांत व्याख्यायित होने लगे थे। इल्तुतमिश स्वयं को खलीफा का प्रतिनिधि, इस्लाम का रक्षक व पोषक समझता था। राज्य के स्थायित्व एवं सुल्तान-अमीर प्रतिद्वन्द्विता को समाप्त करने के लिए राजत्व सिद्धांतों का निर्माण किया गया। बल्बन ने सल्तनत में राजत्व सिद्धांतों को उच्चता दी। वस्तुतः इल्तुतमिश की मृत्यु के बाद के तीस वर्षों में सुल्तानों की अयोग्यता से तुर्की अमीर शक्तिशाली हो गए थे, इन्हीं के मध्य से बल्बन का उत्थान हुआ। बल्बन, सुल्तान को पृथ्वी पर ईश्वर का प्रतिनिधि मानता था, जो मान-मर्यादा की दृष्टि से केवल पैगम्बर के बाद था। बल्बन, जो दिखावटी मान-मर्यादा एवं प्रतिष्ठा को राजत्व के लिए महत्वपूर्ण समझता था वह सम्पूर्ण शासन काल में जनमानस से दूर रहा और दरबार में सम्पूर्ण राजसी वैभव के साथ

उपस्थित होता था। बल्बन का मानना था कि फारस की रहन-सहन की परम्पराओं को अपनाए बिना राजत्व की प्रतिष्ठा स्थापित नहीं हो सकती हालांकि राजत्व सिद्धांतों के प्रति अत्यधिक संचेतना के अन्तर्निहित कारण भी थे। बल्बन, दासता से मुक्त नहीं था। साथ ही साथ इसामी के अनुसार उसने सुल्तान नसीरुद्दीन महमूद की हत्या भी की थी इसलिए बल्बन ने अमीरों एवं जनसामान्य के मध्य यह स्थापित करना चाहा कि राजत्व एक दैवीय संस्था है। बल्बन ने शासकीय जातिवाद की नीति को स्वीकार किया क्योंकि वह राजतन्त्र में केवल कुलीनों की सहभागिता को स्वीकार करता था। ऐसे में उसने तत्कालीन महत्त्वपूर्ण परिवर्तनों को अनदेखा किया। उस समय भारतीय मुसलमान सत्ता में हिस्सेदार बनने के लिए तैयार थे, हिन्दू भी फारसी भाषा सीख रहे थे। इन वर्गों को सत्ता में समायोजित करके तुर्की अमीरों की महत्वाकांक्षाएं नियंत्रित की जा सकती थीं।

खिलजी राजसत्ता की स्थापना में परम्परागत "तुर्की जातिवाद" पर आधारित राजत्व का भी समापन हो गया। अलाउद्दीन ने प्रशासनिक नीतियों के निर्माण में उलेमाओं के हस्तक्षेप को स्वीकार नहीं किया। वह ऐसे राजत्व पर विश्वास करता था जो स्वयं अपने औचित्य को प्रमाणित करे। अलाउद्दीन ने इक्तादारों एवं स्थानीय कुलीन वर्गों के विशेषाधिकारों को समाप्त कर दिया। अमीर खुसरो ने अलाउद्दीन को ईश्वरीय गुणों से युक्त माना है, यह प्रक्रिया अमीरों में विद्यमान विद्रोही प्रवृत्तियों को नियंत्रित करने से जुड़ी थी। अलाउद्दीन यह भी जानता था कि राजतन्त्र की स्थिरता में जनमानस के स्नेह एवं सहयोग की भी आवश्यकता है। इसके लिए उसने प्रशासन को धर्म निरपेक्ष रूप दिया और कमोबेश कल्याणकारी कार्य भी किए। अलाउद्दीन ने अपने राजत्व सिद्धांत के द्वारा शक्ति और योग्यता को राजतन्त्र के संचालन का मूलाधार बनाया तथा स्वयं को खिलाफत की काल्पनिक शक्ति की पराधीनता से मुक्त किया है। यह प्रयोजन सत्ता के भारतीयकरण का स्पष्ट प्रदर्शन था जो यह भी प्रदर्शित कर रहा था कि प्रशासन के संचालन में अब विदेशी तुर्क अमीरों की अनिवार्यता समाप्त हो गई है।

गयासुद्दीन तुगलक ने रस्म-ए-मियाना (नरमी-शक्ति-नरमी) को अपने राजत्व सिद्धांतों का आधार बनाया। सैनिकों एवं कृषकों के हितों को संरक्षित करना गयासुद्दीन के राजत्व की विशेषता है। मुहम्मद बिन तुगलक ने राजत्व सिद्धांतों में सार्वभौमिक बुद्धिवाद को महत्त्व दिया एवं योग्यता व धर्मनिरपेक्षता को प्रशासन का मूलाधार बनाया। वस्तुतः अलाउद्दीन के द्वारा परिकल्पित की गई राजत्व व्यवस्था का उत्कर्ष मुहम्मद बिन तुगलक के काल में होता है हालांकि

सत्ता के अन्तिम चरणों मे अमीरों के विद्रोह के कारण सुल्तान ने खिलाफत की सत्ता को स्वीकार किया था। फिर भी प्रशासनिक नीतियों में योग्यता व निरपेक्षता के तत्त्व बने रहे। फिरोज तुगलक का राज्यारोहण मुहम्मद बिन तुगलक के विरुद्ध होने वाले विद्रोहों के मध्य हुआ था इसलिए उसके राजत्व सिद्धांत में उमरा, उलेमा एवं जनता को संतुष्ट करने की नीतियां प्राप्त होती हैं। प्रशासन का इस्लामीकरण, इस्लाम सम्मत करों का प्रचलन, भूमि अधिन्यास व्यवस्था, वंशानुगत पद एवं सार्वजनिक ऋण माफी जैसे कार्य उसके उदाहरण है।

फिरोज तुगलक की प्रशासनिक नीतियों का गहरा प्रभाव कालान्तर के राजवंशों व सुल्तानों के नीति निर्माण पर पड़ा। सैयद खिज्र खाँ सुल्तान की पदवी धारण करने का नैतिक साहस उत्पन्न नहीं कर सका। राज्य सीमाओं के संकुचन के कारण खिज्र खाँ खुतबे में शाहरुख खान तैमूरी एवं सिक्कों में अन्तिम तुगलक सुल्तान नासिरुद्दीन महमूद का नाम अंकित करवाता था। सैयद मुबारक शाह ने सुल्तान की पदवी धारण की लेकिन भारत एवं उसके बाहर किसी ने भी सैयदों की सार्वभौमिकता को स्वीकार नहीं किया। लोदी वंश की स्थापना से राजत्व की एक पृथक परम्परा आरम्भ होती है। बहलोल ने अफगान कबालियाई परम्पराओं को प्रशासनिक नीतियों का मूलाधार बनाया और तुर्की सिद्धांतों को मान्यता नहीं दी। सबसे बड़ी समस्या यह थी कि बहलोल को अफगानों का समर्थन प्राप्त करना था और अफगान किसी भी अधीनता को स्वीकार नहीं करते थे। राज्य के स्थायित्व के लिए बहलोल ने स्वयं को "मनसद-ए-आली" कहा और अफगान अमीरों के पदों को वंशानुगत मानते हुए कबालियाई सेना को मान्यता दी जिससे वह लगभग 37 वर्षों तक शासक बना रहा। सिकन्दर लोदी ने तुर्की राजत्व सिद्धांतों को मान्यता दी क्योंकि बहलोल के लम्बे शासन काल में राज्य दृढ़ता से स्थापित हो गया था। सिकन्दर लोदी एक योग्य शासक था उसने सुल्तान एवं अमीर के मध्य मालिक और नौकर का सम्बन्ध व्याख्यायित किया, हालांकि प्रान्तीय राज्यपाल वंशानुगत बने रहे और उनकी कबालियाई सेना को भी मान्य किया गया। इससे अमीरों में भी महत्त्वाकांक्षा और विद्रोही प्रवृत्तियों के उत्पन्न होने की अनुकूलता बनी रही। इब्राहीम लोदी ने यह कहा कि – 'शासक का कोई सगा सम्बन्धी नहीं होता' किंतु उसकी कठोर दण्डनीति से अफगान अमीर विद्रोही हो गए।

दिल्ली सल्तनत की प्रशासनिक व्यवस्था में सुल्तान सत्ता का केन्द्र बिन्दु था। आरंभिक शासन की आवश्यकताओं के परिप्रेक्ष्य में फारसी राजत्व सिद्धांतों, सैन्य

व नागरिक प्रशासन का समन्वय किया गया था। सुल्तान की सत्ता निरंकुश थी और वह धार्मिक सिद्धांतों को यथा-आवश्यकता व्याख्यायित करके राज-नीति की परिपूर्ति करता था। हालांकि इस्लामिक सिद्धांतों में लोकतांत्रिक राजतंत्र को मान्यता दी गई थी किंतु सल्तनत की स्थापना के दौरान स्थानीय सामंतों की शक्ति एवं मंगोलों के आक्रमणों के कारण सत्ता के केन्द्रीकरण को मान्य किया गया। ऐसे में इस्लामिक ग्रंथों में उल्लिखित राजनीतिक सिद्धांतों और तत्कालीन प्रशासनिक आवश्यकता के मध्य द्वंद्व उत्पन्न हुआ जिसे दूर करने के लिए सुल्तानों ने परम्पराओं के स्थान पर नवीन नीतियों का निर्माण किया। बरनी के अनुसार अलाउद्दीन का कहना था कि हराज व्यवस्था को शरीयत के अनुरूप संचालित कर पाना संभव नहीं है। ऐसे में अलाउद्दीन एवं मुहम्मद बिन तुगलक जैसे शासकों ने बुद्धिवाद को परंपराओं के स्थान पर अधिक महत्त्व दिया।

सल्तनत के प्रशासन के संचालन के लिए योग्य एवं आस्थावान अमीरों का संगठन बनाया गया था जिन्हें सुल्तान के निर्देशों पर कर्त्तव्यों का परिपालन करना होता था। वैसे भी प्राचीन व मध्ययुगीन प्रशासन में अमीरों व सैनिकों का प्रत्यक्ष दायित्व सुल्तान के प्रति ही होता था और सुल्तान की नीतियां इन्हें नियंत्रित करने से ही जुड़ी होती थीं। ऐसे में शक्तिशाली सुल्तान के अधीन अमीरों की स्थिति नौकर से अधिक नहीं थी, किंतु निर्बल सुल्तानों के काल में अमीर सर्वाधिकार प्राप्त करके शासन का संचालन करने लगता था। फिर भी प्रशासनिक तंत्र के संचालन के लिए संगठन का होना आवश्यक होता है, बिना इसके राजस्व संकलन, शान्ति व्यवस्था एवं राज्य विस्तार कर पाना संभव नहीं था। सल्तनत में मंत्रिपरिषद को "मजलिस-ए-खलवत" के रूप में सम्बोधित किया गया है। इस्लामिक सिद्धांतों में इसे "विजारत" के रूप में वर्णित किया गया है, किंतु केन्द्रीकृत सत्ता की स्थापना के उपरान्त विजारत को एक मंत्री के रूप में वर्णित करते हुए सुल्तान का सलाहकार माना गया। मुस्लिम विधिवेत्ता अल मावर्दी ने वजीरों के दो प्रकार का उल्लेख किया है–'तफवीद' और 'तनफीज'। विजारत का संस्थागत विकास अब्बासी खलीफाओं के अनुसार किया गया किंतु गजनी राजवंश की स्थापना के उपरान्त यह संस्था व्यावहारिक रूप से परिपक्व हुई। महमूद ने वजीर को सैनिक एवं नागरिक प्रशासन का दायित्व सौंपा। दिल्ली सल्तनत की स्थापना के उपरान्त भी वजीर के पद का महत्त्व बना रहा। इल्तुतमिश के वजीर निजामुल मुल्क जुनैदी को वित्तीय, प्रशासनिक एवं सैन्य अधिकार प्राप्त थे, किंतु इल्तुतमिश के उत्तराधिकारियों के कमजोर होने के कारण अमीरों में सत्ता संघर्ष व्यापक हुआ। इससे वजीर, नायब

व अन्य अमीरों के मध्य सुल्तान के अधिकारों को प्राप्त करने की प्रयत्नशीलता बढ़ने लगी। किंतु बल्बन के काल में केन्द्रीय अधिकारियों की शक्ति निम्नतम स्तर पर पहुँच गई थी। खिलजी राजवंश की स्थापना से नौकरशाही प्रशासनिक तंत्र मान्य किया गया। इससे विशेषाधिकार सम्पन्न अमीरों के स्थान पर वेतन पर कार्य करने वाला वर्ग उत्पन्न हुआ। हालांकि फिरोज तुगलक की विकेंद्रीकरण एवं पद को वंशानुगत करने की नीतियों ने अमीरों को पुनः शक्तिशाली बना दिया। अफीक के अनुसार 'फिरोज तुगलक के काल में वजीर पद का महत्त्व अपने चरमोत्कर्ष पर पहुँच गया था।' लोदी शासकों ने अफगान काबायली लोकतांत्रिक राजत्व सिद्धांतों को मान्य किया जिसमें सुल्तान एवं शक्ति सम्पन्न केंद्रीय पदाधिकारियों की कोई व्यवस्था नहीं थी जिससे वजीर के पद का सृजन ही नहीं हुआ। वजीर का कार्यालय दीवान-ए-विजारत के नाम से जाना जाता था। इसके अधीन अधिकारियों एवं कर्मचारियों का विशाल वर्ग विद्यमान था जिनके द्वारा प्रान्तपतियों से लेकर स्थानीय राजस्व कर्मचारियों के कार्यों का नियोजन व प्रबन्धन किया जाता था। दीवान-ए-विजारत के अधीन 'मुसरिफ-ए-ममालिक' (महालेखाकार), 'मुश्तौफी-ए-ममालिक' (महालेखा परीक्षक), 'मजूमदार' (आय-व्यय का ब्यौरा रखने वाला) एवं 'खजांची' सम्मिलित थे। इनके अतिरिक्त विभिन्न सुल्तानों ने प्रशासनिक आवश्यकता के अनुरूप अनेक नवीन पदों का सृजन किया था जिनमें प्रशासनिक व्यय की देखरेख के लिए 'दीवान-ए-वकूफ' (राजस्व अधिकारियों की देनदारी सुनिश्चित करने) दीवान-ए-मुस्तखराज (राजस्व वसूली करने वाला विभाग) और 'दीवान-ए-अमीर कोही' (मालगुजारी का प्रबंधन करने वाला विभाग) का गठन किया गया था।

सल्तनत के प्रशासन में आरिज-ए-ममलिक का कार्य सैनिकों की भर्ती, अभ्यास एवं सैन्य संचालन से जुड़ा हुआ था। इसे बल्बन ने सर्वाधिक महत्त्व दिया। उसने अपने पुत्र बुगराखान को परामर्श दिया कि सेना के लिए कितना भी धन व्यय करना पड़े उसे अधिक न समझो और अपने आरिज को नवीन सैनिकों की भर्ती में व्यस्त रहने दो। सल्तनत की स्थिरता में सैनिकों की प्रत्यक्ष भूमिका होने के कारण आरिज के पद का महत्त्व वजीर के समकक्ष था। महत्त्वपूर्ण यह है कि सुल्तानों ने वजीर की महत्त्वाकांक्षा को सदैव नियन्त्रित किया किंतु सल्तनत में राजवंशीय परिवर्तन में आरिज की ही महत्त्वपूर्ण भूमिका रही, जलालुद्दीन खिलजी एवं गयासुद्दीन तुगलक सुल्तान बनने से पूर्व आरिज के पद पर ही विद्यमान थे। इसके अतिरिक्त दीवान-ए-इंशा, वकील-ए-दर, दीवान-ए-रसालत जैसे पद भी विद्यमान थे।

दीवान-ए-इंशा का दायित्व शाही पत्रों का प्रारूप तैयार करना व सुल्तान के फरमान को निर्गत करना था। वकील-ए-दर को दरबारी शिष्टाचार को बनाए रखने का दायित्व दिया गया था जबकि दीवान-रसालत का संबंध राजदूतों की नियुक्ति की सिफारिश करना और विदेशी राजनयिकों को सुल्तान के सम्मुख प्रस्तुत करना था। मुहम्मद बिन तुगलक के काल में इस पद का महत्त्व बढ़ गया था।

21

सल्तनतकालीन स्थापत्य : शैली एवं विशेषताएं

कलाभिव्यक्ति शासकीय अभिरुचियों का केवल प्रदर्शन मात्र नहीं है, यह सामाजिक-सांस्कृतिक विचारधारा है जिसमें तत्कालीन परिस्थितियों एवं मान्यताओं का व्यापक प्रभाव प्राप्त होता है। निर्माण में भौगोलिक प्रभाव का भी निदर्शन होता है। क्षेत्र विशेष की जलवायु, प्रकृति एवं धार्मिक मान्यताएं कलात्मकता को नवीन दिशा प्रदान करती हैं इसलिए किसी युग विशेष के अध्ययन में कला प्रतिमानों का भी विशिष्ट महत्त्व है। सल्तनत स्थापत्य में भारतीय एवं इस्लामी परंपराओं के समन्वय के साथ-साथ शासकों की अभिरुचियों व कल्पनाओं का मूर्त्त रूप प्राप्त होता है।

दिल्ली सल्तनत की स्थापना ने नवीन प्रशासनिक-राजनीतिक व्यवस्था के साथ-साथ निर्माण के क्षेत्र में भी नवपरम्पराओं को व्यवहारिक किया। तुर्क शैली गुम्बद व मेहराब की थी जिसमें इस्लामिक-धार्मिक सिद्धांतों, अरब की भौगोलिक विशेषताओं एवं विभिन्न क्षेत्रों की सांस्कृतिक मान्यताओं का समन्वय प्राप्त होता है। मेहराब व गुम्बद स्थापत्य शैली को तुर्कों ने रोम से ग्रहण किया था। किंतु इसे परिष्कृत करने में तुर्कों की अग्रणी भूमिका रही। इसमें चौकोर दीवारों पर ज्यामितीय विशेषताओं से युक्त गुम्बदों का निर्माण किया गया जिसमें पत्थरों को चूने व गारे से जोड़ा गया। वैज्ञानिक व तकनीकी रूप से उन्नत मेहराबों को बनाने के लिए वक्राकार रूप से पत्थरों व ईंटों को लगाना होता है। इस नवीन तकनीक से शिखरों व छतों के स्थान पर गुम्बद निर्मित्त किए जाने लगे। अरब व फारस के क्षेत्र में विभिन्न आकारों की मेहराबों का निर्माण किया गया। किंतु भारत में

मुख्यत: नुकीली मेहराबें ही बनाईं गईं। चौदहवीं शताब्दी के उत्तरार्द्ध में तुगलक निर्माणों में चार कोनों वाला मेहराब बनाईं गईं। नुकीली मेहराब को बनाने के लिए मूल केंद्र में कम वजन की ईंटों की दो परत लगाई जाती है। महत्त्वपूर्ण यह है कि जिन क्षेत्रों में लकड़ी की कमी थी, वहाँ यह मेहराब अधिक कारगर रही। भारत में चौदहवीं शताब्दी के आरंभ में खनन से निकले हुए पत्थरों अथवा मिट्टी से बनाई गई ईंटों से भवनों के निर्माण किए गए। इनकी नींव नदियों से निकाले गए चिकने पत्थरों से बनाई गई और सुन्दरता के लिए इनपर पलस्तर किया गया। चूने व गारे का पलस्तर पानी रिसने वाले स्थानों को सुरक्षित करने के लिए किया गया। इस्लामिक भवनों की साज-सज्जा में मुख्यत: सुलेख, ज्यामितीय और फूल-पत्तियों का प्रयोग किया गया। भवनों की दीवारों पर कुरान की आयतों को सुन्दरता से लिखा गया। इसे कूफी पद्धति कहा गया। भवनों में ज्यामितीय आकार बड़े ही कुशल तरीके से उकेरे गए जिनमें वर्गाकार, त्रिकोण एवं बहुकोण रूप प्रमुख हैं, इसे ''अरबैस्क शैली'' कहा गया। तुर्क निर्माणों में अनेक भारतीय अलंकरण प्रतिमानों को यथारूप स्वीकार किया गया जिनमें कलश, कमल, स्वास्तिक चिह्न व अन्य प्रतीक सम्मिलित हैं। भारत में भी भवनों के निर्माण में मेहराब व गुम्बद शैली पूर्व मध्यकाल में प्रयुक्त होती थी। पल्लव निर्माणों में भी गुम्बद प्राप्त होते हैं जिन्हें ''कुडु'' कहा जाता है। हालांकि इस शैली का व्यापक प्रचलन नहीं था। भारतीयों ने मुख्यत: ''शहतीरी स्थापत्य शैली'' को महत्त्व दिया जिसमें पाषाण स्तम्भों को कोष्ठकों की सहायता से परस्पर जोड़ा जाता था, निर्माण में सौन्दर्य के लिए फूल-पत्तियों एवं विभिन्न जीव-जन्तुओं की अनुकृतियां स्तम्भों पर उकेरी जाती थीं। महत्त्वपूर्ण यह है कि भारतीय भवनों एवं मन्दिरों में शिल्पकला को अधिक महत्त्व दिया गया। इससे इनमें सामजिक-सांस्कृतिक पक्षों का अधिक समायोजन हुआ। वैसे भी बहुदेववादी धार्मिक-दार्शनिक विचारधारा के कारण निर्माणों में प्रतिमाशास्त्र के अनुरूप विविधतायुक्त देवी-देवताओं की मूर्तियां स्थापित की जाती थीं। कला सौन्दर्य के प्रति सहज आकर्षण से मानव, प्रकृति व पशु-पक्षियों की मूतिर्यों को भी उत्कीर्ण किया जाता था। तुर्की स्थापत्य में धार्मिक वर्जना के कारण मानव व पशु आकृतियों को उकेरा नहीं जा सकता था।

सल्तनत की स्थापना के उपरान्त भारत में बनी पहली इमारत कुब्बत-उल-इस्लाम मस्जिद को माना जाता है। इसका निर्माण सत्ताइस जैन मन्दिरों के निमित्त रखी गई सामग्रियों से किया गया। इसलिए इसमें स्तम्भ एवं बीम आधारित भारतीय

स्थापत्य व शिल्प का प्रभाव अधिक है। इसके स्तम्भों में मानव मूर्त्तियां भी उकेरी गई हैं। मस्जिद की मेहराब प्रभावशाली है और तकनीकी पक्ष भी उत्कृष्ट है। मस्जिद के पश्चिमी भाग में इबादतखाना तथा तीन ओर से मेहराबनुमा प्रवेशद्वार निर्मित्त किए गए हैं। इन मेहराबों पर कुरान की आयतें उत्कीर्ण करवाई गई हैं। मस्जिद में बाद के कालों में इबादतखाने को बड़ा किया गया। इल्तुतमिश ने इसके आंगन के क्षेत्रफल को लगभग दो गुना करवाया और इसे अलाउद्दीन खिलजी ने विस्तारित किया। भारत में आरम्भिक तुर्क शासकों का तकनीकी विशेषता (वास्तुकला) से युक्त प्रथम निर्माण कुतुबमीनार है। मीनार की आकृति शंक्वाकार व 238 फीट ऊँची है जिसके छज्जों के निर्माण की तकनीक विलक्षण है। इसे मूल मीनार के साथ नियोजित किया गया है। इसमें लाल व सफेद बलुआ पत्थरों का प्रयोग किया गया है। यह मीनार भारत में तुर्की विजय के प्रतीक के रूप में स्थापित की गई। मीनार की तकनीक व भार सन्तुलन अद्‌भुत है, इसे ही इसकी दीर्घ जीविता का मूल कारण माना जाता है। अजमेर में अढ़ाई दिन का झोंपड़ा मस्जिद का भी निर्माण करवाया गया। यह एक संस्कृत विद्यालय था जिसे विग्रहराज बीसलदेव ने बनवाया था। इसके ऊपरी भाग में गुम्बद का निर्माण करके इसे मस्जिद का रूप दिया गया। ऐसे में इस मस्जिद में भारतीय अलंकरण, प्रतीक व शैली प्राप्त होती है। इल्तुतमिश के द्वारा नागौर, पल्लवन व हाँसी में भी मस्जिदों का निर्माण करवाया गया किंतु इनमें कलात्मकता एवं तकनीकी पक्ष कमजोर है। शहजादा नासिरुद्दीन के मकबरे को सल्तनत का पहला शाही मकबरा माना जाता है। इसका केन्द्रीय पक्ष अठपहला है, गुम्बद की ऊँचाई भी अधिक है और निर्मित्त स्तम्भों में स्थानीय शिल्प का प्रभाव है। इल्तुतमिश ने अपने जीवन काल में स्वयं का मकबरा निर्मित्त करवाया था। यह लाल पत्थर से बना हुआ है। इसमें एक कक्ष है और तीन ओर से मेहराबनुमा प्रवेशद्वार बनाए गए हैं। यह मकबरा आरम्भिक तुर्क इमारतों में सर्वाधिक अलंकृत है। अलंकरण में कुरान की आयतों, ज्यामितीय आकृतियों एवं वनस्पतियों का उत्कीणन है। बल्बन के मकबरे में पहली बार वास्तविक तुर्की शैली का निदर्शन होता है, यह मकबरा वर्गाकार है और इसके चारों ओर प्रवेशद्वार निर्मित्त किए गए हैं, दीवारों के ऊपर गोल गुम्बद की तकनीक उत्तम है। आरम्भिक तुर्क काल के भवनों के निर्माण की समस्या यह थी कि भारतीय कारीगर, भवन निर्माण की तुर्की शैली से अवगत नहीं थे इसलिए मेहराब व गुम्बद निर्माण की तकनीक उत्कृष्ट नहीं रही।

अलाउद्दीन खिलजी के राज्यारोहण से स्थापत्य में नवीन प्रयोग आरम्भ हुए। इस समय तक सल्तनत का भारतीयकरण हो चुका था, प्रशासनिक स्थिरता एवं गंभीर आर्थिक सुधारों ने निर्माण कार्यों को भी नवीन दिशा दी। इन्डो-इस्लामिक वास्तुकला के विकास में अलाउद्दीन के काल का विशेष महत्त्व है। इसके निर्माणों में सेल्जुक राजवंश का स्पष्ट प्रभाव प्राप्त होता है। इस काल में वैज्ञानिक व तकनीक रूप से उन्नत नुकीले और घोड़े की नाल नुमा मेहराबों का प्रयोग किया गया, मेहराबों की निचली सतह पर कमल कली की झालर की अनुकृति बनाई गई और भवन निर्माण में लाल पत्थर व संगमरमर का प्रयोग किया गया। अलंकरण में सुलेखन व ज्यामितीय का उपयोग अधिक होने लगा। 1310ई. में अलाउद्दीन के द्वारा निर्मित्त करवाए गए अलाई दरवाजा को सल्तनत का श्रेष्ठ निर्माण माना जाता है। इसे उच्चकोटि के लाल बलुआ पत्थरों एवं संगमरमर से निर्मित्त किया गया है। अलाई दरवाजा में एक वर्गाकार कक्ष है, जिसके ऊपर एक गुम्बद एवं चारों ओर की दीवारों में घोड़े की नाल की आकृति की मेहराब बनाई गई हैं। मेहराब के भीतर कमलाकृति, संगमरमर की पट्टियां एवं जालियों का निर्माण, भवन को गरिमापूर्ण बनाते हैं। अलाई दरवाजा की सबसे बड़ी विशेषता है—इसका तकनीकी पक्ष। गुम्बद एवं दीवार का भार संतुलन सामंजस्ययुक्त है। अलाई दरवाजा में भारतीय-तुर्की स्थापत्य शैलियों का वास्तविक समन्वय प्राप्त होता है। अलाउद्दीन ने शीरी नगर भी बसाया था। यह दिल्ली का द्वितीय नगर था। इसकी नींव 1303ई. में रखी गई थी। इसका सबसे प्रमुख भवन ''हजार सितूर महल'' था। हालांकि अब इसका खण्डहर ही विद्यमान है किंतु अपनी भव्यता का एहसास अवश्य कराता है। अलाउद्दीन ने निजामुद्दीन औलिया के दरगाह के अहाते में जमैयतखाना मस्जिद का निर्माण करवाया। यह भारत की प्रथम पूर्ण इस्लामिक परम्परा की मस्जिद है जिसमें बाह्य अलंकरण का अभाव प्राप्त होता है।

तुगलक कालीन भवनों में वास्तुकला का परिपक्व आधार प्राप्त होता है अर्थात् निर्माण में तकनीकी पक्ष एवं पर्यावरण का समन्वय करना। तुगलकी वास्तुकला को दो चरणों में विभाजित किया जा सकता है—प्रथम के अन्तर्गत गयासुद्दीन व मुहम्मद बिन तुगलक के निर्माण और द्वितीय के अन्तर्गत फिरोज तुगलक की प्रयोगधर्मी वास्तुकला। तुगलकी वास्तुकला में अनेक शैलीगत विशेषताएं प्राप्त होती हैं। दीवारों और बुर्ज को अधिकतर अन्दर की ओर झुका हुआ बनाया गया है। इसमें मेहराब-बीम शैली का सम्मिश्रण किया गया। तुगलकों ने उभरे हुए नुकीले गुम्बदों और अष्टभुजी मकबरे की निर्माण शैली की कला को आविष्कृत किया। फिरोज तुगलक द्वारा

निर्मित्त करवाए गए भवनों में पहली बार रंगीन खपरैलों का प्रयोग आरम्भ किया। तुगलकों ने निर्मित्त भवनों में अलंकरण के स्थान पर सादगी को अधिक वरीयता दी। तुगलक कालीन भवनों के अवलोकन से उस काल में विद्यमान आर्थिक समस्याओं एवं राजनीतिक अस्थिरता की भी स्पष्ट झलक प्राप्त होती है, निर्माण में निम्न कोटि की सामग्रियों का प्रयोग किया गया है। गयासुद्दीन ने तुगलकाबाद नगर एवं स्वयं का मकबरा निर्मित्त करवाया था। इब्नबतूता ने इस नगर की भव्यता का वर्णन किया है। गयासुद्दीन का मकबरा पंचभुजी है और यह एक दुर्ग जैसा प्रतीत होता है। इसे लाल बलुआ पत्थरों से बनाया गया है, मेहराबों पर संगमरमर की पट्टियां लगाई गई हैं और मकबरे का गुम्बद संगमरमर से बना है। गयासुद्दीन के मकबरे में स्थापत्य का एक नवीन प्रयोग किया गया अर्थात् चबूतरे पर मकबरे का निर्माण। तुगलक निर्माणों में लाल बलुआ पत्थर का कम प्रयोग किया गया है। इसके स्थान पर धूसर पत्थरों का प्रयोग अधिक है, इसके ऊपर चूने-गारे का पलस्तर किया गया इससे निर्माण में नक्काशी व अलंकरण की न्यूनता प्राप्त होती है। फिरोजशाह ने निर्माण को प्रयोगधर्मी किया। इसके स्थापत्य विचारों का संकेन्द्रण फिरोजशाह कोटला नगर में प्राप्त होता है। इस नगर में आठ सार्वजनिक मस्जिदें, महल, तालाब व अनेक भवन निर्मित्त करवाए गए। यहां के भवनों में गुम्बद, मेहराब व बुर्ज की बहुलता है। फिरोजशाह ने स्वयं का अठपहला महल बनवाया, इसमें संगमरमर व लाल पत्थरों का प्रयोग तथा निष्प्रवण तकनीक(ढलुआ दीवार) प्रयुक्त की गई।

फिरोज तुगलक की विकेन्द्रण की नीतियों से स्वतन्त्र प्रान्तीय रियासतों का विकास हुआ। इनके द्वारा पंद्रहवीं शताब्दी के स्थापत्य का निर्माण किया गया। हालांकि दिल्ली में सैयद व लोदियों के द्वारा निर्माण कार्य करवाए गए किंतु इनमें पूर्व के निर्माणों का चरित्र नहीं था। सैयद वंश के प्रथम दो शासकों खिज्र खाँ व मुबारकशाह ने क्रमश: खिज्राबाद एवं मुबारकबाद नगरों की स्थापना की। लोदियों के काल में मकबरों का सर्वाधिक निर्माण हुआ इसलिए लोदी काल को ''मकबरा निर्माण काल'' भी कहते हैं। लोदी मकबरों के दो प्रकार हैं— 1. सुल्तानों के द्वारा निर्मित्त करवाया गया अष्टभुजी प्रकार का मकबरा। 2. अमीरों के द्वारा निर्मित्त कराया चतुर्भुजी मकबरा। लोदियों ने पहली बार दोहरे गुम्बद के स्थापत्य का विकास किया। यह निर्माण सिकन्दर लोदी के मकबरे में मिलता है। लोदी शासकों ने मकबरों को ऊँचे चबूतरों पर निर्मित्त करवाया, इससे निर्माण में भव्यता आई। मकबरों को उद्यान के मध्य निर्मित्त

करवाने की परम्परा भी इसी काल में उत्पन्न हुई जिसका मुगलों ने सर्वोत्तम विकास किया।

पंद्रहवीं शताब्दी में बंगाल के सुल्तानों ने गौड़ व पाण्डुआ में भव्य भवनों का निर्माण करवाया जिनमें सबसे प्रमुख अदीना मस्जिद है। इसका आराधना भवन सर्वाधिक अलंकृत है। इसमें पेड़-पौधों व कुरान की आयतों का अलंकरण किया गया है। अदीना मस्जिद के निर्माण में बंगाल की स्थापत्य शैली–चौड़े ढालू मेहराब (लटकन मेहराब), विशेष प्रकार के स्तम्भ एवं वक्राकार छतों का प्रयोग किया गया है। बंगाली शैली की परिपक्वता दाखिल दरवाजा में प्राप्त होती है, भारतीय-तुर्की शैली में ईटों से निर्मित्त यह सबसे उत्कृष्ट भवन है। पूर्वी उत्तर प्रदेश, बिहार व अन्य कुछ क्षेत्रों में शर्की शासकों द्वारा निर्माण कार्य करवाए गए। समकालीन शक्तियों में सर्वाधिक कलात्मक अभिरुचियाँ शर्की सुल्तानों में थी। इनके नेतृत्व में स्थापत्य के साथ-साथ संगीत की ख्याल गायकी के क्षेत्र में आधारभूत कार्य किए गए, इसका केंद्र जौनपुर था। शर्की वास्तुकला की प्रमुख विशेषता है–विशाल गुम्बद एवं ऊँची मेहराबें। भवनों की सुन्दरता को बढ़ाने के लिए संगमरमर की जालियों से घिरी कलात्मक गैलरियाँ निर्मित्त की गईं, जालियों से बरामदों में आने वाली सूर्य की रोशनी निर्माण को आध्यात्मिकता से परिपूर्ण करती है। शर्की वास्तु शैली में मेहराब को बीम या लिन्टर के साथ निर्मित्त किया गया है, इन्हें अलंकृत भी किया गया है। शर्कियों के द्वारा निर्मित्त भवनों में जामा मस्जिद सर्वोत्कृष्ट है, यह 6 मीटर ऊँचे एवं 70 मीटर वर्गाकार चबूतरे पर बनी है। मस्जिद का प्रमुख प्रवेश द्वार 24 मीटर ऊँचा है, मध्य भाग में 12 मीटर व्यास की स्तूपी छत है और छत के चारों ओर दो मंजिलें स्तम्भयुक्त बरामदे हैं। शर्कियों के द्वारा जौनपुर में किलों, हवेलियों, पुलों व उपवनों का भी निर्माण करवाया गया।

गुजरात की वास्तुकला अलंकरण में सर्वाधिक उन्नत मानी जाती है। इसमें गुजरात में जैनियों द्वारा निर्मित्त की गई शैली का गंभीर प्रभाव प्राप्त होता है। गुजराती निर्माणों में छरछरे बुर्ज, अलंकृत तोरण-द्वार एवं स्तंभों पर सुन्दर नक्काशी प्राप्त होती है। पंद्रहवीं शताब्दी में तुर्क एवं स्थानीय शैली का आदर्श समन्वय हुआ। ऐसे में मस्जिदों के निर्माण में गुम्बद व मेहराब के साथ-साथ नक्काशी युक्त स्तम्भ एवं सामाजिक-सांस्कृतिक जीवन मूल्यों का उत्कीर्णन भी किया गया। गुजराती वास्तुकला का केन्द्र अहमदाबाद, भड़ौच, पाटन व अन्हिलवाड़ था। अहमदाबाद की जामा मस्जिद, तुर्की एवं स्थानीय स्थापत्य के समन्वय का उदाहरण है, मस्जिद में गुम्बद के साथ-साथ 260 स्तम्भों की पंक्तियाँ हैं जिनपर 15 स्तूपिकाएँ निर्मित्त की गई

हैं। पंद्रहवीं शताब्दी में मालवा में भी वास्तुकला की एक पृथक शैली उन्नत हुई जिसकी प्रेरणा दिल्ली सल्तनत के स्थापत्य से ग्रहण की गई थी हालांकि मालवा में निर्माण-निजत्व भी प्राप्त होता है। मालवा शैली में मेहराब, स्तंभ एवं बीम का वैज्ञानिक समन्वय किया गया है। इनके अधिकतर भवन ऊँचे चबूतरे एवं नक्काशी युक्त सीढ़ियों से युक्त हैं। भवनों में अलंकरण के लिए संगमरमर पर रंगीन पत्थरों की जड़ाई (पित्रादुरा) की गई है। इस परंपरा का उत्कर्ष एतमद्दौला के मकबरे एवं ताजमहल में प्राप्त होता है। मालवा के भवनों का निर्माण लाल बलुआ पत्थरों से किया गया है जिसका प्रमुख केन्द्र माण्डु है।

22

मुगल वास्तुकला: शैली एवं विशेषताएं

मनुष्य की सृजनात्मकता का मूर्त्त व स्थायी प्रस्तुतीकरण वास्तुकला को माना जा सकता है। यह कलाबोध की निर्दोष अभिव्यक्ति है। जिसमें वह विभिन्न संस्कृतियों, परम्पराओं और निजी कल्पनाओं का समन्वय करता है। मध्यकालीन वास्तुकला का सर्वोत्तम विकास मुगल बादशाहों के नेतृत्व में देखने को मिलता है। मुगल सत्ता की राजनीतिक स्थिरता, आर्थिक सम्पन्नता और व्यापक कलात्मक अभिरुचियों ने वास्तुकला को नवीन आयाम दिया। मुगल वास्तुकला वास्तविक रूप से अकबर व शाहजहाँ के नेतृत्व में उत्कर्ष पर पहुंची।

मुगल वास्तुकला में निर्माण की वृहद् योजना व उत्कृष्ट प्रबंधन प्राप्त होता है। अकबर व शाहजहाँ द्वारा बनवाए गए भवनों में निर्माण के पूर्व ही उपयोगिता, सामग्री, प्राकृतिक व पर्यावरण की अनुकूलता जैसे विषयों पर गंभीर चिंतन किया गया। वस्तुत: मुगल बादशाह विचारों को मूर्त्त करने में पूर्णत: स्वतंत्र थे। उन्हें रूढ़िवादी सिद्धांतों और परम्पराओं से कोई सरोकार नहीं था। जिससे ये निर्माण क्षेत्र में उत्कृष्टता लाने में सफल रहे। ऐसे में वास्तुकारों को केवल निर्देशित निर्माण को ही मूर्त्त करने की स्वतन्त्रता थी। इन्हें स्वतन्त्र कला प्रतिभा के प्रदर्शन की मनाही थी। मुगलों से पूर्व योजनाबद्ध निर्माण की प्रवृत्ति तुगलक भवनों में प्राप्त होती है। तुगलकों ने भवनों के साथ-साथ तालाब, बाग-बगीचों आदि को भी निर्मित्त करवाया। मुगल बादशाहों ने सल्तनत की स्थापत्य शैली के साथ-साथ गुजरात, मालवा, जौनपुर, बंगाल, राजपूताना व पूर्व मध्यकालीन भारतीय शहतीरी, बौद्ध व अन्य स्थापत्य शैलियों का कुशल प्रयोग किया। वैसे भी धार्मिक रूढ़िवाद के

निर्देशन से पृथक होने के कारण विचारों की परिपक्वता के आधार व्यापक हुए। इसलिए निर्माण में मानव व पशु मूर्त्तियाँ, चित्र आदि भी उकेरे गए। मुगलों द्वारा प्रयुक्त निर्माण सामग्री में भी विविधता तथा उत्कृष्टता प्राप्त होती है। इनके द्वारा लाल बलुआ पत्थर व जोधपुर की ललकाना की पहाड़ियों से लाया गया संगमरमर प्रयुक्त किया गया। इससे सूक्ष्म अलंकरण और कोमल कल्पनाओं की प्रस्तुति सहज हुई। मुगल भवनों में अलंकरण के लिए गजकरी, पलस्तर, वनस्पतियों, लताओं, रंगों के साथ-साथ पित्रादुरा (संगमरमर पर रंगीन पत्थरों की जड़ावट) का प्रयोग किया गया है। भवनों में अनावश्यक निर्माण, अलंकरण आदि प्राप्त नहीं होता है। सुन्दरता बढ़ाने के लिए उपयोगी अलंकरण के साथ-साथ उद्यानों का निर्माण भी किया गया।

मध्यकाल में मुगल बादशाहों में कलात्मक अभिरुचि अन्य शासकों की अपेक्षा अधिक थी। बाबर ने अपने अल्प शासनावधि में उद्यान निर्माण की नींव रखी। इसके अवशेष धौलपुर में प्राप्त हुए हैं। इसके अतिरिक्त मुगल काल की प्रथम ईंट से बनी मस्जिद भी पानीपत में बनवाई गई। मुगलों का प्रथम उत्कृष्ट निर्माण हुमायूँ का मकबरा है। इसे उसकी पत्नी हाजी बेगम के संरक्षण में बनाया गया। इसमें फारसी स्थापत्य का प्रभाव है। मकबरे के चारों ओर चारबाग बनाया गया है। यह मकबरा अष्टभुजीय है और भारतीय वास्तुकला की पंचरथ शैली से प्रभावित जान पड़ता है। मकबरे का शिखर बौद्ध स्थापत्य की स्तूपिका के सदृश्य है।

मुगल वास्तुकला की उत्कृष्टता अकबर के काल में आरम्भ होती है। निर्माण में मेहराब व शहतीरी स्थापत्य का समन्वय किया गया है। अकबर की निर्माण सम्बन्धी कल्पना का प्रथम उद्‌गार आगरा के किले में प्राप्त होता है। इनमें दीवारों को सुन्दरता व सुरक्षा देने के लिए बीच-बीच में खाली स्थान दिया गया है। आगरा व फतेहपुर सीकरी के भवनों के निर्माण में गुम्बद का प्रयोग केवल मस्जिद में ही किया गया है। भवनों की छतों में नक्काशी युक्त छतरियाँ अधिक प्रयुक्त हुई हैं। 1570-1585ई. के मध्य अकबर ने फतेहपुर सीकरी में अपने निर्माण की परिकल्पना को मूर्त्त किया। यह अत्यन्त नियोजित नगर था जिसमें साम्राज्य की राजधानी की सम्पूर्ण आवश्यकताओं को यथार्थ करने का प्रयत्न किया गया था। फतेहपुर सीकरी का सामरिक महत्त्व था। सिकन्दर लोदी ने भी गुजरात, राजपूताना व दोआब क्षेत्र से उत्पन्न होने वाले आक्रमण के खतरे को देखते हुए आगरा को राजधानी बनाया था। अकबर के द्वारा किया गया फतेहपुर सीकरी का विस्तार इसी मान्यता का

विस्तार था। यह नगर पहाड़ी पर बसाया गया है जिससे स्थान सीमित है। इसलिए सड़कों के स्थान पर चबूतरों, मेहराबदार छतरियों व गलियारों का निर्माण किया गया है। सिकरी में केवल जामा मस्जिद का द्वार पूर्व-पश्चिम दिशा में है अन्यथा अधिकांश भवनों के मुख उत्तर-दक्षिण दिशा में हैं। सीकरी के सबसे सुरक्षित स्थान पर शाही हरम व दीवान-ए-खास का निर्माण किया गया है। शाही हरम के निर्माण में सुरक्षा का विशेष ध्यान रखा गया है। दीवान-ए-खास एक घनाकार कक्ष है। इसके मध्य में अलंकृत स्तंभ है जिसका निर्माण जैन स्थापत्य के आधार पर किया गया है। इसके अतिरिक्त इसके निर्माण में हिन्दू स्थापत्य की शहतीरी शैली और बौद्ध स्तूप शैली का भी स्पष्ट प्रभाव है। पंचमहल में एक आयताकार कक्ष है जिसकी प्रेरणा बौद्ध विहार से ली गई है। इसकी छतों के निर्माण में टाइल्स का प्रयोग किया गया है। मरियम के महल की निर्माण प्रक्रिया साधारण है किंतु इसके चित्रांकन में फारसी शैली के चित्रों का प्रयोग किया गया है। धार्मिक निर्माणों में मुख्यत: जामा मस्जिद, शेख सलीम चिश्ती का मकबरा सम्मिलित था। जामा-मस्जिद एक सार्वजनिक इबादत स्थल है। इस मस्जिद की दक्षिण दिशा में 134 फीट ऊँचा बुलंद दरवाजा है। दरवाजे के मध्य में केन्द्रीय मेहराब के दोनों ओर मीनारें निर्मित्त की गई हैं। शेख सलीम चिश्ती का मकबरा अध्यात्म, सूफी संत की शांत व प्रेम की जीवन शैली का प्रतीक है। जहाँगीर ने इस मकबरे में संगमरमर लगवाया था। जामा मस्जिद के प्रांगण में इस्लाम शाह की कब्र बनाई गई है। इसमें मुगल काल में पहली बार वर्णाकार मेहराब का प्रयोग किया गया है।

जहाँगीर के काल में अकबर व एतमदौला के मकबरे का निर्माण करवाया है। अकबर के मकबरे में तिमंजिला पिरामिड की स्थापत्य शैली प्रयुक्त की गई है। सम्पूर्ण मकबरा उद्यान के मध्य स्थित चबूतरे पर बना है। प्रथम दो मंजिले लाल बलुआ पत्थर तथा अंतिम मंजिल संगमरमर की बनी है। मकबरे का दरवाजा लाल बलुआ पत्थर से बनाया गया है। इसके अतिरिक्त मकबरे में संगमरमर की चार मीनारें भी निर्मित्त की गई हैं। लाहौर के शहदरा में जहाँगीर का मकबरा नूरजहाँ ने बनवाया था। इसे एक उद्यान के मध्य बनाया गया है। एत्मदौला का मकबरा चतुर्भुजाकार है तथा बेदाग संगमरमर से बना है। इसमें पित्रादुरा का प्रयोग किया गया। पित्रादुरा में सफेद संगमरमर में जवाहरात की जड़ावट की जाती है। यह शैली पूर्व में मालवा के भवनों व राजस्थान के मंदिरों में प्रयुक्त की गई थी। ताजमहल में पित्रादुरा का विस्तार होता है। इसके अतिरिक्त जहाँगीर ने कश्मीर के निशान्त बाग के निर्माण को आरंभ किया जिसे शाहजहाँ ने पूर्ण करवाया था।

शाहजहाँ का शासन मुगल वास्तुकला का सर्वोत्कृष्ट काल माना जाता है। शाहजहाँ ने भवन निर्माण में मुख्यतः संगमरमर का प्रयोग किया। इससे अलंकरण की सूक्ष्मता के साथ-साथ भवनों का चित्ताकर्षक रूप अधिक स्पष्ट हुआ। मेहराब को पर्णिल किया गया जिसमें सामान्यतया नौ या दस दंताकार भाग निर्मित्त किए गए। इसके अतिरिक्त तुर्की गुम्बद के स्थान पर अंदर गहराई तक कटे हुए फारसी गुम्बद बनाए गए और सर्पिल शीर्ष बंगाली छत की स्थापत्य शैली आदि का भी प्रयोग किया गया। 1638ई. में शाहजहानाबाद जिसे आज लाल किला के नाम से जानते हैं, का निर्माण आरम्भ हुआ। यह वस्तुतः एक आवासीय किला था। इसे समानान्तर चतुर्भुज के आकार में निर्मित्त किया गया है जिसमें दो दरवाजे क्रमशः लाहौरी व दिल्ली है। इसके मुख्य भवनों में शाही राजमहल के अतिरिक्त दीवान-ए-खास, दीवान-ए-आम, रंगमहल आदि हैं। इन भवनों में अलंकरण के लिए फूल-पत्तियां बनाई गई हैं, जिसमें पोस्ता प्रमुख है। लाल किले के समीप जामा मस्जिद का भी निर्माण करवाया गया है। मस्जिद में चार मीनारें व तीन गुम्बद हैं। शाहजहाँ के सभी निर्माण में ताजमहल सर्वोत्कृष्ट है। इसे कुरान में वर्णित जन्नत की अनुकृति के आधार पर बनाया गया है। इसलिए इसे जन्नती इमारत भी कहते है। ताजमहल के निर्माण की प्रेरणा हुमायूँ के मकबरे से भी ली गई थी। मकबरा 22 फुट ऊँचे चबूतरे पर बनाया गया है तथा आकार वर्गाकार है। मकबरे के प्रत्येक किनारे पर छतरी तथा मध्य में फारसी सदृश्य गुम्बद का निर्माण किया गया है। मकबरे में चार मीनारें निर्मित्त हैं। मकबरे की आन्तरिक बनावट हुमायूँ के मकबरे के समान है। मकबरे में कब्र को छोड़कर अन्य सभी स्थानों पर पित्रादुरा का प्रयोग किया गया है। ताजमहल को एक विशाल उद्यान के मध्य निर्मित्त किया गया है। इमारत को भूकम्प रोधी बनाने और सीलन से सुरक्षित करने के लिए नींव में देवदार की लकड़ी का प्रयोग किया गया है तथा इसकी मीनारें भी थोड़ी से झुकी हुई हैं। शाहजहाँ के उपरान्त मुगल वास्तुकला की उत्कृष्ट परम्परा का अवसान हो जाता है, हालांकि औरंगजेब ने लाल किले की मोती मस्जिद, लाहौर की बादशाही मस्जिद तथा रबिया दुर्रानी का मकबरा बनवाया। किंतु बादशाही मस्जिद का छोड़कर अन्य निर्माण में कलात्मक पतन दिखाई देता है। औरंगजेब के उपरान्त मुगल सत्ता का विकेन्द्रीकरण होने लगा। इससे वास्तुकला भी प्रान्तीय विषय बन गई। अठारहवीं शताब्दी में अवध, हैदराबाद, मैसूर व अन्य रियासतों में वास्तुकला का वास्तविक संकेंद्रण रहा।

23

मध्यकालीन इतिहास लेखन

इतिहास के अध्ययन में तत्कालीन स्रोतों की महत्त्वपूर्ण भूमिका मानी जाती है किंतु स्रोतों की उपादेयता के वैज्ञानिक परीक्षण के बिना सत्य का अन्वेषण संभव नहीं है। मध्यकाल में इतिहास को ज्ञान की एक शाखा के रूप में महत्त्व प्राप्त हुआ। इतिहास की दो प्रवृत्तियां उन्नत हुईं जिनमें उलेमा वर्ग द्वारा राजनीतिक, धार्मिक व आर्थिक इतिहास पर संकेद्रण किया गया और गैर उलेमाओं ने सामाजिक-सांस्कृतिक लेखन को अपना विषय बनाया। प्रत्येक लेखक का अपना एक दृष्टिकोण होता है जिसे वह अपने परिवार, समाज व शिक्षा से प्राप्त करता है इसलिए इतिहास वस्तुतः मानवीय प्रवृत्तियों का दस्तावेज है और प्रवृत्तियों के बदलाव से इतिहास बदल जाता है। सल्तनत के इतिहास को लिपिबद्ध करने वाले वर्ग धार्मिक शिक्षा के मूल्यों से युक्त थे। साथ ही साथ राज्य के प्रशासनिक सिद्धांतों के निर्माण में वे अपनी भूमिका को बनाये रखने का प्रयत्न कर रहे थे। ऐसे में लेखन में सुल्तानों को धर्म सम्मत होने का उपदेश भी दिया गया है। धर्म ग्रंथों की शिक्षा के कारण शब्द चयन में निरपेक्षता के तत्त्व कम मिलते हैं। हांलाकि इनमें कट्टरता का अंर्तभाव नहीं था जैसे कि किसी युद्ध में शत्रु पक्ष का वर्णन करना है तो उसे काफिर ही कहा गया भले ही वह इस्लाम को मानने वाला हो या अन्य किसी धर्म से सम्बन्धित हो। कहने का तात्पर्य यह है कि सल्तनत के इतिहास का अध्ययन करते समय शब्द चयन के प्रति विशेष सावधानी बरतनी चाहिए। उलेमाई इतिहास लेखन में वंशावली अन्वेषण, व्यक्तिगत जीवन, धर्म सिद्धांत, कुलीनता एवं नस्ल जैसे विचारों पर विशेष ध्यान दिया गया है। इसका तात्पर्य विशेषाधिकार सम्पन्न वर्गों के हितों का

संरक्षण करना है। वैसे ही सामन्ती युग में जन इतिहास से सम्बन्धित लेखन नहीं किया जाता था। राज्य की अवधारणा में अमीर व उलेमा के जीवन ही लेखन के केन्द्र बिन्दु थे। ऐसे में इनके मध्य होने वाला संघर्ष ही जन संघर्ष के रूप में व्याख्यायित नहीं किया जाना चाहिए जैसे कि साम्राज्यवादी इतिहासकारों ने सल्तनत के इतिहास लेखन की व्याख्या में किया है। इसके द्वारा शासकीय संघर्ष को जन संघर्ष के रूप में वर्णित कर दिया गया है जबकि इस प्रकार की सामाजिक पृष्ठभूमि इस काल में नहीं थी। भारतीय आर्थिक सिद्धांतों को स्वीकार करने से सामाजिक स्तर पर धर्म परिवर्तन होने के बाद भी सौहार्द्रपूर्ण जन–जीवन में कोई बदलाव नहीं आया। अंग्रेजों ने भारत की अर्थव्यवस्था को तोड़कर सामाजिक–सांस्कृतिक ताने–बाने को अप्रसंगिक करके उसमें धर्म, जाति, क्षेत्रीयता, भाषा व अन्य विभेदकारी विचारों का बीजारोपण करके सामाजिक एकता का क्षरण किया। महत्त्वपूर्ण यह है कि इस विचारधारा को ऐतिहासिक आधार देने के लिए इसे मध्यकालीन शासकीय संघर्ष के साथ जोड़ दिया। भारत की शिक्षा पद्धति व शासन व्यवस्था में अंग्रेजों के प्रभुत्व के कारण यह स्थापना लम्बे समय तक भारतीय चिंतन बिन्दु का आधार बनी रही। यह प्रवृत्ति आज भी कहीं न कहीं निर्देशित व संचालित हो रही है। इतिहास भले ही अतीत की किसी घटना का वर्णन हो किंतु जब उस घटना को समझने का दृष्टिकोण बदलता है ऐसे में इतिहास बदल जाता है। सामन्त युग में अमीरों व उलेमाओं से जुड़ा इतिहास लिखा गया। इसके लिए तथ्य खोजे गए। ऐसे ही अंग्रेजों ने साम्राज्यवादी आवश्यकता के अन्तर्गत भारतीय समाज की एकता को क्षतिग्रस्त किया, पाश्चात्य मूल्यों की श्रेष्ठता को स्थापित किया और भारतीय संस्कृति को पिछड़ा व रूढ़िवादी बताया। यह उनकी शासकीय आवश्यकता थी किंतु वर्तमान में इस विचारधारा का पोषण व संवर्द्धन एक आत्मघाती प्रयत्न है। स्वतन्त्र भारत में प्रजातांत्रिक मूल्यों, संस्थानों व विचारों की स्थापना ही इतिहास का दृष्टिकोण होना चाहिए। इस दिशा में सार्थक प्रयत्न किए बिना समाज की एकता का क्षरण रोका नहीं जा सकता। ऐसे में सल्तनत के इतिहास को उस समय के परिवेश, आवश्यकता एवं पृष्ठभूमि के आधार पर मूल्यांकित करना चाहिए। विचारणीय प्रश्न यह है कि शासक एक राजनीतिज्ञ होता है और अपनी प्रशासनिक आवश्यकता के अन्तर्गत वह नीति का निर्माण करता है जिसके अन्तर्गत वह धर्म, निरपेक्षता, जाति, नस्ल व क्षेत्रीयता के मूल्यों को स्वीकार करता है इसलिए उसकी नीतियों की पृष्ठभूमि का मूल्यांकन आवश्यक है। इस प्रक्रिया में इतिहास लेखन का अध्ययन सर्वाधिक उपादेयी है। ऐसे में शासकों ने विभिन्न धार्मिक सिद्धांतों का यथासमय राजनीति में

उपयोग किया किंतु उनका प्रयत्न सदैव यही रहा कि धार्मिक व्यक्ति अर्थात उलेमा राजनीति से दूर रहें।

सल्तनत के इतिहास लेखन का क्रमबद्ध वर्णन मिनहास-उस-सिराज, जियाउद्दीन बरनी और शम्स-ए-सिराज-अफीफ ने किया है। इनके विचारों का मूलाधार कुलीनता व धर्म सिद्धांतों का संरक्षण है। ऐसे में जिस शासक ने इन विचारों को महत्त्व दिया, उनकी ये इतिहासकार प्रशंसा करते हैं अन्यथा अन्य शासक इनकी आलोचना के केंद्र बने। हसन निजामी की रचना ताजुल-मआसिर को दिल्ली सल्तनत के इतिहास का प्रथम ग्रंथ माना जाता है। हसन निजामी, सल्तनत की स्थापना के वास्तविक गवाह थे। इन्होंने गोर से दिल्ली की ओर विस्तारित होने वाली इस्लामिक सत्ता को नजदीक से देखा व समझा था। ताजुल-मआसिर ग्रंथ का आरम्भ तराईन के द्वितीय युद्ध के पूर्व मुहम्मद गोरी द्वारा ली गई विजय प्रतिज्ञा से होता है। हसन निजामी ने यह वर्णित किया है कि ऐबक की मृत्यु चौगान खेलते समय घोड़े से गिरकर हुई थी। इसके अतिरिक्त इन्होंने इल्तुतमिश के राज्यारोहण, सैन्य अभियान, प्रशासन और खलीफा से मान-पत्र प्राप्त करने की घटनाओं का उल्लेख किया है। मिनहास की रचना *तबकाते-ए-नासिरी* में आदम से आरंभ होकर इस्लाम के जन्म, विस्तार, खलीफाओं के काल से दिल्ली सल्तनत की स्थापना और सुल्तान नासिरुद्दीन महमूद के काल तक का इतिहास लिपिबद्ध है। इसे कुल तेइस अध्यायों में विभाजित किया गया है। जिनमें कुल पच्चीस अमीरों की वंशावली कुबाचा, ऐबक, इल्तुतमिश, रजिया, बहरामशाह, नासिरुद्दीन महमूद, तुर्क अमीर व उलुग खान के परस्पर द्वंद्व से सम्बन्धित घटनाओं का वर्णन है। मिनहास को सर्वप्रथम नासिरुद्दीन कुबाचा का राजाश्रय प्राप्त हुआ। कुबाचा ने इन्हें मदरसा-ए-फिरोजी का प्रमुख बनाया। किंतु कुबाचा के इल्तुतमिश के पराजित होने के उपरान्त मिनहास दिल्ली चले आए। यहां भी उन्हें काजी का पद प्राप्त हुआ। रजिया ने भी इन्हें मदरसे नासिरिया का प्रमुख बनाया। बहरामशाह के काल में मिनहास की प्रतिष्ठा बढ़ गई थी किंतु मसूदशाह के काल में ये लखनौती चले गए। सुल्तान नासिरुद्दीन महमूद ने इन्हें ''सदर-ए-जहाँ'' का पद प्रदान किया।

24

कल्हण की राजतरंगिणी और इतिहास ग्रंथ के रूप में इसकी प्रासंगिकता

कल्हण की *राजतरंगिणी* में कश्मीर में व्याप्त समृद्ध इतिहास लेखन परम्परा की अभिव्यक्ति प्राप्त होती है। लेखन में वंशावली अन्वेषण एवं राजनीतिक घटनाओं के सूक्ष्म विवेचन के साथ कारणवाद का मर्म भी प्राप्त होता है। कल्हण के लेखन के स्रोत के रूप में साहित्यिक रचनाओं और परम्पराओं एवं अनुश्रुतियों के साथ-साथ मन्दिरों व भवनों में उत्कीर्ण अभिलेखों का प्रयोग किया है। अभिलेखों के अन्वेषण में रुचि एवं व्यापक इतिहासबोध, कल्हण को आधुनिक इतिहास लेखकों के समीप पहुँचाता है।

राजतरंगिणी को भारत का सबसे व्यवस्थित इतिहास ग्रंथ माना जाता है। इसकी रचना 1148-49ई. में हुई थी। प्राचीन भारत में कश्मीर व मणिपुर दो ऐसे क्षेत्र थे जहाँ इतिहास लेखन की समृद्ध परम्परा थी। कश्मीर में बौद्ध धर्म की व्यापकता से तार्किकता एवं ज्ञानात्मक विचारों की ओर झुकाव सदैव बना रहा। चीन एवं मध्य एशियाई क्षेत्रों से आर्थिक-सांस्कृतिक सम्बन्धों के कारण भी कश्मीर में ऐतिहासिक दृष्टिकोण का विकास हुआ। कल्हण को कश्मीरी शासक हर्ष (1089-1101ई.) का राजाश्रय प्राप्त था किंतु इसके बाद कोई राजकीय सहायता प्राप्त नहीं हुई। इसका सकारात्मक पक्ष यह रहा कि कल्हण ने राजतरंगिणी में शासक की अनावश्यक प्रशंसा नहीं की जैसा कि पूर्व मध्यकालीन ग्रंथों में प्राप्त होता है। राजतरंगिणी की महत्ता इस बात में सन्निहित है कि इसमें व्यापक इतिहासबोध की अनुभूति प्राप्त होती है जिससे घटनाओं को समझना आसान हो जाता है। वस्तुतः कश्मीर की परम्परा, कल्हण की वैज्ञानिकता एवं राजवंश से उसकी निकटता, लेखन को परिपक्व बनाती है।

राजतरंगिणी, काव्यात्मक शैली में लिखी गयी कृति है जिसमें ''अलंकारिक-रसात्मक शब्दावली'' एवं ''ऐतिहासिक अन्वेषण'' का अद्‌भुत सम्मिश्रण प्राप्त होता है। कल्हण का मानना है कि कवि या लेखक को निष्पक्ष होना चाहिए। कल्हण ने अपने लेखन में मनोरंजक शब्दावली एवं भावनाओं के साथ-साथ राजवंशों की वंशावली, अन्वेषण एवं इतिहास-दर्शन जैसे तत्त्वों का एक साथ उपयोग किया है। उस समय कश्मीर में अशान्ति व अस्थिरता विद्यमान थी जिससे कल्हण की भाव संवेदना में सांसारिक जीवन की नश्वरता के तत्त्व भी उद्‌घाटित हुए। कल्हण का मानना था कि व्यक्ति को अतीत की गलतियों से प्रेरणा लेनी चाहिए। ऐसी भावना के कारण इन्हें घटनाओं का सूक्ष्य विवेचन करना पड़ा जिससे लेखन में वैज्ञानिकता बढ़ी और उनकी कृति समकालीन रचनाओं से पृथक हो गई।

राजतरंगिणी कृति आठ सर्गों में विभाजित है जिसमें आठ हजार श्लोक हैं। प्रथम तीन सर्गों में कश्मीर के प्राचीन इतिहास का सर्वेक्षण मात्र किया गया। इसमें किसी प्रकार का आलोचनात्मक दृष्टिकोण प्राप्त नहीं होता। चौथे से आठवें सर्ग तक कल्हण का इतिहास लेखन वैज्ञानिक, तार्किक एवं अन्वेषणात्मक है। चौथे से छठे सर्ग में कार्कोट और उत्पल वंशों का इतिहास है। सातवें व आठवें सर्ग में लोहार वर्ग से सम्बन्धित घटनाओं का लेखन किया गया है। इन सर्गों के लेखन में साक्ष्यों के अनुशीलन पर विशेष ध्यान दिया गया है। *राजतरंगिणी* के लेखन में कल्हण ने पुरातत्विक स्रोतों एवं सिक्कों के साक्ष्यों को सर्वाधिक महत्त्व दिया है। कश्मीरी शासक हर्ष के काल में डामर(सामन्त) का विद्रोह हुआ था। कल्हण ने इस विद्रोह के कारणों का सूक्ष्मता से विश्लेषण किया और कहा कि राजा को इतना शक्तिशाली अवश्य होना चाहिए कि वह समाज के उपद्रवी तत्त्वों पर नियन्त्रण स्थापित कर सके। कल्हण का मानना था कि सम्पत्ति की बहुलता से विद्रोह उत्पन्न होते हैं। उन्होंने आर्थिक शक्ति एवं राजनीतिक उपद्रवों के परस्पर सम्बन्धों का सूक्ष्म विश्लेषण किया और कहा कि राजा को चाहिए कि वह प्रजा के प्रति विनम्र हो और वह कल्याणकारी नीतियां लागू करे तथा उनमें धन संचय की भावना उत्पन्न न होने दें। कल्हण ने नौकरशाही को भ्रष्टाचार, राजनीतिक षडयन्त्र और प्रजा पर अत्याचार करने वाला ''समूह'' कहा और इन्हें नियन्त्रित करने के लिए शासक को प्रयत्नशील रहने की सलाह दी। *राजतरंगिणी* में राजनीतिक इतिहास के साथ-साथ राज दरबार के वर्णन, विभिन्न राजवंशों की वंशावली, प्रशासनिक संस्थाओं, सैन्य संगठन, कश्मीर की भौगोलिक संरचना एवं आर्थिक-सांस्कृतिक स्थितियों का तार्किक विश्लेषण किया गया है।

कल्हण ने *राजतरंगिणी* के आरम्भिक तीन सर्गों में कश्मीर के प्राचीन इतिहास का उल्लेख मात्र किया है। इसमें ऐतिहासिक स्रोतों का इस्तेमाल भी लेखन में नहीं किया गया है जिससे प्रथम तीन सर्ग वैज्ञानिक लेखन के दृष्टिकोण से युक्त नहीं हैं और इनमें अतिशियोक्ति पूर्ण संदर्भ भी लिखे गए हैं। प्रथम सर्ग में यह कहा गया है कि कश्मीर में ऐसे शासक हुए जिन्होंने तीन सौ वर्षों तक शासन किया। द्वितीय सर्ग में लिखा गया है कि कश्मीर के राजाओं ने सम्पूर्ण भारत एवं श्रीलंका पर विजय प्राप्त की थी। लेकिन इतना होते हुए भी चार से आठ तक के सर्गों में वर्णित घटनाएं सूक्ष्म वैज्ञानिक अन्वेषण से युक्त हैं इससे कल्हण न केवल मध्यकालीन भारतीय इतिहास के सर्वोत्कृष्ट लेखक हैं बल्कि उनको आधुनिक इतिहास लेखकों की प्रथम श्रेणी में रखना समीचीन रहेगा।

25

अलबरुनी का इतिहास लेखन

अलबरुनी की रचना *किताबुल हिन्द* में आधुनिक इतिहासकारों के लेखन का मर्म प्राप्त होता है। इतिहास को राजा-महाराजाओं के वृत्तांत एवं युद्ध की घटनाओं से हटाकर सामाजिक-सांस्कृतिक स्थितियों के वैज्ञानिक अनुशीलन से जोड़ना, अलबरुनी की विशेषता है। अलबरुनी के लेखन में प्राचीन एवं पूर्व मध्यकालीन उत्तर भारत की सामाजिक-सांस्कृतिक स्थितियों का सर्वेक्षण प्राप्त होता है। ऐसे में अलबरुनी के कथनों पर पूर्ण विश्वास न करके उन्हें अन्य समकालीन स्रोतों के साथ जोड़कर विश्लेषित करना समीचीन रहेगा।

अलबरुनी या अबु मुहम्मद इब्न-ए-मुहम्मद की रचना *किताब-उल-हिन्द* (किताब फी तहकीक मा लिल हिन्द मिन मकाला मक्बूला फिल अक्ल-औ-मरजूला) भारत के सामाजिक-सांस्कृतिक इतिहास का महत्त्वपूर्ण ग्रंथ है। अलबरुनी एक महान भाषाविद् थे। इनकी मातृभाषा ख्वारिज्मी थी किंतु इन्हें सीरियाई, संस्कृत व फारसी भाषा का ज्ञान था। *किताबुल हिन्द* भी फारसी भाषा में लिखी गई कृति है। 1017ई. में महमूद गजनवी ने ख्वारिज्म पर अधिकार कर लिया था। यहां से युद्ध बन्दी के रूप में अलबरुनी को गजनी लाया गया। गजनी प्रवास के दौरान इनमें भारत और भारतवासियों के प्रति गहरी रुचि जागृत हुई। हालाँकि खगोल विज्ञान, गणित व आयुर्वेद के प्रमुख भारतीय ग्रंथों का अब्बासी खलीफाओं के काल में अरबी भाषा में अनुवाद हो चुका था। गजनवी के पंजाब विजय के उपरान्त भारतीय विद्वान भी अलबरुनी के सम्पर्क में आए। इससे इनकी भारत सम्बन्धी जिज्ञासाओं को पूर्ण करने का अवसर मिला। *किताबुल हिंद* की रचना

1030 ई. में की गई। अलबरुनी की दो रचनाएं उपलब्ध हैं। 1. *किताबुल हिंद* 2. *आसार कुल वाकिया*।

किताबुल हिंद का वृत्तांत 80 अध्यायों में विभक्त है, जिनमें प्रत्येक का उपशीर्षक है, जो सम्बन्धित विषय या विषयों की ओर इंगित करता है। प्रथम अध्याय प्रस्तावना के रूप में है। इसमें अलबरुनी ने उन कठिनाइयों का उल्लेख किया है जिसका सामना उन्हें ग्रंथ को तैयार करने में करना पड़ा था - जैसे कि भारत में भाषाई विविधता एवं अलबरुनी की भाषाई अज्ञानता, धार्मिक एवं सांस्कृतिक परिस्थितियों को न समझ पाना व अन्य। दूसरे से आठवें अध्याय में धर्म-दर्शन, नौवें व दसवें में समाज संगठन, नगर एवं आराधना पद्धति, ग्यारहवें से चौदहवें व सोलहवें अध्याय में धार्मिक व वैज्ञानिक साहित्य, पन्द्रहवें से सत्रहवें अध्याय में माप-बाट व बजट निर्माण, अठ्ठारहवें से बासठवें अध्याय में खगोल एवं भूगोल, तिरसठवें से उन्यासीवें अध्याय में सामाजिक जीवन, रीति-रिवाज व त्योहार, अस्सीवां अध्याय ज्योतिष ज्ञान से सम्बन्धित है।

अलबरुनी पूर्व मध्यकालीन उत्तर भारतीय समाज के बारे में लिखते हैं कि हिन्दू अपनी जातियों को वर्ण कहते हैं। जिनमें सर्वश्रेष्ठ जाति ब्राह्मणों की हैं जिनकी सृष्टि ब्रह्म के सिर से मानी जाती है। द्वितीय जाति क्षत्रियों की है जिनकी उत्पत्ति ब्रह्म के कंधों से हुई है। तृतीय स्तर पर वैश्य आते हैं और चतुर्थ में शूद्र को माना गया है। इन वर्गों में परस्पर कार्यों का अन्तर है किंतु वे परस्पर सौहार्द्रपूर्ण तरीके से एक साथ रहते हैं। इसके अतिरिक्त अंत्यज वर्गों में एक विशाल समूह अन्तर्निहित है जिनकी गणना किसी भी जाति में नहीं होती हैं। इन्हें व्यवसाय का सदस्य माना जाता है। इनकी आठ श्रेणियां हैं—धोबी, चर्मकार, नट, केवर्त, नाविक, मछुआरा, बहेलिया और जुलाहा। इनमें से धोबी, चर्मकार और जुलाहे को निम्नतर माना जाता है। चाण्डाल व डोम की गणना किसी भी व्यवसाय के सदस्य के रूप में नहीं होती है। अलबरुनी का कहना है कि हिन्दू दर्शन में सभी जातियों के मोक्ष का विधान किया गया है। शिक्षा, क्षेत्रीय भाषा एवं लिपि के बारे में ये पर्याप्त जानकारी देते हैं। वे कहते हैं कि बच्चे पाठशाला में लिखने के लिए स्लेट व खड़िया का प्रयोग करते हैं। भारत में पाण्डुलिपियाँ खजूर के पत्ते पर हाथ से लिखकर तैयार की जाती हैं। भारत में लेखन के लिए रेशमी कपड़ों का भी इस्तेमाल किया जाता था। हिंदुओं की वर्णमाला में 50 अक्षर हैं। इनके अधिक होने का मूल कारण इनकी भाषा की ध्वनियां हैं। हिन्दू लिपि भी यूनानियों के सदृश बांयी से दांयी ओर लिखी जाती है। अलबरुनी ने भारत की क्षेत्रीय भाषाओं और लिपियों का भी उल्लेख किया है।

जिनमें "बुद्ध की लिपि" प्रमुख है। अलबरुनी का मानना है कि ज्ञान, सच्चे अर्थों में अंतर्राष्ट्रीय होता है और इनका लाभ सभी देशों तक पहुंचता है। उनका यह विश्वास था कि राजा व महाराजा विज्ञान के अध्ययन एवं अनुसंधान को प्रोत्साहित करने में महत्त्वपूर्ण भूमिका निभा सकते हैं, क्योंकि वे ही ऐसे लोग हैं जो विद्वानों को भौतिक चिंताओं से मुक्त कर सकते हैं, किंतु वर्तमान में ऐसा नहीं हो रहा है जिससे ज्ञान-विज्ञान की धारा भी अवरुद्ध हो गई है।

भारतीय ग्रंथों में अलबरुनी ने खगोल सम्बन्धित ग्रंथों पर सर्वाधिक ध्यान दिया। वे खगोल में भारतीयों की प्रवीणता की प्रशंसा करते हैं किंतु वैज्ञानिक अनुसंधानों में धार्मिक रूढ़ियों को जोड़ना दुर्भाग्यपूर्ण मानते हैं। अलबरुनी यह भी स्वीकार करते हैं कि भारतीय विद्वानों ने विज्ञान की अनेक शाखाओं (मापबाट, आयुर्वेद, खगोल व गणित) का विकास किया किंतु मैं उन सबको समझ नहीं पाया। देश के प्राकृतिक भूगोल जिनमें पत्थरों के आकार, लम्बाई-चौड़ाई, बनावट आदि के विषय में अलबरुनी ने अनुभवजन्य लेखन किया है, अलबरुनी का कहना है कि भारत में खगोलशास्त्र में जनमानस की अत्यधिक रुचि है। यदि कोई व्यक्ति खगोलशास्त्री बनना चाहता है तो उसे गणित-ज्योतिष एवं फलित-ज्योतिष का ज्ञान अनिवार्य है। गणित-ज्योतिष के पांच सिद्धांत हैं—सूर्य सिद्धांत, वशिष्ठ सिद्धांत, पुलिश सिद्धांत, रोमक सिद्धांत एवं ब्रह्म सिद्धांत। अलबरुनी ने वराहमिहिर की रचना, *पंचसिद्धान्तिका* और ब्रह्मभट्ट की रचना, *ब्रह्म सिद्धांत* का भी उल्लेख किया है। इन्होंने वर्णित किया है कि वराहमिहिर ने दो जातकों की रचना की है—संक्षिप्त एवं वृहत्। इनमें से संक्षिप्त अथवा लघु जातक का मैंने अरबी में अनुवाद किया है। वराहमिहिर की अन्य रचनाएं *योगयात्रा, विवाह पटल, शत पंचशिका* एवं *होरा* हैं। *ब्रह्म सिद्धांत* में चौबीस सिद्धांत है जिनके माध्यम से भूमण्डल की प्रकृति, ग्रहों की परिक्रमा, काल-गणना, चन्द्र-ग्रहण, सूर्य-ग्रहण, ग्रहों के अक्षांश, ग्रहों की वैज्ञानिक गणना, जैसे विषयों की जानकारी प्राप्त की जा सकती है। अलबरुनी ने भारतीय आयुर्विज्ञान में *चरक संहिता* को सर्वोत्कृष्ट माना है क्योंकि इनका कहना है कि चरक, द्वापर युग के ऋषि थे। चरक का शाब्दिक अर्थ है—बुद्धिमान। इन्हें आयुर्वेद का ज्ञान अश्विनी से प्राप्त हुआ था।

अलबरुनी ने 16 प्रमुख मार्गों का वर्णन किया है जो कन्नौज, मथुरा, अन्हिलवाड़ एवं धार से आरम्भ होते थे। धर्म के सम्बन्ध में अलबरुनी, शिक्षित वर्ग एवं जन सामान्य के मध्य व्याप्त विश्वासों के अन्तर की चर्चा करते हुए कहते हैं कि—शिक्षित वर्ग की ईश्वर सम्बन्धी कल्पना पूर्णतः एकेश्वरवादी है। वे ईश्वर के

शाश्वत, अनादि व अनन्त रूपों के महत्त्व को भली-भाँति समझते हैं। अलबरुनी ने जनसामान्य में व्याप्त मूर्तिपूजा की आलोचना नहीं की। वे कहते हैं कि जनसामान्य का रुझान इन्द्रिय गोचर संसार की ओर था और यही कारण है कि महापुरुषों की स्मृतियों को बनाए रखने के लिए उनका स्मारक या मूर्ति बना ली जाती थी। समय बीतने के साथ-साथ इन महापुरुषों की मूर्त्तियों को पूजा ग्रहों में स्थापित कर दिया गया। अलबरुनी ने मुल्तान के सूर्य मन्दिर का उल्लेख किया है। इनका कहना है कि इसका निर्माण ''कृत युग'' में किया गया था। इनका कहना है कि मुल्तान की समृद्धि का कारण सूर्य मन्दिर है। थानेश्वर नगर में भी चक्र स्वामी की मूर्ति है। इसी तरह कश्मीर में शारदा देवी का मन्दिर है। जहां पर सदैव तीर्थ यात्री आते रहते हैं। अलबरुनी ने भारत के धार्मिक साहित्य का भी वर्णन किया है। इनमें वेद पुराण एवं स्मृतियां सम्मिलित हैं। अलबरुनी का कहना है कि वेद का अर्थ है ऐसे विषय का ज्ञान जो पहले अज्ञात था। हिन्दुओं के मतानुसार वेद ईश्वर की वाणी है और यह ब्रह्म के मुख से निकली है। ब्राह्मण, क्षत्रियों को वेद की शिक्षा देते हैं। क्षत्रियों को वेदाध्ययन का अधिकार है किंतु वे वेद की शिक्षा नहीं दे सकते हैं। वैश्यों व शूद्रों को वेद सुनने की भी मनाही थी। अलबरुनी ने पुराणों का शाब्दिक अर्थ-अनादि व अनन्त कहा है। पुराणों की संख्या अठ्ठारह है जिनका नामकरण देवताओं, मनुष्यों व पशुओं के नाम पर किया गया है। पुराण मानव-कृत रचनाएं हैं जिन्हें ऋषियों ने लिखा है। प्रमुख पुराणों में आदि, मत्स्य, कूर्म, वराह, नरसिंह, वामन, वायु, नन्द, स्कन्द, आदित्य, सोम, सांब, ब्रह्मांड, मार्कण्डेय, विष्णु, भविष्य, तर्क्ष्य एवं ब्रह्म सम्मिलित हैं। अलबरुनी ने इनमें से मत्स्य, आदित्य एवं वायु पुराण के कुछ अंशों का अध्ययन किया था। अलबरुनी का कहना है कि स्मृति ग्रंथों की मूल विषयवस्तु वेदों से ग्रहण की गई थी। इनके प्रतिपाद्य विषय सामाजिक नियम-कानून एवं विधि से जुड़े हुए हैं।

आर्थिक गतिविधियों के बारे में अलबरुनी सबसे कम वर्णन करते हैं। उनका कहना था कि भारतीय उत्पादन प्रक्रिया जाति में संगठित लोगों के द्वारा संचालित की जाती है। ब्राह्मणों के लिए घोर आवश्यकता की स्थिति को छोड़कर व्यापार करना वर्जित है और यदि विषम परिस्थितियों में उन्हें व्यापार करना भी पड़े तो केवल कपड़े व सुपाड़ी का व्यापार करने की इजाजत थी। अलबरुनी का कहना है कि ब्राह्मण ब्याज पर धन नहीं दे सकता। यह कार्य केवल शूद्र का है और ब्याज भी अधिकतम 2% हो सकता है। अलबरुनी ने सोमनाथ बन्दरगाह के बारे में वर्णित किया है कि यह पूर्वी अफ्रीका व चीन के साथ व्यापार का सबसे बड़ा केन्द्र था।

भारत में गोवध का निषेध आर्थिक कारणों से किया गया था क्योंकि इसका कृषि एवं धनार्जन में विशेष महत्त्व था। अलबरुनी यह लिखते हैं कि मुहम्मद बिन कासिम ने मुल्तान के सूर्य मन्दिर को सुरक्षित बनाये रखा था। इसका मूल कारण यह था कि मन्दिर में तीर्थ यात्रियों के माध्यम से अपार धन आता था और यह मुल्तान की समृद्धि का कारण था।

अलबरुनी ने इतिहास को एक व्यापक परिप्रेक्ष्य प्रदान किया और राजनीतिक घटनाओं के साथ-साथ इतिहासकार के विवेचन विषयों में खगोल, भूगोल, तर्कशास्त्र, गणित, समाज, धर्म एवं दर्शन को भी सम्मिलित करवाया। भारतीय धर्म के विषय में उन्होंने बताया कि धर्म के विषय में जो साहित्य उपलब्ध है वह उच्चकोटि का नहीं है और उसमें आलोचनात्मक दृष्टिकोण का अभाव है। सत्य तो यह है कि अलबरुनी ने अपना अधिकतर समय मुल्तान में व्यतीत किया था। जहाँ भारतीय धर्म-दर्शन के अध्ययन की सुविधा विद्यमान नहीं थी। दूसरी ओर भारतीय धार्मिक ग्रंथों में दार्शनिक विचारों की विविधता एवं रूढ़िवादी मान्यताओं का व्यापक वर्णन किया गया है। इसे अलबरुनी समझ नहीं सके। भारत के सांस्कृतिक इतिहास के मर्म को समझने के लिए अलबरुनी ने संस्कृत भाषा का अध्ययन किया और भारतीय ग्रंथों को पढ़ा, जिनमें भगवद्गीता, कपिल का सांख्य, पंतजलि का महाभाष्य एवं कुछ एक पुराण सम्मिलित हैं। किंतु इनके आधार पर सम्पूर्ण भारत के सामाजिक सांस्कृतिक इतिहास का विवरण प्रस्तुत कर पाना सम्भव नहीं है। भारत सांस्कृतिक विविधता वाला देश है, जहाँ विभिन्न भाषाएं, लोकरीतियाँ, धार्मिक अनुष्ठान, रहन-सहन, वेश-भूषा एवं क्षेत्रगत सांस्कृतिक भिन्नताएं विद्यमान हैं। वैसे भी अलबरुनी केवल संस्कृत भाषा का अध्ययन करते हैं जिससे वे जैन, बौद्ध एवं लोकायत धर्म दर्शन तथा क्षेत्रीय सांस्कृतिक विशेषताओं को समझ पाने में सक्षम नहीं हुए। ऐसे में *किताबुल हिंद* को वैज्ञानिक चिंतन से युक्त कृति मानते हुए भी इसकी गम्भीर सीमाओं के कारण इसके तथ्यों को अन्य समकालीन ग्रंथों के साथ जोड़कर देखना चाहिए। यही अलबरुनी के वैज्ञानिक दृष्टिकोण के प्रति सम्मान होगा।

26

जियाउद्दीन बरनी : सिद्धांत एवं दृष्टिकोण

मध्यकाल में ज्ञान की एक पृथक शाखा के रूप में इतिहास लेखन भारतीय उपमहाद्वीप के लिए एक नई विधा थी लेकिन अरबवासियों ने वंशावली के अन्वेषण में गम्भीर रुचि ली जिससे इतिहास लेखन एक कला के रूप में मान्य हुआ। सल्तनतकालीन इतिहास लेखन की दो विचारधाराएं प्राप्त होती हैं—पहला, सामाजिक व सांस्कृतिक इतिहास, दूसरा, आर्थिक व राजनीतिक इतिहास। बरनी को द्वितीय परम्परा का वाहक माना जाता है। इनके लेखन में धर्म एवं कुलीनता के प्रति विशेष अनुराग प्राप्त होता है।

तारीख-ए-फिरोजशाही की भूमिका में बरनी ने इतिहास दर्शन का खाका प्रस्तुत किया है। बरनी का उद्देश्य कुलीन वर्गों के हितों का संरक्षण करना था। वे मानते हैं कि इतिहास, धर्म व राज्य के महान व्यक्तियों की विशेषताओं, गुणों एवं परंपराओं का वृत्तांत है। इतिहास सही अर्थों में एक विज्ञान है जो केवल आसराफ (उच्च कुलीन व्यक्ति) के लिए है क्योंकि इनके पास इंसाफ, सच्चाई एवं पवित्रता होती है। इतिहासकार के गुणों की चर्चा करते हुए बरनी कहते हैं कि इतिहासकार का संबंध ऊँचे कुल से होना चाहिए ताकि वह उनके हितों के बारे में बोल सके, यदि इतिहासकार अपनी समसामयिक स्थिति के विषय में डर के कारण नहीं बोल सकता है तो कम से कम उसे अतीत के बारे में सत्य अवश्य बोलना चाहिए। बरनी का मानना है कि सुल्तान की निरंकुशता, खुदा से प्राप्त नहीं होती बल्कि वह शक्ति के बल पर कायम की जाती है। बरनी ने बल्बन को "खुफिया कातिल" एवं "बड़े पैमाने पर

कत्ल करवाने वाला व्यक्ति'' कहा। ऐसा होने पर भी बरनी का मानना है कि सत्ता की स्थिरता के लिए शक्ति एवं दण्ड अनिवार्य है। सुल्तान, बेरहमी एवं नरमदिली का मेल है। बरनी ने अलाउद्दीन खिलजी के सुल्तान बनने, विजय अभियानों, प्रशासनिक, वित्तीय एवं बाजार सम्बन्धी उसकी उपलब्धियों का आलोचनात्मक वर्णन किया है। बरनी ने राजनीतिक इतिहास में वंशावली अन्वेषण, कुलीनता एवं धार्मिक सिद्धांतों के आधार पर प्रशासन के संचालन पर विशेष जोर दिया है। बल्बन के राज्य-विस्तार के बजाय संगठन पर जोर देने की नीति का उल्लेख करते हुए बरनी कहते हैं कि दिल्ली के सैनिक स्थानीय सामंतों को पराजित कर सकते हैं किंतु विजित क्षेत्रों पर शासन के लिए बड़ी संख्या में अमीरों, घुड़सवारों व पैदल सैनिकों की नियुक्ति करनी होगी, दिल्ली से दूर होने के कारण वे बगावत भी कर सकते हैं। बरनी ने बल्बन के काल में होने वाले मंगोल आक्रमणों के क्रम व कारणों का उल्लेख नहीं किया है। वे केवल शहजादा मुहम्मद की मृत्यु के बाद उत्पन्न उत्तराधिकार की समस्या पर चर्चा करते हैं। वस्तुत: बरनी का मूल राजनीतिक लेखन बाह्य घटनाओं की अपेक्षा आन्तरिक विषयों पर अधिक संकेंद्रित रहा। बरनी ने अलाउद्दीन की दण्डनीति को विश्लेषित करते हुए लिखा है कि खून बहाने में सुल्तान ने प्राचीन मिस्र के शासक फिरऔनों की पीछे कर दिया है, बागी अमीरों के विद्रोही होने पर उनके परिवारों को भी नष्ट कर दिया जाता है। बरनी ने मुहम्मद बिन तुगलक की केन्द्रीकरण की नीति की प्रशंसा करते हुए कहा है कि इससे बेपनाह दौलत दिल्ली आई और सुदूर क्षेत्रों पर नियन्त्रण बढ़ा। सुल्तान दरियादिल व नेक इंसान था किंतु विद्रोहियों को बेरहम दण्ड दिया जिससे उसके विरुद्ध बगावतें बढ़ी। फिरोज तुगलक ने कठोर दण्डनीति को त्याग दिया था।

बरनी की सबसे बड़ी विशेषता संभवत: सल्तनत के आर्थिक इतिहास में उनकी समझ है। उनके अनुसार दिल्ली सल्तनत एक नगरीय शासन व्यवस्था थी जिसे विशाल ग्रामीण समाज का शोषण सहारा देता था। अलाउद्दीन की भू-राजस्व व्यवस्था के बारे में बरनी कहते हैं कि भू-राजस्व के रूप में फसल का 1/2 भाग लिया जाता था। इसके अतिरिक्त अन्य करों के माध्यम से कृषक व ग्रामीण अभिजात्य वर्ग की आय का एक बड़ा भाग ले लिया जाता था, जिनमें ''माले गनीमत'' एवं राज्य विस्तार से प्राप्त धन सम्मिलित था। अलाउद्दीन ने दिल्ली में सभी वस्तुओं की कीमतों का निर्धारण किया था किंतु करारोपण

की व्यापकता के कारण मजदूरी भी कम हो गई थी, इससे आम जनमानस का जीवन कष्टप्रद था। बरनी ने इसे इस रूप में व्याख्यायित किया है कि 'एक जीतल में ऊँट मिलता है, किंतु वह जीतल किसके पास है।' बरनी ने सम्पूर्ण सम्पन्नता, शहरी वर्गों में आरक्षित मानी और धनाढ्य वर्गों में अमीरों के अतिरिक्त मुल्तानी साहूकारों (मुख्यतः हिन्दू सौदागर) एवं शाहों (बैंकर) को रखा। ग्रामीण आभिजात्य वर्ग के संदर्भ में भी बरनी का कथन है कि वे एकमात्र विद्रोही समूहों के प्रतिनिधि हैं किंतु इनके बिना मालगुजारी प्राप्त करना संभव नहीं है।

बरनी, इस्लामिक विधिशास्त्र एवं इतिहास के जानकार थे। ऐसे में वे लेखन में रूढ़िवादी पूर्वाग्रहों से मुक्त नहीं हो सके। वे दर्शनशास्त्र पर अंकुश लगाने से प्रसन्न होते हैं, बुद्धिवाद की आलोचना करते हैं और "सार्वभौमिक बुद्धिवाद" को स्वीकार करने वाले मुहम्मद बिन तुगलक की नीतियों को धर्म व कुलीनता का विरोधी मानते हैं। बरनी का आग्रह कुलीनता के प्रति अधिक था। इसलिए वे भारतीयों मुसलमानों को भी शासन तंत्र में सम्मिलित किए जाने की निन्दा करते हैं। दिल्ली सल्तनत के इतिहास पर बरनी की विचारधारा कुलीनता के मूल्यों से अनुप्रेरित है। वे शासक वर्ग एवं उलेमाओं की सम्पन्नता में वृद्धि व कल्याण के प्रति अधिक चितिंत रहे। ऐसे में इनके इतिहासलेखन में पूर्वाग्रह प्राप्त होता है। बरनी के सन्दर्भ में एक तथ्य उल्लेखनीय है। वह यह कि उलेमा वर्ग से संबंधित होने के साथ-साथ धार्मिक पुस्तकों की शिक्षा ग्रहण करने वाले इतिहासकार हैं इसलिए लेखन में धर्म से सम्बन्धित शब्दावलियों का ही अधिक प्रयोग हुआ है। ऐसे में शब्द की व्याख्या को लेकर सावधानियां आवश्यक हैं। यह भी विचारणीय है कि उलेमाई इतिहासकारों ने राजनीतिक-आर्थिक लेखन की ओर अधिक संकेंद्रण किया है। बरनी की रचना *फतवा-ए-जहांदारी* में राजनीतिक सिद्धांतों के स्वरूप की चर्चा की गई है। इस रचना को वार्तालाप शैली में लिखा गया है जिससे रचना में जीवन्तता बनी रहती है। इसमें इस्लामिक सिद्धांतों को महमूद गजनवी के साथ उलेमाओं की चर्चा का मुख्य वार्ता-विषय बनाया गया है। हालांकि यह ऐतिहासिक रचना नहीं मानी जाती है। इसमें वे व्यवस्था देते हैं कि सुल्तान के लिए आवश्यक है कि वह इस्लाम का संरक्षण करें एवं शरीअत के कानून लागू करते हुए गैर मुसलमानों को दण्डित करें। बरनी के कुलीनता के प्रति विशेष पूर्वाग्रह के कारण आधुनिक इतिहासकारों ने इनकी आलोचना की है। ब्रिटिश इतिहासकार इलियट इन्हें पक्षपातपूर्ण वृत्तांतकार कहते

हैं। पीटर हार्डी का निष्कर्ष है कि बरनी ने इतिहास को मुस्लिम धर्मशास्त्र की एक शाखा के रूप में वर्णित किया है। फिर भी वार्तालाप शैली में लिखे गये बरनी के ग्रंथों में निरपेक्षता के तत्त्व भी उद्घाटित होते हैं। *सहीफ-ए-नाते-मुहम्मदी* रचना में बरनी ने इल्तुतमिश एवं वजीर निजामुलमुल्क जुनैदी के परस्पर वार्तालाप में जुनैदी को यह कहते हुए दर्शाया है कि–दिल्ली में मुसलमान तो खाने में नमक के बराबर हैं और यदि हिन्दुओं का कत्लेआम या धर्म परिवर्तन कराया तो ऐसी आग भड़केगी की काबू में नहीं आएगी। *तारीख-ए-फिरोजशाही* में बरनी लिखते हैं कि दिल्ली में हिन्दुओं को अपने रीति-रिवाजों का पालन करने और शांतिपूर्वक रहने की स्वतंत्रता थी।

27

इब्नबतूता का यात्रा वृत्तांत

प्राचीन एवं मध्ययुगीन इतिहास की जानकारी के स्रोतों से विभिन्न देशों से आए राजदूतों, धार्मिक व्यक्तियों एवं पर्यटकों के विवरणों की भी भूमिका रही है। इनके प्रयत्नों से परस्पर सांस्कृतिक सम्बन्धों को नवीन आयाम भी मिला। इब्नबतूता एक पर्यटक थे, जिन्होंने मध्ययुगीन परिस्थितियों में पचहत्तर हजार मील की यात्रा की थी। इनके द्वारा भारत प्रवास के दौरान अनुभव किए गए राजनीतिक, सामाजिक व सांस्कृतिक स्थिति का लेखन किया गया है। इसे *रेहला* के नाम से जानते हैं।

इब्नबतूता का वास्तविक नाम अबू अब्दुल्ला मुहम्मद था, इब्नबतूता कुल नाम है। इनके आरम्भिक जीवन की कोई जानकारी नहीं मिलती। दिल्ली आने के उपरान्त इन्होंने सुल्तान मुहम्मद बिन तुगलक के सम्मुख यह कहा था– 'हमारे खानदान में काजी का कार्य किया जाता है।' 1333-34ई. में इब्नबतूता सिन्धु नदी पार करके भारत पहुंचे। सुल्तान मुहम्मद बिन तुगलक ने इनका आदर सत्कार किया और दिल्ली के काजी के पद पर नियुक्त कर दिया। इनका वेतन बारह सौ टंका प्रतिवर्ष था। इन्हें धार्मिक दान विभाग का दायित्व भी दिया गया था। इन्होंने भारत में अपने दस वर्षीय प्रवास का क्रमवार ब्यौरा लिखा है। इब्नबतूता ने भारत भ्रमण प्रशासनिक कार्य एवं व्यक्तिगत जिज्ञासा के रूप में किया। 1343ई. में सुल्तान ने इन्हें अपना राजदूत बनाकर चीन के सम्राट की सेवा में भेज दिया किंतु यात्री जहाज के नष्ट हो जाने से इब्नबतूता, मालद्वीव पहुंच गए। यहां भी इन्होंने स्वयं को दिल्ली के सुल्तान का राजदूत कहा और लगभग सोलह माह तक काजी के पद पर रहने के बाद क्रमशः श्रीलंका, जावा, सुमात्रा व चीन

होते हुए मोरक्को पहुंचे। इन स्थानों पर भी इन्होंने स्वयं को दिल्ली के सुल्तान का राजदूत कहा। मोरक्को के सुल्तान अबूइंशा के सहयोग से यात्रा वृत्तांत का संकलन किया। इसका लेखन 'इब्नजज्जी' ने किया था।

इब्नबतूता ने स्मृतियों के आधार पर तीस वर्षीय यात्राओं का विवरण संकलित किया है जिनसे कुछ अशुद्धियां भी आ गई हैं जैसे कि *रेहला* में लिखा गया है कि कुतुबमीनार की सीढ़ियां इतनी चौड़ी है कि इन पर हाथी चढ़ जाए। मुहम्मद बिन तुगलक से इब्नबतूता का संबंध प्रवास के अन्तिम वर्षों में ठीक नहीं था इसलिए इसने सुल्तान की राजधानी परिवर्तन की आलोचना की है। इब्नबतूता के अनुसार दिल्ली की जनता पत्र लिखकर रात्रि के समय दीवान-ए-खास में डाल जाती थी। इन पत्रों में सुल्तान को अपशब्द कहा जाता था। इससे उसने दिल्ली नगर को उजाड़ने का मन बनाया और सभी को दौलताबाद जाने की आज्ञा दी। फिर भी असंख्य नगरों एवं व्यक्तियों का नामोल्लेख करने के बाद भी इस वृहद कथा में अशुद्धियां अत्यन्त कम हैं। *रेहला* में दिल्ली दरबार, शासन पद्धति, प्रसिद्ध घटनाओं, विभिन्न नगरों एवं जनमानस के रीति-रिवाजों व सांस्कृतिक मान्यताओं का वर्णन है। इब्नबतूता ने लिखा है कि – सुल्तान का वास्तविक नाम जौना खान था किंतु शासक बनने के बाद उसने अपना नाम अबुलमुजाहिद मुहम्मद शाह रखा। "सुल्तान को रुधिर की नदियां बहाने वाला" कहा जाता है। हालाँकि इसकी दानशीलता, न्यायप्रियता और अतिथि संस्कार के किस्से भी जनमानस में अत्यन्त लोकप्रिय थे। इब्नबतूता वर्णित करते हैं कि "हजार-सतून" राजमहल के सम्मुख लोगों को मृत्युदण्ड दिया जाता था। सुल्तान के दरबार में जब कोई हिन्दू शासक आता था तो उसे वन्दना के रूप में "हिदाक्-अल्लाह" (ईश्वर तुमको सही मार्ग पर लाए) का उच्चारण करना होता था। सुल्तान की आज्ञा थी कि परदेशियों को मित्र के नाम से संबोधित किया जाए क्योंकि परदेशी कहने से उसका मन दु:खी होता है। सुल्तान का अब्बासी खलीफा के वंशजों से विशेष स्नेह था। बगदाद के सुल्तान ने मुहम्मद हमदानी को दूत बनाकर सुल्तान की सेवा में भेजा था। सुल्तान न्याय करने के लिए सोमवार व बृहस्पतिवार को दीवान-ए-खास के सम्मुख खुले मैदान में बैठता था। उसके साथ अमीर हाजिब, खास हाजिब, सैयद-उल-हिज्जाब और अशरद-उल-हिज्जाब अधिकारी होते थे। इब्नबतूता ने दिल्ली के सुल्तानों के इतिहास को भी लिपिबद्ध किया है जिनमें ऐबक, इल्तुतमिश, रुक्नुद्दीन, रजिया, नासिरुद्दीन, बल्बन, केकूबाद, जलालुद्दीन फिरोज, अलाउद्दीन, मुबारकशाह, खुसरो खान, गयासुद्दीन तुगलक एवं मुहम्मद बिन

तुगलक सम्मिलित हैं। इब्नबतूता ने इल्तुतमिश को दिल्ली का प्रथम स्थायी सुल्तान माना जिसे ऐबक के प्रयत्नों से सुल्तान मुइजुद्दीन मुहम्मद गोरी ने दासता से मुक्त कर दिया था। सुल्तान ने न्याय की फरियाद करने के लिए राजमहल के द्वार पर घड़ियाल (बड़ी घंटियाँ) लगवा दिए थे। रजिया, पुरुषों की भांति हथियार से सुसज्जित होकर घोड़े की सवारी करती थी। कैथल में रजिया की समाधि "ईश्वर भक्ति का प्रतीक" मानी जाती है। इब्नबतूता ने मुबारकशाह व मसूदशाह का उल्लेख नहीं किया है। सुल्तान नासिरुद्दीन के बारे में इब्नबतूता कहते हैं कि इसने बीस वर्ष राज्य किया, यह कुरान शरीफ लिखकर उसकी आय से जीवन निर्वाह करता था। सुल्तान अच्छा "सुलेखक" था। सुल्तान बल्बन न्यायप्रिय, सदाचारी एवं विद्वान शासक था। इसने दार-उल अमन का निर्माण करवाया था जहां सुल्तानों की समाधियां स्थित हैं। इब्नबतूता का कहना है कि सुल्तान अलाउद्दीन खिलजी की गणना महान शासकों में की जाती है। इसकी प्रशंसा हिंदू सामंत व जनता भी करते थे। सुल्तान ने राज्य कार्य पर प्रत्यक्ष नियन्त्रण के साथ-साथ समाज व्यवस्था पर भी शासकीय नियन्त्रण लगाया था। इसके लिए मुहतसिब या रईस की नियुक्ति की गई थी।

इसके अतिरिक्त बंगाल के प्रान्तीय इतिहास, तुगलक वंश की जातीयता एवं मौद्रिक अर्थव्यवस्था का भी उल्लेख इब्नबतूता ने किया है। इब्नबतूता पहले विदेशी यात्री हैं जिन्होंने बंगाल के इतिहास का विस्तृत वर्णन किया है। वैसे भी तेरहवीं शताब्दी में दिल्ली सल्तनत के उपरान्त बंगाल पूर्वी भारत के सत्ता के केन्द्र के रूप में उभरने लगा था। यहां पर नियुक्त प्रान्तपतियों ने दिल्ली से भौगोलिक दूरी व संसाधनों की प्रचुरता के कारण सदैव स्वतन्त्र सत्ता स्थापित करने का प्रयत्न किया। इब्नबतूता के अनुसार बंगाल एक अत्यन्त विस्तृत देश है। यहां चावल का प्रचुर उत्पादन होता है और खाद्यान्न अत्यन्त सस्ता है किंतु प्रतिकूल जलवायु के कारण यह क्षेत्र किसी को आकर्षित नहीं करता है। इब्नबतूता ने सतगांव, लखनौती, कामरूप एवं सुनार गांव नामक नगरों का विस्तार से वर्णन किया है।

इब्नबतूता ने भारत में अपना प्रथम प्रवास मुल्तान में किया। इनका कहना था कि मुल्तान से डाक द्वारा पत्रावली दिल्ली पचास दिन में पहुंचती है। इब्नबतूता ने डाक व्यवस्था का विस्तृत उल्लेख किया है। वे कहते हैं कि इस देश में डाक को "बरीद" कहते हैं। यह दो प्रकार की होती है—पहला, घोड़े से ले जाने वाली डाक को सुल्तान के द्वारा नियन्त्रित किया जाता था। घुड़सवार द्वारा संचालित की जाने वाली डाक व्यवस्था को "औलाक" कहा जाता है। इसमें प्रति चार कोस में

घुड़सवार बदल जाता है। दूसरा, यह पैदल डाक थी। इसे "दावह" कहते थे। इब्नबतूता ने दिल्ली प्रवास के दौरान सुल्तान मुहम्मद बिन तुगलक से व्यक्तिगत सान्निध्य प्राप्त किया और सुल्तान के बारे में लिखा कि मुहम्मदशाह तुगलक विदेशियों का बहुत आदर-सत्कार करते हैं और उन्हें उच्च पदों पर नियुक्त भी करते हैं। इब्नबतूता ने मुल्तान से दिल्ली तक यात्रा के दौरान देखे गये प्राकृतिक दृश्यों एवं पशुओं का भी वर्णन किया है। वे कहते हैं कि भारत की जलवायु कृषि उत्पादन एवं वन-सम्पदा के लिए अत्यन्त अनुकूल है, भारत में साल में दो फसलें बोई जाती हैं जिनमें वर्षा ऋतु की फसल को खरीफ के नाम से जाना जाता है। खरीफ की मुख्य फसल धान को रोपाई के लगभग साठ दिनों के उपरान्त काटा जाता है। इब्नबतूता ने भारतीय पशुओं का भी उल्लेख किया है जिनमें पालतू पशुओं के साथ-साथ गैंडा भी सम्मिलित है। उन्होंने इसे सिन्धु नदी पार करते समय देखा था। वे कहते हैं कि इसका सिर बहुत बड़ा होता है। भारत में आम, कटहल, जामुन, नारंगी व महुआ के वृक्ष लगाए जाते हैं। भारतीय कच्चे आम, अदरक व मिर्च का अचार बनाया जाता है।

भारत की सामाजिक-सांस्कृतिक परम्पराओं का लेखन भी *रेहला* में मिलता है। इब्नबतूता लिखते हैं कि मरणोपरांत विवाहित हिन्दुओं की हड्डियां एवं राख, गंगा नदी में प्रवाहित की जाती हैं। हिन्दू, गंगा नदी में डूबकर भी प्राण देते हैं। इनका ऐसा विश्वास है कि यह नदी स्वर्ग से निकलती है। नदी में डूबते समय व मनुष्य उपस्थित जनमानस से कहता है कि मैं सांसारिक कष्ट के कारण नदी में नहीं डूब रहा हूँ बल्कि मैं ऐसा मोक्ष प्राप्त करने के लिए कर रहा हूँ। नदी में डूबकर मरने के उपरान्त मृतक को पानी से निकालकर उसकी अन्तेष्टि कर दी जाती थी। सल्तनत काल में सती प्रथा का प्रचलन था किंतु इब्नबतूता के अनुसार इसके लिए सुल्तान से अनुमति लेनी अनिवार्य थी। हिन्दुओं में प्रत्येक विधवा के लिए सती होना आवश्यक नहीं है किंतु पति के साथ सती हो जाने पर स्त्री को देवी का दर्जा दिया जाता है। भारतवासी सामान्यतया सिर पर सरसों का तेल लगाते थे और ज्वार-बाजरा व मक्का जैसे मोटे अनाज उनके मुख्य आहार थे। भारत में कोयले के स्थान पर सूखी लकड़ियों व गोबर के कंडों से भोजन बनाया जाता था। इब्नबतूता ने खम्भात की खाड़ी एवं कालीकट की व्यापारिक गतिविधियों का वर्णन किया है। वे कहते हैं कि भारतीय व्यापारिक जहाजों में कील के स्थान पर नारियल की रस्सियों का प्रयोग किया जाता था।

इब्नबतूता द्वारा वर्णित यात्रा वृत्तांत में उन सभी देशों का वर्णन मिलता है,

जहां वे पर्यटक के रूप में गए। उनके लेखन में दो तत्त्वों की प्रमुखता प्राप्त होती है–पहला, उलेमा वर्ग से सम्बन्धित होने के कारण दृष्टिकोण में कुलीनता के तत्त्व पूर्वाग्रह के रूप में प्रभावी रहे। दूसरा, पर्यटक होने के कारण उन्होंने अपने प्रवास देशों के राजनीतिक क्रियाकलापों में हस्तक्षेप नहीं किया और सामाजिक-सांस्कृतिक स्थिति के बारे में भी लेखन किया। ऐसे में तत्कालीन भारत के इतिहास की जानकारी के स्रोत के रूप में *रेहला* का महत्त्व अन्य समकालीन कृतियों के समकक्ष हो जाता है।

28

अमीर खुसरो का इतिहास लेखन

तुर्की सत्ता की स्थापना से भारत में व्यवस्थित इतिहास-लेखन की परम्परा आरम्भ हुई। अमीर खुसरो ने मिन्हास, बरनी, एवं अन्य कुलीनता को प्रश्रय देने वाले इतिहासकारों से स्वयं को पृथक रखा और राजनीतिक विषयों के साथ-साथ सामाजिक-सांस्कृतिक विषयों को भी लेखन का आधार बनाया। सूफी परम्परा में आस्था रखने वाले अमीर खुसरो के लेखन में विश्लेषण का अभाव एवं अतिसकारात्मकता प्राप्त होती है।

अमीर खुसरो के इतिहास लेखन में उनके कवि हृदय एवं व्यावसायिक आवश्यकता का सम्मिश्रण प्राप्त होता है। इतिहासकार हार्डिंग का मानना है कि अमीर खुसरो ने सुल्तानों एवं कुलीनों के व्यक्तिगत कृत्यों को अपनी रचना का आधार नहीं बनाया, लेखन में जनमानस के जीवन को लिपिबद्ध किया इसलिए उनकी कृतियों में तथ्यों का नीरस संकलन प्राप्त नहीं होता। वैसे भी अमीर खुसरो ने कभी भी इतिहासकार होने का दावा नहीं किया। वे स्वयं लिखते हैं कि महत्त्वपूर्ण ऐतिहासिक विषयों पर उनकी कृतियां या तो सुल्तान के सुझाव अथवा भेंट के लिए लिखी गई हैं इसलिए रचनाओं में सदैव प्रशंसा का भाव प्राप्त होता है। अमीर खुसरो ने स्वयं को दरबारी षडयन्त्र एवं पद प्राप्ति की प्रतिस्पर्धा से पृथक रखा। ऐसे में उनके द्वारा न तो किसी की आलोचना की गई और न तो अनावश्यक प्रशंसा। हालांकि अलाउद्दीन के प्रति उनका दृष्टिकोण अति प्रशंसात्मक था। दरबारी लेखन की परम्परा से पृथक होने के कारण अमीर खुसरो की कृतियों में धर्म, कला, साहित्य एवं जनमानस से जुड़े हुए विषय अधिक प्राप्त होते हैं। अमीर खुसरो को अनेक

भाषाओं का ज्ञान था जिनमें फारसी, तुर्की, संस्कृत व ब्रजभाषा (हिन्दवी) प्रमुख हैं। उन्होंने फारसी के बराबर ही ब्रजभाषा में *बैत* (पंक्ति) का लेखन किया था। *नूर सिपेहर* में अमीर खुसरो लिखते हैं कि मैंने संस्कृत भाषा का ज्ञान प्राप्त किया है। इन्होंने गद्य लेखन भी किया था। इनकी गद्य रचनाएं - *इजाज-ए-खुसरवी* (पाँच खण्डों में लिखी गई) और *खजैतुल फतह* (अलाउ्दीन की लड़ाइयों का इतिहास) हैं। संगीतज्ञ होने के कारण इन्हें "नायक" की भी उपाधि दी गई थी। अमीर खुसरो ने शाही महल से लेकर झोंपड़ी तक जीवन को लेखन का विषय बनाया इसलिए इनकी रचनाओं में सामाजिक व सांस्कृतिक बोध सर्वाधिक परिपक्व है। हालांकि उनके लेखन में कवि हृदय एवं मानवतावादी सूफी के व्यक्तित्व तत्त्व सदैव स्थायी निर्देशन करते रहे। *आईन-ए-सिंकदरी* में भी लिखते हैं कि जिस व्यक्ति की उदारता केवल अपने परिवार तक सीमित है, वह स्वार्थी है। खुसरो, राजनीतिज्ञ नहीं थे किंतु दरबारी एवं सेनानायक अवश्य थे। हालांकि जीवन-यापन के लिए इन्होंने लेखन का ही सहारा लिया। खुसरो का प्रथम आश्रयदाता मलिक छज्जू था। इसे दानी व कृपालु अमीर के रूप में ख्याति प्राप्त थी। इसके बाद खुसरो को क्रमशः सुल्तान महमूद, बल्बन, केकूबाद, जलालुद्दीन खिलजी, अलाउ्दीन खिलजी, मुबारकशाह व गयासुद्दीन तुगलक का राजाश्रय प्राप्त हुआ।

अमीर खुसरो की कृतियां सुल्तानों के द्वारा दी गई विषयवस्तु के आधार लिखी गयी पर फिर भी उनका इतिहास लेखन संतुलित है। वे अलाउद्दीन की महानता पर कोई संदेह नहीं करते और उसकी राजत्व नीतियों का संकलन भी करते हैं। अमीर खुसरो के बारे में कहा जाता है कि वे केवल शुभ ही देखते हैं और अशुभ से बचकर निकल जाते हैं। *खजाइनुल फतुह (तारीख-ए-अलाई)* में 1296ई. के वर्ष को अलाउद्दीन के राज्यारोहण का वर्ष कहते हैं किंतु जलाउद्दीन की हत्या का उल्लेख नहीं करते। इसी तरह *नूर सिपेहर* व *तुगलकनामा* में वे निजामुद्दीन औलिया तथा केकुबाद, मुबारक खिलजी व गयासुद्दीन के साथ कटुतापूर्ण सम्बन्धों का भी उल्लेख नहीं करते। अमीर खुसरो ने मुबारक खिलजी की हत्या करने वाले खुसरो खान के बारे में बरनी की तरह अनुचित भाषा का प्रयोग नहीं किया है। आधुनिक इतिहासकार, अमीर खुसरो को मध्यकाल का अत्यन्त संयमी, भद्र एवं प्रबुद्ध विचारों का व्यक्ति मानते हैं। अमीर खुसरो ने आठ वर्ष की अवस्था में निजामुद्दीन औलिया का शिष्यत्व ग्रहण किया था। हांलाकि इनके परस्पर आत्मिक सम्बन्ध सुल्तान जलालुद्दीन खिलजी के काल में प्रगाढ़ हुए। दरबारी होने के बाद भी शेख का स्नेह इन्हें प्राप्त था।

इतिहास लेखन की मध्ययुगीन परम्परा का अनुसरण न करने पर भी अमीर खुसरो की कृतियों में तथ्यमूलक सूचनाओं का सहज भण्डार प्राप्त होता है। *किरान उस सादेन* (1289ई.) में बुगरा खान व केकुबाद के मिलन, दिल्ली की विभिन्न इमारतों एवं शाही दरबार का रोचक वर्णन किया गया है। *मिता-उस-फुतूह* (1291ई.) में जलालुद्दीन खिलजी के अभियानों, मलिक छज्जू के विद्रोह व उसके दमन की घटनाओं का विवरण है। *खजाइनुल फुतूह* में अलाउद्दीन के शासन काल के प्रथम पंद्रह वर्षों का विवरण है। हालांकि यह साहित्यिक रचना है किंतु इसमें अलाउद्दीन खिलजी की राजनीतिक गतिविधियों एवं आर्थिक सुधारों का वर्णन प्राप्त होता है। *खजाइनुल फुतूह* में गुजरात, मालवा, चित्तौड़ व दक्षिण के अभियानों का आंखों देखा विवरण है। किंतु दृष्टिकोण में आलोचनात्मकता नहीं है। *आशिका* रचना का संबंध गुजरात के राजा कर्ण की पुत्री देवलरानी एवं खिज्र खां की प्रेम कथा से है। इसमें अमीर खुसरो मंगोलो के द्वारा स्वयं को कैद किए जाने का भी उल्लेख करते हैं। भारत के सामाजिक, सांस्कृतिक इतिहास का विस्तृत वर्णन *नूर सिपेहर* (नौ-स्वर्ग) रचना में प्राप्त होता है। इसमें मुबारक खिलजी के शासन की प्रमुख घटनाओं का पद्यमय वर्णन है। यह खुसरो की एक मात्र ऐसी कृति है जिसे भेंट अथवा किसी के कहने पर नहीं लिखा गया। अमीर खुसरो ने 1298ई. से 1300ई. के मध्य पाँच रूमानी मसनवियाँ लिखीं जिन्हें *पंचगंज* कहा गया, ये निम्न हैं – *शिरीन खुसरो, मजनू-लैला, आइन-ए-सिंकदरी, हश्त विहिश्त* और *मतल-उल-अनवर*। अमीर खुसरो की अन्तिम रचना *तुगलकनामा* है। अमीर खुसरो के इतिहास लेखन की सबसे महत्त्वपूर्ण विशेषता यह है कि इन्होंने विभिन्न घटनाओं की प्रमाणित तिथियां उल्लिखित की हैं।

अमीर खुसरो की रचनाओं को मध्यकालीन सामाजिक, सांस्कृतिक इतिहास की जानकारी का प्रबल माध्यम माना जाता है। इनका महत्त्व इसलिए भी है कि वे ऐसे कवि की रचनाएं हैं जो पूर्णत: राजनीतिक पूर्वाग्रहों से मुक्त थे। यह कहना समीचीन है कि अमीर खुसरो की रचनाओं में वंशावली अन्वेषण, राजनीतिक घटनाओं का नीरस वर्णन एवं सुल्तानों व अमीरों के व्यक्तिगत जीवन से जुड़ी हुई घटनाएं भले ही प्राप्त न हो किंतु उनमें तत्कालीन इतिहास को समझने की प्रचुर सामग्री उपलब्ध है। *तारीख-ए-फिरोजशाही* में बरनी ने लिखा है कि अमीर खुसरो जैसा महान कवि कोई नहीं दिखता, उनका काव्य के सभी रूपों पर अधिकार था, वे बुद्धिमान, प्रतिभाशाली तथा विद्वान होने के साथ-साथ ऊँचे स्तर के रहस्यवादी थे। हिन्दवी को लेखन का आधार बनाने वाले अमीर खुसरो को दिल्ली सल्तनत का 'प्रथम भारतीय कवि एवं इतिहासकार' कहना तार्किक रहेगा।

29

अबुल फजल का इतिहास: लेखन व दर्शन

इतिहास तथ्यों व घटनाओं को एक दृष्टिकोण से विवेचित करने का दस्तावेज माना जाता है। मध्यकाल में मूलतः दरबारी इतिहासकारों द्वारा लेखन किया गया। ऐसे में पूर्वाग्रह के तत्त्व विचारों को निर्देशित करते रहे जिससे शासकों की नीतियाँ, प्रशासनिक आर्थिक सुधार, धार्मिक दृष्टिकोण आदि का मूल्यांकन स्पष्टतः सत्यान्वेशी नहीं हो सका। फिर भी विभिन्न इतिहासकारों के पृथक–पृथक विचारों व तत्कालीन चित्रकला, वास्तुकला, व्यापारिक समूहों आदि के दस्तावेजों का अध्ययन करके निष्कर्ष निकाला जाता है। अबुल फजल एक दरबारी इतिहासकार है। इनके लेखन में धर्म निरपेक्षता के तत्त्व, स्पष्ट बौद्धिकता तथा तथ्यों को विश्लेषित करने की वैज्ञानिकता प्राप्त होती है। *अकबरनामा* का मूल्यांकन करते समय अकबर के प्रति अतिसकारात्मकता को भी ध्यान में रखना आवश्यक है।

मध्यकालीन इतिहास में अबुल–फजल की विचारधारा इतिहास को समझने व मूल्यांकन करने में स्थायी महत्त्व की है। अबुल फजल ने इतिहास लेखन में न केवल अपने निरपेक्ष विचारों को उजागर किया बल्कि सामाजिक एकता का क्षरण करने और सुल्तानों के परस्पर संघर्षों को साम्प्रदायिक रूप देने की कोशिशों की भी कटु आलोचना की। अबुल फजल लिखते हैं कि पूर्व के इतिहासकारों के लेखन में अनेक दोष हैं। वे खुदगर्ज और स्वार्थी हैं। इनके द्वारा व्यक्तिगत लाभ के लिए गलत वक्तव्यों को दर्ज किया है और सत्य में झूठ को मिलाया है। अबुल फजल के अनुसार पूर्व के इतिहासकारों में आलोचनात्मक दृष्टिकोण का अभाव है इससे इतिहास के नाम पर अप्रमाणित बातें ही अधिक प्रचलित हो गईं हैं। सल्तनत के

उलेमाई इतिहासकारों ने केवल अपने संरक्षित सुल्तानों का महिमा मण्डन ही किया है। धार्मिक शिक्षा ग्रहण करने के कारण सुल्तानों की विजय को धर्म-विजय के रूप में वर्णित किया है। वैसे भी उलेमा, पुरोहित अथवा पादरी वर्ग का दृष्टिकोण कुलीनता के प्रश्रय के साथ-साथ प्रत्येक उपलब्धि को ईश्वर की कृपा से जोड़कर प्रस्तुत किया जाता है। अबुल फजल ने इस दृष्टिकोण की आलोचना करते हुए *अकबरनामा* में लिखा है कि - इस लेखन से सामाजिक एकता क्षतिग्रस्त हुई है जबकि ऐसा संघर्ष भारत में प्राप्त नहीं होता है। वस्तुतः यह संघर्ष मुगल शासकों और भारतीय शासकों (हिन्दू व मुस्लिम) के मध्य हुआ। वैसे भी मुगल सत्ता की स्थापना व विस्तार के दौरान मुगलों का सर्वाधिक संघर्ष सजातीय वर्गों व मुस्लिम शासकों से हुआ था। मध्ययुगीय राजतंत्र में शत्रु के प्रति दया अथवा उदारता संकट का प्रत्यक्ष आमंत्रण था। इसलिए शत्रु का दमन करने में सजातीय अथवा विजातीय धर्म जैसी भावना का कोई अर्थ नहीं था।

अबुज फजल ने मुगल साम्राज्य को सही अर्थों में भारतीय माना है जिसमें किसी विशेष नस्ल अथवा धर्म का वर्चस्व नहीं था। बल्कि मुगल प्रशासन में सम्मिलित अमीर तुर्क, मुगल, भारतीय व अन्य वर्गों के समूह थे और इनके द्वारा मुगल साम्राज्य को स्थिरता दी गई थी। महत्त्वपूर्ण यह है कि राजनीतिज्ञ की प्रशासनिक आवश्यकता उसे विभिन्न सिद्धांतों को स्वीकार करने के लिए प्रेरित करती है, यह सिद्धांत निरपेक्षता, रूढ़िवाद, जातीयता, क्षेत्रीयता आदि हो सकता है। इसलिए एक ही राजवंश में विभिन्न शासक कभी-कभी पूर्णतः प्रतिकूल सिद्धांत को स्वीकार लेते हैं। मुगल शासन में अकबर व औरंगजेब का राजनीतिक दृष्टिकोण इसका उदाहरण है। अबुल फजल ने इतिहास लेखन में शब्द चयन पर विशेष ध्यान दिया है। लेखन में शब्दों का प्रयोग भी सल्तनत के इतिहासकारों से पृथक है। सल्तनत के लेखकों ने योद्धाओं के लिए "मुजाहिद्दीन-ए-इस्लाम" और "गाजियाने इस्लाम" शब्द का प्रयोग किया है, जबकि अबुल फजल ने निरपेक्ष शब्दावली "गाजियाने दौलत" शब्द प्रयुक्त किया है। ऐसे ही निरपेक्ष शब्दों के व्यापक प्रयोग से इतिहास के मूल्यांकन की मध्ययुगीन विचारधारा में मौलिक परिवर्तन आ गया। वैसे भी साम्प्रदायिकता, जातिगत-भाषागत संघर्षों के सामाजिक होने में लिखित अथवा भाषण में प्रयुक्त शब्दों की ही भूमिका होती है। यह मध्ययुग के साथ-साथ वर्तमान में भी हो रहा है।

प्रत्येक इतिहासकार का एक दृष्टिकोण होता है जिसे दीर्घजीविता देने के लिए वह वैसा ही दर्शन प्रस्तुत करता है। इसलिए साम्प्रदायिक अथवा निरपेक्ष लेखन का

पृथक-पृथक दर्शन होता है जिसके द्वारा लेखक अपने विचारों को जड़ व पोषण प्रदान करता है। अबुल फजल इतिहास को आत्मबोध व बुद्धिमता के विकास का सकारात्मक स्रोत मानते हैं। वे कहते हैं कि इतिहास ग्रंथों ने संतों व दार्शनिकों के ज्ञान को बाद की पीढ़ियों तक पहुंचाया है। इसलिए स्पष्ट सीमाओं के बाद भी इतिहास अनुकरण के योग्य है। इतिहास का अध्ययन बुद्धि को ताकत देता है। प्रत्येक मनुष्य का उद्‌देश्य सत्य की सिद्धि है और यह बुद्धि के प्रकाश के सहारे ही सम्भव है। अबुल फजल इतिहास के तथ्यों के मूल्यांकन में नियतिवाद के स्थान पर बुद्धिवाद को अधिक महत्त्व देते हैं। अबुल फजल इतिहास को प्रेरणाप्रद मानते हैं और कहते हैं कि इतिहास एक चिकित्सालय है, जहाँ व्यक्ति दुख की दवा व उदासी का इलाज करवाता है।

वस्तुतः अबुल फजल ने इतिहास को सकारात्मक दृष्टिकोण के विकास का प्रबल माध्यम माना है। किंतु वे यह भी कहते हैं कि ऐसा केवल ईमानवालों के साथ होता है। अबुल फजल राजतंत्र के दैवी उत्पत्ति के सिद्धांत को मान्यता देते हैं और यह स्थापित करते हैं कि ऐसी संस्था के अभाव में समाज की परस्पर विरोधी शक्तियाँ एक दूसरे को नष्ट करने के लिए तत्पर हो जाएंगी। हालांकि राजा को व्यक्तिगत आनन्द की अपेक्षा प्रजा के कल्याण का लक्ष्य बनाना चाहिए। वस्तुतः मध्ययुगीय समाज में ज्ञान प्राप्त करना उच्चकुलीन वर्गों का एकमात्र अधिकार था। ऐसे में प्रजा को नियन्त्रित करने के नियम-कानून न केवल कठोर थे बल्कि इन्हें लागू करने वाले शासक वर्ग से ज्ञानी, न्यायप्रिय, उदार और कठोर प्रशासनिक राजनीतिक निर्णय लेने में समर्थवान होने की अपेक्षा की जाती थी। हालांकि अबुल फजल के राजनीतिक-धार्मिक दृष्टिकोण की समकालीन लेखकों ने आलोचना भी की है जिसमें उन्हें नास्तिक भी कहा गया। फिर भी *मआसिरुल-उमरा* ग्रंथ में लिखा है कि यह कहना उपयुक्त होगा कि वे सुलह-ए-कुल में विश्वास रखते थे और सभी धर्मों पर विश्वास रखने वाले चिंतक थे।

अबुल फजल का धार्मिक दृष्टिकोण निरपेक्षता के विचारों से अनुप्रेरित है। इन्होंने रूढ़िवादी परम्पराओं की कटु आलोचना करते हुए यह भी स्पष्ट किया है कि इनके सामाजिक होने का मूल कारण क्या है? *आइन-ए-अकबरी* के एक अध्याय के शीर्षक 'हिन्दुस्तान की जनता की दशा' में अबुल फजल ने लिखा है कि हिन्दू व मुस्लिमों में धार्मिक कटुता का बड़ा कारण हिन्दुओं द्वारा ईश्वरीय लक्षण मनुष्यों में भी स्वीकारना है। किंतु अबुल फजल उलेमाओं के इस तर्क को मान्य नहीं करते। उनका कहना है कि हिन्दू, एकेश्वरवादी है। परस्पर कटुता का मूल कारण–समझ

का अभाव है। जैसे कि हिन्दू व मुस्लिम एक दूसरे की भाषा, धर्म व चिंतन प्रणाली से अवगत नहीं हैं तथा विचारों के निर्माण में परम्परा की अधिक भूमिका है। इसके अतिरिक्त दोनों धर्मों के विद्वान परस्पर विचारों का आदान-प्रदान भी नहीं करते हैं। इससे धार्मिक उत्पीड़न बना रहता है। कहने का तात्पर्य यह है कि अबुल फजल ने सामाजिक कटुता का मूल कारण एक-दूसरे के धर्म के प्रति अज्ञानता और धार्मिक व रूढ़िवादी वर्गों के वर्चस्व को माना है। महत्त्वपूर्ण यह है कि मध्यकालीन भारत में विश्वविद्यालय शिक्षा के अभाव व धार्मिक संस्थाओं में शिक्षा की व्यवस्था के कारण केवल स्वधर्म से जुड़ी पुस्तकें व ग्रंथ पाठ्यक्रम के विषय थे। इससे धार्मिक समन्वय का सामाजिक आधार निर्मित्त नहीं हो सका। प्राचीन भारतीय विश्वविद्यालयों में धर्मदर्शन अनिवार्यता पढ़ाया जाता था। इसका मूल प्रयोजन एक दूसरे के धार्मिक सिद्धांतों व मतों को समझकर यह स्थापित करना था कि सभी धर्मों का सार मानवतावाद, एकेश्वरवाद, प्रेम व आपसी भाईचारा है इसलिए भारतीय परम्परा में कर्मकाण्ड को लेकर विभेद तो रहा। किंतु दार्शनिक चिंतन में संघर्ष के तत्त्व नगण्य थे। ऐसे ही अबुल फजल ने कहा कि—बादशाह को विभिन्न धर्मों के विद्वानों के मुक्त विचार विमर्श को प्रोत्साहित करना चाहिए जिससे संघर्ष को उत्पन्न करने वाली परिस्थितियाँ समाप्त हो सके।

अबुल फजल के विचारों का दस्तावेज *अकबरनामा* है। यह तीन भागों में विभक्त है। प्रथम भाग में मुगल वंशावली व बादशाहों के जीवनवृत्त, महत्त्वपूर्ण घटनाओं व कार्यों का वर्णन है। दूसरे भाग में अकबर के शासन के आरम्भिक 46 वर्षों का कालक्रमानुसार उल्लेख किया गया है। पुस्तक का तीसरा भाग *आइन-ए-अकबरी* है। आइन-ए-अकबरी के प्रत्येक विचार अकबर द्वारा अनुमोदित हैं। इसमें प्रशासन, राजनीतिक प्रणाली, राजत्व नीति, आर्थिक नीति, राजस्व प्रबंधन, उद्योग, सम्पत्ति से सम्बन्धित तथ्यों व विचारों का संकलन है। वस्तुत: अबुल फजल ने इतिहास को वंशावली अन्वेषण व बादशाह की उपलब्धियों के विवरण के साथ-साथ व्यापक दृष्टिकोण प्रदान किया। महत्त्वपूर्ण यह है कि अबुल फजल ने इतिहास लिखने से पूर्व तथ्यों व घटनाओं को समझने के लिए अधिकाधिक तत्कालीन स्रोतों पर ध्यान संकेद्रित किया। इससे लेखन विश्लेषणात्मक होने के साथ-साथ वैज्ञानिक व सत्य के अधिक समीप है। अबुल फजल कहते हैं कि उन्होंने कुछ प्रश्न तय कर रखे हैं जो किसी भी घटना की सूचना देने वाले से पूछे जाते हैं। यह विधि सत्य को सुनिश्चित करने में सहायक है। अबुल फजल तथ्यों व घटनाओं से संबंधित विभिन्न दृष्टिकोणों को समझकर लेखन करते हैं। इससे वे मध्यकालीन

इतिहासकारों से पृथक हो जाते हैं। आज भी इतिहास के नाम पर अप्रमाणित तथ्यों के विस्तार का मूल कारण स्रोतों पर ध्यान न देना है।

अबुल फजल की लेखकीय दृष्टि मध्यकाल में न केवल पृथक है बल्कि वर्तमान में मध्यकाल की साम्प्रदायिक दृष्टिकोण से व्याख्या करने वाले लेखकों की दृष्टि परिवर्तन में भी सहायक हो सकती है। दुर्भाग्य यह है कि 16वीं शताब्दी के इतिहासकार अबुल फजल को यह जानकारी थी कि सल्तनत कालीन उलेमाई इतिहासकार अपने स्वार्थ के लिए तथ्यों की गलत व्याख्या करते थे। किंतु वर्तमान दक्षिणपंथी, जातिवादी, क्षेत्रवादी व धार्मिक रूढ़िवाद को लेखन का आधार बनाने वाले राजनीतिज्ञों व लेखकों को जिनकी वैचारिक ऊर्जा का मूल स्रोत मध्यकालीन इतिहास है, वे अबुल फजल के विचारों को समझने का प्रयत्न नहीं करते हैं। इसलिए इतिहास की प्रस्तुति के आधारों को समझना आवश्यक है। अबुल फजल इसके लिए पथप्रदर्शक हो सकते हैं। किंतु इतना होते हुए भी अकबर के प्रति अति सकारात्मकता से सचेत रहना भी आवश्यक है।

30

सल्तनत कालीन: भू-राजस्व संकलन प्रशासन, गुलाम प्रथा का औचित्य, तकनीकी विकास, नगरीय एवं व्यापारिक स्थिति

दिल्ली सल्तनत की स्थापना से राजनीतिक व आर्थिक परिवर्तन की नवीन विचारधारा का प्रादुर्भाव हुआ। यह तृतीय नगरीकरण का काल था। इसका अभिप्राय यह है कि कृषि, परिवहन, तकनीकी, बाजार, प्रशासन, समाज व संस्कृति के क्षेत्र में पूर्व मध्यकालीन भारतीय परम्पराओं के साथ-साथ नव-आगन्तुक तुर्क मान्यताओं का समन्वय हुआ। इसके अन्तर्गत इक्तादारी व्यवस्था का प्रचलन, जाति आधारित उत्पादन प्रक्रिया का निषेध एवं नवीन तकनीकी प्रयोग जैसे प्रतिमान उद्‌घाटित हुए।

आरम्भिक सल्तनत के शासकों में नव आक्रांता होने के कारण भारत के भू-राजस्व संग्रहण के प्रशासन की जानकारी का अभाव था। वस्तुतः मध्य एशियाई क्षेत्रों में आय का प्रमुख साधन व्यापारिक कर था, कृषि उत्पादन की अनुकूलता न होने के कारण भू-राजस्व प्रशासन का भी विकास नहीं था, जबकि भारत में भू-राजस्व ही आय का सबसे बड़ा साधन था। ऐसे में तुर्कों ने प्रशासन में सैन्य व नागरिक तत्त्वों का समन्वय किया। इसके अन्तर्गत सैन्य अधिकारियों को नागरिक व राजस्व प्रशासन का दायित्व सौंपा गया, इक्तादारी व्यवस्था इसी का मूर्त्त रूप थी। इक्तादारों को क्षेत्र विशेष में विद्यमान स्थानीय कुलीनों से राजस्व वसूलने की जिम्मेदारी दी गई। राज्य के आय स्रोतों का आवश्यकतानुसार विभाजन किया गया। जिनमें इक्ता, खालसा एवं अनुदान भूमि सम्मिलित थी। निजामुल मुल्क तूसी ने

सियासतनामा में लिखा है कि इक्ता, राजस्व वसूल करने की प्रमुख प्रशासनिक संस्था थी। इक्तादार को सैन्य संचालन एवं कानून व्यवस्था की स्थापना का भी दायित्व दिया गया था। इक्तादार का हस्तान्तरण करके प्रशासन में नौकरशाही मान्यताएँ मजबूत की जाती थीं। हालांकि इक्तादारों को क्षेत्र विशेष में प्राप्त सैन्य व नागरिक प्रशासन के अधिकार उन्हें विद्रोह करने का प्रोत्साहन भी देते थे। सल्तनत कालीन खालसा भूमि की आय से सुल्तान व शाही परिवार का व्यक्तिगत खर्च निकाला जाता था। खालसा भूमि – दिल्ली व गंगा-यमुना के दोआब क्षेत्र में विस्तृत थी। इल्तुतमिश से लेकर बल्बन तक के शासकों ने कृषकों से राजस्व वसूलने का अधिकार स्थानीय वंशानुगत कुलीन वर्गों (खूत, मुकद्दम व चौधरी) को दिया था किंतु अलाउद्दीन के द्वारा इन वर्गों के स्थान पर राजस्व अधिकारी के रूप में आमिल की नियुक्ति की गई। यहीं से राजस्व प्रशासन में नौकरशाही का वर्चस्व व नियन्त्रण बढ़ा। हालांकि मुहम्मद बिन तुगलक के काल में परगना के प्रशासन में स्थानीय कुलीन चौधरी व कर्मचारियों को एकसाथ नियोजित किया गया। फिरोज तुगलक के काल में भूमि अधिन्यास व्यवस्था के कारण स्थानीय प्रशासन में पुनः कुलीन वर्ग प्रतिष्ठित हुआ जिसे जमींदार के रूप में मान्यता दी गई। अनुदान भूमि के अन्तर्गत धर्म कार्य, शैक्षणिक विकास एवं सामाजिक सेवा से जुड़े हुए अनुदान आते थे। इन अनुदानों का अभिप्राय उलेमाओं के माध्यम से सजातीय वर्गों का विकास करना, फारसी भाषा में विभिन्न विषयों की शिक्षा देकर प्रशासन के लिए आवश्यक वर्गों का निर्माण करना और चिकित्सा व जन कल्याण करके शासक की लोकप्रियता को बनाए रखना था।

आरम्भिक सल्तनत कालीन भू-राजस्व निर्धारण व संकलन पद्धति का मूल सिद्धांत यबू-याकूब की कृति *किताबुल खिराज* से ग्रहण किया गया। इसमें दो प्रमुख करों का वर्णन है—खराज एवं उस्त्र। खराज, कृषि उपज में राज्य का हिस्सा था और यह सामान्यतया उपज के 1/3 से 1/2 भाग के बराबर हो सकता था। उस्त्र को सिंचाई कर माना गया है। प्राकृतिक साधनों से सिंचित भूमि से उपज का 1/10 भाग एवं कृत्रिम साधनों से सिंचित भूमि पर उपज का 1/5 भाग सिंचाई कर लिया जाता था। सबसे महत्त्वपूर्ण यह है कि इल्तुतमिश से बल्बन तक के शासनकाल में भू-राजस्व संग्रहण में इक्तादारों एवं स्थानीय कुलीन वर्गों की प्रत्यक्ष भूमिका थी। भारतीय राजस्व प्रशासन की जानकारी न होने से उनके द्वारा इक्तादारी व स्थानीय कुलीन को राजस्व वसूल करने में सहयोगी बनाया गया। इसके अतिरिक्त इनके सम्मुख अन्य कोई प्रशासनिक विकल्प नहीं था। वैसे भी नवाक्रांता वर्गों के द्वारा

उच्च प्रशासन में सैन्य पदाधिकारियों एवं स्थानीय प्रशासन में वंशानुगत कुलीन वर्गों को ही बनाए रखने की परम्परा प्राप्त होती है, किंतु प्रशासनिक स्तर पर जवाबदेही सुनिश्चित करने के ढांचे के अभाव के कारण इन वर्गों के द्वारा कृषक अधिशेष का मनमाना दोहन किया गया जिससे न केवल राजकीय आय में कमी आई बल्कि इन वर्गों में आय का संकेन्द्रण होने से विद्रोही गतिविधियों को भी प्रोत्साहन मिला। अलाउद्दीन खिल्जी ने स्थानीय प्रशासन में कुलीन वर्गों के विशेषाधिकारों को समाप्त करते हुए भू-राजस्व के संबंध में समान नीति लागू की। इसके अन्तर्गत प्रति विस्वा भूमि के आधार पर उत्पादन का 1/2 भाग राजस्व निर्धारित किया। राजस्व वसूली में कर्मचारियों एवं अधिकारियों का विशाल संगठन बनाया गया। इन्हें कार्य निर्देशन के परिपालन के साथ-साथ नकद वेतन दिया जाता था। अलाउद्दीन के राजस्व प्रशासन में किए गए सुधारों से बिचौलिया वर्ग का समापन हुआ। इससे कृषकों को अनावश्यक शोषण से मुक्ति मिली, राज्य की आय में वृद्धि हुई और स्थानीय स्तर पर विद्रोह के उत्पन्न होने की संभावनाएं न्यूनतम हो गईं। अलाउद्दीन ने राजस्व के अतिरिक्त चरही, घरही एवं घोड़ही कर का भी निर्धारण किया। अलाउद्दीन के द्वारा स्थापित किए गए स्थानीय प्रशासनिक ढांचे को बाड के शासकों ने संवर्द्धित किया। कृषक अधिशेष के अधिग्रहण में राज्य की प्रत्यक्ष सहभागिता से कृषि विकास का दायित्व भी शासकों के द्वारा निर्वहन किया जाने लगा। बल्बन के काल तक यह कार्य स्थानीय कुलीन वर्गों का था। मुहम्मद बिन तुगलक ने स्थानीय प्रशासन का संस्थागत विकास किया। इसके अन्तर्गत शिक, परगना एवं ग्राम संस्थाएं उन्नत की गईं। यह पूर्व की प्रशासनिक प्रगति से पूर्णतः पृथक थी। इनमें किसी व्यक्ति को अधिकार न देकर व्यक्तियों के समूह को नियोजित किया गया था, जिससे भ्रष्टाचार पर नियन्त्रण व राजस्व प्रशासन की जवाबदेही सुनिश्चित करने में सुगमता आई। मुहम्मद बिन तुगलक ने राजस्व में बढ़ोत्तरी के लिए कृषि के विकास की नीति बनाई। इसके अन्तर्गत सिंचाई की सुविधाओं को बढ़ाया गया। ग्राम संस्थाओं व राजकीय सहयोग से तालाब, कुएं व नहरें खुदवाई गईं। कृषि योग्य भूमि को बढ़ाने के लिए जंगलों को काटने के साथ-साथ ऊसर भूमि को उपजाऊ बनाने का कार्यक्रम बनाया गया। इसके लिए किसानों को तकावी (कृषि ऋण) दिया गया और ऊसर भूमि को कृषि योग्य बनाने वाले कृषकों को राजकीय सहायता के साथ-साथ नकद पुरस्कार भी दिया गया। सल्तनत में सिंचाई व पेयजल की समस्या के समाधान के लिए सर्वप्रथम गयासुद्दीन तुगलक ने नहरों का निर्माण करवाया किंतु नहरों का वास्तविक निर्माता फिरोज

तुगलक को माना जाता है। इसके द्वारा नहरों के साथ-साथ रहट प्रौद्योगिकी को भी प्रोत्साहन दिया गया। इससे पंजाब के क्षेत्र में सिंचाई की सुविधा बढ़ने से नील व गन्ने के उत्पादन में तीव्र वृद्धि हुई। फिरोज के काल में नील बनाने के लिए जिप्सम, चूना व ईंटों से बनी टंकियां बनाई जाने लगी थीं। सत्रहवीं शताब्दी के आते-आते नील भारत से निर्यात की जाने वाली सर्वोत्कृष्ट वस्तु बन गई थी। यूरोपीय कम्पनियों के द्वारा भारत से मुख्यत: सादा सूती कपड़ा व नील का ही निर्यात किया जाता था। सल्तनत काल में कृषि बिचौलियों के ऊपर प्रभावी नियन्त्रण और नगरीय व्यवस्था के उन्नत होने से ग्रामीण क्षेत्रों के प्रमुख उत्पादों कपास, नील, गन्ना, व अनाज का शहरी क्षेत्रों में वितरण होने लगा। इसके लिए परिवहन के साधन उन्नत किए गए, ग्रामीण क्षेत्रों में मौद्रिक अर्थव्यवस्था का प्रचलन बढ़ा। परिणामस्वरूप ग्रामीण व कस्बाई अर्थव्यवस्था भी मजबूत होने लगी। यह संतुलित विकास की दिशा में बढ़ने की मजबूत प्रक्रिया थी। जिससे ग्रामीण, कस्बाई एवं शहरी क्षेत्रों में उत्पादन में संलग्न स्थानीय वर्गों का नियोजन हुआ। यह संतुलित आर्थिक विकास का आरम्भ था, इससे अनावश्यक ग्रामीण श्रमिकों का शहरी क्षेत्रों में पलायन भी रुका। आर्थिक सम्पन्नता एवं प्रगतिशील विचारों के समानरूपेण विस्तारित होने से ग्रामीण क्षेत्रों में भी भवन निर्माण में प्रगति आई।

सल्तनत कालीन प्रशासनिक संगठन व आर्थिक विकास में गुलामों की महत्त्वपूर्ण भूमिका थी। किसी भी अभियान की सफलता पकड़े गए योग्य गुलामों की संख्या पर भी निर्भर करती थी। गुलाम, श्रम की नियोजित व नियंत्रित आपूर्ति के स्रोत थे। गुलाम को अचल सम्पत्ति के रूप में मान्यता दी गई थी, इन्हें विभिन्न प्रकार के उत्पादन कार्यों का प्रशिक्षण देकर कारखानों व अन्य कार्यों में लगाया जाता था। गुलाम प्रथा नव-तुर्की राज्य की स्थापना एवं स्थायित्व के लिए अनिवार्य बन गई। दिल्ली सल्तनत की स्थापना के दौरान तुर्की आक्रांताओं को राजनीतिक संघर्ष के साथ-साथ सांस्कृतिक स्तर पर भी स्थानीय वर्गों के साथ प्रतिद्वन्द्विता करनी पड़ी। ऐसे में उन्हें प्रशासन व उत्पादन कार्यों के लिए योग्य सजातीय व्यक्तियों की आवश्यकता थी। गुलाम व्यवस्था इस आवश्यकता की परिपूर्ति का सबसे बेहतर माध्यम थी। इल्तुतमिश ने प्रशासनिक आवश्यकता के लिए चालीसा का गठन किया। इनमें योग्यतम गुलामों के समूह को नियोजित किया गया था। प्रशासनिक संचालन गुलामों पर निर्भरता मुख्यत: बल्बन के काल तक विद्यमान रही, इनमें केवल तुर्क गुलामों को ही महत्त्व दिया गया। अलाउद्दीन ने प्रशासनिक कार्यों में योग्यता व निरपेक्षता के सिद्धांतों को स्वीकार किया। ऐसे में गुलाम के रूप में

भारतीय वर्गों का भी उच्च प्रशासन में समायोजन हुआ किंतु ऐसा करने में कुलीनता व धर्म के स्थान पर योग्यता को ही महत्त्व दिया गया, जिससे प्रशासन में तुर्क व विदेशी गुलामों की संख्या में कमी आई। फिरोज तुगलक के द्वारा गुलामों को कारखानों, फल बागानों व नहर निर्माण में नियोजित किया गया। सल्तनत के अन्तिम चरणों में कुलीन वर्गों की विलासिता की वस्तु का उत्पादन करने में भारतीय भी पारंगत हो गए थे। ऐसे में गुलामों का महत्त्व कम होने लगा था, जिससे यह प्रथा धीरे-धीरे औचित्यहीन हो गई। बाबर ने *तुजुक-ए-बाबरी* में कुटीर उद्योगों का व्यापक उल्लेख किया है। इसके अनुसार भारतीय उत्पादन प्रणाली जाति आधारित व्यवस्था द्वारा संचालित होती थी किंतु बाबर ने कहीं भी उत्पादन कार्यों में लगे हुए गुलामों का उल्लेख नहीं किया है।

दिल्ली सल्तनत की स्थापना से पूर्वी भारत से अरब तक के क्षेत्र कमोबेश आर्थिक-सांस्कृतिक एकता के सूत्र में बंधने लगे थे, जिससे परस्पर व्यापारिक संबंधों का विकास हुआ। तुर्कों ने जाति आधारित भारतीय उत्पादन प्रणाली को मान्यता नहीं दी थी। इसके एवज में कुशल व्यक्तियों को व्यवसाय चुनने की स्वतन्त्रता दी गई। इन सिद्धांतों से परंपरागत भारतीय उत्पादन प्रणाली में नवीन विचारों का समावेश हुआ किंतु आरम्भिक तुर्कों का यह सिद्धांत बहुत दिनों तक मान्य नहीं हो सका। तुर्क सुल्तानों व अमीरों के द्वारा भारत में सत्ता स्थापना के दौरान नवीन प्रशासनिक प्रणाली, धार्मिक मान्यता एवं भाषाई निजत्व को स्वीकार किया गया। महत्त्वपूर्ण यह है कि तुर्क सुल्तानों के सम्मुख भारत के आर्थिक ढांचे को लेकर कोई विकल्प नहीं था। वस्तुतः तुर्क जिन क्षेत्रों से आए थे वहां भू-राजस्व प्रणाली व कुटीर उद्योगों की उन्नत संरचना नहीं थी। ऐसे में इनके द्वारा परंपरागत भारतीय अर्थव्यवस्था को स्वीकार कर लिया गया जिसका मूलाधार जातीय संगठन पर निर्भर था। इस जातिगत उत्पादन प्रणाली में सांस्कृतिक मान्यताएं भी अन्तर्निहित थीं। इसमें ग्राम गणतन्त्र की अवधारणा एवं विभिन्न उत्पादक जातियों का परस्पर सहअस्तित्व का चरित्र विद्यमान था। ऐसे में तुर्कों को आर्थिक ढांचे को स्वीकार करने से समाज व्यवस्था को भी यथावत मान्य करना पड़ा जिससे भारत में विस्तारित होने वाला इस्लाम जातिवादी मूल्यों से युक्त हो गया, अन्तर केवल रहा कि दस्तकारी करने वाला हिन्दू वर्ग ''कोरी'' कहलाने लगा और मुस्लिम दस्तकार को ''जुलाहा'' कहा जाने लगा किंतु इनके परस्पर सामंजस्य में कोई परिवर्तन नहीं हुआ। भारत की जातिवादी उत्पादन प्रक्रिया में वास्तविक परिवर्तन अंग्रेजों के द्वारा किया गया। इन्होंने भारतीय अर्थव्यवस्था के मूल ढांचे को नष्ट करके उसे ब्रिटिश

उद्योगों के लिए उपयोगी बनाया। इससे परम्परागत सामाजिक-सांस्कृतिक मान्यताएं भी अप्रांसगिक हो गईं इसलिए भारत के जिन क्षेत्रों में औपनिवेशिक शासन रहा वहाँ ग्राम गणतन्त्र की मान्यता खण्डित हुई, एकाकी सम्पत्ति वाली समाज व्यवस्था मजबूत हुई। इससे साझा संस्कृति की भारतीय परंपरा नष्ट हो गई।

सल्तनत काल में तुर्कों ने नवीन तकनीकी आविष्कारों का प्रचलन आरम्भ किया। 13वीं शताब्दी में भारत में चरखे का प्रयोग आरम्भ हुआ। चरखा एक ऐसा उपकरण है जो सूत काटने की गति बढ़ाकर वस्त्र के उत्पादन को बढ़ाता है हालांकि वस्त्र के गुणात्मक सुधार में चरखे की कोई भूमिका नहीं होती है। वास्तव में महीन सूत, हाथ से घुमाए जाने वाले तकले एवं पहिए पर ही बेहतर निकलता है। चरखा केवल मोटा सूत निर्मित्त कर सकता है। महत्त्वपूर्ण यह है कि चरखे के कारण वस्त्र उत्पादन में वृद्धि हुई और वस्त्र, सस्ता एवं सर्वसुगम हुआ। इससे सल्तनत काल में वस्त्र उत्पादन को सर्वाधिक लोकप्रिय कुटीर उद्योग का दर्जा मिला। चरखे को यंत्रविहीन युग में श्रम की बचत करने वाला महान उपकरण माना गया। इसका प्रथम साहित्यिक उल्लेख इसामी की रचना *फुतहुस सलातीन* में मिलता है। इसामी ने रजिया के सुल्तान बनने से उत्पन्न हुई उलेमाओं की प्रतिक्रिया को निम्न शब्दों में व्यक्त किया है – 'महिला वही उत्तम है जो सदैव चरखा चलाती रहे।' भारत में रहट का सर्वप्रथम वर्णन *बाबरनामा* में किया गया है। 1645ई. में सुजान राय भण्डारी द्वारा लिखित *खिलासुल उल तवारीख* में भी रहट का वर्णन है। बाबर के अनुसार यह उपकरण पंजाब क्षेत्र में प्रचलित था। रहट की विशिष्टता यह है कि इसके द्वारा गहरे कुएं से जल को सुगमता से निकाला जाता है। गंगा-यमुना के दोआब क्षेत्र एवं अवध में रहट का प्रचलन नहीं था, क्योंकि इन क्षेत्रों में भूमिगत जल का स्तर ऊपर होने के कारण रहट उपयोगी नहीं था। ऐसे में इन क्षेत्रों में कुएं से सिंचाई का जल निकालने के लिए मशक का प्रयोग किया जाता था। यह चमड़े का एक थैला था, जिसे रस्सी के सहारे कुएं में डालकर बैल के द्वारा खींचा जाता था। अबुल फजल का मानना है कि पंजाब के खाद्यान्न उत्पादन में उन्नत होने का मूल कारण रहट से की जाने वाली सिंचाई है। रहट प्रौद्योगिकी के विस्तारित होने से पंजाब के क्षेत्र में सामाजिक-धार्मिक परिवर्तन का भी बीजारोपण हुआ। आरम्भिक तुर्क शासकों ने मंगोलों के आक्रमण के भय के कारण पंजाब के क्षेत्रों में कृषि को प्रोत्साहित नहीं किया था क्योंकि कृषि के उन्नत होने से उत्तर पश्चिम क्षेत्रों से आने वाले मंगोल आक्रान्ताओं को रसद प्राप्त हो सकती थी, इसलिए इन क्षेत्रों में पशुपालन का व्यवसाय ही प्रचलित रहा किंतु चौदहवीं शताब्दी में मंगोलों के आक्रमण का

भय समाप्त हो गया इससे इन क्षेत्रों में कृषि व नगरीय व्यवस्था को प्रोत्साहन मिला। इससे नवीन सामाजिक मूल्य व परंपरागत पशुपालन संस्कृति का द्वंद्व उत्पन्न हो गया। इस समस्या से समाज को मुक्त करने के लिए गुरुनानक के द्वारा एक निरपेक्ष धर्म का विकास किया गया जिसके मूल में संतों व सूफियों की वाणियाँ एवं दो महान धर्मों (हिन्दू व मुस्लिम) के श्रेष्ठ तत्त्वों का समन्वय था। ग्यारहवीं शताब्दी में चीन में चुम्बकीय कुतुबनुमा (पानी में तैरती सुई) का प्रयोग जहाजरानी में दिशा सूचकांक के लिए प्रयुक्त किया जाने लगा था। इस्लामिक जगत में इसका सर्वप्रथम उल्लेख बैलक किबजकी (1282ई.) ने अपनी पुस्तक *कंजुत तबजार* में किया है। इनके अनुसार इसी यन्त्र का प्रयोग भारतीय व्यापारियों के द्वारा समुद्री मार्ग की दिशा निर्धारण के लिए किया जाता था। महत्त्वपूर्ण यह है कि समुद्री मार्गों का व्यापारिक क्रियाकलापों में महत्त्व भारत में सैन्धव काल से ही स्थापित हो गया था जिसे ऐतिहासिक काल में रोमन व दक्षिण पूर्व एशियाई देशों के साथ व्यापारिक संवर्द्धन ने परिपक्व किया। समुद्री यात्राओं को बिना दिशा सूचक यन्त्रों के ज्ञान के पूर्ण कर पाना संभव नहीं था। फिरोज तुगलक के द्वारा फिरोजाबाद(दिल्ली) में एक मीनार पर नक्षत्र घड़ी लगवाई गई थी। इसके अतिरिक्त समय की जानकारी के लिए धूप घड़ी व जल घड़ी का भी प्रयोग किया जाता था। हालांकि इन आविष्कारों का ज्योतिष अथवा ग्रह गणित से कोई संबंध नहीं था और न ही इसमें प्राचीन भारतीय खगोल व ज्योतिष का सहारा लिया गया था। ऐसे में इनका अनुसंधान पक्ष कमजोर था। सल्तनत कालीन शिक्षण संस्थाओं में विज्ञान से संबंधित पाठ्यक्रमों का प्रचलन नहीं था जिससे विज्ञान का संस्थागत विकास संभव नहीं हो सका।

तेरहवीं शताब्दी में भारत में कागज निर्माण को कुटीर उद्योग के रूप में प्रतिष्ठित किया गया। इससे शिक्षा, अर्थजगत, लेखन एवं प्रशासनिक कार्यों में सुगमता आई। प्राचीन काल में भारतीय पाण्डुलिपियां व साहित्य ताम्रपत्र, भोजपत्र एवं ताड़ के पत्तों पर तैयार तैयार किए जाते थे। हालांकि दीर्घकालीन संरक्षण की दृष्टि से इन सामग्रियों की उपादेयता अधिक थी किंतु कागज के प्रचलन से पुस्तकों के लेखन में सुगमता आई, साथ ही साथ इससे जिल्द तैयार करने में मदद मिली। भारत में प्राप्त कागज की प्राचीनतम पाण्डुलिपि 1223-24ई. में गुजरात में लिखी गई थी। सल्तनत काल में कागज को कुटीर उद्योग का दर्जा प्राप्त था। सल्तनत काल में चूना, गारा व ईंट के समन्वय से भवन निर्माण व्यापक रूप से किया जाने लगा। इससे कुलीन वर्गों के साथ-साथ धनाढ्य व्यापारियों ने भी हवेलियों का निर्माण

करवाया। परिणामस्वरूप भवन निर्माण भी उद्योग के रूप में प्रतिष्ठित हुआ। हालांकि भारतीयों को इस निर्माण पद्धति की जानकारी थी किंतु इसका व्यापक प्रयोग नहीं किया जा रहा था। तुर्कों के द्वारा मेहराब व गुम्बद तकनीक पर आधारित भवन बनाए गए। इनमें इन सामग्रियों की सर्वाधिक उपादेयता थी।

सल्तनत की स्थापना से तृतीय नगरीकरण की प्रक्रिया भी गतिशील हुई। इससे अन्तर्राष्ट्रीय व्यापार को नवीन आयाम प्राप्त हुआ। परिणामस्वरूप मुद्रा का निर्माण आवश्यक हो गया। इल्तुतमिश ने 176 ग्रेन का चांदी का टंका एवं तांबे का जीतल निर्मित्त करवाया। इन सिक्कों पर सुल्तान व टकसाल का नाम उत्कीर्ण हुआ। मौद्रिक अर्थव्यवस्था के विस्तार से प्रशासनिक एवं व्यापारिक क्षेत्र में युगान्तकारी परिवर्तन हुए। नकद वेतन के भुगतान से नौकरशाही को प्रतिष्ठित करने में सुगमता आई इससे कार्य के एवज में भूमि अनुदान देने की अनिवार्यता समाप्त हो गई, यह अधीनस्थ सत्ताओं के विशेषाधिकार व विद्रोह को समाप्त करने का माध्यम भी बन गया। ऐसे में मुद्रा पद्धति की प्रशासनिक ढांचे की मजबूती व विद्रोही गतिविधियों के नियन्त्रण में प्रत्यक्ष भूमिका थी। मुद्रा के द्वारा व्यापारिक क्रियाकलापों को नवीन दिशा मिली। इससे भुगतान की समस्या का समाधान हुआ। पूर्व मध्यकाल में सिक्कों की कमी के कारण व्यापारिक गतिविधियां वस्तु विनिमय पर आधारित हो गई थीं। जिससे उत्तर व मध्य भारत का नगरी ढांचा लगभग नष्ट हो गया था। सल्तनत काल में व्यापार मुख्यत: अरब व मध्य एशियाई क्षेत्रों से होता था। इन क्षेत्रों में व्यापारिक विनिमय में चाँदी के सिक्कों की सर्वाधिक मांग थी। ऐसे में दिल्ली के शासकों ने चाँदी के सिक्कों के निर्माण पर विशेष ध्यान दिया। इन सिक्कों पर सुल्तान व टकसाल का नाम अंकित किया जाता था। हालांकि सिक्के की मानकता, धातुगत शुद्धता एवं समान तौल पर निर्भर करती थीं। ऐसे में जिसके पास शुद्ध चाँदी, सोना अथवा ताँबा होता था, वह सरकारी टकसाल में जाकर सिक्के ढलवा सकता था। मुद्रा व्यवस्था ने भू-राजस्व एवं व्यापारिक कर प्रणाली को भी व्यवस्थित किया। इसके माध्यम से अनाज के रूप में राजस्व लेने के स्थान पर नकद वसूली की जाने लगी। इससे पर्याप्त मात्रा में अनाज बाजारों में पहुँचा। इसके अतिरिक्त ग्रामीण क्षेत्रों में मुद्रा का प्रचलन होने से कृषि के वाणिज्यीकरण को प्रोत्साहन मिला, नगदी फसलों का उत्पादन होने लगा, ग्रामीण क्षेत्रों को नगरों से सड़क के माध्यम से जोड़ा जाने लगा। इससे ग्रामीण व शहरी उत्पादों का परस्पर आदान-प्रदान बढ़ा। यह प्रक्रिया दोनों क्षेत्रों के उत्पादन को प्रोत्साहित करने का कारण बनी। हालांकि विभिन्न

नगरों के बीच का व्यापार मुख्यत: विलासिता की वस्तुओं पर ही संकेन्द्रित था। जियाउद्दीन बरनी के अनुसार दिल्ली में शराब की आपूर्ति अलीगढ़ व मेरठ से की जाती थी। रेशम उत्पादन का केन्द्र देवगिरि एवं सूती कपड़ा सर्वाधिक बंगाल में बुना जाता था। व्यापार के आन्तरिक व अन्र्तराष्ट्रीय स्तर पर उन्नत होने से उत्तर व मध्य भारत में नगरों की संख्या में लगातार वृद्धि हुई। इब्नबतूता के अनुसार सम्पूर्ण इस्लामी प्राच्य में दिल्ली से बड़ा कोई नगर नहीं था। दिल्ली राजधानी होने के साथ-साथ व्यापारिक गतिविधियों का केन्द्र थी। यहां के सरकारी कारखानों से उत्पादित वस्तुओं का फिरोज तुगलक के काल में मध्य एशियाई व अरब क्षेत्रों में वितरण किया जाने लगा था। धनाढ्य अमीरों व व्यापारियों की विशाल जनसंख्या होने के कारण दिल्ली में भारत के विभिन्न क्षेत्रों में उत्पादित होने वाली विलासिता की वस्तुओं का सबसे बड़ा बाजार था। वैसे भी सुल्तानों की नीतियां व्यापारिक कार्यों को प्रोत्साहित करती थीं। इनमें सड़कों व सरायों का निर्माण, सुरक्षा के इन्तजाम व डाकुओं का कठोरता से दमन जैसे कार्य सम्मिलित थे। बल्बन के द्वारा व्यापारिक सुगमता के लिए दिल्ली से अवध मार्ग में लूट करने वाले डाकुओं का शक्ति से दमन किया गया था। दिल्ली की ओर आने वाले विभिन्न स्थलमार्गों के किनारे बसने वाले नगर भी समृद्ध हो गए थे। इनमें बदायूँ, अलीगढ़, कड़ा-मानिकपुर, कन्नौज, ग्वालियर व अन्य नगर सम्मिलित थे। यहां शिल्पकारी, सूती कपड़ा व शराब का उत्पादन किया जाता था। पंजाब के क्षेत्र में भी नगरों का संकेन्द्रण बढ़ा। इनमें हिसार, फिरोजाबाद, हांसी, अजोधन, लाहौर, करांची व दीपालपुर प्रमुख थे। इन क्षेत्रों में मध्य एशिया से आने वाले मेवे-मसालों, इत्र, गुलाबजल, जैतून का तेल आदि का व्यापार किया जाता था। लाहौर सूती वस्त्रों के वितरण का बड़ा केन्द्र था। मिनहास के अनुसार यहां के अधिकांश लोग व्यापारी थे। गुजरात के नगर भी अपने विशिष्ट उत्पादनों के लिए प्रसिद्ध थे। खम्भात–रेशमी वस्त्र; सोमनाथ पट्टनम् एवं अहिलावाड़–सूती वस्त्र; अहमदाबाद– रंगीन सूती वस्त्रों के केन्द्र थे। इनके उत्पादों का प्राचीन काल से ही अरब व यूरोपीय क्षेत्रों में वितरण हो रहा था। समुद्रतटीय अनुकूलता होने के कारण इन क्षेत्रों के व्यापार में गिरावट नहीं आई। पूर्व मध्यकाल में गुजरात के उत्पादन इथोपिया, अरब व अन्य क्षेत्रों में वितरित होते रहे। इसके अतिरिक्त बंगाल में चावल एवं रेशम; मध्य भारत में बनारस-सोने व चांदी के गहने; आगरा में नील, तथा पटना-सूती कपड़े का उत्पादन होता था। गंगा घाटी का सम्पूर्ण क्षेत्र परिवहन की अनुकूलता एवं उन्नत खाद्यान्न उत्पादन का केन्द्र

होने के कारण व्यापारिक क्रियाकलापों में भी समृद्ध था। इन क्षेत्रों के उत्पादों का दक्षिण पूर्व एशियाई देशों में निर्यात किया जाता था। प्रयाग व काशी के धार्मिक महत्त्व के कारण भी देश–विदेश के तीर्थयात्रियों का संकेन्द्रण बना रहता था, जिससे आर्थिक समृद्धता में बढ़ोत्तरी होती रही। इल्तुतमिश के काल से ही अंतर्राष्ट्रीय व्यापार उन्नत होने लगा था और मध्य एशियाई अरब क्षेत्रों के उत्पाद स्थल मार्ग से भारत पहुंचने लगे थे हालांकि गुजरात के क्षेत्रों में आठवीं शताब्दी से ही अरबी व्यापारियों का संकेंद्रण होने लगा था। चालुक्य शासकों व मालाबार के तटीय व्यापारियों के द्वारा इन्हें सुरक्षा व सुविधा प्रदान की गई थी। अलाउद्दीन खिलजी ने बाजार व्यवस्था पर शासकीय नियन्त्रण बढ़ाया। इसके अन्तर्गत सराय–ए–अदल एवं दीवान–ए–रियासत की स्थापना की गई और बिचौलिया वर्गों का शक्ति से दमन किया गया, कम तौल पर नियंत्रण लगाया गया, बाजार गुप्तचर मुन्ही की नियुक्ति की गई एवं कालाबाजारी करने वालों को कठोर दण्ड दिया गया। इससे नियोजित अर्थव्यवस्था का विकास हुआ। मुहम्मद बिन तुगलक ने व्यापारिक विकास में राजनयिक संबंधों के महत्त्व को भली–भाँति समझते हुए पड़ोसी देशों के साथ घनिष्ठ संबंध बनाए और व्यापार को प्रोत्साहन देने के लिए 1340–41ई. में आयात–निर्यात करों में कमी की। फिरोज तुगलक ने कारखानों में कुशल दासों का नियोजन करके विलासिता की वस्तुओं का उत्पादन बढ़ाया। इनका मध्य एशिया व अन्य क्षेत्रों में वितरण किया जाता था। बंगाल के बन्दरगाहों का व्यापार चीन, मलक्का व सुदूर पूर्व के देशों से होता था। बंगाल से मुख्यतः सूती कपड़ा व रेशम का निर्यात किया जाता था। बंगाल में मालद्वीप से सीप का आयात होता था जिसका बंगाल व उड़ीसा में स्थानीय विनिमय में मुद्रा के रूप में प्रयोग किया जाता था। भारत से निर्यात की जाने वाली वस्तुओं में लोहा–हथियार, सूती वस्त्र, नील, मसाले, जड़ी–बूटियां, फल व हाथी प्रमुख थे। आयात की वस्तुओं में घोड़ा, दास, किरमान की तलवार, मेवा, अंगूर, तरबूज, गुलाब–जल, खजूर एवं जैतून का तेल प्रमुख हैं।

दिल्ली सल्तनत की स्थापना से राजनीतिक प्रणाली में बदलाव के साथ–साथ उत्पादन प्रणाली एवं समाज व्यवस्था में परिवर्तन का मार्ग प्रशस्त हुआ। नगरों में प्रशासनिक व व्यापारिक संकेन्द्रण के कारण विभिन्न कार्यों में संलग्न वर्गों का समूह एकत्र होने लगा जिससे पूर्व मध्यकाल में अवरुद्ध हुई उत्पादन प्रणाली, व्यापारिक अवसान व कृषि मूलक अर्थव्यवस्था पुनः नगरीय व्यवस्था की ओर अग्रसर होने लगी और इससे शहरी व ग्रामीण उत्पादन का समन्वित विकास होने

लगा। यह परिवर्तन एक नवीन समाज रचना का कारक बना। भारतीय उपमहाद्वीप में उन्नत हुए प्रथम व द्वितीय नगरीय क्रान्ति में भी इसी प्रकार का परिवर्तन दिखाई देता है। छठीं शताब्दी ईसा पूर्व में द्वितीय नगरीकरण व मगध राज्य के उत्कर्ष के साथ-साथ बुद्ध के तर्क-विवेक व समानता के विचारों का भी समाजीकरण हुआ। बुद्ध के विचारों में कर्मकाण्ड व जातिवादी व्यवस्था को अस्वीकार करने का आग्रह था, साथ ही साथ शूद्र व महिलाओं को आर्थिक व सामाजिक समानता देने का मार्ग भी था। इससे विशाल जनमानस बौद्ध धर्म के प्रति आकर्षित हुआ। इसी प्रकार की सामाजिक पृष्ठभूमि तुर्कों के आगमन के पूर्व भारत में विद्यमान थी। इसके अन्तर्गत जाति व्यवस्था की कठोरता, रक्त शुद्ध की भावना, कर्मकाण्ड का विस्तार, कुलीन वर्गों के धार्मिक व सामाजिक विशेषाधिकार जैसी मान्यताएं सम्मिलित थीं। इस प्रक्रिया ने अन्तज्य व शूद्रों को निम्नतम स्थिति में पहुंचा दिया था। 13वीं शताब्दी तृतीय नगरीकरण के विकास का काल थी इससे आर्थिक विकास की सम्भावनाएं पुनः व्यावहारिक हुईं। तुर्कों को इससे कोई सरोकार नहीं था कि व्यापारिक संलग्न वर्ग किस जाति अथवा धर्म का है। उन्हें प्रत्येक व्यक्ति को अपनी कार्य क्षमता के अनुसार उत्पादन में सम्मिलित होने का अधिकार था। इस नवीन विकल्प ने अन्तज्य वर्गों को इस्लाम की ओर आकर्षित किया क्योंकि इन्हें इस्लाम ग्रहण करने से आर्थिक व धार्मिक समानता प्राप्त हो सकती थी। सल्तनत काल में नगरों को व्यवस्थित रूप से बसाया गया। महत्त्वपूर्ण यह है कि नगरों की सीमाओं के अन्तर्गत रहने वाले वर्गों में अन्तज्य भी सम्मिलित थे। इससे सामाजिक एकजुटता पुनः स्थापित हुई जिससे पूर्व मध्यकालीन समाज वंचित हो चुका था। सल्तनत कालीन नगर स्थापना का मूल प्रयोजन व्यापारिक कार्यों के विस्तार से जुड़ा था। ऐसे में नगर की सुरक्षा का भी बेहतर इन्तजाम किया जाता था। व्यापारिक गतिविधियां सूर्यास्त के पूर्व तक होती थीं। तदुपरान्त नगर के दरवाजे बन्द कर दिए जाते थे। नगरों में जनसंख्या के बढ़ने से उपनगरों का भी विकास हुआ इससे उत्पादन प्रक्रिया विस्तारित हुई। ऐसे में यह कहना तार्किक नहीं है कि नगर के कामगारों का धर्म परिवर्तन शक्ति के द्वारा किया गया था। यह नवीन अनुकूलता के मध्य से व्यावहारिक हुआ। बुद्ध युग में मगध का जनमानस भी इन्हीं परिस्थितियों के मध्य से बौद्ध धर्म के प्रति आकर्षित हुआ था। बौद्ध भिक्षुओं के द्वारा जनमानस को बौद्ध धर्म से जोड़ने के लिए विचार शक्ति का सहारा लिया गया था और इसमें निश्चित ही हथियारों का प्रयोग नहीं हुआ था। किंतु यह भी सत्य है कि शासक वर्ग जिस धर्म को स्वीकार अथवा मान्य करता है उसके प्रचार में अतिरिक्त उत्साह का संचार हो जाता

है। ऐसे में राजकीय समर्थन से धर्म को व्यापक करने में सुगमता आ जाती है। महत्त्वपूर्ण यह भी है कि जिन व्यवसायों का प्रत्यक्ष संबंध तुर्कों के साथ जुड़ा था उनमें संलग्न वर्गों ने इस्लाम धर्म को स्वीकार किया जैसे कि कसाई, महावत, बुनकर, शिल्पकार व सैन्य कार्यों में संलग्न वर्ग। किंतु हलवाई, ग्वाला, पनवाड़ी, बढ़ई, लोहार व अन्य बहुत सी जातियों ने धर्म परिवर्तन नहीं किया क्योंकि इनके व्यावसायिक हित सभी से जुड़े हुए थे।

31

भारत में सूफीवाद का विकास

सूफीवाद, इस्लाम का रहस्यवादी रूप है जिसमें प्रेम, मानव सेवा एवं ईश्वर के प्रति समर्पण की तीव्र जिज्ञासा प्राप्त होती है। समाज के उत्थान से प्रत्यक्षतः जुड़े होने से सन्तों में आचार-विषयक पवित्रता के प्रति विशेष आग्रह दिखाई देता है। इनमें भौतिक सुख-सुविधाओं के प्रति अरुचि एवं साधना के प्रति संकेन्द्रण प्राप्त होता है। सामाजिक आदर्शवाद व सच्चे ईश्वर-उपासक के रूप में सूफी सन्तों की प्रतिष्ठा नवीं-दसवीं शताब्दी से ही मान्य होने लगी थी। सूफीवाद की लोकप्रियता के लिए अनेक परिस्थितियां उत्तरदायी थीं। पैगम्बर साहब एवं चार पवित्र खलीफाओं के नेतृत्व में इस्लाम के सिद्धांतों व विचारों को अरब जगत के साथ-साथ अन्य क्षेत्रों के जनमानस ने भी आत्मिक रूप से स्वीकार किया। इनके विचारों में मानवमात्र की समानता, एकेश्वरवाद एवं उच्च मानवीयता के तत्त्व विद्यमान थे। इस्लाम में अल्लाह व उपासक के मध्य किसी भी मध्यस्थ को स्वीकार नहीं किया गया था। किंतु पवित्र खलीफाओं के उपरान्त इस्लाम के नेतृत्व कर्त्ताओं में भौतिकता व कुलीनता के प्रति आकर्षण एवं राजनीतिक कटुता का विकास हुआ। इससे इस्लाम के मूल सिद्धांतों के स्थान पर उलेमाई वर्चस्व व आडम्बर का विकास होने लगा। इससे जनमानस के नैतिक व आध्यात्मिक अधःपतन को रोकने के लिए रहस्यवादियों का समूह क्रियाशील हुआ, सूफी सन्त इसी विचाराधारा का प्रतिनिधित्व करते हैं। सूफी सन्तों के मूल आध्यात्मिक विचार कुरान सम्मत हैं किंतु इनमें शरीअत की शास्त्रीयता न होकर प्रत्येक सम्भावित मार्ग से ईश्वर को प्राप्त करने की विचारधारा के प्रति विश्वास प्राप्त होता है।

सूफीवाद का विकास इस्लाम के रहस्यवाद के रूप में हुआ। यह परम्परा आठवीं

शताब्दी से ही उन्नत होने लगी थी। इसके केन्द्र मक्का, मदीना व बसरा में थे। आरंभिक सूफियों को ''मौनी'' के रूप में संबोधित किया गया क्योंकि वे एकांत में ईश्वर की साधना में लीन रहते थे। इनका उद्देश्य परम तत्त्व के साथ स्वयं को जोड़ना था। इन्होंने जनमानस के मध्य जाकर अपने विचारों का प्रचार नहीं किया। महिला सूफी राबिया के काल में बसरा में सूफी मत अपने उत्कर्ष पर पहुँचा। राबिया को आध्यात्मिक रूप से उन्नत सन्त के रूप में मान्यता दी गई है। इस्लाम के राजनीतिक व धार्मिक विस्तार से रहस्यवादी विचारक भी विभिन्न क्षेत्रों में फैले जिससे स्थानीय संस्कृतियों का भी इनपर प्रभाव पड़ा। द्वितीय चरण के सूफियों में बयाजिद बिस्तानी का नाम सर्वोपरि है। इन्होंने रहस्यवाद के एक नवीन शब्द 'सबकुछ ईश्वर में सन्निहित है' का सृजन किया। इसका तात्पर्य–भौतिक समाज से उत्पन्न होने वाली तृष्णा व प्रतिस्पर्धा की कुप्रवृत्तियों को रोकना और परम तत्त्व के प्रति समर्पण था। बाद के सूफियों ने इस सिद्धांत को आत्मसात किया। दसवीं शताब्दी में बगदाद सूफीवाद का प्रसिद्ध केन्द्र बन गया। यहाँ के सूफियों में मंसूर–अल–हल्लाज का नाम उल्लेखनीय है। इन्होंने कहा कि– 'मैं ईश्वर हूँ।' इनके सिद्धांतों के आधार पर ही इन्सान–ए–कामिल अर्थात् पूर्ण व्यक्ति की अवधारणा का जन्म हुआ। ग्यारहवीं शताब्दी में सूफीवाद का एक संगठित आन्दोलन के रूप में विकास हुआ और खानकाह इसके केंद्र बनने लगे। ये खानकाहें सूफी मत के विकास का आधार मानी गईं। इस दौरान अनेक सूफी पुस्तकों का लेखन किया गया। जिनमें अलगजाली, अलहुजविरि, फरीदुद्दीन अत्तार और जलालुद्दीन रूमी की रचनाएँ प्रमुख हैं। अलहुजविरि की रचना *कश्फ–उल–महजूब* को सूफी मत का प्रामाणिक और मान्य ग्रन्थ माना जाता है। बारहवीं शताब्दी में सूफी मत एक संप्रदाय का रूप ग्रहण करने लगा जिसमें गुरु–शिष्य परम्परा, पृथक–पृथक अनुष्ठान व प्रथाएं मान्य हुईं। इससे एक सिलसिला उन्नत हो गया।

भारत में सूफीवाद की 14 शाखाएँ प्रचारित व प्रसिद्ध हुईं। इसके सिद्धांतों का मूल–ईश्वर आस्था एवं मानव सेवा था। इनमें प्राप्त होने वाली भिन्नताएँ समाज के विभिन्न वर्गों के विचारों के लोगों को अपने साथ जोड़ने से सम्बन्धित है। भौतिक प्रतिस्पर्धा से युक्त समाज में किसी एक विचार अथवा सिद्धांत के माध्यम से नैतिक मूल्यों को भी व्यावहारिक करना संभव नहीं होता है। ऐसे में सामाजिक विचारधारा के अनुरूप सन्तों व सूफियों के भी सिद्धांत निर्मित्त होते हैं क्योंकि समाज से पृथक होकर लोकप्रिय मतों की स्थापना संभव नहीं हो सकती। भारत में सूफीवाद की लोकप्रियता के बढ़ने में उनके उच्च सिद्धांतों के साथ–साथ भारतीय समाज में

व्याप्त विषमता, बहुदेववाद की जटिलता एवं अन्तज्य व शूद्र जातियों को सामाजिक-धार्मिक अधिकारों से पृथक रखने व उत्पादन कार्यों में जन्मना जाति व्यवस्था को मान्य करने के सिद्धांत की प्रभावी भूमिका रही। इससे इन उपेक्षित वर्गों में व्यापक आक्रोश था। तुर्की सत्ता की स्थापना ने शोषित जनमानस के सम्मुख आर्थिक-धार्मिक स्वतन्त्रता का विकल्प प्रस्तुत किया। इससे मानव सेवा के उद्देश्य से युक्त सूफी संतों के विचारों की ओर भी विशाल जनमानस आकर्षित हुआ।

भारतीय जनमानस में सर्वाधिक लोकप्रियता प्राप्त करने वाला सूफी सम्प्रदाय चिश्ती है। ख़्वाजा मुइनुद्दीन चिश्ती ने ईश्वर पर आस्था एवं मानव-सेवा को अपना परम लक्ष्य माना। इसके लिए स्वयं को आदर्श रूप में प्रस्तुत करके जनमानस को नैतिक मूल्यों व विचारों की शिक्षा दी। इनका मानना था कि गरीबों के कष्टों को दूर करना, भूखों को भोजन कराना एवं सेवाभाव से समाज से जुड़ना, ईश्वर के प्रति सच्ची निष्ठा है। ख़्वाजा के विचारों में धर्म निरपेक्षता के तत्त्व थे। इन्होंने किसी धर्म विशेष के सिद्धांतों को महत्त्व न देकर मानव धर्म को आत्मसात किया। इससे विशाल जनमानस इनकी ओर आकर्षित हुआ। चिश्ती सम्प्रदाय की मजबूत पीर-मुरीद परम्परा ने ख्वाजा के उच्च विचारों को व्यावहारिक बनाया। इनके शिष्य कुतुबुद्दीन बख़्तियार काकी, रहस्यवादी गीतों के माध्यम से ईश्वर की उपासना करते थे। इनकी पवित्रता पर सुल्तान इल्तुतमिश सर्वाधिक विश्वास करता था। हालांकि कुतुबुद्दीन सुल्तान व अमीरों से अपने को पृथक रखते थे। ख़्वाजा के एक अन्य शिष्य हमीद उद्दीन नागौरी ने दिल्ली के ग्रामीण क्षेत्रों में सूफी सिद्धांतों का विस्तार किया। इन्हें "सुल्तान-ए-तरिकीन" (संन्यासियों के सुल्तान) की उपाधि दी गई थी। इनका जीवन अत्यन्त साधारण था और इन्होंने कभी भी किसी शिष्य से किसी भी प्रकार की भेंट स्वीकार नहीं की। इन्होंने हिन्दवी भाषा में जनमानस को उपदेश दिया। बख़्तियार काकी के शिष्य बाबा फरीद ने चिश्ती सम्प्रदाय को अखिल भारतीय किया। बाबा फरीद उपासना एवं अनुष्ठान में "चिल्ला-ए-माकूस" किया करते थे। यह अत्यन्त कठोर शारीरिक क्रिया थी। बाबा फरीद जनता में सर्वाधिक लोकप्रिय सन्त थे जिनके बारे में यह प्रचलित था कि ये विभिन्न चमत्कारों के माध्यम से लोगों के कष्ट को दूर किया करते थे। इनके उपदेशों का उल्लेख "गुरुग्रन्थ साहिब" में श्रद्धा के साथ लिपिबद्ध किया गया है। इनके प्रयत्नों से अजोधन चिश्ती सम्प्रदाय का प्रमुख केन्द्र बन गया। महत्त्वपूर्ण यह है कि सूफी सिलसिले में पीर के विचारों के प्रति मुरीद की अपार श्रद्धा रहती थी जिससे पीर के विचारों को यथारूप सामाजिक करने में सुगमता आई। बाबा फरीद के सात

प्रसिद्ध शिष्य थे जिनमें शेख जमालुद्दीन, शेख नजीबुद्दीन, शेख बद्रउद्दीन, शेख आरिफ, मौलाना फकरुद्दीन, शेख अली एवं शेख निजामुद्दीन औलिया सम्मिलित हैं। इनमें शेख निजामुद्दीन औलिया सर्वाधिक प्रसिद्ध हुए। उन्होंने अपने पीर के सिद्धांतों को यथारूप स्वीकार किया। इन्हें महबूब-ए-इलाही के नाम से जाना जाता था। निजामुद्दीन औलिया ने दिल्ली के सात सुल्तानों का शासन काल देखा था किंतु इन्होंने कभी भी सुल्तानों एवं अमीरों से सम्बन्ध को महत्त्व नहीं दिया। इनके खानकाह में गरीब व अमीर में कोई भी भेद नहीं था। इन्होंने निजामी सूफी शाखा की स्थापना की थी। इनके दो प्रमुख शिष्य शेख नासिरउद्दीन चिराग एवं सैयद मुहम्मद गेसूदराज थे। शेख नासिरउद्दीन को चिराग-ए-दिल्ली के नाम से जाना जाता था। इनकी लोकप्रियता जनमानस में अधिक थी। गेसूदराज भी महान विद्वान, जनसेवक एवं ईश्वर के भक्त थे। इन्होंने गुलबर्गा में अपना जीवन व्यतीत किया। चिश्ती सिलसिलों से अनेक उपसम्प्रदायों का जन्म हुआ जिनमें हुसैनिया, हमजाशाही एवं शाविरी प्रमुख हैं। हुसैनिया शाखा की स्थापना शेख हिसामुद्दीन ने कड़ा-मानिकपुर में की थी। साविरी शाखा अली अहमद साविरी ने स्थापित की थी। इन्होंने बाबा फरीद से शिक्षा ग्रहण की थी। हमजाशाही मत शेख हमजा द्वारा उन्नत किया गया था। इन उपसम्प्रदायों द्वारा चिश्ती शाखा के मूल सिद्धांतों को यथावत स्वीकार किया गया।

सुहरावर्दी सूफी मत को भारत में बहाउद्दीन जकारिया ने लोकप्रिय बनाया। इन्होंने कठिन आराधना पद्धति पर विश्वास नहीं किया। इनका मानना था कि साधारण जीवन-यापन के द्वारा भी ईश्वर को प्राप्त किया जा सकता है। जकारिया उपवास और शारीरिक कष्ट पर विश्वास नहीं करते थे। उन्होंने शरीअत के नियमों का दृढ़ता से पालन किया। इनका कहना था कि प्रत्येक मुस्लिम को नियमित रूप से अल्लाह की इबादत करनी चाहिए। इन्होंने धन को आध्यात्मिक विकास में बाधक नहीं माना। इनका विश्वास धन के वितरण में नहीं बल्कि संग्रह में था। इनका कहना था कि 'धन हृदय में रोग है परंतु हाथ में औषधि के समान है, धन संग्रह बुरा नहीं है बल्कि उसका दुरुपयोग करना बुरा है।' हालांकि इनके उत्तराधिकारी सद्रउद्दीन का मानना था कि कर्ज देने की अपेक्षा कर्जदार होना अच्छा है। इन्होंने अपनी सारी सम्पत्ति गरीबों में बाँट दी थी। सुहरावर्दी सन्त शाहदौला गरीबों के प्रति अत्यंत दयालु थे। इनकी उदारता ने इन्हें जनमानस में लोकप्रिय बना दिया था। यह सिलसिला, अमीरों व उलेमाओं के मध्य लोकप्रिय था। भारत में सुहरावर्दी सम्प्रदाय की दो शाखाएं मुल्तान व उच्च में उन्नत हुईं। जकारिया के उपरान्त सुहरावर्दी सूफियों ने

गद्दीनवीशी को वंशानुगत कर दिया। मुल्तान शाखा के सन्त रुकनुद्दीन आरिफ ने जनमानस में सर्वाधिक लोकप्रियता प्राप्त की। बिहार में सुहरावर्दी सूफी सम्प्रदाय की एक प्रमुख शाखा फिरदौसिया का विकास हुआ। इसके विस्तारक शेख शर्फुद्दीन मनिहारी थे। इनका कहना था कि ईश्वर से आत्मसात हो जाने के बाद भी मनुष्य, ईश्वर के समान नहीं हो सकता है। इन्होंने मानव सेवा को सूफियों का सबसे बड़ा धर्म घोषित किया। 12वीं शताब्दी में अब्दुल कादिर जिलानी ने कादरिया सूफी सम्प्रदाय स्थापित किया। इसका केन्द्र उच्च था। कादिरी सिलसिले के साधक सनातन इस्लामिक विचारधारा के समर्थक थे। इन्होंने पश्चिम अफ्रीका व मध्य एशिया में इस्लाम के सिद्धांतों का व्यापक प्रचार किया। भारत में कादिरी सिलसिले के प्रवर्तक मुहम्मद गौस थे। इनके शिष्यों की संख्या बहुत अधिक थी। इन्होंने उच्च को केन्द्र बनाया। इनके पुत्र अब्दुल कादिर द्वितीय ने इसे सम्पूर्ण भारत में विस्तारित किया। अकबर के समकालीन कादिर सन्त अब्दुल दिलहवी ने इस्लामिक सिद्धांतों व मूल्यों पर आस्था व्यक्त की, किंतु इन्होंने आत्मा-परमात्मा के भारतीय दर्शन का विरोध नहीं किया। इनके विचारों का संकलन *अकबार-एल-अख्यार* ग्रंथ में किया गया है। इनके द्वारा सुन्नी सम्प्रदाय के मूल धार्मिक सिद्धांतों को भी *नूरिया-ए-सुल्तानिया* ग्रंथ में लिपिबद्ध किया गया। कादिरी परम्परा के संतों ने इस्लाम के मूल सिद्धांतों को स्वीकार किया किंतु सर्वेश्वरवादी धार्मिक मान्यता पर भी आस्था व्यक्त की। कादिरी सन्त मुल्ला शाह को दाराशिकोह का गुरु माना जाता है। इनके आध्यात्मिक विचारों का स्पष्ट प्रभाव दाराशिकोह पर था। मुगल काल में सत्तारी सिलसिला भी समाज में मान्य था। इसके संस्थापक अब्दुल सत्तारी थे। इनकी विचारधारा में सभी धर्मों के प्रति सहिष्णुता के भाव प्राप्त होते हैं। इस सिलसिले को व्यापक करने में शेख मुहम्मद गौस की महत्त्वपूर्ण भूमिका है। इनकी सनातन धर्म के रहस्यवादी विचारों में विशेष रुचि थी इसलिए इन्होंने संस्कृत भाषा का अध्ययन किया। इनके ग्रंथ *कलीद-ए-मखाजिन* में प्राचीन भारतीय खगोल विज्ञान, गणित, ज्योतिष व फलित ज्योतिष से सम्बन्धित लेखन किया गया है। इन्होंने अरबी भाषा में *जवाहिर-ए-खासा* एवं *वहारुल हयात* ग्रंथों की भी रचना की। 15वीं शताब्दी में वदीउद्दीन शाह मदार ने मदारिया सूफी सिलसिले की स्थापना की। इन्हें यहूदी धर्म का अनुयायी माना जाता है। इन्होंने अपना आरम्भिक जीवन मक्का में व्यतीत किया था। इसके बाद ये अजमेर व अन्त में कानपुर के निकट मकनपुर में बस गए। शाह मदार एकाकी जीवन व्यतीत करते थे और प्रवचन आदि कार्यों से पृथक रहते थे।

भारत में धर्म निरपेक्ष एवं मानव सेवा के विचारों से युक्त सूफी सिलसिलों की

मान्यताओं को लेकर सोलहवीं शताब्दी के अन्त तक आते-आते उलेमाओं की प्रतिक्रियाओं का सामना करना पड़ा। उलेमाओं का मानना था कि सूफी मत के उदार विचारों के विस्तार से जनमानस, शरीअत की मान्यताओं से पृथक हो रहा है। इस प्रतिक्रिया का नेतृत्व शेख सरहिन्दी ने किया था। इनका कहना था कि मनुष्य व ईश्वर का सम्बन्ध प्रेमिका व प्रेमी का न होकर नौकर व मालिक का है। ईश्वर से सम्मिलन के लिए आत्मा-परमात्मा जैसे सिद्धांतों की कोई आवश्यकता नहीं है। इन्होंने इस्लाम के प्रत्यक्षवाद के सिद्धांत को सर्वाधिक महत्ता दी। सरहिन्दी ने स्वयं को इस्लाम का मौलिक सुधारक कहा और यह भी घोषित किया कि वे उस परम्परा के वाहक हैं जिसमें यह मान्यता है कि 'प्रत्येक एक हजार वर्ष बाद इस्लाम के मूल्यों में किसी अलौकिक शक्तियुक्त व्यक्ति द्वारा सुधार किया जायेगा।' सरहिन्दी के इन्हीं विचारों के कारण जहाँगीर ने उन्हें कैद में डाल दिया था। शेख अहमद सरहिन्दी न तो राजनीतिक विचारक थे और न इनका प्रशासनिक नीतियों से कोई सरोकार था। फिर भी इन्होंने शरीअत के अनुसार प्रशासनिक ढांचे के निर्माण की वकालत की। इन्हें "मुजद्दिद" के उपनाम से भी जाना जाता था। इनके उपरान्त दो महान नक्शबन्दी संतों की प्रतिष्ठा बढ़ी जिसमें शाहवली उल्लाह एवं मीर दर्द शामिल थे। शाहवली उल्लाह का जन्म 1703ई. में हुआ था। इन्होंने आत्मा-परमात्मा एवं इस्लाम के प्रत्ययवाद के सिद्धांतों का समन्वय करते हुए कहा कि दोनों रास्ते ईश्वर व उसके रहस्य को जानने के लिए हैं। मीर दर्द ने एक नवीन सिद्धांत "इल्मे इलाही मुहम्मद" का प्रतिपादन किया। इसके अन्तर्गत इनका कहना था कि मानव का कर्त्तव्य कुरान की शिक्षाओं का पालन करते हुए ईश्वर की भक्ति में संलग्न रहना है। इसके द्वारा ईश्वर से निकटता व सान्निध्य संभव है। भारत में सूफी सिद्धांतों के मूल्यों ने जनमानस को अपनी ओर आकर्षित किया। इस प्रक्रिया में भारत की सामाजिक-धार्मिक व्यवस्था ने महती भूमिका निभाई। गुप्तोत्तर काल के सामंती मूल्यों ने विशाल जनमानस को धार्मिक-सामाजिक प्रतिष्ठा एवं व्यवसाय चुनने की स्वतन्त्रता से वंचित कर दिया था। तुर्कों की राज्य स्थापना एवं सूफीवादी विचारों में इन शोषणात्मक प्रवृत्तियों से मुक्त होने का विकल्प विद्यमान था जिससे जनमानस इनकी ओर आकर्षित हुआ। समानता, एकेश्वरवाद, सेवाभाव एवं मानव प्रेम को जीवन मूल्यों का आदर्श मानने वाले सूफी संतों की वाणियों में शोषित वर्ग को मुक्त करने का मार्ग अन्तर्निहित था।

प्राचीन काल से ही व्यापारिक व सांस्कृतिक संबंधों के माध्यम से अरब-अफ्रीका, फारस एवं भारतीय उपमहाद्वीप एक सूत्र में आबद्ध होने लगे थे। ऐसे में धार्मिक

व दार्शनिक परम्पराओं में भी एकरूपता का निदर्शन होता है। चिश्ती सूफी सिलसिले की अनेक प्रथाएं भारतीय परम्पराओं से जुड़ी दिखाई देती हैं। सूफियों की खानकाह पद्धति बौद्धधर्म की संघ परम्परा पर आधारित थी। ऐसे सूफियों ने योग, ब्रह्मचर्य, गुरु–शिष्य परम्परा, भक्ति संगीत, संन्यास आदि को भी भारतीयों से ही ग्रहण किया। चिश्ती सन्तों में नागपंथी योगियों के विचार भी प्राप्त होते हैं। कहने का तात्पर्य यह है कि सन्त के विचारों में मानव–प्रेम, बन्धुत्व, भक्ति और एकेश्वरवाद के तत्त्व प्राप्त होते हैं जिनसे सन्त समाज प्रत्येक रूढ़िवाद से स्वत: पृथक होकर जनमानस को नैतिक मार्गी बनाने के प्रयत्न से जुड़ा रहता है। सूफी सन्तों की वाणियों में ऐसे ही विचार प्राप्त होते हैं जिससे विशाल जनमानस इनकी ओर आकर्षित हुआ।

32

भक्ति आंदोलनः स्वरूप व विकास

पंद्रहवीं शताब्दी में उत्तर भारत में सनातन धर्म से सम्बन्धित भक्ति आंदोलन की प्रबल धारा उन्नत हुई। यह तत्कालीन राजनीतिक एवं सांस्कृतिक स्थितियों से गहरे रूप में जुड़ा था। तुर्क सत्ता की स्थापना से इस्लामिक सिद्धांतों का भी संस्थागत विकास आरम्भ हुआ जिससे सामाजिक ताने-बाने में भी द्वन्द्व उत्पन्न होने लगा। हालांकि धर्म की मूल अवधारणा प्रेम व सहिष्णुता से जुड़ी होती है किंतु इन विचारों का नेतृत्व सन्त मनःस्थिति के द्वारा ही संभव है। ऐसा बोध उलेमा अथवा पुरोहित समुदाय के मध्य उत्पन्न होना संभव नहीं होता है। ऐसे में रूढ़िवादी मनःस्थिति व धर्म के नैतिक मूल्यों को परस्पर पृथक करके समझना समीचीन रहेगा। सूफी एवं सनातन धर्म के सिद्धांतों में मानवमात्र के उत्थान के मूल तत्त्व ही समायोजित थे इसलिए इनके विचारों में परस्पर एकीकरण का तत्त्व प्राप्त होता है। वैसे भी सन्त की वाणी में सामाजिक अंतर्द्वन्द्व को सकारात्मक दिशा देने का ही प्रयत्न दिखता है, निर्गुण व सगुण सन्तों के उपदेशों में ऐसा ही प्रयत्न अन्तर्निहित था।

पंद्रहवीं शताब्दी में भक्ति आन्दोलन की निर्गुण शाखा का विकास हुआ। जिसमें जातिवादी व कर्मकाण्डीय आराधना पद्वति का निषेध था। इनके सिद्धांतों में विशाल उपेक्षित वर्गों के सामाजिक-आर्थिक जीवन में परिवर्तन के तत्त्व भी थे। ऐसा माना जाता है कि निर्गुण भक्ति के सिद्धांतों के निर्माण में सूफीवादी मूल्यों की प्रेरणाप्रद भूमिका है। हालांकि दोनों के मूल सिद्धांत में गंभीर अन्तर प्राप्त होता है। सूफीवाद, इस्लाम का आध्यात्मिक विकास अथवा पंथ माना जाता है। सूफी-सन्तों ने प्रेम, भक्ति व योग पद्धतियों को स्वीकार करने के बाद भी इस्लामिक आराधना एवं

अल्लाह की सर्वोच्चता को यथावत ग्रहण किया। 'अल्लाह निराकार है किंतु वह निर्गुण नहीं है। वह कयामत के दिन व्यक्ति के कर्मों का हिसाब करके उसे स्वर्ग अथवा नरक में भेजता है।' निर्गुण संतों का ईश्वर व्यक्ति के अन्तर्मन में निवास करता है जिसे प्राप्त करने के लिए शारीरिक क्रिया, कर्म-काण्ड अथवा बाह्य आडम्बरों की आवश्यकता नहीं होती है। इसे मन की पवित्रता एवं आत्म-शुद्धि से प्राप्त किया जा सकता है। ऐसे में यह कहना अधिक उपर्युक्त है कि धार्मिक-सामाजिक आन्दोलन जनमानस की जिज्ञासाओं के अनुरूप ही उत्पन्न होते हैं। निर्गुण भक्ति में सूफी सिद्धांतों के स्थान पर महात्मा बुद्ध की विचारधाराओं का प्रभाव अधिक दिखाई देता है। दोनों आन्दोलनों में कर्मकाण्ड व जातिवाद का स्पष्ट विरोध एवं शारीरिक श्रम के प्रति आदर भाव प्राप्त होता है। 13वीं शताब्दी में तृतीय नगरीकरण की प्रक्रिया भी आरम्भ हुई थी। इससे धनार्जन के प्रति सामाजिक जिज्ञासाएं पुनः फलीभूत होने लगीं। महत्त्वपूर्ण यह है कि भौतिक प्रतिस्पर्धा में व्यक्ति, संगठन व राज्य के सम्मिलित होने से निराशा, दुःख, अशान्ति व अनैतिकता भी उत्पन्न होने लगी थी जिसे बुद्ध ने 'सारा संसार दुःखमय है', के रूप में व्याख्यायित किया था। इसलिए नगरीकरण व धार्मिक-सामाजिक सुधार आन्दोलनों का गहरा सम्बन्ध है। इन नवीन परिस्थितियों से विभिन्न आन्दोलनों का जन्म हुआ जिनके नेतृत्व कर्त्ताओं ने व्यक्ति की प्रवृत्ति के अनुरूप से नैतिकता के विकास का प्रयत्न किया।

उत्तर भारत में निर्गुण भक्ति के विस्तार का श्रेय रामानन्द को दिया गया है हालांकि रामानन्द के निर्गुण मार्गी होने पर संदेह भी व्यक्त किया जाता है क्योंकि वे विष्णु के अवतार एवं सगुणरूपी भगवान राम के उपासक थे जबकि निर्गुण भक्ति के संतों की वाणियों में अजन्मा, अनाम, निर्विकार एवं करुणामय ईश्वर की परिकल्पना प्राप्त होती है, जिसे राम, रहीम, अल्लाह अथवा प्रभु किसी भी नाम से पुकारा जा सकता है। महत्त्वपूर्ण यह है कि सन्त परम्परा में गुरु व शिष्य का परस्पर वैचारिक एवं कार्यगत एकीकरण होता है। इनमें आस्था व विश्वास का मजबूत स्तम्भ होता है जिसमें किसी भी प्रकार के सन्देह अथवा अविश्वास का निषेध होता है जबकि रामानन्द एवं कबीर के मध्य ऐसा वैचारिक सामंजस्य प्राप्त नहीं होता है। हालांकि रामानन्द ने कुलीन हिन्दुओं की धार्मिक-सामाजिक श्रेष्ठता का निषेध करके ईश्वर प्राप्ति का अधिकार समस्त जनमानस को दिया था, केवल यही विचारधारा कुछ हद तक उन्हें निर्गुण भक्ति के सिद्धांतों के साथ जोड़ती है।

भारत में सामाजिक-धार्मिक विषमता को दूर करने का प्रथम प्रयत्न महात्मा बुद्ध के द्वारा किया गया। इन्होंने उत्तर वैदिक कर्म-काण्ड व जातिवाद के विरुद्ध

तर्क-विवेक व समानता का विचार प्रस्तुत किया। इनके सिद्धांतों में गणतन्त्र के मूल्य एवं स्थानीय कृषि मूलक अर्थव्यवस्था को मानने वाले लोगों की मुक्ति का मर्म अन्तर्निहित था। मध्ययुगीन भक्ति आन्दोलन में ऐसे ही विचार कबीर के भी प्राप्त होते हैं। कबीर के द्वारा आर्थिक-सामाजिक विषमता को समाप्त करने एवं धार्मिक रूढ़िवाद व कुलीनों के विशेषाधिकारों को अस्वीकार करने के लिए प्रबल आवाज उठाई गई। इन दोनों महापुरुषों ने कर्मवाद को महत्त्व देते हुए जन्मना श्रेष्ठता के विचार को अमान्य किया। महात्मा बुद्ध का कहना था 'जब सभी मनुष्यों का जन्म एक प्रकार से होता है तो उसमें ऊँच-नीच की भावना का कोई स्थान नहीं है।' कबीर के शिष्यों में हिन्दू व मुस्लिम दोनों धर्मों के लोग सम्मिलित थे। यह विचारणीय है कि विशाल हिन्दू जनमानस धार्मिक-सामाजिक वर्जनाओं के कारण कबीर के प्रति आकर्षित हो सकता था किंतु मुस्लिम समाज कबीर के क्रान्तिकारी विचारों से क्यों आकर्षित हुआ? वस्तुतः तुर्की आक्रांताओं ने राजनीतिक-धार्मिक क्षेत्र में अपने निजत्व मूल्यों को बनाए रखा और इनमें भारतीय परम्पराओं को गंभीर चुनौती दी। किंतु उनके सम्मुख भारत की आर्थिक उत्पादन प्रणाली को लेकर कोई विकल्प नहीं था, इससे इन्होंने स्थानीय जातिगत उत्पादन व्यवस्था को यथावत स्वीकार किया। परिणामस्वरूप इस्लाम का विस्तार तो हुआ लेकिन भारतीय मुसलमानों की पहचान जातिवादी ही बनी रही। ऐसे में नवीन धर्म स्वीकार करने वाले वर्गों में सामाजिक समस्याएं भी यथावत बनी रहीं जिससे इन वर्गों का आकर्षण कबीर के विचारों की ओर हुआ क्योंकि कबीर व नानक जैसे सन्तों की वाणियों में शोषित वर्ग के उत्थान का दिशाबोध था। कबीर ने हिन्दुओं और मुसलमानों के मध्य एकता के सूत्र को परिपक्व करने का प्रयत्न किया और इनमें बाधक तत्त्वों की गंभीर आलोचना की। इन्होंने निराकार ब्रह्म की उपासना पर जोर दिया। कबीर का समन्वित दृष्टिकोण किसी वाद पर आधारित नहीं था। बल्कि एक सुझाव था जिसपर सभी को स्वतन्त्र होकर विचार करने का अधिकार था। कबीर ने भक्ति मार्ग को कर्म और ज्ञान मार्ग से श्रेष्ठ बताते हुए कहा कि–

झूठा जप-तप झूठा ज्ञान, राम नाम बिन झूठा ध्यान।

कबीर ने भक्ति में प्रेम को जागृत करने के लिए भजन, कीर्तन, सन्त-वाणी को सुनने और विषय भोग को त्याग करने का उपदेश दिया। मध्यकालीन सन्तों में कबीर ऐसे प्रथम व्यक्ति थे जिन्होंने सामाजिक-आर्थिक ढांचे को गंभीरता से समझा और समाज में व्याप्त असंतोष को दूर करने का विचार अभिव्यक्त किया। वे कहते हैं

कि 'धन ऐसा साधन है जो समाज को विभक्त करता है और भाई-भाई में वैमनस्य पैदा करता है।' हालांकि कबीर ने आवश्यकता से अधिक धन संचय को पाप माना। किंतु जनमानस को वैध साधनों से धनार्जन का उपदेश दिया। कबीर ने साम्प्रदायिकता के विकास में पुरोहितों और उलेमाओं को मुख्य रूप से जिम्मेदार माना और सामाजिक समन्वय के लिए निराकार ईश्वर की उपासना पर बल दिया। महात्मा बुद्ध एवं सन्त कबीर को व्यावहारिक "साम्यवादी चिंतक" कहा जा सकता है। कबीर के विचार पूर्वाग्रह व संकीर्णता से मुक्त थे इसलिए इन्होंने मानव मात्र की एकता में बाधक यथा साम्प्रदायिकता, जातिगत व्यवस्था एवं आर्थिक विषमता की कटु निन्दा की।

निर्गुण संतों में गुरु नानक का व्यक्तित्व अत्यन्त भद्र एवं शांत था। उनकी विशेषता थी, 'बिना किसी को दुःख पहुँचाए कुसंस्कारों को नष्ट करना।' गुरु नानक की वाणी में प्रभु के प्रति प्रेम, तीव्र आस्था एवं समर्पण का भाव प्राप्त होता है। गुरु नानक ने ऐसे ईश्वर की परिकल्पना की जो अजन्मा एवं स्वयंभू है। इन्होंने अवतारवाद के सिद्धांत को स्वीकार नहीं किया और यह कहा कि 'परमात्मा सर्वथा स्वतन्त्र है।' गुरु नानक ने जगत् के कण-कण में ईश्वर का वास माना तथा भक्तिमार्ग को दोषमुक्त करने का सार्थक प्रयत्न किया। भक्तमार्गी, इष्टदेव के नाम भेद के कारण संघर्षरत रहते थे, साथ ही साथ इष्टदेव की कृपा पर अति निर्भरता से आलसी हो जाते थे। गुरु नानक ने सकारात्मक कर्म का उपदेश दिया। भक्ति भावना को बनाए रखने के लिए सत्संग और योग्य गुरु के सान्निध्य को अनिवार्य माना। *गुरुग्रन्थ साहब* में वर्णित है – 'साध दा संग गुरुमुख दा मेल' अर्थात् साधु का साथ और गुरु का सान्निध्य। गुरु नानक ने प्रेम को सामाजिक रूढ़ियों एवं अनैतिक मान्यताओं को दूर करने का नैतिक अस्त्र माना। इनके उपदेशों में एकेश्वरवाद, समानता, हिन्दू-मुस्लिम एकता एवं नैतिक मूल्यों से जुड़े हुए विचार बार-बार उद्घाटित हुए। गुरु नानक का कहना था कि 'विशाल मानवतावादी दृष्टि को ग्रहण करके जो सदैव मानव जाति को कुसंस्कारों के बंधन से मुक्त करे वही आदर्श धर्म है।' गुरु नानक के उपदेशों ने समानता, बन्धुत्व एवं सृजनात्मक शारीरिक श्रम पर आधारित सामाजिक व्यवस्था को व्यावहारिक किया। कबीर ने सनातन धर्म एवं इस्लाम धर्म में व्याप्त कुरीतियों की आलोचना की जबकि नानक के उपदेशों में एक सुनिश्चित धर्म के तत्त्व विद्यमान थे। इस धर्म की सबसे बड़ी विशेषता यह थी कि इसमें सभी पूर्व के धर्मों एवं समकालीन सूफी व भक्ति संतों के उपदेशों का संकलन किया गया है। इन विचारों को गुरु-शिष्य की परम्परा के द्वारा व्यापक

किया गया। कहने का आशय यह है कि नानक के उपदेशों से धर्म निरपेक्षता के मूल्य सामाजिक हुए। सिक्ख धर्म का विस्तार पंजाब, सिंध, पश्चिम उत्तर प्रदेश व गुजरात में हुआ।

धार्मिक एवं दार्शनिक आन्दोलन की मूलधारा तत्कालीन सामाजिक व्यवस्था से गहरे रूप में सम्बन्धित रहती है। किंतु इनके विचार समाज के विशेष वर्ग को ही दिशा देने के कारक हो सकते हैं। सगुण भक्ति, गुप्तोत्तर उपासना पद्धति का नवीन संस्करण था। गुप्तोत्तर, सामाजिक व धार्मिक सिद्धांतों में कुलीन वर्गों के हितों के संरक्षण व संवर्धन से सम्बन्धित कर्मकाण्डीय एवं दार्शनिक विचार प्राप्त होते हैं। इसके मूल में वर्ण व्यवस्था की शास्त्रीयता व अवतारवादी मूल्यों की प्रतिष्ठा थी। इन सिद्धांतों की व्यापकता से अन्तज्य व अन्य निम्न जातियां धार्मिक व सामाजिक अधिकारों से पृथक हो गई थी किंतु सगुण भक्ति में प्रेमभक्ति के माध्यम से पूर्व मध्यकाल में व्यापक हुई रूढ़िवादिता को कम किया गया। सगुण संतों ने हिन्दू जनमानस को विभिन्न अवतारों और इनके द्वारा किए गए त्याग के माध्यम से समझाया कि इन्होंने विभिन्न कष्टों को सहने के बाद भी पारिवारिक, सामाजिक, धार्मिक एवं देशज मर्यादाओं का दृढ़ता से परिपालन किया। वस्तुत: सगुण भक्ति समाज को प्रेरणा देने के पात्रों का सृजन करती है जिससे निराश जनमानस विभिन्न कष्टों के बाद भी धर्म मार्ग से विमुख न हो। इसलिए अवतारवादों के चरित्र में दया, प्रेम, बन्धुत्व के विचार और जनमानस के दु:खों को दूर करने की जिज्ञासा प्राप्त होती है। विष्णु को *ऋग्वेद* में दुखों को दूर करने वाला देवता माना गया है। ऐसे में मौर्योतर काल में अवतारवादी धर्म दर्शन की प्राचीनता भी विष्णु से युक्त की गई जिसका दार्शनिक ग्रंथ *भगवद्गीता* है। इसी प्रकार मध्यकाल में अवतारवाद की मान्यता का नए रूप में विस्तार हुआ। इसके मूल में राम और कृष्ण थे। सगुण उपासना में प्रेम-भक्ति का स्वर प्रबल था और इसके प्रमुख प्रणेता बल्लभाचार्य थे। बल्लभाचार्य, दार्शनिक एवं महान धर्म चिन्तक थे। इनका कहना था कि 'ईश्वर के सम्बन्ध में दर्शन विचार है और धर्म अनुभव है।' इन्होंने ईश्वर की प्राप्ति में भक्ति साधना को विशेष महत्त्व दिया। भक्ति मार्ग का विस्तार से वर्णन इन्होंने *भक्ति वर्धिनी* पुस्तक में किया है। ब्रह्म के सम्बन्ध में बल्लभाचार्य का दृष्टिकोण शुद्धाद्वैत अर्थात् जिसमें कर्मकाण्ड के स्थान पर प्रेम व भक्ति का तत्त्व विद्यमान हो, पर आधारित था। इनके द्वारा पुष्टि मार्ग की स्थापना की गई। पुष्टिमार्ग, सगुण भक्ति की एक नवीन धारा थी जिसमें भगवद् अनुग्रह एवं कृपा को सर्वाधिक महत्त्व दिया गया। बल्लभाचार्य ने सांसारिक बन्धन से मुक्ति के लिए गुरुकृपा को आवश्यक

माना और कहा कि गुरु के समक्ष समर्पण और गुरु द्वारा निर्धारित मार्ग पर चलने से ही मोक्ष सम्भव है। इन्होंने आराधना व यज्ञ में स्त्रियों को पुरुष के समान स्थान दिया। विठ्ठलेश ने अन्तर्जातीय विवाहों को भी प्रोत्साहित किया। बल्लभाचार्य ने हिन्दू-मुस्लिम एकता पर सर्वाधिक जोर दिया, इनके पुत्र विठ्ठलेश ने इस दृष्टिकोण को और अधिक परिपक्व किया। विठ्ठलेश के उदारवादी विचारों से प्रभावित होकर अकबर ने इन्हें 'गोस्वामी' की उपाधि से विभूषित किया था। विठ्ठलेश के शिष्यों में मथुरा का मीर अली खान, उसकी पुत्री खानजादी, तानसेन व रसखान सम्मिलित थे। सूरदास को बल्लभाचार्य ने पुष्टिमार्ग में दीक्षित किया था। सूरदास की आराधना में राधा-कृष्ण की युगल भक्ति के प्रति तीव्र समर्पण प्राप्त होता है। सूरदास-परम वैष्णव, जन्मना कवि एवं गायक थे। उनका भाव प्रवण हृदय राधा-कृष्ण की भक्ति में मग्न था। ऐसे में उन्होंने पुष्टिमार्ग के दार्शनिक विचारों पर कोई भी मत व्यक्त नहीं किया। सूरदास, जाति-पाँति के प्रति उदासीन थे। उनका कहना था कि 'कृष्ण-भक्ति में हमने अपनी जाति छोड़ दी।' कृष्ण की प्रेमाभक्ति में लीन होकर सूरदास की साहित्यिक व संगीत प्रतिभा का नैसर्गिक विकास हुआ। सूरदास ने भगवद्गीता के भक्ति एवं दार्शनिक भाव को गीत के रूप में प्रस्तुत किया। इनके समकालीन कृष्णभक्ति की अनेक शाखाएं लोकप्रिय थीं जिनमें गोस्वामी हितहरि राय का राधा बल्लभ और स्वामी हरिदास का 'सखी सम्प्रदाय' प्रमुख हैं। राधा बल्लभ सम्प्रदाय ने किसी शास्त्रीयता अथवा ग्रन्थी मान्यता को स्वीकार नहीं किया। इनके अनुयायी राधा को साकार रूप में स्वीकार न करके शब्द रूप में मान्यता देते थे। सखी सम्प्रदाय में भी दार्शनिक मतों को स्वीकार नहीं किया गया। हरिदास का कहना था कि जीव का स्वभाव चंचल है। अतः भवसागर को पार करने के लिए हरि नाम की नौका ही एकमात्र आधार है।

मध्यकाल में भगवान राम की आराधना भी लोकप्रिय थी। भारतीय मुद्रा परिषद ने नवीन अनुसंधान में यह साक्ष्य प्रस्तुत किया है कि कोशल महाजनपद (ईसा पूर्व छठी शताब्दी) के प्राप्त सिक्कों में राम, सीता और लक्ष्मण की आकृतियां बनी हुई हैं। यह राम की प्राचीनता का प्रमाणिक प्रमाण है। हालांकि राम की पूजा को सर्वप्रथम दक्षिण के आलवार सन्तों ने जनमानस में व्यापक किया। आलवार संत नामालवार को 'रामपादुका' का अवतार माना जाता है। इनकी रचना *तीरुवायमोलि* में राम भक्ति का वर्णन है। आलवार संतों की कुल संख्या बारह थी। सातवें आलवार चेरवंशी शासक कुलशेखर भी राम भक्त थे। इनकी रचना *पेरुमालतिरूमोवि* में रामभक्ति के गीतों का संकलन हैं। उत्तर भारत में रामकथा व भक्ति, रामानन्द के

द्वारा विस्तारित की गई। इन्होंने राम को ईश्वर, सीता को प्रकृति एवं लक्ष्मण को जीव रूप माना। वैष्णव सगुण संतों में गोस्वामी तुलसीदास का प्रभाव भारतीय जनमानस पर सर्वाधिक रहा। गोस्वामीजी ने अवतारवाद को स्वीकार करते हुए यह कहा कि 'ईश्वर पृथ्वी पर अवतार लेकर मनुष्यों के दुखों को दूर करते हैं।' तुलसीदास के ब्रह्म मनुष्य की भांति जन्म लेकर संसार के दुख-सुख का अनुभव करके दुखी व्यक्ति को शांति प्रदान करते हैं। तुलसीदास ने आत्मा को शाश्वत, सत्य तथा ईश्वर का अंश स्वीकार किया है। इन्होंने भक्ति मार्ग का उपदेश देते हुए यह कहा कि 'व्यक्ति ब्रह्म का ज्ञान प्राप्त करके मोक्ष प्राप्त कर सकता है।' इन्होंने सम्पूर्ण जगत् के कण-कण में राम व सीता का वास माना। गोस्वामीजी ने मूर्तिपूजा का समर्थन करके अपने इष्टदेव राम को शिव का उपासक माना। किंतु भवसागर से पार निकलने के लिए गुरुकृपा को भी अनिवार्य माना। इन्होंने भगवान राम को मर्यादा पुरुषोत्तम के रूप में प्रस्तुत किया। इनके विचारों में सगुण भक्ति के प्रति जनमानस को आकर्षित करने एवं जीवन के झंझावत में रामचरितमानस के पात्रों से प्रेरणा लेने का भावनात्मक निर्देशन प्राप्त होता है। राम को जनमानस का आदर्श बनाने में गोस्वामीजी की प्रमुख भूमिका रही। बंगाल में सगुण भक्ति की धारा चैतन्य महाप्रभु के उपदेशों से प्रवाह्मान हुई। चैतन्य का मुख्य उद्देश्य सामाजिक विषमता को दूर करके निम्न वर्ग के लोगों को समाज की मुख्यधारा में सम्मिलित करना था। चैतन्य ने कृष्ण को अपना आराध्य स्वीकार करते हुए भक्ति मार्ग से ईश्वर प्राप्ति का उपदेश दिया। इनके अनुसार कर्म एवं ज्ञान मार्ग एक दूसरे पर निर्भर हैं जबकि भक्ति मार्ग स्वतन्त्र है। इन्होंने भी मोक्ष के लिए गुरु की महत्ता को स्वीकार किया। इनके उपदेशों का सार यह है कि यदि कोई व्यक्ति भगवान कृष्ण की उपासना करता है और गुरु की सेवा करता है तो वह मायाजाल से मुक्त होकर ईश्वर में एकीकृत हो जाएगा।

33

सल्तनत शिक्षा तथा साहित्य

दिल्ली सल्तनत की स्थापना से शासन व्यवस्था के साथ-साथ प्रशासनिक एवं कामकाजी भाषा में भी परिवर्तन हुआ और अरबी व फारसी भाषाओं का प्रचलन बढ़ा। तुर्की आक्रांताओं ने भारत भूमि को अपना देश माना किंतु सल्तनत के आरम्भिक काल में इनके द्वारा उत्तर व मध्य भारत की विश्वविद्यालय शिक्षा से जुड़े संस्थानों को नष्ट कर दिया गया। जिन्होंने प्राचीन काल में देश की प्रगति का नेतृत्व किया था। नालन्दा, विक्रमशिला, वल्लभी, तक्षशिला, सोमपुरा व अन्य क्षेत्रों में विद्यमान उच्च शिक्षा के संस्थानों ने तत्कालीन राजनीतिक, प्रशासनिक, चिकित्सा, ज्योतिष, गणित, धातु विज्ञान, धर्म दर्शन व सामाजिक विज्ञान से जुड़ी हुई समस्याओं के निराकरण के क्षेत्र में भविष्योन्मुखी कार्य किया। व्यावसायिक शिक्षा में शिल्प श्रेणी व निगमों की स्थाई भूमिका थी। किंतु मध्यकाल में इन संस्थाओं के नष्ट होने से बौद्धिकता के मापदण्ड धार्मिक पुस्तकों के ज्ञान तक ही सीमित हो गए जिससे इस कालावधि में वैज्ञानिक अनुसंधान को प्रोत्साहन नहीं मिल सका। सल्तनत काल में मुख्यतः दो प्रकार की शिक्षण संस्थाएं मान्य की गईं – मकतब और मदरसा। मकतबों में प्राथमिक शिक्षा दी जाती थी जिनमें मुख्यतः कुरान व हदीस की शिक्षा सम्मिलित थी। इसके अतिरिक्त फारसी व अरबी भाषा का ज्ञान दिया जाता था। मकतब का संचालन समाज के धनाढ्य वर्गों के दान से चलता था। मकतब, सूफी-सन्तों व फकीरों के द्वारा भी संचालित होते थे जिनका आधार सामाजिक दायित्व का निर्वहन करना होता था। मदरसों में उच्च शिक्षा दी जाती थी। जिनका मूल प्रयोजन प्रशासनिक आवश्यकता के लिए अमीर वर्गों को राजनीतिक सिद्धांत, इस्लामिक न्यायविधि एवं धर्म सम्मत शासन का ज्ञान देना था। मदरसों की

संख्या कम होती थी और इनका खर्च जकात व जजिया से प्राप्त धन से किया जाता था। मदरसों की संख्या मुख्यत: नगरों तक सीमित थी। महमूद गजनवी ने गजनी में इस्लामिक शिक्षा के विकास के लिए मदरसे का निर्माण किया था जिसमें एक उच्चकोटि का पुस्तकालय भी निर्मित्त किया गया। इस मदरसे में अरब, मध्य एशिया व फारस से विद्यार्थी आकर शिक्षा ग्रहण करते थे। अलबरुनी, अलमसूदी, फिरदौसी जैसे विद्वानों ने यहीं से शिक्षा ग्रहण की थी। गजनी तेरहवीं शताब्दी में इस्लामिक धर्मदर्शन का मुख्य केन्द्र था। यहाँ प्रशासन, भू-राजस्व व्यवस्था और राजत्व से जुड़े हुए विषयों पर लेखन किया गया जिसमें सबसे प्रसिद्ध ग्रन्थ फिरदौसी का *शाहनामा* है। गजनी सत्ता का विस्तार जैसे-जैसे लाहौर, दिल्ली व अन्य क्षेत्रों में हुआ, सुल्तानों के द्वारा प्रसिद्ध मदरसों का निर्माण किया गया। महमूद गजनवी के पुत्र मसूद ने लाहौर में मदरसा स्थापित किया। दिल्ली सल्तनत की स्थापना के उपरान्त दिल्ली में अनेक मदरसे बनाए गए। हसन निजामी के अनुसार मुइजुद्दीन मुहम्मद गोरी ने अजमेर में अनेक मदरसों की स्थापना की। इल्तुतमिश के द्वारा दिल्ली सल्तनत को प्रशासनिक आधार प्रदान किया गया। ऐसे में उसे योग्य अमीरों की आवश्यकता थी जिसके लिए शिक्षा का विकास करना अनिवार्य था। इल्तुतमिश ने दिल्ली व बदायूँ में ''मदरसा-ए-मुइजी'' की स्थापना की। बदायूँ को दिल्ली के बाद सबसे बड़ी इक्ता माना जाता था। इसका एक कारण यह मदरसा भी था। जहां बड़ी संख्या में लोग शिक्षा ग्रहण करते थे। सुल्तान नासिरुद्दीन महमूद के शासनकाल में उसके नायब बल्बन के द्वारा ''मदरसा-ए-नासिरिया'' स्थापित किया गया था। इसके प्रमुख मिनहास-उस-सिराज थे। बल्बन ने भी विद्वानों व कवियों को संरक्षण दिया जिनमें अमीर खुसरो व अमीर हसन सम्मिलित थे। बल्बन के काल में हिन्दू भी बड़ी संख्या में फारसी भाषा सीखने लगे थे।

खिलजी राजवंश की स्थापना से प्रशासनिक व आर्थिक नीतियों में गम्भीर परिवर्तन आया। केन्द्रीकृत प्रशासन के लागू होने से विशाल नौकरशाही निर्मित्त की गई। इससे प्रशासन का भारतीयकरण हुआ जिसका प्रभाव शिक्षण संस्थानों पर भी पड़ा। ऐसे में परिष्कृत फारसी भाषा के स्थान पर हिन्दवी का प्रचलन बढ़ा। इसके प्रमुख प्रणेता अमीर खुसरो थे। अलाउद्दीन खिलजी ने हौज-ए-खास के निकट एक मदरसा स्थापित करवाया था। अलाई दरवाजा पर उत्कीर्ण एक लेख में अलाउद्दीन के शिक्षा के विकास में योगदान का वर्णन किया गया है। फिरोज तुगलक के काल में शिक्षा का सर्वाधिक विकास हुआ। इसके द्वारा साम्राज्य में तीस मदरसे स्थापित किए गए। इनमें दिल्ली का ''मदरसा-ए-फिरोजशाही'' सर्वाधिक प्रसिद्ध था।

बरनी के अनुसार मदरसे की इमारत भव्य थी। इसमें इन्डो-इस्लामिक शैली का स्पष्ट प्रभाव था। इसमें उद्यान का भी निर्माण किया गया था। फिरोज तुगलक ने मदरसों के संचालन के लिए करमुक्त भूमि का आवंटन किया था। इसके अतिरिक्त राजकोष से भी धन दिया जाता था। मौलाना जलालुद्दीन रोमी को इस मदरसे का प्रमुख बनाया गया था। फिरोज तुगलक ने यहां विशाल छात्रावास निर्मित्त करवाया था। जिसमें छात्रों को नि:शुल्क शिक्षा व छात्रवृत्ति दी जाती थी। बरनी के अनुसार फिरोज के मदरसों में हदीस, फिक (मुस्लिम न्याय विधि), कुरान व तफसीर (कुरान की टीका) आदि की शिक्षा दी जाती थी। खालिक अहमद निजामी का मानना है कि फिरोज ने मदरसों में ज्योतिष, इतिहास और चिकित्साशास्त्र से सम्बन्धित शिक्षा भी प्रचलित करवाई। फिरोज तुगलक दिल्ली का प्रथम सुल्तान था जिसने कारखानों में व्यावसायिक प्रशिक्षण केन्द्रों की भी स्थापना की, जहां उसके द्वारा खरीदे गए गुलामों को शिक्षा दी जाती थी। शिक्षा में गुणात्मक विकास के लिए विचार गोष्ठियों का भी आयोजन किया जाता था हालांकि इनमें भाग लेने वाले विद्वानों के बारे में जानकारी प्राप्त नहीं होती है। फिरोज की विकेंद्रीकरण की नीतियों के कारण जौनपुर, बंगाल, मालवा व गुजरात जैसी बड़ी क्षेत्रीय रियासतें उत्पन्न हुईं और दिल्ली का केंद्रीय शासन नष्ट हो गया जिससे अव्यवस्था के दौर में शिक्षा भी प्रान्तीय विषय बन गई। हालांकि सिकन्दर लोदी ने शिक्षा के क्षेत्र में विशेष रुचि ली और मदरसों की स्थापना करके विदेशी विद्वानों को नियुक्त किया जिनमें शेख अब्दुल्ला व शेख अजीज विशेष रूप से प्रसिद्ध थे। इन्हें आगरा के प्रसिद्ध मदरसे में नियुक्त किया गया था।

मध्यकाल में तुर्की राज्य की स्थापना से भारतीय भाषाओं के साहित्य के साथ-साथ अरबी व फारसी भाषा के साहित्य पर अधिक जोर दिया गया। राजकीय भाषा के रूप में इन्हें स्वीकार करने से कुलीनों के साथ-साथ स्थानीय वर्गों ने भी इसके अध्ययन में रुचि दिखाई। तेरहवीं शताब्दी में फारसी व अरबी में धार्मिक ग्रंथ अधिक लिखे गए। रजीउद्दीन सगनी ने हदीस पर टीका लिखी जिनमें *मरारिक-उल-अनवार*, *रिसाला-घिल-अहदीस* और *किताब-फि-अस्का* प्रमुख हैं। इसके अतिरिक्त अनेक लेखकों ने रहस्यवाद से सम्बन्धित ग्रंथ लिखे जिनमें हमीदुद्दीन नागौरी का *इश्किया*, जमालुद्दीन हंसकी का *मुल्हामत* व *दीवान* तथा अमीर हसन का *कवायद-उस-फौद*। मध्ययुगीन सुल्तान, सैन्य तंत्र में थरांगत होने के साथ-साथ साहित्य व कला के भी संरक्षक थे। महमूद गजनवी की मुल्तान विजय के उपरान्त अलबरुनी ने भारत के सामाजिक-सांस्कृतिक इतिहास का

सर्वेक्षण किया। इनकी कृति *किताबुल हिन्द* फारसी भाषा में लिखी गई है। गजनी प्रवास के दौरान इन्हें भारत के बारे में जानकारी प्राप्त करने की रुचि जागृत हुई। अलबरुनी की दो रचनाएं उपलब्ध हैं – *किताबुल हिन्द* और *आसार कुल वाकिया*। अलबरुनी ने भारत के विषय में सकारात्मक विवरण प्रस्तुत किया है। *किताबुल हिन्द* अस्सी अध्यायों में विभाजित है। प्रत्येक अध्याय का एक उप शीर्षक है जिनमें सम्बन्धित विषयों पर चर्चाएं की गई हैं। इन्होंने सर्वाधिक खगोल पर चर्चा की है। आर्थिक विषयों में इनका विवरण काफी कम है।

मुहम्मद गोरी ने फारसी भाषा व साहित्य की प्रगति में योगदान दिया। इसके दरबार में ताजुद्दीन हसन, रुकनुद्दीन हमजा और काजी हमीद जैसे विद्वान रहते थे। अब्दुल रऊफ और अबूवक ने गोरी की प्रशंसा में कसीदे लिखे। दिल्ली सल्तनत की स्थापना के उपरान्त फारसी को राजकीय भाषा के रूप में स्वीकार किया गया। इससे दिल्ली में इसका संस्थागत विकास आरम्भ हुआ। ऐबक को विद्वानों के संरक्षक होने के कारण लाखबख्श कहा जाता था। हसन निजामी ने *ताज-उल-मासिर* का लेखन करके सल्तनत के इतिहास लेखन की परम्परा का आरंभ किया। ताज-उल-मासिर में 1181ई. से लेकर 1229ई. तक का इतिहास लिखा गया है। वह ग्रंथ व्याकरण निष्ठ फारसी में लिपिबद्ध किया गया हैं जिसमें उपमा, रूपक एवं अलंकार की अतिशियोक्ति है। *ताज-उल-मासिर* में मुहम्मद गोरी व ऐबक की मृत्यु का उल्लेख है। हसन निजामी ने इल्तुतमिश की प्रारम्भिक राजनीतिक सफलताओं के साथ-साथ खलीफा से मान-पत्र प्राप्त करने का भी वर्णन किया है।

इल्तुतमिश भी विद्वानों का आश्रयदाता था। उसके दरबार में मुहम्मद रुहानी, ताजउद्दीन दबीर और मिनहास जैसे विद्वान रहा करते थे। मिनहास, राजकीय सेवा में नियुक्त किया गया था। इसका प्रसिद्ध ग्रंथ *तबकाते-नासिरी* है। इसमें 1260ई. तक का इतिहास लिखा गया है। मिनहास का आरम्भिक संरक्षक नासिरउद्दीन कुबाचा था। सन् 1227ई. में मिनहास, इल्तुतमिश की सेवा में आया। *तबकाते नासिरी* ग्रंथ सुल्तान नासिरुद्दीन महमूद को समर्पित है। इसमें कुल 23 अध्याय हैं जिसमें सृष्टि से लेकर पवित्र खलीफा और विभिन्न राजवंशों का इतिहास सम्मिलित है। राजकीय सेवा में होने के कारण मिनहास ने घटनाओं का क्रमबद्ध वर्णन किया है हालांकि दरबारी होने के कारण सुल्तानों के प्रति इसमें अति सकारात्मकता प्राप्त होती है किन्तु लेखन की भाषा सरल है इससे घटनाओं को समझने में मदद मिलती है। रजिया व नासिरुद्दीन महमूद ने भी विद्वानों का सम्मान किया। रजिया ने मिन्हास को मदरसा-ए-नासिरिया का प्रमुख बनाया। जबकि नासिरुद्दीन ने उसे जुलाई

1251ई. में काजि-ए-मालिक अर्थात् प्रमुख काजी के पद पर नियुक्त किया। शहजादा महमूद ने महान फारसी कवि अमीर खुसरो व मीर हसन देलहवी को संरक्षण प्रदान किया था। अमीर खुसरो दिल्ली सल्तनत के पहले ऐसे लेखक थे जिन्होंने हिन्दवी(हिन्दी) शब्द और मुहावरों का प्रयोग ग्रंथों में किया। इनकी रचनाओं की संख्या अधिक है जिनमें साहित्यिक रचना के अन्तर्गत "पाँच दीवान" आते हैं। ये हैं – *तोहफदुस्सिगार, वस्तुलह्यात, गुर्रतुल कमाल, बकीअए नकीया* एवं *निहायतुल कमाल*। इनमें कविताओं का संकलन किया गया है। द्वितीय श्रेणी "खमसा" की आती है। इसमें भी कुल पाँच ग्रंथ हैं। ये हैं–*मतला-उल-अनवर, शीरी व फरयाद, लैला व मजनूँ, आइन-सिकन्दरी* एवं *हस्त बहिश्त*। तृतीय श्रेणी गद्य रचनाओं की आती है। इनमें अति आलंकारिक भाषा का प्रयोग किया गया हैं। ये हैं–*अफजलुल-फवायद, किस्सा-ए-चहार दरवेश, खालिक बारी* एवं *एजाजे खुसखी*। चतुर्थ श्रेणी के अन्तर्गत ऐतिहासिक रचनाएं आती हैं जिनमें *किरान-उस-सादेन, मिता-उस-फुतूह, आशिका, नूर सिपेहर, तुगलकनामा* और *तारीख-ए-अलाई* सम्मिलित हैं। मीर हसन देलहवी भी अमीर खुसरो के समकालीन और अलाउद्दीन के दरबारी कवि थे। इनकी प्रसिद्धि गजल-लेखन के क्षेत्र में हैं। इन्हें "हिन्दुस्तान का सादी" कहा जाता है। मीर हसन, निजामुद्दीन औलिया के शिष्य थे। इन्होंने औलिया के वार्तालापों को *फवायद-उल-फौद* नामक ग्रंथ में संकलित किया है। इसे सूफी दर्शन, सूफी संतों के जीवन और खानकाहों के वास्तविक आधार से सम्बन्धित जानकारी का अमूल्य ग्रंथ माना जाता है। इतिहासकार बरनी ने इन्हें अपना आदर्श माना था। इनके अतिरिक्त अलाउद्दीन के दरबार में मौलाना आरिफ, अब्दलु हाकिम और शिहाबुद्दीन जैसे फारसी के विद्वान को संरक्षण दिया गया था।

मुहम्मद बिन तुगलक दिल्ली सल्तनत का सर्वाधिक विद्वान शासक माना जाता है। इसे फारसी, अरबी व हिन्दी भाषा का गम्भीर ज्ञान था। अलउमरी के अनुसार उसके दरबार में हजारों की संख्या में विद्वान उपस्थित रहते थे। जियाउद्दीन बरनी को मुहम्मद बिन तुगलक का राजाश्रय प्राप्त था। बरनी ने *तारीख-ए-फिरोजशाही* और *फतवा-ए-जहाँदारी* जैसे ग्रंथ लिखे। *तारीख-ए-फिरोजशाही* में बल्बन के काल (1265ई.) से फिरोज तुगलक के शासन के छठे वर्ष (1357ई.) तक का इतिहास संकलित किया गया है। *फतवा-ए-जहाँदारी* में राजतंत्रीय प्रणाली, इस्लाम के राज्य व्यवस्था का सिद्धांत आदि प्रस्तुत किया गया है। इसके अतिरिक्त बरनी ने *सनाय-ए-मुहम्मदी, सलत-ए-कबीर, इनायतनामा-हलाही, मासिर-ए-सआदत* और *हसरतनामा* ग्रंथ भी लिखे। बरनी को भी अमीर खुसरो की तरह निजामुद्दीन

औलिया के दरगाह के अहाते में दफनाया गया है। मुहम्मद बिन तुगलक के दरबार में ताशकन्द के विद्वान बदरुद्दीन मुहम्मद चाच को भी संरक्षण दिया गया था। इन्होंने पूर्व मध्यकालीन चारक परम्परा की तरह प्रशंसा में कविताएं लिखीं हैं। इनके दो ग्रंथ उपलब्ध हैं–*दीवान* और *शाहनामा*। *दीवान* में मुहम्मद बिन तुगलक की प्रशंसा में कसीदे लिखे गए हैं। इसमें सूफीवाद से संबंधित गजलों का भी लेखन किया गया है। मुहम्मद बिन तुगलक के समकालीन इसामी ने भी फारसी भाषा में फुतूह-उस-सलातीन नामक ग्रंथ लिखा। इसमें महमूद गजनवी के शासन काल से लेकर 1350ई. तक का लेखन किया गया है। इसामी की रचना फिरदौसी के *शाहनामा* से प्रेरणा लेकर लिखी गई है। *शाहनामा* में आदम से लेकर महमूद गजनवी तक के इतिहास को सम्मिलित किया गया है, इसके आगे *फुतूह-उस-सलातीन* में इतिहास को लिपिबद्ध किया गया है। इसामी ने निर्यातवादी लेखन को महत्त्व दिया है। इसमें पूर्व मध्ययुगीन पौराणिक लेखन का मध्यकालीन संस्करण प्राप्त होता है। ये रचना बहमन सुल्तान अलाउद्दीन हसन कांगू को समर्पित की गई थी। फिरोज तुगलक को भी विद्वानुरागी शासक माना जाता है ऐसा माना जाता है कि फिरोज शिक्षा के विकास एवं विद्वानों के संरक्षण में प्रतिवर्ष छब्बीस लाख टंका खर्च करता था। फिरोज ने स्वयं अपनी जीवनी *फुतूहात-ए-फिरोजशाही* के नाम से लिखी है। इस ग्रंथ में प्रशासन, राजाज्ञा, इस्लामिक कानून, सार्वजनिक महत्त्व की इमारतों, नहर निर्माण, बागवानी, कारखाना आदि से सम्बन्धित सूचनाओं का संकलन है। फिरोज के शासन काल में शम्स सिराज अफीफ ने *तारीख-ए-फिरोजशाही* की रचना की। यह रचना 1357ई. से 1388ई. तक के इतिहास का क्रमबद्ध संकलन करती है। फिरोज के समकालीन अज्ञात लेखक के द्वारा *सीरत-ए-फिरोजशाही* ग्रंथ का लेखन किया गया। तुगलकों के अन्तिम चरण में शाहया बिन अहमद ने *तारीख-ए-मुबारकशाही* का लेखन किया। इस ग्रंथ में मुहम्मद गोरी से लेकर सैय्यद शासक मुइजुद्दीन मुबारकशाह द्वितीय (1421ई. 1434ई. तक) के इतिहास का लेखन किया गया हैं। यह ग्रंथ सैयद शासकों के इतिहास की जानकारी का एकमात्र समकालीन स्रोत है।

फिरोज के उपरान्त दिल्ली सल्तनत का विघटन होने लगा था और प्रान्तीय शक्तियां प्रभावी होने लगी थीं। ऐसे में शिक्षा व साहित्य प्रान्तीय विषय बनने लगे। इस काल में अनेक फारसी ग्रंथों की रचना हुई जिसमें बिहार में इब्राहिम फारुखी ने *सर्फनामा-ए-इब्राहिमी* नामक शब्दकोश की रचना की। इसमें फारसी शब्दकोश का संकलन किया गया जिसमें हिन्दवी के शब्द भी सम्मिलित थे। दक्षिण भारत

में बहमनी राजवंश के वजीर महमूद गावाँ ने *रिजाजसुल-उल-इंशा* के नाम से पत्र-संग्रह संकलित किया और कविताओं का लेखन *मनाजिर-उल-इंशा* पुस्तक में किया। इसके संरक्षण में मुल्ला अबुल करीम ने *मासिर-ए-महमूदशाही* नाम से फारसी भाषा में गुजरात का इतिहास लिखा। गुजरात के शासकों ने भी फारसी भाषा को संरक्षण दिया। फजाजुल्लाह जैनुल ने भी नौवीं शताब्दी तक का गुजरात का इतिहास लिखा। सिकन्दर लोदी के काल में भी साहित्यिक गतिविधियां उन्नत रहीं। सिकन्दर स्वयं फारसी भाषा व साहित्य का विद्वान था, वह गुलरुख के उपनाम से कविताएं लिखा करता था। इसके दरबार में रफीउद्दीन शीराजी, शेख अब्दुल्ला, अजीजुल्ला व शेख जमालुद्दीन को संरक्षण प्राप्त था। शेख जमालुद्दीन ने *सियर-उल-अरीफिन* तथा *मिह रुमास* ग्रंथों का लेखन किया। इब्राहिम लोदी ने शेख अब्दुल कुद्दस गंगोही को संरक्षण दिया था।

34

शेरशाह : राजनीतिक उत्कर्ष, प्रशासन एवं भू-राजस्व व्यवस्था

शेरशाह का उत्थान दिल्ली सल्तनत के विकेन्द्रीकरण से उत्पन्न राजनीतिक अव्यवस्था के मध्य से हुआ था। फिरोज तुगलक की नीतियों से प्रान्तीय शक्तियां विशेषाधिकारों से सम्पन्न हुईं और भूमि अधिन्यास व्यवस्था ने जमींदारों का विशाल वर्ग निर्मित्त किया। ऐसे में सल्तनत का केन्द्रीय ढांचा कमजोर हुआ जिससे सैयद व लोदी राजवंश अपनी सार्वभौमिकता की स्थापना के लिए ही प्रयत्नशील रहे। इन्हीं परिस्थितियों के मध्य से बाबर का भारत पर आक्रमण हुआ किंतु मुगल राजत्व के सिद्धांतों और स्थानीय शक्तियों के संघर्ष के कारण प्रथम चरण की मुगल सत्ता दृढ़ नहीं हो सकी। ऐसे में शेरशाह को द्वितीय अफगान राज्य की स्थापना का अवसर प्राप्त हो गया। मुगल राजत्व सिद्धांतों में शासक की मृत्यु के बाद सत्ता के बंटवारे और वंशानुगत अमीर वर्ग की स्थापना की परम्परा विद्यमान थी, इससे बाबर के उपरान्त एकीकृत मुगल सत्ता स्थापित नहीं हो सकी। शेरशाह ने इन परिस्थितियों का फायदा उठाकर अपने राजनीतिक उत्थान को सुनिश्चित किया। जागीर के प्रबन्धक के रूप में शेरशाह ने स्थानीय प्रशासन, राजस्व व्यवस्था और प्रशासन के ढांचागत निर्माण का गम्भीर अनुभव प्राप्त किया। शेरशाह का वास्तविक राजनीतिक उत्थान बिहार के सुल्तान मुहम्मद नुहानी के सान्निध्य में हुआ जिसे इब्राहिम लोदी के बाद वास्तविक अफगान नेता माना जाता था। इसी ने फरीद को शेरशाह की उपाधि दी। शेरशाह का मानना था कि मुगलों की कार्य प्रणाली व प्रशासनिक ढांचे में गम्भीर दोष हैं और यदि अफगान एकजुट हो जाएं तो उनकी सत्ता पुनः स्थापित हो सकती है। शेरशाह ने सर्वप्रथम बिहार में सत्ता को दृढ़ किया इससे नुहानी अमीर

उसके विरुद्ध हो गए और उन्होंने बंगाल के शासक नुसरतशाह से सैन्य सहायता प्राप्त करके शेरशाह को बिहार से बाहर करने का प्रयत्न किया किंतु वे पराजित हुए जिससे शेरशाह ने बिहार पर पूर्ण नियन्त्रण स्थापित कर लिया। शेरशाह ने कूटनीति से चुनार में स्थित इब्राहिम लोदी के खजाने पर अधिकार किया। यह खजाना ताज खाँ सारंगखानी के नियन्त्रण में था। शेरशाह की चुनार विजय के उपरान्त हुमायूँ का ध्यान इसकी ओर गया। हुमायूँ ने हिन्दू बेग के नेतृत्व में सेना भेजकर चुनार पर अधिकार करने का निर्देश दिया। शेरशाह ने मुगलों के प्रति अपनी निष्ठा घोषित की और कहा कि वह मुगल सामंत के रूप में कार्य करेगा किंतु हुमायूँ ने चुनार का दुर्ग मुगलों के नियन्त्रण में देने की बात कही। इसपर सहमति नहीं हो सकी। इसी समय मुगल अमीर मुहम्मद जमाल ने विद्रोह कर दिया। जिससे हुमायूँ आगरा वापस लौट आया। हुमायूँ के उत्तर भारत में व्यस्त होने के कारण शेरशाह ने बिहार व बंगाल में अपना नियन्त्रण स्थापित कर लिया और इससे हुमायूँ पुनः सावधान हुआ। मुगल सेना ने चुनार पर अफगान सेना को पराजित करके अधिकार कर लिया किंतु इस कार्य में उसने छः महीने से अधिक का समय लगा दिया। इस बीच शेरशाह ने बंगाल पर अपने नियन्त्रण को बढ़ाया और बंगाल के खजाने को सुरक्षित रोहतास दुर्ग में पहुंचा दिया। हुमायूँ का मानना था कि शेरशाह के लिए बंगाल की विजय आसान नहीं है इसलिए वह शेरशाह के सम्भावित खतरे को लेकर सचेत नहीं था। शेरशाह ने मुगल सेना की घेराबन्दी आरम्भ की। इसके अन्तर्गत उसने जौनपुर से लेकर कन्नौज, पटना व बनारस पर अधिकार करके हुमायूँ के आगरा लौटने का मार्ग अवरुद्ध कर दिया। शेरशाह की गतिविधियों की जानकारी मिलने पर हुमायूँ वापस आगरा आने लगा हालांकि इसके दो अन्य कारण भी थे। पहला, वर्षा ऋतु के आरम्भ होने से बंगाल में मलेरिया का प्रकोप बढ़ गया था जिससे सैनिक मरने लगे। दूसरा, हिंदाल व कामरान ने विद्रोह कर दिया था। किंतु आगरा वापस लौटते समय चौसा के निकट शेरशाह ने मुगलों पर आक्रमण किया। इसमें हुमायूँ पराजित हुआ। चौसा के युद्ध का शेरशाह के राजनीतिक जीवन में महत्त्वपूर्ण योगदान है। इसके उपरान्त इसने स्वयं को वास्तविक शासक के रूप में स्थापित किया, शुक्रवार की नमाज में खुतबा पढ़वाया और सिक्के ढलवाए। 17 मई 1540 को कन्नौज के युद्ध में शेरशाह ने पुनः मुगलों को पराजित किया। इससे मुगलों को आगामी 16 वर्षों तक आगरा व दिल्ली की सत्ता से पृथक रहना पड़ा। 10 जून 1540 को शेरशाह ने अपना विधिवत राज्याभिषेक किया।

मुगल समस्या के समाधान के उपरान्त शेरशाह ने राज्य विस्तार की नीति बनाई। इसके अन्तर्गत मालवा पर आक्रमण किया गया। महत्त्वपूर्ण यह है कि मालवा में हुमायूँ के उपरान्त भी मुगल मिर्जाओं का वर्चस्व था। ऐसे में मारवाड़ के शासक मालदेव, मुगल मिर्जा व अन्य क्षेत्रीय शासकों का गठबन्धन शेरशाह की दक्षिणी राज्य सीमा को असुरक्षित कर सकता था। अफगान सेनापति सुजात खाँ के साथ शेरशाह ने मालवा के विरुद्ध अभियान किया और शासक कादिरशाह को पराजित करके मालवा पर अधिकार कर लिया। शेरशाह ने मालवा में प्रशासनिक ढाँचा मजबूत किया, किलों का जीर्णोद्धार करवाया, राजस्व का प्रबन्धन किया और व्यापार को प्रोत्साहन दिया। इसके उपरान्त उसने मारवाड़ पर अपना ध्यान केन्द्रित किया। इस समय राणा मालदेव के द्वारा राजपूताना की शक्तियों को एक जुट किया जा रहा था। इसने हुमायूँ की भी सहायता की थी। मारवाड़ का स्वतन्त्र रहना शेरशाह के लिए उचित नहीं था। जनवरी 1544 में शेरशाह ने जोधपुर पर अपना अधिकार कर लिया और यहां का प्रशासन ख्वास खाँ को सौंप कर वापस आगरा चला आया। हालांकि राजपूताना के अभियान से शेरशाह को राजपूतों की शक्ति का एहसास हो गया था इसलिए उसका कहना था कि 'हमने मुठ्ठी भर बाजरे के लिए अपने राज्य को संकटग्रस्त कर दिया था।' शेरशाह का अन्तिम अभियान कालिंजर के चंदेल शासकों के विरुद्ध था। चंदेल शासक कीर्ति सिंह ने हुमायूँ के मित्र शासक वीरभानु को शरण दी थी। कालिंजर का घेरा लगभग तीन माह तक अवनरत चलता रहा। इसी दौरान उक्का नामक आग्नेय अस्त्र से प्रक्षेपित गोला बिना विस्फोट के वापस शेरशाह के मंच की दीवार पर टकराया जिसके नीचे बारूद का भण्डार था और इससे उत्पन्न अग्नि से शेरशाह घायल हो गया और उसकी मृत्यु हो गई। शेरशाह के उपरान्त इस्लामशाह शासक बना। इसने पैतृक साम्राज्य को दृढ़ बनाये रखने का प्रयास किया किंतु वह साम्राज्य का विस्तार नहीं कर सका। इसका सबसे बड़ा योगदान इस्लामिक विधि शास्त्र का संकलन करना था। इसने लिखित कानून की परम्परा का शुभारंभ किया जिसमें शरीअत के प्रावधानों के साथ-साथ विभिन्न अपराधों में दिए गए निर्णयों का भी संकलन था।

शेरशाह का शासन काल, सल्तनत व मुगल-राजवंश के मध्य एक कड़ी के रूप में जाना जाता है। मुगलों के द्वारा उन्नत की गई अनेक प्रशासनिक-भूराजस्व संस्थाएं शेरशाह के द्वारा परिकल्पित की गई थीं। शेरशाह एक व्यवस्था सुधारक एवं महान प्रबन्धक था जिसने सल्तनत की संस्थाओं को परिष्कृत किया और भावी शासकों के लिए प्रेरणाप्रद आधारशिला निर्मित्त कर दी। शेरशाह ने स्थानीय प्रशासन के

प्रबन्धन में युगान्तकारी कार्य किया किंतु केन्द्र व राज्य के प्रशासन में वह प्रथम अफगान राज्य की कमजोरियों को दूर करने एवं निरंकुश राज्यतंत्र की स्थापना में संलग्न था।

शेरशाह एक अनुभवी व कुशल प्रशासक था। उसमें कर्त्तव्य भावना एवं असाधारण ऊर्जा का समावेश था। उसने अफगान राज्य के स्थायित्व के लिए केन्द्रीकृत निरंकुशता एवं तुर्की परम्पराओं का समन्वय किया। शेरशाह ने प्रथम अफगान राज्य के पतन के कारणों का गम्भीर विश्लेषण किया और उन कमियों को दूर किया, जो इसके पतन लिए जिम्मेदार थे। बहलोल लोदी के द्वारा प्रथम अफगान राज्य के स्थायित्व के लिए अफगान राजत्व, काबिलाई सेना एवं अमीरों के पद को वंशानुगत करने की नीति बनाई गई थी जिसमें केन्द्रीय सत्ता कमजोर थी और प्रान्तपति अधिकार सम्पन्न थे। शेरशाह ने अफगान राजत्व को स्वीकार नहीं किया। उसने "सुल्तान-उल-अदल्" की उपाधि धारण करते हुए केन्द्रीकृत प्रशासनिक व्यवस्था स्थापित की जिसके मूल में नौकरशाही संगठन विद्यमान था। शेरशाह के केन्द्रीय व प्रान्तीय प्रशासन में सावधान नियोजन प्राप्त होता है। शेरशाह जानता था कि अफगान किसी की अधीनता को सहजता से स्वीकार नहीं करते थे और यह भी उनके विद्रोही होने का बड़ा कारण था। ऐसे में शेरशाह ने केन्द्रीय विभाग का गठन तो किया किंतु उसमें किसी अमीर को नेतृत्व नहीं सौंपा बल्कि कर्मचारियों के द्वारा प्रशासनिक कार्यों का सम्पादन करवाया और स्वयं उसका निर्देशन किया। इससे प्रशासनिक समस्या भी उत्पन्न नहीं हुई और अफगानों पर प्रभावी अंकुश भी लगा। शेरशाह ने स्थायी सेना का गठन किया और प्रान्तों के सर्वोच्च अधिकारी को अमीन कहा जाता था कि सैन्य भर्ती का विशेषाधिकार समाप्त कर दिया। केन्द्रीय विभाग के द्वारा सैनिकों व घोड़ों का सम्पूर्ण ब्यौरा रखा जाता था। घोड़ों की पहचान बनाये रखने के लिए उन्हें दागने की भी व्यवस्था थी। केन्द्रीय विभाग के द्वारा सैनिकों के प्रशिक्षण, हथियार और अन्य साजो-सामान की व्यवस्था की जाती थी। शेरशाह ने प्रान्तीय प्रशासन का भी गठन किया। प्रान्तपतियों का समयानुसार हस्तान्तरण करके इनमें नौकरशाही चरित्र उत्पन्न किया गया। अनेक अमीनों को सेना रखने व जागीरें बांटने का अधिकार दिया गया था, किंतु प्रशासनिक अव्यवस्था, विश्वासघात एवं सुल्तान के निर्देशों की अवहेलना करने पर प्रान्तपतियों को कठोर दण्ड दिया जाता था।

प्रान्त के बाद की महत्त्वपूर्ण इकाई सरकार थी। शेरशाह की प्रशासनिक प्रतिभा का वास्तविक कार्य स्थानीय प्रशासन में ही दिखाई देता है। ऐसा कहा जाता है कि

शेरशाह ने मात्र चार वर्षों तक राज्य किया किंतु मेरा मानना है कि शेरशाह ने लगभग सैंतीस वर्षों तक स्थानीय प्रशासन में जो अनुभव प्राप्त किया था, उसे चार वर्षों में लागू किया। इसलिए उसके कार्यों में स्थानीय प्रशासन की व्यावहारिक समस्याओं का बेहतर समाधान दिखाई देता है। सरकार इकाई का प्रशासन शिकदार-ए-शिकदरान एवं मुंसिफ-ए-मुंसिफान के द्वारा संचालित होता था। शिकदार, नागरिक प्रशासन एवं कानून व्यवस्था से जुड़े दायित्व का निर्वहन करता था जबकि मुंसिफ के कार्यों में मालगुजारी वसूल करना एवं दीवानी मुकदमों की सुनवाई करना शामिल था। शेरशाह के द्वारा इन पदाधिकारियों पर प्रत्यक्ष निगरानी रखी जाती थी, इनका समय-समय पर स्थानान्तरण किया जाता था और इनकी जवाबदेही सीधे सुल्तान के प्रति होती थी। इन्हें कार्य के एवज में नकद वेतन देने की व्यवस्था की गई थी। राजस्व व्यवस्था के बेहतर संचालन के लिए मुंसिफ के द्वारा राजकीय दौरा किया जाता था। इस दौरान वह स्थानीय पदाधिकारियों के दस्तावेजों की जाँच, राजस्व निर्धारण तथा वसूली प्रक्रिया का निरीक्षण करता था। शेरशाह ने समस्त साम्राज्य को 47 सरकारों में विभाजित किया था, प्रान्तों के संसाधनों का वितरण करके प्रान्तपति की महत्त्वाकांक्षा को नियन्त्रित करने में सफलता मिली। सरकारों के क्षेत्रफल प्रान्तों की अपेक्षा बहुत कम थे। ऐसे में सरकार के स्तर पर नियुक्त अधिकारी में विद्रोही होने की सम्भावनाएं न्यूनतम हो जाती थीं। वैसे भी नौकरशाही संगठन में वेतन के लिए सुल्तान की कृपा और कार्य योग्यता आवश्यक होती थी जिससे विद्रोही होने की व्यावहारिक पृष्ठभूमि उत्पन्न नहीं हो पाती थी।

सरकार के बाद परगना इकाई थी। इसके प्रशासन व राजस्व संग्रहण के लिए शिकदार व मुंसिफ नियुक्त किए गए थे। इसके अतिरिक्त कारकुन (राजस्व लिपिक), फोतदार (राजस्व से प्राप्त धन को खजाने में जमा करने वाला), अमीन (राजस्व संग्रहक) एवं कानूनगो भी नियुक्त होते थे। आर. पी. त्रिपाठी का मत है कि कानूनगो का पद वंशानुगत था और इन्हें कार्य के एवज में क्षेत्र विशेष के राजस्व का एक भाग दिया जाता था। फिरोज तुगलक के प्रशासनिक विकेंद्रीकरण के उपरान्त लाहौर से बंगाल तक जमींदारों की एक बड़ी संख्या उत्पन्न हो गई थी, स्थानीय प्रशासन में ये सबसे बड़ी समस्या थे। वस्तुतः इनके दायित्व एवं अधिकार का निर्धारण नहीं हो सका था जिससे राज्य व कृषक के साथ जमींदारों के संघर्ष बने रहते थे, शेरशाह ने इस कार्य को पूरा किया। उसने जागीर का प्रबन्धन करके इन समस्याओं को भली-भांति अनुभव किया था। शेरशाह ने स्थानीय प्रशासन में जमींदारों की सहभागिता सुनिश्चित की और इन्हें क्षेत्र विशेष में राजस्व संग्रहण के

एवज में राजस्व का 5% लेनदारी निर्धारित की। परगना राजस्व प्रशासन का महत्त्वपूर्ण संभाग था जिसमें शेरशाह ने इसके प्रशासन में विशेष रुचि दिखाई थी। प्रशासन की सबसे छोटी इकाई ग्राम थी। इसके प्रशासनिक कार्यों के संचालन के लिए पटवारी व मुकद्म की नियुक्ति की गई थी। पटवारी, कृषकों की भूमि के प्रकारों एवं आय स्रोतों की जानकारी रखता था जबकि मुकद्म का कार्य राजस्व वसूल करना था। स्थानीय प्रशासन में अन्य कार्यों के संचालन के लिए परम्परागत ग्रामीण संस्थाओं को मान्यता दी गई थी। वस्तुतः प्राचीन काल से लेकर कम्पनी सत्ता के आगमन के पूर्व तक ग्राम प्रशासन में सामान्यतया कोई परिवर्तन नहीं आया। ग्राम गणतन्त्र की अवधारणा और आर्थिक–सामाजिक ढांचे के परस्पर संयोजन से ग्राम प्रशासन संचालित होता रहा। इसके मूल में सहअस्तित्व का सिद्धांत अन्तर्निहित था, राज्य द्वारा भी इनके कार्यों में अनावश्यक हस्तक्षेप नहीं किया गया।

शेरशाह अपने आरंभिक जीवन में जागीर का प्रबन्धन करके राजस्व प्रशासन की बारीकियों से अवगत हो गया था। शासक बनने के बाद उसने अपने अनुभव का क्रियान्वयन किया। शेरशाह के द्वारा निर्धारित की गई भू–राजस्व मात्रा कम थी किंतु राजस्व निर्धारण के बाद वसूली कड़ाई से की जाती थी। शेरशाह यह जानता था कि आय का सबसे बड़ा स्रोत, कृषि उपज है और इसमें कृषकों की भूमिका सर्वाधिक है। ऐसे में उत्पादन में वृद्धि व उत्पादन करने वाले को सुविधा देना आवश्यक है। शेरशाह ने तीन प्रकार की राजस्व निर्धारण विधियों को स्वीकार किया–

1. गाँव के मुखिया को राजस्व देनदारी सौंपी गई। यह मुख्यतः नस्क विधि थी। इसकी देखरेख के लिए सरकारी कर्मचारी भी नियुक्त किए गए।
2. बटाई या गल्ला बख्शी पद्धति को साम्राज्य के विभिन्न क्षेत्रों में मान्यता दी गई।
3. मापन या जरीब को सर्वाधिक प्रोत्साहन दिया जाता था।

शेरशाह ने मापन को सर्वाधिक महत्त्व दिया। ऐसा करके राज्य के आय स्रोतों का अनुमान किया जा सकता था। राजस्व व्यवस्था में उसने 'राई' (Rai) पद्धति का सृजन किया। इसके अन्तर्गत भूमि प्रकारों के आधार पर राजस्व का संकलन किया जाता था। शेरशाह ने भूमि को चार प्रकारों में विभाजित किया था जिसके अन्तर्गत पोजल, चाचर, बंजर व परती भूमि सम्मिलित थी। इनमें से प्रत्येक भूमि से उत्पादन का 1/3 भाग भू–राजस्व लिया जाता था। शेरशाह ने बंटाई व्यवस्था को हतोत्साहित किया। वस्तुतः यह भू–राजस्व निर्धारण पद्धति न होकर संकलन पद्धति थी। कृषि

अधिशेष को लेकर राज्य, जमींदार व कृषक के मध्य होने वाले विवादों को समाप्त करने के लिए सबके अंश का निर्धारण किया गया। राज्य को कृषि उपज का 1/3 भाग, जमींदार को कृषि उपज का 5%, इसके अतिरिक्त कृषक को सर्वेक्षण शुल्क 2.5% एवं अकाल शुल्क 2.5% देना होता था। कृषकों पर किसी प्रकार का अत्याचार न हो इसके लिए उन्हें पट्टे दिए जाते थे जिसपर उससे ली जाने वाली राजस्व राशि एवं भूमि के प्रकारों का उल्लेख रहता था। शेरशाह के द्वारा भूमि नापने के लिए 32 अंक वाला सिकन्दरी गज का प्रयोग करवाया गया। शेरशाह के द्वारा अलाउद्दीन के कार्य से आरम्भ किए गये कृषि सुधारों का बेहतर प्रबंधन किया गया। इसके द्वारा उन्नत की गई राजस्व संस्थाएं अकबर के द्वारा मजबूत की गईं। स्थानीय प्रशासन में किए गए अकबर के सुधार शेरशाह के कार्यों के विस्तार थे। शेरशाह ने जमींदारों को स्थानीय राजस्व प्रशासन में उपयोगी बनाया, अकबर ने इन्हें भू-राजस्व में अंश देने के साथ-साथ ग्रामीण ढांचागत विकास में सहयोगी बनाया। इसके अन्तर्गत जमींदारों को सड़क व नहर निर्माण, कृषि-प्रोत्साहन व कुटीर उद्योग को उन्नत करने का दायित्व दिया गया। इसके एवज में इन्हें चुंगी लेने का अधिकार था। इस प्रक्रिया में अकबर के काल में कृषि उत्पादकता में लगभग 50% की वृद्धि हुई।

35

कश्मीरी शासक : जैनुल अबादीन

मध्यकालीन कश्मीर के अन्तर्गत लद्दाख, बाल्तिस्तान, गिलगिट, किश्तवार, जम्मू, राजौरी और पुंछ प्रदेश आते थे। कश्मीर की भौगोलिक परिस्थिति उसे एक स्वतन्त्र राज्य के रूप में स्वत: स्थापित कर देती है। कश्मीर में मध्ययुग का आरम्भ 1320ई. में मंगोलों के आक्रमण से माना जाता है। दिल्ली सल्तनत की केन्द्रीय सत्ता फिरोज तुगलक की नीतियों के कारण विघटित हो गई थी। इससे पंद्रहवीं शताब्दी को क्षेत्रीय शक्तियों के उत्थान एवं परस्पर वर्चस्व के संघर्ष के रूप में भी जाना जाता है। हालांकि यह संघर्ष उत्तर व मध्य भारत के क्षेत्रों में अधिक रहा। कश्मीर में दिल्ली के सुल्तानों का कभी भी अधिकार नहीं रहा, किंतु मंगोलों के मध्य एशिया में भयावह आक्रमणों के कारण मुस्लिम जनसंख्या का कश्मीर की ओर पलायन अवश्य हुआ। 15वीं शताब्दी कश्मीर के दो शासकों सुल्तान सिकन्दर (1389ई. से 1413ई.) और जैनुल अबादीन (1420ई. से 1470ई.) के परस्पर विरोधी कार्यों के रूप में जानी जाती है। सिकन्दर की नीतियां धर्म विशेष को प्रश्रय देने की थीं जबकि जैनुल कश्मीरी जनमानस का शासक था, इसे बड़शाह कहा जाता है।

सुल्तान सिकन्दर का काल धार्मिक असहिष्णुता की नीति के विस्तार के रूप में मूल्यांकित किया जाता है। इसने इस्लाम की परम्पराओं को आत्मसात किया, शराब पर प्रतिबन्ध लगाया और संगीत समारोह की वर्जना की। इसने गैर मुस्लिमों पर जजिया कर आयत किया। धार्मिक कार्यों की देख-रेख के लिए ''शेखुल-इस्लाम'' पद का सृजन किया गया और मुहतसिब का कार्यक्षेत्र निर्धारित किया गया। जिसे मद्यनिषेध, द्यूतक्रीड़ा, संगीत, सती एवं कश्का (माथे पर तिलक) के निषेध

सम्बन्धी सुल्तान के आदेशों को लागू करना होता था। सिकन्दर की नीतियों के परिणामस्वरूप विशाल संख्या में कश्मीरी ब्राह्मणों का पलायन हुआ। हालांकि इसने सुहाभट्ट ब्राह्मण को अपना प्रधान सेनापति बनाया था जिसने कालान्तर में इस्लाम को ग्रहण करके अपने पूर्व धर्म के अनुयायियों के विरुद्ध सर्वाधिक अत्याचार किया था। कश्मीरी शासक जैनुल अबादीन, मध्ययुगीन परिप्रेक्ष्य मे प्रजा के हितों को सर्वोच्च प्राथमिकता देता है। उसकी यह विचारधारा समस्त सामंती युग के शासकों से पृथक थी। सुल्तान बनते ही उसने धर्म विशेष को प्रश्रय देने वाले आदेशों को रद्द कर दिया और कश्मीर से पलायन कर चुके गैर मुस्लिमों को पुनः कश्मीर बुलाया। जिन लोगों ने हिन्दू धर्म से मुस्लिम धर्म ग्रहण कर लिया था, उन्हें पुनः हिन्दू धर्म ग्रहण करने की स्वतन्त्रता दी गई। ब्राह्मणों को करमुक्त भूमि प्रदान की गई और राजकीय प्रयत्नों से मंदिरों को जीर्णोद्धार करवाया गया। कश्मीर में ब्राह्मणों को सरकारी संरक्षण प्रदान किया गया। इन्हें योग्यतानुसार विभिन्न सरकारी पदों पर नियुक्त किया गया। संस्कृत भाषा के ज्ञाता व कर्मकाण्ड के संचालन में संलग्न ब्राह्मण, न्यायिक सेवा व धार्मिक विभाग में नियुक्त किए गए। इन्हें "पांची भट्ट" कहा जाता था। फारसी जानने वाले ब्राह्मणों को "कारकुन" का पद दिया गया। जैनुल ने श्रेयभट्ट को पुर्नवास व न्याय मंत्रालय का मंत्री बनाया जिसने पलायित हिन्दुओं को पुनर्स्थापित करने की दिशा में सराहनीय कार्य किया। 100 वर्षों के बाद अबुल फजल लिखता है कि कश्मीर में 150 से अधिक वैभवशाली मंदिर हैं। जैनुल अबादीन ने हिन्दुओं की भावनाओं का सम्मान करते हुए, जजिया, श्मशान कर व गोहत्या को प्रतिबंधित कर दिया और सती प्रथा से रोक हटा दी।

जैनुल अबादीन ने कश्मीरी न्याय व्यवस्था को पुनर्गठित किया। समस्त साम्राज्य में न्यायालयों का गठन किया गया और न्यायाधीशों की नियुक्ति से पूर्व उनके चरित्र, ईमानदारी व योग्यता की परीक्षा की गई। सुल्तान स्वयं राज्य का सर्वोच्च न्यायाधीश था। न्यायिक कार्य में उसकी सहायता के लिए काजी व पण्डित नियुक्त किए गए थे। कश्मीर में कानूनी प्रावधानों का लेखन किया गया था और न्यायधीशों के निर्णयों को भी ताम्रपत्रों पर लिपिबद्ध किया जाता था, जिससे आगामी निर्णयों के लिए सुविधा हो सके। जैनुल अबादीन ने न्यायिक प्रक्रिया में अद्भुत प्रयोग किए। मध्ययुगीन कठोर दण्ड विधि के स्थान पर अपराधी को सरकारी भवन निर्माण, कारखानों व अन्य निर्माण कार्यों में नियोजित करके उसे सुधरने का मौका दिया जाता था। इस प्रकार की न्यायिक व्यवस्था वर्तमान प्रजातंत्र में ही संभव है, किंतु इस परिकल्पना को जैनुल ने कश्मीर में व्यावहारिक किया।

भारत में अन्य क्षेत्रों की तरह कश्मीर अर्थव्यवस्था भी कृषि व कुटीर उद्योग पर निर्भर थी। जैनुल अबादीन ने सम्पूर्ण कृषि भूमि की माप करवाई एवं राजस्व प्रशासन का पुर्नगठन करते हुए परगने को राजस्व वसूली का महत्त्वपूर्ण संभाग बनाया। भू राजस्व, उपज का 1/6 भाग निर्धारित किया गया और अधिकारियों को निर्देश दिया गया कि वे किसानों के प्रति ईमानदार एवं न्यायप्रिय रहें। अकाल के समय राज्य के द्वारा किसानों को मुफ्त अनाज, जानवरों का चारा व अन्य वस्तुएं उपलब्ध कराई जाती थीं। सिंचाई की सुविधा के विस्तार के लिए जैनुल ने कश्मीरी नदियों को परस्पर जोड़कर सम्पूर्ण घाटी में नहरों का जाल बिछवाया, इससे पहली बार घाटी में चावल का उत्पादन हुआ। इसके द्वारा निर्मित्त करवाई गई प्रमुख नहरों में काकापुर, कराला, अवन्तीपुर, जैनगंगा और शाहरुख सम्मिलित हैं। खाद्यान्न एवं अन्य वस्तुओं के मूल्यों पर नियंत्रण के लिए भाव नियंत्रण प्रणाली बनाई गई, जिसके अन्तर्गत खाद्य पदार्थों के मूल्यों का निर्धारण राजा के द्वारा किया जाता था और वस्तुओं की मूल्य सूची बाजारों में लगा दी जाती थी। कश्मीर में खाद्यान्न व नमक की आपूर्ति सुनिश्चित करने के लिए बंजारों को हरीपुरा में बसाया गया। इनके द्वारा पंजाब से खाद्यान्न व नमक कश्मीर लाया जाता था। जैनुल अबादीन ने कश्मीरी शिल्प एवं कुटीर उद्योगों का उन्नत विकास किया। इसके द्वारा कश्मीर में हबीब के नेतृत्व में भारत का प्रथम बंदूक बनाने का कारखाना स्थापित किया गया। कश्मीर में कागज एवं पुस्तकों की जिल्द निर्माण की कला ज्ञात नहीं थी। सुल्तान ने दो व्यक्तियों को समरकंद भेजकर इस कला में प्रशिक्षित करवाया और बाद में इसे कश्मीर में कुटीर उद्योग के रूप में विस्तारित करवाया गया। कश्मीरी कला शिल्प का विस्तृत उल्लेख मिर्जा हैदर दोगलत ने "तारीख-ए-रशीदी" में किया है।

जैनुल अबादीन ने शिक्षा के विकास में विशेष रुचि ली। इसके द्वारा नौशेरा में विद्यालय स्थापित करवाया गया जिसके प्रधान मौला कबीर थे, और कभी-कभी सुल्तान स्वयं विद्यालय जाकर मौला के व्याख्यान सुना करता था। जैनुल ने इस्लामाबाद में एक विशाल मदरसे का निर्माण करवाया जिसके प्रधान मौला गाजीखान थे। स्यालकोट में शिक्षा के विकास के लिए छः लाख रुपये दिए गए। जैनुल अबादीन ने गरीब छात्रों के लिए छात्रावासों का निर्माण करवाया जहां पर रहने और खाने की विशेष सुविधाएं थीं। सुल्तान को पुस्तकों के संग्रह में विशेष रुचि थी। उसने अनेक व्यक्तियों को फारस, ईराक, तुर्क व भारत के विभिन्न क्षेत्रों में भेज कर पुस्तकें मंगवाई। तैमूर का पौत्र शाहरुख, महान मंगोल शासक

था जिसने खगोल व साहित्य के क्षेत्र में सराहनीय कार्य किया था। जैनुल का इससे घनिष्ठ सम्बन्ध था, दोनों के मध्य सदैव उपहारों का आदान-प्रदान होता था। एक बार शाहरुख ने जैनुल के पास हाथी व कीमती पत्थर भेजे, जैनुल ने इसे सम्मानपूर्वक स्वीकार किया किंतु शाहरुख को पत्र लिखा कि वह इन कीमती पत्थरों के स्थान पर विद्वानों व पुस्तकों का आदान-प्रदान चाहता है। इससे शाहरुख ने फारसी भाषा के छः विद्वानों एवं विशाल साहित्य संग्रह जैनुल के पास भेजा। जैनुल अबादीन स्वयं एक अच्छा कवि था। उसे संस्कृत, फारसी, तिब्बती और कश्मीरी भाषा का ज्ञान था। वह कश्मीरी पंडितों से संस्कृत भाषा में विचार-विमर्श करता था। कश्मीर में क्षेत्रीय भावना के विकास के लिए शिक्षा में मातृभाषा को सर्वोच्च प्राथमिकता दी गई, कश्मीरी भाषा को प्रोत्साहित करने वाले शिक्षण संस्थान स्थापित किए गए, हिन्दू व मुस्लिम धर्मावलंबी एक दूसरे के धर्म ग्रंथों से अवगत हों, इसके लिए अनुवाद विभाग स्थापित किया गया। मुल्ला अहमद ने *महाभारत, दशावतार* एवं *राजतरंगिणी* का फारसी भाषा में अनुवाद किया। भट्टावतार ने फिरदौसी के *शाहनामा* की तरह *जैन विलास* नाम से कश्मीर का इतिहास लिखा। जोना राय ने अबादीन के राजाश्रय में *राजतरंगिणी द्वितीय*(1458ई.) लिखी। जैनुल अबादीन स्वयं *भगवत्गीता, योगवशिष्ठ, गीत गोविन्द* एवं *नीलमत पुराण* का अध्ययन करता था।

जैनुल अबादीन अत्यन्त शान्त मनःस्थिति का शासक था। उसे अपने अमीरों से भी विशेष लगाव था। जब उसके मंत्री शिवभट्ट का देहान्त हुआ तो उसने एक बड़ा धन उसके नाम से दान दिया। उसके विचारों में दोनों धर्मों के प्रति समान सम्मान था। वह रमजान के महीने में मांस का सेवन नहीं करता था। जैनुल के नैतिक व चारित्रिक गुण अत्यन्त उन्नत थे। कहा जाता है कि रजौरी के शासक सुन्दर सेन ने अपनी पुत्री राज्य देवी को जैनुल के पास भेजा था। किंतु जैनुल ने उसे माँ का दर्जा दिया। सुल्तान की न्यायप्रियता सभी के लिए समान थी। सुल्तान मौलाशादुल्ला का सम्मान करता था किंतु इसने एक ब्राह्मण की ईर्ष्या में हत्या कर दी जिससे सुल्तान ने मौला को मृत्युदण्ड दे दिया। जैनुल अबादीन के कार्यों में कश्मीरी आवाम के दुखों को समाप्त करने की गंभीर जिज्ञासा प्राप्त होती है। इस प्रकार के विचारों से युक्त होना, मध्ययुगीन परिप्रेक्ष्य में असंभव जान पड़ता है। जैनुल अबादीन के कार्यों का मूल्यांकन करके, उसे भारत के श्रेष्ठतम शासकों के समकक्ष रखा जा सकता है। अर्थव्यवस्था के विकास, शिक्षा को प्रोत्साहन और सबसे महत्त्वपूर्ण प्रजातांत्रिक न्याय व्यवस्था

की स्थापना उसे भारत के अन्य सभी मध्ययुगीन शासकों से पृथक कर देती है। भारत के महानतम शासकों में अशोक व अकबर को शुमार किया जाता है। अशोक की धम्म नीति अत्यधिक क्रूरता के बाद व्यावहारिक हुई जबकि अकबर की सुलह-ए-कुल की नीति का प्रयोजन राजनीतिक था। किंतु जैनुल के कार्यों में स्पष्टतः प्रजा के हितों से जुड़ने का मर्म स्पष्ट होता है, इसलिए उसे कश्मीर का नहीं बल्कि भारत का बड़शाह कहना उचित होगा।

36

मुगल राजत्व: केंद्रीय व प्रांतीय प्रशासन

मध्यकालीन प्रशासनिक संस्थाओं का विकास एक सातत्यप्रक्रिया का परिणाम माना जाता है। मुगल प्रशासन में सल्तनत की संस्थाओं का सर्वोत्तम विकास, मुगल परम्परा तथा तत्कालीन आवश्यकता का सम्मिश्रण प्राप्त होता है। अकबर के काल तक आते-आते सामाजिक स्तर पर समन्वय के विचार व्यावहारिक हो चुके थे, अकबर ने प्रशासनिक स्तर पर सुलह-ए-कुल के सिद्धांतों को मान्य करके भारत के कुलीन वर्गों को शाही सेवा का अंग बनाया। अकबर के काल में मुगल राजत्व सिद्धांतों व प्रशासनिक संस्थाओं को एक नया रूप दिया गया।

राजत्व का तात्पर्य राज्य करने की नीति से है। इसके अन्तर्गत बादशाह राजनीतिक सिद्धांतों, मान्यताओं और शास्त्रीय विधानों को आवश्यकतानुसार परिभाषित करता है। इसका मूल प्रयोजन प्रशासनिक प्रबन्धन करना, अधीनस्थ वर्गों, सैनिकों व कर्मचारियों को नियन्त्रित व निर्देशित करना था। यह एक प्रकार का शासकीय मनोविज्ञान था जिसमें शासक प्रशासनिक तन्त्र में सहायक वर्गों को नियंत्रित करता था और प्रजा से राजस्व वसूल कर राजसत्ता को दीर्घजीवी बनाता था। ऐसे में जिस प्रकार एक योग्य पिता परिवार के विभिन्न सदस्यों को आवश्यकतानुसार उपयोगी बनाता है वैसा ही बृहद् रूप से शासक भी कार्य करता है। महत्त्वपूर्ण यह है कि राजत्व सिद्धांतों में सदैव एकरूपता नहीं रही, ये समयानुसार बदलते रहे हैं। आरम्भिक मुगल शासकों यथा बाबर व हुमायूँ के काल में मुगल राजत्व का व्यावहारिक पक्ष कमजोर था। हालांकि इनके द्वारा बादशाह या खाकान की उपाधियां धारण की गईं। किंतु "विजारत" व अन्य मंत्री पद मिर्जा वर्ग में आरक्षित होने तथा शासक की

मृत्यु के उपरान्त राज्य बंटवारे के सिद्धांत की मान्यता के कारण बादशाह व्यावहारिक रूप से शक्तिशाली नहीं हो सका था। इसी कारण से खानवा के युद्ध के पूर्व बाबर के अमीरों ने युद्ध करने से मना कर दिया था। अकबर ने बादशाह बनने के उपरान्त मुगल राजत्व नीति में गंभीर बदलाव किया। इसके अन्तर्गत यह व्यवस्था समाप्त कर दी गई कि 'किसी विशेष प्रजाति अथवा वंश से सम्बन्धित होने पर राजपद सुरक्षित रहेगा।' अकबर ने पूर्व की मुगल राजत्व नीतियों में अनेक मौलिक सुधार किए जैसे कि – अमीर वर्ग की निष्ठा बादशाह से जोड़ने के लिए नौकरशाही का गठन किया गया। इसमें चयनित होने अथवा पदोन्नति प्राप्त करने के लिए बादशाह के प्रति निष्ठा व कार्य योग्यता का होना अनिवार्य था। इसके अतिरिक्त अमीर वर्ग की चयन प्रक्रिया में मीर बक्शी को अधिकार देकर सुलह–ए–कुल के सिद्धांतों का सहारा लिया गया। इस नियम का अभिप्राय विभिन्न धर्मों व नस्लों में विभाजित अमीरों को मुगल प्रशासन में निरपेक्षता के साथ नियोजित करना था। अकबर के इन प्रयोजनों ने अमीरों की विद्रोही मन:स्थिति पर न केवल नियन्त्रण लगाया बल्कि यह भी स्पष्ट कर दिया कि अमीरों की मूल प्रतिस्पर्धा कार्य कुशलता को बढ़ाने में है तथा बादशाह का पद इनकी पहुंच से बाहर है। अकबर ने जन सामान्य के मध्य निष्ठा प्राप्त करने के लिए झरोखा दर्शन और तुलादान को भी आरम्भ किया। झरोखा दर्शन एक भारतीय परम्परा थी जिसका मूल यह था कि शासक ईश्वरीय गुणों से युक्त होता है और इसके दर्शन से जीवन में समृद्धि आती है। अबुल फजल के अनुसार बादशाहत, खुदा से निकलने वाली रोशनी है जिसे खुदा ने पृथ्वी पर भेजा है इसलिए बादशाहत में अलौकिक गुण स्वत: आ जाते हैं। इसी प्रकार बादशाह के जन्मदिन, सिंहासन प्राप्त करने व अन्य अवसरों पर बादशाह के वजन के बराबर स्वर्ण मुद्राओं का दान किया जाता था।

मुगल राजतंत्र में केन्द्रीय प्रशासन के लिए ''विजारत'' शब्द का प्रयोग किया गया है। अकबर के आरम्भिक काल में केन्द्रीय अमीरों के प्रमुख के रूप में वकील की नियुक्ति की गई थी। सन् 1564ई. में वकील के अधिकारों एवं कर्त्तव्यों को दीवान, मीर बक्शी, सद्र एवं मीर समाना में विभाजित कर दिया गया। सन् 1564ई. में ही ''दीवान–ए–वजीरात–ए–कुल'' के पद का सृजन किया गया। इसे वित्तीय मामलों में बादशाह का प्रतिनिधि माना गया। इसके प्रमुख कार्यों में राजस्व विभाग का संचालन एवं प्रान्तीय दीवान से ग्राम स्तर तक के राजस्व कर्मचारियों पर नियंत्रण रखना था। केन्द्रीय दीवान, मनसबदारों को पदानुसार जागीर–आवंटित भी करता था अथवा वेतन देता था। अकबर ने दीवान जैसे महत्त्वपूर्ण पद पर अधिक

समय तक किसी एक अमीर को नियुक्त नहीं किया बल्कि समय-समय इनका स्थानांतरण किया जाता था इसका दोहरा लाभ हुआ – प्रथम, यह कि महत्त्वपूर्ण पद पर कार्य करने वाले अमीर महत्त्वाकांक्षी व उद्दण्ड नहीं बन सके और दूसरा, यह कि प्रशासनिक रूप से कुशल अमीरों की आमद बनी रही। इससे किसी विशेष अमीर पर प्रशासनिक निर्भरता समाप्त हो गई। विजारत विभाग के अन्तर्गत अनेक अधिकारी भी नियुक्त किए गए थे। जिनमें दीवान-ए-खालसा, दीवान-ए-तन (नगद वेतन देने वाला अधिकारी), दीवान-ए-सादात (आय पर निगरानी रखने वाला), मुसरिफ एवं मुस्तौफी प्रमुख थे। मीर बक्शी को मुगल प्रशासन में सैन्य विभाग का प्रमुख बनाया गया था। किंतु उसका प्रभाव विभाग के बाहर भी था। मीर बक्शी के प्रमुख कर्त्तव्यों में उच्चाधिकारियों सहित सभी मनसबदारों की नियुक्ति की सिफारिश बादशाह से करना, मनसबदारों का वेतन स्वीकृत करना, सेना का निरीक्षण करना, सैन्य प्रशिक्षण पर ध्यान देना, प्रान्तीय पदाधिकारियों, राजदूतों व विशिष्ट मेहमानों को बादशाह के सम्मुख उपस्थित करना, दरबारी शिष्टाचार को बनाए रखना, दरबार में अमीरों को पदानुक्रम में बैठाना और प्रान्तों के वाकयानवीसों की खबर को बादशाह तक पहुंचाना था। वस्तुतः मीर बक्शी, बादशाह एवं नौकरशाही के मध्य एक मजबूत कड़ी का कार्य करता था। मुगलों ने सद्र संस्था को सर्वाधिक विस्तार दिया। इसके अन्तर्गत विभिन्न प्रान्तों व सरकारों में इसकी शाखाएं खोली गईं। सद्र का प्रमुख कार्य उलेमाओं की गतिविधियों पर नजर रखना, शिक्षा व दान विभाग के कार्य देखना था। न्यायिक कार्य का संचालन करते समय सद्र को "काजी-उल-कुज्जात" कहा जाता था। सद्र के दायित्व अधिक थे, इनमें योग्य उलेमाओं को मदद-ए-माश भी प्रदान करना सम्मिलित था। ऐसे में सद्र के भ्रष्ट होने की सम्भावना भी बढ़ जाती थी जिससे अकबर ने यह नियम भी बना दिया कि सद्र द्वारा दिए गए किसी भी अनुदान को दीवान की स्वीकृति के बाद ही मान्य किया जाए। अकबर ने अनेक सद्रों को भ्रष्टाचार के आरोप में हटा दिया था। मीर समाना का पद भी अन्य केन्द्रीय अधिकारियों के समकक्ष था। राजपरिवार व शासन के लिए आवश्यक विभिन्न वस्तुएं (घरेलू सामान, अस्त्र-शस्त्र व विलासिता की वस्तुएँ) उपलब्ध कराना इसका दायित्व था। साम्राज्य में फैले विभिन्न कारखानों का भी यह प्रमुख था। इसके अधीन अनेक पदाधिकारी कार्य करते थे जिनमें दीवान-ए-बयूतात, मुसरिफ एवं दरोगा प्रमुख थे।

मुगल प्रान्तीय प्रशासन को मजबूती से निर्मित्त किया गया था। प्रान्त का प्रमुख अधिकारी सूबेदार या सिपहसलार था। इसका प्रमुख कार्य प्रान्तीय प्रशासन का

संचालन, मातहत अधिकारियों पर निगरानी, और पुलिस व गुप्तचर विभाग में ईमानदार व्यक्तियों की नियुक्ति करना था। सूबेदार को व्यक्तिगत जीवन में संदिग्ध व्यक्तियों से दूर रहने की हिदायत दी गई थी। सूबेदार अपने प्रशासन क्षेत्र के अन्तर्गत आने वाले किसी भी जमींदार को दण्डित कर सकता था। किंतु शाही वंश के सदस्य को दण्ड देने का अधिकार उसके पास नहीं था। प्रान्तीय सूबेदार की सहायता के लिए दीवान की नियुक्ति की गई थी। यह अपने कार्यों के लिए केन्द्रीय दीवान के प्रति उत्तरदायी था। इसके कार्यों में मालगुजारी एकत्र करना, आय व्यय का हिसाब रखना एवं अधिकारियों के द्वारा लगाए गए विभिन्न करों की जांच करना था। अकबर ने प्रान्त में सूबेदार व दीवान के रूप में दो समानान्तर संगठन निर्मित्त किए थे, प्रत्येक को दूसरे के कार्यों की निगरानी करने एवं केन्द्र को रिपोर्ट भेजने का अधिकार था। यदि इनमें परस्पर मतभेद या घनिष्ठता हो जाती थी, तो एक अधिकारी का अन्यत्र स्थानांतरण कर दिया जाता था। प्रान्त का एक अन्य महत्त्वपूर्ण अधिकारी मीर-बक्शी था, जिसकी नियुक्ति केन्द्रीय मीर बक्शी की सिफारिश पर बादशाह के द्वारा की जाती थी। इसका प्रमुख कार्य प्रान्तीय सेना का प्रबंधन करना, प्रान्तीय मनसबदारों के वेतन को सुनिश्चित करना एवं गुप्तचर विभाग का संचालन करना था। प्रान्तों में सवाना नवीन एक अन्य गुप्तचर अधिकारी था जिसका कार्य प्रान्तीय सूबेदार व दीवान के परस्पर संबंधों की जानकारी बादशाह को देना था। वाकयानवीश की नियुक्ति सामान्य गुप्तचर के रूप में की गई थी। प्रांतों मे सद्र की भी नियुक्ति की गई थी। इनका कार्य भी केंद्रीय सद्र के समान था। प्रान्तों की राजधानियों में तटकर वसूली के लिए मीर-बहर और शान्ति व्यवस्था के लिए कोतवाल की नियुक्तियां की गई थीं।

37

मुगल मनसबदारी व्यवस्था

मध्यकालीन प्रशासनिक संस्थाओं का क्रमिक विकास प्राप्त होता है। तुर्की राज्य की स्थापना से भारत में इस्लामिक प्रशासनिक संस्थाओं व विचार का प्रचलन आरंभ हुआ। किंतु धीरे-धीरे इन संस्थाओं का भारतीय परम्परा से समन्वय भी हुआ। प्रशासनिक नीति का सम्बन्ध मूलतः सैन्य संचालन राजस्व संग्रहण, पड़ोसी राज्यों से सम्बन्ध निर्धारण एवं राजत्व सिद्धांत के निर्माण से होता है। ऐसे में राजनीतिक सिद्धांत में अनवरत परिवर्तन भी होते हैं। मुगल काल में राजनीतिक व प्रशासनिक नीतियों में परिपक्वता व सुलह-ए-कुल का स्थायी निर्देशन प्राप्त होता है। मनसबदारी व्यवस्था सामंती युग की आवश्यकता की पूर्ति करने वाली संवर्ग आधारित नौकरशाही थी।

तुर्की सत्ता की स्थापना के उपरान्त इल्तुतमिश ने राजस्व प्रशासन व शान्ति व्यवस्था की स्थापना के लिए इक्तादारी संस्था को मजबूत किया था। इल्तुतमिश के द्वारा मान्य की गई इक्तादारी व्यवस्था, नवआक्रान्ताओं की प्रशासनिक आवश्यकताओं की परिपूर्ति कर रही थी। इक्तादारी व्यवस्था में इक्तादार को नागरिक एवं सैन्य अधिकार प्रदान किए गए थे। किंतु इनका हस्तान्तरण करके इनमें नौकरशाही चरित्र बनाए रखने का प्रयत्न किया गया। इल्तुतमिश के द्वारा छोटी इक्ताओं का भी सृजन किया गया। इनमें तुर्क सैनिकों को पुरस्कृत करने के साथ-साथ क्षेत्र विशेष के राजस्व को एकत्रित करने का निर्देश था। इल्तुतमिश की मृत्यु के बाद इक्तादारी व्यवस्था की कमजोरियां उभरी। सुल्तान के कमजोर होने से इक्तादार विद्रोही हो गए और इनके द्वारा स्वतंत्र सत्ताएं भी स्थापित की गईं। बल्बन ने इक्तादारों की

महत्त्वाकांक्षाओं पर नियंत्रण के लिए ख्वाजा की नियुक्ति भी की, जिनका कार्य इक्तादारों की आय एवं व्यय का निरीक्षण करना था। बल्बन ने राजनीतिक कारणों से बंगाल की इक्ता को "शिको" में विभाजित किया जिससे इक्तादारों के विद्रोह पर अंकुश लगाया जा सके। अलाउद्दीन खिलजी ने इक्तादारी व्यवस्था के स्थान पर विशुद्ध नौकरशाही को प्रशासन के संचालन का मूलाधार बनाया। पहली बार अधिकारियों व कर्मचारियों के माध्यम से प्रजा से प्रत्यक्ष सम्बन्ध बनाए गए, नगद वेतन के आधार पर अधिकारियों एवं स्थायी सैनिकों की नियुक्तियां की गईं। कहने का आशय यह है कि अलाउद्दीन के काल में नौकरशाही मूर्त्त हुई, इसके उपरांत मुहम्मद बिन तुगलक ने प्रान्तीय एवं स्थानीय प्रशासनिक संस्थाओं का गठन किया, शेरशाह ने इसे व्यवस्थित किया, और अकबर के द्वारा इसे परिपक्वता प्रदान की गई।

"मनसब" का अर्थ कोई पदवी या पद संख्या नहीं है बल्कि इससे मुगल प्रशासनिक सेवा में किसी अमीर की पदस्थिति का बोध होता है। मुगल प्रशासन में सम्मिलित होने के लिए मनसबदारी संवर्ग में चयनित होना अनिवार्य था। मनसब में चयन के लिए बादशाह के प्रति आस्था एवं कार्य योग्यता का नियम बनाया गया था। मनसबदारों की चयन प्रक्रिया में मीर बक्शी की महत्त्वपूर्ण भूमिका थी। इसके द्वारा इस सेवा में आने वाले व्यक्ति की वंशावली एवं योग्यता की जांच की जाती थी। किंतु संवर्ग में चयनित करने का अन्तिम निर्णय बादशाह का ही होता था। मनसबदारी सेवा में चयनित व्यक्ति को उसकी योग्यता के अनुसार "जात" एवं "सवार" का आबंटन किया जाता था। "जात" का तात्पर्य – प्रशासनिक योग्यता एवं "सवार" का सम्बन्ध सैन्य योग्यता से था। मनसबदार के नेतृत्व में रहने वाले सैनिकों की भर्ती, वेतन व अन्य सुविधाएं राज्य द्वारा ही प्रदान की जाती थीं। अकबर के द्वारा किए गए इन प्रशासनिक प्रयोजनों का तात्पर्य जाति, नस्ल व क्षेत्र को विचारधारा से युक्त कुलीन वर्गों में कार्यनिष्ठा का विकास करना था। मनसबदारी संवर्ग को प्रशासन व नियुक्ति का मूलाधार बनाने से अकबर ने मुगल मिर्जाओं पर भी नियन्त्रण लगाया तथा उत्तर भारत के शक्तिशाली योद्धा वर्ग राजपूतों को भी सहयोगी बनाने में कामयाब हो गया। मनसबदारी व्यवस्था ने नौकरशाही को बादशाह की कृपा पर निर्भर कर दिया। इससे अमीर वर्ग बादशाह से की जाने वाली प्रतिस्पर्धा से स्वत: पृथक हो गए।

आइन-ए-अकबरी में मनसबदारों की तीन श्रेणियाँ–अमीर-ए-उम्दा, अमीर व मनसबदार का उल्लेख किया गया है। यह कमोबेश वर्तमान नौकरशाही की केंद्रीय,

प्रान्तीय व जिला संवर्ग के समान जान पड़ती है। मनसबदारों की कुल 66 प्रकार की श्रेणियां उल्लिखित हैं। हालांकि व्यवहार में कुल 33 श्रेणियों का ही प्रयोग होता था। मनसब संवर्ग में सम्मिलित अमीरों को सवार संख्या के आधार पर जागीर आबंटन अथवा नगद वेतन दिया जाता था। ऐसे में जागीर आबंटन सेवा शर्तों पर आधारित थी जिससे सेवा समाप्ति पर जागीरें पुनः सरकार के नियन्त्रण में आ जाती थी। जागीरी भूमि से राजस्व वसूलने का अधिकार स्थानीय जमींदार अथवा कर्मचारी का होता था। मुगल बादशाहों ने भू-राजस्व से प्राप्त आय का प्रबन्धन किया था। इसके अन्तर्गत प्रशासनिक खर्च के लिए लगभग 75% भूमि की आय आरक्षित की गई थी। ऐसे में मनसबदारों को आवंटित भूमि केवल दस्तावेजी होती थी, उसके प्रशासन, राजस्व संग्रहण आदि से मनसबदार का कोई सरोकार नहीं था। संवर्ग आधारित नौकरशाही के कारण नियुक्ति पदोन्नति अथवा स्थानान्तरण में बादशाह की भूमिका सदैव बनी रही। ऐसे में अमीर वर्ग की बादशाह के प्रति आस्था व कार्य योग्यता के प्रदर्शन की जिज्ञासा भी बनी रही। अकबर के द्वारा स्थापित मनसबदारी व्यवस्था का मूल प्रारूप जहाँगीर के काल में भी यथावत रहा। हालांकि योग्य सेनानायकों के नेतृत्व में अधिक सैनिक रखने के लिए द्वि-अस्पाह व सिंह-अस्पाह व्यवस्था लागू की गई। अकबर के काल में मनसबदारी का सिद्धांत यह था कि सवार संख्या, जात संख्या से अधिक नहीं हो सकती थी। ऐसे में जहाँगीर ने सिद्धान्तः मूल व्यवस्था में परिवर्तन न करके अस्पाह के माध्यम से सवार संख्या को बढ़ा दिया।

राजनीतिक सिद्धांतों व नीतियों में समयानुसार परिवर्तन करके तत्कालीन प्रशासनिक आवश्यकता की पूर्ति की जाती है। अकबर द्वारा स्थापित संवर्ग में मूलतः सुलह-ए-कुल का सिद्धांत परिपालित किया गया और राजपूतों के साथ बेहतर सम्बन्ध बनाकर साम्राज्य को स्थायित्व प्रदान किया गया। शाहजहाँ के काल तक आते-आते इन सिद्धांतों का औचित्य कमजोर पड़ने लगा। इसके दो मूल कारण थे–प्रथम, 1632 में गुजरात, मालवा व दकन में अकाल पड़ गया जिससे आय स्रोत कम हुए, इससे इन क्षेत्रों के भू-राजस्व पर निर्भर जागीरी अमीरों की स्थिति प्रभावित हुई। द्वितीय, दक्षिण भारत के साम्राज्य विस्तार के खर्चीले अभियानों से राजकोष पर दबाव पड़ा और राजनीतिक कारणों से दक्षिणी अमीरों व मराठों को मुगल सेवा में सम्मिलित करना पड़ा। इसका परिणाम अत्यन्त हानिकारक रहा। शाहजहाँ ने इस संकट से निपटने में केवल तत्कालीन योजना ही निर्मित्त की जबकि दूरदर्शी शासक तत्कालीन व दीर्घकालीन नीतियों के द्वारा स्थायी समाधान करते हैं। शाहजहाँ ने परम्परागत

अमीरों की सवार संख्या में कटौती करके प्राप्त अधिशेष का आबंटन नव अमीरों को कर दिया। इसे शिशमाहा व छिमाही सिद्धांत कहा गया। इससे मनसबदारी संवर्ग की अकबरकालीन व्यवस्था की प्रकृति में ही बदलाव आ गया। अब अमीरों का मूल संकेन्द्रण पद प्राप्ति और जागीर बचाने तक ही सीमित रह गया। औरंगजेब ने शाहजहाँ की परम्परा को जारी रखा। किंतु इसके काल तक संवर्ग आधारित मनसबदारी व्यवस्था अपने औचित्य को लगभग नष्ट कर चुकी थी। इससे प्रशासन और सैन्य अभियानों के संचालन में समस्या उत्पन्न हो गई। ऐसे में औरंगजेब ने नवीन प्रशासनिक ढांचे को निर्मित्त करने का प्रयत्न किया। प्रशासन के संचालन व राजस्व संग्रहण के लिए प्रान्तीय दीवान को इजारेदारी के माध्यम से अधिकार दिए गए और सैन्य अभियानों के लिए संविदा का नियम बनाया गया। इससे सेनानायक के नेतृत्व में नियमित सैनिकों के साथ-साथ पेशेवर किंतु गैर सरकारी सैनिकों को भेज दिया जाता था तथा सैन्य अभियानों की समाप्ति के उपरान्त सैन्य संगठन विघटित कर दिया जाता था। इसका प्रभाव सैन्य अनुशासन व कार्य क्षमता पर पड़ा। प्रान्तीय दीवानों ने जमीदारों से सम्बन्ध बनाकर राजस्व वसूला। इससे राजकीय सेवाएं स्वत: कमजोर हो गईं। इस प्रकृति जन्य परिवर्तन से मुगल सत्ता का विकेंद्रीकरण आरंभ हो गया और केन्द्रीय सेवाएं औचित्यहीन हो गईं।

मुगल मनसबदारी व्यवस्था राज्य के स्थायित्व का मूलाधार थी। मनसबदारी संवर्ग में चयनित होने के उपरान्त ही अमीरों को प्रशासन में नियोजित किया जाता था। ऐसे में साम्राज्य के प्रशासनिक ढांचे के स्थायित्व के लिए कुछ नियम बनाए गए थे। जैसे कि–

1. साम्राज्य विस्तार के साथ-साथ मनसबदारों की संख्या में वृद्धि की जाए।
2. योग्यता व बादशाह के प्रति अमीरों की आस्था को बनाए रखा जाए।
3. एक अमीर को अधिक वेतन देकर उससे प्रशासनिक, सैनिक व अन्य कार्य करवाए जाएं।

मनसबदारी संवर्ग की वेतन सम्बन्धी निर्भरता जागीरी भूमि पर थी। इसके लिए कृषि उत्पादकता को प्रोत्साहन देने के साथ-साथ स्थानीय प्रशासन का प्रबंधन किया गया। अकबर ने स्थानीय जमींदार व साहूकार को ग्रामीण विकास में उपयोगी बनाया। ग्रामीण क्षेत्रों में सामूहिकता व सह-अस्तित्व की अवधारणा के कारण कृषि उत्पादन में अपेक्षित वृद्धि हुई। इससे जागीरों के जमा व हासिल का अंतर न्यूनतम रहा और सेवाएं भी सुचारू ढंग से चलती रहीं। अकबर के इन प्रयत्नों के कारण मुगल प्रशासन मजबूती से चलता रहा। किंतु शाहजहाँ के काल की नवीन परिस्थितियों

व चुनौतियों से यह मूल ढांचा औचित्यहीन हो गया। दकन के राजनीतिक संकट व अकाल के कारण आय के कम होने से अमीरों के द्वारा पद प्राप्ति के लिए नस्ल, जाति व क्षेत्रीयता का सहारा लिया जाने लगा और इजारेदारी की प्रथा ने योग्यता के स्थान पर अधिक धन देने वाले अमीरों को पदासीन कर दिया। यह प्रक्रिया मुगलों के स्थायित्व के लिए खतरा बन गई। ऐसे में दरबारी गुटबंदी बढ़ी और अमीर व जमींदार मुगल प्रशासन की मजबूती के स्थान पर व्यक्तिगत हितों को महत्त्व देने लगे। ऐसे में प्रान्तपति बनना अथवा मनसब प्राप्त करना अमीर की शक्ति पर निर्भर होने लगा। अठारहवीं शताब्दी में ऐसी परिस्थिति के मध्य से विकेन्द्रीकृत व्यवस्था मजबूत हुई। बहादुरशाह प्रथम के द्वारा खालसा भूमि को जागीर में आवंटित कर देने से बादशाह की आर्थिक सैन्य निर्भरता प्रान्तीय अमीरों पर हो गई। ऐसे भी शक्तिहीन बादशाहों के दौर में प्रान्तपति स्वतन्त्र रियासतें स्थापित करने लगे।

38

सुलह-ए-कुल का सिद्धांत

प्राचीन व मध्य काल में शासकों ने राजनीतिक प्रभुसत्ता स्थापित करने के लिए अनेकानेक सिद्धांतों का निर्माण किया। जिनमें धर्म निरपेक्षता, जातीयता, क्षेत्रीयता आदि के विचार सम्मिलित थे। मध्यकाल में भारत में तुर्की सत्ता की स्थापना से राजनीतिक परम्पराओं में फारसी व अरबी तत्त्व मान्य होने लगे। सम्पूर्ण सल्तनत काल में भारतीय व तुर्क विचारधाराओं का सकारात्मक द्वन्द्व चलता रहा। महत्त्वपूर्ण यह है कि तुर्क व मुगल, भारत में शासन स्थापना के लिए आए थे। आरम्भ में स्थानीय वर्गों के साथ इनका सशक्त व वैचारिक संघर्ष हुआ। किंतु धीरे-धीरे समन्वय का मार्ग भी निर्मित्त हुआ। अकबर ने बादशाह बनने के उपरान्त साम्राज्य की दृढ़ता बढ़ाने के लिए सुलह-ए-कुल के राजनीतिक सिद्धांत का निर्माण किया।

अकबर के राजनीतिक सिद्धांतों के निर्माण में मुगल, तुर्क व भारतीय परम्पराओं के साथ-साथ तत्कालीन आवश्यकताओं की भूमिका थी। भारत में राजसत्ता की दृढ़ता के लिए सभी स्थानीय व मुगल अमीरों का सहयोग अपेक्षित था। किंतु समस्या यह थी कि मुगल मिर्जाओं का बादशाह व शासन पर वर्चस्व था। वस्तुतः मुगलों में राज्य बंटवारे का सिद्धांत मान्य किया गया था। इससे वंशानुगत रूप से शक्तिशाली राज्य स्थापित कर पाना सम्भव नहीं था। इसके अतिरिक्त उत्तर व मध्य भारत में सत्ता की दृढ़ता अथवा स्थायित्व में स्थानीय कुलीन वर्ग भी बाधक थे। अकबर ने इस समस्या के निदान के लिए सुलह-ए-कुल के राजनीतिक सिद्धांत का निर्माण किया। इसका मूल प्रयोजन समस्त अमीर वर्गों को मुगल प्रशासन, सैन्य व्यवस्था और निर्माण आदि में नियोजित करना था। किंतु अमीरों की परस्पर नस्ल, धर्म व रूढ़िवादिता इसमें सबसे बड़ी बाधक थी। ऐसे में अकबर के सुलह-ए-कुल

के सिद्धांतों में नौकरशाही को कर्त्तव्यनिष्ठ करने के लिए रूढ़िवादी तत्त्वों की आलोचना और राज्य धर्म के परिपालन पर विशेष जोर दिया गया। महत्त्वपूर्ण यह है कि यह निर्देशन मात्र अमीर वर्ग के लिए था। इसमें प्रजा को सम्मिलित करने की विचारधारा नहीं थी। वैसे भी सामंती युग में राजकीय नीतियां राज्य की स्थिरता से जुड़ी थीं जिससे शासकों के द्वारा मुख्यतः अमीर वर्गों व सैनिकों को ही नियंत्रित करने के उपक्रम किए गए हालांकि समाज में गुरु नानक, कबीर, रसखान, रहीम, रैदास जैसे संत सामाजिक समन्वय का मार्ग प्रशस्त कर रहे थे।

अकबर के विचारों का मूल दस्तावेज *आइन-ए-अकबरी* है। इसका प्रत्येक वाक्य अकबर द्वारा अनुमोदित है। शासन के आरम्भिक वर्षों में अकबर को अनेकानेक राजनीतिक सफलता प्राप्त हुई। इससे उसमें ईश्वर को समझने व जानने की तीव्र जिज्ञासा उत्पन्न हुई। परिणामस्वरूप अकबर ने इबादतखाने की स्थापना करके सुन्नी उलेमाओं को ईश्वर के स्वरूप जानने के लिए आमन्त्रित किया। किंतु उनमें ईश्वर की प्राप्ति के मार्ग को लेकर न केवल परस्पर मतभेद था बल्कि वे इसे लेकर संघर्षरत भी हो गए। वैसे भी धर्म के रूढ़िवादी सिद्धांतों के आधार पर जीविका चलाने वाले वर्ग कभी भी एकमत सिद्धांत निर्मित्त नहीं कर पाते थे। ईश्वर के समानता, बन्धुत्व व मानव प्रेम के मूल सिद्धांतों के नेतृत्वकर्त्ता नानक व कबीर जैसे संत थे। इससे अकबर ने अन्य धर्मों के विद्वानों को इबादतखाने में आमन्त्रित किया। इनके उपदेशों से अकबर की यह दृढ़ अवधारणा बनी कि सभी धर्मों में सत्य है। महत्त्वपूर्ण यह है कि सुलह-ए-कुल के सिद्धांतों की ओर होने वाला रुझान तत्कालीन राजनीतिक आवश्यकता से प्रत्यक्षतः जुड़ा था। बिना इसके राजपूत व अन्य वर्गों का सहयोग प्राप्त करना सम्भव नहीं था। ऐसे में अकबर ने नौकरशाही सिद्धांत की उद्घोषणा की जिसमें अमीरों को इसके परिपालन का निर्देशन था। सुलह-ए-कुल के सिद्धांतों में रूढ़िवाद का विरोध, सभी वर्गों के सामंजस्य और अमीरों को राजकीय धर्म के प्रति आस्थावान होने का निर्देशन था। अकबर ने ईश्वर से सम्बन्धित अपने विश्वास को सम्पूर्ण आग्रह के साथ प्रस्तुत किया है। *आइन-ए-अकबरी* में वर्णित है कि विभिन्न व्यक्तियों के द्वारा ईश्वर को समझना और उसकी उपासना करना, ज्ञान की सीमाओं के अनुसार ही सम्भव है। ईश्वर, बेसूरत अर्थात् निराकार है और उसे चिरा-ए-दस्ति-ए-ख्याल (मस्तिष्क के सर्वोत्तम प्रयास या ज्ञान मार्ग) के द्वारा समझा जा सकता है। उपासना, हृदय का कार्य है और उपासना में शारीरिक क्रिया अज्ञानी करता है।

अकबर ने इस निरपेक्ष विचारधारा को कर्मकाण्डीय संकीर्णता से पृथक रखा। इसलिए वह सुलह-ए-कुल में बाधक तत्त्वों की कटु आलोचना भी करता है। ऐसा ही प्रयत्न सम्राट अशोक ने प्राचीन काल में धम्म सिद्धांतों के माध्यम से किया था जिसके मूल में प्रजा के नैतिक उत्थान, सभी धर्मों में सारवृद्धि और सामाजिक एकता को स्थापित करने के विचार थे। अकबर ने उलेमाओं और पुरोहितों की कर्मकाण्डीय व रूढ़िवादी परम्परा की आलोचना की। वैसे भी सामाजिक विभेद में धर्म के इन्हीं सिद्धांतों की मूल भूमिका होती है अन्यथा मानव समुदाय विभिन्न धर्मों व संस्कृतियों से सम्बन्धित होने के बाद भी आर्थिक व सामाजिक कारणों से परस्पर एक सूत्र में जुड़ा रहता है। अकबर ने हिन्दू धर्म में विद्यमान मूर्तिपूजा, अवतारवाद, बाह्य आडम्बर तथा मुस्लिमों की नमाज पद्धति, महिलाओं के प्रति निम्न विचार आदि की आलोचना की। अकबर ने टोडरमल को उपदेश दिया कि ईश्वर पूजा कमजोरों की देखभाल करने से श्रेष्ठ नहीं है। अकबर ने स्वयं को इस्लामिक रीति-रिवाजों व कानूनों से पृथक रखा। *आइन-ए-अकबरी* में वर्णित है कि अकबर ने ईश्वर की उपासना में ज्ञान व कर्म दोनों मार्गों का अनुसरण करने को कहा। जैसे कि जो व्यक्ति ज्ञानी है वह स्वयं रूढ़िवाद से पृथक होकर ज्ञान मार्ग से ईश्वर की अनुभूति कर सकता है किंतु समस्या सामान्य जनमानस की है। इनमें अज्ञानता होने के कारण ये ईश्वर की अपेक्षा पुरोहित व उलेमा के निर्देशों को ही धर्म मान लेते हैं। महत्त्वपूर्ण यह है कि सामान्य प्रजा पर शिक्षा, विवाह, धार्मिक कर्मकाण्ड आदि माध्यमों से पुरोहितों व उलेमाओं का प्रभाव रहता है। इससे धार्मिक नेतृत्वकर्त्ता अपने स्वार्थ के लिए प्रजा को विद्रोही भी बना देता है। इसलिए अकबर ने सामान्य जनों को कर्मवाद से ईश्वर प्राप्त करने के लिए कहा अर्थात् जिस कर्म में संलग्न हो उसी को निष्ठापूर्वक करो, यही सच्ची ईश्वरोपासना है।

अकबर की सुलह-ए-कुल की नीति मुगल राज्य की तत्कालीन राजनीतिक व प्रशासनिक आवश्यकता की परिपूर्ति का आधार थी। वैसे भी राजनेताओं की नीतियां राज्य की स्थिरता से जुड़ी होती हैं। इसके लिए विभिन्न सिद्धांतों व परम्पराओं का इस्तेमाल किया जाता है। अकबर ने भी ऐसा ही किया था। राज्य के स्थायित्व के लिए विभिन्न नस्लीय समूहों को एकजुट किया गया और उन्हें राजकीय धर्म के प्रति समर्पित करने के लिए सिद्धांत दिया गया जिसे सुलह-ए-कुल कहते हैं।

39

मुगल राजपूत नीति

मुगल राजवंश की स्थापना के आरंभिक चरणों में बाबर व हुमायूँ को स्थानीय शासकों के साथ-साथ मुगल मिर्जाओं को महत्वाकांक्षा व विद्रोह का सामना करना पड़ा था। इससे राजनीतिक अव्यवस्था बनी रही। अकबर ने बादशाह बनने के उपरांत इन समस्याओं का दूरदर्शी निदान किया। इसके अन्तर्गत मिर्जाओं पर नियंत्रण के लिए बादशाह की गरिमा को बढ़ाया गया और संवर्ग आधारित नौकरशाही का गठन करके पद-प्राप्ति के लिए योग्यता के सिद्धांत को सर्वोपरि महत्त्व दे दिया गया। इसके अतिरिक्त उत्तर-भारत के सर्वाधिक शक्तिशाली योद्धाओं अर्थात् राजपूतों के साथ सम्मानजनक सम्बन्ध बनाए गए। इन्हें मनसबदारी सेवा में शामिल करके उच्च पद दिए गए और परस्पर सम्बन्धों को मजबूत करने के लिए विवाह कूटनीति का भी सहारा लिया गया। यह नीति जहाँगीर के काल में भी जारी रही। किंतु शाहजहाँ व औरंगजेब के शासन काल में मुगल प्रशासनिक आवश्यकताएं परिवर्तित हुईं। ऐसे में दक्षिण में साम्राज्य विस्तार के संकेन्द्रण के कारण राजपूतों की अपेक्षा दक्षिणी मुसलमान व मराठे महत्त्वपूर्ण हो गए जिससे अकबर के काल में स्थापित परम्परागत राजपूत नीति में बदलाव आ गया।

मुगल राजसत्ता की स्थापना के पूर्व ही पंद्रहवीं शताब्दी में क्षेत्रीय शासकों के नेतृत्व में इस्लामिक रियासतों का भारतीयकरण हो चुका था। इनके द्वारा स्थानीयता को प्रोत्साहित भी किया गया। अकबर ने शासक बनने के उपरान्त राज्य की स्थिरता और साम्राज्य विस्तार के लिए युद्ध के साथ-साथ कूटनीति का भी चतुराई से इस्तेमाल किया। उत्तर-पश्चिमी व मध्य भारत में मुगल सत्ता के विस्तार में राजपूत

शासक बड़ी बाधा थे। ऐसे में राजपूतों के साथ सम्बन्धों की प्रकृति का निर्धारण आवश्यक था। अकबर की राजपूत नीति के दो आधार प्राप्त होते हैं–यह सुलह व समझौते पर आधारित थी और स्थायी सम्बन्धों की मजबूती के लिए सैन्य शक्ति के उपयोग का विकल्प भी सुरक्षित था। अकबर यह भी जानता था कि राजपूतों से सौहार्दपूर्ण सम्बन्धों की स्थापना हो जाने से मुगल मिर्जाओं का प्रशासनिक व सैन्य विकल्प मिल जाएगा। राजपूतों की शक्ति से साम्राज्य विस्तार भी होगा और राजपूतों की मित्रता से इस शक्तिशाली वर्ग से मुगलों को मिलने वाली चुनौती भी कम हो जाएगी। ऐसे में अकबर ने राजपूतों से सम्बन्ध बनाने की सावधान योजना बनाई। सल्तनत काल में तुर्की सुल्तानों ने राजपूतों से सम्बन्ध बनाए थे किंतु वे दीर्घजीवी नहीं हो सके थे। अकबर राजपूतों की मातृभूमि के प्रति लगाव को भली–भांति जानता था। इसलिए उसने राजपूत रियासतों को आन्तरिक स्वायत्तता प्रदान की। इसके अन्तर्गत रियासत के प्रशासन, राजस्व संग्रहण व नियुक्ति प्रक्रिया में मुगलों का कोई हस्तक्षेप नहीं रखा गया। राजपूत रियासतों को ''वतन जागीर'' का दर्जा प्रदान किया गया। किंतु उत्तराधिकार के चयन और राजा की पदवी देने का अधिकार बादशाह का था। इसका प्रयोजन रियासत के उत्तराधिकार की आस्था को भी मुगल बादशाह के प्रति बनाए रखना था। मुगलों ने वतन जागीर के स्वामी को बाह्य आक्रमण से सुरक्षा भी दी। मुगल मनसबदारी संवर्ग में सम्मिलित होने वाले राजपूत शासकों को परिवार व कुटुम्ब के योग्य सदस्यों को मुगल व्यवस्था में नियोजित करने के लिए भी प्रोत्साहित करवाया गया। महत्त्वपूर्ण यह है कि वतन–जागीर की आय पर राजपूत शासकों का अधिकार था। मनसबदारी संवर्ग में शामिल होने के उपरान्त मिलने वाला आकर्षक वेतन इसके अतिरिक्त था। कहने का तात्पर्य यह है कि अकबर ने सुरक्षा, मातृभूमि पर अधिकार, सम्मान, बेहतर सेवा व वेतन के द्वारा राजपूतों को मुगल प्रशासन में उपयोगी बनाया।

अकबर ने यह भी ध्यान रखा कि कोई भी राजपूत रियासत शक्ति–संगठन करके मुगलों को चुनौती न दे सके। इसके लिए मेवाड़–मारवाड़ के संघर्ष को समाप्त करने में अकबर ने कोई रुचि नहीं दिखाई। अकबर ने इन दो बड़ी रियासतों से सम्बन्ध स्थापना के स्थान पर इनकी सहायक रियासतों यथा आमेर, बूंदी, जैसलमेर, बाढ़मेर, बीकानेर आदि के शासकों से सम्बन्ध को अधिक महत्त्व दिया। इन छोटी रियासतों के शासकों को मुगल प्रशासन में नियोजित करने के साथ–साथ यह भी प्रयत्न किया गया कि महत्त्वाकांक्षी व योग्य राजपूतों को अधिक समय तक उनकी मातृभूमि में न रहने दिया जाए क्योंकि मुगल सेवा से प्राप्त संसाधन और प्रतिष्ठा

मुगलों के विरुद्ध राजपूतों को संगठित करने का आधार भी बन सकती थी। ऐसे में अकबर ने मानसिंह को बंगाल अथवा काबुल में नियुक्त करके राजपूताना की आन्तरिक राजनीति से दूर रखा और जब भी मान सिंह को राजपूताना भेजा गया तो वह मेवाड़ राज्य से युद्ध करने का अवसर था। इस युद्ध से आमेर रियासत की मुगलों के प्रति सेवा व स्वामीभक्ति को भी परखा गया। ऐसे में अकबर की नीतियों से न केवल राजपूतों की शक्ति का मुगलों के लिए उपयोग हुआ। बल्कि राजपूतों की मुगलों के विरुद्ध संगठित संघर्ष की विचारधारा भी तिरोहित हो गई। अकबर ने इन प्रशासनिक व नीतिगत प्रयोजनों के साथ-साथ सम्बन्धों को मजबूती देने के लिए विवाह कूटनीति का सहारा भी लिया। अकबर व जहाँगीर के पुत्रों का पालन-पोषण राजपूताना में ही हुआ। अकबर ने राजपूत कन्याओं से भी विवाह किया और सम्बन्धों की मधुरता बनाये रखने के लिए राजपूत पत्नियों को न केवल मायके जाने दिया जाना लगा बल्कि उन्हें मुगल हरम में धार्मिक स्वतन्त्रता भी दी गई। राजपूत राजाओं को अपनी परम्परागत वेशभूषा में मुगल दरबार में उपस्थित होने की स्वतन्त्रता थी। अकबर ने प्रशासनिक व सैन्य कार्यों के संचालन में आस्थावान मिर्जाओं और राजपूतों पर अधिक विश्वास किया। इसलिए गुजरात अभियान पर जाने से पूर्व अकबर ने आगरा का शासन भारमल को सौंपा था। अकबर के द्वारा स्थापित राजपूत नीति जहाँगीर के काल में भी यथावत जारी रही हालांकि खुसरो को लेकर जहाँगीर व मानसिह के मध्य मतभेद उत्पन्न हो गए थे किंतु इन व्यक्तिगत मतभेदों का मूल नीति पर प्रभाव नगण्य रहा। जहाँगीर की राजपूताना नीति का सबसे सफल पक्ष मेवाड़ राज्य के साथ स्थायी व मित्रता पूर्ण सम्बन्धों का निर्माण था। मेवाड़ के शासक राणा अमर सिंह का सम्मान रखते हुए उन्हें व्यक्तिगत रूप से मुगल दरबार में उपस्थित होने की बाध्यता से पृथक रखा गया। हालांकि चित्तौड़ की रक्षा प्राचीरों की मरम्मत की अनुमति नहीं दी गई। कुल मिलाकर जहाँगीर ने राजपूतों का यथोचित सम्मान किया, उन्हें सूबेदारी सौंपी और सैन्य अभियानों का स्वतन्त्र नेतृत्व दिया।

शासकीय नीति के निर्माण में तत्कालीन परिस्थितियों व आवश्यकताओं की मुख्य भूमिका होती है। ऐसे में सम्बन्धों की प्रकृति में सदैव बदलाव आता रहता है। शाहजहाँ के शासन काल में मुगल प्रशासनिक नीतियों के परम्परागत प्रतिमान कारगर नहीं रह गए थे। मुगल सत्ता का विस्तार दक्कन व दक्षिण भारत में होने लगा था। ऐसे में राजनीतिक व भौगोलिक कारणों से मुगलों के लिए दक्षिणी अमीर अधिक महत्त्वपूर्ण हो गए थे। मुगलों के दक्षिणी अभियानों की समस्या यह थी कि भू-क्षेत्रों पर अधिकार के उपरांत इन पर नियन्त्रण बनाए रखने का संघर्ष करना पड़ा।

ऐसे में स्थानीय योद्धाओं को प्रशासन व सेना में शामिल करने की नीति बनाई गई। किंतु इन नवागन्तुक अमीरों के समायोजन से परम्परागत अमीरों को या तो महत्त्वहीन अथवा पद से वंचित किया गया। इस नीति का सर्वाधिक कुप्रभाव मुगलों के साथ जुड़े राजपूत राजाओं पर पड़ा। महत्त्वपूर्ण यह है कि सत्रहवीं शताब्दी में मुगल बादशाहों, मिर्जाओं और सत्ता में सहयोगी स्थानीय राजवंशों की प्रशासनिक कमजोरियां उभरने लगी थीं। अकबर ने राजपूत राजाओं को सुरक्षा का आश्वासन दिया था। इससे अनिश्चितता व अस्तित्व को बनाए रखने का खतरा समाप्त हो गया। मुगल बादशाहों ने मनसबदारों को आकर्षक वेतन दिया। जिसके कारण विलासिता इनका स्थायी गुण बन गई। ऐसी परिस्थितियों में मुगलों की परम्परागत राजपूत नीति भी बदली। शाहजहाँ ने विवाह कूटनीति के साथ-साथ योग्यता के आधार पर होने वाली नियुक्ति सिद्धांत को भी समाप्त कर दिया। महत्त्वपूर्ण यह है कि मुगल काल की प्रत्येक नीति अकबर के द्वारा किए गए कार्यों के परिदृश्य में ही मूल्यांकित की जाती रही है। ऐसे में अन्य मुगल बादशाहों की नीतियों का निरपेक्ष मूल्यांकन करने में समस्या उत्पन्न हो जाती है। वस्तुतः किसी एक शासक के द्वारा निर्मित्त किया गया राजनीतिक सिद्धांत अनुकूल पृष्ठभूमि के बने रहने तक ही मान्य रहता है। ऐसे में नवीन आवश्यकता, सिद्धांत के पृथक निर्माण अथवा परिवर्तन की आधारशिला निर्मित्त करती है। इसलिए शाहजहाँ अथवा औरंगजेब की नीतियों की तुलना अकबर से न करके समय व परिस्थितियों के अन्तर्गत होनी चाहिए।

औरंगजेब की राजपूत सम्बन्धी नीति को दो चरणों में विभक्त करके देखा जाता है। प्रथम चरण में मुगल-राजपूत सम्बन्ध सौहार्दपूर्ण थे क्योंकि शाहजहाँ जीवित था और पश्चिमोत्तर क्षेत्रों में होने वाले विभिन्न विद्रोहों को दबाने में राजपूत उपयोगी थे। द्वितीय चरण में दक्षिण भारत को मुगल साम्राज्य में मिलाने की नीति बनाई गई इससे मुगल सेवा में दक्षिणी अमीरों व मराठों को शामिल करने को महत्त्व दिया गया। दक्षिण के राजनीतिक संकट के विस्तार और मनसबदारी सेवा के कमजोर हो जाने से राजपूत सहित अन्य मुगल अमीरों की आर्थिक स्थिति कमजोर हो गई थी। ऐसे में आर्थिक व प्रशासनिक अव्यवस्था से मुगल प्रशासन में समायोजित वर्गों में असुरक्षा का विकास हुआ जिससे वे सुरक्षित होने के लिए शक्ति संगठन व स्वतन्त्र राज्य निर्माण के लिए प्रयत्नशील हो गए और इसके लिए उन्होंने विद्रोह का भी सहारा लिया। अठारहवीं शताब्दी में राजपूताना सहित बंगाल, हैदराबाद, मैसूर, अवध व अन्य क्षेत्रों में उत्पन्न हुई स्वतन्त्र रियासतें इसी का परिणाम थीं।

40

मुगल दक्षिण नीति

मुगल बादशाहों ने साम्राज्य-विस्तार और प्रशासनिक सुधारों की नीति योजनाबद्ध रूप से विस्तारित की। अकबर ने सत्ता के आरंभिक चरणों में राजपूतों से मित्रता, मिर्जाओं पर नियन्त्रण और मुगल सत्ता को चुनौती देने वाले राज्यों पर अधिकार की नीति बनाई। मध्य व पश्चिमोत्तर भारत में राजनीतिक अधिकार व प्रशासनिक सुधारों के उपरान्त दक्षिण भारत में आधिपत्य की योजना बनाई गई। मुगल साम्राज्य विस्तार की नीति सशक्त संघर्ष के साथ-साथ कूटनीतिक भी थी।

अकबर की दक्षिण भारत में राज्य विस्तार की नीति में संघर्ष और सुलह-समझौते का सिद्धांत समन्वित किया गया। वस्तुत: केवल संघर्ष पर निर्भर रहने से न केवल शत्रुता व्यापक होती है बल्कि संसाधनों के कम होने के साथ-साथ प्रशासनिक प्रबंधन व राजस्व संग्रहण में भी समस्या बनी रहती है। मुगल दक्षिण नीति दो चरणों में संचालित हुई–प्रथम चरण 1601ई. से 1646ई. तक चला। यह ''सद्भावनापूर्ण तटस्थता'' की नीति थी। इस कालावधि में दक्षिणी रियासतों की आन्तरिक राजनीति में हस्तक्षेप नहीं किया गया। द्वितीय चरण 1646ई. से 1687ई. तक चला। इसमें ''प्रत्यक्ष राज्य विस्तार'' की नीति व्यावहारिक की गई और दक्षिणी रियासतों की आन्तरिक राजनीति में हस्तक्षेप किया गया।

अकबर की राज्य विस्तार व प्रशासनिक संगठन निर्मित्त करने की नीतियों का बेहतर पक्ष अनावश्यक संघर्ष को हतोत्साहित करना और सुलह व समझौते से कार्य करना था। वैसे भी शक्तिशाली शासकों ने संघर्ष की अपेक्षा कूटनीति से राज्य विस्तार व सत्ता को अधिक स्थायित्व दिया। अकबर ने शासन के आरम्भिक चरण

में राजपूतों और अंतिम चरण में दक्षिण भारत की रियासतों से ऐसा ही संबंध निर्मित्त किया। अकबर का मूल उद्देश्य मुगल साम्राज्य का विस्तार करना था। ऐसा करने में संघर्ष को अंतिम विकल्प माना गया। महत्त्वपूर्ण यह भी है कि संघर्ष के उपरान्त भी मित्रता व सौहार्दपूर्ण तरीके से अधीनस्थ बनाना तथा शाही सेवा में सम्मिलित करने का विकल्प सदैव खुला रहा। दक्षिण भारत में शक्ति के द्वारा सत्ता विस्तार करने से पूर्व मुगल कूटनीतिक मण्डल भेजे गए। किंतु खानदेश को छोड़कर अन्य रियासतों ने मुगल अधीनता स्वीकार नहीं की। इससे अहमदनगर पर मुगल दबाव बनाया गया हालांकि अहमद नगर पर आक्रमण का मूल उद्देश्य बरार क्षेत्र की प्राप्ति था क्योंकि बिना इसके गुजरात को सुरक्षित नहीं रखा जा सकता था। किंतु दक्षिणी रियासतों को मुगलों की विस्तारवादी नीति की अनुभूति थी। इसलिए परस्पर कटुता होने के बाद भी अहमदनगर, बीजापुर व गोलकुण्डा रियासतें मुगल अभियान के समय एकजुट हो जाती थीं। वैसे भी 1565 में विजयनगर की सेनाओं को पराजित करने में परस्पर एकता के महत्त्व को ये रियासतें प्रत्यक्षत: देख चुकी थीं। हालांकि विजयनगर राज्य इन राज्यों के पड़ोस में था और विजयनगर की युद्ध व कूटनीति से ये रियासतें परिचित थीं। किंतु मुगलों के पास अपार संसाधन थे तथा मुगल मूलत: उत्तर-भारतीय शासक थे। ऐसे में युद्ध मुगलों की वास्तविक भूमि में नहीं हो रहा था जबकि अहमदनगर, बीजापुर व गोलकुण्डा को युद्ध के कारण सैन्य संसाधनों के साथ-साथ कृषि, व्यापार व धन-समृद्धि से भी वंचित होना पड़ रहा था। ऐसे में मुगलों ने नियोजित युद्ध नीति बनाई। रहीम खानखाना ने अहमदनगर के वजीर मलिक अम्बर को पराजित किया और समझौते का प्रस्ताव रखा कि यदि अम्बर सेवा करने की संधि करे तो उसे धारवाड़ व औसा जिला दे दिया जाएगा। अहमदनगर पर अधिकार करने में सबसे बड़ी बाधा बीजापुर राज्य था क्योंकि बीजापुर का सुल्तान मलिक अम्बर की मदद करता था। ऐसे में अकबर ने बीजापुर से विवाह कूटनीति के माध्यम से सम्बन्ध बनाने की नीति बनाई। राजकुमार दनियाल का विवाह बीजापुर सुल्तान की पुत्री से किया गया किंतु सकारात्मक परिणाम नहीं निकल सका क्योंकि 1604ई. में दनियाल व कालान्तर में अकबर की मृत्यु हो गई। वैसे भी दक्षिणी रियासतें राजपूताना की रियासतों से विशाल थीं और भौगोलिक दूरी की वजह से अपेक्षित दबाव भी नहीं बन पा रहा था।

जहाँगीर के काल में मूल दक्षिण नीति यथावत बनी रही। किंतु अहमदनगर की प्रशासनिक अव्यवस्था से मलिक अम्बर की जनस्वीकृति बढ़ने लगी थी। इसमें मुगलों की समस्याएं बढ़ गईं। बीजापुर सुल्तान इब्राहीम आदिलशाह ने मुगलों को

अहमदनगर से बाहर करने के लिए मलिक अम्बर को कन्धार का दुर्ग, दस हजार की घुड़सवार सेना, सोलह लाख हूण की मदद और अन्य सुविधाएं प्रदान कीं। अम्बर ने बड़ी संख्या ने पेशेवर मराठा सैनिकों को सेना में शामिल करके मुगलों के विरुद्ध छापामार युद्ध आरम्भ कर दिया। मलिक अम्बर ने दक्षिण भारत में कम संसाधनों के मध्य शक्ति सम्पन्न राज्य के विरुद्ध संघर्ष करने का नवीन मार्ग निर्मित्त किया जिसे छापामार युद्ध कहते हैं। इसके द्वारा अम्बर ने मुगल खजाने को लूटा तथा वह मुगल सैनिकों में भय उत्पन्न करने में कामयाब हुआ। हालांकि मुगल सेनाओं ने उसे प्रत्यक्ष युद्ध में सदैव पराजित किया था, किंतु मुगलों के साथ संघर्ष करने के कारण मलिक अम्बर की लोकप्रियता बढ़ गई थी जिससे उसने बीजापुर सुल्तान का अपमान करना आरम्भ कर दिया। ऐसे में इब्राहिम आदिलशाह व मलिक अम्बर एक दूसरे को सबक सिखाने के लिए मुगलों की ओर आकर्षित हुए। जहाँगीर का मानना था कि अम्बर से की जाने वाली मित्रता संधि मुगलों को दक्षिण की राजनीति में सम्मिलित कर देगी। वैसे भी किसी शक्तिशाली किंतु अकेले व्यक्ति की अपेक्षा राज्य के साथ सम्बन्ध बनाना बेहतर विकल्प होता है। जहाँगीर ने बीजापुर के साथ सम्बन्ध बनाना उचित समझा। इस सन्धि से अहमदनगर पर नियंत्रण का मार्ग प्रशस्त तो होता ही, साथ-साथ बीजापुर से संचालित होने वाली मुगल विरोधी गतिविधियों पर नियंत्रण लगाना भी आसान हो जाता। जहाँगीर की नीतियाँ दूरदर्शी थीं किंतु मलिक अम्बर व राजू दक्कनी के छापामार युद्ध ने इसे कारगर नहीं होने दिया हालांकि अशान्ति और अव्यवस्था के लम्बे दौर ने अहमदनगर को राजनीतिक व आर्थिक रूप से कमजोर कर दिया था जिसका लाभ अन्ततः मुगलों को शाहजहाँ के काल में मिला।

शाहजहाँ के काल में अहमदनगर मुगलों के लिए अनुकूल हो गया था। मलिक अम्बर की मृत्यु के बाद उसका पुत्र फतेह बहादुर वजीर बना। यह अयोग्य किंतु क्रूर वजीर था। इसने सुल्तान मुर्तजा द्वितीय की हत्या कर दी, इस राजनीतिक अव्यवस्था का फायदा उठाकर 1633ई. में मुगलों ने अहमदनगर पर अधिकार कर लिया। मुगलों के बढ़ते हुए दबाव के कारण बीजापुर व गोलकुण्डा राज्यों के शासक भी भयाक्रांत थे क्योंकि इन्होंने अहमदनगर राज्य की मुगलों के विरुद्ध खुली मदद की थी। 1636ई. में इन दोनों राज्यों ने मुगलों से मित्रता संधि कर ली। इसके अनुसार वार्षिक कर देना, मुगल बादशाह के नाम का खुत्बा पढ़वाना और मुगल अनुकृति के सिक्के ढालना स्वीकार किया। मुगलों और इन दोनों रियासतों के मध्य यह भी सहमति हुई कि इनके सेवकों को एक दूसरे के अमीरों को सेवा में नियुक्त

नहीं किया जाएगा। इस संधि से मुगल सार्वभौमिकता सुदूर दक्षिण में भी व्यापक हुई। इससे गोलकुण्डा व बीजापुर राज्य भी लाभान्वित हुए। वस्तुत: राज्य के उत्तरी क्षेत्रों से होने वाले मुगल आक्रमण से सुरक्षित होने से गोलकुण्डा व बीजापुर राज्यों ने सुदूर दक्षिण में राज्य का विस्तार किया। इससे 10-12 वर्षों में राज्य सीमाएं लगभग दोगुनी हो गई। इससे मुगल दक्षिण नीति में बदलाव आया। 1646ई. से "प्रत्यक्ष राज्य विस्तार" की नीति बनाई गई। इसके अन्तर्गत दक्षिणी रियासतों के आन्तरिक मामलों में हस्तक्षेप किया। 1649ई. में मुगलों ने बीजापुर के अमीर शाहजी भोंसले को मुगल मनसबदारी संवर्ग में सम्मिलित करके 5000 जात व सवार दिए। गोलकुण्डा के अमीर मीर जुमला को भी मुगल शाही सेवा में शामिल किया गया। इससे गोलकुण्डा के सुल्तान ने मीर जुमला के परिवार को कैद कर लिया। इसे कारण बनाकर शहजादा औरंगजेब ने 1655ई. में हैदराबाद पर अधिकार कर लिया। हालांकि दारा के हस्पक्षेप के कारण सम्पूर्ण दक्षिण भारत विजित नहीं हो सका था किंतु ये रियासतें अनवरत संघर्ष के कारण राजनीतिक-आर्थिक रूप से अव्यवस्थित हो गई थीं। औरंगजेब सत्ता के आरम्भिक चरण में उत्तराधिकार संघर्ष और मध्य एशियाई राजनीति में व्यस्त रहा। इससे वह दक्षिण भारत की ओर ध्यान नहीं दे सका। किंतु 1685-1687ई. में बड़ी सुगमता से बीजापुर व गोलकुण्डा राज्य मुगल साम्राज्य में मिला लिए गए।

औरंगजेब की दक्षिण नीति को मुगल साम्राज्य के पतन में सहायक माना जाता है और इसमें मराठों से किया गया संघर्ष मुख्य कारण के रूप में प्रस्तुत किया गया। मुगल बादशाहों ने दक्षिणी रियासतों को धीरे-धीरे साम्राज्य का अंग बनाया। इससे इन रियासतों में कार्य करने वाले योद्धा, सैनिक व कर्मचारी बेरोजगार होने लगे। मराठा क्षेत्र मध्ययुग में कृषि उत्पादन के लिए कम उपयुक्त था। ऐसे में मराठे पेशेवर सैनिक के रूप में विभिन्न रियासतों में कार्य करते थे। मुगल विस्तारवादी नीति के कारण ये बेरोजगार हुए। मुगलों की दक्षिण नीति खर्चीली थी जिससे दक्कन क्षेत्रों के कृषकों से अधिक राजस्व वसूला जा रहा था। यह मुगलों के विरुद्ध जनाक्रोश बढ़ने का बड़ा कारण था। इस आक्रोश का वास्तविक फायदा शिवाजी ने उठाया। बेरोजगार योद्धाओं, सामंतों व कृषक की विद्रोही सामाजिक पृष्ठभूमि मराठा राज्य के उत्थान का आधार निर्मित्त करने में सक्षम हुई। महत्त्वपूर्ण यह है कि यदि औरंगजेब ने शिवाजी के राजनीतिक महत्त्व को समझा होता तो दक्षिण की राजनीति पर दूरगामी प्रभाव पड़ सकता था। मुगल सत्ता के आरम्भिक चरण में अकबर ने राजपूतों के साथ घनिष्ठ मित्रता करके इनकी योग्यता व सैन्य क्षमता

का मुगल राज्य को मजबूती देने में इस्तेमाल किया। ऐसा शाहजहाँ व औरंगजेब मराठों के साथ नीति बनाकर कर सकते थे। दक्षिणी रियासतों के कमजोर होने के उपरान्त मराठा क्षेत्र एक बड़े राजनीतिक आन्दोलन का आधार निर्मित्त कर रहा था। शिवाजी केवल एक नेता ही नहीं बल्कि मराठा उत्थान के प्रतीक थे। इसलिए जयसिंह कछवाहा ने औरंगजेब को शिवाजी के साथ की गई पुरन्दर की संधि के महत्त्व को समझाया था। किंतु औरंगजेब इस दूरदर्शिता को आरम्भ में समझ नहीं सका जिससे दक्षिण में न समाप्त होने वाला मुगल–मराठा संघर्ष आरम्भ हो गया। हालांकि 1689ई. में संगमेश्वर के युद्ध में सम्भाजी की हत्या के बाद शाहू को बंदी बना लिया गया था। औरंगजेब ने अल्पवयस्क शाहू का पालन पुत्र की तरह किया जिससे भावी मराठा नीति का आधार निर्मित्त किया जा सके। किंतु इस समय तक मराठे शक्तिशाली हो चुके थे और मुगलों की आन्तरिक व ढांचागत कमजोरी भी उभर चुकी थी।

41

मुगल चित्रकला - शैली और विशेषताएं

मुगल सत्ता की स्थापना ने उन्नतशील कला आन्दोलन को भी नवीन ऊंचाइयां दी। मध्यकालीन शासकों में कलात्मकता का सर्वाधिक रुझान भी मुगल बादशाहों में था। मुगल चित्रकला का आगाज बाबर व हुमायूँ के नेतृत्व में होता है किंतु मुगल चित्रकला एक विशिष्ट शैली के रूप में अकबर व जहाँगीर के काल में उच्चता पर पहुँची। मुगलों द्वारा स्थापित कला प्रतिमानों में फारसी-भारतीय शैली का समन्वय व क्षेत्रीय रियासतों को निर्देशित करने का सामर्थ्य प्राप्त होता है।

बाबर ने *तुजुक-ए-बाबरी* में स्वयं का चित्र बनवाया था। इस ग्रंथ में बिगदाज और शाहमुजफर नामक चित्रकारों का उल्लेख है। बाबर ने लिखा है कि बिगदाज कुशल चित्रकार है किंतु वह दाढ़ी रहित व्यक्ति का चेहरा नहीं बना पाता है। हालांकि बिगदाज ने चित्रकला की नवीन शैली को जन्म दिया था जिसमें मानव चित्र में गर्दन को सुराहीनुमा बनाया जाता है। बाबर ने फिरदौसी के *शाहनामा* की सचित्र प्रति बनवाई थी। इसे फारसी शैली की चित्रकला की निधि माना जाता है। मुगल चित्रकला का स्थायी विकास हुमायूँ के काल में हुआ। 1550ई. काबुल प्रवास के दौरान हुमायूँ के सम्पर्क में दो महान ईरानी चित्रकार मीर सैयद अली और अबुल समद आए। इन्हीं के नेतृत्व में मुगल चित्रकला की नींव रखी गई। इनकी पहली कलाकृति *दास्ताने अमीर हम्ज़ा* थी। इसे अकबर के चरित्र निर्माण को ध्यान में रखकर बनाया गया था। इन चित्रों में मुख्यत: फारसी प्रभाव है। अधिकांश चित्रों में चमकदार लाल, नीले एवं हरे रंग का प्रयोग किया गया है। चित्रों में यथार्थता के स्थान पर आलंकारिकता है। हालांकि कपड़ों की बनावट सरल है किंतु चित्रों

का संयोजन प्रभावशाली है। अकबर के काल में मुगल चित्रकला का संस्थागत विकास होता है जिनमें मुख्यत: ग्रंथचित्रावली, दीवार चित्र, छायाचित्र व युद्ध चित्र बनवाए गए। अकबर का *दास्ताने अमीर-हम्जा* व हाफिज के दीवान के प्रति विशेष लगाव था। *अमीर हम्जा* कलाकृति में 360 कहानियां और 2400 चित्र हैं। अकबर ने इसे 12 खण्डों में विभाजित करवाया था। चित्रों के ऊपरी भाग पर सुलेखन में विवरण लिखा गया है। अमीर हम्जा कलाकृति पर फारसी शैली का प्रभाव अधिक है। ये चित्र सूती कपड़े पर अस्तर लगाकर बनाए गए हैं। कालान्तर में मुगल चित्रकला में राजस्थानी व कश्मीरी प्रभाव बढ़ा। इसके अतिरिक्त *शाहनामा, जफरनामा, रज्मनामा, अकबरनामा, अनवर-ए-सुहैली, तारीख रशीदी* आदि की सचित्र प्रतिलिपियां तैयार की गईं। 1570 से 1585 के मध्य अकबर ने फतेहपुर सिकरी के भवनों में चित्र बनवाए। इसमें फारसी एवं भारतीय काव्यकथाओं के साथ-साथ ऐतिहासिक व दरबारी जीवन से सम्बन्धित चित्र सम्मिलित थे। अकबर के द्वारा छायाचित्र भी बनवाए गए। इनमें बादशाह, अमीर, हरम की महिलाओं, राजदूत, संतों आदि के चित्र थे। अबुल फजल के अनुसार–'छायाचित्रों के निर्मित्त होने से युद्ध में जो लोग मर गए थे उनको नवीन जीवन और जीवित लोगों को अमरत्व प्राप्त हो गया।' अकबर ने युद्ध चित्रों का भी निर्माण करवाया। इसके विशेषज्ञ चित्रकार साँवलदास, तारानाथ व जगन्नाथ थे। इनके द्वारा 1573 के गुजरात अभियान का चित्र बनाया गया था। इसके अतिरिक्त शिकार के भी चित्र बनाए गए।

अकबर कालीन चित्रों में रंग चमकदार हैं। चित्रों में मुख्यत: सिंदूर, लाजवर्दी, गुलाल, हरा, गेरू, खड़िया, नीला, काला व सफेद रंगों का प्रयोग किया गया है। कश्मीरी प्रभाव के बढ़ने के बाद रंगों में हल्कापन आया। वस्तुत: अकबर युगीय चित्रों में भारतीयता के पक्ष अधिक प्रबल होने लगे थे। इसका उत्कृष्ट उदाहरण *अकबरनामा* और *रज्मनामा* के चित्र हैं। इन ग्रंथों की चित्रावलियों में तकनीकी पक्ष पर भी विशेष ध्यान दिया गया है। चित्रों की रेखाएं गोलाई युक्त है। इसके अतिरिक्त हस्तमुद्राएं, वस्त्राभूषण, वनस्पतियों आदि के चित्रण में यथार्थता है हालांकि नक्काशी अथवा सुलेखन में फारसी प्रभाव बना रहा। मुगल काल के आरम्भिक चरणों में चित्रावली निर्मित्त करने के कागज ईरान से मंगाए जाते थे। अकबर ने सियालकोट में कागज बनाने का कारखाना स्थापित करवाया। इसके अतिरिक्त सनाई, रेशम, बांस और टाट पर चित्र बनाए जाते थे।

आइन-ए-अकबरी में तेरह उच्च कोटि के हिन्दू और चार मुसलमान चित्रकारों का उल्लेख किया गया है जिनमें दसवंत, वसावन, केशव, जगन, मुकुन्द, मधु,

साँवल, खेमकरन, राम, हरवंश, तारा, महेश व लाल, अबुल समद मीर सैय्यद अली, मिस्किन तथा मोहम्मद सम्मिलित हैं। सैयद अली को फारसी ईरानी शैली या सफवी शैली का मुख्य चित्रकार माना गया। इनके चित्रों में दरबारी जीवन की अपेक्षा नगर एवं ग्रामीण जीवन से सम्बन्धित दृश्यों व घटनाओं पर अधिक ध्यान दिया गया है। सैय्यद अली द्वारा चित्रित मानवाकृतियाँ पतली, लम्बी तथा लताओं के समान हैं। इन्हें अकबर की चित्रशाला का मीर मुसब्बिर (मुख्य चित्रकार) बनाया गया। अबुल समद को सुलेखन कला में परांगत होने के कारण ''शीरीकलम'' की उपाधि दी गई थी। अबुल समद ने हुमायूँ व अकबर को चित्रकला की शिक्षा दी थी। *अमीर-ए-हम्जा* व अन्य अकबर कालीन ग्रंथ चित्रावली में सुलेखन का कार्य अबुल समद के नेतृत्व में किया गया। अबुल समद को मुल्तान का दीवान भी बनाया गया था। *आइन-ए-अकबरी* में दसवंत का विस्तृत वर्णन प्राप्त होता है। दसवंत ने *अमीर-ए-हम्जा, तैमूरनामा* और *रज्मनामा* ग्रंथावली में चित्र बनाए। *रज्मनामा* के 21 चित्रों पर दसवंत का नाम अंकित है। दसवंत ने भारतीय देवी-देवताओं का सुन्दर चित्र बनाया है। राक्षसों के चित्र भी यथार्थपूर्ण है। अकबर के दरबारी चित्रकारों में वसावन भी सम्मिलित था। वसावन के चित्रों में पृष्ठभूमि निर्माण, भाव-भंगिमा, मुखाकृति और चरित्र निर्माण को उत्कृष्टता प्राप्त होती है।

जहाँगीर के काल में मुगल चित्रकला को नवीन आयाम प्राप्त हुआ। चित्रों में परम्परा के निर्देशन के स्थान पर प्रयोगधर्मिता बढ़ी। इनके लिए तकनीक सूक्ष्मता की ओर भी विशेष ध्यान दिया गया। रेखांकन, दाना परदाज, संयोजन आदि विद्याओं पर संकेन्द्रण किया गया। दाना परदाज में चित्रों में यथार्थ प्रस्तुत करने में छाया व प्रकाश का उपयोग किया जाता है। छाया को महीन तूलिका से बनाया गया। चित्रों में दूरी को प्रदर्शित करने के लिए क्षैतिज रेखा को ऊपरी भाग में रखा गया। जहाँगीर कालीन मुगल चित्रों में प्राय: तीन भाग बनाए गए हैं– पृष्ठभूमि, मध्यक्षेत्र व मुख्य भूमि। जहाँगीर ने कलाकारों को विषय चयन की स्वतन्त्रता प्रदान की। इससे कलात्मक प्रतिस्पर्धा का विकास हुआ और चित्रकला सामाजिक मुद्दों से जुड़ने लगी। इसलिए जहाँगीर युगीन चित्रों में विविधता प्राप्त होती है। जहाँगीर के राजाश्रय में अनेकानेक उच्चकोटि के चित्रकार थे जिनमें विशनदास, गोवर्धन, उस्ताद मंसूर, मनोहर व अबुल हसन प्रमुख हैं। इनमें विशनदास ने यूरोपीय शैली के विशेषज्ञ चित्र बनाए। इसके अतिरिक्त विशनदास ने छाया चित्रों का भी निर्माण किया। गोवर्धन ने गुलाबपासी उत्सव का चित्र बनाया। मनोहर के द्वारा जहाँगीर के सिंहासनारोहण, खुर्रम के विवाह उत्सव का सुन्दर चित्र बनाया गया। उस्ताद मंसूर वनस्पति व जीव

विज्ञान सम्बन्धी चित्रों के विशेषज्ञ थे। इन्होंने 100 से अधिक वनस्पतियों और पुष्पों के चित्र बनाए। अबुल हसन ईरानी शैली के चित्रकार थे। इन्हें 'नादिर-उल-जम्मा' की उपाधि दी गई थी। इन्होंने जहाँगीर के व्यक्तिगत जीवन से सम्बन्धित चित्र बनाए। राजा शलिवाहन ने ऐतिहासिक घटनाओं को चित्रों में प्रस्तुत किया।

शाहजहाँ के काल में मुगल चित्रकला दरबारी शानशौकत और दिखावटी मान मर्यादा की अभिव्यक्ति के अधिक समीप आ गई। इससे चित्रों का भाव पक्ष कमजोर पड़ गया। शाहजहाँ के संरक्षित चित्रकार मीर हासिम और फकीर उल्ला ने दरबारी चित्रों को चित्रित किया है। इन्होंने चित्रों में रंगों के साथ-साथ स्वर्ण का भी व्यापक प्रयोग किया है। दाराशिकोह भी प्रतिभा सम्पन्न व कलानुरागी शहजादा था। इसने बहुमूल्य चित्रों का एलबम तैयार करवाया था। चित्रकार हुनर ने दारा की सुन्दर मुखाकृति चित्रों में उकेरी है। एलबम में बत्तख, नाइट हिरोन पक्षी और दारा के व्यक्तिगत जीवन से सम्बधित अनेकानेक चित्र हैं। औरंगजेब ने चित्रकला व संगीत को राजकीय संरक्षण अथवा प्रोत्साहन प्रदान नहीं किया था। इससे कला से संबंधित संस्थाएं नष्ट होने लगीं और कलाकारों का पलायन अन्य रियासतों में होने लगा। ऐसे में कला-प्रांतीय विषय बनने लगी।

42

मुगल कालीन संगीत

मुगल बादशाहों ने राजनीतिक स्थिरता व प्रशासनिक सुधारों के साथ-साथ संगीत व कलात्मक अभिरुचियों की ओर भी ध्यान दिया। मुगलों ने संगीत की परम्परा भारतीय मूल्यों से ग्रहण की। इनके द्वारा मुख्यत: ध्रुपद गायकी को प्रश्रय दिया गया। मुहम्मद शाह रंगीला के काल में ख्याल गायकी का प्रचलन बढ़ा। इसके अतिरिक्त लखनऊ में ठुमरी गायन का भी विकास हुआ।

मुगल शासकों ने इस्लामिक रूढ़िवाद और उलेमाई सिद्धांतों से स्वयं को पृथक रखा। इससे दरबारी संगीत का विकास हुआ। बाबर का भारत में प्रवास अत्यन्त सीमित था फिर भी वह संगीत गोष्ठियों का आयोजन करता था। हुमायूँ के द्वारा भी वादन एवं गायन को संरक्षण दिया गया। अकबर के काल में ध्रुपद गायकी का सर्वोत्तम विकास हुआ। ध्रुपद गायकी का आविष्कार ग्वालियर के राजा मानसिंह तोमर ने किया था। प्राचीन भारतीय ग्रंथों में 260 प्रकार के प्रबन्धों का उल्लेख है जिनमें से सालड़ सूड़ व ध्रुव प्रबन्ध से ध्रुपद गायकी का विकास हुआ। यह मर्दाना गायन शैली है जिसमें तान की वर्जना की गई है। इसके चार भाग होते हैं–स्थायी, अंतरा, संचारी व आभोग। मुगल दरबार में ध्रुपद की चार शैलियां प्रचलित थीं – नोहार, गौरार, खण्डार और डागुर। इनमें ध्वनि के आधार पर भिन्नता की गई थी। वस्तुत: ध्रुपद गायकी छह राग यथा - भैरव, हिण्डोल, मेध, श्री राग, दीपक व मारकोश, तथा तीस रागिनियों के परस्पर संयोग से उन्नत हुई। ध्रुपद गायन के पद ब्रजभाषा में लिखे गए। मानसिंह तोमर द्वारा प्रचलित ध्रुपद सोलहवीं शताब्दी तक भारतीय संगीत की प्रतिष्ठित गायन शैली बन गई थी। अकबर के राजाश्रय में ध्रुपद

गायकी के विभिन्न रागों का विकास हुआ जिनमें तानसेन की मियां की टोढ़ी, मियां का मल्हार, मियां का सारंग एवं सूरदास ने सूरदारी मल्हार तथा बख्शू ने गायकी कल्याण, गायकी कन्हारा व बहादुर टोढ़ी प्रमुख हैं। जहाँगीर के संरक्षण में ध्रुपद गायकी को अधिक प्रयोगधर्मिता प्राप्त हुई। दामोदर पण्डित द्वारा रचित संगीत दर्पण में नवीन प्रबंधों का उल्लेख है।

अकबर के काल में प्रतिनिधि संगीतज्ञ के रूप में तानसेन की प्रतिष्ठा थी। इनके द्वारा चार वाणियों का विकास किया गया–गौरार, डागुर, खण्डार और नोहार। इन वाणियों में रागों पर विशेष ध्यान दिया गया। गौरार में शान्त रस, डागुर में मधुर रस, करुण रस, खण्डार में वीर रस और नोहार में अद्‌भुद रस को प्रधानता दी गई। मुगल सत्ता के अंतिम चरणों में संगीत घरानों का जन्म हुआ। इनके द्वारा इन चार वाणियों की अलग-अलग व्याख्या की गई हालांकि गायक के नियम व अनुशासन में कोई बदलाव नहीं आया। तानसेन की ध्रुपद रचनाओं में हिन्दू देवताओं और इस्लामिक मूल्यों के प्रति आस्था प्राप्त होती है। जहाँगीर के काल में गजल गायकी का भी विकास हुआ। गजल गायक शौकी को आनंद खाँ की उपाधि दी गई थी। शाहजहाँ ध्रुपद गायकी में पारंगत था। उसने ध्रुपद गायक लाल खान को "गुण समन्दर" की उपाधि दी। औरंगजेब ने दरबार में गायन को निषिद्ध कर दिया था। किंतु वादन का प्रचलन बना रहा। औरंगजेब स्वयं कुशल वीणावादक था। इसके शासन काल में फकीर उल्लाह ने मानसिंह तोमर की रचना *मान कुतूहल* का *राग-दर्पण* नाम से फारसी में अनुवाद किया।

अठारहवीं शताब्दी के मध्य तक मुगल दरबार में ख्याल गायकी का प्रचलन बढ़ने लगा था। ख्याल गायकी, ध्रुपद पर आधारित है किंतु दोनों की गायन पद्धति में अंतर है। ख्याल का अर्थ है - कल्पना। ऐसे में ख्याल गायकी में ध्रुपद की ध्वनि प्रधानता के स्थान पर कोमलता, कल्पनाशीलता एवं सौन्दर्यप्रियता को महत्त्व दिया गया। ख्याल गायकी में केवल स्थायी व अंतरा होते हैं और इसके गायन में तान का प्रयोग किया जाता है। हुसैन शाह शर्की को ख्याल गायकी का प्रवर्त्तक माना जाता है। किंतु इसकी लोकप्रियता मुहम्मदशाह रंगीला के दरबारी संगीतज्ञ अदारंग व सदारंग के प्रयत्नों से हुई। आरंभ में इस गायकी को कव्वालों ने अपनाया था। अठारहवीं शताब्दी में दरबारी गायकी के दो वर्ग निर्मित्त हो गए थे–कलावंत और कव्वाल। कलावंत के गायक तानसेन, बैजूबावरा आदि ध्रुपद गायकों के अनुयायी थे। कव्वाल गायक दरबार में ख्याल गायकी करते थे। इनका जुड़ाव सूफी संगीत की परम्परा से भी था।

रागदर्पण तथा मिर्जा खान द्वारा लिखित *तोहफतुल हिंद* ग्रंथ में ठुमरी गायन का उल्लेख प्राप्त होता है। आरंभ में ठुमरी गायन ब्रजभाषा में किया गया था। ब्रजक्षेत्र में ठुमरी व कथक के परस्पर सम्मिश्रण से संगीत को नवीन दिशा मिली। ठुमरी के विकास में सबसे बड़ा योगदान अवध के नवाबों का था, इनमें नवाब वाजिद अली खान सर्वप्रमुख है। वाजिद अली की रचना 'बनी' से ज्ञात होता है कि बेगमों को नियमित रूप से संगीत की शिक्षा दी जाती थी। वाजिद अली, कथक नृत्य में भी पारंगत थे। इन्होंने नाटक के विकास में भी योगदान दिया। इसके लिए 'इन्दर सभा' और 'परीखाना मण्डली' की स्थापना की गई थी। इनमें रास व इन्दर सभा में शृंगारात्मक व नृत्य प्रधान नाटक किया जाता था। लखनऊ के अतिरिक्त बनारस भी ठुमरी गायन का प्रसिद्ध केन्द्र था। बनारसी ठुमरी में स्थानीय भाषा के साथ-साथ लोकगीतों यथा – चैती, कजरी, सावन, बिरहा, पूर्वी आदि का सम्मिश्रण हुआ। ठुमरी गायन में हारमोनियम, सारंगी व तबले का अधिक प्रयोग किया गया।

43

जयसिंह द्वितीय के खगोल संबंधी अनुसंधान

प्राचीन काल से ही खगोल व ज्योतिष के क्षेत्र में भारतीयों ने विश्व का प्रतिनिधित्व किया। किंतु राजाओं के द्वारा इस दिशा में स्वयं अनुसंधान करने का प्रमाण कम ही मिलता है। 18वीं शताब्दी के आरंभ में आमेर के सवाई राजा जयसिंह द्वितीय ने ग्रह गणित के क्षेत्र में युगान्तकारी कार्य करवाया।

मध्यकाल में एशिया में विज्ञान व ज्योतिष के विकास का नेतृत्व मुगल शासकों ने किया। इसका केन्द्र समरकंद था। मिर्जा उलग वेग और मिर्जा शाह-रुख ने इस दिशा में भविष्योन्मुखी कार्य किया। 1425ई. में उलग वेग ने समरकंद में वेधशाला का निर्माण करवाया और इसके माध्यम से ग्रहों की गति का आकलन करके सारिणी का निर्माण करवाया, जिज मुहम्मद शाही में इसे नियोजित किया गया है। वस्तुत: जयसिंह के द्वारा करवाया गया खगोल व ग्रह गणित के क्षेत्र में अनुसंधान उलग वेग की परम्परा का विस्तार था।

जयसिंह की ज्योतिष के क्षेत्र में बचपन से ही रुचि थी। इसके अन्तर्गत आर्यभट्ट, वराहमिहिर, भास्कराचार्य आदि प्राचीन भारतीय गणितज्ञों व ज्योतिषाचार्यों की पुस्तकों का अध्ययन किया। भारतीय ज्योतिष परम्परा सूर्य सिद्धांत से निर्धारित होती है। किंतु ग्रह गणित का क्षेत्र कमजोर था। ऐसे में ज्योतिष की भविष्यवाणी के अनुरूप खगोलीय तथा दिन-प्रतिदिन की घटनाएं, ॠतु परिवर्तन आदि नहीं होते थे। जयसिंह ने इसी विसंगति को दूर करने का सार्थक प्रयत्न किया। इसके लिए जयपुर में ज्योतिष अनुसंधान केंद्र का निर्माण करके अनुसंधानकर्ताओं को नियुक्त किया गया। जयसिंह ने हिंदू, मुस्लिम व यूरोपीय ज्योतिष सिद्धांतों का अध्ययन करने के

लिए इनसे सम्बन्धित पुस्तकों का संकलन करवाया। विस्तृत जानकारी प्राप्त करने के लिए अनेक भारतीय विद्वानों को अरब और यूरोप भी भेजा गया। यूरोप में खगोल के क्षेत्र में पुर्तगाल में अधिक कार्य हो रहे थे। जयसिंह ने गोवा के पुर्तगाली गवर्नर के माध्यम से पुर्तगाली विद्वानों से सम्पर्क स्थापित किया। परिणामस्वरूप 1730ई. में पुर्तगाली गणितज्ञ पेरेमेनुअल तथा चिकित्सक पेडरे डिसिल्वा जयपुर आए। इन विद्वानों से वार्तालाप करने के उपरान्त इन्हें यूरोपीय खगोल व ज्योतिष से सम्बन्धित पुस्तक खरीदने के लिए पुन: पुर्तगाल भेजा गया। इसके अतिरिक्त अरबों, फ्रांसीसियों व अंग्रेज़ों से सम्पर्क किया गया। जयसिंह ने अरब की ज्योतिष व गणित की पुस्तकों को खरीदने के लिए मुहम्मद शरीफ व मेहंदी को बगदाद व अन्य क्षेत्रों में भेजा। सूरत के ब्रिटिश सत्ता केन्द्र से मानचित्र व विभिन्न सारणियां मंगवाई गईं। कहने का तात्पर्य यह है कि जयसिंह ने अनुसंधान को भविष्योन्मुखी करने के लिए तत्कालीन उपलब्ध सभी स्रोतों को एकत्र करने का प्रयत्न किया। इनके उपरान्त तार्किक विश्लेषण करके ग्रहगणित की समस्या का निदान किया गया। जयसिंह के द्वारा करवाए गए अनुसंधान का वास्तविक संकलन *जिज मुहम्मद शाही* में किया गया है। इस ग्रंथ का नामकरण मुहम्मद शाह रंगीला के नाम पर किया गया था। *जिज मुहम्मद शाही* का लेखन फारसी भाषा में किया गया है। इस ग्रंथ में मुख्यत: सूर्य, शनि और बृहस्पति ग्रहों से सम्बन्धित सारणी दी गई है। जिज मुहम्मद शाही में हिजरी, मुहम्मद शाही, विक्रम व ईस्वी, इन चारों संवतों के अनुरूप ज्योतिष व खगोलीय घटनाओं की सारणी दी गई है। महत्त्वपूर्ण यह है कि सूर्यग्रहण, चन्द्रग्रहण, ऋतु परिवर्तन आदि का वैज्ञानिक पक्ष प्रस्तुत किया गया है। *जिज मुहम्मद शाही* के अतिरिक्त जयसिंह के निर्देशन में अनेक प्राचीन ज्योतिष ग्रंथों का अनुवाद किया गया। प्रमुख अनूदित ग्रंथों में जगन्नाथ ने यूक्लिड की रेखागणित का अरबी से संस्कृत में अनुवाद किया। केवल राम ने फ्रांसीसी खगोलविद लागरथम की खगोलीय सारिणी का फ्रेंच से संस्कृत में *विभाग सारिणी* और उलग वेग की ग्रहगणित सम्बन्धी पुस्तकों का *तारा सारिणी* तथा *जयसिंह सारिणी* के नाम से अनुवाद किया। इसके अतिरिक्त रेखागणित के अरबी ग्रंथ *वजुलममूस* का नयन मुखर्जी ने संस्कृत भाषा में अनुवाद किया। जयसिंह ने *यंत्रराज ग्रंथ* और *यंत्रराज कारिका* की रचना की।

सवाई राजा जयसिंह ने मध्यकाल में आधुनिक वेधशालाओं का निर्माण करवाया। इनके निर्माण के पूर्व यूरोपीय, अरबी व भारतीय वेधशालाओं के निर्माण के तरीकों का गंभीर अध्ययन व प्रयोग किया गया। अरबी वेधशाला के उपकरण आदि पीतल

व लोहे से बनाए जाते थे। जयसिंह ने आरम्भ में इनसे ही उपकरणों का निर्माण करवाया। किंतु इनकी गणनाएं अपेक्षित परिणाम नहीं दे सकीं। वस्तुतः धातु की नलियों के घिसते रहने से आकलन में विसंगति आ गई। इसके उपरान्त जयसिंह ने चूना पत्थर के स्थिर ज्योतिष उपकरण बनवाए। यह अनुसंधान जयसिंह की वैज्ञानिक सोच का परिणाम माना जाता है। चूना पत्थर के यंत्र 9 फीट से 90 फीट तक लम्बे थे। वेधशालाओं में स्थापित रामयंत्र व राशिवलय यंत्र, जयसिंह के द्वारा आविष्कृत थे। ये वेधशालाएं दिल्ली, जयपुर, उज्जैन, वाराणसी व मथुरा में स्थापित की गईं। जयसिंह ने सर्वप्रथम 1724ई. में दिल्ली की वेधशाला का निर्माण करवाया। *जिज मुहम्मद शाही* की गणनाएं भी इसी वेधशाला से की गईं। उज्जैन की वेधशाला 1724–1728ई. के मध्य निर्मित्त की गई। उज्जैन का प्राचीन काल से ही ज्योतिष व गणित के अध्ययन के केन्द्र के रूप में महत्त्व रहा है। जयपुर की वेधशाला 1734ई. में बनवाई गई। यहां कुल चौदह उपकरण लगाए गए हैं। वाराणसी की वेधशाला सबसे छोटी है। इसे मानमंदिर के नाम से भी जाना जाता है। इसका निर्माण 1737ई. में किया गया। मथुरा की वेधशाला नष्ट हो चुकी है।

44

भारतीय व्यापार तंत्र पर पुर्तगालियों का अधिकार

यूरोप में वाणिज्यवाद के विकास से विभिन्न देशों के मध्य व्यापारिक प्रतिस्पर्धा उत्पन्न हुई इससे वैश्विक संसाधनों पर अधिकार को लेकर परस्पर संघर्ष भी आरम्भ हुआ। इनमें पुर्तगाल, स्पेन, हालैण्ड, इंगलैण्ड व फ्रांस जैसे देश सम्मिलित थे। इस प्रक्रिया ने कम्पनीवाद की आधारशिला रखी जिसका मूल लक्ष्य था– राजकीय सहायता के द्वारा व्यापारियों, सैनिकों एवं कूटनीतिक मण्डलों को यूरोप के बाहर के महाद्वीपों में भेजकर वहां के शासकों से सम्बन्ध बनाना और आर्थिक दोहन को सुनिश्चित करने के लिए राजनीतिक सत्ता की स्थापना का विकल्प भी खुला रखना। इन्हीं विचारों से भारत आने वाली पहली कम्पनी पुर्तगाली थी। पुर्तगाली शासक डॉन हेनरिक ने भौगोलिक खोज अभियान को प्रोत्साहन दिया। पुर्तगाली कम्पनी ने समुद्र को राजनीति का केन्द्र बनाकर व्यापारिक वर्चस्व के एक नये युग का सूत्रपात किया।

प्राचीन काल से भारत और यूरोप के मध्य उन्नत व्यापारिक सम्बन्ध थे। रोमन काल में भारतीय मसाला, रेशम, मोती, हाथी दाँत की बनी वस्तुएं आदि का यूरोप में निर्यात किया जाता था। इस व्यापार में व्यापारिक समूहों की भूमिका थी और इसे राज्य के द्वारा अनुकूलता प्रदान की जाती थी। इसके अन्तर्गत राजनयिक सम्बन्ध बनाना, समुद्री यात्राओं की सुगमता के लिए बन्दरगाहों का निर्माण करना जैसे कार्य किये जाते थे किंतु ये व्यापारिक समूह उपनिवेशवाद की मनःस्थिति से पूर्णतः पृथक थे। इसलिए ईसा की आरम्भिक शताब्दियों में भारत के मालाबार व कोरोमंडल के बन्दरगाह नगरों यथा मुजरिस, तोण्डी, नेलसिन्दा, अरिकामेड्डू एवं

पुहार में रोमन बस्तियां और कारखाने स्थापित किए गए। परस्पर व्यापारिक व सांस्कृतिक संबंध उन्नत किया गया लेकिन साम्राज्य विस्तार के प्रयत्न नहीं किए गए। रोमन शासक आगस्टस के द्वारा ईसा पूर्व 25 में व्यापारिक अनुकूलता के लिए 'मंडल' की स्थापना की गई थी जिसका मूल प्रयोजन भारत के दक्षिणी राज्यों के साथ व्यापार का विकास करना था। इसके लिए राजनयिक संबंधों को महत्त्व दिया गया था। पाण्ड्य शासक ने भी अपना दूत मंडल रोमन साम्राज्य में भेजा था। पंद्रहवीं-सोलहवीं शताब्दी में वाणिज्यवाद और पुनर्जागरण के विकास ने यूरोपीय देशों में नवीन विचारों का बीजारोपण किया जिसके मूल में आत्म केन्द्रित व्यक्तिवादिता के विचार थे। इसे उन्नत करने में विश्वविद्यालय शिक्षा की भूमिका रही। इसने जनमानस में भौतिक जीवन मूल्यों का विस्तार किया। प्रतिस्पर्धा के इस नवीन परिदृश्य में व्यक्ति, संगठन व राज्य सभी क्रियाशील हो गए थे। वैसे भी पंद्रहवीं शताब्दी में यूरोप की व्यापारिक प्रकृति में बदलाव आया था। तुर्कों के कुस्तुंतुनिया पर अधिकार के उपरान्त इटली के नगर राज्यों के लिए भारतीय वस्तुएं उपलब्ध नहीं हो पा रही थीं क्योंकि तुर्क व्यापारी भारतीय वस्तुओं को स्वत: यूरोपीय देशों में वितरित करने लगे थे। ऐसे में पुर्तगाल व स्पेन के शासकों ने भारत आने के नवीन मार्ग की खोज का प्रयत्न आरम्भ किया। इससे खगोल, व्यापारिक प्रबन्धन, नौ परिवहन व सैन्य क्षेत्र में प्रगति हुई जिसमें यूरोपीय देश, विश्व के अन्य देशों की अपेक्षा भौतिक प्रगति में अग्रणी हो गए। ऐसे में भारत आने वाली कम्पनियों की प्रकृति रोमन व्यापारियों से पूर्णत: पृथक हो गई। ये कम्पनियां राज्य के हितों के पोषण से जुड़ी थीं और इनके विचार व्यापार के साथ-साथ क्षेत्र विशेष में आर्थिक दोहन के लिए राजनीतिक सत्ता की स्थापना से जुड़े थे।

यूरोपीय देशों के मध्य इस नवीन प्रतिस्पर्धा ने व्यापार के क्षेत्र में नवीन विचारों व मूल्यों का बीजारोपण किया जिसके मूल में कम्पनीवाद का चरित्र विद्यमान था। इसका तात्पर्य था—राज्य द्वारा पोषित व संरक्षित कंपनियां देश के राजनीतिक-आर्थिक हितों का संवर्द्धन करेंगी। इन्हीं के द्वारा उपनिवेशवादी मान्यता को वैश्विक आधार प्रदान किया जायेगा। इन विचारों से युक्त होकर पुर्तगाली कम्पनी भारत आई। इसने भारतीय समुद्रों पर अपने प्रभुत्व को बनाये रखने के लिए मसाला, जड़ी-बूटी, अस्त्र-शस्त्र, घोड़ा, ताँबा, सोना, सूती व रेशमी कपड़े के व्यापार पर शाही एकाधिकार की घोषणा कर रखी थी। किसी भी देश के व्यापारी को समुद्री मार्ग से इन वस्तुओं के व्यापार की अनुमति नहीं थी। अन्य वस्तुओं के व्यापार पर पुर्तगाली अधिकारियों से परमिट लेना अनिवार्य था। पुर्तगालियों ने मलक्का से लाल सागर तक जाने वाले

सभी पोतों को गोवा से होकर गुजरने और शुल्क चुकाने के लिए बाध्य किया किंतु इस पुर्तगाली नीति के कारण मालाबार के व्यापारियों ने अपने शासकों पर इनके विरुद्ध प्रतिकारी कदम उठाने का दबाव डाला और इन्होंने समुद्री डाकुओं के नेता मुनही खान को धन देकर पुर्तगालियों के विरुद्ध सक्रिय किया। इससे पुर्तगालियों ने तटीय व्यापारियों को उदार शर्तों पर परमिट दिया। एक अन्य तथ्य पर हमें विचार करना होगा वह यह कि पुर्तगाली कम्पनी की भारतीय गतिविधियों की जानकारी उन्हीं के स्रोतों से होती है जिनमें पुर्तगालियों का महिमामंडन किया गया है। वर्तमान में मालाबार व कोरोमंडल के व्यापारिक समूहों की पाण्डुलिपियों का अध्ययन करके वास्तविक व्यापारिक चरित्र का मूल्यांकन किया जा रहा है। इनमें पुर्तगाली वर्चस्व का उद्‌घोष न्यूनतम दिखायी देता है। यह निष्कर्ष निकाला गया कि भारतीय समुद्री व्यापार पर पुर्तगालियों का प्रभाव बहुत ही कम था, इसपर भारत के परम्परागत व्यापारिक समूहों, अरब व फारस व्यापारियों का प्रभावी वर्चस्व था। घोड़ों के व्यापार पर अरब व्यापारी और कपड़ा, जड़ी-बूटी, मसाला, रेशम व अन्य कीमती वस्तुओं के व्यापार पर भारतीय व्यापारियों का वर्चस्व था। वैसे भी इन वस्तुओं के व्यापार में सम्मिलित होने के लिए पुर्तगलियों के पास धन और पोत का अभाव था।

पुर्तगाली नौसैनिक शक्ति ने व्यापारिक क्रिया-कलापों में थोड़ा-बहुत अवरोध अवश्य उत्पन्न किया किंतु इनका नौसैनिक प्रभुत्व लाल सागर एवं दक्षिण-पूर्व एशिया में नहीं था, बिना इसके समुद्री व्यापार पर अधिकार कर पाना संभव नहीं था। वैसे भी केवल समुद्री मार्ग पर वर्चस्व करके व्यापारिक जहाजों पर नियन्त्रण तो हो सकता था किंतु समुद्र तटीय क्षेत्रों पर अनुकूलता के बिना व्यापारिक लाभ संभव नहीं था। पुर्तगाली कम्पनी को भारतीय व्यापारी अनुकूल लाभ दे सकते थे क्योंकि इनके द्वारा मसाला और अन्य वस्तुओं का व्यापार किया जा रहा था। किंतु पुर्तगाली, व्यापार के साथ-साथ धर्म प्रचार में भी प्रभाव इनकी व्यापारिक गतिविधियों पर पड़ा। उत्तरी सुमात्रा के शासक अली मुगायत खान ने आर्थिक व धार्मिक कारणों से पुर्तगालियों को नौसैनिक युद्धों में पराजित किया। इसने अपनी राजधानी अचेह को प्रमुख मसाला निर्यात केन्द्र बना दिया जिससे मलक्का का महत्त्व कम हो गया। इसी प्रकार अरब के व्यापारियों व शासकों ने अंग्रेज कम्पनी के साथ मिलकर पुर्तगालियों को फारस की खाड़ी से बाहर कर दिया।

पुर्तगालियों ने भारत के व्यापार में सम्मिलित होकर धनार्जन करने का प्रयास किया किंतु भारतीय व्यापार की मूल प्रकृति को वे नहीं समझ सके। प्राचीन काल

से ही भारत और चीन के व्यापारियों ने विश्व के लगभग 65% निर्यात व्यापार पर अपना अधिकार बना रखा था। यह प्रक्रिया मध्य काल में भी जारी रही। भारत के तटवर्ती क्षेत्रों में विद्यमान व्यापारिक संगठनों एवं अरब व्यापारियों के समूहों का व्यापार पर नियन्त्रण था। इस व्यापार की मजबूत कड़ियों को तोड़ना सहज नहीं था। महत्त्वपूर्ण यह है कि एशियाई वस्तुओं को प्राप्त करने के लिए भारतीय सूती कपड़ा विनिमय के रूप में प्रयोग किया जाता था। भारतीय कपड़ा एशिया के लिए अन्तर्राष्ट्रीय मुद्रा के समान था। ऐसे में यूरोपीय कम्पनियों को दक्षिण–पूर्व एशियाई मसालों व अरब उत्पादनों को खरीदने के लिए सोने व चाँदी के द्वारा भारतीय कपड़ा खरीदना होता था, इससे एशिया से किसी भी वस्तु का व्यापार करने पर भारत को सम्पन्न करना अनिवार्य था। ऐसे में पुर्तगालियों का व्यापार अत्यन्त सीमित हो गया था। वे प्रतिवर्ष 10–12 व्यापारिक पोतों को ही भारत से लिस्बन भेज पाते थे जबकि भारतीय व्यापारियों के द्वारा हजारों व्यापारिक जहाज प्रतिमाह अरब, फारस व यूरोपीय देशों की ओर भेजे जाते थे। ऐसे में पुर्तगालियों की आय का प्रमुख स्रोत व्यापार न होकर परमिट–कर एवं पोतों से भारतीय माल की ढुलाई बन गया।

पुर्तगालियों को सुदूर पूर्व में व्यापार का विस्तार करने एवं नवीन मार्ग खोजने में कुछ सफलता अवश्य मिली। इन्होंने कोरोमंडल से सूती कपड़ा लेकर इंडोनेशियाई द्वीपों से मसाला प्राप्त किया, चीन से रेशम खरीदकर इन्हें यूरोप के बाजार में बेचकर सोना, चांदी प्राप्त किया। यही इनका व्यापारिक चक्र था। इतना होते हुए भी पुर्तगालियों के द्वारा वैश्विक आर्थिक एकीकरण का शुभारंभ किया गया जिसे हम बाजारवाद के रूप में भी मान्यता देते हैं। पुर्तगालियों ने अफ्रीका का चक्कर लगाते हुए भारत आने के एक नवीन मार्ग की खोज की। हालाँकि कालान्तर में तुर्क सत्ता के कमजोर होने व यूरोपीय देशों की नौसेना के मजबूत होने से लालसागर का मार्ग पुनः भारत से व्यापार के लिए खुल गया। पुर्तगालियों ने बाजारोन्मुखी अर्थव्यवस्था के विकास का मार्ग प्रशस्त किया जिसे डचों, अंग्रेजों व फ्रांसिसियों ने आगे बढ़ाया। पुर्तगाली संपर्क के परिणामस्वरूप आलू, मक्का व अन्नानास जैसी फसलें भारतीय ग्राम क्षेत्रों में सम्मिलित हुईं। इनके द्वारा पोतनिर्माण, छपाई मशीन एवं यांत्रिक घड़ी को भारत में प्रचलित किया गया। पुर्तगालियों का आगमन भारत के लिए एक नवीन विचारधारा का प्रवेश था जिसके मूल में वाणिज्यवाद, भौतिक प्रगति, विश्वविद्यालय शिक्षा से उत्पन्न वैचारिक प्रगतिशीलता एवं सैन्यवाद के तत्त्व अन्तर्निहित थे, शैक्षणिक रूप से पिछड़े एवं सांस्कृतिक जड़ता से युक्त भारतीय शासक वर्गों में इन प्रगतिशील तत्त्वों को समझने की सम्यक् दृष्टि नहीं थी।

45

डच कंपनी: भारतीय व्यापार का प्रभाव

यूरोप में वाणिज्यवाद का उदय क्रमिक व प्रगतिशील भौतिक परिवर्तन के रूप में जाना जाता है। वाणिज्यवाद का विभिन्न देशों में स्थानीय अनुकूलता के अन्तर्गत विकास हुआ। जिनमें पुर्तगाल, स्पेन, हालैण्ड, इंग्लैण्ड व फ्रांस जैसे देश सम्मिलित थे। इन देशों ने विश्व के विभिन्न क्षेत्रों पर तकनीकी एवं प्रबन्धन की उच्चता से उपनिवेशवाद का विस्तार किया। भारत में विभिन्न कम्पनियों का आगमन क्रमबद्ध रूप में हुआ, समुद्र को राजनीति का केन्द्र बनाते हुए पुर्तगाली कम्पनी एक नई व्यापारवादी विचारधारा को मान्य करने में सफल हुई थी। डच कम्पनी की सफलता का मूल सिद्धांत उनके प्रबन्धन में निहित था। कम्पनी ने निजी व्यापारिक संगठन निर्मित्त किया और धन, व्यापार, प्रशासन व बाजार का बेहतर प्रबंधन करके मसाला व्यापार में सम्मिलित हुई। कम्पनी को डच सरकार का संरक्षण प्राप्त था।

सत्रहवीं शताब्दी के आरंभ में हालैण्ड, यूरोप में 'पुनर्व्यापार निर्यात' का प्रमुख केन्द्र था। इसे प्रोत्साहित करने के लिए 1604ई. में क्रेडिट बैंक, 1609ई. में एक्सचेंज बैंक की स्थापना की गई। इसका मूल प्रयोजन–धन प्रबन्धन व जन पूँजी को आकर्षित करना था। डचों का मूल व्यापारिक उद्देश्य पूर्वी देशों से मसाला प्राप्त करना था। किंतु दक्षिण पूर्व एशियाई क्षेत्रों में मसालों की खरीददारी में भारतीय सूती कपड़ा मुद्रा के रूप में प्रयुक्त होता था। ऐसे में कोरोमंडल के सूती कपड़े को प्राप्त करना अनिवार्य था। मार्च 1602ई. में डच की स्टेट जनरल द्वारा पारित घोषणा में डच कंपनी को केप ऑफ गुड होप के पूर्वी क्षेत्रों में व्यापारिक विशेषाधिकार प्रदान किया गया। डचों ने भारतीय व्यापार में सम्मिलित होने से पूर्व लिस्बन में

पुर्तगाली व्यापारिक दस्तावेजों का अवलोकन किया। डचों का व्यापारिक उत्थान प्रबन्धन की गुणवत्ता का प्रतीक है। इनके द्वारा प्रशासनिक व आर्थिक प्रबन्धन करके वाणिज्यवादी विस्तार को एक नयी दिशा दी गई। डचों ने बैकिंग प्रणाली व शेयर के द्वारा व्यापार की स्थायी पूंजी एकत्र की। समुद्र पर वर्चस्व के लिए नौसेना का निर्माण किया एवं मसालों की खरीददारी के लिए आवश्यक भारतीय कपड़ा प्राप्त करने के लिए स्थानीय शासकों व बुनकरों से बेहतर संबंध बनाए। किंतु दक्षिण-पूर्व एशिया के मसाला व्यापार के लिए इन क्षेत्रों में व्याप्त पुर्तगाली वर्चस्व को भी तोड़ना आवश्यक था। डचों ने इसके लिए गोवा व मलक्का की आर्थिक नाकेबन्दी की और श्रीलंका, कोचीन व दक्षिण-पूर्व एशियाई पुर्तगाली व्यापारिक व प्रशासनिक केन्द्रों पर अधिकार कर लिया। कोचीन के मुट्ठा शासकों ने डचों को व्यापारिक सुविधाएं प्रदान कीं। इससे डचों का पुडाकट एवं कांगनूर के मसाला उत्पादन क्षेत्रों पर वर्चस्व बढ़ा।

दक्षिण-पूर्व एशियाई मसालों को प्राप्त करने में अनेक समस्याएं थी क्योंकि इसे खरीदने के लिए मसाला उत्पादकों को कम से कम छः माह पूर्व भारतीय कपड़ा अनिवार्यतया देना पड़ता था। ऐसे में डचों के द्वारा वस्त्र उत्पादकों से प्रत्यक्ष संबंध बनाया गया। 1603ई. में डचों ने सर्वप्रथम गुजराती व्यापारियों से कपड़ा प्राप्त किया किंतु मसाला व्यापार में कोरोमंडल के ही कपड़े की माँग थी। 1605ई. में डचों ने मछलीपट्टनम् से व्यापारिक गतिविधियां उन्नत कीं और 1610ई. में गोलकुण्डा के शासक के साथ समझौते के बाद विधिवत फैक्ट्री की स्थापना की। इसमें मूलतः निर्यात की जाने वाली वस्तुओं का संग्रह, कर्मचारी आवास व प्रशासनिक कार्य किए जाते थे। हालाँकि मलक्का के द्वीपों में अधिकतर पिट्टाकोस कपड़े की माँग थी जिसका प्रमुख उत्पादन केन्द्र पुलीकट व सेंट-थोर्मे था। 1610ई. में डचों ने तेंगनापट्टनम् में फोर्ट डेविड की स्थापना की और पुलीकट को प्रमुख व्यापारिक केंद्र बना दिया।

डचों ने भारतीय व्यापार में लाभ के लिए अनेक प्रयोग किए। इन्होंने तेगनापट्टनम् में ''व्यापारिक सहकारिता'' की नीति बनाई। इसके अन्तर्गत भारतीय वस्त्र उत्पादकों को प्रत्यक्षतः कम्पनी के साथ जोड़ा गया। इसका मूल प्रयोजन सूती कपड़ों को प्राप्त करना था। महत्त्वपूर्ण यह है कि डचों ने स्थानीय दस्तकारों की पूँजी भी कम्पनी में लगवाई और लाभांश के उपरान्त दस्तकारों को लाभ प्रदान किया। इससे डच कम्पनी को दोहरा लाभ हुआ। पहला, व्यापारिक प्रतिस्पर्धा व वस्त्र मूल्य वृद्धि नियन्त्रित रही। दूसरा, डच कम्पनी को धन व वस्त्र की सुगम आपूर्ति सुनिश्चित

हुई। डच कंपनी ने बंगाल के कासिम बाजार में तीन हजार रेशम बुनकरों को कंपनी के साथ जोड़ा जिन्हें कार्य के एवज में वेतन दिया जाता था। इसका मूल प्रयोजन रेशमी वस्त्रों के उत्पादन में प्रत्यक्षत: शामिल होना और व्यापारिक मुनाफे को बढ़ाना था। यह भारत में स्थापित किया गया पहला नियोजित व प्रबन्धनयुक्त कारखाना था जिसमें मशीनों के अभाव के बाद भी उत्पादन की प्रक्रिया आधुनिक थी। डचों को पुर्तगालियों की अपेक्षा भारत व दक्षिण-पूर्व एशियाई देशों में अनुकूल व्यापारिक सुविधाएं मिलीं। इसका एक कारण–डचों का धर्म प्रचार से पृथक रहना था। डचों ने स्थानीय शासकों से मिलकर पुर्तगालियों को पराजित करने में भी सहयोग किया। डचों की प्रबन्धन क्षमता उत्कृष्ट थी और इन्होंने भारतीय व्यापार की प्रकृति के अनुरूप नीतियाँ निर्मित्त करके व्यापारिक सफलता अर्जित की। डचों के द्वारा भारत में उपनिवेश बनाने का प्रयत्न नहीं किया गया। अठारहवीं शताब्दी में भारत में मुगल सत्ता के कमजोर होने के उपरान्त अनेक क्षेत्रीय शक्तियों का जन्म हुआ जिनमें बंगाल, अवध, मैसूर निजाम, कर्नाटक व मराठा रियासतें प्रमुख थीं। इनमें कर्नाटक में उत्तराधिकार का संघर्ष चल रहा था। साथ ही साथ क्षेत्रीय रियासतों ने व्यवहारत: स्वयं को स्वतन्त्र बना लिया था। इन्होंने सिद्धांत रूप में ही मुगल सत्ता की सार्वभौमिकता को प्राथमिकता दी थी। इससे यूरोपीय कम्पनियों को व्यापारिक सुगमता व रियायतें प्राप्त करने के लिए मुगल बादशाह के साथ-साथ क्षेत्रीय शासकों से भी अनुकूल संबंध बनाने पड़े। ऐसे में अनिश्चितता उत्पन्न हुई। क्षेत्रीय शासकों की अदूरदर्शिता से किसी विशेष कम्पनी को ही व्यापारिक सुविधाएं मिल पाती थीं, इससे व्यापाररत कम्पनियों में संघर्ष बढ़ने लगा जिसका परिणाम भारतीय रियासतों में कम्पनी का प्रत्यक्ष हस्तक्षेप और अधिकार था। यहीं से यूरोपीय कम्पनियों का उपनिवेशवादी चरित्र व्यावहारिक होने लगा। अठारहवीं शताब्दी के मध्य तक आते-आते डच कम्पनी की व्यापारिक गतिविधियां एशिया से सिमटने लगी थीं क्योंकि यहां इन क्षेत्रों में लगी पूँजी को हालैण्ड के औद्योगिक विकास में नियोजित किया जाने लगा था इससे डच कम्पनी धीरे-धीरे भारत से भी पृथक हो गई। हालाँकि डचों के भारत से हटने का एक अन्य कारण ब्रिटिश नौसेना का उत्थान व फारुखसियर का फरमान (1717ई.) भी था।

46

बंगाल में ब्रिटिश शक्ति का उदय और उसका विस्तार

भारत व यूरोप के मध्य प्राचीन काल से ही घनिष्ठ संबंध रहे हैं। यह मुख्यत: इटली के नगर राज्यों के साथ था। सोलहवीं शताब्दी के आरम्भ से पुर्तगालियों ने पोप के संरक्षण में भारत से व्यापारिक संबंध उन्नत किए। 1588ई. में इंग्लैण्ड ने स्पेन को पराजित करके समुद्र को राजनीतिक वर्चस्व से मुक्त किया, इससे पूर्वी देशों का व्यापार सभी के लिए सुगम हो गया, इसी पृष्ठभूमि में विभिन्न कंपनियाँ भारत आईं। इसमें सबसे शक्तिशाली ब्रिटिश ईस्ट इण्डिया कंपनी थी।

यूरोप में मध्ययुग व उसके अन्तिम समय में वाणिज्यवाद का विकास होने लगा था जिससे पूंजीवादी प्रवृत्ति और अत्यधिक धन प्राप्ति की जिज्ञासा उत्पन्न होने लगी। किंतु उसके लिए शक्ति व साधनों को राजकीय सहयोग से बढ़ाना भी आवश्यक था। इसी पृष्ठभूमि में कंपनी आधारित व्यापारिक गतिविधियाँ उन्नत हुईं। यह एक नवीन प्रयोग था जिसमें व्यापारिक विस्तार के साथ-साथ विभिन्न क्षेत्रों पर अधिकार की विचारधारा भी विद्यमान थी। इसलिए राज्य द्वारा इन्हें आर्थिक, सैनिक, तकनीकी व मानवीय सहायता प्रदान करके राज्य हितों का संरक्षण करवाया गया। राज्य के द्वारा राजदूतों के माध्यम से व्यापारिक सुविधाएं प्राप्त की गईं। टामस रो ने ब्रिटिश साम्राज्य के राजदूत के रूप में जहाँगीर के दरबार में उपस्थित होकर मुगल साम्राज्य से व्यापारिक कोठियाँ खोलने की आज्ञा प्राप्त की थी। 1633ई. में बालासोर 1651ई. में हुगली, पटना व कासिम बाजार से कोठियां स्थापित हुईं। कंपनी बंगाल से सूती कपड़ा, रेशम, अफीम, शोरा व चीनी का व्यापार करती थी।

कंपनी को बंगाल के साथ व्यापार जारी रखने में दो समस्याएं थीं–कंपनी की वित्तीय स्थिति का कमजोर होना और बंगाल की आन्तरिक चुंगी व्यवस्था। आर्थिक समस्या के समाधान के लिए कंपनी ने इंग्लैण्ड में संयुक्त कोष की स्थापना की जिसमें ब्रिटिश सरकार व जनता का धन प्राप्त किया गया। किंतु बंगाल की चुंगी की समस्या व्यापक थी। कंपनी को बंगाल से अधिकांश माल आन्तरिक क्षेत्रों से मिलता था। 1651ई. में सुल्तान शुजा के द्वारा एक फरमान जारी करके 3000 रुपये वार्षिक कर अदायगी के बदले कंपनी को बंगाल में व्यापार का विशेषाधिकार प्रदान किया गया। महत्त्वपूर्ण यह है कि कंपनी के समर्थक मुगल बादशाह व सूबेदार दोनों थे क्योंकि वे कंपनी की सहायता से निजी व्यापार करते थे। फिर भी बंगाल में जमींदारों की संख्या अत्यधिक होने के कारण चुंगी को लेकर विवाद बना रहता था।

बंगाल के सूबेदारों ने कंपनी का यथासंभव संरक्षण किया। फरवरी 1660 में बंगाल के सूबेदार मीर जुमला ने फरमान जारी किया कि 'तटकर बाधा न डाली जाये क्योंकि शाहजहाँ के बुलन्द पाया फरमान की रूह (छाया) से ये मंखूत (अनुमोदित) की जा चुकी है।' इसी फरमान को बाद में बाद में भी सूबेदारों ने यथावत जारी रखा। इन दस्तावेजों के दो प्रमुख पक्ष उल्लेखनीय हैं–

1. वे अपने आदेशों को एक ऐसे शाही फरमान का नाम लेकर पुष्ट करते हैं जो जारी ही नहीं किया गया।
2. इन फरमानों में शाहजहाँ की वैधता पूर्ववत् बनी रही जबकि मुगल परंपरा यह थी कि पूर्व के विशेषाधिकारों को जारी रखने के लिए बादशाह से उसकी पुष्टि आवश्यक थी। लेकिन बंगाल में ऐसा नहीं किया गया। इन रियासतों के पीछे सबसे बड़ा कारण मुगल सूबेदारों के द्वारा कंपनी के सहयोग से किया जाने वाला निजी व्यापार था।

कंपनी, बंगाल के सूबेदारों के समर्थन से व्यापार करती रही। किंतु औरंगजेब की नीतियाँ सभी कंपनियों के लिए एकसमान थी। इससे अंग्रेजों को विशेषाधिकार प्राप्त नहीं हुआ। 1680 में तटकर 2% से बढ़ाकर 3.5% कर दिया गया। जिससे अंग्रेजों ने मुगल व्यापारिक जहाजों की नाकेबन्दी कर दी। परिणामस्वरूप 1686 में आंग्ल मुगल युद्ध हुआ। मुगल सेना ने कंपनी के व्यापारिक केन्द्रों को नष्ट कर दिया। सन् 1690 में कंपनी के अधिकारी औरंगजेब के सम्मुख अत्यन्त विनम्रता एवं क्षमा प्रार्थी ढंग से प्रस्तुत हुए जिससे बादशाह ने व्यापारिक लाभ को देखते हुए पुनः व्यापार की अनुमति दे दी। औरंगजेब की मृत्यु के उपरान्त विकेन्द्रीकरण की

प्रक्रिया मजबूत हुई और प्रान्तीय शक्तियाँ स्वतंत्र होने लगीं। 1717ई. में फरुखसियर के फरमान के द्वारा कंपनी को बंगाल में बेहतर व्यापारिक सुविधाएं मिलीं। इसके बदले 3000 रुपये वार्षिक अदायगी के बदले व्यापार करने का अधिकार मिला और नवाब की अनुमति से सिक्के ढालने, किलेबन्दी करने एवं भूमि खरीदने की इजाजत दी गई। फरमान में कंपनी को दस्तक जारी करने का अधिकार था। इससे यह सुनिश्चित होता था कि यह कर्मचारी कंपनी से संबंधित है। बंगाल के स्वतन्त्र अस्तित्व के कारण दस्तक को लेकर विवाद आरम्भ हो गया क्योंकि इसमें यह वर्णित नहीं था कि कंपनी के कर्मचारी भी 3000 रुपये अदायगी के आधार पर निजी व्यापार कर सकते हैं। इससे नवाब और कंपनी के मध्य संघर्ष की पृष्ठभूमि निर्मित्त होने लगी।

1740ई. के दशक में ब्रिटिश कंपनी कर्नाटक पर प्रभुत्व स्थापित करने में सफल हो गई थी। इससे बंगाल में भी क्षेत्रगत विस्तार की महत्त्वाकांक्षा उत्पन्न होने लगी थी। अली वर्दी की मृत्यु के उपरान्त कंपनी के प्रशासकों ने सिराज की सार्वभौमिक सत्ता की अवहेलना की और उसके सत्ता विरोधियों का समर्थन किया। यूरोप में सप्तवर्षीय युद्ध (1756-1763ई.) के आरम्भ होने के उपरान्त जिन क्षेत्रों में अंग्रेज व फ्रांसीसी विद्यमान थे वहाँ संघर्ष होने लगा। इससे बंगाल में इन कंपनियों ने किलेबन्दी आरंभ कर दी। सिराज ने ऐसा करने से मना किया। फ्रांसीसी तो मान गए किंतु अंग्रेज कलकत्ता में किलेबन्दी करते रहे। इससे सिराज ने 15 जून 1756 को फोर्ट विलियम पर अधिकार कर लिया। किंतु कर्नल क्लाइव के नेतृत्व में कलकत्ता पुनः विजित कर लिया गया। 9 फरवरी 1757 को क्लाइव व सिराज के मध्य अलीनगर की संधि हुई जिसका ऐतिहासिक महत्त्व है। इसके द्वारा 1717 के फरमान की व्याख्या का विवाद समाप्त हुआ और अंग्रेजों को समस्त सुविधाएं प्राप्त हो गईं। जिनमें किलेबंदी करना, सिक्का ढालना और निजी व्यापार करना सम्मिलित था। सिराज की पराजय से उसके विरोधियों की सक्रियताएं बढ़ गईं और अपने लाभ के लिए इन्होंने अंग्रेजों का समर्थन किया। इन्हें आशा थी कि इसके द्वारा इन्हें बंगाल की सत्ता मिल जाएगी किंतु वे उपनिवेशवाद की प्रवृत्ति से अवगत नहीं थे। ऐसे में बंगाल की सत्ता अंग्रेजों के नियंत्रण में आ गई। पलासी एवं बक्सर युद्ध के परिणाम अंग्रेजों के वर्चस्व एवं भारतीय जनमानस के न समाप्त होने वाले शोषण को अभिव्यक्त करते हैं।

47

मराठा: राजनीतिक आंदोलन की सामाजिक पृष्ठभूमि

क्षेत्रीय राज्य के निर्माण में भौगोलिक, राजनीतिक व सामाजिक परिस्थितियों की महत्त्वपूर्ण भूमिका होती है। मराठा साम्राज्य में भी इन्हीं मान्यताओं की उपयोगिता थी। भौगोलिक दृष्टि से महाराष्ट्र की उत्तरी सीमा सतपुड़ा तक विस्तृत है। दक्षिण में कृष्णा नदी, पूर्व में नागपुर में बहने वाली रेन नदी व पश्चिम में गोवा इसकी मानक सीमा है। प्राकृतिक दृष्टि से महाराष्ट्र को तीन भागों से विभाजित किया गया है, जिसमें कोंकण, मावल व पूर्व का खुला पठारी क्षेत्र सम्मिलित है। इसी क्षेत्र में रहने वाले लोग मराठी कहलाए। इस क्षेत्र की पहचान मराठी भाषा पर भी आधारित है। मराठा साम्राज्य का उदय एक सातत्य का परिणाम था जिसमें भौगोलिक परिस्थितियों की अनुकूलता, इस क्षेत्र में उत्पन्न होने वाले धार्मिक-सांस्कृतिक आन्दोलन की शृंखलाएं और सल्तनत व मुगल शासकों के आक्रमण एवं उत्पीड़नकारी भू-राजस्व नीति के विरुद्ध की जाने वाली जनमानस की प्रतिक्रिया की समन्वित भूमिका रही। शिवाजी के नेतृत्व में इन ऐतिहासिक कारणों व तत्कालीन परिस्थितियों के मध्य से राजनीतिक आन्दोलन का विकास किया गया।

मराठा परिक्षेत्र में चौदहवीं शताब्दी के मध्य से सनातन धर्म की कर्मकाण्डीय मूर्तिपूजा एवं कठोर जातिवादी व्यवस्था के विरुद्ध सन्तों की प्रबल आवाज उठी। जिसमें जनमानस की व्यथा के साथ-साथ इस्लाम के विस्तार को लेकर की जाने वाली सकारात्मक प्रतिक्रिया भी थी। वस्तुतः दिल्ली सल्तनत के शासकों के दक्षिणी अभियानों से इन क्षेत्रों में इस्लाम के एकेश्वरवाद व सामाजिक समानता के विचारों का विस्तार हुआ। मुहम्मद बिन तुगलक के द्वारा देवगिरि को प्रशासनिक

केन्द्र बनाने से उत्तर व दक्षिण के मध्य आर्थिक व सांस्कृतिक संबंधों का भी विकास हुआ। इससे सूफी सन्तों व उलेमाओं का प्रभाव अन्त्यज जातियों के मध्य बढ़ा, इन वर्गों में इस्लाम के प्रति सहज आकर्षण उत्पन्न हुआ क्योंकि नवीन धर्म को स्वीकार करने से उन्हें योग्यतानुसार व्यवसाय करने का भी अवसर मिलता। इससे सनातन धर्म के सन्तों में भी धर्म कुरीतियों के विरुद्ध एकजुटता बढ़ी। परिणामस्वरूप मराठावाड़ा के सन्तों ने सनातन धर्म की रूढ़िवादिता पर प्रहार किया। धार्मिक व्यक्तियों व सन्तों का आन्दोलन सदैव स्वयं के मूल्यों व विचारों के सुधार से जुड़ा होता है। इनमें उन तत्त्वों को अस्वीकार करने की जिज्ञासा होती है जो समाज को एकजुट करने में बाधक होते हैं। महाराष्ट्र में धार्मिक पुनर्जागरण के प्रणेताओं व प्रर्वतकों में सन्त ज्ञानेश्वर का नाम सर्वोपरि है। इन्होंने धर्म को जनमानस तक पहुंचाने के लिए स्थानीय मराठी भाषा का उपयोग किया। ज्ञानेश्वर ने भगवद्गीता का *भावार्थ दीपिका* नाम से मराठी भाषा में अनुवाद किया। इसे *ज्ञानेश्वरी* भी कहते हैं। इनके द्वारा *अमृता अनुभव*, *हरिपाठ* व *चाँगदेवपासष्टी* ग्रंथों की रचना की गई। इनमें जनमानस के नैतिक उत्थान से जुड़े विचारों का संग्रह मिलता है। महत्त्वपूर्ण यह है कि संत ज्ञानदेव ने उच्च आध्यात्मिक व दार्शनिक विचारों को जनभाषा मराठी में लोगों तक पहुंचाया। संत नामदेव भी ज्ञानेश्वर के समकालीन थे। नामदेव के विचारों में भावनात्मकता का तत्त्व अधिक प्रबल है। इन्होंने मूर्तिपूजा की निरर्थकता की व्याख्या करते हुए कहा कि 'एक पत्थर का देवता और नकली भक्त एक दूसरे को संतुष्ट नहीं कर सकते, लोग मिट्टी के सर्प को पूजते हैं किंतु जीवित सर्प को मारने के लिए शस्त्र उठाते हैं, यह सब निरर्थक है।' नामदेव मराठावाँड़ा के प्रथम संत थे, जिन्होंने जनमानस को कर्मकाण्ड एवं जातिवाद के बंधनों से मुक्त होने का उपदेश दिया और प्रेमभक्ति को व्यापक किया। नामदेव के वचनों में एकेश्वरवाद, मानव मात्र में समानता एवं ईश्वर के प्रति प्रार्थनामय दृष्टिकोण की अभिव्यक्ति होती है। जस्टिस रानाडे ने लिखा है कि नामदेव एवं अन्य संतों के उपदेशों का परिणाम यह हुआ कि मराठी भाषा के साहित्य की उन्नति हुई, जातिभेद कमजोर हुआ, कर्मकाण्ड व तीर्थयात्रा का महत्त्व घटा। नामदेव के अनुयायियों में सभी धर्मों व जातियों के स्त्री-पुरुष सम्मिलित थे। 1263ई. में चक्रधर ने मराठा क्षेत्र में ''महानुभाव सम्प्रदाय'' की स्थापना की। यह एक सुधारवादी मत था जिसमें वर्णाश्रम व जातिप्रथा का विरोध किया। इस पंथ के अनुयायी 'दत्तात्रेय' को ईश्वर का अवतार मानते थे। इनके प्रसार की भाषा मराठी थी। महानुभाव सम्प्रदाय के धार्मिक ग्रंथों को मराठी गद्य

भाषा में लिखा गया जिसमें *सिद्धांत सूत्रपाठ*, *लीलाचरित्र*, *उद्धव-गीत* व *ज्ञानबोध* प्रमुख हैं।

मराठा क्षेत्र में निम्न जातियों के संतों ने भी अपने मतों व विचारों का विस्तार किया जिनमें *सामंतमाली*, *चोखामेला* व *नरहरी* प्रमुख थे। सामंतमाली का कहना था कि 'यदि मैं ब्राह्मण होता तो मेरा जीवन कर्मकाण्ड का जाल बनकर रह जाता, निम्न जाति में पैदा होकर मैं तो केवल तेरी दया की भीख मांग सकता हूँ।' चोखामेला, पंढरपुर के विठोबा की आराधना करते थे। इन्होंने अपने हृदय में विठोबा के होने की बात कही। हालाँकि इन्हें मन्दिर में प्रवेश की इजाजत नहीं थी इसपर इनका कहना था कि 'यदि ईश्वर में आस्था नहीं है, उसके प्रति भक्तिभाव नहीं है तो ऊँची जाति में लिया गया जन्म, अर्जित ज्ञान व अनेकानेक धार्मिक कृत्य, व्यर्थ है।' चोखामेला का कहना था कि 'जब किसी के हृदय में ईश्वर के प्रति विश्वास व श्रद्धा हो, मनुष्य के प्रति प्रेम हो, तो उसकी जाति मत पूछो।' इनके वचनों में मानवमात्र की समानता पर विशेष जोर दिया गया। इनका विश्वास था कि 'ईश्वर के लिए सभी मनुष्य समान हैं और सच्चे हृदय के द्वारा ही ईश्वर से सम्मिलन संभव है।' नरहरि भी सुनार जाति से सम्बन्धित थे। इन्होंने अपने आध्यात्म और ईश्वर के प्रति समर्पण से जनमानस में प्रसिद्धि प्राप्त कर ली थी। मराठा क्षेत्र में निम्न जाति की महिलाओं ने भी धर्म क्षेत्र में भूमिका निभाई जिसमें कान्होपात्रा प्रमुख थी। इनका मानना था 'मैं तो जाति से बहिष्कृत हूँ तथा मुझे आचरण के नियम भी नहीं आते मुझे तो केवल 'तुझ' (ईश्वर) तक समर्पित होकर पहुंचना आता है।'

तुकाराम मराठवाड़ा के लोकप्रिय संत थे। इन्होंने भी कर्मकाण्ड व जातिवाद का विरोध करते हुए एकेश्वरवाद को स्वीकारने का उपदेश दिया। इनके द्वारा हिन्दू-मुस्लिम एकता को मजबूत करने पर सर्वाधिक जोर दिया गया। इनका कहना था 'अल्लाह एक है, नवीं(पैगम्बर) एक है और अलौकिक जगत में न कोई 'मैं' है और न कोई 'तू' है।' उत्तर भारत में जिस प्रकार तुलसीदास, कबीरदास और सूरदास की रचनाओं का समाज पर व्यापक प्रभाव है वैसे ही मराठवाड़ा में तुकाराम द्वारा रचित अमंगों (दोहा) का महत्त्व है। तुकाराम ने सांसारिक भौतिकता से स्वयं को पृथक रखा। शिवाजी व तुकाराम में परस्पर घनिष्ठ संबंध था। शिवाजी ने तुकाराम को सम्मानस्वरूप धन-सम्पदा भेंट की जिसके उपरान्त उन्होंने कहा 'मेरे लिए सोना और मिट्टी एक समान है।' महाराष्ट्र में नैतिक-आध्यात्मिक आन्दोलन व आंचलिकता की भावना को आधारभूत करने में संत रामदास का सर्वाधिक योगदान है। ये राम के अनन्य भक्त थे। इनका वास्तविक नाम नारायण सूर्यजी पंत था। रामभक्ति में लीन होने पर

इन्होंने अपना नाम रामदास रख लिया। इनकी सबसे बड़ी विशेषता यह थी कि इनके उपदेशों में भौतिक संसार को छोड़ने और सांसारिक समस्याओं से पलायन करने का निर्देशन प्राप्त नहीं होता है। इनका कहना था कि 'स्वर्ग की प्राप्ति के लिए प्रयत्नशील रहने से बेहतर है कि संसार में रहकर पुरुषार्थ किया जाए।' इन्होंने जनमानस को आलस्य छोड़ने तथा सकारात्मक व सृजनात्मक कर्म के प्रति क्रियाशील होने का उपदेश दिया। रामदास मराठवाड़ा के पहले संत थे जिन्होंने जनमानस की दयनीय आर्थिक स्थिति में सुधार के उपदेश दिए। इन्होंने वर्णाश्रम व्यवस्था का समर्थन करते हुए इसे सामाजिक व्यवस्था व आर्थिक उन्नति का आधार माना किंतु इसमें व्याप्त जातीयता के तत्त्वों की आलोचना की। संत रामदास ने शासकों के कर्त्तव्यों के विषय में कहा कि 'इन्हें कुछ समय एकांत में रहकर आत्म निरीक्षण करना चाहिए इससे अच्छे व बुरे की परख की जा सकती है, यह राज्य में स्थिरता व शांति के लिए आवश्यक है।' संत रामदास ने सम्पूर्ण देश की यात्रा की थी इसलिए इनके विचारों में व्यावहारिक जीवनदर्शन अधिक परिपक्व है। रामदास ने "महाराष्ट्र धर्म" का उद्‌घोष किया एवं अभिवादन में "राम-राम" कहने की प्रथा प्रारम्भ की। इनका प्रमुख ग्रंथ *दासबोध* है जिसकी रचना सन् 1656ई. में की गई थी। मराठवाड़ा संतों के उपदेशों से दक्कन में सामाजिक-धार्मिक व भाषाई एकता के तत्त्व उभरे। इसमें तुर्क, अफगान व मुगल शासकों के विरुद्ध धार्मिक विरोध की अभिव्यक्ति का आधार प्राप्त नहीं होता है। बल्कि संतों के विचारों में निरपेक्षता, परस्पर प्रेम, मानवमात्र में समानता, आध्यात्मिक उन्नति, सृजनात्मक श्रम व सेवाभाव के प्रति समर्पण अधिक है।

मराठवाड़ा क्षेत्र में "वतन" का सर्वाधिक महत्त्व था। इसका तात्पर्य भू-राजस्व अधिकारों से था। "वतन" एक अरबी शब्द है, मराठी में इसका आशय जीविका का स्रोत है। वतन प्राप्त वर्गों को छत्रपति, पेशवा, सरदार, मोकाशदार, देखमुख, पाटिल, देशपाण्डे व कुलकर्णी के नाम से जाना जाता था और ये ही मराठा सामन्ती संस्थाओं के संरक्षक माने जाते थे। इनका ग्रामीण अर्थव्यवस्था पर नियन्त्रण था। वतनदार वर्ग मुख्यत: ब्राह्मणों व उच्च कुलीन वर्गों से निर्मित्त था। जिनमें देशपाण्डे व कुलकर्णी ब्राह्मण वर्ग से सम्बन्धित थे व देशमुख व पाटिल का संबंध मूलत: क्षत्रियों से था। पेशवाओं के शासनकाल में ब्राह्मण वतनदार सर्वाधिक सक्षम व शक्तिशाली थे इसलिए मराठा राज्य को "ब्राह्मण राज्य" नाम से भी सम्बोधित किया जाने लगा था। कहने का तात्पर्य यह है कि मराठों में विद्यमान सामाजिक ताना-बाना मुगलों व अन्य उत्तर भारतीय सामन्ती राज्यों से पृथक नहीं था। वतन

आधारित सामन्ती ढांचे के बाद भी मराठों का परस्पर राजनीतिक एकीकरण नहीं था। एक ओर इनमें परस्पर वर्चस्व का संघर्ष विद्यमान था तो दूसरी ओर इनकी सैन्य सेवाएं दक्कनी रियासतों में संकेन्द्रित थीं। इससे एकीकृत राज्य के निर्माण की संभावनाएं अत्यन्त कमजोर थीं। मुगलों की विस्तारवादी दक्षिण नीति से अहमदनगर, बीजापुर व गोलकुण्डा राज्यों का पतन हुआ। इसके दो परिणाम हुए – मराठा शक्ति को विभाजित करने वाली रियासतें समाप्त हो गईं और सैन्यकर्मा मराठे बेरोजगार हो गए। शिवाजी ने इसी मन:स्थिति का लाभ उठाकर स्वराज की परिकल्पना को व्यावहारिक करने का प्रयत्न किया। मुगलों ने दकनी कृषकों से अधिक राजस्व वसूला, इससे वतनदार व कृषक संगठित हो गए। शिवाजी ने ''महाराष्ट्र धर्म'' जैसे उत्तेजनात्मक नारों का विकास करके इस ऊर्जा को अपने उत्थान में प्रयुक्त किया। इरफान हबीब का मानना है कि मराठा शक्ति के उदय और दक्कनी कृषकों के विद्रोह के मध्य घनिष्ठ संबंध हैं। औरंगजेब ने भी यह स्वीकार कर लिया था कि सभी दक्कनी कृषक, डाकुओं (मराठों) के समर्थक थे।

वास्तव में मराठा आन्दोलन की राजनीतिक पृष्ठभूमि क्षेत्र विशेष की सामाजिक-धार्मिक स्थिति एवं मुगलों की उत्पीड़नकारी राजस्व नीति के कारण निर्मित्त हुई। इसमें इस्लाम के विरुद्ध धार्मिक प्रतिक्रिया की कम से कम व्यावहारिक पृष्ठभूमि नहीं थी। मुगलों के प्रति आक्रोश के लिए मूल रूप से उत्तरदायी आर्थिक कारणों को व्यापकता देने के लिए धर्म व व्यवहारमूलक तत्त्वों का भी उपयोग किया गया। दुर्भाग्य से साम्राज्यवादी व दक्षिणपंथी विचारकों के द्वारा इन्हीं तत्त्वों को प्रमुखता देकर शिवाजी को धर्म विशेष का प्रतिनिधि मान लिया गया। इससे मराठा क्षेत्र के आन्दोलन की मूल प्रवृत्ति को साम्प्रदायिक विचारों से आबद्ध कर दिया गया। शिवाजी का मराठा स्वराज्य किसी धर्म विशेष का न होकर मराठा क्षेत्र की एकजुटता के लिए था जिसमें सभी धर्मों के लोग सम्मिलित थे। महापुरुषों का उपयोग करके दक्षिणपंथी विचारकों ने साझा-संस्कृति की विरासत को क्षतिग्रस्त किया। शिवाजी का ऐतिहासिक महत्त्व यह है कि इन्होंने पहली बार मराठों को एक राजनीतिक स्वराज्य देने का प्रयास किया। ऐसा करके इन्होंने भावी मराठा साम्राज्य की मजबूत आधारशिला निर्मित्त कर दी जिसके ऊपर पेशवाओं ने एक विशाल राज्य स्थापित किया।

48

शिवाजी का साम्राज्य विस्तार व मराठा प्रशासन

मराठवाड़ा क्षेत्र में चौदहवीं शताब्दी से विभिन्न संतों के द्वारा देशज भाषा में क्षेत्रीय, धार्मिक व सामाजिक एकता का बीजारोपण किया जाने लगा था जिसके मूल में रूढ़िवाद व कर्मकाण्ड का निषेध एवं निम्न वर्गीय हिन्दुओं को समाज की मुख्यधारा में लाना था। मराठा संतों के उपदेश मुख्यत: मराठी भाषा में जनमानस तक पहुंचे, जिन क्षेत्रों में इस भाषा का प्रभाव था उसे मराठवाड़ा के रूप में व्याख्यायित किया गया। मुगलों के दक्षिण में किए गए आक्रमणों और उत्पीड़नकारी करनीति से सामन्तों व कृषकों में आक्रोश फैल गया। दक्षिणी रियासतों यथा–अहमदनगर, बीजापुर व गोलकुण्डा को मुगलों ने विजित कर लिया था। इससे मराठा सरदार वर्चस्व के लिए संघर्षरत होने लगे तथा रियासतों में कार्यरत मराठा योद्धा भी बेरोजगार हो गए। शिवाजी ने इन ऐतिहासिक व सामरिक परिस्थितियों का मूल्यांकन करके मराठा क्षेत्र में विद्यमान "सांस्कृतिक स्वराज्य" की व्यावहारिक पृष्ठभूमि को "राजनीतिक स्वराज्य" की मजबूत आधारशिला में रूपान्तरित किया।

मराठवाड़ा क्षेत्र की भौगोलिक विशेषताएँ यहां के लोगों को जीवन की मूलभूत आवश्यकताओं की पूर्ति के लिए संघर्ष करने को बाध्य करती हैं। मराठा क्षेत्रों में पठारों व जंगलों की बहुलता होने के कारण क्षेत्रीय रियासतों ने यहाँ अधिक हस्तक्षेप नहीं किया जिससे पहाड़ी किलों पर प्रभुत्व बनाए रखने वाले सामन्तों में स्वायत्तता व स्वतन्त्रता के विचार भी सदैव बने रहे। मुगलों के द्वारा दक्कनी रियासतों को समाप्त कर देने से मराठे बेरोजगार हुए, इन अनुकूल परिस्थितियों में शिवाजी ने अपनी वीरता से स्वयं को मराठों के नेता के रूप में प्रस्तुत किया। शिवाजी ने

1645–46ई. में अनेक पहाड़ी दुर्गों (कोंडना, तोंडना व रायगढ़) पर अधिकार करके राज्य निर्माण की प्रक्रिया आरंभ कर दी। 1656ई. में जावली व कल्याण पर अधिकार किया किंतु औरंगजेब के दक्षिण में नियुक्त होने के बाद शिवाजी का राज्य विस्तार का कार्य रुक गया। औरंगजेब के शासन के प्रारम्भिक वर्षों में शिवाजी ने पुन: विजय अभियान आरम्भ किया और कोंकण पर अधिकार कर लिया। बीजापुर राज्य के सेनापति अफजल खाँ को मारने के बाद शिवाजी का सम्मान बढ़ गया इससे इनके साथ मराठा क्षेत्र के वतनदार जुड़ने लगे।

शिवाजी की गतिविधियों पर औरंगजेब की दृष्टि थी। उसने मराठों पर नियन्त्रण के लिए शाइस्ता खान को दक्कन का सूबेदार बनाया। इसने दो वर्ष की अवधि में कल्याण व कोंकण सहित प्रमुख मराठा क्षेत्रों पर अधिकार कर लिया किंतु शिवाजी ने बरातियों के भेष में 400 सैनिकों के साथ मुगलों के पूना शिविर पर आक्रमण कर दिया। शाइस्ता खान घायल होकर बच गया किंतु मुगल सेना नष्ट कर दी गई, इससे शिवाजी मराठों के सर्वमान्य नेता बन गए। 1665ई. में जयसिंह कछवाहा को मराठा समस्या के समाधान के लिए भेजा गया। यह चतुर राजनेता था, इसने दक्कन में शिवाजी के महत्त्व को समझ लिया था इसलिए अधिकांश मराठा क्षेत्र पर अधिकार के बाद भी पुरन्दर की संधि की जिसके अनुसार शिवाजी ने 23 महत्त्वपूर्ण किले मुगलों को सौंपे, सँभाजी को पाँच हजारी मनसब देना स्वीकार किया गया, शिवाजी को कोंकण व बालाघाट की जागीरें मिलीं और शिवाजी ने बीजापुर के विरुद्ध मुगल अभियान में सैन्य मदद देने का वादा किया। जयसिंह की यह चतुराई भरी संधि थी। बीजापुर के कोंकण व बालाघाट क्षेत्रों को शिवाजी को देकर दोनों के मध्य मित्रता की संभावना को समाप्त कर दिया गया, इससे उभरती मराठा शक्ति को मुगलों के लिए उपयोगी बनाना भी संभव हो सकता था किंतु औरंगजेब इस संधि की दूरदर्शिता को नहीं समझ सका। हालांकि शाहू का पालन–पोषण करके औरंगजेब ने दूरदर्शी मराठा नीति बनाई किंतु यदि वह शिवाजी के महत्त्व को समझने में सफल रहता तो मुगलों व मराठों के इतिहास में गंभीर परिवर्तन उभरते, शायद! मुगलों का दक्षिण में पतन न होता, मराठा शक्ति व्यापक न होती अथवा मराठों का उत्थान भविष्य की घटनाओं पर निर्भर हो जाता।

शिवाजी की प्रशासनिक व्यवस्था मुगलों से प्रभावित थी। केन्द्रीय प्रशासन के संचालन के लिए अष्टप्रधान(मन्त्रिपरिषद) गठित की गई थी। यह सचिवों का समूह मात्र था क्योंकि सम्पूर्ण प्रशासन शिवाजी के प्रत्यक्ष नियन्त्रण में था। अष्टप्रधान के अन्तर्गत पेशवा (लोकहित कार्य एवं अधिकारियों पर नियन्त्रण), वाकयानवीस (गुप्तचर

व्यवस्था एवं शाही पाकशाला की देखरेख), सचिव (पत्राचार विभाग का प्रमुख), पंडित राव (धार्मिक अनुदान विभाग का प्रमुख), सुमन्त या दबीर (विदेश मन्त्री), सेनापति व न्यायधीश आते थे। मराठा स्वराज क्षेत्र तीन भागों में विभाजित था–उत्तरी कोंकण, सतारा से धारवाड़ एवं कोंकण क्षेत्र। इन स्वराज प्रान्तों में मराठा अधिकारियों की नियुक्तियां की गई थीं जिन्हें कार्य के एवज में जागीरों का आवंटन किया गया था।

शिवाजी ने एक नियमित मराठा सेना का गठन किया था जिसमें घुड़सवार, हाथी सेना एवं पैदल सैनिक सम्मिलित थे। शिवाजी ने नियमित तोपखाना नहीं बनाया था। हालांकि उन्होंने सूरत पर आक्रमण के दौरान तोपों का प्रयोग किया था। घुड़सवार सेना, सिलहदार एवं बारगीर में विभाजित थी। बारगीर घुड़सवार राज्य के द्वारा नियुक्त किए जाते थे जबकि सिलहदार, पेशेवर सैनिक थे। सेना की सबसे छोटी इकाई 25 जवानों की थी। इसका नेतृत्व हवलदार करता था। 5 हवलदारों पर एक जुमलादार, 10 जुमलादारों पर एक हजारी एवं 5 एक हजार पर पंच हजारी या सर-ए-नौबत होता था। किलों के प्रशासन में ब्राह्मण (राजस्व प्रशासन), मराठा (सैनिक कार्य) एवं कुनढ़ी (रसद प्रशासक) की नियुक्ति की गई थी।

शिवाजी ने भू-राजस्व प्रशासन में सुधार के लिए अनेक कार्य किए। 1674ई. में अन्नाजी दत्तों के नेतृत्व में सम्पूर्ण मराठा क्षेत्र का भू-सर्वेक्षण करवाया गया। राजस्व प्रशासन में सहयोग न करने वाले वतनदारों के विरुद्ध कठोर कार्यवाही की गई। इतिहासकारों का एक वर्ग मानता है कि शिवाजी ने वतनदारों को उनके अधिकारों से वंचित कर दिया था किंतु ऐसा संभव नहीं था। शिवाजी ने केवल विद्रोही वतनदारों को उनके अधिकारों से वंचित किया था और शासन में सहयोग देने वाले वतनदारों को उनके पदों पर बनाए रखा। मराठा स्वराज क्षेत्र में भू-राजस्व उपज का 33% से 40% के मध्य निर्धारित किया गया था। हालांकि मराठों की आय का प्रमुख साधन चौथ व सरदेशमुखी ही था।

पेशवाओं के अन्तर्गत मराठा प्रशासन का आन्तरिक विस्तार हुआ। साम्राज्य की सबसे बड़ी प्रशासनिक इकाई स्वराज प्रान्त या सरकार थी जिसका प्रमुख मामलतदार था। यह प्रशासन, राजस्व संग्रहण एवं न्याय का प्रमुख अधिकारी था। शाहू के काल में इसकी नियुक्ति पेशवा द्वारा की जाती थी। मामलतदारों की निरंकुशता पर वतनदारों एवं दरखदारों (दीवान, मजूमदार, फडनवीस, दफ्तदार, पोत्तनिस, चिटनिस व सभासद) का नियन्त्रण था। मामलतदारों के द्वारा पूना सचिवालय(हुजूर दतर) को प्रेषित दस्तावेजों को दरखदारों के दस्तावेजों से मिलान के बाद ही मान्य किया जाता था। परगना, प्रशासनिक इकाई का प्रमुख अधिकारी कमबिसदार था। इसकी

नियुक्ति पेशवा के द्वारा की जाती थी। यह राजस्व प्रशासक था, इसकी सहायता के लिए मजूमदार(लेखाधिकारी) फड़नवीस (कोषाधिकारी)और हवलदार नियुक्त किए गए थे। प्रशासन की सबसे छोटी इकाई ग्राम थी। इसका प्रमुख पटेल या पाटिल होता था। इसका पद वंशानुगत था और इसे क्षेत्र विशेष के राजस्व में हिस्सा दिया जाता था। ग्राम प्रशासन में कुलकर्णी(राजस्व दस्तावेजों का संग्रहण करने वाला) की नियुक्ति की गई थी। यह पद ब्राह्मणों के लिए आरक्षित था। ग्रामीण क्षेत्रों की आवश्यकता की परिपूर्ति के लिए बारह बलूते (वंशानुगत व्यवसायी वर्ग) और बारह अलूते (सहायक व्यवसायी वर्ग) नियुक्त किए गए थे। यह व्यवस्था विजयनगर की आयंगार व्यवस्था के सदृश थी। इसका मूल प्रयोजन ग्रामीण तंत्र के विकास से जुड़ा हुआ था, बिना इसके कृषि व उससे जुड़े हुए व्यवसायों का विकास सुनिश्चित नहीं हो सकता था।

पुरन्दर की संधि (15 जून, 1665)

शिवाजी और जयसिंह के मध्य तीन दिन तक अनवरत विचार-विमर्श के उपरान्त पुरन्दर की संधि की शर्तें निश्चित की गईं। इसके अनुसार शिवाजी के पास विद्यमान कुल पैंतीस दुर्गों में से तेईस दुर्ग मुगलों को देने थे जिनकी कुल वार्षिक आय चार लाख हूण(बीस लाख रुपया) थी। शिवाजी के पास बारह दुर्ग रखे गए जिसकी आय एक लाख हूण थी। यह भी सुनिश्चित किया गया कि शिवाजी मुगल बादशाह के निर्देशानुसार दक्षिण के अभियानों में मुगल सेना के साथ जाएंगे। हालांकि उन्हें व्यक्तिगत रूप से मुगल बादशाह के सम्मुख उपस्थित होने की अनिवार्यता नहीं थी। इनके स्थान पर सँभाजी को पांच हजार का मनसबदार बनाया गया। सँभाजी को मराठा सेनानायक नेताजी पालकर के साथ दक्षिण के मुगल सूबेदार के साथ नियुक्त किया गया। शिवाजी को कोंकण व बालाघाट का प्रदेश प्रदान किया गया जिनमें कोंकण की आय चार लाख हूण और बालाघाट की आय पांच लाख हूण वार्षिक थी। ये दोनों क्षेत्र बीजापुर राज्य के थे। ऐसे में शिवाजी व बीजापुर सुल्तान के मध्य मित्रता की संभावनाएं समाप्त कर दी गईं। औरंगजेब ने 5 सितम्बर, 1665 को संधि शर्तों को पुष्ट किया जिसमें उसकी शाही मुहर लगी थी। पुरन्दर की संधि का एक स्पष्ट राजनीतिक उद्देश्य था जो इस प्रकार है-

1. सह्याद्रि की ऊँची पर्वत-मालाओं, दुर्गम घाटियों और सघन वनों में शिवाजी से निरन्तर लम्बी अवधि तक युद्ध करना और शिवाजी के एक के बाद एक पहाड़ी दुर्गों को दीर्घकाल तक घेरे रखना मुगलों के लिए असंभव था।

2. यह बिल्कुल संभव था कि निरन्तर युद्धों और मुगल सैनिक अभियानों के दबाव से बचने के लिए शिवाजी बीजापुर सुल्तान को कोंकण प्रदेश देकर उससे समझौता कर लेते और दोनों की सेनाएं मुगलों को दक्षिण से बाहर करने का प्रयत्न करतीं। यह गठबन्धन मुगलों के लिए दक्षिण में विनाशकारी होता। ऐसे में शिवाजी को बीजापुर राज्य से पृथक करके मुगलों का सहयोगी बनाना आवश्यक हो गया था।
3. पुरन्दर के सम्भावित पतन को समझकर जब शिवाजी जयसिंह से सन्धि-चर्चा करने के लिए स्वयं जयसिंह के पास आए तब जयसिंह उनको अपने शिविर में बन्दी बना देता और शिवाजी के दुर्गों पर एक के बाद एक अधिकार करके उनकी शक्ति को सम्पूर्ण रूप से नष्ट कर देता, जैसा कि औरंगजेब चाहता था। परंतु जयसिंह ने ऐसा न करके शिवाजी से समझौता कर लिया, क्योंकि शिवाजी को लम्बी अवधि तक बन्दी बनाकर रखने से कर्नाटक के पालिगर और नायक राजाओं में मुगल विरोधी भावना और भी अधिक दृढ़ हो जाती वे शिवाजी के पक्ष में होकर, संभव है एकजुट होकर, दक्षिण में मुगलों की बढ़ती हुई सत्ता से संघर्ष करते। इसके अतिरिक्त शिवाजी ने जयसिंह से भेंट के लिए आने के पूर्व ही यह व्यवस्था कर ली थी कि यदि जयसिंह ने शिवाजी को बन्दी बना लिया या उनकी हत्या कर दी तो उनके अधिकारी और अनुचर तथा सेना मुगलों से अनेक राज्य और दुर्गों की सुरक्षा के लिए कड़ा संघर्ष करेंगे। इसकी सूचना जयसिंह को प्राप्त हो चुकी थी। इसलिए जयसिंह ने शिवाजी का सम्मान से स्वागत किया और उनसे पुरन्दर की संधि कर ली।
4. जयसिंह ने शिवाजी के समर्पण के उपरान्त अत्यन्त उदार भाव से उनका स्वागत किया और उन्हें बारह दुर्ग देकर मुगलों का सहयोगी बनाया। जयसिंह का मुख्य उद्देश्य शिवाजी को शक्ति-संतुलक के रूप में उपयोग करना था जिससे मराठों की ऊर्जा मुगल राज्य के विस्तार में सहायक हो सके। जयसिंह ने पुरन्दर की संधि इन्हीं अन्तनिर्हित उद्देश्यों के लिए की थी।
5. पुरन्दर की संधि से बीजापुर, गोलकुण्डा व मराठा राज्य के मध्य मुगलों के विरुद्ध होने वाले किसी भी गठबन्धन को रोका जा सकता था। दक्षिण रियासतों ने अकबर के काल से ही परस्पर संगठित होकर मुगलों से युद्ध किया था।

49

पेशवाओं का कालः मराठा शक्ति का उत्थान

मराठा राज्य के निर्माण में ऐतिहासिक सातत्य प्राप्त होता है जिसके मूल में सांस्कृतिक स्वराज्य की अवधारणा, शिवाजी की राजनीतिक परिकल्पना और पेशवाओं के कुशल नेतृत्व का आधार विद्यमान है। पेशवाओं का उत्थान मराठा क्षेत्र की राजनीतिक व सामाजिक परिस्थितियों के अन्तर्गत हुआ। वतन आधारित व्यवस्था ने मराठा सरदारों को स्वायत्तता के विचारों से युक्त कर दिया था और शाहू व ताराबाई के मध्य सत्ता संघर्ष के विवाद ने इन्हें राजनीतिक रूप से शक्तिशाली कर दिया। ऐसे में शाहू के शासक बनने के बाद भी मूल सत्ता का केन्द्र पेशवा व क्षेत्रीय सरदारों के इर्द-गिर्द संकेन्द्रित रहा।

पेशवा बालाजी विश्वनाथ का उत्थान शाहू व ताराबाई के मध्य सत्ता संघर्ष के दौरान हुआ। बालाजी का शाहू के साथ प्रथम सम्बन्ध 1696ई. में हुआ, यह सम्पर्क बेगम जीनत-उन-निशा के माध्यम से हुआ था। शाहू के मुक्त होने के उपरान्त बालाजी ने मराठवाड़ा में उसके अनुकूल वातावरण तैयार किया। उसने यह स्थापित किया कि शाहू ही मराठा राज्य का विधि-सम्मत शासक है। बालाजी के सम्मुख सबसे बड़ी समस्या शाहू को शासक के रूप में मान्य करवाना और एक शक्तिशाली मराठा राज्य की स्थापना करना था। उत्तराधिकार संघर्ष के कारण सरदारों में भी परस्पर वैमनस्य था। ऐसे में बालाजी विश्वनाथ ने मराठा संघवाद की परिकल्पना की। इसमें केन्द्र व राज्य को पृथक-पृथक शक्तियां प्रदान की गई थीं। इसके मूल में कमजोर केन्द्रीय व्यवस्था विद्यमान थी। मराठा संघवाद के अन्तर्गत क्षेत्रीय सरदारों को क्षेत्र विशेष में राजनीतिक, प्रशासनिक व आर्थिक अधिकार प्रदान किए

गए थे। उन्हें पूना दरबार में वार्षिक नजराना अदा करना और पेशवा के निर्देशन का पालन करना होता था। पेशवा विश्वनाथ की सबसे बड़ी उपलब्धि मुगलों से 1716ई. में की गई संधि थी। वस्तुत: औरंगजेब की मृत्यु के बाद मुगल बादशाहों व अमीरों के द्वारा मराठों को मित्र बनाने का प्रयत्न किया जाने लगा था। फरुखसियर मराठों की शक्ति से हुसैन अली को नियन्त्रित करना चाहता था, दूसरी ओर अली बन्धु भी मराठों को मित्र बनाकर मुगलों पर दबाव बनाना चाहते थे। इससे परिस्थितियां मराठों के लिए अनुकूल हो गई थीं और 1716ई. की संधि में उन्हें अनेक विशेषाधिकार मिले जिनमें स्वराज क्षेत्र में मराठा स्वामित्व को मान्यता दी गई, शाहू को राजा की पदवी प्राप्त हुई, दक्कन के छ: प्रातों में चौथ व सरदेशमुखी वसूलने का अधिकार मिला, गोंडवाना, मैसूर, हैदराबाद, खानदेश, बरार के वे क्षेत्र जो मराठा स्वराज्य के अन्तर्गत आते थे उन्हें मराठा राज्य क्षेत्र स्वीकार किया गया। इसके बदले शाहू ने मुगलों की सहायता के लिए पन्द्रह हजार घुड़सवार सेना की नियुक्ति की और मुगल क्षेत्रों में लूटमार न करने का वचन दिया। यह संधि मराठों के क्षेत्रीय उत्थान का कारक बनी। अब वे मुगल मान्यता के साथ स्वराज्य क्षेत्र के अतिरिक्त भी सत्ता का विस्तार कर सकते थे। वैसे भी चौथ व सरदेशमुखी प्राप्त क्षेत्रों में मराठों का अर्द्धस्वामित्व विद्यमान था, अब वे स्वतन्त्र अधिकार की ओर प्रयत्नशील होने लगे। मुगल सत्ता की कमजोरी व क्षेत्रीय शासकों के संघर्ष ने इसमें मदद की।

बाजीराव प्रथम के पेशवा बनने के उपरान्त अनेक समस्याएँ भी उत्पन्न हुईं जिनमें मुगल सूबेदारों का असहयोगात्मक नजरिया एवं मराठा सरदारों के परस्पर वर्चस्व संघर्ष, प्रमुख थी। मुगल दरबार में भी तूरानी अमीरों का दल मराठों के विरोध में सक्रिय था। इसके अतिरिक्त पश्चिमी भाग में सिद्दी, पुर्तगाली व अंग्रेज भी मराठा क्षेत्रों में होने वाले लूट अभियानों में संलग्न थे। 1722ई. में निजाम-उल-मुल्क दक्कन का सूबेदार बना। निजाम ने चन्द्रदेव जादव के माध्यम से सम्भाजी द्वितीय से समझौता किया और इसे वास्तविक मराठा शासक घोषित करके शाहू के विरुद्ध सक्रिय कर दिया। निजाम का कहना था कि पेशवा बाजीराव, सम्भाजी द्वितीय व ताराबाई के साथ अपने उत्तराधिकार विवाद को समाप्त कर लें तभी यह बकाया चौथ व सरदेशमुखी का भुगतान करेगा। बाजीराव, निजाम की दोहरी नीति को भली-भांति समझ रहा था, इसलिए उसने संधि वार्ता के स्थान पर आक्रमण करने का फैसला किया। इसके अन्तर्गत मालवा व गुजरात पर क्रमश: उदैयजी पवार व दाभादेजी को चौथ व सरदेशमुखी वसूलने का निर्देश दिया। मुगल बादशाह मुहम्मदशाह रंगीला, निजाम की स्वतन्त्र राज्य स्थापित करने की मनोदशा से अवगत था। इसलिए

वह मराठों की सहायता से निजाम को नियन्त्रित करना चाहता था किंतु निजाम ने प्रतिकूल परिस्थितियों को देखते हुए मराठों को अपने पक्ष में कर लिया जिससे वह मुगलों व मराठों के संयुक्त आक्रमण से अपनी रक्षा कर सकें। मराठों के लिए भी निजाम का सहयोग मुगलों को साम्राज्य से बाहर करने का अवसर बन सकता था। निजाम की गतिविधियों पर नियन्त्रण के लिए रंगीला ने मुबारिज खान के नेतृत्व में सेना भेजी और शाहू से मदद देने के लिए कहा किंतु शाहू ने मालवा व गुजरात में चौथ-सरदेशमुखी अधिकारों की पुष्टि एवं दक्कन की सूबेदारी मराठा समर्थक अमीर को देने की शर्त रख दी, जिसे रंगीला ने अस्वीकार कर दिया जबकि निजाम ने मराठों की शर्त स्वीकार कर ली। इससे मराठों ने निजाम का समर्थन किया–इसे मराठों की कूटनीतिक भूल माना जाता है। यदि वे मुगलों का समर्थन करते तो शायद! हैदराबाद राज्य का अस्तित्व समाप्त हो सकता था, इससे एक शक्तिशाली शत्रु का दमन हो जाता जिसने मराठों के सम्पूर्ण शासनकाल में उनकी आन्तरिक राजनीति में अनवरत हस्तक्षेप किया। 1724ई. में शंकरखेड़ा के युद्ध में मुगलों को पराजित करके निजाम ने हैदराबाद राज्य की स्थापना की और पुनः मराठा विरोधी कार्यों में संलग्न हो गया। बाजीराव ने पाल खेड़ा के युद्ध में निजाम को पराजित करके 6 मार्च 1728ई. को मुंशी शिवगाँव की संधि की। इसके द्वारा निजाम ने शाहू को मराठों का एकमात्र नेता माना और बकाया चौथ सरदेशमुखी की संधि अदा की। निजाम पर विजय के उपरान्त बाजीराव की शक्ति एवं कूटनीतिक गरिमा दृढ़ता से स्थापित हो गई। इससे आन्तरिक समस्याओं के निराकरण में भी मदद मिली। बाजीराव ने सम्भाजी द्वितीय के लिए कोल्हापुर राज्य को मान्यता दी। हालाँकि यह अधीनस्थ राज्य था जिसकी सार्वभौमिकता पूना दरबार की कृपा पर निर्भर थी। निजाम पर नियन्त्रण और राज्य में शांति स्थापना के उपरान्त बाजीराव ने राज्य विस्तार की नीति बनाई। इसके अन्तर्गत 1729ई. में मालवा पर अधिकार करके इसे शक्तिशाली मराठा सरदारों यथा होल्कर, सिंधिया व पवार के मध्य विभाजित कर दिया गया। इन्हें अपने क्षेत्र में राजनीतिक, प्रशासनिक, सैन्य संचालन व राजस्व सम्बन्धी विशेषाधिकार प्राप्त थे, इन्हें केवल नियत धनराशि पूना दरबार में भेजनी होती थी। अक्टूबर 1729ई. में सवाई जयसिंह द्वितीय को मालवा का सूबेदार बनाया गया। यह मराठों की शक्ति से अवगत था, इसलिए उसने बाजीराव से समझौता करने का प्रयत्न किया किंतु मुहम्मद खाँ बंगश के विरोध के कारण ऐसा संभव नहीं हो सका। बंगश ने मालवा से मराठों को बाहर करने का वचन बादशाह को दिया किंतु वह ऐसा नहीं कर सका। बाजीराव ने उत्कृष्ट मुगल तोपखाने के बाद

भी बंगश को पराजित किया। ऐसे में 1729ई. के अन्त तक मराठों का अधिकार मालवा के साथ-साथ बुन्देलखण्ड के विशाल क्षेत्र पर हो चुका था। मराठों की दृष्टि गुजरात के सम्पन्न प्रान्त पर भी थी, और 7 मार्च 1721ई. में ही बाजीराव ने सूरत पर आक्रमण करके इसपर अधिकार कर लिया था। इससे गुजरात में नवीन राजनीतिक परिस्थिति उत्पन्न हो गई इसमें सर्वप्रमुख थी–मराठा सरदारों में प्रभाव क्षेत्र को बढ़ाने का संघर्ष। 1719ई. से ही खंडेराव दाभादे को गुजरात में चौथ वसूलने का अधिकार प्राप्त था किंतु सूरत विजय के उपरान्त उदैयजी पवार व अन्य मराठा सरदार भी चौथ के दावेदार हो गए थे। हालाँकि पेशवा ने अगस्त 1727ई. को दाभादे को गुजरात का चौथ अधिकार दे दिया किंतु इससे समस्या का समाधान नहीं हुआ क्योंकि इससे दाभादे, मालवा में भी चौथ अधिकार प्राप्त करने का दबाव डालने लगा। निजाम भी दाभादे के साथ पेशवा को कमजोर करने में लगा हुआ था। निजाम का उद्देश्य इन कार्यों से हैदराबाद राज्य के विभिन्न क्षेत्रों में विद्यमान मराठा चौथ व सरदेशमुखी अधिकारों का समापन करवाना था। बाजीराव ने इस समस्या के समाधान के लिए 1731ई. में दाभादे को पराजित करके उसके समस्त अधिकार समाप्त कर दिए।

बाजीराव की एक अन्य समस्या यूरोपीय कम्पनियों की गतिविधियों पर नियन्त्रण से जुड़ी थी जिनके कार्य मराठवाड़ा क्षेत्र के व्यापार में गतिरोध पैदा कर रहे थे। पिल्लैजी जादव व कान्होजी आग्रे ने कोहावा में पुर्तगालियों व अंग्रेजी सेना को पराजित किया। पुर्तगालियों का विस्तार दमन से गोवा तक था और इनकी कार्ताज व्यवस्था से समुद्री व्यापार कमजोर हो गया था। पुर्तगाली कम्पनी का पूर्वी विश्व में सक्रिय होने का उद्‌देश्य व्यापारिक विस्तार के साथ-साथ धर्म प्रचार भी करना था, इससे इनका स्थानीय शक्तियों के साथ आर्थिक व सांस्कृतिक संघर्ष भी उत्पन्न हो गया था। बाजीराव ने 1739ई. में पुर्तगलियों की उत्तरी राजधानी वसीन पर अधिकार कर लिया। बाजीराव ने पश्चिमी तट पर सक्रिय सिद्‌दियों पर भी नियन्त्रण लगाया। सिद्‌दी शासकों ने बीजापुर व मुगलों की सेवाएं भी की थीं। इन्हें दक्कन के पश्चिमी क्षेत्रों में मुगलों का वास्तविक प्रतिनिधि माना जाता था, सिद्‌दियों का रायगढ़ व श्रीवर्धन पर नियन्त्रण था। 1733ई. में सिद्‌दी शासक चाकूत की मृत्यु होने के उपरान्त इनमें उत्तराधिकार के लिए संघर्ष आरम्भ हो गया। बाजीराव ने मई 1733ई. में उत्तरी कोंकण पर अधिकार कर लिया हालांकि सिद्‌दियों का पूर्ण दमन नहीं हो सका क्योंकि उनकी नौसेना शक्तिशाली थी और इनके मददगार अंग्रेज थे।

मालवा व बुन्देलखण्ड में मराठा प्रभुत्व को स्थापित करने के दौरान पेशवा का संबंध राजपूताना की रियासतों से भी हुआ। बाजीराव ने जयपुर व उदयपुर के शासकों के साथ मैत्रीपूर्ण संबंध स्थापित किए। 4 मार्च 1736ई. को जयसिंह द्वितीय व बाजीराव की मुलाकात हुई। जयसिंह ने पेशवा को मालवा व गुजरात में चौथ वसूलने का फरमान बादशाह से दिलवाने का आश्वासन दिया किंतु मुगल दरबार में मराठों का विरोधी दल क्रियाशील था जिनमें सआदत खाँ, निजामुल मुल्क, मुहम्मद खाँ बंगश व अभय सिंह प्रमुख थे। इससे मुहम्मदशाह रंगीला दुविधा में था, फिर भी उसने मध्यम मार्ग का अनुसरण करते हुए बाजीराव को उच्च स्तरीय मनसबदार बनाने एवं मालवा का नायब सूबेदार नियुक्त करने का प्रस्ताव दिया किंतु पेशवा ने इसको अस्वीकार करके नवम्बर 1736 ई. में मालवा पर अधिकार कर लिया। इसके उपरान्त वह तीव्र गति से दिल्ली की ओर बढ़ा। इसका उद्‌देश्य मुगलों में भय उत्पन्न करके मालवा में अपने अधिकारों की पुष्टि का दबाव डालना था इसमें वह सफल भी हुआ। 31 मार्च 1737 को मराठों को मुगलों से मालवा की सूबेदारी प्राप्त हुई। मराठों के शक्तिशाली होने से निजाम की चिंता बढ़ गई थी। वस्तुत: निजाम का उद्‌देश्य मुगल व मराठों के परस्पर संबंधों को कमजोर करना, शक्ति संतुलन अपने पक्ष में करना और अपने राज्य की रक्षा करना था। ऐसे में निजाम ने अक्टूबर 1737 में मारवाड़ के अभय सिंह व अवध के नवाब सआदत खाँ के साथ मिलकर मराठों पर आक्रमण कर दिया किंतु चिमनाजी अप्पा व बाजीराव के दोतरफा तीव्र आक्रमण से निजाम पराजित हो गया। 7 जुलाई 1738 को दुराहा सरांय की संधि हुई। इसके द्वारा मराठों का मालवा पर पूर्ण अधिकार हो गया और मराठा शक्ति को चुनौती देने वाले निजाम व अन्य उदयमान शक्तियों का दमन भी हो गया।

1740 में बालाजी बाजीराव पेशवा बना। इसे आर्थिक विशेषज्ञ माना जाता है। दीवान महादेव पुरन्धर के नेतृत्व में राज्य की आय बढ़ाई गई इसके अन्तर्गत भू-राजस्व प्रशासन का नियोजन, तटकर वसूली, मुद्रा व्यवस्था व व्यापारिक कर का प्रबन्धन किया गया। आर्थिक सुधारों के उपरान्त राज्य विस्तार की नीति संचालित की गई। रघुजी भोंसले के नेतृत्व में बंगाल में अलीवर्दी खाँ को पराजित करके उड़ीसा में चौथ व सरदेशमुखी अधिकार प्राप्त किया गया। बालाजी बाजीराव ने दिसम्बर 1741 में बुन्देलखण्ड पर नियन्त्रण स्थापित किया, इसका राजनीतिक व आर्थिक महत्त्व था। बुन्देलखण्ड को केन्द्र बनाकर गंगा-यमुना के खाद्यान्न उत्पादन क्षेत्रों, नदी-परिवहन और प्रयाग के तीर्थ पर अधिकार किया जा सकता

था। इस समय तक शाहू वृद्ध हो चुका था और मराठा सेनापति रघुजी भोंसले का प्रभाव पूना दरबार पर बढ़ गया था जिससे शाहू ने बालाजी बाजीराव को पेशवा पद से हटा दिया किंतु बालाजी ने कूटनीति से शाहू को अपने पक्ष में करके पेशवा का पद वंशानुगत कर दिया। पेशवा ने अंग्रेजों की सहायता से कोंकण के विद्रोही सरदार तुलाजी आग्रे का दमन किया। यह मराठा क्षेत्र का सबसे शक्तिशाली नौसैनिक था। इस कार्य का प्रभाव दूरदर्शी हुआ क्योंकि इसके द्वारा अंग्रेज नौसेना पश्चिमी तट पर स्थापित नहीं हो पाई थी, अब अंग्रेजों की शक्ति को चुनौती देने वाला कोई मराठा नौ-सैनिक बेड़ा नहीं था। बालाजी के द्वारा कर्नाटक के विशाल क्षेत्र पर नियन्त्रण स्थापित करके सीरा को मराठा प्रान्त के रूप में संगठित किया गया। बालाजी ने मराठा साम्राज्य को दक्कन में भी विस्तारित व मजबूत किया जबकि बाजीराव प्रथम उत्तर भारत पर नियन्त्रण के लिए प्रयत्नशील था। इस समय तक उत्तर भारत में राजनीतिक परिदृश्य में परिवर्तन आ चुका था। नादिरशाह के आक्रमण के उपरान्त मुगल सत्ता कमजोर हो गई थी और राजपूत, रूहेले, जाट, सिक्ख व अन्य शक्तियां विभिन्न क्षेत्रों में स्थापित हो चुकी थीं। मराठों से यह अपेक्षा थी कि वे इनके साथ राजनीतिक सामंजस्य बनाकर मुगलों का विकल्प बने और अफगान आक्रान्ताओं का सामना करें किंतु वे ऐसा नहीं कर सके। इनके द्वारा क्षेत्रीय शक्तियों से जबरन धन वसूला गया। पानीपत के तृतीय युद्ध में मराठों की पराजय का एक बड़ा कारण क्षेत्रीय शक्तियों का सहयोग न मिलना भी था।

पेशवा माधवराव(1761-1773) का काल मराठा साम्राज्य व पेशवा के नेतृत्व के लिए सर्वाधिक संकट का था जिसमें बाह्य एवं आन्तरिक शत्रु क्रियाशील थे। रघुनाथ राव के द्वारा मराठा विद्रोही शक्तियों यथा निजाम, अंग्रेज, मैसूर व मराठा सरदारों को एकजुट करके पेशवा के विरुद्ध संघर्ष की पृष्ठभूमि निर्मित्त की जा रही थी। माधवराव ने रघुनाथ राव को 1768 में बन्दी बना लिया। मैसूर राज्य भी मराठों के विरुद्ध संघर्षरत था। हैदर अली ने मराठों के सैन्य केन्द्र सीरा पर अधिकार कर लिया था किंतु जनवरी 1767 में मराठों ने पुनः सीरा पर नियन्त्रण स्थापित किया। माधवराव ने निजाम को भी 1763 में पराजित करके राक्षस भुवन की संधि की। इससे मराठा व निजाम के मध्य कुछ समय तक शान्ति स्थापित हो गई। माधवराव के नेतृत्व में मराठा प्रतिष्ठा पुनः मालवा बुन्देलखण्ड, राजपूताना, गंगा का दोआब व दिल्ली पर स्थापित हुई। यह मराठों का अन्तिम महान पेशवा था। इसके उपरान्त पेशवा की सत्ता कमजोर हुई और क्षेत्रीय सरदार स्वतन्त्र होकर परस्पर संघर्षरत हो गए।

मराठों के पास अपरिमित संसाधन एवं शक्ति थी फिर भी वे केन्द्रीकृत राज्य की स्थापना नहीं कर सके और न ही मुगलों के उत्तराधिकार बन सके। इसका मूल कारण शिवाजी व शाहू की नीतियों में अन्तर, मराठा सरदारों की प्रकृति और उत्तराधिकार संघर्ष को माना जाता है। शिवाजी ने मराठा स्वराज की कल्पना को यथार्थ करने के लिए आजीवन मुगलों से संघर्ष किया जबकि शाहू ने स्वराज क्षेत्र में स्वतन्त्र और मुगल क्षेत्र में प्रतिनिधि के रूप में शासन करने की नीति बनाई, वस्तुत: शाहू, औरंगजेब के संरक्षण में रहकर स्वयं को मुगल विरोधी कार्यों के लिए तैयार नहीं कर पा रहा था। मराठा क्षेत्र अपनी भौगोलिक विशेषताओं के कारण स्वायत्तता व स्वतन्त्रता की मन:स्थिति का निर्माण करता है, ऐसे में सरदारों पर केन्द्रीकृत व्यवस्था का आरोपण कर पाना संभव नहीं था। उत्तराधिकार संघर्ष ने सरदारों के अधिकारों को मान्यता देने के लिए शाहू को बाध्य कर दिया था। इससे बालाजी विश्वनाथ ने केन्द्रीय परिसंघ की परिकल्पना की। इसमें स्वराज्य क्षेत्र तथा राज्य क्षेत्र की पृथक-पृथक स्वायत्तता विद्यमान थी विचारधारा अन्तर्निहित थी, इससे तत्कालीन समस्या का समाधान तो हुआ किंतु पेशवा का प्रत्यक्ष नियन्त्रण केवल स्वराज क्षेत्र में सीमित रहा। स्वायत्त सरदारों को क्षेत्र विशेष में प्रशासनिक, आर्थिक व सैन्य अधिकार वंशानुगत रूप से प्राप्त थे। इनके द्वारा राज्य विस्तार करने से इनमें क्षेत्रगत विवादों का जन्म हुआ जिसका परिणाम मराठा सत्ता के विघटन के रूप में सामने आया।

50

मुगल मराठा संधि (फरवरी 1718ई.)

औरंगजेब की मृत्यु के उपरान्त मुगल सत्ता का केन्द्रीय ढांचा कमजोर हो गया था और प्रान्तीय सूबेदारों व दीवानों के द्वारा अपनी स्थिति को मजबूत किया जाने लगा था, इससे गुटबन्दी बढ़ गई थी। मुगल-बादशाह व अमीर अपनी स्थिति को मजबूत करने के लिए मराठों के साथ संबंध बनाना चाहते थे। इसी परिदृश्य में मुगल मराठा संधि की पृष्ठभूमि तैयार हुई। दक्षिण में मुगल वायसराय हुसैन अली मराठों से बेहतर संबंध बनाने के लिए प्रयत्नशील था। इसमें शंकरजी मलहार को अपना दूत बनाकर शाहू के पास भेजा। शंकरजी मलहार ने शाहू को परामर्श दिया कि सैयदबन्धु द्वारा मित्रता को बढ़ाने के प्रयत्न को मनोयोग से स्वीकार किया जाए क्योंकि इससे मराठों का लाभ होगा। शाहू का मानना था कि इस संधि के द्वारा माता येसुबाई, पत्नी सावित्रीबाई और भाई मदन सिंह को मुगल कैद से मुक्ति मिलेगी, परस्पर शांति मिलेगी और चौथ व सरदेशमुखी से देश की आय बढ़ेगी। हुसैनअली का भी मानना था कि मराठों से संधि करके वह अपनी स्थिति को मजबूत कर सकता था क्योंकि उत्तर से मुगलों व दक्षिण से मराठों के आक्रमण को रोक पाना उसके लिए संभव नहीं था, साथ ही साथ मराठों के साथ संधि करने से उसकी सैन्य शक्ति भी मजबूत होगी। इसी परिदृश्य में फरवरी 1718ई. में मुगल मराठा संधि हुई जिसके अनुसार-

1. मराठा स्वराज्य क्षेत्र को मुगलों की मान्यता प्राप्त हुई और शाहू को इसका वैध उत्तराधिकारी माना गया।
2. मुगल साम्राज्य के क्षेत्र जिनमें खानदेश, बरार, गोंडवाना, कर्नाटक व हैदराबाद सम्मिलित हैं, के मराठा विजित क्षेत्रों को मराठा साम्राज्य के रूप में मान्यता दी गई।

3. मराठों को दक्षिण के छः मुगल प्रान्तों में चौथ व सरदेशमुखी वसूलने का अधिकार मिला, हालांकि यहां राहदारी कर वसूलने का अधिकार नहीं था।
4. मराठों को दक्कनी क्षेत्र में शांति व्यवस्था बनाए रखने का अधिकार दिया गया। यह एक प्रकार का जमींदारी अधिकार था जिसके अन्तर्गत उन्हें व्यापारियों की सुरक्षा, डकैतों के दमन और कृषि के विकास के कार्य करने होते थे।
5. बालाजी विश्वनाथ के द्वारा स्थापित करवाए कोल्हापुर राज्य को किसी प्रकार की क्षति नहीं पहुंचाई जाएगी और शम्भाजी द्वितीय के अधिकार यथावत बने रहेंगे।
6. शाहू के द्वारा प्रतिवर्ष मुगल बादशाह को एक निश्चित धनराशि नजराने के रूप में दी जाएगी।
7. इस संधि के द्वारा येसुबाई, सावित्रीबाई व मदन सिंह को मुगल कैद से आजाद करके महाराष्ट्र भेजने की बात कही गई।
8. पेशवा बालाजी विश्वनाथ ने इन मुगल रियायतों के एवज में मुगलों को पन्द्रह हजार घुड़सवार सैनिकों की किसी भी अभियान में मदद देने की बात कही। इसी परिप्रेक्ष्य में जून 1718 में खंडेरावं दाभाड़े के नेतृत्व में सेना औरंगाबाद के मुगल सूबेदार की सेवा में भेजी गई।

हुसैन अली ने इन शर्तों को स्वीकार करके यह वचन दिया कि वह बादशाह से उनकी पुष्टि करवाएगा। इस संधि की पुष्टि 1 अगस्त, 1718 को की गई। संधि के वर्णित प्रावधानों के अन्तर्गत पेशवा बालाजी विश्वनाथ ने चौथ व सरदेशमुखी वसूली क्षेत्रों का दौरा किया, प्रत्येक जिले में शाहू के अधिकारी नियुक्त किए गए, औरंगाबाद को केन्द्र बनाया गया, बालाजी विश्वनाथ को नायब और जमुनाजी को शाहू का वकील नियुक्त किया गया। इस संधि का ऐतिहासिक महत्त्व है। इसके द्वारा मुगल बादशाह ने मराठों की सार्वभौमिकता को स्वीकार कर लिया। मराठों को मुगल प्रान्तों में चौथ व सरदेशमुखी वसूलने का अधिकार मिला। इसके लिए प्रत्येक जिले में मराठों के तीन अधिकारी नियुक्त किए गए जिनमें कमविसदार (चौथ वसूलने वाला अधिकारी), गुमास्ता (सरदेशमुखी संग्राहक) और राहदारीकर अधिकारी सम्मिलित थे। इस प्रक्रिया से मुगल प्रान्तों में द्वैध शासन स्थापित हो गया। मराठों के दक्कन में प्रभावी होने के उपरान्त उनके उत्तर भारत में विस्तारित होने की संभावनाएं मजबूत होने लगीं।

51

संगमकालीन: प्रशासन, समाज, संस्कृति एवं अर्थव्यवस्था

दक्षिण भारत के सामाजिक–सांस्कृतिक इतिहास की विस्तृत रूपरेखा एवं वर्णन संगम साहित्य में प्राप्त होता है। संगम साहित्य में उत्तर व दक्षिण की श्रेष्ठ सांस्कृतिक परम्पराओं व मूल्यों का आदर्श समन्वय किया गया। मगध राज्य के उत्कर्ष के साथ–साथ दक्षिण भारत में उन्नतशील, तकनीकी, प्रशासन व धार्मिक–सामाजिक मूल्य विस्तारित हुए थे जिन्हें दक्षिणी समाज ने स्वीकार किया। किंतु इसमें दक्षिणी परम्पराओं का भी समायोजन हुआ, संगम साहित्य में इसी विचारधारा का संकलन है।

संगम साहित्य में चेर, पाण्ड्य तथा चोल राजवंशों के प्रशासन का उल्लेख प्राप्त होता है। इनके प्रशासन का स्वरूप 'कुल संघ' पर आधारित था। इस प्रशासनिक प्रकृति के निर्धारण में कौटिल्य के अर्थशास्त्र के राजकीय सिद्धांतों की स्थायी प्रेरणा थी। शासन, राजतंत्रात्मक एवं वंशानुगत था। शासकों के द्वारा विभिन्न उपाधियां भी धारण की जाती थीं जिनमें "इरैवन", "करैवन", "मन्नम" एवं "अधिराज" प्रमुख हैं। 'तिरुवल्लुवर' के राजनीतिक सिद्धांतों में राज्य की सप्तांग विचारधारा प्राप्त होती है जिसे अर्थशास्त्र से ग्रहण किया गया। सामान्यत: राजा के जीवनकाल में ही युवराज का चुनाव कर लिया जाता था। युवराज को संगम साहित्य में "कोहमन" कहा गया है, अन्य पुत्रों को "इलैंगो" के रूप में वर्णित किया गया है। चोल शासकों में उत्तराधिकार संघर्ष का भी प्रमाण मिलता है। इनमें नौ राजाओं की मृत्यु हुई थी। संगम साहित्य में निरंकुशता की कटु निन्दा की गई है। तिरुवल्लुवर के अनुसार 'जिस राजा पर अंकुश नहीं होता है, उसका विनाश निश्चित है।'

पुनरानूर कविता में चक्रवर्ती राजा की परिकल्पना की गई है। राजा से ऐसे आचरण की अपेक्षा की जाती थी जो आदर्शमय हो। दक्षिण भारतीय शासक, कवियों व साहित्यकारों के आश्रयदाता थे। संगम साहित्य की रचना पाण्ड्य शासकों के संरक्षण में की गई थी।

राजा की निरंकुशता पर नियन्त्रण के लिए प्रतिनिधि सभाओं अथवा परिषदों का निर्माण किया गया था। इन्हें ''पंचवारम्'' कहा जाता था। इनके सदस्यों में पुरोहित, ज्योतिष, चिकित्सक, मंत्रिगण एवं जन प्रतिनिधि सम्मिलित थे। पुरोहित का कार्य धार्मिक ग्रंथों में वर्णित राजनीतिक सिद्धांतों के आधार पर प्रशासन के संचालन का सुझाव देना था। इसके अतिरिक्त यह धार्मिक कर्मकाण्डों का भी संपादन करता था। ज्योतिषियों का मुख्य कार्य राजगद्दी की तिथि का निर्धारण करना, राजकीय व सार्वजनिक उत्सव की शुभ तिथि की जानकारी देना एवं भविष्यवाणी करना था। चिकित्सक के द्वारा राजा, राजपरिवार एवं प्रजा के स्वास्थ्य की देखरेख की जाती थी। मंत्रियों का दायित्व राजस्व संग्रहण, प्रशासन एवं न्याय के संचालन से जुड़ा था। जन प्रतिनिधि, प्रजा के अधिकारों की रक्षा का कार्य करते थे। नीलकण्ठ शास्त्री महोदय का मानना है कि दक्षिण के प्रशासनिक सिद्धांत मगध राज्य की परम्पराओं से ग्रहण किए गए थे। दक्षिणी प्रशासन में राजदूतों एवं गुप्तचरों को भी विशेष महत्त्व दिया गया था। राजदूत, विदेश नीति एवं कूटनीति में दक्ष होते थे। युद्ध के समय इनका महत्त्व बढ़ जाता था। गुप्तचरों को ''ओर्रर'' कहा गया है। इनके द्वारा शत्रु देशों की सूचनाएं शासक तक पहुंचाई जाती थीं। संगम साहित्य में नगर सभा का भी वर्णन मिलता है जिस ''मनरम'' कहा गया है। इसकी कार्य प्रणाली मौर्ययुगीन नगर प्रशासन के सदृश थी। मनरम के द्वारा न्यायिक कार्य भी किए जाते थे। संगमकालीन दण्ड व्यवस्था अत्यन्त कठोर थी। व्याभिचार को जघन्य अपराध घोषित किया गया था, इसमें मृत्युदण्ड का विधान था। झूठी गवाही देने पर भी कठोर दण्ड दिया जाता था। कारावास की सजा का भी विधान किया गया था। ग्राम प्रशासन, ग्राम संस्थाओं के द्वारा संचालित किया जाता था जिन्हें सामाजिक एवं धार्मिक समस्याओं के समाधान का अधिकार भी प्राप्त था। संगमयुगीन शासकों का मुख्य आदर्श चक्रवर्ती की स्थिति को प्राप्त करना था। ऐसा शासक पराजित शासकों के मुकुट की माला धारण करता था। ऐसे में युद्ध को एक कला के रूप में भी मान्यता दी गई थी। संगम साहित्य में पेशेवर सैनिकों का वर्णन किया गया है। सेना को ''विनाशक'' (पदै) कहा

गया है। सेना के चार अंग थे–पैदल, हाथी सेना, अश्वारोही और रथ। रथों में बैलों का प्रयोग किया जाता था। सैनिकों के मुख्य हथियार, बाण व भाले थे। सुरक्षा के लिए कवच का भी प्रयोग किया जाता था। सेनानायक को ''एनाडि'' कहा जाता था। युद्ध में वीरगति प्राप्त करने को अत्यन्त शुभ माना जाता था और संगमसाहित्य के अनुसार ऐसे सेनानियों को स्वर्ग प्राप्त होता है। इनकी स्मृतियों में शिलापट्ट लगवाए जाते थे।

संगम साहित्य अथवा इस युग की सबसे महत्त्वपूर्ण विशेषता है–उत्तर एवं दक्षिण संस्कृतियों का परस्पर समन्वय। दक्षिण भारत में केवल दो वर्गों का अस्तिव था–ब्राह्मण एवं बेल्लार। समाज में ब्राह्मणों का सर्वाधिक सम्मान था। वेदाध्ययन एवं अध्यापन मे संलग्न ब्राह्मणों को शासकों के द्वारा उदारतापूर्वक दान दिया जाता था। महत्त्वपूर्ण यह है कि दक्षिण भारत में आर्य संस्कृति को विस्तारित करने वाले ब्राह्मणों ने कृषि भूमि पर अधिकार का प्रयत्न नहीं किया, जैसा कि आर्यों के द्वारा उत्तर भारत के गंगा-यमुना दोआब क्षेत्रों में किया गया था। इसलिए दक्षिण भारत में आर्थिक-सांस्कृतिक वर्चस्व का संघर्ष प्राप्त नहीं होता है। ब्राह्मणों के खानपान सम्बन्धी नियमों में कठोरता प्राप्त नहीं होती, वे मांसाहार करने एवं शराब ग्रहण करने के लिए स्वतन्त्र थे। दक्षिण भारत के समाज का एक अन्य वर्ग ''वेल्लार'' था। कृषि कार्य में संलग्न लोगों को संगम साहित्य में सामान्यतया वेल्लार कहा गया है। वास्तव में मगध राज्य के कृषि आविष्कारों का प्रयोग करके दक्षिण भारत में ''कृषि-क्रान्ति'' उन्नत करने में वेल्लारों की महत्ती भूमिका थी। इनके दो वर्ग प्राप्त होते हैं –सामंत एवं कृषक। सामंत वर्ग के अन्तर्गत आने वाले वेल्लार, राज्य के उच्च पदों एवं सैनिकों के रूप में नियुक्त होते थे। कृषक वेल्लार, आर्थिक रूप से कमजोर एवं कमोबेश सामाजिक प्रतिष्ठा से वंचित था। इन दो वर्गों के साथ-साथ दक्षिण के समाज में विद्यमान अन्य वर्ग, जातियां एवं उपजातियां उत्पादन प्रक्रिया के विस्तार के मध्य से उत्पन्न हुई थीं। तमिल महापाषाण युगीन अरैवर-पुरोहित वर्ग को भी सामाजिक प्रतिष्ठा मिली हुई थी। इन्हें दार्शनिक व तपस्वी के रूप में वर्णित किया गया है। पुरनानूरु कविता में चार जातियों - पाणन्, परैयर, तुडियन व कडम्बन का उल्लेख है किंतु यह आर्य वर्णव्यवस्था के सदृश्य नहीं है। *तोल्काप्पियम्* ग्रंथ में उत्पादन के आधार पर सामाजिक वर्गों के विभाजन को रेखांकित किया गया है जिनमें ब्राहमण, अरसर (प्रजा का रक्षक), वेनिगर (व्यापारी) और कृषक वेल्लार सम्मिलित हैं। बंदरगाह नगरों में ग्रीक, रोमन व अरब क्षेत्रों के व्यापारी

भी रहा करते थे। धनाढ्य रोमन बस्तियों को संगम साहित्य में "परुवूर-पाक्कम" कहा गया है। संगम साहित्य में श्रम कार्य में नियोजित दासों का वर्णन नहीं है। संगमयुगीय दक्षिणी समाज दास-प्रथा से मुक्त था। वस्तुतः उन्नतशील रोमन एवं दक्षिण पूर्व एशियाई व्यापार ने व्यापारिक उत्पादन को वृहद किया, जिनसे समाज का उपजातीयकरण हुआ।

दक्षिण भारतीय संगम कालीन समाज, रोग-द्वेष एवं ईर्ष्या से रहित शांतिपूर्ण माना गया है। नीलकण्ठ शास्त्री का मानना है कि अधिकांश लोग अपने-अपने व्यावसायिक समूहों में संगठित थे और इनका जीवन सामाजिक भाई-चारे की भावना से नियंत्रित था। संगमयुगीन समाज में आर्य मान्यताओं एवं स्थानीय परम्पराओं का अद्‌भुत समन्वय प्राप्त होता है। धर्मसूत्रों में वर्णित आठ प्रकार के विवाहों का उल्लेख तमिल *ग्रंथतोलकानियम*, *इरयेनयार* और *कलवियम* में प्राप्त होता है। किंतु विवाह संस्कार मुख्यतः स्थानीय परम्पराओं से अनुप्रेरित थे। लड़कियों की विवाह की न्यूनतम आयु 12 वर्ष तथा लड़कों की न्यूनतम आयु 18 वर्ष निर्धारित की गई थी। विवाहों में परिवार की सहमति के साथ-साथ लड़के व लड़की की भी परस्पर सहमति ली जाती थी। संगम साहित्य में भी विवाह के प्रकारों का वर्णन किया गया है जिनमें पांच तिणै (गान्धर्व विवाह), केक्किलै (राक्षस विवाह), और पेरुदिणै (शास्त्र सम्मत विवाह) सम्मिलित है। संगम समाज में सती प्रथा को मान्यता दी गई थी। *मणिमेकलै* कविता में वर्णित है कि 'पतिव्रता पत्नी वह है जो पति की मृत्यु के उपरान्त उसकी जलती चिता में प्रविष्ट हो जाए।' चोल शासक इलैयन व नेंडुजेरिल की पत्नियां उनकी मृत्यु के बाद सती हुई थीं किंतु यह प्रथा केवल शासक वर्गों में ही मान्य थी। संगम साहित्य में विधवाओं के आदर्श जीवन जीने की चर्चा है। समाज में गणिकाओं व नर्तकियों का भी सम्मान था। इन्हें "कनिगैयर" कहा जाता था। संगम साहित्य में महिलाओं की उच्च शैक्षणिक एवं सामाजिक स्थिति का वर्णन किया गया है। दक्षिण की महापाषाण संस्कृति में महिलाओं की स्थिति उच्च रही थी। ऐसे में दक्षिण राजवंशों में महिलाओं को सम्मानित स्थान दिया गया। संगम साहित्य में माँसाहार व शाकाहार, दोनों का उल्लेख है। मनोरंजन के साधनों में गायन, वादन, नृत्य, पांसे का खेल व कुश्ती का प्रचलन था। कविता पाठ भी लोकप्रिय था। शासकों के द्वारा कवि-गोष्ठियाँ आयोजित की जाती थीं। करिकाल ने *पन्तिनप्यालै* कविता के लेखक को सुवर्ण मुद्रा दी थी। साहित्यकारों को शासक के सलाहकार के रूप में नियुक्त किया जाता था। दक्षिण भारत का शैक्षणिक ढांचा उत्तर की परम्पराओं से अनुप्रेरित था। वस्तुतः ब्राह्मणों के द्वारा शैक्षणिक गतिविधियों

पर नियंत्रण के कारण वेद, इतिहास, आयुर्वेद, धर्म-दर्शन की शिक्षा मठों व विहारों में दी गई, जिसकी भाषा संस्कृत थी।

दक्षिण भारत ने वैदिक मान्यताओं को स्वीकार किया जिससे धर्म क्षेत्र में आराधना पद्धति एवं देवताओं का (उत्तर व दक्षिण) समन्वय हुआ, यह भारत के इतिहास की अद्‌भुत विशेषता मानी जाती है। अनुश्रुतियों के अनुसार ऋषि अगस्त ने आर्य मान्यताओं को दक्षिण भारत में व्यापक किया। दक्षिण भारत में सबसे प्राचीन एवं मान्य देवता मुरुगन था। इसे सुब्रह्मणयम् नाम से भी जाना जाता है। तमिल भाषा में इसका अर्थ है – कुमार। मुरुगन को मूलतः पर्वतीय निवासियों का देवता माना गया है जिसकी आराधना में नृत्य व संगीत का प्रयोग किया जाता है। यह दक्षिण भारत का प्रागैतिहासिक काल का देवता है। इन्हें स्कंद कार्तिकेय के साथ एकीकृत करके शिव-पार्वती का पुत्र मान लिया गया। कृष्ण की उपासना में गायन एवं नृत्य की परम्परा मुरुगन की आराधना से ली गई। दक्षिण भारत में शिव की उपासना अर्द्धनारीश्वर के रूप में की जाती थी। इनके अवतार रूप भी मान्य किए गए। पौराणिक कथाओं के अनुसार शिव का विवाह पाण्ड्यराज की राजकुमारी मीनाक्षी के साथ हुआ था। आज भी दक्षिण भारत में इस कथानक के अनुसार शैव मन्दिरों में उत्सव मनाया जाता है। इन क्षेत्रों में विष्णु की आराधना का भी प्रचलन था। *मणिमेकलै* में विष्णुचरित्र का व्यापक वर्णन किया गया है। अलवार सन्तों को वैष्णव धर्मावलम्बी माना गया। संगम साहित्य *कडवलि* के लेखक पोयगैयार को प्राचीनतम अलवार माना जाता है। *मणिमेकलै* में सरस्वती की उपासना, मूर्त्ति एवं मन्दिर का वर्णन है। सनातन धर्म के साथ-साथ दक्षिण में जैन एव बौद्ध धर्म भी उन्नत हुए। अशोक के काल में दक्षिण भारत व श्रीलंका में बौद्ध धर्म का व्यापक प्रचार हुआ। ईसा की प्रथम दो शताब्दियों में अमरावती, नागार्जुन कोण्डा एवं कांचीपुरम् बौद्ध धर्म दर्शन के प्रमुख केन्द्र थे। नागार्जुन कोण्डा में नागार्जुन ने बौद्ध दर्शन के शून्यवाद सिद्धांत का विकास किया। जैन परम्परा के अनुसार चन्द्रगुप्त मौर्य ने जैन मतावलंबी होकर श्रावणबेलगोला में प्रवास किया था। संगम साहित्य के निर्माण में मदुरा में की गई जैन-संगम की महत्त्वपूर्ण भूमिका थी।

मगध राज्य के उत्कर्ष के साथ-साथ दक्षिण भारत में रोपाधान, ढलवा लोहा, मुद्रा व्यवस्था, प्रशासनिक संस्थाएं, सामाजिक-धार्मिक रीति-रिवाज, स्थापत्य एवं नगरीय जीवन के मूल्य दक्षिण भारत पहुंचे। जिससे यहां भी महापाषाण कालीन संस्कृति के स्थान पर उन्नतशील कृषि एवं नगरीय जीवन का विकास आरम्भ हुआ। संगम साहित्य में दक्षिण की कृषि व व्यापारिक उन्नति का वर्णन किया गया

है। संगम साहित्य में दक्षिण की उपजाऊ कृषि भूमि का उल्लेख है। इसके बारे में एक कहावत प्रचलित है कि 'चोल प्रदेश में जितनी भूमि पर एक हाथी बैठता है उतनी जमीन पर सात लोगों के लिए खाद्यान्न उत्पन्न किया जा सकता है।' चेर राज्य में काली मिर्च व हल्दी का उत्पादन होता था। संगम कविताओं में धान, रागी, गन्ना, तिलहन, दलहन के वृहद् उत्पादन का उल्लेख किया गया है। ढ़लवा लोहे की तकनीकी के विस्तार से कृषि, व्यापार एवं राज विस्तार को प्रोत्साहन मिला। दक्षिण की समृद्धि का एक अन्य कारण आन्तरिक एवं विदेशी व्यापार की उन्नति भी थी। *पेरीप्लस ऑफ दी एरीथियन सी* पुस्तक में वर्णित है कि उरैयूर नगर सूती वस्त्रों के उत्पादन का प्रमुख केन्द्र था। यहां रोमन बस्तियां भी विद्यमान थीं। *मणिमेकलै* कविता में वस्त्रों का निर्माण करने वाले वस्त्रकारों और कढ़ाई करने वाले कारीगरों का वर्णन किया गया है। संगम साहित्य में पुलैयन, सोनार, लोहार व कुम्हार जैसे कारीगरों का उल्लेख है। शराब व शक्कर बनाने का कार्य भी उन्नत था। *सिलप्पादिकारम्* में वर्णित है कि उत्तर व दक्षिण के मध्य सड़क एवं जल परिवहन का मार्ग उन्नत था। इन मार्गों का उपयोग करने वाले व्यापारियों से पथकर लिया जाता था। व्यापारिक विनिमय में सिक्कों का प्रयोग होता था। उरैयूर, पुहार, अरिकामेड्डू व अन्य नगरों से आहात सिक्के प्राप्त हुए हैं। व्यापारिक क्रियाकलाप के उन्नत होने से नगरों में बाजारों का विकास हुआ। रोमन लेखकों नें मदुरा के बाजारों का विशेष उल्लेख किया है जिनमें विभिन्न प्रकार की वस्तुएँ बेची जाती थीं। संगमकालीन विदेशी व्यापार भी उन्नत था। ई.पू. 25 में रोमन सम्राट आगस्टन ने समुद्री व्यापारिक विस्तार के लिए मण्डल की स्थापना की। इसके प्रयासों से ही मिस्र के समुद्री तट ग्रीस एवं भारतीय समुद्र तटों पर रोमन बस्तियां स्थापित हुईं और एलेक्जेन्ड्रिया बन्दरगाह में "लाइट हाउस" की स्थापना की गई। भारत से रोमन साम्राज्य को निर्यात की जाने वाली वस्तुओं में मुख्यत: मसाला, मोती, हाथी दाँत की बनी वस्तुएं एवं सूती कपड़ा प्रमुख थीं। इसके एवज में भारतीयों को सोना एवं बहुमूल्य धातुएं प्राप्त होती थीं। प्लिनी ने भारत में यूरोपीय धन सम्पदा के आने पर दुख व्यक्त किया है। कोयम्बटूर एवं मदुरा से सर्वाधिक रोमन सिक्के प्राप्त हुए हैं। वस्तुत: रोमन व्यापारियों का प्रत्यक्ष व्यापारिक सम्बन्ध दक्षिण भारत से ही था। इसलिए इन क्षेत्रों के शासकों के साथ रोमन सम्राट के घनिष्ठ राजनीतिक सम्बन्ध थे। स्ट्रेबो के अनुसार ई.पू. 25 में पाण्ड्य देश के राजा ने श्रमणाचार्य के नेतृत्व में एक व्यापारिक एवं राजनीतिक शिष्ट मण्डल रोमन साम्राज्य में भेजा था जिनके प्रयत्नों से भारत में रोमन व्यापारियों की बस्तियां एवं कारखाने भी निर्मित्त होने लगे थे। इनमें सबसे

महत्त्वपूर्ण केन्द्र मालाबार के तट पर स्थित मुजिरिस बन्दरगाह था। यहां पर यवन बस्तियां, कारखाने एवं रोमन मन्दिर उत्खनन में प्राप्त हुए हैं। नौरा एवं तोण्डी बन्दरगाहों पर भी यवन बस्तियां निर्मित्त की गई थीं किंतु मसालों की अत्यधिक मांग के कारण भारत से मसालों की आपूर्ति नहीं हो पा रही थी जिससे भारतीयों ने दक्षिण-पूर्व एशिया के मसाला उत्पादन क्षेत्रों की ओर रुख किया। इस प्रक्रिया से इन क्षेत्रों में भारतीय व्यापारिक उपनिवेश स्थापित होने लगे। भारतीय व्यापारी, दक्षिण-पूर्व एशिया के क्षेत्रों से मसाले लाकर उन्हें ताम्रलिपि, पुहार एवं अरिकामेडु से स्थल या जलमार्ग द्वारा रोमन साम्राज्य को निर्यात कर दिया करते थे।

52

चोल: केंद्रीय व स्थानीय प्रशासन

दक्षिण भारतीय राजवंशों में चोलों के द्वारा विशिष्ट शासन प्रणाली का निर्माण किया गया जिसमें प्रबल केन्द्रीय नियन्त्रण के साथ-साथ स्थानीय प्रशासन में स्वायत्तता भी दी गई। केन्द्रीकृत व्यवस्था के मूल में राजत्व उपाधियां, विशाल नौकरशाही एवं शक्तिशाली सेना विद्यमान थी। आर्थिक-व्यापारिक क्रियाकलापों की व्यापकता से शहरी व ग्रामीण क्षेत्रों में अनेकानेक जातिवादी संगठन उत्पन्न हो गए थे, राज्य द्वारा इन्हें प्रशासनिक व कार्यगत स्वायत्तता प्रदान की गई थी। हालांकि ये कोई प्रजातांत्रिक अधिकारों से सम्पन्न संस्थाएं नहीं थीं। इनमें भी विशेष वर्गों को ही अधिकारों का हस्तान्तरण किया गया था। अग्रहार ग्राम सभाओं में महिलाओं एवं शूद्रों को सहभागी नहीं बनाया गया था। चोल प्रशासन की जानकारी के स्रोतों में अभिलेख, मंदिरों में लिखी गई प्रशस्तियां, तत्कालीन साहित्य एवं विदेशी यात्रियों के विवरण सम्मिलित हैं।

दक्षिण भारत में प्रशासनिक संस्थाओं के विकास की नियोजित परम्परा प्राप्त होती है। मौर्यों के प्रशासन से प्रेरणा लेकर सातवाहन शासकों ने केन्द्रीकृत एवं स्थानीय आवश्यकताओं के अन्तर्गत प्रशासनिक संस्थाओं को निर्मित्त किया। यही ढांचा चोलों के काल में उत्कर्ष अवस्था पर पहुंचता है। दक्षिण भारतीय शासकों के द्वारा वैदिक धर्म और परम्पराओं को आत्मसात किया गया था। पाण्ड्य व पल्लव शासकों ने अश्वमेघ यज्ञ सहित विभिन्न यज्ञों का सम्पादन किया था। किंतु चोल शासकों ने शैव धर्म को प्रश्रय दिया और दान के माध्यम से राजवंशीय कल्याण की कामना की। हालांकि राजाधिराज ने एक बार अश्वमेघ यज्ञ भी करवाया था।

चोल शासकों ने दीक्षा लेने के लिए शैव आचार्यों की भी नियुक्तियां कीं। चोलों के द्वारा नवीन राजत्व उपाधियों का सृजन किया गया। वस्तुतः यह "उपाधि-सृजनकर्ता" शासक थे। ये उपाधियां क्षेत्र विजय, नगर व मन्दिर स्थापना अथवा व्यक्तिगत उपलब्धियों के समय धारण की जाती थीं। सामान्यतः इनके द्वारा "त्रिभुवन", "चक्रवर्तीगल", "दिग्विजय" एवं "उदेयदर" की उपाधियां धारण की गईं। राजेन्द्र चोल ने गांगेय क्षेत्र पर अधिकार के उपरान्त "गंगेयकोण्डचोला" एवं केरल पाण्ड्य व श्रीलंका पर विजय के उपरान्त क्रमशः "केरलान्तक", "मधुरान्तक" व "सिंगलान्तक" की उपाधि धारण की। चोल राज परिवार भ्रातृत्व व परस्पर प्रेम के द्वारा एकजुट था। ऐसा सौहार्दपूर्ण सम्बन्ध राजवंशीय सदस्यों में कम ही प्राप्त होता है। जनसामान्य के मध्य स्वयं की पावन स्थिति स्थापित करने के लिए मंदिरों में राजाओं एवं पटरानियों की प्रतिमाएं लगवाई गईं। चीनी यात्री चाऊ-कु-जुआ ने चोल दरबार की भव्यता, मर्यादा व सांस्कृतिक कार्यक्रमों का विशद वर्णन किया है।

राजा का मुख्य प्रशासनिक कार्य–राजाज्ञा जारी करना था। राजा के आदेशों को केन्द्रीय सचिवालय के माध्यम से सम्बन्धित अधिकारियों अथवा स्वायत्त संस्थाओं को अग्रसारित किया जाता था। सार्वजनिक हितों, नियमों एवं कानूनों से सम्बन्धित राजाज्ञों को मन्दिरों की दीवारों अथवा पृथक शिलाखण्डों में उत्कीर्ण करवा दिया जाता था जिससे इसका प्रभाव लगातार बना रहे। चोल काल में केन्द्रीय मंत्रिमण्डल के गठन की जानकारी नहीं मिलती है। राज्य कार्य के संचालन के लिए अधिकारियों एवं कर्मचारियों की वृहद श्रृंखला थी। प्रशासन में युवराज को राजा के उपरान्त सर्वोपरि महत्त्व दिया गया था। चोल परम्परा में शासक की मृत्यु के पूर्व ही युवराज को उत्तराधिकारी मनोनीत कर दिया जाता था। इस प्रक्रिया में श्रेष्ठ पुत्र का नियम न होकर योग्यता को महत्त्व दिया गया था। युवराज के चयन ने चोल राजवंश को उत्तराधिकार संघर्ष से पृथक कर दिया था। वस्तुतः युवराज को राजा के लगभग सभी विशेषाधिकार दिए गए थे जिससे वह राजकीय कार्यों का ज्ञाता और प्रशासन पर नियन्त्रण करने में सक्षम हो जाए। चोल नौकरशाही संवर्ग तीन भागों में विभाजित था, पहला, औले, ये सचिवालय का संचालन करते थे। दूसरा, पेरुन्दरम्, उच्चाधिकारी थे। तीसरा, शेरुत्तरम्, ये निम्नाधिकारी का संवर्ग था। इन अधिकारियों के कार्यक्षेत्र विभिन्न विरुदों के द्वारा समझे जा सकते हैं। सैनिक कार्य में संलग्न अधिकारियों को "एनाडि", सामान्य प्रशासन में नियोजित अधिकारियों को "वाचिमारायन", "उरैय्यन" व "पेरैय्यन" का विरुद दिया जाता था। स्थानीय स्वायत्त संस्थाओं के

प्रशासन में राज्य का प्रत्यक्ष हस्तक्षेप नहीं था। किंतु इनके करारोहण व राजकीय आदेशों के परिपालन की जाँच के लिए "मध्यस्थ" पदाधिकारी की नियुक्ति की गई थी। इसके द्वारा संस्थाओं की सभी बैठकों में अनिवार्यत: भाग लिया जाता था। इसके दो लाभ थे। पहला, राज्य व संस्था के मध्य प्रशासनिक व अन्य कार्यों की पारदर्शिता बनी रहती थी। दूसरा, संस्थाओं के द्वारा स्थानीय समस्याओं के निराकरण में संलग्न रहने से जन आक्रोश की सम्भावना समाप्त हो गई थी।

चोल साम्राज्य को नौ मण्डलों या प्रान्तों में विभाजित किया गया था। इनका नामकरण उन क्षेत्रों में राज्य को विस्तारित करने वाले सेनापतियों के नाम पर किया गया था। मण्डलों के प्रशासन का दायित्व सामान्यत: राजवंश के योग्य सदस्य को दिया जाता था। राज्य के प्रमुख पदाधिकारी की उपाधि "महादण्डनायक" थी। इन्हें कार्य के एवज में विशेष भू-क्षेत्र प्रदान किए जाते थे। चोल साम्राज्य में विशेषाधिकार प्राप्त सामंत भी थे जिन्हें राजकीय प्रतीक (हाथी, छत्र व अन्य) प्रयोग करने की स्वतन्त्रता थी। इन्हें राजकीय अभियानों के दौरान अपने सैनिकों सहित उपस्थित होना पड़ता था। राजाज्ञा की अवहेलना करने पर इन्हें दण्डित अथवा पद से वंचित भी किया जाता था। मण्डल को 'वलनाडुओं' में बांटा गया था। इसे "कोट्टम" भी कहा गया है। कोट्टम की सीमा का निर्धारण नदियों व पर्वतों के द्वारा भी किया जाता था हालांकि सीमाएं व नामकरण भी विशेष परिस्थितियों में बदल दिए जाते थे। वलनाडु को नाडुओं में विभक्त किया गया था। इसे कुर्रम के नाम से भी जाना जाता है। इसमें पच्चास गांवों का समूह होता था।

चोल शासकों ने कुशल सैन्य संगठन निर्मित्त किया था। जिसमें सेना के चार अंग थे–पैदल, घुड़सवार, हाथी एवं नौसेना। सेना में लगभग पचहत्तर सैन्य टुकड़ियां थीं जिनका पृथक-पृथक नामकरण किया गया था। बहुधा यह टुकड़ियां उन सेनानियों के नाम होती थी जिन्होंने युद्ध में पराक्रम दिखाया था। महत्त्वपूर्ण यह है कि चोल सैनिक युद्ध के साथ-साथ नागरिक प्रशासन एवं प्राकृतिक विपदाओं के दौरान जनसेवा में भी सक्रिय रहते थे। इनके निवास के लिए राजधानी व विभिन्न नगरों में "कड्गम" (छावनियां) बनाई गई थीं। दक्षिण भारत में हाथियों की उपलब्धता अधिक थी। इसलिए इन्हें सैन्य प्रशिक्षण देने वाले महावत भी मिल जाया करते थे। किंतु समस्या घोड़ों को लेकर थी। इसकी आपूर्ति अरब व्यापारी करते थे और ये घोड़ा पालन के तरीकों, बीमारियों एवं रख-रखाव के बारे में जानकारी नहीं देते थे। इससे घोड़ों की मृत्युदर अधिक थी और अरब व्यापारियों का बाजार भी बढ़ जाता था। चोल शासक राजराजा प्रथम के काल में नौसेना का

गठन किया गया और राजेन्द्र चोल ने इसे शक्तिशाली बनाया। राजेन्द्र चोल ने श्रीविजय के शैलेन्द्र साम्राज्य, श्रीलंका, मालदीव व अन्य समुद्री क्षेत्रों पर अधिकार नौसेना के द्वारा ही किया था। हालांकि इनके द्वारा नौसैनिक बेड़े के गठन को लेकर संदेह व्यक्त किया जाता है। ऐसा माना जाता है कि इन्होंने व्यापारिक जहाजों के माध्यम से ही विजय प्राप्त की थी। फिर भी नौसेना के द्वारा दक्षिण पूर्व एशियाई देशों के साथ व्यापारिक विस्तार में मदद मिली। नौसैनिक शक्ति के कारण बंगाल की खाड़ी को चोलों की झील कहा गया। चोल राजवंश की यह परम्परा थी कि युद्ध के दौरान राजा अथवा राजकुमार ही सेना का नेतृत्व करता था। श्रेष्ठ सैनिकों को युद्ध के उपरान्त "क्षत्रिय शिखामणि" की उपाधि दी जाती थी। युद्ध के दौरान एकत्र की गई धनराशि से चोल महलों व मन्दिरों का निर्माण करवाया गया था।

चोलों के अन्तर्गत स्थानीय प्रशासनिक संस्थाओं का सुनियोजित विकास किया गया। चोल स्थानीय स्वायत्त संस्थाओं का आरम्भ सातवाहन युग से ही हो गया था। सातवाहनों ने ग्राम प्रशासन का दायित्व अग्रहार दान भोगियों को सौंपा। यह परम्परा, पल्लव, पाण्ड्य व अन्य राजवंशों से होती हुई चोल काल में उत्कर्ष पर पहुंची। इसके अन्तर्गत नगर व ग्राम प्रशासन की जवाबदेही राज्य अपने ऊपर नहीं लेता था। चोल ग्राम स्वायत्तता की सर्वप्रथम जानकारी परांतक प्रथम (900ई.-955ई.) के उत्तरमेरुर अभिलेख से होती है। ग्राम क्षेत्रों की आर्थिक, प्रशासनिक व सांस्कृतिक गतिविधियों पर नियंत्रण स्थानीय संस्थाओं का था हालांकि राज्य के द्वारा इसकी निगरानी भी की जाती थी।

चोल प्रशासन के सुचारु संचालन में ग्राम सभाओं, आर्थिक-सामाजिक संगठनों एवं धार्मिक, आर्थिक-सामाजिक संगठनों एवं धार्मिक समूहों की भी महत्त्वपूर्ण भूमिका थी। इन सभी की शक्ति एवं सत्ता का स्रोत–प्राचीन मान्यताएं, जन समर्थन एवं राज्य का अनुमोदन था। ग्राम संस्थाओं के कार्य क्षेत्र विस्तृत थे जबकि समूहों को व्यापक अधिकार प्राप्त नहीं था। वस्तुत: समूहों का गठन किसी विशेष उद्देश्य की पूर्ति के लिए किया जाता था। व्यापारिक कार्यों में संलग्न बड़े समूहों में "वलयेनियार" एवं "मणिग्रामम" थे। मंदिर के प्रबन्धन के कार्यों से जुड़े हुए संगठन को "मूल पेरुदयार" कहा जाता था। ग्राम क्षेत्रों में क्रियाशील पेशेवर जातियों के विभिन्न समूह, ग्राम सभाओं के अधीन कार्य करते थे। शैव एवं वैष्णव सम्प्रदायों के भी पृथक-पृथक समूह निर्मित्त किए गए थे। चोल युगीन ग्राम प्रशासन में सभाओं की विशिष्ट भूमिका स्वीकार की गई थी। चोल अभिलेखों में दो प्रकार की सभाओं का वर्णन है। जिनमें सभा या "महासभा" एवं "उर" सम्मिलित हैं।

उर को सर्वसाधारण की संस्था माना गया हैं। यह शहर व गांवों दोनों स्थानों में गठित की गई थी। उर नामक ग्रामों में यदि ब्राह्मण को बसाया जाता था तो उसे "मंगलम ग्राम" कहते थे। उर की कार्य समिति "आड्डुगड्म" थी। इसका गठन छोटे-छोटे "गड्म" द्वारा किया जाता था। इनकी सदस्य संख्या, कार्य प्रणाली एवं अधिकारों की जानकारी प्राप्त नहीं होती।

सभा या महासभा का निर्माण अग्रहार भूमि में किया जाता था, यह अधिक संगठित संस्था थी। प्रत्येक महासभा के अन्तर्गत अनेक "वारियम" (समिति) थीं, जो पृथक-पृथक विभागों के संचालन एवं प्रबन्धन में संलग्न थीं, जिनमें दान, उपवन, कृषि, सिंचाई, शिक्षा एवं मंदिर प्रबन्धन जैसे कार्य सम्मिलित थे। सभा में कार्यकारिणी का भी निर्माण किया गया था। किंतु अधिकतर कार्य "वारियम" एवं इनके सदस्यों के द्वारा ही किए जाते थे। परांतक प्रथम के उत्तर मेरुर अभिलेख एवं माणूर से प्राप्त पाण्ड्य अभिलेख से वारियम के गठन एवं कार्य प्रणाली की जानकारी मिलती है। अभिलेखों में वारियम के सदस्य बनने की योग्यता एवं अयोग्यता वर्णित है जिसके अनुसार जो व्यक्ति वेद व इसके भाष्य के ज्ञाता हों, निजी आवास हो, डेढ़ एकड़ जमीन हो और उसकी आयु 35-70 वर्ष हो, वारियम का सदस्य बन सकता हैं। किंतु जो अपराधी, चरित्रहीन, भ्रष्टाचारी हो तथा शूद्र के सम्पर्क से दूषित हो गया हो, वारियम का सदस्य नहीं बन सकता। गांव के सभी योग्यताधारी व्यक्तियों को सदस्य बनने का अवसर प्राप्त हो, इसके लिए कुटुम्बस (वार्ड) का निर्माण करके 30 सदस्यों का चुनाव किया जाता था। इसके मध्य से पाँच उपसमितियां बनाई गई थीं जिन्हें बाग-बगीचों की देखरेख, जल प्रबन्धन (एरिवारियम), विवाद निपटाने, संस्था में जमा धनराशि की देखरेख करने का कार्य करना होता था। इन उपसमितियों की संख्या विभिन्न ग्राम सभाओं में अलग-अलग भी प्राप्त होती हैं। कावेरी पत्तनम् की एक ग्राम सभा में आठ उपसमितियों का प्रमाण मिलता है। ऐसा लगता है कि इनका गठन ग्राम प्रशासन की आवश्यकता के अन्तर्गत किया जाता था। वारियम के कार्यों की देखरेख के लिए अनुभवी व्यक्तियों की एक सामान्य समिति 'सम्वत वारियम' निर्मित्त की गई थी जिसमें सदस्यों की संख्या बारह थी।

ग्राम सभाओं के कार्य क्षेत्र विस्तृत थे और इन्हें व्यापक अधिकार भी प्राप्त थे। इनके द्वारा ग्राम क्षेत्रों में तालाब खुदवाने, जल प्रबन्धन करने, शिक्षा व्यवस्था का संचालन करने, माप-तौल व्यवस्था का निरीक्षण करने, कृषि व्यापारिक गतिविधियों के संचालन का अधिकार था। भू-राजस्व वसूली एवं उसे राजकोष में जमा कराना

ग्राम संस्थाओं का सर्वोपरि कार्य था। कृषकों के द्वारा यदि समय से राजस्व नहीं चुकाया जाता था तो उनसे राजस्व का पाँच गुना दण्ड वसूला जाता था अथवा उनकी भूमि नीलाम कर दी जाती थी। ग्रामीण क्षेत्रों में प्राकृतिक विपदाओं के समय ग्राम संस्था राजा से राजस्व को कम करने अथवा माफ करने की सिफारिश करती थी। ग्राम संस्थाएं बैंकिंग का कार्य भी करती थी। इसके अन्तर्गत धन जमा करने वाले लोगों को ब्याज भी दिया जाता था। ग्राम सभाओं में भविष्यपुराण, व्याकरण व यजुर्वेद की शिक्षा दी जाती थी। यहां पर सामाजिक-सांस्कृतिक क्रियाकलापों का गम्भीर संकेन्द्रण था। धार्मिक उत्सव व त्योहार भी मन्दिरों में ही मनाए जाते थे।

चोल स्थानीय स्वायत्त इकाइयां सामान्यतया एक कार्य प्रणाली के अन्तर्गत क्रियाशील थीं। सभी सदस्यों की बैठकों में उपस्थिति वांछनीय थी और सभा के निर्णय भी सर्वसम्मति से लिए जाते थे। इतना होने पर भी ये ग्राम संस्थाएं मध्ययुगीन सामंती मान्यताओं के अन्तर्गत ही क्रियाशील थीं, शूद्रों व महिलाओं को सभा से पृथक रखना इसका उदाहरण है। इसलिए इस ग्राम स्वायत्तता को ''अग्रहार भूमि स्वायत्तता'' माना जाना चाहिए। एक सन्दर्भ यह भी विवेचनीय है कि उत्तर भारत में भी अग्रहार व ब्रह्मदेह संस्थाएं गठित की गई थीं जिसमें ब्राह्मणों को विशेषाधिकार प्राप्त था और इन्हें यह अनुदान शाश्वत समय के लिए प्राप्त होता था और जिसमें राजकीय कर्मचारियों का हस्तक्षेप वर्जित था। अग्रहार संस्था के प्रशासन के संचालन के लिए ''बीथी'' इकाई का गठन किया गया था। किंतु उत्तर भारत की इन संस्थाओं की जानकारियां दानपत्रों के अतिरिक्त अन्य स्रोतों से नहीं होती हैं। चोल संस्थाओं के बारे में मन्दिर शिलालेख प्रशस्तियां, स्थानीय ग्राम सभाओं के दस्तावेज, साहित्यिक स्रोतों व विदेशी यात्रियों के विवरणों से जानकारी मिलती है।

53

विजयनगर : राजनीतिक उत्कर्ष

दक्षिण भारत में चोल राजवंश के पतन एवं दिल्ली सल्तनत की सत्ता के विस्तार के उपरान्त चौदहवीं शताब्दी में शक्तिशाली विजयनगर राज्य का उदय हुआ। इसकी स्थापना 1336ई. में हरिहर एवं बुक्का भाइयों ने सुल्तान मुहम्मद बिन तुगलक के विरुद्ध विद्रोह के उपरान्त की थी। हालांकि सुल्तान ने इन्हें अपना सेनापति बनाकर कम्पिल में विद्रोह के दमन के लिए भेजा था। किंतु विद्यारण्य नामक वैष्णव सन्त के प्रभाव में आकर इन्होंने अपने पिता के नाम पर संगम राजवंश की स्थापना की। हरिहर प्रथम ने राज्य को बाह्य व आन्तरिक सुरक्षा प्रदान की। इसने विजयनगर प्रशासन का निर्माण काकतीय राज्य के अनुरूप किया। राज्य की आय को बढ़ाने के लिए जंगलों को काटकर कृषि योग्य भूमि के विस्तार पर जोर दिया गया। हरिहर ने सर्वप्रथम होयसला शासक बल्लाल तृतीय को 1338ई. में पराजित किया। 1346 ई. में बुक्का प्रथम ने बल्लाल चतुर्थ को पराजित करके सम्पूर्ण होयसला राज्य पर अधिकार कर लिया। इसके उपरान्त 1347ई. में कदम्ब राज्य पर नियंत्रण स्थापित किया गया। हरिहर प्रथम ने अपने जीवन काल में ही योग्यतम भाई बुक्का प्रथम को उत्तराधिकारी घोषित किया था। बुक्का प्रथम (1354 से 1377ई.) एक महान योद्धा, कूटनीतिज्ञ, विद्या प्रेमी और जन कल्याणकारी शासक था।

बुक्का प्रथम ने हरिहर प्रथम के साथ मिलकर विजयनगर राज्य का संचालन किया था। वस्तुत: हरिहर की योजनाएं बुक्का द्वारा ही क्रियान्वित की जाती थीं। इसने राजनारायण सम्बुवराय को पराजित करके साम्राज्य को दक्षिण में पेन्नार तथा

कोल्लडम नदी तक पहुँचा दिया। बुक्का प्रथम के काल में रायचूर-दोआब पर अधिकार को लेकर बहमनी राज्य से संघर्ष आरंभ हुआ। बुक्का प्रथम के राजनीतिक जीवन का सर्वाधिक महत्त्वपूर्ण कार्य मदुरा के शासक एहसानशाह को पराजित करके साम्राज्य का विस्तार करना था। यह आक्रमण 1370ई. में राजकुमार कम्पन के नेतृत्व में हुआ। इससे विजयनगर राज्य की सीमा रामेश्वरम् तक पहुंच गई। बुक्का प्रथम ने प्रशासनिक संगठन पर विशेष ध्यान दिया। जिसके अन्तर्गत प्रान्तों का गठन हुआ जिसमें–उदयगिरि, पेनुगोण्डा, मुथवयि, अरग, तुलु तथा राजगम्भीर सम्मिलित हैं। बुक्का की मृत्यु के उपरान्त हरिहर द्वितीय (1377ई. से 1405ई.) और देवराय प्रथम (1404ई. से 1422ई. तक) शासन किया। हरिहर द्वितीय के काल में पश्चिमी तट के बंदरगाहों पर विजयनगर का नियन्त्रण बढ़ा जिससे अरब एवं यूरोप से व्यापारिक सम्बन्धों में नवीन युग का प्रादुर्भाव हुआ। इसके उपरान्त विरुपाक्ष प्रथम और बुक्का द्वितीय ने कुछ समय तक शासन किया। 1406ई. में देवराय प्रथम शासक बना। देवराय प्रथम अपने सम्पूर्ण शासनकाल में बहमनी राज्य के साथ-साथ आन्तरिक सरदारों और रेड्डियों से संघर्ष करता रहा। उसने बहमनी सुल्तान फिरोजशाह का त्रिगुट बनाकर विजयनगर पर आक्रमण किया, पराजित होने के बाद देवराय ने धन के साथ-साथ अपनी पुत्री का विवाह फिरोजशाह से किया। इस अभियान से रायचूर दोआब पर बहमनी राज्य का प्रभुत्व स्थापित हो गया। हालांकि 1417ई. में देवराय ने पुनः रायचूर दोआब पर नियन्त्रण स्थापित कर लिया। इसके उपरान्त उसने सैन्य संगठन को मजबूत करने की ओर विशेष ध्यान दिया। इसके लिए अरब-मध्यएशियाई क्षेत्रों से घोड़े मंगवाए गए और घुड़सवार सेना में बड़ी संख्या में मुसलमानों की भर्ती की गई। देवराय प्रथम शैव धर्मावलम्बी था जिसकी आराध्य देवी पम्पा थी किंतु इसने सभी धर्मों का सम्मान किया। देवराय प्रथम के काल में विजयनगर राज्य में तुंगभद्रा नदी में बांध बनाकर नहरें निकाली गईं, इससे सिंचाई की सुविधा का विस्तार हुआ। इटली के पर्यटक निकोली कोंती ने देवराय प्रथम के काल में विजयनगर की यात्रा की थी। इसने राज दरबार, समाज, रीति-रिवाज और निर्माण कार्यों का वर्णन किया है। देवराय द्वितीय संगम वंश का महानतम शासक माना जाता है। इसने कृष्णा नदी तक राज्य का विस्तार किया। देवराय द्वितीय ने उड़ीसा के गजपति शासकों को पराजित किया और केरल को साम्राज्य में मिलाया। देवराय द्वितीय एक धर्मनिरपेक्ष शासक था। इसने सेना में हिन्दुओं के साथ-साथ मुस्लिमों को भी भर्ती किया और इन्हें भी राजकीय सेवाओं के एवज में जागीरें प्रदान कीं। देवराय द्वितीय के शासनकाल

में ईरान का राजदूत अब्दुल रज्जाक विजयनगर आया था। इसने देवराय द्वितीय की नीतियों एवं कार्यों की प्रशंसा की है। 1446ई. में देवराय द्वितीय की मृत्यु के उपरान्त मल्लिकार्जुन शासक बना। इसे प्रौढ़ देवराय के नाम से भी जाना जाता है। इसके शासनकाल में संगम वंश अत्यन्त कमजोर हो गया था क्योंकि उड़ीसा के गजपति शासक कपिलेश्वर और बहमनी के सुल्तानों ने विजयनगर के विशाल क्षेत्र पर अधिकार कर लिया था। बिरूपाक्ष द्वितीय (1465ई. से 1485ई.) संगम वंश का अन्तिम शासक था।

सालुव नरसिंह ने सालुव वंश की स्थापना की। किंतु इसे आन्तरिक संकट एवं बाह्य आक्रमण का सामना करना पड़ा। इनमें स्थानीय सरदारों के साथ-साथ, गजपति शासक भी सम्मिलित थे। सालुव ने पालेगारों के विद्रोह को समाप्त करने के लिए लम्बा संघर्ष किया। 1484ई. में गजपति पुरुषोत्तम ने तटीय आंध्र क्षेत्रों पर अधिकार करके उदयगिरि किले की घेराबंदी कर ली, सालुव नरसिंह युद्ध में पराजित हुआ और इसे गजपति ने बंदी बना लिया। हालांकि उदयगिरि को गजपतियों को सौंपने के बाद यह रिहा हो गया। इतना होते हुए भी सालुव ने घुड़सवार सेना का संगठन किया। सबसे महत्त्वपूर्ण यह रहा कि सालुव नरसिंह ने कृषकों को सैन्य प्रशिक्षण देकर उन्हें योद्धा वर्ग में परिवर्तित कर दिया और नागरिक सेना का गठन करने में सफल हुआ। 1490ई. में सालुव नरसिंह की मृत्यु हो गई। इसके दोनों पुत्र–तिम्मभूप तथा इम्माड़ि अल्पवयस्क थे। तिम्मभूप को राजा घोषित करके नरसा नायक को संरक्षक बनाया गया। किंतु विद्रोही मंत्री तिम्मरस ने तिम्मभूप की हत्या करवा दी। इससे इम्माड़ि को शासक बनाया गया। नरसा नायक ने सालुव वंश व साम्राज्य की रक्षा की। इसके पुत्र वीर नरसिंह ने इम्माड़ि की 1505ई. में हत्या करके राजगद्दी पर अधिकार कर लिया।

वीर नरसिंह ने पितामह तुलुव के नाम पर तुलुव राजवंश स्थापित किया। इस राजवंश ने 1505ई. से 1572ई. तक शासन किया। इस कालावधि में विजयनगर का महानतम शासक कृष्णदेव राय भी सम्मिलित था। वीर नरसिंह का प्रथम संघर्ष काशप्य उडैय से हुआ। इसके अतिरिक्त उसे युसुफ आदिल खान से रायचूर दोआब को लेकर संघर्ष करना पड़ा। हालांकि वीर नरसिंह ने इन्हें विजयनगर के क्षेत्र में अधिकार करने से रोक दिया था। वीर नरसिंह ने घुड़सवार सेना को शक्तिशाली बनाया और पुर्तगाली गवर्नर अलमीद से समझौता करके सभी आयातित घोड़े खरीदे। वीर नरसिंह ने विजयनगर राज्य में प्रचलित विवाह करके समाप्त कर दिया। इसके उपरान्त कृष्णदेव राय 8 अगस्त 1509ई. को शासक बना, जो सर्वाधिक

योग्य शासक सिद्ध हुआ। इसके नेतृत्व में साम्राज्य का सर्वाधिक विस्तार हुआ, प्रशासनिक संगठन को मजबूत करके प्रजा के लिए कल्याणकारी नीतियां लागू की गईं। 1509ई. में बीजापुर, बीदर व अहमदनगर की सेनाओं ने विजयनगर पर संयुक्त आक्रमण किया। किंतु कृष्णदेव राय ने संयुक्त सेना को पराजित कर दिया। इस युद्ध में बीजापुर सुल्तान युसुफ आदिल खान मारा गया। 1512ई. में कृष्णदेव राय ने कृष्णा-तुंगभद्रा दोआब पर अधिकार करके गुलमर्गा पर भी नियंत्रण स्थापित कर लिया। इसके उपरान्त विजयनगर की सेनाओं ने बीदर पर प्रभुत्व बना लिया और यहां महमूदशाह द्वितीय को शासक बनाया। ऐसा करके वह बहमनी राज्य के अवशेषों पर उत्पन्न हुई रियासतों की परस्पर एकजुटता को रोक सकता था। कृष्णदेव राय ने सैन्य अभियान करके पालेंगारों का दमन किया और सेरिंगापत्तनम् व शिवसमुद्रम पर नियन्त्रण बनाया। 1513ई. में कृष्णदेव राय ने गजपतियों के नियन्त्रण में स्थित उदयगिरि पर आक्रमण किया, और दो वर्ष की घेराबंदी के बाद इसपर अधिकार कर लिया। गजपतियों के आधिपत्य में विद्यमान अन्य क्षेत्रों को भी धीरे-धीरे विजयनगर साम्राज्य में मिला लिया गया जिनमें कोण्डवीद, बेजवाड़ा व कोण्डपल्लि सम्मिलित हैं। कृष्णदेव राय ने गजपति राजधानी कटक पर भी नियन्त्रण स्थापित किया इससे तेलंगाना व वेंगी पर अधिकार करने का मार्ग भी प्रशस्त हो गया। 1516ई. तक इन सभी क्षेत्रों पर विजयनगर का वर्चस्व स्थापित हो गया। कृष्णदेव राय के उड़ीसा में सैन्य अभियान में व्यस्त करने से बीजापुर ने रायचूर दोआब पर नियंत्रण कर लिया, किंतु 19 मई 1520 को कृष्णदेव राय ने इस्माइल आदिलशाह की सेनाओं को पराजित करके इसे पुन: विजित कर लिया। कृष्णदेव राय ने राजनीतिक विजय के साथ-साथ कला, साहित्य व धर्म को भी उदार संरक्षण दिया। आमुक्त माल्यद ग्रंथ में प्रशासन के संचालन, अधिकारियों की नियुक्ति व नियत्रण, विदेश-नीति के निर्धारण, न्यायिक ढांचे के निर्माण आदि की विस्तृत चर्चा की गई है। कृष्णदेव राय ने नागलापुर नगर की स्थापना की जिसमें राजमहल, रक्षा-प्राचीर, विशाल मंदिर, उपवन, झील, नहर व बाजार आदि को निर्मित्त किया गया था।

कृष्णदेव राय ने अच्युतदेव को अपना उत्तराधिकारी घोषित किया था किंतु रामराय, सदाशिव राय को शासक बनाना चाहता था। ऐसे में उत्तराधिकार संघर्ष के दौरान गजपति प्रतापरुद्र व इस्माइल आदिल खान ने विजयनगर पर आक्रमण कर दिया। बीजापुर सुल्तान ने रायचूर-दोआब पर नियन्त्रण स्थापित कर लिया हालांकि गजपतियों के आक्रमण को रामराय ने रोक दिया था। गोलकुण्डा के सुल्तान कुली

कुतुबशाह ने कोण्डवीडु पर अधिकार का प्रयत्न किया किंतु रामराय ने इसे पराजित कर दिया। 1534ई. में रायचूर दोआब पर पुन: विजयनगर का नियन्त्रण स्थापित हो गया। 1542ई. में अच्युतदेव की मृत्यु हो गई। सदाशिव को शासक बनाया गया हालाकि वास्तविक सत्ता रामराय के नियन्त्रण में थी। रामराय ने विजयनगर राज्य के पड़ोसी राज्यों के प्रति तटस्थता की नीति को त्याग कर उनके आन्तरिक मामलों में खुला हस्तक्षेप किया और इन्हें परस्पर लड़ाकर कमजोर करने की नीति संचालित की। किंतु इससे गोलकुण्डा, बीजापुर, अहमदनगर रियासतें एकजुट हो गई जिसका परिणाम राक्षसी-तगड़ी का युद्ध था। इस युद्ध से विजयनगर राज्य की राजधानी हम्पी नष्ट हो गई और विजयनगर की प्रतिष्ठा भी धूमिल हो गई। हालांकि पेनुकोण्डा को केन्द्र बनाकर नए राजवंश अण्डविन्दु की स्थापना की गई। अण्डविन्दु राज्य के शासकों में तिरुमल, श्रीरंग प्रथम, वेंकट द्वितीय, वेंकट तृतीय एवं श्रीरंग तृतीय सम्मिलित थे। श्रीरंग तृतीय ने 1672ई. तक शासन किया। यह इस वंश का अन्तिम शासक था।

54

विजयनगर प्रशासन

दक्षिण भारत में प्रशासनिक संस्थाओं का संस्थागत विकास हुआ, जिसकी परम्परा सातवाहन काल से चोल राजवंश तक अनवरत जारी रही। किंतु दिल्ली के सुल्तानों के द्वारा दक्षिण भारत में राज्य विस्तार व प्रशासन के संचालन करने से परम्परागत शासन प्रणाली कमजोर हुई इससे विजयनगर राज्य की शासन प्रक्रिया में परिवर्तन हुआ। दिल्ली के सुल्तान मुहम्मद बिन तुगलक के विरुद्ध व्यापक विरोध के उपरान्त माबर, बहमनी एवं विजयनगर रियासतें स्वतन्त्र हुई। ऐसे में विजयनगर शासन की प्रकृति में कुछ नवीन तत्त्वों का समायोजन हुआ। बहमनी राज्य से राजनीतिक संघर्ष के कारण सनातन धार्मिक सिद्धांतों व मान्यताओं को स्वीकार किया गया जिनमें वर्णाश्रम, राज्य की सप्तांग विचारधारा एवं शैव देवता विरुपाक्ष के नाम पर शासन करना जैसे तत्त्व सम्मिलित थे। विजयनगर साम्राज्य की उत्पत्ति सुल्तान मुहम्मद बिन तुगलक के विरुद्ध होने वाले व्यापक विद्रोह के मध्य से हुई थी। दक्षिण भारत में तुर्क सत्ता के विस्तार से परम्परागत प्रशासनिक-सामाजिक ढांचा क्षतिग्रस्त हुआ, जिससे विजयनगर के प्रशासन में नवीन मान्यताएं उभरती हैं। जिसका मूलाधार–केन्द्रीय विकेन्द्रीकरण एवं आयंगार व्यवस्था के परस्पर समन्वय से युक्त था। विद्रोही तत्त्वों पर प्रभावी नियंत्रण के लिए अमरम व्यवस्था का भी सृजन किया गया था।

विजयनगर शासक, राज्य की समस्त प्रशासनिक नीतियों के संचालन का केन्द्र बिन्दु था। प्राचीन राजतंत्रात्मक परम्परा का अनुसरण करते हुए राज्य की सप्तांग विचारधारा के सिद्धांत को स्वीकार किया गया। ऐसी मान्यता है कि विजयनगर शासक शैव देवता ''विरुपाक्ष'' के नाम पर शासन किया करते थे। वस्तुतः बहमनी राज्य से प्रतिस्पर्धा के कारण प्रशासनिक कुशलता एवं धार्मिक एकजुटता अनिवार्य

हो गई थी। ऐसे में शासकों में धर्मानुसार राज्य संचालन, स्मृतियों में वर्णित नियमों पर पूर्ण आस्था एवं पुरोहितों की सलाह को सर्वाधिक महत्त्व दिया। उत्तराधिकार संघर्ष को न्यूनतम करने हेतु राजा, जीवनकाल में ही युवराज का चुनाव (पट्टाभिषेक) करके उसे भावी शासक के रूप में मान्यता दे दिया करता था। विजयनगर साम्राज्य में केन्द्र के स्तर पर तीन परामर्शदायी संस्थाएं प्राप्त होती हैं। इनमें सबसे शक्तिशाली संस्था "राज्य परिषद" थी, जिसके सदस्य राजवंश से सम्बन्धित विद्वान होते थे। देश के प्रशासन के संचालन में इनकी महत्त्वपूर्ण भूमिका रहती थी। प्रान्तीय गवर्नरों (सामंत) व्यापारिक समूहों के प्रतिनिधियों व स्थानीय वर्गों के समन्वय से "परिषद" का निर्माण किया गया था। इसका कार्य परिषद से जुड़े वर्गों के हितों की रक्षा करना था। तृतीय स्तर पर "मंत्रिपरिषद" होती थी जिसमें सामान्यत: बीस सदस्य होते थे जिनसे अपने विषय में विद्धत होने की अपेक्षा की जाती थी। परिषद के सदस्यों का चुनाव उनके कार्यानुभव के आधार पर होता था। इनकी आयु अनिवार्यत: पचास से सत्तर वर्ष के मध्य होती थी। इन सबके अतिरिक्त प्रशासनिक कार्यों के सुचारु संचालन के लिए "दण्डनायक" एवं "कार्यकर्ता" जैसे नौकरशाही संवर्ग निर्मित्त किए गए थे। राजा के आदेशों को संबंधित सामंत, अधिकारी और कर्मचारी तक पहुंचाने हेतु केन्द्रीय सचिवालय का निर्माण किया गया था। इनमें मुख्यत: रायसम (सचिव), कर्णिमय (लेखा-जोखा), मुद्राकर्ता (कोषाध्यक्ष) एवं मानेय प्रधान (मुख सचिव) की नियुक्तियां की गई थीं।

विजयनगर प्रान्तीय प्रशासन का भी व्यवस्थित गठन किया गया था। अभिलेखों में प्रान्त को "मण्डल" कहा गया है। प्रान्तों की संख्या छह थी। प्रान्तों के निर्माण में सैन्य आवश्यकता व सामरिक सुरक्षा पर विशेष जोर दिया जाता था। साम्राज्य की उत्तरी सीमा में प्रान्त स्थिर नहीं थे क्योंकि बहमनी राज्य से संघर्ष के कारण इनकी सीमाएं बदल जाती थीं। सामान्यतया प्रान्तों में राजवंश से सम्बन्धित व्यक्तियों की ही नियुक्ति की जाती थी। प्रान्तों के शासक को "महामण्डलेश्वर", "मण्डलेश्वर" तथा "नाडप्रभु" की उपाधि दी जाती थी। इन्हें कर लगाने, कर माफ करने, सिक्के ढालने एवं भूमिदान देने का भी अधिकार था। प्रान्तीय गर्वनरों को "प्रशासनिक स्वायत्तता" प्रदान की गई थी। जनता का शोषण करने पर राजा प्रान्तीय प्रशासनिक व्यवस्था में हस्तक्षेप करता था। विजयनगर राज्य में "नायकर व्यवस्था" का भी प्रचलन था। नायकर व्यवस्था के मूल प्रवर्तक काकतीय राजवंश के शासक थे। नायक, भू-सामन्त माने गए हैं जिन्हें राजकीय सेवाओं के बदले भूमि प्रदान की जाती थी। इस भूमि को "अमरम्" कहा जाता था। तमिल प्रदेश की अधिकांश

भूमि अमरम् के रूप में बाँट दी गई थी। वास्तव में इस व्यवस्था का प्रयोजन योग्य सैनिक अधिकारियों को अशांत क्षेत्रों में भूमि अधिकार देकर प्रतिष्ठित करना था। यह प्रक्रिया इल्तुतमिश के द्वारा गंगा-यमुना के दोआब में दी गई तुर्क सैनिकों को छोटी इक्ताओं जैसी जान पड़ती है। अमर नायकों को भूमि से प्राप्त आय का एक अंश केन्द्रीय राजकोष में जमा करना पड़ता था। इनकी महत्वाकांक्षाओं पर नियंत्रण के लिए दण्ड एवं भूमि अधिकारों से वंचित करने की नीति क्रियान्वित की जाती थी।

प्रान्तों का विभाजन, जिलों(वलनाडु) में किया गया था। तहसील स्तर की इकाई नाडु कहलाती थी। नाडु के बाद कुर्रम या मेलाग्राम (पचास ग्राम का समूह) और सबसे छोटी इकाई ग्राम थी। इन सभी के प्रशासन के संचालन के लिए अधिकारियों का संवर्ग निर्मित्त किया गया था जिन्हें कार्य के एवज में कर मुक्त भूमि दी जाती थी। दक्षिण भारतीय ग्राम-प्रशासन चोल काल तक ''अग्रहार ग्राम स्वायत्तता'' के द्वारा संचालित होता था। किंतु तुर्की सत्ता के दक्षिण भारत में विस्तारित होने और प्रशासनिक पुनर्गठन से परम्परागत ग्राम प्रशासन नष्ट हो गया। ऐसे में विजयनगर शासकों ने ''आयंगार व्यवस्था'' का निर्माण किया। इसके अन्तर्गत प्रत्येक ग्राम को एक इकाई के रूप में संगठित करके इसके शासन के लिए बारह व्यक्तियों की नियुक्ति की गई। इन्हें ''ग्राम-सेवक'' का दर्जा दिया गया तथा सामूहिक रूप से इन्हें ''आयंगार'' कहा गया। आयंगारों का कार्य ग्राम प्रशासन का संचालन और ग्राम आवश्यकता की परिपूर्ति करना था। इनकी अनुमति से ही भूमि बिक्री, भूमि हस्तान्तरण एवं भूमिदान किया जाता था। आयंगारों के पद वंशानुगत थे और इन्हें कार्य के एवज में करमुक्त भूमि प्रदान की जाती थी। इन्हें इस भूमि को बेचने, गिरवी रखने तथा उत्तराधिकारियों को हस्तान्तरित करने का अधिकार था।

विजयनगर साम्राज्य के भू-राजस्व प्रशासन के बेहतर संचालन के लिए साम्राज्य की समस्त भूमि सिंचाई व शुष्क भूमि के आधार पर विभाजित की गई थी। समस्त कृषि भूमि का सर्वेक्षण करवाया गया और भू-राजस्व उपज का 1/5 भाग निर्धारित किया गया। मंदिरों के स्वामित्व वाली भूमि से उपज का 1/30 और ब्राह्मणों से 1/20 भाग भू-राजस्व लिया जाता था। भू-राजस्व के अतिरिक्त औद्योगिक उत्पादन कर, सम्पत्ति कर एवं पशुधन कर भी लिए जाते थे। राज्य में संचालित होने वाले प्रत्येक व्यवसाय से अनिवार्यत: कर लेने का प्रावधान था। केवल 16वीं शती के अन्तिम चरण मे नाइयों को करमुक्त किया गया था। विजयनगर शासकों ने सामाजिक रीति-रिवाजों पर भी कर लगाया था, जिनमें ''विवाहकर'' प्रमुख था। यह कर

"वर" एवं "कन्या" दोनों पक्षों से लिया जाता था, किंतु विधवाओं से विवाह करने वाले व्यक्ति, कर मुक्त किए गए थे।

विजयनगर की साम्राज्य की भौगोलिक स्थिति इस प्रकार थी कि उसके तीन ओर शत्रु राज्य विद्यमान थे। ऐसे में सैन्य मजबूती के बिना राज्य की रक्षा कर पाना संभव नहीं था। कृष्णदेव राय की सेना में सात लाख से अधिक सैनिक थे। जिनमें पैदल, घुड़सवार, हाथी, नौ सेना व तोपखाना सैनिक सम्मिलित थे। हालांकि तोपखाने का नियमित विकास नहीं किया गया था। इनमें पैदल सैनिकों की संख्या सर्वाधिक थी। हालांकि मध्यकालीन सेना का मूलाधार घुड़सवार सैनिकों को माना जाता है। किंतु दक्षिण भारत की प्रतिकूल व गर्म जलवायु के कारण मध्य एशियाई व अरब घोड़े अधिक समय जीवित नहीं रह पाते थे। जिससे घुड़सवार सैनिक संगठन को बनाए रखना कठिन हो जाता था। इसलिए दक्षिण शासकों ने अरब व पुर्तगाली घोड़ा व्यापारियों के साथ मधुर सम्बन्ध बनाने पर जोर दिया। विजयनगर राज्य की हाथी सेना भी प्रशिक्षित थी। हाथियों को युद्धकला में पारंगत बनाया जाता था। इनके पैरों व सूंड़ में तेजधार वाले चाकू बांधे जाते थे जिनके उपयोग में ये अत्यन्त कुशल थे। सैन्य प्रशिक्षण के लिए नियमित विद्यालय बनाए गए थे। यहां सैनिकों को हथियार तकनीकी की जानकारी के साथ-साथ शारीरिक फुर्ती और परम्परागत युद्ध प्रणाली से अवगत कराया जाता था। विजयनगर सैन्य संचालन में अमर नायकों की महत्त्वपूर्ण भूमिका थीं। इन्हें सैन्य कार्य के एवज में अमरम् भूमि प्रदान की जाती थी।

विजयनगर शासकों की नीतियों एवं कार्यों का सम्यक अवलोकन करने पर उनमें स्पष्टत: प्रजापालक शासक के गुण प्राप्त होते हैं। शासकों में कृषकों के शोषण को रोकने, औद्योगिक वर्गों के परस्पर विवादों एवं धार्मिक समूहों के संघर्षों को समाप्त करने की गम्भीर जिज्ञासा व प्रयत्नशीलता प्राप्त होती है। कृषकों का शोषण करने पर शासक, गर्वनरों व अधिकारियों का भी समर्थन नहीं करता था। शासक, न्याय व समता के सिद्धांत को सर्वोच्च वरीयता देता था। विजयनगर शासक भले ही शैव अथवा वैष्णव धर्म के अनुयायी थे किंतु उनकी नीतियां पूर्णत: धर्म निरपेक्ष थीं। कृष्णदेव राय ने *आयुक्त माल्यद ग्रंथ* में लिखा है कि–'प्रजा के कल्याण के उद्देश्य को सदैव आगे रखो, राज्य के लोक की कल्याण की कामना करेंगें, राजा का कल्याण तभी होगा, जब देश प्रगतिशील व समृद्धशील होगा।'

55

विजयनगर : समाज, अर्थव्यवस्था व संस्कृति

दक्षिण भारत की सामाजिक-सांस्कृतिक मान्यताएं अनवरत प्रगतिशील परम्परा का आभास दिलाती हैं। सातवाहन काल से आरम्भ हुई यह परम्परा, पाण्ड्य, पल्लव, चालुक्य, राष्ट्रकूट एवं चोल राजवंशों के द्वारा समृद्ध की गई। चौदहवीं शती के आरम्भ में तुर्की आक्रमणों की श्रृंखला दक्षिण भारत में व्यापक होती है। मुहम्मद बिन तुगलक के शासन काल में न केवल दक्षिण भारत की विजय पूर्ण होती है बल्कि विजयनगर एवं बहमनी राज्यों का उदय भी होता है। इन राज्यों की परस्पर प्रतिस्पर्धा ने परम्परागत सामाजिक-सांस्कृतिक मान्यताओं में कुछ नवीन तत्त्वों का सम्मिश्रण किया।

विजयनगर शासकों ने प्राचीन भारतीय राजनीतिक-सांस्कृतिक परम्पराओं को स्वीकार करते हुए स्वयं को वर्णाश्रम व्यवस्था का रक्षक माना। इसका मूलाधार था-राज्य व्यवस्था एवं सामाजिक परम्पराएं सनातन धर्म के नियमों के अनुसार संचालित होंगी। प्राचीन दक्षिण भारत में स्पष्टतया चतुर्वर्ण व्यवस्था की प्राप्ति नहीं होती है। संगम साहित्य में ब्राह्मण, वेल्लार एवं व्यापारिक क्रियाकलापों से उत्पन्न हुई उपजातियों का ही उल्लेख है। किंतु विजयनगर काल में समाज में विद्यमान वर्गों के मध्य से सैद्धान्तिक चतुर्वर्ण का निर्माण किया गया। तेलुगु कवि अल्लसानि पेद्दी ने *मनुचरित्र* में विप्रलु(ब्राह्मण), राजुलू(क्षत्रिय), मोकिजे रतलू(वैश्य) तथा नल जल तिवरु(शूद्र) का उल्लेख किया है। इस चतुर्वर्ण व्यवस्था में कठोरता का कोई अस्तित्व नहीं था। समाज में ब्राह्मणों का सर्वाधिक सम्मान था। डोमिनो पायस लिखता है, कि ब्राह्मण केवल पुरोहित अथवा साहित्यकार ही नहीं थे। इन्हें मंत्री,

सामंत एवं अधिकारियों के रूप में भी नियुक्त किया जाता था। अभिलेखों में ब्राह्मण सेनापति के कार्यों का विस्तृत वर्णन किया गया है। राजकुल से सम्बन्धित वर्गों, सामंतों, अधिकारियों एवं सैनिकों को क्षत्रिय माना गया। दक्षिण भारत में व्यापारिक क्रियाकलापों के मध्य बड़ी संख्या में ये उपजातियों उभरीं, इन्हें वैश्य वर्ग के अन्तर्गत रखा गया। वणिक वर्ग की अर्थसम्पन्नता ने इन्हें राजनीतिक दृष्टि से भी महत्त्वपूर्ण बना दिया था। केन्द्रीय संस्था "परिषद" में व्यापारी वर्ग के प्रतिनिधि भी नियुक्त किए गए थे, जिनकी कर नीति निर्धारण अथवा परिवर्तन में महत्त्वपूर्ण भूमिका रहती थी। व्यापारिक क्रियाकलापों के विस्तार से उत्तर भारत के कार्य कुशल व्यापारी दक्षिण भारत में प्रतिष्ठित हुए। उत्पादन प्रक्रिया के पारिवारिक श्रम एवं उपजातियों पर आधारित होने के कारण सम्पूर्ण समाज का उपजातीयकरण हुआ और राज्य ने इनके कानूनों एवं नियमों को मान्यता दी। जुलाहों की मंदिर प्रशासन, स्थानीय करों के निर्धारण एवं वसूली में महत्त्वपूर्ण भूमिका थी। श्रम एवं सेवा कार्यों में संलग्न वर्ग शूद्र माने गए।

विजयनगर समाज में महिलाओं की स्थिति सामान्यतया उन्नत थी। हालांकि महिलाओं की दशा को उनकी सामाजिक पृष्ठभूमि के आधार पर ही मूल्यांकित करना समीचीन रहेगा। कुलीन वर्ग की महिलाएं संस्कृत भाषा, साहित्य, संगीत, ललित कला जैसे विषयों के साथ-साथ मल्लयुद्ध एवं सैन्य युद्ध में पारंगत थीं। कम्पन की पत्नी गंगादेवी ने *मदुरा विजय* काव्य की रचना की। अच्युतदेव के समकालीन त्रिमल्लम् संस्कृत भाषा की कवयित्री थी। नूनिज के अनुसार विजयनगर राजदरबार में स्त्री-पहलवान, स्त्री-ज्योतिष एवं भविष्यवक्ता रहती थीं। महिलाओं को राजमहल की सुरक्षा में नियुक्त किया जाता था। वणिक वर्ग की महिलाओं की स्थिति भी पर्याप्त उन्नत थी। आर्थिक गतिविधियों में इनकी सर्वोपरि भूमिका के कारण परिवार में भी इनका सम्मान था। निम्न वर्ग की महिलाओं की आर्थिक स्थिति कमजोर थी। ऐसे में इनका दासी के रूप में क्रय-विक्रय होता था। समाज में गणिकाओं का विशाल वर्ग विद्यमान था। इनके दो वर्ग थे-मंदिर में सेवारत एवं स्वतंत्र व्यवसाय में संलग्न। सार्वजनिक उत्सव में गणिकाओं की अनिवार्य सहभागिता होती थी। प्राचीन भारतीय धर्म-शास्त्रों का अनुसरण करते हुए विजयनगर शासकों ने सती प्रथा के प्रचलन को भी मान्य किया। हालांकि इसे राजकीय संरक्षण प्राप्त नहीं था। बारबोसा का कथन है कि सती प्रथा-लिंगायतों, चेट्टियों एव ब्राह्मणों में प्रचलित नहीं थी। सती प्रथा का प्रचलन मुख्यत: राज परिवार, सामंत एवं सैन्य अधिकारियों में था। वस्तुत: यह व्यक्ति को सैन्य सेवा में सम्मिलित होने की प्रेरणा

एवं राज्य की रक्षा के लिए तत्पर होने की भावना से अनुप्रेरित जान पड़ती है क्योंकि सन् 1354ई. के एक लेख में लिखा गया है कि मालागोड़ा नामक स्त्री ने अपने सामंत पति की मृत्यु के बाद सती होकर स्वर्ग प्राप्त किया। समाज में विधवा पुनर्विवाह को मान्यता दी गई थी और विधवाओं से विवाह करने वाले विवाह कर से मुक्त थे। ऐसे में यह नहीं समझना चाहिए कि राज्य की ओर से सती प्रथा को प्रोत्साहन मिला। वैसे ही राज्य सामाजिक समस्याओं व कुरीतियों के उन्मूलन को लेकर गम्भीर था। विजयनगर शासकों ने बाल-विवाह एवं दहेज को अवैध घोषित कर दिया था। दहेज लेने व देने वाले लोगों के लिए दण्ड का विधान किया गया था।

बारथोमा ने समाज में लोगों के पहनावे का उल्लेख करते हुए लिखा है कि सम्पन्न व्यक्ति एक छोटी कमीज एवं सिर पर सुनहरा वस्त्र धारण करते थे। इनमें जूते पहनने का प्रचलन था। इनकी बनावट रोमन जूतों के समान होती थी। साधारण मनुष्य कमर के नीचे सादा सूती कपड़ा एवं गमछा धारण करते थे। स्त्रियां साड़ी एवं चोली पहनती थी। आभूषण प्रियता, आर्थिक सम्पन्नता के आधार पर सभी वर्गों में विद्यमान थीं। बारथोमा के अनुसार ब्राह्मणों एवं लिंगायतों को छोड़कर सामान्यत: सभी लोग मांसाहारी थे। महानवमी महोत्सव में व्यापक पशुबलि यज्ञ आयोजित किया जाता था। आर्थिक सम्पन्नता एवं बौद्धिकता ने मनोरंजन के साधनों का भी व्यापक विकास किया। समाज में नाटक एवं अभिनय लोकप्रिय मनोरंजन के साधन थे। ''यक्षगान'' में मंच पर संगीत एवं वाद्यों की सहायता से अभिनय किया जाता था। शतरंज एवं पासा भी लोकप्रिय थे। सन् 1379ई. के एक लेख में नायकों एवं नगर प्रशासकों को निर्देशित किया गया है कि वे विभिन्न उत्पादक जातियों के मध्य होने वाले विवादों का यथाशीघ्र निपटारा करें। सन् 1632ई. के एक लेख में लिखा गया है कि बढ़ई, लोहार एवं स्वर्णकार के साथ दुर्व्यवहार करने वाले को 12 पण का जुर्माना देना होगा। विजयनगर शासकों का दृष्टिकोण सम्पूर्ण समाज को शांति एवं न्यायिक समानता प्रदान करना था।

विजयनगर साम्राज्य की भौगोलिक स्थिति उसे व्यापारिक क्रियाकलापों के लिए अत्यन्त अनुकूल करती थी। इसके अतिरिक्त साम्राज्य की भूमि भी अत्यन्त उपजाऊ थी। राज्य में कृषि भूमि के अधिकारों को लेकर अनेकानेक मान्यताएं विद्यमान थीं। किंतु कृषि के विकास को लेकर सभी भू-धारण अधिकार युक्त वर्गों में एकरूपता थी। नुनिज के अनुसार राजा समस्त भूमि का अधिकारी था और यह इसे सामन्तों को आवंटित करता था। नुनिज का तात्पर्य भण्डारवाद ग्राम से है जिसकी आय से

राजा के व्यक्तिगत खर्च प्राप्त किए जाते थे। ब्राह्मणों, मन्दिरों व मठों को धार्मिक व शैक्षणिक कार्यों के लिए प्रदत्त भूमि से नाममात्र का कर लिया जाता था। विजयनगर शासकों ने अशान्त क्षेत्रों में सैनिक अधिकारियों को भी भूमि अधिकार देकर स्थापित किया था। इस भूमि को अमरम् कहा जाता था। युद्ध में वीरगति प्राप्त करने वाले सैनिकों के परिवारों को राज्य की ओर से करमुक्त भूमि प्रदान की जाती थी जिसे ''रक्तकोडगे'' कहा जाता था। विजयनगर शासकों ने सनातन धर्म को संरक्षण दिया था। ऐसे में ब्राह्मणों को भूमि अधिकार देकर विभिन्न क्षेत्रों में स्थापित किया गया। साथ ही साथ राजवंश के सदस्यों, सामंतों व योद्धाओं को भूमि अनुदान दिए गए। इससे ग्रामीण स्तर पर कुलीन वर्गों की श्रृंखला उत्पन्न हो गई। इससे कृषकों का शोषण बढ़ा हालांकि विजयनगर शासकों ने कृषकों के ऊपर होने वाले अत्याचार पर प्रभावी अंकुश लगाया था। राज्य व विभिन्न संगठनों के द्वारा सिचाई की सुविधा का विस्तार किया गया था। नदी पर विशाल बाँध बनाकर नहरें निकाली जाती थीं जिनका उपयोग सिंचाई व पेयजल के रूप में किया जाता था। विजयनगर की राजधानी हम्पी में विशाल नहर बनाई गई थी जिसे कृत्रिम नदी के रूप में मान्यता दी गई थी। तालाबों व कुओं के निर्माण में मन्दिर, मठ व ग्रामीण संस्थाओं की महती भूमिका थी। इन कार्यों को धर्म की श्रेणी में रखा जाता था जिससे जनमानस की सहभागिता स्वतः सुनिश्चित हो जाती थी। इन सुविधाओं की देख-रेख के लिए ''कार्यकर्ता संवर्ग'' अथवा ''आयंगार वर्ग'' क्रियाशील था। राज्य के द्वारा साम्राज्य की भूमि की पैमाइश भी सिंचित व असिंचित के आधार पर की गई थी। कृषि उत्पादनों में मुख्यतः चावल, गन्ना, कपास, मसालों व नारियल की खेती की जाती थी। अबुल रज्जाक ने फूलों की खेती का भी उल्लेख किया है जिसका निर्यात भी किया जाता था।

मध्ययुग में विजयनगर राज्य का अन्तर्राष्ट्रीय व्यापार सर्वाधिक उन्नत था और इसमें समुद्र तटीय स्थिति और उन्नतशील व्यापारिक समूहों की भूमिका थी। इसलिए राज्य के द्वारा व्यापारिक हितों के संरक्षण के लिए ''परिषद'' का गठन किया गया था। विदेशी यात्रियों ने भी विजयनगर की सम्पन्नता का उल्लेख किया है। वैसे भी मध्ययुगीन परिप्रेक्ष्य में यात्रियों व राजदूतों का किसी राज्य में आगमन का प्रयोजन व्यापारिक अनुकूलता का अध्ययन करना भी होता था। राज्य की व्यापारिक उत्पादन प्रणाली विभिन्न संगठनों के द्वारा नियंत्रित की जाती थी। मुख्य उत्पादन सूती कपड़ा, मणिमुक्ता, हाथी दाँत की बनी वस्तुओं और सोने-चाँदी के गहनों का होता था। दक्षिण-पूर्व एशिया के क्षेत्रों से मसालों का व्यापार किया जाता

था। महत्त्वपूर्ण यह है कि यहाँ मसाला विनिमय के लिए कोरोमंडल के कपड़े की मांग थी। इसलिए मसाला व्यापार में सम्मिलित विदेशी भी अनिवार्यत: कपड़ा प्राप्त करने के लिए इन क्षेत्रों में आया करते थे। आन्तरिक व्यापार में नगर के बाजारों एवं स्थल मार्गों के किनारे आयोजित किए जाने वाले मेलों की महत्त्वपूर्ण भूमिका रहती थी। ये आयोजन व्यापारिक संघों के द्वारा किया जाता था। नगर व्यापार पर नियन्त्रण के लिए "पत्तन स्वामी" की नियुक्ति की गई थी। मेलों का आयोजन नाडु के प्रमुखों के द्वारा किया जाता था। इससे स्थानीय उत्पादन को बेहतर बाजार मिलने में सुगमता आई। विजयनगर के विदेशी व्यापार में समुद्रतटीय बन्दरगाहों की अहम भूमिका थी। अबुल रज्जाक ने राज्य में विद्यमान तीन सौ बन्दरगाहों का वर्णन किया है। बारबोसा के अनुसार विदेशी व्यापारियों के प्रति विजयनगर शासकों का नजरिया अत्यन्त सदाशयता का होता था। विजयनगर में हीरे की सर्वाधिक माँग थी। नुनिज ने हीरों की खानों का व्यापक वर्णन किया है। आयातित वस्तुओं में घोड़ों का सर्वाधिक महत्त्व था। घुड़सवार सेना की उपादेयता और जलवायु की विषमता से विजयनगर शासक किसी भी कीमत पर घोड़ों को खरीदने के लिए तैयार रहते थे। घोड़ों के व्यापार ने राजनीति को भी प्रभावित किया था। विजयनगर व बहमनी राज्य के संघर्ष ने घोड़ों को महत्त्वपूर्ण बना दिया था। इसका फायदा पुर्तगालियों ने उठाया था। पुर्तगालियों के द्वारा घोड़ों की आपूर्ति करके अन्य व्यापारिक सुविधाएं और बन्दरगाह पर नियन्त्रण प्राप्त करने का प्रयत्न किया गया। व्यापारिक क्रियाकलाप एवं नौकरशाही संचालन के लिए मुद्रा व्यवस्था का भी व्यापक प्रचलन था। शासकों के द्वारा राज्य नियन्त्रित टकसालों का निर्माण किया गया जहां शुद्ध सोने के सिक्के जारी किए जाते थे। इनपर कन्नड़ व नागरी लिपि में लेख लिखे रहते थे। अबुल रज्जाक ने तीन प्रकार के सिक्कों का उल्लेख किया है जिनमें वराह, परतब और फोनम सम्मिलित हैं। ये तीनों सिक्के सोने के थे। चाँदी के सिक्कों को "टार" कहा जाता था। इसके अतिरिक्त विदेशी व्यापारियों द्वारा सिक्कों का भी प्रचलन था जिनमें फारसी-दीनार, पुर्तगाली-क्रुडेजी और इटली का डुकटे प्रमुख है।

विजयनगर शासकों ने राज्य का संचालन शैव देवता-बिरुपाक्ष, के प्रतिनिधि के रूप में किया। अभिलेखों में हरिहर प्रथम को शैव आचार्य कवि विकास क्रियाशील का शिष्य कहा गया है। सालुव वंश के शासकों ने वैष्णव धर्म स्वीकार कर लिया था जिससे समाज में वैदिक परम्पराएं भी मान्य थीं। सायण एवं माधव ने वेदभाष्य लिखकर वैदिक आराधना पद्धति को भी लोकप्रिय किया। राज्य में विद्यमान वणिक वर्गों में जैन धर्म लोकप्रिय था। विभिन्न धर्मों के अस्तित्व के कारण शासकों की

नीतियां पूर्णतया: धर्म निरपेक्ष थीं। श्रवणबेलगोला राजकीय लेख में वर्णित है कि जैन एवं वैष्णव अनुयायियों के विवाद में राज्य ने जैन धर्म का पक्ष लिया।

ब्राह्मण धर्म के अनुपालक होने के कारण शासकीय एवं कुलीन वर्गों की भाषा संस्कृत थी। बुक्का प्रथम ने वैदिक साहित्य के अध्ययन-अध्यापन पर विशेष जोर दिया (बुक्का I की उपाधि वेदमार्ग प्रतिष्ठापक की थी)। कृष्णदेव राय के काल में संस्कृत भाषा के साहित्य का सर्वोत्तम विकास हुआ। इनके राज दरबार में प्रसिद्ध कवियों का समूह विद्यमान था। इन्हें अष्टदिग्गज के रूप में सम्बोधित किया जाता था। इनमें अल्लसानि पेद्दी, तिम्मन, मल्लन, रामभद्र, पिंगलि सूरन्न, अय्यलराजु, भट्ट-मूर्ति, धूर्जटि और तेनालीराम शामिल थे। इनमें सबसे श्रेष्ठ कवि अल्लसानि पेद्दी थे। इनकी सर्वश्रेष्ठ रचना *मनुचरित्र* है। जिसकी विषयवस्तु *मार्कण्डेय पुराण* से ली गई है। तिम्मन ने *पारिजात हरण* प्रबन्ध काव्य लिखा है। यह कृष्ण और सत्यभामा के प्रेम की रचना है। भट्टमूर्ति को रामराजभूषण की उपाधि प्राप्त थी। इन्हें व्याकरण और अलंकार का ज्ञाता माना जाता था। अलंकार शास्त्र पर इनका प्रसिद्ध ग्रंथ *नरसभूपालियम्* है। पिंगलि सुरन्न ने *राघवपाण्डवियम* रचना में *रामायण* और *महाभारत* के पात्रों का एक साथ वर्णन किया गया है। तेनालीराम की रचना *पाण्डवरंगमहात्म्यम्* को तेलुगू साहित्य के महानतम काव्यों में से एक माना जाता है। विजयनगर काल में तेलुगू साहित्य की प्रगति में कवि श्रीनाथ की भूमिका अग्रणी रही। इन्होंने *शिवरात्रि महात्म, पण्डिताध्यायचरित्र* एवं अन्य ग्रंथों की रचना की। तेलुगू कवि वीरभद्र ने भी महाभारत के अश्वमेघ पर्व का *जैमिनी भारत* के नाम से तेलुगू भाषा में अनुवाद किया। कृष्णदेव राय ने भी *आयुक्तमाल्यद*, तेलुगू भाषा में लिखा है। इस ग्रंथ में अलवार संत विष्णु चित्त के जीवन, उनकी पुत्री गोदा एवं भगवान रंगनाथ के प्रति उसके प्रेम का मार्मिक वर्णन किया गया है। कृष्णदेव राय ने संस्कृत भाषा में नाटक *जामवती परिणय* लिखा। इनके समकालीन साहित्यकार ईश्वर दीक्षित ने *रामायण* पर टीका करके संस्कृत भाषा में *परिजात हरण, देवी स्तुति, रसमंजरी* एवं *भारतामृत* काव्य की रचना की। पठन-पाठन में वैदिक ग्रंथों, स्मृतियों एवं पुराणों को सम्मिलित करने से संस्कृत भाषा की काव्य रचना के प्रति झुकाव समीचीन लगता है। विजयनगर काल में कन्नड़ भाषा में प्रभूत साहित्य की रचना हुई। दक्षिण भारत में कन्नड़ साहित्य के विकास में जैन धर्म के लोगों की महत्त्वपूर्ण भूमिका रही। कवि मधुर के द्वारा धर्मनाथ पुराण की रचना की गई। इसी प्रकार विद्यानन्द ने *काव्यसार* ग्रंथ लिखा। जैनों के साथ-साथ वीरशैव के अनुयायियों ने भी कन्नड़ साहित्य का लेखन किया। देवराज द्वितीय के दरबारी कवि चामरस

ने *प्रभुलिंग-लिले* ग्रंथ की रचना की। अन्य प्रमुख कवियों में जक्कनार्य, दण्डेश व कुमारव्यास प्रमुख थे।

विजयनगर के शासकों ने स्थापत्य एवं कला के विकास में भी महती भूमिका निभाई इसका प्रमुख केन्द्र हम्पी था। अब्दुल रज्जाक लिखता है, कि हम्पी का घेरा 165.75 वर्ग किमी था। इसे मजबूत रक्षा प्राचीरों से घेरा गया था। पायस लिखता है कि यह नगर रोम के समान था, जिसमें मजबूत दुर्गीकरण, भव्य तोरणद्वार, राजमार्ग, नहर, बाजार, उपवन एवं विशाल मंदिर विद्यमान थे। नगर में भव्य एवं अलंकृत राजमहलों की श्रृंखलाएं विद्यमान थीं। किंतु राक्षस तगड़ी (1565ई.) के युद्ध में यह नगर पूर्णत: नष्ट कर दिया गया किंतु सभा भवन और राज सिंहासन के अवशेष विद्यमान हैं। सभा भवन का निर्माण मूलरूप से स्तम्भों पर किया गया है जिसकी आकृति पिरामिड के समान है। अब्दुल रज्जाक का कहना है कि सभा भवन में कुल सौ स्तम्भ हैं। स्तम्भों का आकार वर्गाकार व दण्ड बेलनाकार है। इसपर पंहुचने के लिए आकर्षक सीढ़ियों का निर्माण किया गया है। इसकी मूलाकृति फतेहपुर सीकरी के दीवान-ए-आम सदृश है। राज सिंहासन का निर्माण कृष्णदेव राय ने उड़ीसा विजय के बाद किया था। इसकी आकृति वर्गाकार है और चबूतरों पर मनमोहक अलंकरण किया गया है, यह यूरोप की गोथिक शैली के समान है जिसमें आकृतियों को उभारा जाता है। विजयनगर वास्तुकला का परिपक्व रूप इसके मंदिरों में प्राप्त होता है जिनमें प्रमुख अम्मन मन्दिर है। इस मन्दिर का सबसे बड़ा आकर्षण "कल्याण मण्डप" है। इसके स्तम्भों पर अलंकरण किया गया है जिनमें मनुष्य, देवी-देवता और पशुओं की जीवंत मूर्त्तियां हैं। विजयनगर राज्य का सबसे बड़ा उल्लेखनीय विठ्ठलस्वामी मन्दिर है। इसका निर्माण कृष्णदेव राय के काल में ही आरम्भ हुआ। इसमें तीन प्रवेशद्वार हैं और दो मंजिली गोपुरम्, गर्भगृह, अर्द्धमण्डप एवं महामण्डप का निर्माण किया गया है। इसमें कुल छप्पन खम्भे हैं जिनमें प्रत्येक की ऊँचाई 3.7मीटर है। इनमें उभरी हुई आकृतियों के साथ-साथ चित्रों का भी निर्माण किया गया है। इसके अतिरिक्त विरुपाक्ष द्वारा बनवाया गया हजारराम मन्दिर भी उल्लेखनीय है। इसकी शैली विठ्ठलस्वामी मन्दिर के समान है। यह विमान शैली का मन्दिर है। मन्दिर के अन्दरूनी भाग में *रामायण* के दृश्य अंकित हैं।

56

पल्लव स्थापत्य शैली : विशेषताएं एवं निर्माण भिन्नताएं

दक्षिण भारत में द्रविड़ शैली के स्थापत्य के विकास में पल्लव शासकों की महत्त्वपूर्ण भूमिका थी। किंतु कलात्मकता व संस्कृति की मूलधाराएं उत्तर भारत की मान्यताओं के सदृश रहीं। पल्लव शासकों ने मौर्य कला-प्रतिमानों से मूल्यों को ग्रहण करके उसे विस्तारित किया जिनमें कंदराकला, एकाश्मक पत्थर के निर्माण व स्वतन्त्र मूर्त्तियों के निर्माण की कला प्रमुख है। पल्लव कलाकारों ने वास्तुकला को काष्ठ शिल्प के प्रभाव से मुक्त करते हुए पत्थर की मूर्त्तियों की निर्माण कला को एक नई दिशा दी। पल्लव राजवंश छठीं शताब्दी के उत्तरार्द्ध से लगभग 900ई. के मध्य विद्यमान रहा। इनके स्थापत्य के विकास का मूल संकेद्रण तमिलनाडु में था। पल्लव वास्तुकला का प्रारम्भ महेन्द्र बर्मन प्रथम के काल से हुआ। महेन्द्र बर्मन को कला का महान संरक्षक माना जाता है। नरसिंह बर्मन प्रथम और राजसिंह को भी विशिष्ट कला शैली के विकास का श्रेय दिया जाता है। नरसिंह बर्मन ने महाबलिपुरम् व कांचीपुरम् के समुद्रतट पर महत्त्वपूर्ण निर्माण किए। राजसिंह ने सर्वप्रथम संरचनात्मक मंदिरों के निर्माण की परम्परा स्थापित की।

पल्लव कला का मुख्य क्षेत्र तमिलनाडु रहा है। यहां के मण्डगपट्टु, त्रिचनापल्ली, शिवमंगलम्, महाबलीपुरम्, कांचीपुरम् एवं कावेरीपत्तनम् में पल्लव कला से जुड़े मुख्य निर्माण किए गए हैं। इनमें महाबलीपुरम् एवं कांचीपुरम् सर्वाधिक महत्त्वपूर्ण निर्माण स्थल हैं। यहां, शैव, वैष्णव एवं शक्ति सम्प्रदाय से सम्बन्धित देवी-देवताओं, धर्माचार्यों एवं शासकों की मूर्त्तियां बनाई गई है। महाबलीपुरम् में अर्द्धनारीश्वर, गणेश, गजलक्ष्मी एवं महिषामर्दिनी की मूर्त्तियां भी बनाई गई हैं। कांचीपुरम् में शिव

की विभिन्न भंगिमाओं की मूर्त्तियां निर्मित्त की गई हैं, जिनमें संहारक, कल्याण सुंदरम्, रावणनुग्रह एवं अर्जुनानुग्रह मूर्त्तियां प्रमुख हैं। महाबलीपुरम् में कथात्मक शैली (धारावाहिक) की मूतियां भी निर्मित्त की गई हैं जिनमें गंगावतरण की मूर्त्तियां सर्वाधिक उत्कृष्ट हैं।

पल्लव कालीन मूर्त्ति शिल्प पर अमरावती शैली का स्पष्ट प्रभाव परिलक्षित होता है। अमरावती शैली की लम्बी व पतली शरीर रचना को पल्लव कलाकारों ने अत्यन्त जीवंतता के साथ अभिव्यक्त किया है। फिर भी पल्लव कला में निजत्व भी है। पल्लव मानवाकृतियों के मुख अधिक अण्डाकार एवं लम्बोतरे दिखाए गए हैं, कपोल की हड्डियां अधिक लम्बी हैं। महाबलीपुरम् के मण्डपों एवं रथों की मूर्त्तियां हल्की, गतिशील एवं नैसर्गिक सौन्दर्य से युक्त हैं। कुमार स्वामी के अनुसार–सातवीं शताब्दी की पल्लव मूर्त्तियाँ कला की दृष्टि से उच्च स्तर की हैं। पल्लव मूर्त्तिशिल्प में पशु जगत का अंकन सर्वाधिक उत्कृष्ट है। बेंजामिन रोलैण्ड के अनुसार पशु जगत का जीवंत अंकन विश्व के अन्य किसी पूर्वी क्षेत्र में पल्लवों जैसा नहीं हुआ। पशुओं की शरीर रचना एवं प्रकृति जन्य मुद्राएं यथार्थपूर्ण हैं जिनमें गजसमूह के पैरों के मध्य शिशुगज, खुर से नाक सहलाता मृग, बिल्ली को चूहे के सामने पिछली पांव पर खड़ी होकर नकली तपस्या करते एवं बानर परिवार आदि हैं। पल्लव कंदरा कला के निर्माण में द्वारपालों की मूर्त्तियां भी बनाई गईं, इन्हें लम्बे मुकुट, वस्त्र एवं अन्य अलंकरणों से युक्त किया गया है। पल्लव मूर्त्तियों में पुरुष आकृतियों के कन्धे अपेक्षाकृत चौड़े हैं, किंतु स्त्री मूर्त्तियां शरीर-रचना में हल्की हैं। इनके अलंकरण में कृत्रिमता व बोझिलता नहीं हैं। किंतु आठवीं शताब्दी में निर्मित्त किए गए कांचीपुरम् के कैलाश मंदिर की देव मूर्त्तियों में लाक्षणिक स्वरूप का विस्तार, हाथों व आयुधों में वृद्धि के कारण शिल्प कला में कोमलता व मृदुता का तत्त्व कमजोर हो जाता है। पल्लव मूर्त्ति शिल्प में सामाजिक मर्यादा पर विशेष जोर दिया गया है। पूर्व मध्यकाल में मंदिरों में अप्सराओं के सौन्दर्य व काम कला को महत्त्व दिया गया। किंतु पल्लव मंदिर इससे पूर्णतः पृथक रहे। पल्लव कलाकारों ने शैव व वैष्णव, पौराणिक कथानकों को धारावाहिक के रूप में निर्मित्त किया। इसमें प्रत्येक दृश्य को अध्ययन के उपरान्त ही उकेरा गया है।

पल्लव कला, महेन्द्र बर्मन प्रथम के राजाश्रय में उन्नत हुई। महेन्द्र के द्वारा कठोर ग्रेनाइट पत्थरों को कटवाकर कंदरा कला शैली में निर्माण करवाया गया। मण्डगपट्टु के गुफा मंदिर में उत्कीर्ण है कि–'यह ईंट रहित, काष्ठ रहित, धातु रहित एवं गारे रहित आवास–ब्रह्मा, विष्णु एवं ईश्वर के लिए राजा विचित्र चित्र के द्वारा बनवाया

गया है।' इस शैली के गुफा मंदिरों में गर्भ गृह एवं पूज्य देवता की मूर्त्ति निर्मित्त नहीं है। दीवारों पर चूने के पलस्तर के अवशेष हैं जिसपर देवता के चित्र बनाए गए हैं। महेन्द्र बर्मन के गुफा मंदिरों में केवल द्वारपालों की ही मूर्त्तियां बनाई गई हैं। पल्लव कला में द्वारपालों के अंकन को विशेष महत्त्व दिया गया है। ये आकृतियां द्विभुजी हैं, इनके हाथ में गदा है जिनपर नाग भी लिपटे दिखाए गए हैं। द्वारपालों की रूप सज्जा पर विशेष ध्यान दिया गया है, ये वस्त्राभूषणों के साथ-साथ यज्ञोपवीत भी धारण किए हुए हैं। महत्त्वपूर्ण यह है कि इन गुफा मंदिरों का निर्माण कठोर ग्रेनाइट पत्थरों को काटकर किया गया है। महेन्द्र बर्मन के द्वारा शिव व विष्णु के अवतार रूपों की स्वतन्त्र मूतियां अमरावती शैली के आधार पर निर्मित्त करवाई गईं हैं। त्रिचनापल्ली के ललितांकुर गुफा मंदिर में गंगावतरण की कथात्मक शैली में मूर्त्तियां बनाई गई हैं। इसमें शिव मूर्त्ति चतुर्मुखी है, इनके चारों ओर देवताओं व ऋषियों की मूर्त्तियां निर्मित्त हैं। शिव की जटा से गंगा के प्रवाह को दिखाया गया है।

पल्लव वास्तु कला की मामल्ल शैली का विकास नरसिंह बर्मन, परमेश्वर बर्मन एवं महेन्द्र बर्मन द्वितीय के काल में हुआ। इन शासकों के काल में महाबलीपुरम् के अतिरिक्त सिंहवरम् व अन्य तमिल क्षेत्रों में विभिन्न निर्माण करवाए गए। महाबलीपुरम् में समुद्र के किनारे रथ शैली के मंदिर बनाए गए जिनके समीप सिंह, गज एवं वृषभ की भाव प्रधान, जीवन्त व नैसर्गिक ऊर्जा से परिपूर्ण मूर्त्तियां भी बनाई गईं। रथ शैली के मंदिरों की संख्या आठ है, इनमें द्रौपदी रथ–चलायमान आकृति, धर्मराजरथ–बौद्ध विहार शैली, एवं भीम, गणेश व सहदेव रथ–चैत्य शैली पर आधारित है। इन मन्दिरों में मेहराब का भी निर्माण किया गया है जिन्हें 'कुडु' कहा जाता है। मामल्लपुर एक बन्दरगाह नगर था। जिसका सम्बन्ध दक्षिण पूर्व एशियाई व्यापार से था। द्रौपदी रथ में दो स्त्री द्वारपाल, बनाए गए हैं और रथ के मूल दैव स्थान पर देवी दुर्गा की स्थानक मूर्त्ति निर्मित्त की गई है। धर्मराज रथ के शिखर पर त्रिदेव (ब्रह्मा, विष्णु व महेश) की चतुर्भुज मूर्त्तियों के साथ-साथ अर्द्ध नारीश्वर, नरसिंह व त्रिविक्रम अवतार मूर्त्तियां भी उत्कीर्ण की गई हैं। धर्मराज रथ के नीचे शिव की सोलह मूर्त्तियां विभिन्न प्रतिमा लक्षणों के साथ बनाई गई हैं। मामल्ल शैली में मण्डपों में भी मूर्त्ति शिल्प का उत्कृष्ट प्रदर्शन किया गया। मण्डपों में मुख्यत: वराह, कृष्ण व दुर्गा की मूर्त्ति निर्मित्त हुई। वराह मण्डप में त्रिविक्रम, सूर्य, लक्ष्मी व नृवराह की मूर्त्तियां विशेष रूप से उल्लेखनीय है। दुर्गा मण्डप में शेषशायी विष्णु और दुर्गा की महिषामर्दिनी मूर्त्ति निर्मित्त है। इसमें महिषामर्दिनी रूप,

शिल्प कला की दृष्टि से श्रेष्ठतम मानी जाती है। कृष्ण मण्डप में कृष्ण को गोवर्धन पर्वत को धारण किए और गो-दोहन करते प्रदर्शित दिया गया है। गोवर्धन पर्वत के समीप बलराम, गोपिकाओं, बालकों व पशुओं की भाव-प्रधान मूर्त्तियां निर्मित्त हैं। गो-दोहन मूर्त्ति, यथार्थवादी है। महाबलीपुरम् में 90 x 30 फुट की ग्रेनाइट पत्थर की चट्टान को तराशकर उससे देव, मानव और पशु-जगत् की सुन्दर मूर्त्तियां निर्मित्त की गई हैं। नरसिंह द्वारा निर्मित्त करवाए गए गुफा मंदिरों के स्तम्भ अलंकृत हैं, उन्हें शेर के सिर के ऊपर निर्मित्त दिखाया गया है। मध्य भाग की आकृति नालीनुमा है, एवं शीर्ष भाग मंगल आकार का है।

पल्लव शासक राजसिंह के काल में स्वतंत्र मंदिरों के निर्माण की शैली का विकास हुआ। जिनका निर्माण क्षेत्र महाबलीपुरम् (मामल्लपुर) का समुद्र तट एवं कांचीपुरम् है। कांचीपुरम् को द्रविड़ मन्दिर वास्तुकला का उद्भव केन्द्र माना जाता है। समुद्र तटीय मंदिरों में एक नवीन शैली उद्घाटित होती है जिसमें गर्भगृह, मण्डप, अर्द्धमण्डप एवं गोपुरम् का निर्माण किया गया। कांची के कैलाश मंदिर में राजसिंह शैली का उत्कृष्ट रूप प्राप्त होता है। इसमें पिरामिडनुमा विमान शैली के मंदिर में गर्भगृह, मण्डप, अर्द्धमण्डप एवं गोपुरम् को कतारबद्ध रूप में निर्मित्त किया गया है। मन्दिर की नींव ग्रेनाइट पत्थरों से बनी हुई है और ऊपर की दीवार को बलुआ पत्थरों से बनाया गया है। कैलाश मंदिर की मूर्त्तियों में शिव के विविध रूपों यथा – सौम्य व उग्र स्वरूपों की मूर्त्तियाँ निर्मित्त हैं। राजसिंह शैली के उपरान्त अपराजिता शैली का विकास हुआ। नौवीं शताब्दी के आरंभ में हीं पल्लव वास्तुकला ने चोल स्थापत्य के विकास का आधार निर्मित्त कर दिया था। पल्लव कलाकारों ने सातवीं शताब्दी में ताम्र एवं कांस्य की धातु मूर्त्तियां भी बनाई जिनमें मुख्यत: शिव व विष्णु की मूर्त्तियां सम्मिलित हैं। इनकी शरीर रचना में स्थिरता का भाव प्राप्त होता है। पल्लव वास्तुकला ने उत्तर भारत की विषयवस्तु व दक्षिणी निजत्व का समन्वय किया। इनके द्वारा वास्तुकला की मजबूत आधारशिला रखी गई जिसने कालान्तर के वास्तुकला निर्माण को नवीन दिशा प्रदान की।

57

पाण्ड्य: स्थापत्य शैली एवं विशेषताएं

पाण्ड्य राजवंश छठीं शताब्दी ईस्वी से नवीं शताब्दी के मध्य मदुरा के आसपास केन्द्रित रहा। ये पल्लवों के समकालीन थे। इनका व्यापारिक-सांस्कृतिक संबंध दक्षिण-पूर्व एशियाई क्षेत्रों से अधिक था। इसलिए आर्थिक सम्पन्नता में कभी कोई कमी नहीं आई जिससे सांस्कृतिक क्षेत्र में भी अनवरत उच्च मूल्य प्रस्तुत होते रहे, इसमें स्थापत्य भी सम्मिलित था। पाण्ड्य कला में समकालीन पल्लव स्थापत्य का प्रभाव प्राप्त होता है। पाण्ड्य कला के प्रथम चरण में भावाभिव्यक्ति में सक्षमता व कोमलता प्राप्त होती है। इसके विकास में मार वर्मन, जयन्त वर्मन, राजसिंह प्रथम एवं जटिल परान्तक जैसे पाण्ड्य शासकों की भूमिका रही। हालाँकि इस चरण में प्रतिमा शास्त्रीय लक्षण स्थापित नहीं हुए थे। इससे मूर्त्ति निर्माण में स्वतन्त्रता दिखाई देती है। पाण्ड्य राजवंश का द्वितीय चरण 1190ई. से 1330ई. के मध्य रहा। इस कालावधि की मूर्त्तियों के निर्माण में चोल स्थापत्य का प्रभाव रहा और प्रतिमा शास्त्र के अनुसार ही भाव-भंगिमाओं को प्रस्तुत किया गया। जटा वर्मन सुन्दर पाण्ड्य ने इस दौरान विशाल मीनाक्षी मन्दिर का निर्माण करवाया जिसे पाण्ड्य कला का रत्न माना जाता है।

दक्षिणी कला आन्दोलन का एक विकासमान चरित्र प्राप्त होता है, सातवाहनों के द्वारा स्थापित किए गए कला प्रतिमानों को पल्लव शासकों ने आधारभूत संरचना दी जिसका पाण्ड्य, चालुक्य व चोल काल में विकास हुआ। प्रारम्भिक पाण्ड्य मूर्त्तियों पर पल्लव शैली का स्पष्ट प्रभाव प्राप्त होता है, इसकी मानव मूर्त्तियों में नैसर्गिकता एवं हल्कापन है। पाण्ड्य शासक हरीकेशरी मारवर्मन ने शैव धर्म को

आत्मसात किया। हालांकि पाण्ड्य शासकों ने जैन व बौद्ध धर्म को भी उदार संरक्षण दिया। कलुगुमलई गुफा में जैन तीर्थंकरों की मूर्त्तियों का निर्माण किया गया है जिसमें पाण्ड्य शासकों की स्पष्ट भूमिका थी। मुत्तरयार के मन्दिर में दुर्भाग्य की देवी ''ज्येष्ठा'' व युद्ध के देवता ''स्कन्ध-कार्तिकेय'' की प्रारम्भिक मूर्त्तियां निर्मित्त की गई। इसके अतिरिक्त शिवलिंग, शेषशायी विष्णु व योग नरसिंह की मूर्त्तियां बनाई गई हैं। प्रारम्भिक पाण्ड्य गुफा मन्दिरों में द्वारपालों की मूर्त्तियां पल्लव शैली में बनाई गई हैं। इनके सबके गले में सर्प लिपटा हुआ दिखाया गया है।

पिल्लईरपट्टई की गुफा में गणेश व हरिहर की स्थानक मूर्त्ति उत्कीर्ण है। हरिहर मूर्त्ति के एक ओर नंदी व दूसरी ओर गरुड़ पक्षी का मानव रूप बनाया गया है। तिरुमलय गुफा में चट्टानों को काटकर देवताओं की उत्कृष्ट मूर्त्तियां बनाई गई है। इसमें लिंगोद्भव मूर्त्ति सर्वाधिक उल्लेखनीय है। कलुगुमलई की एकाश्मक शिला में निर्मित्त मन्दिरों व मूर्त्तियों को पाण्ड्य मूर्त्तिकला का सर्वोत्कृष्ट उदाहरण माना जाता है। यहां से सर्वाधिक मूर्त्तियां मिली हैं। इन पर महाबलीपुरम् की पल्लव कला का स्पष्ट प्रभाव है। इस मन्दिर में वादन, गायन व नृत्यरत रूपों में शिव की सर्वाधिक मूर्त्तियां बनाई गई हैं। शिव केश रचना की विविधता व मुखाकृति के आधार पर इनमें भिन्नता लाई गई है। हालाँकि ये मूर्त्तियां सहज व स्वाभाविक प्रतीत होती हैं। शिव की नटराज मूर्त्ति में उन्हें नृत्य मुद्रा में दिखाया गया है और इसके साथ पार्वती को वाद्य को बजाते हुए प्रस्तुत किया गया है। शिव की एक पृथक शैली की मृदंगवादन मूर्त्ति भी निर्मित्त की गई है। मन्दिरों में अप्सराओं की मूर्त्तियां भी बनाई गई हैं। इनमें पाण्ड्य कालीन शिल्पकारों की कला प्रतिभा का वास्तविक निदर्शन होता है। किंतु मूर्त्ति की शास्त्रीयता प्राप्त नहीं होती है। इन शिव मन्दिरों में नरसिंह व ब्रह्म की मूर्त्तियां भी बनाई गई हैं। मदुरा की अन्नामलाई पहाड़ी व कन्याकुमारी के चित्राल केन्द्र से जैन तीर्थंकरों जिनमें पार्श्वनाथ व महावीर स्वामी प्रमुख हैं, की मूर्त्तियां विभिन्न मुद्राओं में निर्मित्त की गई हैं। इसके अतिरिक्त यक्ष-यक्षिणी की मूर्त्ति भी इन केन्द्रों से प्राप्त हुई है।

पाण्ड्य कला का द्वितीय चरण 1270ई. से 1330ई. के मध्य उत्कृष्ट अवस्था पर पहुँचा। पाण्ड्य वास्तुकला का केन्द्र मदुरा था। पाण्ड्य शासक जटावर्मन सुन्दर पाण्ड्य के नेतृत्व में परिपक्व मध्यकालीन स्थापत्य का विकास हुआ। इसके काल में मदुरा के विशाल मीनाक्षी मंदिर में मूर्त्तियां स्थापित की गई हैं। परवर्ती मूर्त्तियां स्थिर भावयुक्त एवं समान भाव भंगिमा से बनाई गई हैं। उनमें चोल मूर्त्तियों के समान महाकाय शरीर रचना प्राप्त नहीं होती है। हालांकि अलंकरण के माध्यम से

बाह्य-भव्यता लाने का प्रयत्न किया गया है। इन मूर्त्तियों को मंदिरों के विभिन्न भागों में बड़ी संख्या में स्थापित किया गया जिसमें स्थापत्य व मूर्त्ति शिल्प का सामंजस्य दिखाई नहीं देता है। पाण्ड्य मंदिरों में गोपुरम् के निर्माण में भी कलात्मकता के साथ-साथ देवताओं की मूर्त्तियों की स्थापना पर भी जोर दिया गया। चिदम्बरम् मंदिर के गोपुरम् में नारद की वीणा लिए अत्यन्त सुन्दर कलात्मक मूर्त्ति बनाई गई है। मंदिर के मण्डप में हाथी को सूँड़ से द्वारपाल को पकड़े दिखाया गया है। पाण्ड्य शासकों ने मंदिरों में राज चिन्ह मत्स्य को उत्कीर्ण किया और शासकीय लेख भी लिखे, इससे इनका ऐतिहासिक महत्त्व भी है।

58

चोल कला: शैली एवं विशेषताएं

पूर्व मध्यकालीन सुदूर दक्षिण चोल वास्तुकला के विकास का महत्त्वपूर्ण केन्द्र था। चोल स्थापत्य में पल्लव व राष्ट्रकूट शैली के प्रभाव के साथ-साथ निजत्व भी प्राप्त होता है। चोल कलाकारों ने धातु मूर्त्तियों के निर्माण में विशेष दक्षता अर्जित की थी। मधूच्छिष्ट विधि से निर्मित्त धातु मूर्त्तियों में गुप्तकालीन आदर्शकला का जीवन्त रूप प्राप्त होता है। चोल काल में मुख्यत: शिव मंदिरों का निर्माण करके शिव के विभिन्न स्वरूपों की मूर्त्तियां स्थापित की गईं। हालांकि धार्मिक एकता के प्रतीक के रूप में मंदिर में ब्रह्मा, विष्णु, गणेश, कार्तिकेय, सरस्वती, दुर्गा, सूर्य तथा अन्य देवताओं के साथ-साथ ऋषि अगस्त्य एवं राज दम्पत्ति की मूर्त्तियां भी स्थापित की गईं।

चोल कला में ब्राह्मण धर्म से सम्बन्धित देवस्थलों व मूर्त्तियों का निर्माण किया गया। सीमित रूप से बौद्ध एवं जैन मूर्त्तियां भी निर्मित्त की गईं। इनमें तंजौर से प्राप्त होने वाली बुद्ध, अवलोकितेश्वर तथा गोम्भटेश्वर बाहुबली की धातु मूर्त्तियां मुख्य हैं। अधिकांश चोल शासक शैव धर्मावलम्बी थे जिससे चोल मंदिरों में अधिकांशत: शिव के ही विविध रूपों का अंकन हुआ। शिव के विभिन्न स्वरूपों में अर्जुनानुग्रह, रावणानुग्रह, कल्याण-सुन्दर, उमा-महेश्वर, वीणाधर आदि के साथ-साथ संहारक रूप में भैरव, यमान्तक, गजासुर-संहार के अतिरिक्त सर्वाधिक लोकप्रिय नटराज रूप सम्मिलित है। वैष्णव धर्म की लोकप्रिय मूर्त्तियां भी निर्मित्त की गईं जिनमें विष्णु व उनके अवतार रूप सम्मिलित हैं। इसके अतिरिक्त दुर्गा, सरस्वती, लक्ष्मी व मातृदेवी की मूर्त्तियां भी बनाई गईं। धातु-मूर्त्तियों के निर्माण में चोल कलाकार

सिद्धहस्त थे। इनमें नटराज मूर्त्ति अधिक लोकप्रिय है। नटराज की कास्य मूर्त्तियां मुख्यतः नागेश्वर, तंजौर तथा गगैकोण्ड चोलपुरम् के वृहदीश्वर मंदिर में स्थापित की गई हैं। स्वतंत्र रूप से निर्मित्त नटराज मूर्त्तियों में शिव को उग्र रूप में ताण्डव नृत्य करते दिखाया गया है। शिव का नृत्य-सृष्टि एवं जीवन की गतिशीलता का परिचायक माना जाता है। इसके अतिरिक्त तंजौर से देवी काली एवं देवी पार्वती की मूर्त्ति भी प्राप्त हुई हैं। काली को रौद्र रूप में खुले मुख, बड़े दाँत, विशाल नेत्र, ज्वालामय केश व पाश तथा त्रिशूल के साथ दिखाया गया है। जबकि देवी पार्वती की मूर्त्ति सौम्य व शान्त भाव से युक्त है। चोल मूर्त्ति शिल्प में मूर्त्तियों को प्रायः गहराई से काटकर बनाया गया है और कथात्मक अंकन छोटे आकार के फलकों पर ही उत्कीर्ण किए गए हैं। चोलों ने कथात्मक प्रसंग मुख्यतः *देवी भागवत-पुराण, शिव-पुराण, भागवत-पुराण* और *रामायण* से ग्रहण किए गए हैं। चोल काल में देवी-देवताओं के साथ-साथ शासकों, पटरानियों, ऋषियों व सामान्य जनों की भी मूर्त्तियां बनाई गईं। कोरंग नागेश्वर मंदिर में एक स्त्री व दो पुरुष की स्वतंत्र मूर्त्ति स्थापित की गई है। तंजौर के मंदिर में राजराजा प्रथम व रानी लोक महादेवी तथा राजेन्द्र प्रथम व रानी चोल महादेवी की मूर्त्तियां बनाई गई हैं। इसके अतिरिक्त कुलोतुंग प्रथम की बालक मूर्त्ति भी स्थापित की गई है। तंजौर व गंगैकोण्ड चोलपुरम् में द्वारपालों की विशाल मूर्त्तियां स्थापित हैं जिनके मस्तक पर त्रिशूल की आकृति है तथा हाथ में गदा है।

चोल मूर्त्तियों में प्रतिमा शास्त्र पर अधिक झुकाव प्राप्त होता है। दसवीं शताब्दी के ग्रंथों में देवताओं के लाक्षणिक रूप पूर्णतः स्पष्ट हो गए थे, मूर्त्तिकारों के लिए इनका ध्यान रखना आवश्यक था। इस परिवर्तन के कारण मूर्त्ति शिल्प में शास्त्रीयता का हस्तक्षेप बढ़ गया। फिर भी चोल मूर्त्तियों की भव्यता, जीवन्तता, ऊर्जा एवं सौन्दर्य में निजत्व बना रहा। चोल कलाकारों ने स्थापत्य व मूर्त्ति शिल्प में सामंजस्य पर विशेष ध्यान दिया जिससे प्रत्येक निर्माण अपने आप में पूर्ण दिखाई देता है। मूर्त्तियों का निर्माण मंदिरों की भित्तियों, जगती, गोपुरम्, मण्डप व अन्य भागों पर किया गया। ग्रेनाइट पत्थर से मंदिरों का निर्माण करने के कारण मूर्त्तियों में सूक्ष्म नक्काशी का अभाव प्राप्त होता है। हालांकि भाव-संवेदना की परिपक्वता में कोई कमी नहीं है। इनमें तकनीकी पक्ष पर भी विशेष ध्यान दिया गया है। आरंभ में चोल मूर्त्तियां पल्लव कला के अनुरूप हल्की रही। किंतु दसवीं शताब्दी के उपरान्त उनमें भारीपन, घनत्व व मांसलता का अनुपात बढ़ गया। चोल मूर्त्तियों में आभूषणों व वस्त्रों का मर्यादापूर्ण, सुन्दर व सहज अंकन किया गया है, जिससे ये मूर्त्ति के साथ

पूर्णतः समायोजित दिखाई देती हैं। किंतु मूर्त्तियों में किसी भी प्रकार की बोझिलता प्राप्त नहीं होती है। मूर्त्तियों के लम्बे मुख शरीर रचना को अधिक सुन्दर बनाते हैं। चोल मानवाकृति के निर्माण में निजत्व भी प्राप्त होता है जैसे कि - गोल मुख, कंधों का संवेदनशील झुकाव आदि। मूर्त्तियों में धोती को घुटनों के नीचे तक दिखाया गया है। इनमें रंगों से बारीक सिलवटों का अलंकरण उभारा गया है।

चोल स्थापत्य का विकास विजयालय के काल से होता है। इसके द्वारा निर्मित्त करवाए गए चोलेश्वर मंदिर में पल्लव का प्रभाव है। यह मंदिर विमान शैली में बनाया गया है जिसमें चार मंजिलें हैं और इसके ऊपर गुंबदाकार शिखर एवं गोल कलश निर्मित्त किया गया है। मंदिर का गर्भगृह वर्तुलाकार है। विजयालय के द्वारा ही चोल स्थापत्य की आधारशिला रखी गई। आदित्य प्रथम के काल में चोल निर्माण शैली परिपक्व हुई। इसके द्वारा सुंदरेश्वर, नागेश्वर एवं बाल सुब्रह्मण्य मंदिर निर्मित्त करवाए गए। बाल सुब्रह्मण्य मंदिर की सबसे बड़ी विशेषता है –मंदिर के परकोटे पर भी गोपुरम् का निर्माण। चोल निर्माण शैली की पराकाष्ठा परांतक प्रथम(907-955ई.) के मंदिरों में परिलक्षित होती है। इसके द्वारा निर्मित्त करवाए गए कोरंगनाथ मंदिर में गर्भगृह, मण्डप एवं विशाल प्रांगण की संरचना प्राप्त होती है। यह मंदिर आडम्बर विहीन है। इसलिए इसे विशिष्ट द्रविड़ शैली का चोल मंदिर कहते हैं।

चोल स्थापत्य का उत्कर्ष राजराजा प्रथम व राजेन्द्र चोल के द्वारा निर्मित्त करवाए गए मंदिरों में होता है। इनके द्वारा मनोयोग से विशाल मंदिरों का निर्माण करवाया गया। मंदिरों में सामाजिक सांस्कृतिक गतिविधियों से जुड़े भवनों का भी निर्माण हुआ। 1009ई. में तंजौर के विशाल वृहदेश्वर मंदिर में विमान शैली, महामण्डप, अर्द्धमण्डप एवं गोपुरम् निर्मित्त हुए। इस मंदिर में कला की प्रत्येक शैली से सम्बन्धित पाठ्यक्रम अंकित किए गए हैं। इसके अतिरिक्त शाखा यथा वास्तुकला, प्रतिमा विज्ञान, चित्रांकन, नृत्य, संगीत एवं आभूषण निर्माण, मंदिर में 'संस्कृत व तमिल' भाषा में कलात्मक अभिरुचियों, धार्मिक प्रयोजनों, सांस्कृतिक मूल्यों एवं मंदिर निर्माण के प्रयोजनों से सम्बन्धित लेख भी लिखे गए हैं। इसलिए इन्हें इतिहास की अमूल्य धरोहर माना जाता है। राजेन्द्र चोल के द्वारा गंगकोडचोलपुरम् में वृहदेश्वर मंदिर का निर्माण किया गया। इस मंदिर की सबसे बड़ी विशेषता यह है कि इसमें उत्तर भारत की नागर मंदिर निर्माण शैली का दक्षिण में प्रवेश हुआ। इससे निर्माण को समन्वित शैली उन्नत हुई। इस मंदिर में दो गोपुरम् क्रमशः पूर्व व उत्तर दिशा से बनाए गए हैं। मंदिर में शिव से सम्बन्धित विभिन्न रूपों का सर्वाधिक

उत्कीर्णन है। दारासुदम् के एतावतेश्वर मंदिर में एक पृथक निर्माण शैली प्राप्त होती है, जिसमें पौराणिक प्रसंगों के साथ-साथ हास्य विनोद के दृश्यों को उत्कीर्ण किया गया है। यह शैली अन्य चोल मंदिरों में प्राप्त नहीं होती। चोल मंदिरों की उन्नत व जीवंत परम्परा इस निर्माण के बाद पराभव की स्थिति में पहुंचने लगी थी। हालांकि चिदम्बरम् मंदिर में चोलकालीन उच्चता प्राप्त होती है। इसकी सबसे बड़ी विशेषता यह है कि मंदिर के गोपुरम् की रथिकाओं पर शिव के विभिन्न रूपों को बनाया गया है और भरत के *नाट्यशास्त्र* में वर्णित 108 प्रकार की मुद्राओं का प्रदर्शन किया गया है। चोल शासकों के द्वारा कांस्य मूर्त्तियों का भी निर्माण करवाया गया। कांस्य प्रतिमाओं के निर्माण की तकनीकी तंजौर के एक अभिलेख से मिलती है। अधिकांश प्रतिमाएं शिव से सम्बन्धित हैं जिसमें नागेश्वर मन्दिर की नटराज प्रतिमा अति सुन्दर है। इसके अतिरिक्त शिव की चतुरताण्डव (तिरुवरगुलम से प्राप्त) एवं कालिकाताण्डव मूर्त्तियां भी प्राप्त हुई हैं। ग्यारहवीं शताब्दी के अंत तक आते-आते चोल स्थापत्य की उत्कृष्टता समाप्त हो जाती है। साम्राज्य के विघटन और नई क्षेत्रीय शक्तियों के उदय से कला की समृद्ध जीवनधारा अवरुद्ध एवं विस्थापित हुई। तुर्की आक्रांताओं के दक्षिण में सक्रिय होने के बाद निर्माण शैली को एक नवीन विचारधारा भी प्राप्त हुई।

59

कल्याणी के परवर्ती चालुक्य एवं होयसला : कला शैली एवं विशेषताएं

कल्याणी के परिवर्ती चालुक्य के अवशेष मुख्य रूप से कर्नाटक के विभिन्न क्षेत्रों से प्राप्त हुए हैं। इनके कला मूल्यों में प्रतिमालक्षण एवं अलंकरण पर विशेष जोर दिया गया है। इस कला मूल्यों को होयसला यादव एवं काकतीय वंशों ने आगे बढ़ाया। चालुक्यों ने मुख्यत: सनातन धर्म को संरक्षण दिया। किंतु बौद्ध व जैन धर्म से जुड़े कला मूल्य भी उन्नत हुए। चालुक्यों के द्वारा निर्मित्त करवाए गए मंदिरों में मूर्त्तियों की संख्या अधिक है, इससे स्थापत्य का पक्ष कमजोर हो गया है।

दक्षिणी कला की मूल अभिव्यक्ति ग्रेनाइट पत्थरों पर प्राप्त होती है। पल्लव, पाण्ड्य व चोलों के द्वारा इसी पत्थर को अभिव्यक्ति के माध्यम के रूप में प्रयोग किया गया। किंतु चालुक्यों ने मंदिरों के निर्माण में मुलायम पत्थर का प्रयोग किया। इससे सूक्ष्म कला अभिव्यक्ति में सुगमता आई और तकनीकी दक्षता में वृद्धि आई। इन पत्थरों पर चमकदार आलेप लगाया गया, यह दक्षिण की एक नई कला थी। अलंकरण की बहुलता से कृत्रिमता के तत्त्व बढ़े। मूर्त्तियों को अलंकृत रूप देने के लिए वनस्पतियों की आकृतियां भी उकेरी गईं। यहां तक की देवताओं के हथियारों को भी अलंकृत कर दिया गया। इस प्रवृत्ति का सर्वोत्तम विकास होयसला शैली की मूर्त्ति कला में दिखाई देता है। इन अलंकरणों से सहजता कमजोर हुई है। मंदिरों के प्रत्येक निर्माण विशेषताओं पर मूर्त्तियों का निर्माण किया गया है। इस काल में सर्वप्रथम दक्षिण भारत में अत्यन्त अलंकृत सर्पाकार प्रभामण्डल बनाया गया। यह विष्णु की मूर्त्तियों में अंकित किया गया है। कर्नाटक के कुलबगी के मंदिर में विष्णु को शंख, चक्र, गदा व पद्म के

साथ दिखाया गया है। किंतु मुख मुद्रा शून्य है। इनमें अलंकरण की बहुलता है। चालुक्य शैली के मन्दिरों में 'विमान' एवं ''मण्ड्पम्'' अनिवार्यता से निर्मित्त किए गए हैं। विमान के ऊपर गुम्बदनुमा गोल शिखर बनाया गया है। शिखर के चारों ओर अलंकृत कलाचित्र नागर शैली के आधार पर बनाए गए हैं। मण्डपम् को विमान की अपेक्षा चौड़ा बनाया गया है। भारतीय वास्तुकला में सर्वाधिक अंलकृत मन्दिर चालुक्यों के द्वारा ही निर्मित्त करवाए गए।

चालुक्यों के द्वारा कुछ प्रसिद्ध मंदिरों का निर्माण कराया गया जिनमें नागेश्वर मंदिर, कमला नारायण मंदिर, मधुसुदन मंदिर, शिव मंदिर, विश्वेश्वर मंदिर व कलेश्वर मंदिर प्रसिद्ध हैं। कमला नारायण मंदिर में विष्णु के दशावतारों, लक्ष्मी, गरुड़ व हनुमान की मूर्त्तियां बनी हैं। विश्वेश्वर मंदिर में गदाधारी द्वारपालों की उत्कृष्ट मूर्त्तियां है, जिन्हें वस्त्राभूषण से युक्त किया गया है। इसमें दो देव-गर्भग्रह हैं। शिखर अलंकरणों से युक्त है। इससे इसकी लम्बाई की कल्पना कमजोर हो जाती है। कलेश्वर मंदिर में नरसिंह अवतार का उग्र रूप प्रस्तुत किया गया है। इनके सम्मुख हिरण्यकश्यप को दिखाया गया है। इस मंदिर में शिव व सूर्य की मूर्त्तियां भी निर्मित्त की गई हैं। कलेश्वर मंदिर में शिव को विभिन्न रूपों के साथ प्रस्तुत किया गया है, जिनमें वीणा, नटराज, उमामाहेश्वर रूप प्रमुख हैं। चालुक्य मंदिरों में पौराणिक कथानक का धारावाहिक रूप वर्णन किया गया है। भगवान कृष्ण से संबंधित मधुसूदन मंदिर में इसका वास्तविक रूप प्राप्त होता है। चालुक्यों के द्वारा स्थापित कला प्रतिमान होयसला शासकों द्वारा उन्नत किए गए। इन्हीं अवशेषों पर होयसला राजवंश स्थापित हुआ था।

कर्नाटक के मैसूर क्षेत्र में होयसला राजवंश का केन्द्र था। होयसला शासकों ने पश्चिमी चालुक्यों के अधीनस्थ सामंत के रूप में राजनीतिक जीवन आरंभ किया था। इस कारण इनकी कला में चालुक्यों का स्पष्ट प्रभाव दिखता है। होयसला कला मुख्यत: विष्णुवर्धन(1110-1152ई.) के काल में उन्नत हुई। इसने वैष्णव धर्म को स्वीकार किया था। इसके पश्चात् बल्लाल द्वितीय व तृतीय ने कला को उन्नत किया। होयसला मंदिरों का मुख्य संकेन्द्रण बेल्लुर व सोमनाथपुर में स्थित है। ये सभी कर्नाटक में स्थित है। होयसला मंदिर बेसर शैली के वास्तविक उदाहरण हैं जिसमें उत्तर व दक्षिण भारत की स्थापत्य शैलियों का सुन्दर समन्वय प्राप्त होता है। मंदिर व मूर्त्ति के निर्माण में सूक्ष्म आलंकारिकता और कोमल पत्थरों का प्रयोग इनकी विशेषता है। होयसला शासकों के काल में वैष्णव धर्म से सम्बन्धित मंदिरों व मूर्त्तियों को बनाया गया। होयसला मूर्त्तिकला की मुख्य विशेषता आलंकारिक

सज्जा है। इसलिए सम्पूर्ण होयसला मंदिर ही मूर्त्तियों से ढके हैं जिससे मंदिरों की स्थापत्य विशेषताएं दब गई हैं। लगभग सभी प्रमुख मंदिरों के पशु-पक्षियों, पेड़-पौधों, लता-बेलों व देवमण्डलों की रूपाकृतियां बनाई गई हैं इसलिए इनमें स्थापत्य के स्थान पर शिल्प विशेषताएं अधिक प्राप्त होती हैं। ऐसे में इन मंदिरों को शिल्पकारी कला का उदाहरण भी माना जाता है। होयसला मूर्त्तियों में बहुलता के कारण मूर्त्तिकारों ने इनसे संबंधित लेख भी लिखे हैं। यह दक्षिणी कला का नया प्रयोग है। होयसला मन्दिरों में विमानों की दीवारों के तीन भाग निर्मित्त किए गए हैं। इनमें अलग-अलग पट्टियां बनाई गई हैं जिनमें सामाजिक-धार्मिक प्रतीक भी उत्कीर्ण किए गए हैं। हलेबिद का होयसलेश्वर मन्दिर गुम्बद विहीन है किंतु इसका गर्भग्रह विशाल है। इसमें दो मन्दिरों को एक साथ जोड़ा गया है। इस मन्दिर को 'संयुक्त चालुक्य-होयसला वास्तुकला' का सर्वोत्कृष्ट उदाहरण माना जाता है। सनातन धर्म के अवतारवादी चरित्र के कारण पौराणिक कथानक कुशलता से उभारे गए हैं जिनमें *महाभारत, रामायण* से संबंधित मुख्य दृश्य हैं। इसके अतिरिक्त पौराणिक प्रसंगों को भी उभारा गया है। सोमनाथपुर के मंदिर में समुन्द्र मंथन, भक्त प्रह्लाद की कथा, नरसिंह के अवतार, किरात व अर्जुन के दृश्य उल्लेखनीय हैं। कृष्ण के विभिन्न रूपों में केशव, गोपाल, गोवर्धनधारी एवं कालिया दमन प्रमुख रूप से उत्कीर्णित हैं। वेल्लूर के मंदिरों में शरीर रचना के साथ-साथ ज्यामितीय विन्यासों की भी प्रयोग मूर्त्ति बनाई गई है, यह अपनी तरह की पहली मूर्त्ति है। होयसला शासकों के द्वारा नागर शैली के मूल्यों को प्रमुखता से आत्मसात किया गया। इनके उपरान्त दक्षिण की कला शैली में तुर्क विशेषताओं का समन्वय होने लगा था। हालाँकि वेल्लार तृतीय के द्वारा गुम्बद के निर्माण को महत्त्व दिया गया था। किंतु इसके उपरान्त दक्षिण में तुर्क सत्ता मजबूत हुई और मूलधारा तुर्क स्थापत्य शैली से युक्त हो गई।

संदर्भ ग्रंथ

अंग्रेजी

Alam, Muzaffar, *The Crisis of Empire in Mughal*
the Punjab 1707–1748, Delhi, 1986.
Ali, Mohd. Athar, *Mughal Nobility under Au*
Aiyangar, S.K., *Beginnings of South Indian*
—*Ancient India and South Indian History* …
—*Early History of Vaishnavism in South Ind*
—Some Contributions of South India to
Vijayanagar History
—*South India under the Vijayanagar* … Empi
Studies, Vol. 35, 1976.
—Historical Inscriptions of South India and
Appadorai, A., Economic Conditions in Sou
A.D.)
Asher, C.B., *Architecture of the Mughal Indi*
Banerjee, J.M., *A History of Firoz Shah Tugh*
Batuta, Ibn, *The Rehla* (translated by Mahd
Bhandarkar, R.G., *Early History of Deccan*.
—*Vaishnavism, Shaivism and other Minor I*
Chandra, Satish, *Essays on Medieval Indian*
Press, Delhi, 2003.
Chaudhuri, K.N., *Trade and Civilisation in th*
University Press, 1985.
Chopara, P.N. and Others (Ed.): *History of S*
Dikshitar, V.R.R., *Studies in Tamil Literature*
—Encyclopaedia of Islam.

संदर्भ ग्रंथ सूची

अंग्रेजी

Alam, Muzaffar, *The Crisis of Empire in Mughal North India : Awadh and the Punjab* 1707-1748, Delhi, 1986

Ali, Mohd. Athar, *Mughal Nobility under Aurnagzeb*, Bombay, 1968

Aiyangar, S.K., *Beginnings of South Indian History*

—*Ancient India and South Indian History and Culture*

—*Early History of Vaishnavism in South India*

—Some Contributions of South India to Indian CultureSources of Vijayanagar History

—*South India under the Vijayanagar Empire* Vol. I, II

Studies. Vol. 35. 1976.

—Histrorical Inscriptions of South India and Outline of Political History

Appadorai, A., *Econimic Conditions in Southern India* Vol. I(1000-1500 A.D.)

Asher, C.B., *Architecture of the Mughal India*, New Delhi, 1982

Banerjee, J.M., *A History of Firoj Shah Tughlaq*

Batuta, Ibn, *The Rehla (translated by Mahdi Husain)*,

Bhandarkar, R.G., *Early History of Deccan,*

—*Vasihnavism, Shaivism and other Minor Religious Systems*

Chandra, Satish, *Essays on Medieval Indian History*, Oxford University Press, Delhi, 2003.

Chaudhuri, K.N., *Trade and Civilisation in the Indian Ocean*, Cambridge University Press, 1985.

Chopara, P.N. and Others (Ed.): *History of South India*

Dikshitar, V.R.R., *Studies in Tamil Literature and History,*

—Encyclopaedia of Islam.

Gopalan, R., *History of the Rallavas of Kanchi*

Habib, Irfan, "The Agrarian System of Mughal India 1556-1707", Bombay, 1963

—*Atlas of the Mughal Empire*, New Delhi, 1982

Habib, M. and Nizami, K.A.(ed.), *Comprehensive History of India : The Delhi Sultanate*, A.D. 1206-1526.

Habib, Mohammad, 1. *Politics and Society During the early Medieval Period*, 2 Vols. (Edited by K.A. Nizami) 2. Sultan Mahmud of Ghazni.

Habibullah, A.B.M., *The Foundation of Muslim Rule in India*, Allahabad, 1967

Hasan, Ibn, The Central Structure of the Mughal Empire, Reprint, New Delhi, 1970

Hasan, Mohibbula, Kashmir Under the Sultans

Husain, A. Mehdi *Tughlaq Dynasty*, , Calcutta, 1963

Husain, Mahdi, 1. *Rise and Fall of Muhammad Bin Tughluq*, 2. *The Tughluq Dynast*.

Juneja, Monica, *Architecture in Medieval India*

Khaliq, Ahmad Nizami, *Religion and Politics in India During the Thirteenth Century*

Krishan, Chaitanya, A History of Indain Painting : Pahari Traditions, 1984

Krishnaswamy, S., *Some Contributions of South India to Indian Culture*.

Lal, K.S., *History of the Khaljis*, Asia, 1967

Lallanji, Gopal, Economic life of Northen India (C.A.D., 700-1200).

Longhurst, V., Pallava Architecture, Part I, II, III

M.A,.Nayeem, Mughal Administration of Deccan under Nizamulmulk Asaf Jah.

Mahalinga, T.V., *South India Polity*,

—Administration and Social Life under Vijayanagar Empire

—*Economic Life in the Vijaynagar Empire*.

—Manimekalai in its Historical setting

Mcleod, W.H., *Guru Nanak and the Sikh Religion*.

Moreland, W.H., *The Agrarian System of Moslem India*, Landon, 1920, Indian ed. Central Books, Allahabad.

Mujeeb, M., *Gthe Indian Muslims*.

Mukhia, Harbans, *Historians and Historiography During the Reign of Akbar*, New Delhi, 1976

Nigam, S.B.P., *Nobility Under the Sultans Delhi*.

Pandey, A.B., *The First Afghan Empire in India*.

Percy, Brown, *Indian Architecture (Islamic Period)*, 3rd ed., Bombay, 1958.

Prasad, Beni, *History of Jahangir*, Allahabad, 1976

Quareshi, I.H., *The Administration of the Sultanate of Delhi*, 2nd ed. Lahore, 1944.

—*The Administration of the Mughal Empire*, Karachi, 1966

Raychaudhari,T. and Habib, Irfan (eds.), *The Cambridge Economic History of India*, c 1200-c 1750 Vol. I

RicharosQ, J.F., *Mughal Administration in Golconda*, Oxford, 1975.

—"The Imperial Crisis in the Mughal Deccan" *Journal of Asian (AD 1300)*, Penguin

Rizvi, S.A.A., *A History of Sufism in India*

Rowland, Benjamin, *The Art and Architecture of India*, Penguin, 1977

Roy, H.C., *Dynastic History of Northern India*, 2 Vols.

Saxena, B.P., *History of Shahjahan of Delhi*, Allahabad, 1962

Sharma, R.S., *Indian Feudalism*

—*Social Change in Early Medieval India* (New edition) c AD. 300-1200.

Sharma,G.D., *The Rajput Polity : A Study of Politics and Administration of the State of Marwar 1638-1749*, New Delhi, 1977

Shastri, K.A. Nilkanth, *The Cholas* (2 Vols.), 4th edition, Delhi, 1976.

Shastri, K.A.N., *Development of Religions in South India*, The Cholar

Siddiqi., I.H., *History of Shershah Suri*, Aligarh, 1971

Sir Sarkar, J.N., *Mughal Administration*, Bombay, 1982

—*Fall of he Mughal Empire*, 4 Vols, Calcutta, 1964.

—*History of Aurangzeb*, 5 Vols.Bombay, 1974.

Subrahmaniyam, N., *Sangam Polity*

Thapar, Romila, *History of Early India from the origins to AD1300*

—*The Delhi Sultanate,* (Vol.VI), *The Mughal Empire*, (Vol.VII) Bombay, 1960, 1974.

Tripathi, R.S., *History of Kanauj*

Verma, H.C., *Medieval Routes to India*

Yazdani, G.(ed.*), Early History of the Deccan*

हिंदी

मध्यकालीन भारत, इरफान हबीब, (1 से 8 संस्करण)

मध्यकालीन भारत (राजनीति, समाज और संस्कृति) (आठवीं से सत्रहवीं सदी तक), सतीश चंद्र

मध्यकालीन भारत (प्रशासन, समाज एवं संस्कृति), प्रो. राधेश्याम
दक्षिण भारत का बृहद् इतिहास, डॉ. आर. एन. पांडेय
मध्यकालीन भारतीय सामाजिक, आर्थिक एवं राजनीतिक संस्थाएँ, घनश्याम दत्त शर्मा।
मध्यकालीन भारत, हरिश्चंद्र वर्मा, (भाग-1)
सफ़ीवाद, डॉ. (श्रीमती) प्रभा श्रीनिवासुलु, डॉ. गुलनाज तंवर
दिल्ली सल्तनत : मोहम्मद हबीब, खालिद अल निजामी (भाग-1, भाग-2)
मध्यकालीन भारतीय मूर्तिकला - डॉ. मारुति नंदन तिवारी, डॉ. कमलगिरि
भारतीय मूर्तिकला का इतिहास - रमानाथ मिश्र
भारतीय दर्शन का इतिहास - एस. एन. गुप्ता
भारतीय दर्शन - राधाकृष्णन
श्रेण्य युग - आर. सी. मजूमदार
पूर्व मध्यकालीन भारत का सामंती समाज और संस्कृति - रामशरण शर्मा
जाति वर्ण व्यवस्था - सुबीरा जायसवाल
वैष्णव धर्म का उद्‌भव व विकास - सुबीरा जायसवाल
मध्ययुगीन भारतीय समाज एवं संस्कृति - झारखण्ड चौबे, कन्हैया लाल श्रीवास्तव
प्राचीन भारत का सामाजिक इतिहास - शिव कुमार गुप्त
दक्षिण भारत का इतिहास - विशुद्धानन्द पाठक
भारतीय इतिहास में विज्ञान - गुणाकर मुले
मराठा प्रभुत्व (भाग 1) - बी. एन. लूनिया
मराठा प्रभुत्व (भाग 2) - बी. एन. लूनिया
मराठा प्रभुत्व (भाग 3) - बी. एन. लूनिया
पूर्व मध्यकाल - रोमिला थापर
वैदिक संस्कृति - गोविन्द चंद पाडेय
मराठा शक्ति का उदय - महादेव गोविन्द रानाडे
सल्तनत कालीन भारत का सामाजिक एवं सांस्कृतिक इतिहास - डॉ. आर. के. परुथी
भारत का सामाजिक, आर्थिक व सांस्कृतिक इतिहास - के. एल. खुराना
राजपूताना का इतिहास - गौरी शंकर ओझा
ग्यारहवीं सदी का भारत - जयशंकर मिश्रा
आदि तुर्क कालीन भारत - सैयद अतहर अब्बास रिजवी
खिल्जी कालीन भारत - सैयद अतहर अब्बास रिजवी
तुगलक कालीन भारत - सैयद अतहर अब्बास रिजवी
इतिहास के बारे में - लाल बहादुर वर्मा
संगीत के घरानों की चर्चा- सुशील कुमार चौबे

लोक रंग – दया प्रकाश सिन्हा
मुगल साम्राज्य का केन्द्रीय ढांचा – इब्ने हसन
भारतीय चित्रकला का इतिहास – अविनाश बहादुर वर्मा
अकबर से औरंगजेब तक – डब्ल्यू. एच. मोरलैंड
आर. पी. तिवारी – भारतीय चित्रकला और उसके मूल तत्त्व